彝族传统经籍文学研究

王明贵　王继超　贾力娜　著

科学出版社
北京

内 容 简 介

本书参考彝族古代文艺理论，对彝族传统经籍进行全面统计、系统梳理和重点概括，展开人类学和文学研究，在总体把握的基础上从形式表现和内涵表达上作出分类描述，对经籍的产生、形式、表现、使用语境、形成、功能、传承等，从仪轨表达、唱诵腔调、演述场域、神圣治疗、神话与毕画等方面进行人类学考察；对彝族传统经籍原初结合着音乐、舞蹈、仪式和口头传统的原生形态进行文学研究和文化阐释。本书考察了彝族传统经籍当代传承的生态，提出今后的研究方向和保护措施，对文学、人类学研究领域有新的拓展与贡献。

图书在版编目（CIP）数据

彝族传统经籍文学研究/王明贵，王继超，贾力娜著. —北京：科学出版社，2017.3

ISBN 978-7-03-052150-7

I. 彝… II. ①王… ②王… ③贾… III. 彝族-经籍-少数民族文学-文学研究-中国 IV. ①I207.917

中国版本图书馆 CIP 数据核字（2017）第 053710 号

责任编辑：王洪秀 / 责任校对：郭瑞芝

责任印制：张 倩 / 封面设计：铭轩堂

科学出版社出版

北京东黄城根北街 16 号

邮政编码：100717

http://www.sciencep.com

三河市骏杰印刷有限公司印刷

科学出版社发行 各地新华书店经销

*

2017 年 3 月第 一 版 开本：720×1000 1/16

2017 年 3 月第一次印刷 印张：30 1/4

字数：500 000

定价：138.00 元

（如有印装质量问题，我社负责调换）

本书是国家社会科学基金项目（项目编号：12BZW139）的最终成果

本书是贵州省毕节试验区人才基地重点产业重点学科人才团队“彝文古籍保护与研究团队”成果

本书是贵州工程应用技术学院重点学科——中国少数民族语言文学（彝学）成果

三维理论视角下的彝族经籍文学研究

吴大华[①]

一

彝族传统经籍，是指在彝族传统宗教信仰（有时被称为原始宗教）的仪式、活动中使用的经文，主要是毕摩使用的经书，也包括少部分口头言说。从总体上看，彝族传统经籍有三大特点：一是数量庞大，翻译成果丰富，动辄十几部甚至上百部经籍一起出版，且京、滇、川、黔、桂彝区都在翻译出版，涉及面很广；二是研究彝族宗教的专著，目前已经出版 8 部，论文也有数十篇，但都不是从彝族经籍文学的角度研究；三是直接和全面涉及彝族传统宗教经籍文学研究的专著和论文极少，与经籍的翻译出版数量形成了巨大的反差，因而也留下了一大片空白。彝族传统经籍文学研究的目的，就是在发掘新材料的基础上，运用新方法，发现新的文艺形式，丰富中国文学品类和世界文艺宝藏。

可以说，彝族传统宗教经籍文学研究属于创新型的原创研究。就像《圣经》《古兰经》《道藏》《佛经》等经籍不但对其宗教、历史与文明具有核心意义，对西方文学、阿拉伯文学、中国文学和印度文学的影响也是极为重大的。彝族传统经籍是古彝文文献中数量最多的部分，是彝族乃至西南历史文化和古代文明最为重要的承载体，是对彝族影响最大的文艺形式。从一个全新的、文学的角度研究彝族传统宗教经籍，对于了解彝族乃至西南各民族的历史、文化、传统信仰及其艺术表达，理解彝族与现实世界及心灵、信仰世界的沟通及表现，发掘新的艺术

---

① 吴大华，贵州省社会科学院院长、二级研究员,博士生导师，国家“万人计划”哲学社会科学领军人才、全国文化名家暨四个一批理论人才、国务院特殊津贴专家。曾任贵州民族学院院长，兼任中国人类学民族学研究会副会长、中国民族研究团体联合会常务副会长、中国世界民族学研究会副会长、中国民族法学研究会常务副会长。

门类，促进中国少数民族文学学科建设，丰富世界艺术宝库，提出政策建议推进文化的大发展大繁荣，搞好民族团结，构建社会主义和谐社会等有着重大现实意义。

二

彝族传统经籍文学，是指彝族传统经籍中具有文学价值的部分。从文学人类学的视角来研究彝族传统经籍，则要从更为宽泛的视角来理解彝族传统经籍。因为文学人类学的比较的眼光，多重证据的方法，特别是对文学发生和文学功能的新定位，需要我们从更加宽广的视域来看待彝族传统经籍。彝族传统宗教经籍文学研究主要是运用文学人类学的理论与方法，结合传统的文学理论，特别是彝族古代文艺理论对彝族经籍进行多维视角的分析与研究。彝族传统宗教经籍文学研究首先进行了理论框架的梳理，阐明了文学人类学与彝族传统经籍的关系，解析了彝族传统经籍文学的概念及其价值，特别是对经籍文学、经籍的文学与文学经籍进行了区分，提出了研究的对象和方法，从文学人类学理论、主流文学理论和彝族古代文艺理论的三维理论视角下，分析研究彝族传统经籍的形式、阐释其文化内涵、挖掘其理论价值和应用价值。

彝族传统宗教信仰可以分为自然崇拜、图腾崇拜、祖先崇拜、神灵信仰和其他信仰，而祖先崇拜是彝族传统宗教信仰的核心。彝族传统经籍是相应的崇拜和信仰的对应经书，以祖先崇拜类经籍和驱邪禳鬼类经籍居多。彝族凡举行宗教信仰仪式、活动，一般都要请毕摩主持，并且要使用经籍。传统经籍是彝族古籍的主体，占据了彝族古籍的绝大部分。改革开放以来，彝族传统经籍翻译出版数量不断增加，大型丛书有《彝族毕摩经典译注》106 卷，《中国少数民族原始宗教经籍汇编·毕摩经卷》194 种（部分是选本），《增订〈爨文丛刻〉》和《彝文典籍集成·四川卷》（60 卷）中的绝大部分彝文古籍是彝族传统经籍，《彝族〈指路经〉译集》《彝族指路丛书·贵州卷（一）》等是彝族传统经籍中一种经籍的汇集与翻译，还有其他一些小型丛书或单行和翻译文本出版。彝族传统经籍的文学特征突出，除了《玄通大书》、《扎署》等大约 15%的经籍是散文类型的作品外，其他都是诗歌体裁特别是五言诗体裁的传统诗歌，占了约 85%的比重。传统经籍在彝文文学中的地位高，体现在起源早、历史长、使用或者受众人数多、覆盖的地域宽广、作品数量多、信任最真诚等方面。这些是对彝族传统经籍文学进行概括性研究，从总体上对所研究的对象进行把握和认知。

对彝族传统经籍进行分类是一个重要的研究途径，本书分别从语文形式标准把彝族传统经籍分为诗歌体和散文体两大类；从内容标准将其分为祭祖（包括祭祀）、丧葬、敬神、祈福、禳解、驱鬼祛邪、占算和其他八大类；按照信仰标准将其分为自然崇拜、图腾崇拜、祖先崇拜、神灵信仰和其他信仰五大类。基于彝族古代文艺理论中的分类，其中有一些也与传统经籍有较为密切的关系。划分清楚它们的形式类别，对经籍的形式就有了一个总体的把握。对彝族传统经籍文学内容的分类研究，分别对上述八大类经籍，选择了有代表性的作品进行概述、举要说明，再进一步对祭祖类的《呗麾献祖经》、丧葬类的《指路经》、敬神类的《献酒经》、祈福类的《祭龙经》、驱邪禳鬼类的《解冤经》、招魂类的《招魂经》和《招畜魂经》、测算占卜类的《玄通大书》等七个主要大类，各选择一部经籍从人类学特别是文学人类学的视角开展内容研究或者翻译介绍，揭示了彝族古代“凡经皆文”的经籍特征。关于艺术形式，本书参照彝族古代文艺理论和传统主流的文学艺术理论，从彝族传统经籍的谐声、押调、押韵、扣字（包括扣音节）、对、偶、连等入手分析其韵律，对其主要的五言诗句作了句式解析，并对五言诗句的内部节律、诗句之间和各段之间的节奏作了举例分析，对经籍文学的起头句与结尾句、中间叙事的一般程序、首句与尾句经常出现的程式与结构作了举例，并且根据彝语修辞手法的美学规则对经籍的修辞艺术进行剖析，对彝族传统经籍的文学艺术表达方式进行细致的解析，揭示它们的文学艺术特性。

本书运用文学人类学的理论与方法，从仪轨表达各道程序如何结合使用经籍、唱诵腔调的结构艺术及其与经文的结合、演述场域布置与选择及其对经籍传播效果的渲染、经籍的神圣治疗与禳灾避祸以及送祖慰灵的功能、经籍中的神话在毕摩绘画中的表达等五个方面，进一步揭示彝族传统经籍的文学特征以及用新理论分析它们产生艺术魅力的原因，它们的新功能和传统的作用。

彝族传统经籍传承的历史悠久，本书从语文特别是五言句式、一般的结构程式、经籍内容递相转述、典故的转化与运用和新意象的创造等方面，考察传统经籍产生以来对彝族文学的影响。研究发现，彝族传统经籍不仅在古代影响力很大，而且其他民族（族群）如只塔部族、陀尼人等，对彝族当代作家创作的影响也比较大，特别是对彝族著名的当代诗人。彝族传统宗教的生态与经籍文学的传承关系密切。据《华阳国志·南中志》的记载，在历史上彝族传统经籍“夷经”传播面广，“南人学者亦半引‘夷经’”，可见当时彝族宗教信仰亦处于全盛时期。但是到清朝以后则逐渐衰落，全球化对彝族传统宗教的生态影响巨大，彝族传统经籍文学的传承受到影响，本书通过历时的考察和共时的比较，提出了在构建和谐社会语境下，彝族传统经籍传承既面临危机也有机遇，并根据党和国家的政策和法律，提出了完善与制定一些切合实际的政策建议。

彝族传统经籍文学的研究对文学人类学有一定的贡献，主要是：为文学发生提供还原的新证，为文学形式的发展从口碑到文字转型提供新证，对文学新材料的开掘和新种类的展现，对文艺美学形式的丰富，对文学的慰灵功能的新发明等。《彝族传统经籍文学研究》一书结构严谨，语言表述简洁，论证严密，论据多为学术界没有使用过的新材料，运用了多种理论作为支撑的背景和研究的方法，是一项创新的成果。

通过系统的材料梳理和多维视角的理论观照，《彝族传统经籍文学研究》提出和阐释了以下重要观点：①彝族传统宗教信仰的核心载体是仪式和祭祀所用的经籍；②彝族传统经籍是彝文古籍的主体；③彝文传统经籍是古代彝文文学的主体；④彝族传统经籍的文学性特征突出，以五言诗歌为主要形式；⑤彝族传统经籍文学内容丰富，以祖先崇拜类和驱邪禳鬼类为最多；⑥彝族传统经籍文学的艺术表现形式独特，不是孤立的文本表达；⑦彝族传统经籍对彝族传统社会生活和文学艺术影响深刻而广泛；⑧经籍文学以传统宗教生活为依托，在全球一体化下其生态与传承形势严峻，必须认真加以解决。

虽然《彝族传统经籍文学研究》是以基础研究为主，结合实际也开展了应用研究，根据研究所获得的情况提出了一些关于如何传承彝族传统经籍文学和民族古籍的对策建议：一是要坚持党的宗教工作的“四句话”工作方针，积极引导彝族传统信仰与社会主义社会相适应；二是把彝族传统文化纳入国家文化建设发展中考量，统一到国家发展中来；三是适当照顾部分彝族群众的信仰需求；四是通过“上下来去”的方法充分调查研究制定各个层面保护民族古籍的新政策。这些都是符合实际，切实有用的。

三

《彝族传统经籍文学研究》是一项有特色，有创新的新成果，开拓了研究的新领域：一是从人类学特别是文学人类学的角度来研究彝族传统经籍，把文学研究放在文化研究中来进行，扩展彝族文学研究的新领域；二是通过多维理论的视角来发掘彝族传统经籍的价值，发现彝族传统经籍的文学魅力和文艺美学形式；三是通过国际音标描写、汉文的表达来研究彝文经籍，打通彝文原文与汉字表述之间的通道，使彝族传统经籍研究的工具更加多样；四是基础研究与应用研究相结合，既发掘彝族传统经籍的学术价值，也思考保护和传承民族古籍的对策。

本书的创新之处还在于引入文学人类学的研究方法，对彝族的经书典籍进行了全方位的分析，定位了彝族传统经籍文学的概念及价值，并通过彝族典籍的例证梳理，提出了建构和谐社会语境下的民族政策的观点和方法，有利于促进少数民族地区的稳定和发展。

最后，本书通过对系统的新材料的分析，指出彝族传统经籍文学对文学人类学的贡献：为文学发生提供还原的新证；为文学形式发展从口碑到文字转型提供新证；对文学新材料的发现与新种类的丰富；对文艺美学具体形式的丰富；送祖慰灵文学功能的新发明。通过对彝族传统经籍这种新的文学材料的发现和研究，本书丰富和发展了文学人类学的理论，提出了新的文学功能即慰灵的新理论。

四

《彝族传统经籍文学研究》特色鲜明，既有理论深度，有学术价值，又与现实社会密切结合，有应用价值，对丰富少数民族文学宝库有着十分重要的意义。

文学人类学还是一门新兴的学科，在中国的研究基础薄弱，推进较难。运用文学人类学的理论、结合彝族古代文艺理论和主流的传统文学理论来对彝族传统经籍进行文学研究，是一项创新，对解决运用文学人类学理论来解决中国少数民族经籍研究具有很好的推动作用。同时，系统地运用传统文学理论、彝族文艺理论和文学人类学理论三种理论来研究彝族传统经籍的文学价值，为开创彝族经籍文学进而中国少数民族经籍文学奠定了扎实的基础。

《彝族传统经籍文学研究》的应用价值体现在：一是提供了中国少数民族文学进而是中国文学新的文学文本教学和研究的新资料，可以作为这个学科教材编写的参考；二是提供给地方党委、政府及其职能部门在制定和完善民族古籍保护与传承政策时的决策参考；三是为旅游、文化、经济部门开发利用彝文化提供参考，特别是在国家藏羌彝文化产业走廊总体规划区域和彝族文化产业发展的核心区域等。

《彝族传统经籍文学研究》在研究中期，已经在《贵州社会科学》等核心期刊和其他刊物发表10多篇论文，对成果的部分内容进行了公开介绍，供关注这一领域的学者和实际工作者引用、参考，有较好的社会影响。本书可以让读者系统了解彝族传统经籍、古籍，同时，正值国家开发藏羌彝文产业走廊的新形势，利用本书成果进行文化产业发展决策、开发、利用，必定能够产生较好的社会效益和持续的经济效益。

本书的另外一大突出贡献，是其所囊括的彝族传统经籍文学的资料量。可以说，滇川黔桂四省彝族六大方言区的传统经籍文学作品，都在本书中得到了充分的展现，所引用的成果达300多部（著作、论文、调查报告），可谓是彝族传统经籍文学的集大成学术研究成果。难能可贵的是，为了突出成果的真实性，在研究过程中，作者使用了彝语几大方言区的语音及对应的方言区的彝文字资料，为今后跨省区的彝学研究成果提供了一个范式。

五

综上所述，《彝族传统经籍文学研究》通过系统梳理彝族传统经籍文学材料，运用新的理论和新研究方法，通过结合传统主流文学理论，并且结合彝族古代文艺理论，从多个维度上展开研究，对丰富和发展文学人类学这一重大的新理论是有力的推动，提出了如何传承彝族传统经籍这一现实问题的对策建议，可以提供给有关部门作决策参考，具有理论推进的价值和解决现实问题的价值两个方面的价值。同时，通过整理和分析彝族传统经籍并界定彝族传统经籍文学概念及其内涵与外延，有力地推进了中国少数民族语言文学的学科建设。

因此，本书是彝学理论界的代表性著作，其学术价值和理论意义不言而喻。

由于彝族传统经籍文学数量庞大，归类十分复杂，关于经籍文学概念的问题，在理论上难点较多，再加上从事这一领域研究的基础十分薄弱，前期研究成果可供参考的比较少，资料收集与处理的难很大。《彝族传统经籍文学研究》采取了选择有代表性的彝族传统经籍作为研究对象的方法，难免遗漏一些很有价值的经籍和其他作品。例如，文学价值很大的经籍《孜孜妮扎》虽然也简要提及，但是分析不够；经籍对当代彝语文学特别是彝语诗歌的影响涉及较少；个别观点在学术界可能会引起一些反响或争鸣。

从严格意义上说，《彝族传统经籍文学研究》是一项开创性的彝学课题，其材料搜集和科学归类很难，其相关概念、定义等理论问题的建构更为艰辛。该书属于开创性的研究，所涉及复杂问题很多，而且解决问题的难度大，文中所阐释的一些相关概念和理论问题，还可以再深入研究。当然，一项研究成果，还不能解决所有的问题，希望这些问题在今后的研究中，有更多的专家参与解决。

目　　录

三维理论视角下的彝族经籍文学研究(吴大华)

绪　论

第一节　文学人类学的理论与方法

彝族传统经籍指的是彝族古代社会中举行各种仪式（包括原始宗教信仰仪式、一般民间生活仪式）时形成、使用和传承的经书。这些经书直到当下有的还在传承和使用。这些经书因为流传地域不同，所以数量和种类不完全一样。例如，根据见诸公开出版物的统计，在彝语的各个方言区，种类最多的是彝语东南部方言区，可以分为八种。①而现在还在流传着的数量最多的经籍是彝语北部方言区的大凉山地区，经统计有 313 部。②在这里使用“传统”一词，要强调的就是在时序上从古代到今天的延续，是一个在时序上连续不断的过程，而不专门指古代，当下还在连续着。彝族传统经籍文学是指彝族传统经籍中具有文学价值的部分。从文学人类学的视角来研究彝族传统经籍，则要从更为宽泛的视角来理解彝族传统经籍，因为文学人类学比较的眼光、多重证据的方法，特别是对文学发生和文学功能的新定位，让我们从更加宽广的视域来看待彝族传统经籍。也就是说，从文学人类学的文学与人类学交叉与结合的新领域来研究彝族传统经籍，视角不再仅仅局限在它的审美作用、认识作用、教育作用，特别是艺术价值等传统的主流的标准，而是从经籍的产生、经籍的功能等人类最初的需要的角度来考虑如何研究彝族传统经籍。因此，在对彝族传统经籍有了一个初步的概念之后，首先要对文学人类学的理论与方法作一个简要的了解。

① 黄建明，巴莫阿依. 中国少数民族原始宗教经籍汇编·毕摩经卷[M]. 北京：中央民族大学出版社，2009：5-7.

② 黄建明，巴莫阿依. 中国少数民族原始宗教经籍汇编·毕摩经卷[M]. 北京：中央民族大学出版社，2009：303.

一

文学人类学形成的历史，源于文学学科建设史上民族文学、比较文学等学科建设过程中，不断进行新方法和新领域的探索过程中。特别是近代以来，西方殖民主义者在全世界的殖民历史，催生了对殖民地各族人民的研究。这些研究的直接结果之一就是人类学的诞生。人类学是对“他者”即异民族、异国、异文化进行研究的一门学科。人类学的研究当然离不开文学艺术等的研究，特别是对异民族神话、史诗等的搜集、整理、翻译和研究，是认识异民族历史、文化尤其是仪式、习俗的重要方面。这样，人类学的研究方法与知识观就进入了文学艺术的领域，与文学发生不可分割的联系，为文学人类学的产生奠定基础。

对文学的比较研究，起初只是一个自然的过程。个别作品之间的比较应该是最早的自然比较研究方法，作品类别的比较也是其中经常进行的行为，如韵文文体与散文文体的比较，或者格律诗与非格律诗的比较，小说与戏剧的比较等。深入一些的比较研究，就是文学发展历史的研究，古代时期某一国、某一民族的文学状况，经过发展后到了当代，是一个什么样的情况。这些比较研究都是具体的比较。扩大来说，一个民族的文学与其他民族的文学的比较研究，形成民族文学的概念，进而形成民族文学；一个国家的文学与另外一个国家的文学的比较研究，形成国别文学的概念，进而形成世界文学；等等。因此，比较文学或者说比较文学学，是形成文学人类学的一个重要的方法论起点，也是比较文学研究的新方向。[①]中国和外国的许多研究者，从文学研究特别是神话的研究中，寻找到到达人类学的文化研究的新途径。反之，许多人类文化的研究，也是从文学特别是神话等的研究中取得成果的。[②]一个非常著名的例子是，英国人类学家詹姆斯·乔治·弗雷泽（James George Frazer）在他的《造人神话》中[③]，对世界各地各个民族、族群的造人神话的比较研究，可以发现在这些造人神话中都有用泥土造人的记载，人类产生于土地的问题，就这样在各个民族的造人神话中得到印证。这是人类学家研究神话发现世界上人类来历的文化阐释，与传统的文学研究注重于审美研究的情况是不太一致的思路和方法。这就是文学人类学领域经常遇到的情况。传统的文

---

① 李达三. 比较文学研究的新方向[M]. 台北：台北联经出版公司，1978.

② Frazer，J. G. *Folklore in the Old Testament*[M]. London：The Macmillan Company，1923.

③ [英]弗雷泽. 造人神话[J]. 叶舒宪译. 杭州师范学院学报，2005，（3）：74-78.

学理论对于“比较文学”的概念往往从民俗中研究口头文学，特别是从关于民间故事的研究开始，然后才进一步拓展到作家的书面文学。因此，勒内·韦勒克（Rene Wellek）和奥斯汀·沃伦（Austin Warren）指出：“实际上，‘比较文学’这个名称过去时指的是，而且现在仍然指的是相当明确的研究范围和某些类型的问题。它首先是关于口头文学的研究，特别是民间故事的主题及其流变的研究以及关于民间故事如何和何时进入‘高级文学’或‘艺术性文学’的研究。”①这是从民间文学特别是民俗学的角度对“比较文学”的解析。从更加宽广的范围来看，“‘比较文学’的另外一个含义是指对两种或更多种文学之间的关系的研究”②。但是这样的描述和解析，仍然不能完全涵盖“比较文学”的全部内涵和外延，因此，他们在《文学理论》中又提出了一个概念：“把‘比较文学’与文学总体的研究等同起来，与‘世界文学’或‘总体文学’等同起来。”③这虽然同样不能完全概括“比较文学”的全部内涵与外延，因为“比较文学”不能不顾及“民族文学”的问题，但也能克服外延上存在的许多问题。因此，他们强调：“无论全球文学史这个概念会碰到什么困难，重要的是把文学看作一个整体，并且不考虑各民族语言上的差别，去探索文学的发生和发展。”④“事实上，恰恰就是文学的民族性以及各个民族对这个总的文学进程所作出的贡献应当被理解为比较文学的核心问题。”⑤这样，对于民族文学，比较文学与总体文学或者说是世界文学的研究中，“文学的民族性”问题被突显出来，但是不能用民族主义感情来渗入文学的研究之中。

近代以来，中国的学术话语体系逐渐失去传统文化的主导地位。20 世纪的前半叶，通过引进马克思主义和西方的科学范式，中国的学术话语体系由西方话语

---

① [美]勒内·韦勒克，奥斯汀·沃伦. 文学理论[M]. 刘象愚，邢培明，陈圣生，李哲明译. 南京：江苏教育出版社，凤凰出版传媒集团，2005：41.

② [美]勒内·韦勒克，奥斯汀·沃伦. 文学理论[M]. 刘象愚，邢培明，陈圣生，李哲明译. 南京：江苏教育出版社，凤凰出版传媒集团，2005：42.

③ [美]勒内·韦勒克，奥斯汀·沃伦. 文学理论[M]. 刘象愚，邢培明，陈圣生，李哲明译. 南京：江苏教育出版社，凤凰出版传媒集团，2005：43

④ [美]勒内·韦勒克，奥斯汀·沃伦. 文学理论[M]. 刘象愚，邢培明，陈圣生，李哲明译. 南京：江苏教育出版社，凤凰出版传媒集团，2005：44.

⑤ [美]勒内·韦勒克，奥斯汀·沃伦. 文学理论[M]. 刘象愚，邢培明，陈圣生，李哲明译. 南京：江苏教育出版社，凤凰出版传媒集团，2005：48.

主导；20 世纪后半叶，大量引入苏联的学术话语体系，同样还是没能摆脱西方话语体系的范畴。这种话语体系的明显特点就是概念工具的两组二元对立范畴，一是“中心—边缘”，二是“我族中心—文化相对论”。同时，以“科学”的名义解释一切，使得许多无法用科学解释的东西被话语权压制了。实际上，世界上许多东方民族对用“科学”解释一切的思想方法并不完全认同，许多东方智慧来源于文化传统。这样，人类学的一个重大贡献就是从研究人类出发，发现人类文化，从“人的科学”转到“文化阐释”。研究方法也从故纸堆的青灯黄卷中钻研走向田野，知识的视野也从一元中心的书本知识到千千万万的地方性知识。因此，在多民族杂居的国家和地区，出现了多元文化主义政策，提倡、培育平等意识与共同繁荣、发展的目标，以此应对西方的帝国意识和文化沙文主义，而文学作品为此提供很好的教育和认识素材。于是文学写作中的文化并置（cultural juxtaposition）现象得到了重视。所谓文化并置是人类学理论中的一个命题，后来被文艺创作借鉴为一种写作技巧，就是通过不同的文化传统或者价值体系相互并列在一起，从对照中发现原来看不见的文化特色、彼此之间的文化成见与文化偏见，在反观之中把原来认为理该如此的熟悉东西陌生化，超脱出原来的认知体系，甚至颠覆原来的主流价值观。这也是文学从人类学中获得的一大收益，从中可以发现原来并不受到重视的民族文学、民间文学，它们的文学价值往往超出人们原有的评价之上。

因此，如果从人类学专业立场看，“文学人类学又可称为‘人类学诗学’，是以文学方法展开民族志写作的创新性表述方式，目的是尽量避免西方科学范式和术语在表述原住民文化时的隔膜与遮蔽作用，尽可能带有感性地、完整和丰富地呈现出原汁原味的地方文化”[①]。从文学人类学的视角来重新审视，比较文学所比较的民间口头文学包括民间故事、各民族之间文学关系的研究，特别是从总体文学或者说是世界文学的视域上看，许多在过去的文学史上被遗忘或者被轻描淡写的作品，它们的价值在新的研究中将得到更多的体现。例如，中国是一个多民族国家，过去的文学史主要是以汉族为研究对象，基本上没有体现境内各民族的文学发展情况。近年来，费孝通先生“中华民族多元一体格局”[②]的理论提出来之

① 叶舒宪. 文学人类学教程[M]. 北京：中国社会科学出版社，2010：22.

② 费孝通，等. 中华民族多元一体格局[C]. 北京：中央民族大学出版社，1989.

后，从这个理论出发，人们对于多民族文学的认识有了新的提高，“多民族文学史观”等学术概念也提出来了①，并且逐步得到文学界的认同。这样，对于传统的文学经典的认识，从一般的见于文字传承的书面文学作品，扩大到口头传统，如神话等，特别是大型的口传史诗②，如被称为世界上最长史诗的藏族史诗《格萨尔王传》。而评价文学经典的标准，又增设新的从人类学的视角认识文学体系。基于这种理论，重建文学人类学的中国文学观被提上了议事日程。叶舒宪提出：“根据中国文化内部多样性与多源性的构成特征，根据中原汉民族的建构过程离不开周边少数民族的文化迁移、传播与融合运动这一事实，要求改变那种以汉族汉字为中心叙事的历史观和文学史观，突破那种划分多数与少数、主流和支流、正统和附属、主导和补充的二元对立的窠臼。提出重建文学人类学意义上的中国文学观及少数民族文学观，倡导从族群关系与互动、相互作用的建构过程入手，学会尊重和欣赏文化内部多样性的现实，进而在中原王朝叙事的历史观之外，寻找重新进入历史和文学史的新途径。”③这样，世界文学或者说总体文学的数量大大丰富，许多被称为原住民口头传统的神话、史诗、民间故事等，都可以正式纳入文学的范畴，在世界文学史拥有自己的一席之地。同样，中国文学的领域大大拓宽，许多少数民族的民间文学都可以正式登上大雅之堂，纳入文学研究特别是文学史的编写之中。彝族传统经籍作为彝族的一种特殊的文学形式，正是这些少数民族文学中的一个重要组成部分。

二

每一门学科都有其研究的对象，有主要的研究内容和主攻的研究方向。文学人类学也不例外。人类学的历史已经有上百年，文学研究或者说文学学的历史达上千年，而常常作为文学研究的一个重要分支的比较文学研究的历史，也已经有上百年的历史。但是，作为文学人类学，国内学术界真正把它当成一门学科也只有 30 多年，它的起始是在 20 世纪 80 年代中期。它的主要研究对象是文学研究界早年不太重视的神话、口头传统、民间文艺，特别是与巫术、萨满等人类学研究

---

① 徐新建．“多民族文学史观”简论[J]．民族文学研究，2007，（2）：12．

② Rothenberg，J. & Rothenberg，D. *Symposium of the Whole：A Range of Discourse Toward an Ethnopoetics*. Berkeley：University of California Press，1983.

③ 叶舒宪．文学人类学教程[M]．北京：中国社会科学出版社，2010：123-124.

领域密切相关的传统。也就是说，文学人类学十分关注文学的发生、文学的起源等对文学来说是源头的问题。同时，文学的功能也是文学研究历来关注的主要问题之一。传统文学概论、文学理论一般都注重研究文学的教育功能、认识功能、审美功能等。从文学人类学的视角出发，对文学源头的关注和研究，也产生了对文学审美功能的新认识，重点是文学的治疗功能和禳灾功能，这是以前传统的文学研究所缺乏的。由此而回溯到文学作品的创作者、文学作品的传承人的问题，从文学人类学出发，可以发现许多伟大的文学作品，其作者也许是常人想象不到的巫师、狂人，而不是传统的文学史上记述的那些正统的作家、诗人，即使是那些正统的作家、诗人，也许他们伟大的作品恰恰是在疯狂、迷糊的情境之下才创造出来的。如此，文学人类所研究的对象、所关注的主要研究方向就明确了。

在传统的文学史著作中看到的作家，是以提笔写作为主体的一个体系，其中极少的一点空间才留给无文字的口头传统或者称为民间文学的部分。但是上溯到无文字时代，回访史前史，许多在民间广泛流传并深入人心的作品，却是神话、传说、故事或者许多仪式与习俗中的说辞，而这些作品的作者，他们不是用笔来写作，他们凭借非凡的想象和记忆，表达了当时当地人们的需要甚至渴望。他们的作品或许是前人的传承，或许就是临时的创造，但是功用非凡，获得时人的赞许和膜拜，为后人所遵循和保存。而这些没有被传统文学史称为作家的人，有的是哲学家，有的是巫师、萨满，有的是瞽叟、艺人，总之，与传统文学史中记载的作家有相当遥远的距离。他们的历史不在文学史中，但是历史却离不开他们。因此，美国文学理论家古斯塔夫·缪勒（Gustav Muller）指出："历史之所以成为历史，只是因为历史想成为神话或传说。荷马所做的一切都将永远成为典范。"[①]荷马史诗因荷马而得名，而荷马的身份尽人皆知，他与现代所谓作家的头衔可谓相去甚远。就是享有盛名的古希腊哲学家、文艺理论家苏格拉底，经过西方人不断深入的研究，发现了他的一些新身份、角色，波德瑞（William Bodri）认为苏格拉底也是大禅师。[②]而格里马尔迪（Grimaldi）则认为："我们应该重新认识苏格拉底的萨满形象，他的魔法师和巫师功能，正是他把哲学家是什么样子

---

① [美]古斯塔夫·缪勒. 文学的哲学[M]. 孙宜学，等译. 南宁：广西师范大学出版社，2001：16.

② [美]波德瑞. 苏格拉底也是大禅师[M]. 王雷泉译. 台北：台北考古文化公司，1998.

的形象强加给西方意识。即便到了今天，人们仍然会说，只有与苏格拉底有共同点的人才叫做哲学家。”[①]他首先把苏格拉底看成一个巫师，然后才把他看成哲学家和文学家。而神灵凭附也是诗人之所以成为诗人的说法，在西方也早已有之。例如，柏拉图记载了苏格拉底的说法，认为：“神对于诗人们像对于占卜家和预言家一样，夺去他们平常的理智，用他们做代言人，正因为要使听众知道，诗人并非借自己的力量在无知无觉中说出那些珍贵的词句，而是由神凭附着来向人说话。”[②]萨满是人类社会中曾经普遍存在的通神者，他们通过仪式和叙事治疗的现象至今仍然存在于许多地方，而作为早年的“文学家”，他们的许多说唱往往是治疗中所必需的使用语言，他们的产生往往是经历了非常事件，“受过伤”之后成为“受伤的医者”。[③]他们也是早年的作家群体。而福柯则走得更远，他认为“只有疯狂的通神者，才能称为是优秀的史诗讲唱者”。“要谈论疯狂，必须有诗人的才华。”[④]就是传承的《格萨尔》史诗，也被认为是“通神艺人”才能演唱。[⑤]也有专家认为彝族“毕摩”具有通神和史诗传承的能力。[⑥]彝族毕摩除了口头传承的传统之外，还大量撰写、抄写传统经籍，这些经籍有许多史诗的成分。而这些经籍，一部分也是从口头转换而来，是从传统仪式、习俗等之中毕摩的口头说唱记录下来，成为彝文文本流传下来的。其实中国哲学家、文学家老子的名著《老子》第十四章和第二十一章讲的是“无状之状，无物之象”的“惚恍”，也是一种“出神”“通灵”的状态。这与儒家先师“子不语怪力乱神”所要求的是另外一路，然而在“罢黜百家，独尊儒术”之后，老子的这一种与文学创作的灵感最为切近的思想，在中国文学史上空间越来越小，不断地遭到排挤和打压，最地道的也是与中国人生活最为关系密切的中国道家思想让位给了儒家和佛家，从而使中国广大而厚重的民间思想艺术的生存空间越来越小，民间的创作自然被挤在文学史的边缘。由于理性思维与感性思维是两条道路，到西方的启蒙时代之后，科学主义

① [法]格里马尔迪. 巫师苏格拉底[M]. 邓刚译. 上海：华东师范大学出版社，2007：10.

② [古希腊]柏拉图. 柏拉图文艺对话集[M]. 朱光潜译. 北京：人民文学出版社，1963：9.

③ Lewis，I. M. *Ecstatic Riligion ：A Study of Shamanism and Spirit Possession*. 3rd edn. London：Routledge，2003.

④ [法]福柯. 古典时代的疯狂史[M]. 林志明译. 北京：生活·读书·新知三联书店，200：20.

⑤ 徐国琼. 再论《格萨尔》艺人的“神授说”[A]//赵秉理. 格萨尔学集成（第三卷）[C]. 兰州：甘肃民族出版社，1990：1857；杨洪恩. 民间诗神——格萨尔艺人研究[M]. 北京：中国藏学出版社，1995.

⑥ 刘亚虎. 南方史诗论[M]. 呼和浩特：内蒙古大学出版社，1999.

和逻辑中心主义占据了人类思想史的主要阵地，这种以科学名义打压非科学思想的事情在西方也发生过。但是即使是科学家，也对人类的通灵能力产生过支持的兴趣，瑞典科学家艾曼纽·史威登堡（Emannnel Swedenborg）的著作《天上的秘密》表达了这种思想，却遭到康德的严厉批判。①可见，即使是科学主义最为流行的时代，就是科学家对人类通灵、出神等能够产生灵感的现象也并不完全加以排斥，只是这样的声音过于微弱，也没有从文学创作灵感的角度来对此现象加以解释。

从古代人类仪式、习俗中萨满、巫师、瞽叟、艺人等的通神功能、出神状态中，依靠他们“灵感”的发挥和言说、讲唱的表达，产生了许多说唱的语言词汇。这从人类学的角度考察到了还没有文学观念之时，萨满等身份的“作家”的灵感并非独自一人在幻想或思考中产生，而是通过一定的仪式与有关的先人或神灵沟通求得必要的帮助，让他们脱离世俗的生存环境而进入另外一种境界之中，产生在日常生活中不能产生的各种能力，从而在仪式和活动中发出超越日常生活的各种非凡能力，创造出包括演唱、说辞在内的形式丰富的“文学作品”。这与鲁迅先生认为文学作品在抬木头等劳动中产生“杭育杭育派”的观点，即劳动生产产生了文学的过去占有主流地位的理论，又是另外的一种理论。这种理论在文学人类学领域是主流的理论。

创作的灵感来源于创作者的头脑和感情，无论是唯物主义的劳动生产产生文学的理论，还是唯心主义或者说非科学的巫术、宗教、仪式与活动都能产生文学的理论，都要正视创作者头脑中产生的并且通过口头或者书写表达出来的东西。这样，可以进入文学史的作家的群体大大地增加了，不能忘记那些曾经为人类文化作出过贡献的古代巫师、萨满、毕摩等，在人类文明史上曾经把他们与“史官”并称为“巫史”，可见当年就是对他们所作的贡献的肯定，只是后来由于意识形态领域被其他的思想占领了。例如，中国的“独尊儒术”和西方的逻辑中心主义和科学主义的独霸地位，他们才退隐到历史的背后。因此，文学人类学的主要任务之一，就是通过这些人们对文学、文艺与历史的贡献的研究，再次肯定他们的历史功绩，让他们在文学史上取得应有的地位，从而更好地弥补文学只注重文字作品的缺陷。

---

① [德]康德. 通灵者之梦[M]. 李明辉译. 台北：台北联经出版公司，1989.

三

文学作品是如何创作出来的？这是文学发生学研究的对象，也是文学人类学关注的重点对象。前面所提到的一些理论观点只是抽象的叙说。用知识考古、文化考古特别是语言考古的方法进行研究，对于文学发生的历史源头会有新的认识和收获。

叶舒宪通过对甲骨文、金文和汉族上古神话和信仰进行“打通”，运用四重证据法对告与诰，各与格，格人与哲人，格与假、嘏，格和神话，隹（唯）与若（诺）等进行语言和神话考古[①]，重新对《尚书》《诗经》等进行阐释，对汉语文学的发生提出了“神圣言说”的新理论。叶舒宪认为，《尚书》普遍被误解为历史散文是错误的，它实际上是出自口传文化言说的“语体”。神圣言说的主休曾经集中在社会中的最高领袖人物，包括王者及其兼任的巫觋、萨满等。[②]“解开书写文学发生之谜的线索就潜藏在神圣言说的口头文学中，而汉字所提供的源于口头文学的关键词（字），或与神圣仪式行为密切相关，或与神话信仰相关，成为整体性还原解读早期文本的重要原型编码。”[③]

从口头言说到文字文本的形成，在几千年前的甲骨文、金文语词及其相应的汉族神话、传说中，在中国其他少数民族中也十分普遍，并非个案。以彝族为例，在彝族传统仪式（有的称为古戏、傩戏、戏剧等）《撮泰吉》的演述到文本记录[④]，包括从汉字文本的记录到彝文文本的记录，这一系列过程中可以得到很好的证明。《撮泰吉》无论是一种什么样的仪式、活动或者戏剧，它从古至今都是在贵州省威宁彝族回族苗族自治县板底乡的裸嘎村进行着，在没有人关注到它的时候，它的演出从来就没有任何文字文本可言。最早在 1987 年，《彝族古戏“撮衬姐”》[⑤]《彝族古老文化“曹腾紧”调查》[⑥]《撮泰吉（彝族傩戏演出记录

① 叶舒宪. 文学人类学教程[M]. 北京：中国社会科学出版社，2010：170-213.

② 叶舒宪. 文学人类学教程[M]. 北京：中国社会科学出版社，2010：213.

③ 叶舒宪. 文学人类学教程[M]. 北京：中国社会科学出版社，2010：214.

④ 王明贵. 撮泰吉是戏剧还是仪式[A]//王明贵. 奥吉戈卡彝学研究[C]. 北京：中国文史出版社，2013：332-334.

⑤ 杨光勋，段洪翔. 彝族古戏“撮衬姐”[J]. 贵州文史丛刊，1987（1）：44-48.

⑥ 李平凡. 彝族古老文化“曹腾紧”调查[A]//李平凡，颜勇主编. 贵州六山六水民族调查. 彝族卷[C]. 贵阳：贵州民族出版社，2008：193-200.

本）》[①]等相继发表，这一古老的文化形态被人们发现和研究。于是，长期在口头传承的各种说辞、祝辞、颂辞和对白，就从彝语被翻译为汉文的形式中记录了下来，以前参加仪式活动的“演员”可以随意发挥的对白部分，因为有了汉字记录文本的参照，也就相对固定了下来。到后来，经过发掘（或许是记录、整理），彝文的《撮泰吉根源》也出现了，并且被收集起来公开出版。[②]这样，后来的文学史的写作，在不能把活的形态写入文字文本中的时候，就有了文字文本的依据，不论是汉文的还是彝文的。[③]而最让人们所熟知的，还是藏族长篇史诗《格萨尔》，直到今天，它的传承既有文本的记录公开出版[④]，也还在藏族民间艺人的口头上传承着。其他的如蒙古族的《江格尔》[⑤]，柯尔克孜族的《玛纳斯》[⑥]，也是这样的情况，记录的文本已经公开出版，口头的文本仍然在“玛纳斯奇”“江格尔奇”等优秀艺人的口头上传承着。在演唱《格萨尔》史诗的时候，艺人往往要举行一个仪式，接通自己与先师的关系，把自己的角色转换出来，达到通神或者入幻的境界之中。[⑦]同样，彝族的《撮泰吉》表演仪式，也有敬献程序在先，一般先敬献美酒告知天地祖先要举行仪式活动了。[⑧]这些虽然不像汉族的“格物”“登遐”“唯诺”等是最高领袖人物或者高级人物的“神圣言说”，但是这些艺人在藏族、彝族中都是拥有崇高地位的人，他们的“言说”还保留着部分“神圣”的意味。也就是说，中国少数民族的文学发生，与汉族的文学发生一样，有一个从口语到文字的发展历程，一个从口头传承到文本保存的转换过程。

四

文学有什么用？这个问题是伴随着文学的产生和发展而出现的必然的问题。如果文学没有用，那么为什么所有民族都有文学存在？而且一直与人类社会的不同发展状况相始终，至今还在所有的人类文化中占据重要的地位。中国古代关于

① 罗德显，杨全忠. 撮泰吉[J]. 贵州民族学院学报，1987（4）：26-34.

② 李幺宁，安天荣. 撮泰吉根源[A]//陆刚主编. 撮泰吉调查研究文集[C]. 贵阳：贵州大学出版社，2012.

③ 母进炎. 黔西北文学史[M]. 贵阳：贵州大学出版社，2011：543-544.

④ 格萨尔（藏文精选本）[M]. 北京：民族出版社，2000.

⑤ 江格尔（汉文全译本）[M]. 乌鲁木齐：新疆人民出版社，2004.

⑥ 玛纳斯[M]. 乌鲁木齐：新疆人民出版社，1991.

⑦ 杨洪恩. 民间诗神——格萨尔艺人研究[M]. 北京：中国藏学出版社，1995.

⑧ 陆刚. 撮泰吉调查研究文集[C]. 贵阳：贵州大学出版社，2012.

“诗”可以“兴”“观”“群”“怨”，“迩之事父，远之事君，多识于草木鸟兽之名”等都有所阐述。西方文学理论传入之后，文学又有了认识功能、教育功能、审美功能等理论。但是，最初的文学即人类的口头言说究竟有什么功能，它又如何发生这种功能？这正是文学人类学所注重的又一大问题。在文学人类学研究的成果中，文学的治疗功能和禳灾功能，是人类文化中最早的功能，也是被现代人遗忘最多的遗产。因此，叶舒宪指出：“文学在各个不同民族的现实社会生活中，其最主要的功用有治病和禳灾两项。从广义上说，治疗和禳灾都是前现代社会赖以维系其生活秩序的重要行为手段。”①

巫在中国上古时代是政治、社会中重要的角色。中国古代有过一个“巫史”职能不分、“巫医”职能不分的时代。巫是人类社会早期十分重要的人物，他们能够联通鬼神，具有沟通人与神灵、鬼怪、逝去的亲人等的功能，特别是他们有祭祀、驱邪、治疗、慰灵等许多重要能力，上古时期受到人类的普遍敬重。巫的言说、祈请、祝咒等口头传承，后来用文字记录而成为文本，虽然脱离了原初的仪式背景渲染，却保留语言流传的效用。上古时期的那些记录和一些一起流传至今的巫辞，构成了文学人类学视野中的文学作品。《楚辞》的影响在中国尽人皆知，但是对《楚辞》的定性却众说纷纭。《楚辞》中的巫风特色却没有人能够否认。因此，日本学者藤野岩友用“巫系文学”来标注《楚辞》一类的文学作品，他说：“笔者向祭祀寻觅文学的起源。祭祀时，有以巫为中介的人对神和神对人之辞……《离骚》《天问》《九章》《卜居》《渔父》《远游》等，可以说是由此起源的。”②这里没有提到的《招魂》，虽然不是对话，但是却多由巫师举行。彝族传统的经籍中，还有专门的《招魂经》一类，大概也是从口传的祈请之辞记录而来的。③这里所称的“巫系文学”在东方各民族中并不少见，它治疗的功用至今也还在一些民族中保留。

藏族的《格萨尔》艺人多数都会巫术，有的会给人治病。据田野调查，“那曲艺人阿达尔被当地群众尊称为巴窝钦波（意为大降神者、大巫师），他是那曲一带有名的拉哇。虽然他后来不降神了，但是依然应群众之邀，用哈达给群众‘吸’

---

① 叶舒宪. 文学人类学教程[M]. 北京：中国社会科学出版社，2010：270.

② [日]藤野岩友. 巫系文学论[M]. 韩基国译. 重庆：重庆出版社，2005：4-5.

③ 楚雄自治州人民政府，夜礼斌，杨洪卫. 彝族毕摩经典译注（第六卷：双柏彝族招魂经）[M]. 昆明：云南民族出版社，2007.

病”[①]。《玛纳斯》的诗句中也有治病的记载：“英雄阿勒曼别特来到卡拉吕特门前，看见巴克西正在口念咒语为人驱魔治病。”柯尔克孜族的萨满有为人祛灾的功能。[②]哈萨克族的“巴克思”也叫“阿尔包齐”，是相当于“巫医”和“歌手”的双重职能者，他们会唱“阿尔包歌”来治疗被蜘蛛咬伤的患者。[③]彝族的毕摩也有这种能力：“毕摩是彝族社会生活中不可或缺的重要人物。他在彝族生活中起着沟通人的前世、今生与来世，主持重大祭祀和婚丧礼仪，沟通人神关系、人鬼关系，引导人们的精神信仰，医治人的生理疾病，维护人的心理健康，传承彝族典籍文化等许多重要职能。”[④]彝族的祝咒经诗中，巫化的叙事风格即是从巫事中的祝咒治疗功用传承下来的。[⑤]台湾地区的布农人也有巫医用咒语诗歌治病的实例。[⑥]印度的《阿达婆吠陀》是四部梵文经典中最早的诗歌集之一，其中收录的731 首诗歌多数用于治疗疾病，如专门有诗（如《治咳嗽》）用于治疗咳嗽。[⑦]

关于文学的治疗作用在外国早有研究成果。美国的约翰·霍普金斯大学专门出版的《文学与治疗》杂志发表这方面的文章。麦地娜·萨丽芭（Medina F. Saliba）曾在这本杂志上发表《故事语言：一种神圣的治疗空间》以介绍她的研究成果。[⑧]她提出用诗歌和散文进行整体治疗的论文受到业内人士的肯定。台湾地区曾经翻译出版了一些有关文学治疗的书籍。一位秘鲁的医学博士维洛多的著作《印加能量疗法——一位人类学家的巫士学习之旅》，介绍通过巫师的语言引导“跨出了线性的时间，进入了神圣”的境界之中的治疗方法。[⑨]杰米森是一位美国的精神病学教授，她出版了《躁郁之心》[⑩]《疯狂天才》[⑪]《天才向左，疯子向右》[⑫]等著

---

① 杨洪恩. 民间诗神——格萨尔艺人研究[M]. 北京：中国藏学出版社，1995：92.

② 郎樱. 玛纳斯与萨满文化[J]. 民间文学论坛，1987.（1）.

③ 黄中祥. 哈萨克英雄史诗与草原文化[M]. 北京：中央编译出版社，2007：107.

④ 王明贵. 彝族（中国少数民族人口丛书）[M]. 北京：中国人口出版社，2013：51.

⑤ 巴莫曲布嫫. 彝族祝咒经诗《紫孜妮楂》的巫化叙事风格[J]. 民间文学论坛，1996，（3）：18-21.

⑥ 杨淑媛. 人观、治疗仪式与社会变迁：以布农人为例的研究[J]. 台湾人类学刊，2006，（2）.

⑦ 印度古诗选[C]. 金克木译. 长沙：湖南人民出版社，1984：43.

⑧ Medina，F. S. Story language：A sacred healing space. *Literature and Medicine*. 2000，（19）1：38-50。

⑨ [秘鲁]维洛多. 印加能量疗法——一位人类学家的巫士学习之旅[M]. 许桂绵译. 台北：生命潜能文化公司，2002.

⑩ [美]杰米森. 躁郁之心[M]. 李欣荣译. 台北：天下远见出版公司，1998.

⑪ [美]杰米森. 疯狂天才[M]. 王雅茵译. 台北：心灵工坊公司，2002.

⑫ [美]杰米森. 天才向左 疯子向右[M]. 刘莉花译. 北京：中国人民大学出版社，2008.

作，研究了诗人与精神病之间的关系，提出了精神能量治疗的积极作用，包括文学的治疗作用和反作用。罗伯特·蓝迪直接提出了“戏剧治疗”的理论。[①]西非的梭梅在其研究成果中报道了那里的原住民的治疗智慧，其中的一些语言治疗术值得关注。[②]美国诗人约翰·内哈特（John Neihart）的《黑麋鹿如是说》讲述的是北美印第安神话的幻境治疗术。[③]美国医生欧文·亚隆（Irvin D. Yalom）写作了《诊疗椅上的谎言》[④]《当尼采哭泣》[⑤]等治疗小说。20 世纪末，国内一批文学人类学家也对文学功能中的治疗作用展开研讨，介绍了“故事治疗”“叙事治疗”“音乐治疗”“艺术治疗”“戏剧治疗”等田野调查报告和研究论文，集中发表了他们的研究成果。[⑥]进入 21 世纪，这样的研究在不断拓展，在西部少数民族地区医疗的研究中取得了成就[⑦]，并且在理论上进行了深入的探讨。[⑧]刘小幸对彝族医疗保健的考察，通过科学与巫术如何在彝族传统的医疗、保健中自如运用并取得疗效进行人类学研究，是这类成果中典型的实例。[⑨]彝族传统经籍中的《洁净经》[⑩]《防癞经》[⑪]《祛风除湿经》[⑫]《镇病经》[⑬]《治病祛痨经》[⑭]等，都是结合仪式使用的治病祛病的经籍。台湾地区的学者对此也有贡献。[⑮]

---

① [美]罗伯特·蓝迪. 戏剧治疗——概念理论与实务[M]. 李百麟，等译. 台北：心理出版社，1998.

② [西非]梭梅. 非洲马里多玛——原住民的治疗智慧[M]. 江丽美译. 台北：台北智库文化公司，2000.

③ [美]约翰·内哈特. 黑麋鹿如是说[M]. 宾静荪译. 台北：立绪文化事业有限公司，2003.

④ [美]欧文·亚隆. 诊疗椅上的谎言[M]. 鲁宓译. 台北：张老师文化公司，2000.

⑤ [美]欧文·亚隆. 当尼采哭泣[M]. 侯维之译. 北京：中央编译出版社，2003.

⑥ 叶舒宪. 文学与治疗[C]. 北京：社会科学文献出版社，1999.

⑦ 陈明. 殊方异药——出土文书与西域医学[M]. 北京：北京大学出版社，2006.

⑧ 叶舒宪. 现代性危机与文化寻根[M]. 济南：山东教育出版社，2009.

⑨ 刘小幸. 彝族医疗保健—一个观察巫术与科学的窗口[M]. 昆明：云南出版集团公司，云南人民出版社，2007.

⑩ 黄建明，巴莫阿依. 中国少数民族原始宗教经籍汇编·毕摩经卷[M]. 北京：中央民族大学出版社，2009：193.

⑪ 黄建明，巴莫阿依. 中国少数民族原始宗教经籍汇编·毕摩经卷[M]. 北京：中央民族大学出版社，2009：231.

⑫ 黄建明，巴莫阿依. 中国少数民族原始宗教经籍汇编·毕摩经卷[M]. 北京：中央民族大学出版社，2009：304.

⑬ 黄建明，巴莫阿依. 中国少数民族原始宗教经籍汇编·毕摩经卷[M]. 北京：中央民族大学出版社，2009：304.

⑭ 黄建明，巴莫阿依. 中国少数民族原始宗教经籍汇编·毕摩经卷[M]. 北京：中央民族大学出版社，2009：305.

⑮ 许丽玲. 巫路之歌——从学术殿堂走入灵性治疗的自我剖析[M]. 台北：自然风公司，2003.

关于文学的禳灾功用，在上古时候的许多流传的传统中就有记录，特别是世界各民族中的屠龙、祭龙等的仪式、活动与表演，从古到今留下了深深痕迹。据美国学者汤普森（Stith Thompson）《世界民间故事分类学》的统计，“屠龙者”母题故事有 1100 个以上。[①]可见，英雄屠龙是全球流传最广泛、影响最长远的一个母题。人类最早留下书写文学的苏美尔文学中有《尼努尔塔的功绩与英雄伟业》，直接受苏美尔文学影响的赫梯古国的民间故事《龙神伊鲁扬的神话》等都是关于屠龙禳灾事件的留存。一些学者把希腊戏剧《俄狄浦斯王》看成禳灾戏剧，其中的乱伦是引起瘟疫和疾病的原因[②]，戏剧中禳灾仪式上国王自我担当罪责[③]，正是戏剧演出的目的。新发现的楚竹书《柬大王泊旱》就是一篇禳灾仪式作品。[④]关汉卿的著名戏剧《窦娥冤》，其演出也具有明显的祭祀和禳灾功能。[⑤]基于此，英国的神话一仪式学派和日本学者田仲一成提出了“祭祀戏剧”概念。[⑥]傈僳族的《祭龙神调》（歌词汉译本）的介绍中说明此调有禳灾治病的功能。[⑦]彝族的《祭龙经》主要就是在祭龙仪式上祓除旱灾、祈求降雨。[⑧]彝族的《撮泰吉》古戏表演的最后有一个扫火星的仪式，要到村子里每一家每一户念诵祝咒辞进行扫火星仪式以求禳除火灾。[⑨]中外许多仪式言说都有禳灾祛难的功用。[⑩]

五

文学人类学是一门新兴的学科，是在文学的长期发展和人类学的兴起之间，打通学科阈限而产生交集之后，在文化人类学和比较文学的基础之上产生出来的新的学科。文化人类学在国内曾经长期被称为民族学，是人类学的四大分支学科

---

① [美]汤普森. 世界民间故事分类学[M]. 郑海，等译. 上海：上海文艺出版社，1991：27.

② [美]苏珊，桑塔格. 疾病的隐喻[M]. 程巍译. 上海：上海译文出版社，2003.

③ Goux，J. J. *Oedipus*，*Philosopher*. Translated by Catherine Porter. Stanford：Stanford University Press，1933：15.

④ 周凤五. 上博四《柬大王泊旱》重探[A]//武汉大学简帛研究中心. 《简帛》（第一辑）. 上海：上海古籍出版社，2006：119.

⑤ 王馗.《窦娥冤》的民间品格与祭祀功能[J]. 文化遗产，2008，（1）：18-21.

⑥ 田仲一成. 中国戏剧史[M]. 云贵彬，等译，北京：北京广播学院出版社，2002：2.

⑦ 祭龙神调[J]. 怒江，1984，（3）.

⑧ 马立三，普学旺. 云南民族古籍丛书・祭龙经[M]. 普学旺，杨六金，梁红，普璋开，罗希吾戈译注. 昆明：云南民族出版社，1999.

⑨ 王明贵.《撮泰吉》与彝族寻根哲学观[J]. 民族文学研究，2004，（3）：99-100.

⑩ 彭兆荣. 文学与仪式：文学人类学的一个文化视野[M]. 北京：北京大学出版社，2004.

之一[①]，以研究族群文化的方式来研究人类。文化人类学的基本方法，就是深入研究对象之中开展实地调查，也就是田野作业。[②]文学人类学对历史学常用的考据方法、比较文学常用的比较法、文化人类学（民族学）常用的田野作业等方法都有继承，同时创新性地开辟了图像叙事和物的叙事等新方法。

考据方法是国学传统的研究方法，也是中国传统史学的主要方法。在清代桐城派代表人物姚鼐提出了“义理、考据、辞章”的国学传统方法之后[③]，该方法得到了学术界广泛的认同。而考据之学尤其为清代的学术家所重视。在考据之中，最早把书证作为第一重证据，“有书为证”“发书占之”（主要是指“六经”中的《尚书》），或者常人所说的“诗曰”（“六经”中的《诗经》）、“子云”（“四书”中的《论语》即孔子之言）是通常的表现，推而广之则是指有文字文本作依据的文献。但是后来人们发现书证也有不足为信之处，“尽信书不如无书”，何况“诗曰”来自民间所采之诗，子曰原来是孔子口头所说，都是从口头文本转变而来的。《尚书》也出现了今文、古文之区别，《庄子》内篇与外篇差距很大。于是，20 世纪初甲骨文的发现，则又把考据的材料推延到地下出土文物，这就延伸为第二重证据。地下文物以其坚实的来源补充了书证的不足，是国学特别是史学与文学中重要的佐证。双重证据法在中国史学界得到确立之后，西方人类学进入中国，又让学术界从 20 世纪 40 年代再次思考如何寻求新方法的突破，表现为 1947 年出版的《当代中国史学》之中已经开始运用三重证据法。杨向奎指出：“文献不足则取决于考古材料，再不足则取决于民族学方面的研究。过去，研究中国古代史讲双重证据，即文献与考古相结合。鉴于中国各民族社会发展不平衡，民族学的材料，更可以补文献考古之不足，所以古史研究中三重证据代替了过去的双重证据。”[④]这样，三重证据的方法在争议中得到确立[⑤]。三重证据的方法作为史学主要方法得到推广，也是文学人类学的方法之一。进入 21 世纪，文学人类学方法有了新的突破，叶舒宪提出了第四重证据的方法论，他认为：“将比较文化

---

① 庄孔韶．人类学概论[M]．北京：中国人民大学出版社，2006：10-11.

② 黄淑娉，龚佩华．文化人类学理论与方法[M]．广州：广东高等教育出版社．4 版．2013；夏建中．文化人类学理论学派——文化研究的历史[M]．北京：中国人民大学出版社，1997.

③ 赵必俊．姚鼐“义理、考据、辞章”的现代阐释[D]．四川师范大学硕士学位论文，2009.

④ 杨向奎．宗周社会与礼乐文明（修订本）•序言[M]．北京：人民出版社，1997：1.

⑤ 饶宗颐．谈三重证据法[A]//饶宗颐．二十世纪学术文集（卷一）[C]．台北：台北新文丰出版公司，2003：16.

视野中‘物质文化’（material culture）及其图像资料作为人文学研究中的第四重证据，提示其所拥有的证明优势。希望能够说明，即使是那些来自时空差距巨大的不同语境中的图像，为什么对我们研究本土的文学和古文化真相也还会有很大的帮助作用。在某种意义上，这种作用类似于现象学所主张的那种‘直面事物本身’的现象学还原方法之认识效果。”[①]这就是“图像叙事”和“物的叙事”的新方法。

六

对一个研究对象，可以只有一种研究方法，也可以有多种研究方法，这主要看研究对象是否具有丰富、复杂、多样的性质特征，是否已经被人们长期研究过了。如果已经研究得相当透彻，研究者使用了多种方法，再对这样的研究对象进行新的研究就难以寻求到新的方法，取得新的成果。彝族传统经籍虽然是很早就存在的事物，但是通过翻译向外界大量介绍，还是近二三十年的事，对彝族经籍中的某一类进行研究的成果，仅仅一两项而已，系统的研究几乎没有。因此，巨大的研究空白留下了丰富的材料，可以使用的方法也很多。运用文学人类学的方法从人类学的角度来研究彝族传统经籍，是本书的一个主要的研究方法。

同时，主流的或者说传统的文学理论的方法，已经被这一领域的大众所熟悉和接受，其中包括“新批评”等比较细致、深入的理论与方法，也是研究彝族传统经籍文学不可缺少的研究方法和手段。

另外，彝族从古代就产生了文艺理论，这些文艺理论是在彝族文学、彝族古籍、彝族口头文艺传统、彝族其他艺术形式等的基础上进行理论总结而产生的，与彝族传统经籍具有密不可分的关系。其中的一些理论概念和诗学范畴，如“扣”“偶”“连”“对”等诗歌理论概念和格律要素，是彝族所独有而为其他民族所没有的特质。[②]彝族的文艺理论直到今天仍然传承着、使用着。运用彝族传统的文艺理论思想和方法，指导和研究彝族传统经籍中的诗歌类型的作品，也是本书所采取的必不可少的重要方法和手段，而且是十分切合彝族传统经籍的方法和手段。

---

① 叶舒宪. 第四重证据：比较图像学的视觉说服力——以猫头鹰象征的跨文化解读为例[J]. 文学评论，2006，（5）：173-174.

② 康健，王子尧，王冶新，何积全. 彝族古代文论[M]. 贵阳：贵州人民出版社，1997.

第二节　文学人类学与彝族传统经籍的关系

文学人类学是一门新兴的学科。文学人类学形成的历史还不到 100 年，其是在人类学兴起和比较文学兴起的基础之上，以人类学的眼光和方法，对比较文学进行拓展，扩大文学的视野，特别是在传统文学的基础上把视野扩大到口头言说的广阔天地，把没有文字的各民族的口头叙事纳入文学的范畴。文学人类学的理论与方法，对彝族传统经籍的文学研究有着重要的指导作用。

一

彝族传统经籍文学，是大量彝族传统经籍的一部分。彝族有自己创造的文字——彝族文字，是中国的三种自源性文字（汉文、彝文和纳西东巴文）之一。彝族以文字书写的书面作品很早就产生了。就目前所发现的文物、实物来看，一些彝族人士能够用古彝文识读西安半坡出土的刻画符号[①]，冯时用古彝文识读了龙山文化中的刻画符号[②]，王子尧用古彝文识读了威宁彝族回族苗族自治县中水镇出土的殷商时期陶器刻画符号。[③]在现存文物中，金铭类的彝文文物有贵州省赫章县夜郎文化博物馆所收藏的秦汉时期的彝文铜镜，其是目前发现最早的彝文实物，上面有四言一句、一共四句 16 字彝文。[④]其次是贵州省大方县奢香博物馆收藏的西汉时期“祖祠擂钵”上有 5 个彝文“祖祠手碓是”。石刻类文物最早的有收藏于贵州省大方县奢香博物馆的蜀汉时期的《妥阿哲纪功碑》[⑤]，唐代以后特别是明朝、清朝时期，石刻彝文文物逐渐多起来，仅《彝文金石图录》三辑中收集的就有 132 块。[⑥]而其他载体的文献，则以纸质文献居多，目前所存纸质文献，可以看到明代的作品，清代、民国和当代的比较多。[⑦]而在彝文产生之前，彝语就产生了。

---

① 李乔. 一个千古难解的哑谜[J]. 彝族文化，1991，年刊；李乔. 二论半坡陶文[J]. 凉山彝学，2000（10）：1.

② 冯时. 龙山时代陶文与古彝文[N]. 光明日报，1993-6-6，5.

③ 王子尧. 夜郎考古与古代民族葬俗区域文化研究[A]//刘胜康，熊宗仁，王子尧. 中国西南夜郎文化研究文集（卷一）[C]. 贵阳：贵州民族出版社，2005：93-95.

④ 王明贵，王小丰，龙正清. 夜郎族属新证[J]. 毕节学院学报，2014，（10）：1.

⑤ 陈长友. 彝文金石图录（第一辑）[M]. 成都：四川民族出版社，1989：3-20.

⑥ 陈长友. 彝文金石图录（第二辑）[M]. 成都：四川民族出版社，1994；王继超，王世忠，龙正清. 彝文金石图录（第三辑）[M]. 成都：四川出版集团，四川民族出版社，2005.

⑦ 王明贵. 彝文古籍文献述要[J]. 贵州文史丛刊，2002，（2）：84-85.

运用彝语交流思想，形成众多的口头言说，包括民间叙事及其他形式的传说、歌谣、占卜辞、祝咒语等，这些口头传统肯定比彝文作品产生得早。因此，在没有文字的时代，彝族人民的口头创作早就开始了。这样，彝族从古到今，形成了口头创作与文字作品同时并见、双峰并峙、二水分流的情况。而且有的作品的流传，同时有口头的传承和文字的文本，直到21世纪的今天都还是这样。[①]这是一种相当普遍的情况：如四川省的彝族史诗《勒俄特依》[②]，贵州省的民间长诗《哪哩传奇》。[③]云南省出版的106卷《彝族毕摩经典译注》中，还有20部是口头传承的口碑文献。[④]在收录比较全面的《中国少数民族原始宗教经籍汇编·毕摩经卷》中，也还收录了《洁净经》等口碑彝经翻译作品。[⑤]因此，关于彝族传统经籍的界定，需要一个审慎而明确的外延；对于过去关于彝族经籍文献的概念，需要给予适当的修订和补充。

所谓经籍，简要而言就是经书典籍。经书在这里主要是指用于宗教仪式或传统民间信仰所使用的经文、书籍，在这里不是汉学意义上的“六经”“四书五经”“经史子集”等经书。彝族经籍首先是来源于彝族传统宗教（也常常称为原始宗教）中所使用的经书，它与彝族宗教祭师、彝族文化的传承人毕摩分不开。百度上以“彝族毕摩经籍文学”为条目，解释“因其本土宗教祭司‘毕摩’之称而得名的彝族毕摩文化，以本土宗教信仰为意识核心，以巫术、祭仪为行为表征，以彝文经籍为载体形式的毕摩文化，集成了彝族古代的语言、文字、哲学、历史、地理、天文、历法、民俗、伦理、文学、艺术、医学、农学、技艺等内容”。“彝族毕摩文化以其古老的彝文经籍文献把天文地理、历史谱牒、政治经济、宗教民俗、工艺技术、哲学伦理、医学病理、巫术卜咒、文学艺术、等集于一体，将自然知识与社会知识熔为一炉。就现在国内外已经发掘、搜集、整理、出版的彝文古籍和金石铭刻文献而言，历史上的彝文文献已形成其庞大博杂的体系。”这一解释把经籍文学的概念定位在有文字记载的彝族毕摩经籍之中。这只是一种相对肤浅的理解。

---

① 田明才. 支嘎阿鲁传·序言，前言[M]. 贵阳：贵州民族出版社，2006.

② 勒俄特衣[M]. 成都：四川民族出版社，1981.

③ 禄智忠，禄炳忠，哪哩传奇[M]. 罗光华，王光亮译. 贵阳：贵州出版集团，贵州民族出版社，2011.

④ 楚雄自治州人民政府，夜礼斌，杨红卫，李红民. 彝族毕摩经典译注（第一卷）[M]. 昆明：云南民族出版社，2007—2012.

⑤ 黄建明，巴莫阿依. 中国少数民族原始宗教经籍汇编·毕摩经卷[M]. 北京：中央民族大学出版社，2009：197-209.

正式提出经籍文学的概念是巴莫曲布嫫在研究彝族诗学理论的时候提出的“经籍文学”的概念，她指出：“在彝族古代文学的发展中，诗歌是最早出现的一种源远流长的文学样式。在彝族古代诗学中。诗歌是最主要的、而且几乎是唯一的书面文学体裁类别，这与彝族传统经籍文学的发展态势和彝民族自古以来的诗性精神有着密切的关联，所以诗歌体例成为彝族诗学家们普遍关注、共同探讨的重要论题。”[①]她的定位仍然是彝族传统经籍中用彝文书写和记载的书籍、文本，她是在以彝族古代文艺理论家的彝族诗文理论为基础而定位的“经籍诗学”的视野中来定义“经籍文学”的。而这个定义的另外一个基础概念，是她对“经籍文献”的界说。她说：“彝文经籍文献即指彝文文献中由毕摩创作的书面经书典籍。其界定的主要依据有以下三个方面：①文献的物化载体。经籍经书典籍，经籍文献是以纸书为其基本的书面载体形式，不包括石刻、金铭、木牍、皮骨、布帛等其他载体形式的文献。②文献的创作主体。即经籍文献的创作主体是彝族原始祭司——毕摩……③文献的时间年限……实际上，即使新中国成立以后产生的彝文文献也多为古籍文献的传抄本，内容并没有发生明显的变异，依然保持着古籍文献的性质，这些抄本也应包括在经籍文献的范围之内。”[②]以此为标准，她划定了“彝族经籍文学”的范围和基本特征，认为从文本形式看，经籍文学既是一个表述的概念，也是一个动态的概念，“是种具有多种表现形态和丰富内涵的社会的精神现象和文化现象”[③]。经籍文学独有的特征，“从作品的主体思想和语义内涵上看，经籍文学作品与彝族的原始宗教的信仰、仪轨仪式主张有极为密切的关系……从艺术心理和思维机制方面看，文学作品总是以一定的观照方式表现一定的典型的感觉、表象、情感、意志等，如果说那些非宗教性文学作品的心理意向是趋于‘外’，客观事物和‘现实’现世生活，那么经籍文学的心理机制则趋于‘内’——精神信仰中的神灵和‘理想’——祖界乐土，这是宗教信仰强调内心观照的结果”[④]。她所分划的彝族经籍文学的几个相辅相成的基本层面是：“①经籍文学的主体层面——毕摩文学作品，即彝族经籍文学是彝族原始宗教祭司毕摩以彝文撰写的彝族古代书面文学作品，是经籍文学的主体构成的基本层面……②经籍文

① 巴莫曲布嫫. 彝族经籍诗学中的诗体论说[J]. 贵州社会科学，1997，（1）：74-75.

② 巴莫曲布嫫. 鹰灵与诗魂[M]. 北京：社会科学文献出版社，2002：84-85.

③ 巴莫曲布嫫. 鹰灵与诗魂[M]. 北京：社会科学文献出版社，2002：98.

④ 巴莫曲布嫫. 鹰灵与诗魂[M]. 北京：社会科学文献出版社，2002：99-100.

献中的文学理论作品——经籍诗学论著……③经籍文学的包容层面——经籍化的民间文学作品，即因毕摩记录、加工、改造或再创作而经籍化的彝族民间文学作品，与毕摩经籍作品在民间长期演诵并广为流布的而呈现出民间化走向的作品，是经籍文学的有机构成的衍生层面……④翻译作品——主要是指毕摩用彝文翻译或改写的汉文文学作品和汉族民间文学作品。”[①]巴莫曲布嫫对彝族经籍文学的界定，主要还是在以彝文创作、记录、改写和翻译这个标准之中，无论是哪一种体裁，离开了彝文的创作、书写、记录或者翻译，就没有进入她设定的彝族经籍文学的范围之内。因此，可以说，巴莫曲布嫫所指的彝族经籍文学，在这里主要是指“彝文经籍文学”，包括已经用彝文记录、改编之后的有“经典化趋向”的彝族民间文学作品。在这里，她的理论、观点中没能把未经彝文记录或书写的民间口头传承言说包括在彝族传统经籍文学之中。

对于这个理论、观点，有的学者在研究彝族“咒诗”时已经对其有所突破，认为“彝族咒术是彝族民间最为常见的仪式之一，特别是咒鬼术在彝族民众生产生活中处于十分重要的地位，使之成为毕摩文化不可缺少的组成部分……而咒诗是咒术活动中不可缺少的诵辞，也是彝族以书面传承的传统文学的‘汇编’之一，在彝族经籍文献中占有十分重要的地位。咒诗是对咒术仪式中所使用的诗化咒辞的‘汇编’，具有很高的学术价值，在五彩斑斓的世界多元文化中，也是一份十分稀有的宝贵的人类记忆遗产”[②]。其中所使用的研究和分析方法，特别是注重仪式与诵辞之间的关系的描述与分析，已经有文学人类学的方式，但不是明确地使用文学人类学的方式、方法。因此，对口头传统与书面经籍的区分也不明晰。有的学者在研究彝族“民间经唱歌诗传统”时，曾经有过一些新的提法，但是还没有形成自成一说的理论、观点，只是在从“民间经唱歌诗传统”的角度来论证“诗教诗论”的形成。[③]这种观点已经接近文学人类学的文学观，然而还没有展开充分的论述。不过，无论如何，后来对彝族经籍文学概念的运用逐渐多起来，但是基本上还是在“毕摩经籍文学”即彝文经籍文学的概念和范围内使用这一概念[④]，没有大的突破。也就是说，这些理论、观点或者研究之中，作为口头言说与唱诵的

① 巴莫曲布嫫. 鹰灵与诗魂[M]. 北京：社会科学文献出版社，2002：100-102.

② 曲木伍各，吉郎伍野. 彝族咒诗简说[J]. 西昌学院学报（哲学社会科学版），2006，（4）：29.

③ 黄龙光. 彝族民间经唱歌诗传统及诗教诗论解读[J]. 玉溪师范学院学报，2009，（11）：23.

④ 杨永贵. 六盘水彝族毕摩经籍文学概观[J]. 六盘水师范高等专科学校学报，2011，（4）：7.

常常被称为口碑文献的彝族民间信仰的文艺形式，虽然已经有一点这样的意识，但还没有被明确地纳入彝族经籍的范畴之内。

其实，对于具体的彝族古籍中经籍的研究，也很少使用文学人类学的理论与方法。比如，对彝族《指路经》的研究，有过高质量的研究论文，或者从文化学的角度给予阐释[①]，或者直接从文学的角度给予分析[②]，但是所根据的理论背景仍然不是文学人类学。按照巴莫曲布嫫对经籍文学的划分，《阿诗玛》的彝文经籍文本中也有毕摩所传承的，可以归为彝族经籍文学的范围。但是对这部经籍的研究，有从文化人类学角度研究的，有从传统文学理论角度研究的，还有从其他方面研究的，却没有真正从文学人类学进行研究的成果。[③]

同样，至今为止已经出版的彝族文学史论著作，与对彝族文学进行专门研究的著作之中，还没有文学人类学的理论背景和研究方法作参照，都还是比较传统的历史研究和文学研究。出版最早的由李力主编的《彝族文学史》[④]，其历史分期还是根据中原王朝二十四史的历史朝代，特别是传统的原始社会、奴隶社会、封建社会、资本主义社会和社会主义社会的五分法，而这部文学史在开始编纂的时候，文学人类学刚刚传入国内不久，编写者还没有来得及消化和吸收这些新理论，还是用当时主流的单一的观点和方法，因此在这部文学史中，没有条件引入文学人类学作为理论指导。其后出版的左玉堂主编的新版《彝族文学史》[⑤]，其基础是此前出版的《楚雄彝族文学简史》[⑥]，在李力主编的《彝族文学史》的基础上有所创新，特别是对彝族文学史的分期问题，更加切近彝族历史发展的事实，但所依赖的理论主要还只是主流、单一的立场、观点和方法。对彝族当代文学的研究，也还没有用上文学人类学的理论与方法。[⑦]同样，已经公开出版的两部彝族文学概论，即沙玛拉毅主编的《彝族文学概论》[⑧]，罗曲和李文华主编的《彝族民族文艺

---

① 李列. 彝族《指路经》的文化学阐释[J]. 民族文学研究，2004，（4）：64.

② 周德才. 彝族《指路经》的文学研究[J]. 中央民族大学学报，1999，（1）：69.

③ 赵德光. 阿诗玛国际学术研讨会论文集[C]. 昆明：云南民族出版社，2006；赵德光. 阿诗玛文化丛书·阿诗玛研究论文集[C]. 昆明：云南民族出版社，2002.

④ 李力. 彝族文学史[M]. 成都：四川民族出版社，1994.

⑤ 左玉堂. 彝族文学史（上、下册）[M]. 昆明：云南民族出版社，2006.

⑥ 杨继中，芮增瑞，左玉堂. 楚雄彝族文学史[M]. 昆明：中国民间文艺出版社，1986.

⑦ 芮增瑞. 彝族当代文学[M]. 昆明：云南民族出版社，2002.

⑧ 沙马拉毅. 彝族文学概论[M]. 太原：山西教育出版社，2001.

概论》[①]，二者所遵循的理论背景与上述两部文学史是相同、相近的。作为同一时期国家社会科学基金课题研究成果的两部专著，即罗曲、曾明、杨甫旺的《彝族文献长诗研究》[②]，李平凡和王明贵的《彝族传统诗歌研究》[③]，虽然试图在理论和方法上取得突破，运用文学人类学的理论、方法进行研究，但是从成果上看，其实并没有实现设想的意图。因此，可以说，文学人类学的理论与方法，在彝族文学的研究中还没有取得大成果。这为彝族文学的研究留下了广阔的空间，为彝族传统经籍文学的研究留下了宽广的用武之地。

二

从研究对象来看，文学人类学关注的是口头言说，特别是无文字民族的口头传统，包括神话、传说、民间故事等在传统文学理论中称为民间文艺的部分，以及仪式、活动、巫术、宗教和民间信仰等活态形式中口头传承的各种赞颂辞、祝咒语、敬献词、占卜辞等。总之，文学人类学关注的主要是无文字民族的口头叙事。

但是也要看到，口头言说在遭遇文字产生之后，传承的工具有了极大的改变。从前在师徒之间、在上辈人与下辈人之间、在族群成员之间用口传心授的形式传承的言辞，在有文字这种记录语言的符号之后，必然从口头走向书面，并且可以跨越若干代人、家庭、家族乃至族群和民族、国家等，向更久远的未来和更加广阔的世界传播。因此，传说仓颉在创造汉字的时候，发生了“天雨粟，鬼夜哭”的激烈事件。由此可知文字是具有巨大的魔力的。这也许是中国殷商时期的占卜之辞，为什么要用文字庄重地记录下来，道家的符箓咒语要通过念诵之后还要书写下来张贴在一定的地方或者带在身上，中国的民间还保存着“敬惜字纸”传统的原因。这也是前述的许多汉族古代的“四书五经”类典籍，都明显地保存了从口头走向书面，从口传转变为笔传，从话语书写成书籍的明显痕迹，如《尚书》《诗经》《论语》《孟子》等。直到今天，阅读这些已经装订成书册的古人著述，实际上大部分还是古人的言说，不管他的身份是《尚书》中的天子、王者，是《诗经·国风》中的民间歌手，还是《论语》中的教师孔丘等。因此，口头言说虽然

① 罗曲，李文华. 彝族民间文艺概论[M]. 成都：巴蜀书社，2001.

② 罗曲，曾明，杨甫旺. 彝族文献长诗研究[M]. 北京：中国社会科学出版社，2009.

③ 李平凡，王明贵. 彝族传统诗歌研究[M]. 贵阳：贵州民族出版社，2008.

是文学人类学研究的主要对象，文学人类学从古代的许多作品中发现了口头言说的事实，倒回来说，当下文学人类学的研究还必须有一条从现存文字文本中去探寻其本真即口头发生的源头的途径。

在彝族的古代社会中，等级观念十分严重，难以逾越。许多传统风俗又严重地禁锢了彝族的思想，形成了思想意识上的桎梏，造成了意识形态的闭锁，因此许多发明和创造如同神龛上的偶像，千百年不变。古代彝族成文法《夜郎君长法规》二十条之中，还有“各种典籍均为毕摩掌管，凡私藏者严办”的规定（第十四条）。[①]正是由于有了这样强制的规定，而且是以君长法规的名义发布的法律，造成了彝族虽然有自己创造的古彝文，却没有在民间得到广泛的学习、普及，千百年来彝文只是掌握在少数人的手里，因此造成了用彝文书写和创造的文籍数量比较有限。许多口头传统都还是靠口耳相传的形式流传到现代和当代。因此，可以说，民间叙事占据了彝族口头传统的一个重大的比例。称为经籍的以文字形式传承的作品，也只是彝族传统文化中的一个部分。

同时，彝族传统经籍的形成，大致也脱不了从口头言说开始，在不断传承中，由于文字的发明，或者学习其他民族的文字，再用文字进行记录和创作。中国的三大史诗《格萨尔王传》《江格尔》《玛纳斯》等在当代的演唱和传承，实际上还是靠格萨尔艺人、江格尔奇（传唱《江格尔》的艺人）、玛纳斯奇（传唱《玛纳斯》的艺人）。但是，藏族文字、蒙古族文字、柯尔克孜族使用的文字的创造和使用，使《格萨尔王传》《江格尔》和《玛纳斯》有了文字记录的文本。在汉语与少数民族语文的双语交流与翻译不再困难的当代，这些口头史诗不但从口头走向书面，而且从藏族、蒙古族、柯尔克孜族的文字作品翻译成了汉文作品[②]，向更加广大的读者群传播。有的还有了英语译本（虽然不是全译本）。[③]彝族传统经籍从口头到书面的历史脉络，可以从彝族古代文艺理论的十多部文献中找到蛛丝马迹。魏晋时期的彝族古代文艺理论家的理论著作中，已经有以彝语口语歌诗作为分析对象研究文艺理论的例子。《彝族诗文论》的作者举奢哲，是彝族古代的大毕摩。他的这部文艺理论中，保存了不少有明显口头创作特色的诗歌作品，如

① 王子尧，刘金才. 夜郎史传[M]. 成都：四川民族出版社，1998：53-94 .

② 角巴东主. 格萨尔王传（汉译本，一函 8 册）[M]. 北京：高等教育出版社，2011.

③ 辛丹内讧（格萨尔王传英译本系列丛书之二）[M]. 北京：高等教育出版社，2011.

《彝地山水青》。[①]《彝语诗律论》的作者阿买妮，也是古代著名的大毕摩，与举奢哲同时而齐名，她的这部文艺理论中保留的口语特色的诗歌作品更多，如《花美呀花香》[②]等。其他的文艺理论家，如布塔厄筹、布笃布举、举娄布佗等，他们的诗文理论中，也有举民间歌诗为例来解说理论的情况。唐代的实乍苦木，宋代的布麦阿钮、布阿洪，明清时期的漏侯布哲，《诗音与诗魂》的佚名作者，《论彝族诗歌》佚名作者，等等[③]，他们在进行文艺理论阐释时所举的诗歌例子，其口语特色也十分浓郁，没有文人创作中那种咬文嚼字、反复推敲的痕迹。[④]清代以后，口头传统向文字文本转变的情况更加普遍。

彝族传统社会是一个依靠家支组织支撑的社会，彝族是一个重视谱系传承的民族。不能熟悉、背诵自己的家谱，难以在彝族传统社会中生存；不能熟悉、记住舅舅的家谱，难以在亲戚中立足。因此，彝族从小就重视家谱的传承。清朝康熙、雍正年间在彝族地区全面实施“改土归流”以后，彝族土司彻底消失，彝族失去了地方统治政权，保留了部分土目。彝族家支制度却没有随着“改土归流”而消失。彝族的精英们开始重视历史的编纂，而彝族家支的头人们也开始注重谱系的传承。由于要学习汉文化，在汉族风俗习惯为主的社会中求生存、谋功名，变服从俗已经是不二的选择。但是对于彝族传统历史文化的传承却采取了彝文笔之于书，记录保存的方式。于是以前只是在口头传承的家支谱系，从口头开始转向用文字记录。许多大姓的谱系被写进了彝文史籍，如《西南彝志》《彝族源流》等，甚至有的被镌刻在碑铭上。[⑤]而口头谱系用彝文记录下来，整理、编纂成书，公开出版的情况，在当代也成为一种时尚。云南省就出版了《中国彝族谱牒选编·云南卷》（上、下册）[⑥]、《中国彝族谱牒选编·大理卷》[⑦]、《云南彝族氏族谱牒译注》[⑧]，等等。四川省出版了《中国彝族谱牒选编·四川

---

① 王明贵. 诗艺凝结着历史与哲学的精华[A] //王明贵. 奥吉戈卡彝学研究[M]. 北京：中国文史出版社，2013：428-430.

② 王明贵. 用诗歌洞察和指导人生[A] //王明贵. 奥吉戈卡彝学研究[M]. 北京：中国文史出版社，2013： 430-431.

③ 康健，等. 彝族古代文论[M]. 贵阳：贵州人民出版社，1997.

④ 王明贵. 彝族三段诗研究（诗选篇）[M]. 北京：民族出版社，2001.

⑤ 陈长友. 彝文金石图录（第一辑）[M]. 成都：四川民族出版社，1989.

⑥ 普学旺. 中国彝族谱牒选编·云南卷（上、下册）[M]. 昆明：云南民族出版社，2009.

⑦ 大理州彝学会. 中国彝族谱牒选编·大理卷 [M]. 昆明：云南民族出版社，2008.

⑧ 张纯德. 云南彝族氏族谱牒译注[M]. 昆明：云南民族出版社，1999.

卷》（1~4 册）[①]，等等。贵州省彝族谱牒编纂的内容虽然还没有公开出版，但是已经有以家支的形式编纂出版的家谱《阿尼阿景家族发展史》[②]，其中即有阿尼阿景家支的总谱系，也有分出的各家支的谱牒。这是目前最新的谱书，其中仍然有家谱从口头传承向书面记录转变的情况。过去编纂彝文家谱，是要请专门的毕摩来进行祭祖之后，才将谱牒写在纸上或者木板上保管好。这种情况从“由祭祖文献传承下来的《彝族源流》”[③]中得到总汇，这部史籍是以彝族东部方言区乌撒地区彝族古代统治者为主体，汇集大部分彝族古代大姓家族，特别是各个君长的谱系的历史古籍。它虽然不是严格意义上的“传统经籍”，却是毕摩给彝族古代的君长家族祭祖后编写下来的“经籍”，因此有专家把它归于“彝族传统信仰文献”的范畴。[④]它是从口头传承向文字传承的一部大型的文献总汇，直到1986～1996 年进行收集、整理、翻译的时候，少量谱牒还有活态传承的情况。[⑤]应该说，这是人类学的民族志非常有价值的一种形态，它形成的历史过程，对研究人类口头传统向文字文本的生成与凝结，提供了生动的实例，对文学人类学提供了非常有益的启示。这部史籍长达 26 卷之巨，应该有专门的研究，在本书中无法容纳，只得付诸今后的努力。

口头传统的民族志叙事，一直在彝族民间传承着，即使是当代社会也没有消失。这是彝族经籍文献的一个活的源头的生动表现。例如，贵州省纳雍县新房彝族苗族乡河头村，时至今日，也还有孩子跌倒、受到惊吓等情况，当母亲发现后即时揪一把草在孩子跌倒处绕圈，口中呼唤着孩子的乳名把孩子失落的魂魄叫回来；或者孩子回家后父母才知道，即时用一个鸡蛋从头到脚绕遍孩子全身后，口中呼喊着孩子的名字，念诵着招魂辞，把孩子的魂魄呼唤回到孩子身上。这些招魂辞全都是父母的口头言说，没有谁到书本上去学习。这些招魂活动，有时候也请毕摩主持，为全家所有成员举办，为每一个家庭成员招魂。这时毕摩念诵的招魂辞，用彝文记录下来后就成了经籍。[⑥]前述彝族的《撮泰古》在 1987 年被用文

① 曲木车和. 中国彝族谱牒选编·四川卷（1~4 册）[M]. 成都：四川民族出版社，2007.

② 安鸣凤，王继超，王明贵. 阿尼阿景家族发展史[M]. 北京：民族出版社，2013.

③ 王继超，余海. 彝族传统信仰文献研究[M]. 贵阳：贵州民族出版社，2010：178.

④ 王继超，余海. 彝族传统信仰文献研究[M]. 贵阳：贵州民族出版社，2010：178-184.

⑤ 王继超，余海. 彝族传统信仰文献研究[M]. 贵阳：贵州民族出版社，2010：178-180.

⑥ 笔者 1980 年 7 月在贵州省纳雍县阳长区黄家屯彝族苗族乡河头村的田野调查材料（未刊稿）。

字记录、后来用影像记录之前，就是民间活态的传统，其中的道白没有书面记录和流传的文本，所有见于文字和影像的材料都是1987年以后的事情。而彝文记录的与《撮泰吉》相关的文献，是2012年以后才发现的，时间相隔了25年。[①]河头村的彝族群众有一个“烧腿胖”的治疗仪式：是发现有病人的腿根出现淋巴肿大引起疼痛，懂得“烧腿胖”治疗术的长者，取一把锄头用锄把象征性代替病人的病腿，找来干火草或者干艾草扎把烧燃后，在锄把根部（代表病腿根部）灸炙，口中反复念诵：“烧腿胖，腿胖散！”干草烧尽，取一些灰烬调湿敷在病人的腿根。几天之后，即可痊愈。[②]这类治疗仪式如果由毕摩主持，其念诵的口头祝咒之辞一旦用彝文记录下来，也就会成为经籍，完成从口头到书面的转变。

三

文学人类学所关注的重点是口头传统，同时，由于口头传统在文字发明和书写的载体材质在不断发明、创造和改善之后，加上文字超出语言本身的功能，文字逐渐被人类普遍接受为一种非常有用的工具。为此，口头言说向文字文本的过渡和发展是不可避免的趋势，无论在史前时代即野蛮时代向文明时代即文字发明时代过渡的时期，还是当代口头言说与书写记录同时并见的时期。前述《尚书》《诗经》《楚辞》等汉字文本的口头传统的明显特征如此，藏族英雄史诗《格萨尔王传》的流播情况如此，蒙古族史诗《江格尔》、柯尔克孜族史诗《玛纳斯》的流播情况也是如此。彝族英雄史诗《支嘎阿鲁王》《支嘎阿鲁传》等的情况也是如此。同时，通过对彝族口头传统的民族志的考察，彝族的一些仪式、活动如《撮泰吉》演述、招魂的两种仪式、“烧腿胖”治疗仪式等，都还在当代保留着从口头言说向书面文字记录演变的情况。当代出版的收集彝族毕摩经典最多的《彝族毕摩经典译注》中，也还有20部口碑文献。因此，可以说，彝族的经典即用彝文记载和传播的文字典籍，有大量的文本是从口头言说走向文字记录的。

总之，彝族传统经籍文学，放在文学人类学的理论背景下来考察，其外延是一个非常广泛的领域。这一领域至少包括两个类型，一个是至今仍然在民间广泛传承的口头形式的言说，另一个是已经用彝文书写、记录下来的文本。

---

① 陆刚. 撮泰吉调查研究文集[C]. 贵阳：贵州大学出版社，2012.

② 笔者1980年7月在贵州省纳雍县阳长区黄家屯彝族苗族乡河头村的田野调查材料（未刊稿）。

第三节　彝族传统经籍文学的概念及其价值

在几千年的历史长河中，中国的古圣先贤创造了丰富厚重的古代文化，积累了琳琅满目的古籍宝藏。同时，中国有文字的各少数民族先贤，也创造了许多具有宝贵价值的少数民族古籍。但是对少数民族古籍的搜集、整理和研究工作还没有很好地开展，许多宝贵的东西还没有得到开发利用。充分挖掘、收集、整理、研究少数民族古籍，特别是其中数量极为丰富的经籍，从不同的角度开掘其中有用的价值，对于繁荣社会主义文化、展示灿烂的中华文明，有着十分重要的现实意义。彝族传统经籍是少数民族古籍重要的组成部分，是中华古籍的一串璀璨明珠，从文学人类学的角度对其展开系统、重点的研究，对丰富世界文学宝库有着十分重要的价值和意义。

一、关于彝族传统经籍文学的概念

彝族传统经籍文学是一个新的概念，但也是在已经有的关于彝族古籍、彝族文学、毕摩文学、经籍文学等概念的基础上，通过仔细分析和研究提出来的一个新概念。

（一）古籍、经籍与传统经籍

要给彝族传统经籍文学一个明确的定义，首先要区分古籍和经籍。在通行的《辞源》中，没有古籍一词，也没有经籍一词。可见，无论是古籍还是经籍，都是晚近才出现的概念。《现代汉语词典》中对古籍的解释是古书。[①]对经籍的解释是：①经书。②泛指图书（多指古代的）。[②]对于经书的理解，《现代汉语词典》中的解释是，指《易经》《书经》《诗经》《周礼》《仪礼》《礼记》《春秋》《论语》《孝经》等儒家经传，是研究我国古代历史和儒家学术思想的重要资料。[③]这主要是现代汉语关于这个词的解释。从更为宽广一些的视角来考察，经籍是古籍的一部分，是古籍中具有重要价值并且已经被读者所熟知的古籍，是古籍中时代较早、流传较广泛、价值较高的部分。拓展一下视野，可以发现，经书在各种宗教中，

① 中国社会科学院语言研究所词典编辑室. 现代汉语词典[M]. 北京：商务印书馆，1981：391.

② 中国社会科学院语言研究所词典编辑室. 现代汉语词典[M]. 北京：商务印书馆，1981：589.

③ 中国社会科学院语言研究所词典编辑室. 现代汉语词典[M]. 北京：商务印书馆，1981：590.

往往指称这种宗教所信奉和使用的具有神圣性质的典籍，如基督教的《圣经》、伊斯兰教的《古兰经》、佛教的《金刚经》等。这些经书也可以称为经籍，即它们既是古籍，又是宗教经书。

关于古籍，在传统意义上，古籍就是古代的书籍。但是，随着西方学术思想的转型，即在20世纪由于人类学的创立和学术视野向东方的转向，西方理论体系的科学知识体系之外，出现了东方的人文知识体系或者说地方性知识体系与之相对应，人的发现、文化的发现和现代性原罪的发现[①]，使学术界特别是人类学界对田野调查的重视和对地方性知识的发现等，人类的口碑古籍得到重视，像藏族的《格萨尔王传》、彝族的《支格阿鲁王》、苗族的《亚鲁王》等被发现和再发现，成为当代口碑古籍的代表性作品。因此，传统古籍是文字传承的古籍。而当代或后现代意义上的古籍，包括了丰富多彩、数量庞大的口碑古籍。这就使得古籍、传统古籍成为同义词，它与当代或后现代人类学视野中的口碑古籍相对应而存在，成为古籍的两大部类。

有文字记录、用文字撰写的宗教古籍，作为经籍容易被识别，也容易被读者接受。但是，在没有文字的民族中，他们的宗教生活往往也有许多口头传承的较为固定的用语、古辞，这些口碑古籍也是经籍的一个部分，如果用新创造的文字，或者借用其他民族的文字翻译、记录下来，经过一段历史传承之后，就成为这个民族的经籍。同时，有的民族如彝族，既有用文字传承下来的经籍，在日常宗教生活或者信仰仪式中，还传承着没有用文字记录下来的仪式用语、古辞，例如，彝族古戏《撮泰吉》（也有称为仪式的）中的各种“祝辞”[②]，以及彝族家庭中年幼成员受到惊吓后家长为其举行的招魂仪式所念诵的“招魂辞”等。就是说，彝族的经籍既有用彝文书写、记录下来的古籍类型的书籍，也有还没有用文字记录、书写下来的口碑经籍，两者皆备，具有非常明显的彝族的民族特征。文字经籍自然是古籍的一部分，同时，也要兼顾口碑古籍仍然在传承的事实。在本书中，经籍是指经书，而经书所指的主要不是古代经典书籍。这里的经籍主要是指宗教古籍，即在宗教仪式、宗教生活和与信仰（包括无宗教职业者主持的民间信仰）中

---

① 叶舒宪. 文学人类学教程[M]. 北京：中国社会科学出版社，2012：14.

② 罗德显. 撮泰吉——古代彝语民间戏剧演出记录本重译[J]，重庆师范高等专科学校学报，1999（4）. 转引自陆刚. 撮泰吉调查研究文集[C]. 贵阳：贵州大学出版社，2012：35-43.

有关的文字古籍和口碑古籍。

传统经籍，广义上讲是传统古籍中的一部分。所谓传统古籍中的一部分，一是指传统古籍中的经典古籍，一是指传统古籍中的宗教古籍，即宗教经书。狭义而言，传统经籍是传统宗教经书。而所谓传统宗教经书，是指传统宗教包括系统而成熟的宗教体系和原始宗教在内的、现在仍然被信众所信仰的宗教中所使用的经书。这里使用传统经籍的概念而不使用古代经籍的概念，是为了避免出现混淆，即把古代经籍理解为古代的经书，在现代和当代已经不再使用和传承。传统所指的是发源于古代，在现代和当代仍然传承和使用。传统经籍正是起源于古代而在现当代仍然被人们所信仰和传承着的经籍。这些传统经籍，有的非常出名，如前述基督教的《圣经》、伊斯兰教的《古兰经》、佛教的《金刚经》等，有的则虽然在一个民族内部广为人知，却不为外界所熟悉，如彝族的《指路经》《解冤经》等，要通过大量地搜集、翻译和研究，其价值才能被外界所了解。

（二）文学经籍与经籍文学

文学经籍与经籍文学，是不同的两个概念。要对文学经籍与经籍文学进行认真的区分，使它们各自的特点充分地展现出来，比较出不同的内涵和外延，以此界定研究的对象，而不至于模糊不清。

文学经籍，首先必须是文学，然后才成为经籍，即经典的文学古籍。例如，《诗经》首先是一种文学形式，即由民歌、雅词和颂词集合在一起的一部文学作品，由于经过孔子删诗，和后来一些鉴赏家、评论家、注解家、历史学家的不断分析、评价、记述，它的价值和影响也越来越大，在上千年的历史传承中，成为一部经典文学作品，这就是文学经籍了。同样，《楚辞》《乐府诗集》《玉台新咏》等文学作品集，以及《离骚》《李太白集》《杜工部集》《春江花月夜》等文学家的个人作品，在长期的流传过程中成为文学古籍中的经典作品，也就成了文学经籍。

而经籍文学首先是宗教经书，因为具有一定的文学形式和文学价值，或者被从文学人类学的视野中发现和研究，才成为经籍文学。例如，《圣经》首先是基督教的一部宗教经书，流传的地域十分广泛，历史时期长，影响很大。由于《圣经》具有很大的文学价值，它同时也被作为文学作品来阅读，如其中的《雅歌》

中绝大部分是优美的爱情诗，《赞美诗》是优雅的赞颂词，等等。[①]又如，《古兰经》首先同样也是伊斯兰教的一部宗教经书，影响非常广泛，但《古兰经》本身的形式是诗歌形式，韵律优美，节奏感强，它本身的文学表现形式也让许多读者把它当成文学作品来阅读，这样，《古兰经》同时也就是一部经籍文学。[②]同时，从文学人类学的视角研究《圣经》《古兰经》等，这些经书也就成了经籍文学。

在这里，还要仔细区分传统文学经籍和传统经籍文学。传统文学经籍，是指传统文学作品中成为经典的那一部分文学作品。这里的传统文学，既包括作家创作的书面文学，也包括民间文艺家创作的被记录下来的口头文学。例如，《诗经》中的民歌首先是民间文学家的口头创作，被记录下来、经过删节之后成为书面文学，经过若干年代的流传之后，成为传统文学经籍。《楚辞》《乐府诗集》等中也有不少是民间文学作品。在此可以看出，传统文学与古代文学的外延部分是一致的，从对古代其他文学作品的比较中，它把没有成为经典的古代文学作品区别开来；从与现代和当代文学作品的比较中，也把至今在民间流传着的活态的民间文学与当代的作家文学区别开了。

传统经籍文学是传统宗教经书中具有文学价值或者文学人类学价值的经书。之所以称为传统经籍文学，是因为它在古代曾经发挥着经书的作用和文学作品的功能，传承到当下，它在当代、在民众的现实生活中被作为经书使用的同时，其文学价值同时在发挥着作用。传统经籍文学和古代经籍文学有区别，也有联系，传统经籍文学是古代经籍文学流传到当代的部分，它仍然为民众所使用，既发挥着经书的作用，又保留着文学的功能；而古代经籍文学，则只是古代经书中有文学价值的一些经书，在当代，它已经失传，或者虽然作为经籍文学作品保留下来，但是在民众的宗教生活中不再发挥实际作用，只剩下了经书的形式，或者说只剩下了经籍文学的形式。

（三）彝族传统经籍文学的内涵和外延

通过上面的分析，现在可以对彝族传统经籍文学的内涵进行定义，并且对彝族传统经籍文学的外延作一下界定。

---

① 圣经[M]. 上海：中国基督教协会出版，1998.

② 马金鹏. 古兰经译注[M]. 银川：宁夏人民出版社，2005.

彝族传统经籍文学，是指彝族传统宗教生活，包括原始宗教生活和现代仍然为民众所信仰的彝族宗教信仰的延续形式，一直使用着的经书（包括口头传统）中，具有文学价值的古籍和民间信仰中仍然使用着的口头言说。它起源于彝族古代的宗教生活，特别是各种宗教仪式和带有宗教信仰色彩的民间仪式；有的是已经用彝文撰写、记录下来成为书面的文本，有的还保留着口头传承的形式；它仍然在当下的彝族传统宗教生活中使用和传承；但不包括全部的宗教经书，而是宗教经书中具有文学人类学价值的部分，以及彝族民间宗教信仰口头言说中具有文学人类学价值的部分。

彝族传统经籍文学包括现在彝族宗教信仰活动使用的经书和口头言说中具有文学人类学价值的部分。从形式上来说，彝族传统经籍文学既包括诗歌体裁的经籍，也包括散文体裁的经籍。就彝族传统经籍的情况来看，用诗歌写作、记录的比用散文写作、记录的要多许多倍。以 20 世纪 30 年代商务印书馆出版发行的丁文江编辑、罗文笔翻译的《爨文丛刻》甲编（又载《丁文江文集》第五卷）为例，包括了诗歌体裁的《献酒经》《解冤经》《指路经（天路指明）》《祭龙经（权神经）》四种，以及散文体裁的《玄通大书》《武定罗婺夷占吉凶书》两种彝族经籍。[①]《爨文丛刻》中所收录、翻译的彝族传统经籍，是彝族传统经籍文学的一个缩影，同时也具有代表性，体现了彝族传统经籍文学中诗歌类型的作品多于散文类型作品的事实。如果换一个外延分类方法，从彝族传统经籍的内容方面去考察，彝族传统经籍文学包括自然崇拜类，如《献山经》《祭土地经》《祭水经》等；图腾崇拜类，如《祭龙经》《祭树神经》等；祖先崇拜类，如《祭祖灵筒经》《丧祭经》《指路经》等；以及其他经籍文学类。

二、毕摩与传统经籍的数量

彝文经籍就是用古彝文书写、记录和创作的经书、典籍。毕摩的传统彝文经籍，指的是由毕摩记录、抄写和创作的用于彝族传统宗教信仰（也称为原始宗教）和民间仪式、活动的经书、典籍。本书所研究的彝族传统经籍文学，是以毕摩传承的传统彝文经籍和口头言说中，可以用传统文学理论和文学人类学理论进行研究的经文和典籍。

---

① 欧阳哲生. 丁文江文集（第五卷）[M]. 长沙：湖南教育出版社，2008.

由于彝文古籍卷帙浩繁，总数在 1 万册以上[①]，彝族毕摩所传承的经籍占据了其中的大部分。另外，据四川省凉山彝族自治州美姑县毕摩文化研究中心的调查，仅该县毕摩收藏和使用的经书有 15 000 卷。[②]然而，并非所有的毕摩经籍都是不同的内容，有许多毕摩经籍只是掌握在不同的毕摩手中，其中的内容有一部分是基本相同的，只是在毕摩抄写、传承的过程中产生了一些变异，就像一个民间故事、传说在流传的过程中会产生多个异文一样，毕摩抄写的经籍也会在不同的毕摩手中产生一些变化，形成另外一个抄写本的异文，但是主要的内容是不会改变的。因此，实际上，根据人生婚丧嫁娶不同阶段的礼仪，毕摩所使用的经籍基本上是一样的。

以贵州省毕节市（原毕节地区）的情况为例，根据王仕举毕摩 1988 年 4 月的一份调查报告，新中国成立初期，毕节还有毕摩 200 人，1963 年为 150 人，1980 年为 104 人，1983 年为 87 人，1987 年为 77 人。从 1980 年至 1987 年中就病逝了 27 人。[③]一个毕摩所收藏的彝文书籍（大部分是经籍）最少的为 5 册，是贵州省威宁彝族回族苗族自治县大街区大街乡斗口子村的王绍纲毕摩；再少一点的有贵州省纳雍县治昆区坡其乡坡其村的王连群毕摩，有 6 册；再少一点的有 8 册，分别是纳雍县阳长区黄家屯乡河头上村的陈兴德毕摩和赫章县新发区发达乡各位村的罗龙华毕摩。最多的为 60 册，分别为贵州省威彝族回族苗族自治县龙街区龙街乡龙丰村的李荣林毕摩 60 册，贵州省赫章县新发区发达乡林发村的陈正中毕摩 60 册，贵州省大方县白纳区化育乡白发俗村刘毕摩 60 册，贵州省毕节市龙场营区左泥乡三关村陈大江毕摩 60 册；再少一点的，威宁县的龙天福毕摩有 50 册，唐文康毕摩 50 册，大方县的张顺清毕摩 50 册，毕节市的李守华毕摩 50 册；再少的 45 册的毕摩为 2 人；再少的 40 册的毕摩为 10 人。[④]根据这份调查报告的数据，当时毕节地区有毕摩 95 人，藏书 2250 册，人均藏书 23.68 册。另有去世的毕摩

① 王明贵. 彝文古籍文献述要[J]. 贵州文史丛刊，2002，（2）；陈乐基，王继超. 中国少数民族古籍总目提要——贵州彝族卷（毕节地区）[M]. 贵阳：贵州民族出版社，2010：序言.

② 黄建明，巴莫阿依. 中国少数民族原始宗教经籍汇编.（毕摩经卷）[M]. 北京：中央民族大学出版社，2009：序言，9.

③ 王仕举. 毕节地区彝文传统知识分子（布摩）调查[A]//李平凡，颜勇. 贵州六山六水民族调查资料选编（彝族卷）[C]. 贵阳：贵州民族出版社，2008：255.

④ 王仕举. 毕节地区彝文传统知识分子（布摩）调查[A]//李平凡，颜勇. 贵州六山六水民族调查资料选编（彝族卷）[C]. 贵阳：贵州民族出版社，2008：256-259.

23人，存书565本，人均留书24.57册。有经籍的毕摩（含去世的）总人数为118人，总经籍数为2815册，人均经籍23.86册。按照单个平均水平计算当时在世的毕摩与经籍，少于人均23.68册的毕摩有61人，多于这个数的有34人。其中，前述多于50册的有6个毕摩，他们的经籍总数为320册，人均53.33册。从具体的个案调查中得知，数量多的毕摩的书籍中，有大量不是日常所用的毕摩经书，而是历史、文学等其他内容的古籍，这些书籍并不在彝族传统仪式活动中运用。例如，赫章县财神区中田乡丫口村王子国毕摩的藏书中，就有《能素恒说》等历史古籍。而超过平均数又在30册以下者，超过的书籍虽然也是毕摩经籍，但往往是彝族传统生活中不常用的部分，有的是过去彝族君长举行特别大型仪式活动的用经，现代已经没有人有条件能够举行这样的大型仪式。因此，一个毕摩日常所用经籍一般在25册左右就足够了。

因此，从毕摩传统经籍的平均数量中考察彝族传统经籍的情况，就可以推论，彝族传统经籍的数量虽然总数有上万册，经过毕摩人均数量的分配，实际每个毕摩经常使用到的经籍有25册左右。这个人均数量对研究毕摩经籍的内容，特别是彝族传统经籍和彝族传统经籍文学的内容意义重大。也就是说，对彝族传统经籍文学的研究，不必是成千上万册的彝文经书，只要通过对经常使用的经籍进行分类、比较，选择其中具有代表性的作品进行研究，大致就可以了解彝族传统经籍文学的情况了。

三、彝族传统经籍文学研究的现状与意义

彝族传统经籍作为彝族传统宗教（也包括原始宗教）生活中使用的彝文经书、典籍，它是西南历史文化信息的重要载体，其中蕴藏的信息量和信息的真实性和古老性都是口传文献难以企及的。这些彝族传统经籍绝大多数是诗歌，也有部分散文，这就是彝族传统经籍文学。费孝通、马学良、杨成志等专家认为，彝族传统经籍对研究西南地区的历史有重大意义，彝族研究不清楚，西南的历史难以说清楚。研究彝族传统经籍文学是解开彝族、彝语支民族乃至西南历史许多未解之谜（如夜郎、南诏、罗甸等国的问题）的重要途径。不对大量的彝族传统经籍进行多角度的研究，编写的西南历史是不能全面反映古代西南的政治、军事、经济、语言、文化、文学、宗教和哲学等情况的。

对彝族经籍、彝族文学的研究分别有很少的一些成果。国内最早的研究成果

可追溯到晋常璩的《华阳国志》对“夷经”的记述，清朝道光年间的《大定府志》也略有记载，但史志大多只涉及宗教。现在流传的彝文经籍，绝大多数是明、清抄本。现代以来，彝文经籍的搜集翻译出版取得了许多成果，有《爨文丛刻》甲编收录了11种，《彝文〈指路经〉译集》18部，《彝族指路丛书》7部，《祭龙经》等有20多部，《驱鬼经》等有10多部，《那坡彝族开路经》1部等。而集其大成者，要数《彝族毕摩经典译注》106部和《中国少数民族原始宗教经籍汇编（毕摩经卷）》，集中了大部分有代表性的彝族经籍。在研究方面，多位专家有彝族宗教研究专著出版，张纯德等所著的《彝族原始宗教研究》是代表著作之一；有40多人发表了50多篇彝族宗教的研究文章，但是这些成果对经籍的研究较少，从经籍文学的角度开展研究的几乎没有。而与宗教经籍文学研究相关的专著，已出版的彝族文学史论著作中只提及几部。巴莫阿依著的《彝族祖灵信仰研究》、巴莫曲布嫫著的《神图与鬼板》和她关于“祝咒文学”的文章，罗曲等著的《彝族文献长诗研究》等，对极少数彝族经籍文学作了一些文本介绍和田野调查研究；论文则有王明贵的《彝文古籍状况述要》、沙玛拉毅的《论彝族毕摩文学》、陈世鹏的《原始宗教对彝族传统文学的影响》、周德才的《彝族〈指路经〉的文学特点》、沈五已等的《笔摩经书与彝族文学》等，或多或少涉及了彝族经籍文学的研究。国外的研究，近代、现代外国人到彝区传教或游历，保禄-维亚尔、柏格里、顾彼得、马克思·弗里茨·魏司夫妇的游记、日记、声像记录中偶有涉及。近年来，马克·本德尔（Mark Bender）、西胁隆夫、藤川信夫、樱井龙彦、魏明德等对彝文经籍或文学有所涉猎。

从总体上看，一是彝族传统经籍数量庞大，翻译成果丰富，动辄几部、十几部甚至上百部经籍一起出版，且京、滇、川、黔、桂彝区都在翻译出版，涉及面很广。二是研究彝族宗教的专著，目前已经出版10部，论文也有数十篇，但都不是从彝族经籍文学的角度研究。三是直接和全面涉及彝族传统宗教经籍文学研究的专著和论文极少，与经籍的翻译出版数量形成了巨大的反差，因而也留下了一大片空白。

因此，开展对彝族传统经籍文学的研究，是一项创新型的原创研究课题。就像《圣经》、《古兰经》、《道藏》、“佛经”等经籍不但对其宗教、历史与文明具有核心意义，对西方文学、阿拉伯文学、中国文学和印度文学的影响也是极为重大的。彝族传统经籍是古彝文文献中数量最多的部分，是彝族乃至西南历史文化和古代文明最重要的承载体之一，是对彝族影响最大的文艺形式。从一个全新的文学人类学的角度研究彝族传统宗教经籍，对于了解彝族乃至西南各民族的历史、文化、传统信仰及其艺术表达，理解彝族与现实世界及心灵、信仰世界的沟通及表现，发掘新的艺术门类，促进中国少数民族文学学科建设，丰富世界艺术宝库，推进社会主义文化的大发展、大繁荣，搞好民族团结，构建社会主义和谐社会，实现中华民族伟大复兴的中国梦有着重大的现实意义。

四、彝族传统经籍文学的研究价值

彝族传统经籍文学的研究，是从一个全新的视角切入，以人类学的方法为参照，以传统文学理论为一个主要参考，运用文学人类学理论与研究方法，深入挖掘彝族传统经籍的价值。从宏观的视阈来看，彝族传统经籍文学的研究价值主要体现在以下几个方面。

（一）彝族传统经籍文学所具有的传统功能的价值

一是教育功能体现出来的价值。彝族传统经籍本身是在宗教生活或者日常宗教信仰仪式中使用，其中许多道德观念的教化、训导、诫勉和纠错，都是在经籍的诵读和仪式参与者的听闻过程中体现出来的。二是认识功能体现出来的价值。彝族历史的传承在宗教生活中往往得到体现，特别是许多经籍中，都有关于彝族历史的记录，让彝族认识到自己的历史之根。又如，《指路经》等经籍中有彝族迁徙路线的记叙，有关于迁徙途中各种山川地理形势的描述，还有到关键地方需要注意的事项的强调，等等，即使在当代，仍然有考证民族迁徙史的重要价值。三是审美功能体现出来的价值。这主要是彝族传统经籍文学表现形式特别是具体表达方式如唱诵、仪式表演等方面，对参与者情感的调动和熏陶，以及其中的韵律、节奏的美感等。同时，文字文本中经籍诗歌的韵律，其美的功能也得到充分的展示，让受众得到很好的熏陶。

（二）文学发生论的价值

彝族传统经籍在具体仪式中的使用，有的并没有完全按照既成的经籍照本宣科，而是要在具体仪式的具体环节中，加上一些针对具体的人或者事的口头所说的词，这些是在既成的经籍文本中找不到的。例如，彝语北部方言区在念诵《凤凰经》的时候，在仪式的开头部分，要专门念诵一段《水源经》，而这一段《水源经》在《凤凰经》中是没有文字文本的，只是靠毕摩在举行这个仪式的这一环节时口头念诵。[①]这为文学发生提供了具体的实例。另外，彝族宗教职业者之一的苏尼，虽然没有毕摩地位，在举行仪式为病患者“治病”时，也没有经籍可以使用，只有一面羊皮鼓。但是他们在进入“迷狂”的状态后，所念诵的口头说辞也往往对病患者的治疗起到一定的作用。苏尼的这些说辞，目前尚没有记录，也不见于报道，但是它与萨满、巫师等的口头言说一样，也为人类学视阈的文学发生提供了研究的例证，是彝族传统经籍应该关注的一部分。

（三）开掘文学禳灾和文学治疗功能新的价值

文学的禳灾功能和治疗功能古已有之，只是作为一种实践总结和理论探讨，是以人类学的方法研究文学之后才取得的重大突破。美国研究家麦地娜·萨丽芭（Medina F. Saliba）发表了《故事语言：一种神圣的治疗空间》的论文[②]和《风湿性关节炎的旅程》（2000 年）等专著，以及秘鲁的维洛多在专著《印加能量疗法——一位人类学家的巫士学习之旅》中，对文学的神圣治疗作用进行了研究。而文学禳灾的功能，在苏美尔人的屠龙求雨祝咒词和中国各民族的“祭龙求雨”祝咒词中，通过各种祝咒词配合一定的仪式，达到消除旱灾的目的，都有普遍的体现。唐代时期，韩愈因为鳄鱼之害，为除鳄鱼之害还专门举行仪式、写作《祭鳄鱼文》来达到除害的目的。彝族传统经籍文学中的《祭水经》《驱鬼经》等，都有同样的禳灾、治疗功能价值，开掘了文学人类学中文学价值发现的新领域。

（四）发现彝族传统经籍的新功能的价值

彝族传统经籍文学除了禳灾和治疗的传统功能之外还有送祖与慰灵的新功能。这是彝族把祖先崇拜作为自己传统的信仰崇拜的历史文化所决定的。彝族传统经籍中，占据较大部分比重的是祖先崇拜类经籍，这类经籍包括从丧葬仪式开始使用的《献酒经》《晚祭经》《解冤经》《指路经》等，一直到为亡故许多年、相隔了许多代的祖先举行“尼目”祭祀大典使用的《送灵经》《安灵经》等经籍，几乎占据了彝族传统经籍的绝大部分。而这些经籍的主要功能，很大一部分就是

---

① 黄建明，巴莫阿依. 中国少数民族原始宗教经籍汇编·毕摩经卷[M]. 北京：中央民族大学出版社，2009：32-33.

② 叶舒宪，黄悦. 故事语言：一种神圣的治疗空间[J]. 广西民族学院学报，2003（5）:30-35.

送祖和慰灵，这是从人类学角度研究彝族传统经籍的一大功能。

（五）拓展文学的文化空间和扩展并重修文学史的价值

文学研究的文化转向、东方转向和生态转向，是当代文学人类学研究的总体趋势。通过彝族传统经籍文学的研究，从新的角度认识彝族传统历史文化会有更多、更好的收获。例如，关于《指路经》的研究可以发现彝族多个居住区的迁徙历史，通过《治星经》等的研究可以解开夜郎套头葬式之谜等。[①]同时，已经出版的几部彝族文学史，对于彝族传统经籍文学的关注十分稀少，与彝族传统经籍文学在彝文古籍中所占的比重严重不对称，没有能够体现出彝族文学的特色。通过对彝族传统经籍文学的系统研究，对重修彝族文学史提供坚实的支撑，从而充分展示出彝族传统经籍文学应有的价值和贡献。

① 王明贵. 夜郎故国——彝族英雄史诗的圣地[J]. 毕节学院学报，2008（1）：39-44.

第一章　彝族传统宗教信仰与经籍

关于彝族宗教的研究，有一些研究家都使用了“彝族原始宗教”的概念，或者简单地称呼为“彝族宗教”，或者称呼为“彝族民间信仰”，这是各个研究家研究课题时根据不同情况的要求采用不同的视角而产生的不同概念。在本书中，之所以采用“彝族传统宗教”的概念而不用其他概念，一是考虑到原始宗教概念的历史意义比较强烈，似乎彝族宗教还处在原始社会，或处在原始状态，不能为现代社会的大多数彝族人所接受；二是彝族宗教信仰至今还有许多人在信奉，虽然没有完全发展成现代体系的宗教信仰，但是在当下它还是一个确实的存在；三是彝族宗教信仰既具有比较原生态的即被一些研究家称为原始的形式，又已经进入了当代社会的宗教信仰大体系中，它是一个连续不断的存在，既没有在历史发展中消亡，又具有比较原初的形态。因此，用“传统宗教”的概念比较符合当下彝族宗教信仰的真实状态。

第一节　彝族传统宗教信仰概述

彝族传统宗教有自然崇拜、图腾崇拜、祖先崇拜、神灵崇拜等信仰崇拜形式，有从事宗教职业的毕摩和苏尼，有运用于信仰仪式中的彝文经籍和口头言说，有从事信仰仪式活动所使用的祭场、法器、牺牲、种种物品，有毕摩念诵经籍的特殊腔调，等等，是体系比较完整的宗教信仰。

一、自然崇拜

同所有的自然崇拜一样，彝族自然崇拜是以人格化的、神圣化的自然物和自然力等为崇拜对象的基本表现形态。崇拜范围包括天、地、日、月、星、山、石、海、湖、河、水、火、风、雨、雾、霜、雪等万物及自然变迁现象。自然崇拜由原始状态发展而来，崇拜对象被神灵化，形成天体之神、万物之神、四季之神、气象之神等千姿百态、各种各样的自然神灵观念和与之相关的众多祭拜活动。

自然崇拜就是对自然神的崇拜，它包括天体、自然力和自然物三个方面，如日月星辰、山川石木、鸟兽鱼虫、风雨雷电等，这是人类依赖于自然的一种表现。彝族的自然崇拜主要表现在丧礼、祭祖等活动中，并且见于经籍记述和使用中。在丧仪活动的《那史》挂图中，有天、地、日、月、星辰、鹤、鹰、杜鹃、虎、豹、龙、蛇、牛首、马头等数十种图像，有仪式中必念的称为《那史纪投》的经籍专门解释这些图像。日、月、星辰、鹤、杜鹃等，还使用了与人一样的连名谱系。在《那史纪投·日月形象纪》中[①]，七代太阳生成七轮太阳挂在天上，"吉翁哺一代，翁哺尼二代，尼阿恒三代，恒阿能四代，能阿惹五代，惹阿措六代，措阿吉七代"，不出来则已，出来七轮一起挂在空中，把所有的动植物都给晒死了；同样，七代月亮是"洪咪旺一代，咪旺律二代，律妥妥三代，妥阿斗四代，斗阿娄五代，娄阿鲁六代，鲁洪博七代"，月亮效仿太阳，把世间的水全都吸干了。有关对鸟兽虫崇拜的痕迹，在《祭祖经》和《彝族源流》中[②]，记载了相关的故事，略谓，慕靡传二十九世，到武洛撮继位，他的兄弟"武珠十二子，十一渡过泰溢河，独留武洛撮"。渡过泰溢河的十一支兄弟氏族纷纷改变了"夷"俗，动摇的武洛撮也不想守住慕靡氏的古老传统，他也耐不住寂寞，过了半个月，说他也要变化，还作了一些准备。遇到诺师颖劝阻他勉强留下，在笃佐能甸，叙谱建基业，祭祖立基业。天地间祭祖的首席大毕摩恒阿德在举行仪式时因未能满足心愿，一气之下径直经过堂琅，到了天上叫吐局哎的地方。诺师颖多次撮合仍不奏效。叙谱祭祖建基立业的事非恒阿德莫属，为恳请他，在鸟类中带冠的雉鸡说它能去请来。它到天上见到恒阿德，雉鸡说："武洛撮这人，叙谱建基业，盼着恒氏你！"恒阿德不耐烦地告诉它："你们在那里，难道无君臣，难道无毕摩，连你这鸟类，来把我逼吗？"从火中取火炭，按在雉鸡脸上，从前按下的迹印，到如今都还在。雉鸡无功而返，桃树下野鹿表示能把恒阿德请来，结局和雉鸡一样，恒阿德随手抽佩剑，在野鹿身上点下斑斑迹印，从前点的印，到如今还在。鸟类和兽类都靠不住，虫类中的蜘蛛最后自告奋勇，从苍天之涯，经过吐局哎，径直上堂琅，找到恒阿德。对蜘蛛，恒阿德采同样用对付雉鸡和野鹿办法，他抽出刀把蜘蛛六刀

① 王继超，王子国译. 物始纪略（第二集）[M]. 成都：四川民族出版社，1991：20-24.

② 王继超，王子国译. 彝族源流（九—十二卷）[M]. 贵阳：贵州民族出版社，1992.

砍做三节，把蜘蛛头丢树上，尾丢石头上，腰丢到水中。这样做过后，恒阿德夜里失眠睡不好，白日慌张心不安，在树下也惊，在石上也慌，站水中也冰，尤其是脚跟中了邪站立不稳。他知道是砍了蜘蛛的原因，就从树梢寻得蜘蛛头，在石头上找得蜘蛛尾，在水中却找不到蜘蛛腰，就以头尾金银为记，用丝线绾做蜘蛛腰，蜘蛛从此没有了腰。从前绾过的，一直留到了今天。蜘蛛以牺牲性命、被砍成三截而失去腰部的代价，请恒阿德前来祭祖，并制定传承至今的三、六、九代祭祖的典章和治国安邦的法典，慕靡的王位才得以由武洛撮承袭下去。

彝文经籍中还反映，人们往往被这些挥之不去的崇拜物所伤害，有着星辰崇拜，因此“天上一颗星，地上一个人，天上一群星，地上一家人，天上一箩星，地上一族人。人靠星保佑，星监管人威，星完善人道，星展示人度，星吉祥人昌，星饱满人富……时错星乱出，腐星群运转，腐星群遍布。霉星群混乱，一日犯山林，山林枯焦焦，片片草木倒，不剩猪尸般地盘；一日犯大岩，大岩层层垮，大蟒孤伶伶，剩无粪坑地；一日犯着水，大江河干涸，獭鱼遍地滚，不剩点滴水。一日犯飞禽，鹤鹃孤伶伶；一日犯走兽，虎豹遍地倒”[①]。因要解除崇拜物星辰中死星的伤害，就必须除死星，治理受犯的星宿。认为触雷电死者，是为雷神所劈，要为其诵《送雷神经》，以马和牛的耳朵为祭品，打发雷神回归天上。传说古代大毕摩沾扎阿尼请雷电之神在一个叫作“古口”的地方烧死了全部的麻雀，打发雷电之神时用了死牛死马的耳朵，因牺牲不洁等原因，再念经文也不灵，雷电之神便死死地缠住了沾扎阿尼。

二、图腾崇拜

“图腾”一词，系印第安语的音泽，有“亲属”和“标记”的含义。人们把某种动植物或其他事物当成自己氏族、部族、民族的标志或象征，并认为这种事物同自己的氏族、部族、民族有某种血缘联系，那么，这种事物就叫作图腾。彝族的图腾崇拜，存留有融自然崇拜、动植物崇拜、灵魂崇拜、祖先崇拜为一体的痕迹。关于植物崇拜，明显的是支嘎阿鲁诞生的传说：天郎恒扎祝与地女啻阿媚是世上的第一对恋人，他们相爱了九万九千年，相好如一日。一个春光明媚的早晨，天地忽然抖了三下，电闪雷鸣之后，一只苍鹰搏击在长空中，一个婴儿呱呱地降

① 王继超，王子国译. 彝族源流（五—八卷）[M]. 贵阳：贵州民族出版社，1991.

生了。恒扎祝用尽最后一丝力化作矫健的雄鹰，啻阿媚吸进最后一口气化作茂盛的马桑树。孩子生下便失去了父母，人们叫他弃儿巴若。巴若大难不死，白日有马桑哺乳，夜晚有雄鹰覆身。这里既有植物崇拜的影子，也有动物崇拜的痕迹。

从称为“讉益”的姓氏标志上也留有植物崇拜的痕迹。在“史吐讉益”“芍吐讉益”“赖舍讉益”“妥尼讉益”等类似的姓氏标志里，“史吐”为柏树，“芍吐”为青松——华山松，“妥尼”为黄松——马尾松，有着取其常青并永恒的寓意；“赖舍”为樱桃，取其多结籽（子）而发展的寓意，作为姓氏标志，至少有着与植物崇拜打擦边球的意味。

鹤、鹃、鹰、虎、豹、狼既有图腾的意义也作为等级与职业的标志符号。为区别、区分君、臣、师这三种社会职能与等级，还各取一物作象征性标志：“鹤为君、杜鹃为臣、雄鹰为毕摩。”[①]在明代的《水西大渡河建桥碑记》（彝汉文双碑）碑首，都赫然雕刻了各一组鹤和杜鹃的形象，为水西君长和大臣的标志徽号。

就毕摩经籍的记录而言，鹰和虎是有代表性的两种图腾符号。

（一）图腾符号之一——鹰

鹰是代表农耕文化的尚白部族始楚毕摩的图腾符号，虎是代表游牧文化的尚黑部族乍姆毕摩的图腾符号。

鹰虎作为毕摩神是彝族鹰虎崇拜的反映，表现为对英雄的崇拜。鹰与虎，一个在天上，为飞禽之王；一个在地上，为兽中之王，是除人之外动物界的主宰，以鹰虎象征威武和权力，从这个意义上说，它是尚武民族树立的核心标志。

根据彝文文献的记载，彝族先民把宇宙分为两极，天的至高点称为[tɕhyʎtha˥ndɛ˩]，音为“瞿沓邓”，系上极的最高主宰策格兹居住的地方；地的最底面称[kho˩kho˧nɯ˥]，音为“阔阔能”，系下极的最高主宰恒度府居住的地方。天的至高点有鹰守护，称为“鹰覆天脊”，地的最底面由虎来守护，“虎镇慑大地”。彝文经书《丧祭经》（贵州省毕节市彝文文献翻译研究中心藏书，未译）的开头说：“在空中，鸟无力复仇，靠鹰来复仇；在地上，兽无力复仇，靠虎来复仇；在人间，人无力复仇，靠毕摩复仇，把命债讨还。”彝巫苏尼的保护神中

① 参见贵州省威宁自治县龙场镇龙丰村李荣林布摩家彝文抄本《策尼勾则》一书。

最厉害的两种动物，一是“空中的大雕”，大雕在彝语中反映的是鹰的一种，意为“大力之鹰”；二是大地之虎，虎中之虎称为[dzu˧]，音为“阻”。彝巫苏尼在举行巫术活动时，都要先请神，请鹰神者念“大雕大哥啊，你快快下来，下到世间来，离了盐不咸，离了你不行！”请虎神者念“白脚黑虎啊，你快快下来，下到世间来，离了盐不咸，离了你不行！”彝巫苏尼认为他的打斗对象是邪魔恶鬼，只有借助鹰虎的力量才能战胜对手。鹰虎最具图腾性，这是由它们的力量决定的，由它们力量的象征而引申为尚武的核心标志。正因为如此，《彝族源流》《西南彝志》《益那悲歌》《布默战史》等一些文献在记录战争时，要么把战士形容作鹰虎，要么把战阵布作鹰虎形，并以鹰阵或虎阵命名。把鹰虎作为尚武精神，还有机地融入星辰的崇拜中，如将若干星座以鹰或虎来命名。因此，鹰和虎最具作为图腾的代表性，又是彝族尚武精神的符号性标志。

《德施谱》中的《迎毕摩》载：“觉布（毕摩大师）像雄鹰，第一对雄鹰，第二对大雕，第三对鹞鹰。鹰头是毕摩的天地，鹰血是毕摩的生命水，雄鹰为毕摩铺垫，鹰羽为毕摩铺垫，鹰脚是毕摩的顶梁柱，鹰爪是毕摩的神器，鹰尾是毕摩的神扇。鹰阵阵呼叫，鹰居九层天，毕摩居九层天，常居于高天，今天请下凡，好向他献酒。/觉布像猛虎，第一对青虎，第二对赤虎，第三对花虎。虎头是毕摩的天地，虎血是毕摩的生命水，猛虎为毕摩铺垫，虎毛为毕摩铺垫，虎脚是毕摩的顶梁柱，虎爪是毕摩的神器，虎尾是毕摩的神扇。虎啸声阵阵，虎居八层地，毕摩居八层地，常居于高位，今天请下凡，好向他献酒。”①

彝文文献《移灾经》（贵州省毕摩节市彝文文献翻译研究中心藏书，未译）说：“布波氏十人，为慕靡十大毕摩，怕威力不大。神毕摩为鹰毕摩，鹰头毕摩天地，鹰爪毕摩支柱，毕摩依托鹰身，鹰皮围毕摩，毕摩垫鹰羽，鹰血去毕摩污，鲁朵惧布波……神毕摩为虎毕摩，虎头毕摩天地，虎脚毕摩支柱，毕摩依托虎身，虎皮围毕摩，毕摩垫虎毛，虎血去毕摩污，密觉惧毕摩。”

《物始纪略·玄鸟给日献药》记载，闪闪发光的太阳代表着天的威严。有天早上，天帝策举祖派他的使者黑鸟到天界的四方巡察，才巡得第一站，只见一只猛虎扑向太阳，几口将太阳咬得血淋淋的。黑鸟一边驱赶猛虎，一边安慰太阳，接着飞快禀报举祖。策举祖赶紧取出药系在黑鸟的翅上，黑鸟立即给太阳献上药，

① 贵州省毕节市彝文文献翻译研究中心藏书第717号，威宁彝族回族苗族自治县龙场镇刘松林布摩家原书。

顷刻间治愈太阳的伤病。举祖为表彰黑鸟，脱下他的金蓑衣给黑鸟披。黑鸟坐在太阳腹中，黑鸟铺开金蓑的时候天晴；收拢金蓑的时候天就阴了。黑鸟掌管着天的阴晴，它是唯一不怕鹰的鸟。《物始纪略·兔给月献药》记载，大地钟爱月亮。地王恒度府的使者兔子忠于职守，每天一早起来都要去巡视大地。有天早上遇见月亮不幸被恶狗咬伤，兔使者先驱赶开恶狗，再替月亮开拭流淌的脓血，并马上报告地王。地王把神药敷在兔子的眼睛上，要它去给月亮疗伤。兔子送药给月亮，月亮服药后药到病除，恢复光亮。地王感激兔子，把他的宽裙赠给兔子。从此兔子住进月亮腹中，它把眼睛睁大月亮就圆了，把眼睛半睁开时月亮缺，闭上眼睛就没月亮了。月亮的圆缺是由兔子掌握的，它是唯一不怕虎的走兽。《物始纪略·老鹰覆天脊》记载，在什勺家统管的地盘上，有青、赤、黄、花、斑、灰、白、黑等九种鹰，青鹰掌管着天的轨道，赤鹰主宰着地的脉络。一只雄鹰端坐在天脊，它嗖嗖煽动着翅膀，征服飞禽走兽，黑鸟见它就发出惊叫；兔子见它马上躲藏。这只鹰飞进太阳和月亮腹中，太阳顿时失去光芒，月亮瞬间暗淡无光，这是因为鹰的翅膀和尾巴遮蔽了太阳和月亮，知情的人说，这叫雄鹰覆天脊；不知情的人却认为是日月在躲藏。但“晴时和雨时，由玄鸟掌握，玄鸟不怕鹰，鹰不抓玄鸟。日内一亭台，给玄鸟来坐”。鹰和虎在广袤的天空与大地间构建了一种和谐。《物始纪略·鹰抓启明星》记载，星的出没是昼夜的标志，代表的是天帝举祖的威严，到了黎明，满天的星斗都落完了，偏偏有启明星抗拒天命，独自留在空中，举祖怒不可遏，命白鹰抓落启明星。白鹰使尽千般气力都没能抓落启明星，在无可奈何之际，铁爪青鹰出现了，它左右盘旋，找准机会，一举将启明星抓落。看着启明星落入银河，铁爪青鹰端坐岸边歇息，把落入河中的星洗干净，饿了吃星肉，渴了喝星血，解了恨，天帝露出了灿烂的笑容。《物始纪略·什勺六只手》记载：“什勺六只手，头像鹰的头，发出鹰叫声，什基如天广，勺业如叶茂。什勺六只手，说的就是它。”①

《诗·大雅·大明》中说：“维师尚父，时维鹰扬。”这句话是指周武王的军师姜子牙布阵作战，机智灵活，犹如雄鹰飞扬天空。彝族毕摩称为“洛洪”的神帽或神笠沿下多悬两只鹰爪，毕摩神的形象为灰鹰和老虎，而其中法力最大的是空中的大雕和地上的白爪虎，这两样神又通常为从事巫术活动的“苏尼”（巫师）

① 王继超. 物始纪略（第一集）[M]. 王子国译. 成都：四川民族出版社，1990.

所借用，如前所引的苏尼词（“大雕大哥啊，下来你下来，离了盐不咸，离了你不行”）就是证明。

《勒俄特依》在介绍雪子十二支时说，雪族子孙十二种，其中无血的六种是蒿草、白杨、水筋草、铁灯草、针叶草、藤蔓；有血的六种是蛙、蛇、鹰、熊、猴和人。人类渐渐分布开来，遍及天下。在这有血的六种中，其中的一种就是鹰。《勒俄特依》记有鹰生支格阿龙的故事：蒲家生三女，长女蒲莫基玛嫁姬家，次女蒲莫达果嫁达家，幼女蒲莫列衣未出嫁。幼女三年设织场，三月制织机，发明了最早的纺织技术。一天，美丽的蒲莫列衣正在屋檐下织布，空中飞来四对大龙鹰，龙鹰身上掉下了三滴鲜红的血，一滴端端正正落在幺姑娘的头上，穿透了九层黑辫；一滴端端正正落在幺姑娘的腰上，穿透了九层毡衣；一滴端端正正落在幺姑娘两腿之间的裙子上，穿透了九层百褶裙。蒲莫列衣以为会有不祥之事发生，便连忙去请毕摩来占卜，毕摩占卜发现是大吉之兆，要生一位大神人。在念了《生育经》之后，早上天空起白雾，午后便生下一个男孩，并按照孩子出生于龙年、龙月、龙日、龙时、龙方位的龙辰，把孩子取名叫“支格阿龙”。①

《梅葛·创世纪》中说，混沌初开的时期，什么都没有，是老虎分解了的身体变化成了万物。最后还剩下一部分肉，这部分肉被分成12份，乌鸦、喜鹊、竹鸡、野鸡、老豺狗、画眉、黄蚊子、黄蜂、葫芦蜂、老土蜂、大蚊子、绿头苍蝇都各分得一份，唯独没有老鹰的一份。鹰于对此十分不满，它一举飞上天，展开翅膀遮蔽了太阳，天地间立刻变成了漆黑一团，什么也看不见。绿头苍蝇飞上天，在老鹰的翅膀上密密麻麻地产了许多卵。过了三天三夜，老鹰的翅膀生了蛆，老鹰从空中落到地面，它的翅膀又把大地遮盖了一半。后来，蚂蚁把鹰的翅膀抬开，白天黑夜才分明。②

（二）图腾符号之二——虎

虎的象征色是黑色，象征居于地上。虎既是代表游牧文化的尚黑部族毕摩乍姆的图腾符号，又代表游牧文化的尚黑部族，也代表彝族毕摩文化在另一个方面的主要核心内涵。尚黑且以虎为图腾的是，自称时以[l]的声母为开头的彝族，以及一部分自称时以[n]的声母为开头的彝族。

---

① 勒俄特依.[M].冯元蔚译.成都：四川民族出版社，1986.

② 梅葛[M].昆明：云南人民出版社，1978.

《迎毕摩》（贵州省毕摩节市彝文文献翻译研究中心藏书，未译）记载：“觉布像猛虎，第一对青虎，第二对赤虎，第三对花虎。虎头是毕摩的天地，虎血是毕摩的生命水，猛虎为毕摩铺垫，虎毛为毕摩铺垫，虎脚是毕摩的顶梁柱，虎爪是毕摩的神器，虎尾是毕摩的神扇。虎啸声阵阵，虎居八层地，毕摩居八层地，常居于高位，今天请下凡，好向他献酒。”《迎毕摩》又记载：“斯里惧毕摩，神毕摩为虎毕摩，虎头毕摩天地，虎脚毕摩支柱，毕摩依托虎身，虎皮围毕摩，毕摩垫虎毛，虎血去毕摩污，密觉惧毕摩。”

虎既是图腾，也是第二位主要的毕摩神。《物始纪略·地上虎》记载：“织锦绘虎像，绘虎有来由。尼能天地里，勺鲁一代，鲁让额二代，让额杰三代，杰文遮四代，文遮依五代，依武纳武六代，纳武黛七代，黛苦糯八代。黛苦糯之世，地上虎势大，一只虎主管。虎有口福，生命握在手中。在高山，见它牧人喊；在平地，见它耕者吼；见它喜鹊噪，见它乌鸦叫；在深山，威势任其施。形象有人绘，绘在白锦上，挂在丧祭场，镇压司和署，知道的人说：虎掩盖大地；不知道的说：大地如虎形。是这样说的。”[①]

《彝族源流》第5卷记载：“打九种铜鹰，有翅鹰名贵，打八种铁兽，花斑虎名贵……哎哺氏后裔，鹰头的毕摩，虎牙红毕摩。”鹰和虎是毕摩的象征。

《山海经·海外北经》记载：“有青兽焉，状如虎，其名曰‘罗罗’。”“罗罗”的第一个“罗”，其含义为虎，或作“鲁虏”，义为“虎龙”，表明远古时彝族先民以虎和龙为部族的图腾，这其中最重要的是以虎为图腾遗俗的反映和表现。今滇西一带仍有自称“罗罗泼”或“拉鲁巴”等的彝族，该自称即是对远古时先民以虎和龙为部族的图腾遗俗的直接承袭。明朝陈继儒的《虎荟·卷三》上说：“罗罗，云南蛮人，呼虎为罗罗，老则化为虎。”明朱谋玮的《骈雅》说：“青虎谓之罗罗。”

在凉山地区，曾经有过称为“罗罗斯”的大部落和“罗罗宣慰司”的大土司。“罗罗”作为以虎为图腾的遗俗，不仅反映在自称上，还反映在根据彝族自称基础之上的行政建置的命名。虎的形象在西南彝区的考古发掘中也不时见到，在2001年被列全国十大考古发现的贵州省赫章县可乐考古中，发掘出了独特的套头葬式，套头葬用的铜釜上就铸盘有栩栩如生的虎的造像。

① 王继超，王子国译. 物始纪略（第二集）[M]. 成都：四川民族出版社，1991.

三、祖先崇拜

彝族原始信仰的核心是祖宗崇拜，有人也将祖宗崇拜称为祖灵崇拜，而实质上祖灵崇拜是表象与外延，祖宗崇拜才是其内涵。

在崇祖的习俗中，祖灵放在“祖灵房”里供奉，是一般的、普遍的和大众性的形式，将祖灵移入祖桶，置放到特定的岩（崖）上供奉才是最高级别的崇祖形式。一般的、普遍的和大众性的形式是最高级别的崇祖形式的基础，只有低级形式的形成，才有可能发展到最高级别的形式；最高级别的形式依赖低级的形式而存在。以祖宗崇拜为目的的祭祖习俗，到了六祖分支并形成分布格局后，德毕（布）、德施、古侯三大支系的仪式与习俗大致达到统一，并且覆盖了相当一部分彝族居住地。在贵州地区，元明之前，黔西北一带是德毕（布）支系的乌撒部和德施支系的水西（阿哲）部分布；贵阳市一带是德施支系的水西（阿哲）部分布；安顺市一带到黔西南的大部分地方，是德毕（布）支系的播勒系三个部分布；安顺市的关岭、镇宁一带，又是德施支系的安慕役部分布；黔西南的一部分地方，是德施支系的阿外惹部分布。在云南地区，曲靖、昆明、楚雄等州市一带，德毕（布）、德施两大支系交叉分布；红河、玉溪、普洱等州市，有相当一部分的德毕（布）支系分布着；德施支系以阿芋路部为基础，各分支的分布覆盖了今云南省的会泽、东川、永仁、巧家、静安（昭通），四川省的会理、会东、宁南、西昌、德昌等县（区、市）；德施支系的芒布系分布在昭通市的今镇雄、彝良、威信等地方。古侯支系除相当大一部分分布在四川省凉山彝族自治州外，乌蒙部分布在昭通市大部分地方，扯勒部分布在泸州市境内的古蔺、叙永等地方。

从彝文文献的记载可以看出，在德毕（布）、德施、古侯支系的分布地，这三大支系的崇祖祭祖的习俗几乎逐步推广到各个支系的彝族中。丧祭仪式完毕，招祖灵仪式过后，基本的祖灵收藏与布置，德毕（布）、德施支系的形式也有所差异，彝族鲁比说[dɛ˩bi˧se˧bu˧ʈa˥，dɯ˩ʂʅ˩tɕhi˧ndo˥the˩˧]，直译为“德毕的木片，德施的狗枷”，或[dɯ˩ʂʅ˩ʈo˩˧ʈe˥ʈhɯ˥]，直译为“德施的炮仗”，本义实为：德毕（布）用木牌写祖名，供祖灵；德施以竹筒装祖灵，供祖灵。有的人家还以德毕（布）用木牌（专用五棓子木）写祖名、供祖灵的做法为依据，把祖灵谱系写下来刻在石碑上，如贵州省赫章县水塘乡田坝村的《苏氏祖灵碑》（拓片照与译文收录于《彝文金石图录》第三辑），对习俗的载体形式还作了延伸。

彝族祭祖活动的形式与规模分为三种。按照彝族的格言说，三代人时做一次“丕筛”，六代人时做一次“珐替”，九代人时做一次“尼目”，即有普通的祭祖、中等级别的祭祖和高等级别的祭祖。三代人时的祭祖仪式，彝语叫作“丕筛”[phi˧ɬɛ˥]，“丕”义为祖宗，“筛”原意为“蜕、换”，即换祖宗竹灵筒。却非一个换字所能包含，不是单换，而且要举行相关祭祀仪式。更换祖筒是一项常见即经常性举行的普遍的祭祖活动。按祭祖制度规定，到六代人时举行一次祭岩祠的活动，彝语仪式名称为“珐替”[fa˨˩ɬi˨˩]，将[phi˧he˩]（祖祠堂）中住满六代的祖灵从篾箩中请出，装到用五棓子专凿制的祖灵桶中，放到僻静的岩洞或崖上供奉。每满九代举行一次祭祖、叙谱分支活动，彝语仪式名称为“尼姆维弄”[ȵɪ˨˩mu˩vɛ˩ɬo˨˩]，汉语记音作“尼目”或“尼姆”，亦作“耐姆”。

（一）丕很——祖灵房内供奉的祖灵

“丕筛”[phi˧ɬɛ˥]，就是换下旧的祖篾箩连同在内的竹祖筒，安放新的祖篾箩连同在内的竹祖筒来进行供奉。木制祖牌也是把旧的换下，将新的换上。换是一个过程、形式，内涵是点祖筒内或木牌上的祖灵的名字，使之接受祭奠、供奉，因而[phi˧ɬɛ˥]的[ɬɛ˥]的引申义为“祭”。

虽然说每三代人时举行一次更换祖筒的“丕筛”活动，但在实际生活中，有不满三代就要举行这种祭祖活动的，也有过三代以上也不举行这种活动的，这要取决于一个亲支在六代以内的经济条件，一是几乎所有亡故者必须为其举行大的丧祭指路后才能招其亡灵进祖祠；二是若辈分小者先亡故而辈分大者健在，要等辈分大者亡故后，经丧祭指路，便于排列长幼的位置辈分。基于这种情况，“丕筛”的祭祖活动频繁举行也就在所难免了。

（二）崖祠——祖灵桶里供奉的祖灵

“珐替”[fa˨˩ɬi˨˩]，原始义为“晒岩（崖）”或“晾岩（崖）”，延伸为“晒岩（崖）上的祖灵”或“晾岩（崖）上的祖灵”。祖桶安放在岩（崖）上，到一定的时间将岩（崖）上的祖桶翻了晾晒，进行防潮、防鼠、防蛀等保护。形式虽然如此，内涵却是点祖桶里祖灵的名字，使之接受祭奠、供奉，必要时还为之举行消灾禳解仪式。[fa˨˩ɬi˨˩]的用意是祭岩祠或祭岩上灵桶里的祖灵，由于晾晒岩（崖）上祖桶的过程涉及点祖名祭奠，[fa˨˩ɬi˨˩]的[ɬi˨˩]，其义一引申为“祭奠”，二还引申为诵、说等，如[na˨˩su˨˩hu˨˩tha˨˩ti˦˨]（直译为“你人嫌别说”，即你不要说他人的嫌话）。“尼目维弄”[ɳɪ˦˨mu˨˩vɛ˨˩to˦˨]，原始义为“将被禁闭的亡魂放出来活动、享受祭奠；将禁闭的牲畜放出来活动、觅食”。[vɛ˨˩to˦˨]义为祭祀祖灵桶。“尼目维弄”[ɳɪ˦˨mu˨˩vɛ˨˩to˦˨]的[ɳɪ˦˨mu˨˩]、[vɛ˨˩to˦˨]，都是专指的大型祭祖活动，它不仅是最大型的祭祖活动，而且是一个祖先的子孙满九代后的隆重的分家支活动，两个词都是祭祖的意思，作为词组，有着强调的含义。按彝族的习俗，将六代或九代祖的祖灵安放到人迹罕至的悬崖绝壁处。这一习俗在《大定府志·疆土志·六》中也有记载，如“鬼筒箐，在城西三十里，茂林丛棘，崭绝难登。夷民以竹筒盛木主，谓之鬼筒，今岩上安宣慰鬼筒存焉”。这里所谓的“鬼筒”当为“鬼桶”，即祖灵桶，筒为竹质，桶为木质，容量的大小，灵魂所享受的待遇规格与区别的出入是很大的。祖灵桶，彝语水西土语称为[ʑue˨˩pu˧]，音为“越哺”；乌撒土语称为[vɛ˨˩pu˧]，音为“维哺”。水西部与乌撒部虽各属德施与德布两大系统，但在祖灵的供奉习俗和仪式上差异并不大。在彝族所信奉的原始宗教形态中，虽然也认为万物有灵，但祖先崇拜才是其形态中的核心内涵。在彝族的历史发展进程中，关于祖先崇拜，哎哺时期的情形是模糊的，尼能至什勺时期，将祖先的灵与偶像结合在一起顶拜，故《彝族源流》等记载：就连尼能、什勺氏的兹、摩、毕（君、臣、师）都重视雕偶和塑像，并身体力行。到了什勺的后期，一套完整的丧祭礼俗的兴起，雕偶和塑像的习惯受到挑战并动摇。到慕靡时期的第29代王武洛撮时，大毕摩恒阿德为慕靡之王武洛撮制定了一整套规范的祭祖制度，即三代祭祖仪式称“丕筛”、六代祭祖仪式称“珐丽”、九代祭祖仪式称“尼目”“维弄”，经过九代祭祖仪式后，子孙可以分支，另立一个宗族。根据这一系列祭祖制度，祖先亡灵不再招附于雕刻的祖先偶像，而是招附到抽象的灵魂草的草根或灵魂竹的竹根上，举行洁净、祭祀、安放等一系列仪式后，供长期供奉。将祖先的灵与雕刻的祖先偶像结合在一起顶拜的习俗则又长期保留在称为“武”的彝族支系中。“珐丽”与“尼目”“维弄”的祭祖仪式都同将祖灵桶安放于人迹罕至的悬崖绝壁有关。所谓祖灵桶，就是安放祖宗灵魂的木桶，在生态环境完好的年代，祖灵桶必须用专门的五棓子木来凿制。不过，后来也有毕摩作了一些变通，说用五棓子以外的木头来木凿制作也可以，但从此以后，子孙后代禁忌用凿过祖灵桶的木头盖房子。祖灵桶的直径大型的超过30厘米，中型的在20厘米以上，小形的在15～20厘米。祖灵桶里除安置祖灵外，还放入盐、茶、五谷与代表牲饩的猪牛羊的五脏碎片。为了让祖灵们像生前在世间生活一样方便，要为他们准备一套生产工具、生活用具和征战用的兵器等。若是毕摩世家，还得为他们准备用于祭祀的神器。例如，在贵州省赫章县珠市彝族乡前进村先锋组发哦大岩洞中发现的铜铃、铜杯、玛瑙等器物，当为毕摩世家的神器，尤其以铜杯为重要指示物。这些放到祖灵桶内的工具、用具、兵器或神器等，通常都是微型的和象征性的。地位高或富有的人家，用金银铜来制作；普通人家或家境不宽裕者则用铁、木甚至泥来制作。

20 世纪 90 年代，赫章县民族宗教局古籍办彝文翻译组接收到数只来自该县罗州乡境内发现的彝族安姓阿格家族清朝道光前放置于岩上的五棓子木祖灵桶（这组祖灵桶的时间下限为清道光年间的 1872 年左右，因当时祖灵桶供奉者安氏或为当时的苗族“咸同起义”时所杀，或逃离了其住地）。这组祖灵桶中装有微缩的铁三角锅桩各 1 副，玛瑙色石锅桩各 3 个，铁犁各 1 把，弯刀与斧头各 1 把，矛各 1 把，铁三连杯各 1 件，银箔皮 1 片（据说还有金箔皮，但发现时已被盗），构皮纸质谱书 1 页，现这组祖灵桶中的 3 只及所装之物收藏于毕节地区彝文翻译组（今为毕节市彝文文献翻译研究中心）的彝族文化陈列馆内。正是在赫章县罗州乡境内发现的安氏阿格祖灵桶中的各 1 件铁三连杯，从旁铁证了赫章县珠市乡前进村先锋组法窝发现的这批在战国至西汉时期的铜铃、青铜杯、玛瑙等，是彝族文物。安氏祖灵桶中的铁三连杯与珠市乡前进村先锋组法窝发现的 2 件青铜器三连杯仅质地、大小不同，工艺的精致与粗糙只是年代的差别而已，传统文化的传承与文化信息的表达却有着惊人的一致！这印证了这批年代在战国至西汉时期的铜铃、青铜杯、玛瑙等也是当时彝族先民放在祖灵桶中之物。三连杯系彝家放置于祖灵桶内的神器，是缩小了的酒杯模型，寓意为供生活在祖灵桶内的祖先灵魂饮酒用。正是这两副神秘的、象征酒具的神器证明了珠市乡前进村先锋组法窝发现的铜铃系彝族祖灵桶中的器物。祖灵桶内放置三连杯等生产工具和生活器具的模型式制品的习惯做法，一是一直保存在现代口头传承中，凡在崖上放置过祖灵桶的人家，都有记忆性的口头传承传于后代；二是最重要的实物见证系毕节地区彝文翻译组的彝族文化陈列馆收藏的赫章县罗州乡境内的道光年间彝族安姓的数只五棓子木祖灵桶，两件铁制三连杯的实物和其他铁制与银质器物一起放置。玛瑙管饰件与铜铃一起出土或发现，见于珠市乡前进村先锋组法窝的发现和贵州赫章可乐考古等的出土，有着西南彝族祭祖神器的明显特征。

从祖灵桶中神器的放置、所供奉的祖灵的地位，即父子连名谱所代表的宗室不断代的传承人才入供，祭祀连同分支等的功能意义上可以看出，祭祖习俗仪式中最高级别的崖祠祖灵祭祀，带有浓重的宗法制色彩。这种崖祠祖灵祭祀，规模可以扩大或放大到一个部落，到了一个部落单位时称“蔺”（又作“尼”“睑”——方言不同的记音）。《黔西州续志》记载：“按其先制，称宗曰蔺，惟宗子得祭，支庶皆附祭于大宗，而听其命焉，方与贡于唐也，不名其宗主之义，译位鬼主，唐遂以为夷俗尚鬼，不知其人所祀者，皆其先祖各王。”《黔西州续志》还有解释说，“蔺”犹“可汗”，即部或部落政权的核心。贵州赫章县罗州乡境内的清道光阿格家祖灵桶里的父子祖谱正好反映“惟宗子得祭，支庶皆附祭于大宗”的这种情况，目的是要支庶等同一祖先的后人“听其命”。这即是彝族古代宗法制政权的最初形态。例如，古时彝族各部称阿哲蔺、阿默蔺、阿叩蔺、勃弄睑、品澹睑、史睑、蒙秦睑、阿太蔺、扯勒蔺、乌撒蔺、乌蒙蔺、芒布蔺等，都来源于对共同祖王的祭祀，只不过是在对连名祖的共同祭祀中，选出其中最具代表性的一代作为标志，作为部名，并取之为姓氏。

四、神灵信仰

彝族相信仰万物有灵，万物有灵即大自然里的天地、日月、星辰、山水、各种动植物都是有灵魂之物，也有其神灵。其祭祀活动是为了实现良好愿望而进行的，祭祀有着祝福的功用，认为经过祭祀仪式，会带来社会的和谐，人与自然的和谐，人与人的和谐、团结，家庭的幸福安康；农耕生产得以风调雨顺，畜牧得以平安健康，从而实现五谷丰登、六畜兴旺的前景；社会得以发展，经济得以繁荣；通过祭祀仪式来驱除邪恶，瘟疫、盗贼、各种灾难远离人间。当然，对各种神灵的祭祀主要服务和服从于祖宗崇拜这一核心。

彝族祭祀各种神灵，反映了人们从对大自然的陌生、敬畏到逐渐认知与和谐共处的过程。在此过程中形成祭祖、祭天、祭地、祭日月星辰、祭年月神、祭知识神、祭书本神，祭祀诗歌神、龙神、山神、水神、崖神、土地神、吉录神、生育神、寿命之神、树神、花神、阿娄（工匠）神、医药神等仪式与习俗。

祭天、祭地、祭日月星辰的活动融在大型祭祖的活动中，祭年月神、祭知识神、祭书本神、诗歌神等则体现在年节的祭祀活动中。山神、水神、崖神三类却不受欢迎，但又不能打发它们使它们离开人们的活动场地。

龙神、吉录神、家神、生育神（司命神）、命运神是合而为一的，是一种一个名字却有多种功能的神灵，这种神的形象是龙蛇合一。《增订〈爨文丛刻〉•祭龙经》和贵州省大方县凤山乡流行的《祭龙经》等经籍略谓，东南西北中产生了五色龙，南方的龙善于变化，化为小黑蛇的龙在洱海与浣丝纱的哀牢山彝女鲁叩沙壹邂逅，口吐人言，说是福禄、命运与生育之保护神，因德补、陀尼等部所怠慢而投沙壹。沙壹招之，将小黑蛇召至家中供奉，果然得富贵。代表福禄的龙神被先后转给武、乍、糯、侯、布、默“六祖”，将其安置祭祀，均得龙神荫佑而人丁兴旺，地方风调雨顺，并享太平。当然生育和司命之神还有阿皮额索，民间的习俗是在孩子生下三天后，举行“阿皮额索让”的仪式，意思是宴请生育神阿皮额索。这类仪式，一般宰杀公母两只鸡，吃饭前用鸡肉祭奠一下生育神，以表示对他（她）的感谢。毕摩不参与这种活动，但生育不顺利或养育过程中子女多夭折的家庭往往要请毕摩专门举行“医治吉禄”或“扫除迷诺”的仪式，实际上包含了祭生育神、消除克子之灾和求子的内容。在《医治迷诺经》一类经籍中，认为生育上的障碍是山神鲁朵、岩神斯里，尤其是水神迷觉所带来，祈求生育之神阿皮额索降于生育福分，即吉禄。祈求皮武图、列哲舍续寿赐寿；请生育神阿皮额索收掩克子星、食人虎星与豹星，派力士斩杀水怪迷诺氏，以保生育顺畅。

寿命神关乎人的生命，是一群备受尊敬的神灵。在《延续寿命经》和《彝族源流》[①]中有着充分的表现。单个地数，有“皮武图，列哲舍，穿华服天君，系丽裙地王，天君勾纳德，地王勾努博，天君妥苦姆，地王梯洪额，哎氏借舒额，哺氏周肯那，古硕余，铺吕娄，祝苦慕，哎氏借妥姆，哺氏署梯那，博署代，耿俄慕，努娄则，哎哺举布哲，哎哺署妥遏，瞿奢海，暑乃能，奢武图，天君四阿莫，地王四阿余，祖武舍，府武赖，策举祖，恒度府，吐足佐，舍痴帝，恒扎耿，投扎兜，扎耿佐，兜娄诺，佐阿采，痴阿娄，租阿色，妣阿沈，色阿租，沈雅朵，祖皤娄，朵皮耐，恒仇叩，投皮耐，武阿不，遏阿妣”等，多达47位。

从一至七层天，各有神谱，各有分工：“一代采卧尼，二代尼铮铮，三代铮铮吕，四代吕武额。天君吕武额，主第一层天，第一层高天，首推天臣恒彼余，首推地臣投毕德。第一层天布，首推恒始楚，首推投乍姆……舍卧能一代，能皤皤二代，皤皤列三代，列哲舍四代，地王列哲舍，居第二层天。第二层天君，首

① 王继超，王子国译. 彝族源流（五一八卷）[M]. 贵阳：贵州民族出版社，1991.

推纪奢哲，首推署洪遏；首推奢武图，首推列直舍……肯卧尼一代，尼再再二代，再再靡三代，靡沓哲四代，天君靡沓哲。第三层天君，首推祖靡再，首推署吉惹，第三层天臣，首推厄署惹，首推署梯那；第三层天布，首推舒武额……索卧能一代，能勾勾二代，勾勾鲁三代，鲁卓开四代，地王鲁卓开。第四层天君，首推武阿丕，首推遏阿妣；第四层天臣，首推借列额，首推署梯那；四层天恒布，首推举奢哲，慕卧什一世，什颖师二世，什师安三世，安武图四世，天君安武图，天君中居贤，气度不凡。五层天恒布，一叫奢度邹，一叫洪洛娄……天君腮武额，地王列通费，住五层天上……慕卧勺一世，勺叟额二世，叟额遏三世，遏阿俄四世。地王遏阿俄，住六层天上。第六层天君，首推借妥约，首推遏扎梯；第六层天臣，首推董靡努，首推遏彼则；六层天恒布，首推额哼署，首推阻娄斗……则卧贝一代，贝叟苦二代，叟苦皮三代，皮武图四代。天君皮武图。第七层天君，首推策举祖，首推恒度府；第七层天臣，首推努娄则，首推列哲舍；七层天恒布，首推吐姆伟，首推舍娄斗。”①

《延续寿命经》的使用是在经过《吉禄乍》的基础上进行的。首先根据人的出生年、月、日、时，结合天干、属相、五行、八卦推算“吉禄”，在《吉禄乍》的生命树图谱中找出所推算对的生命树，属什么树，如果生命树是断的，就认为该对象寿命短，为提高或延续其寿命，就得举行延寿命仪式。从《延续寿命经》的内容上看，它首先叙述哎哺的产生，又由哎哺分支出采舍、恳索、哲咪、武侯等氏族，这些氏族的首领先后作了一至七层天的君长、臣子、毕摩。因此，逐一向他们求寿，请他们帮助接上生命树，以延续对象的寿命，还请尼能、什勺、米靡、举偶、六祖等各个历史时期的祖宗神帮助接生命树，帮助对象延续寿命。

在所涉及的神灵崇拜中，往往都是把自己的社会形态复制到它们中去，如星辰也分君、臣、毕摩、工匠、武士、仕女、民众、奴隶。这种情况对土地神也十分典型，从贵州省威宁彝族回族苗族自治县雪山镇新街龙绍清毕摩家旧抄本，贵州省毕节地区彝文翻译组藏书851号里选译的《省舍多苏（献祭土地神经）》②中可以看出，从献酒开始“酒献濮矫矫，酒献诺朵朵（土地神中的君长），酒献

① 王继超，王子国译. 彝族源流（五一八卷）[M]. 贵阳：贵州民族出版社，1991.

② 王继超，余海. 彝族原始信仰文献研究[M]. 贵阳：贵州民族出版社，2010.

濮毕余，酒献诺毕德（土地神中的臣子），酒献濮始楚，酒献诺乍姆（土地神中的毕摩），酒献掌地女，酒献掌土男。高处九排星，酒献九排星；低处八排星，酒献八排星。中间位三排，酒献给三排地神，酒献掌渡神，掌渡神诺戈备；酒献守路神，守路神寿布鲁。献镇界神灰蛇（土地神的载体是群蛇，下同），献订界神黑蛇，献护界神花蛇，九十九地神，黑蛇尾多如流水，六十六地神，灰蛇无数计，三十三地神，花蛇花色繁，酒献地女吐足佐（管知识的土地神），酒献土男舍啻蒂（管知识的土地神），屋檐下是向富地神献酒。酒献地高威……向竹木林中、耕牧的土地、基宅的土地神酒献，上左是向威风地神献酒，上右是向名望地神献酒，宅基内是向贵地神献酒，屋檐下是向富地神献酒”[①]。

《省舍多苏》记述了献酒祭土地的人：“酒献主持者，若德布在场……大有名声的，是维遮阿买氏，是纪俄勾家，即默遮乌撒氏，扎依孟德福，把盏把酒献。若德施在场……先祖慕齐齐之后，峨可里拉的齐雅宏，在叩娄赢谷，默德施后裔，有诺札能益氏，阿诺布布子孙，有甸鲁能益氏，笃左洛佐子孙，有亨古那益氏，罗佐那德子孙，有旨堵能益氏，那德阿迭子孙，有侯比能益支，阿铁侯古子孙，有妥洪能益，阿布依里子孙，姓氏是这些……位居于长者，主持把土祭，父子相承袭，婆媳相传承，家内的奴婢，把祭奠掌管。”[②]

《省舍多苏》中记述的祭祀土地神，有时空上的概念。时间上的概念，例如：“去年十个月之内，高山送了银，为送银而奠，山谷送了金，为送金而奠，庭园送了鸡，为送鸡而奠，得丰收，有赢余，稳稳当当，充足盈余。到今年十二个月中，高山送给银，为送银祭奠，山谷送了金，为送金祭奠，庭园送了鸡，为送鸡祭奠，用白米祭牲献神，规定献祭数，祭日一公鸡，祭月两公鸡，额索三公鸡，地神四公鸡，送到银神门，送到金神门，该献地神时献祭，该献土神时献祭，古时祖传统，古时祖习俗，由自家沿袭。”在空间上的划定，例如：“在卓雅纪堵，六支人地广。武拓地多同，至多同四面，武的耕地广，武的土肥沃，乍拓地可道，可道至可乐，乍的耕地广，乍的土肥沃，糯拓地俄姆，俄姆到洪所，糯的耕地广，糯的土肥沃，侯拓地易蒙，易姆至阻姆，侯的耕地广，侯的土肥沃，布拓地妥濮，妥濮至恩博，布的耕地广，布的土肥沃。俄索布余时，纪古鲁堵建立勾，建立了

---

① 王继超，余海. 彝族原始信仰文献研究[M]. 贵阳：贵州民族出版社，2010：189.

② 王继超，余海. 彝族原始信仰文献研究[M]. 贵阳：贵州民族出版社，2010：190.

基业，得一份家业，以土地为大，把土地祭奠，土地生富贵，起点从米嫩与奏凯，勒洪山第三，土地密集，中部三山脉，女武与赫取，博邹山第六，则雄与孰洪，支卓洪第九，左色图三山，右布都四山，下至扯勒雅益，中为耐恩四部，下至雄所札，遮沽与格乌，洛宰洪第十，峨嘎与妥乌，苦则姆是十二，回头观故居，羊群连牛群。阿德布家，从洛布洪起，边至德歹洛吐，边至布雄益迫岩，右至安布寨左博，中在耐恩乌本博。默拓地体，体吐至周堵，默的耕地广，默的土地肥沃，旨堵能益家，土地的范围，上至珠吐勾纪，末至阿妥洛则，左为三布雄，右为四布所，在这一地域，树长显地威，木生定界线，河流为界标，土地范围远，土地幅员广，每幅有生机。土地上播种，地君恒仇叩，地臣恒布余，毕摩濮始楚，地匠够阿娄，地女穿白衣，地男编黄辫，端坐在地上，端坐在土上。”①

《省舍多苏》记述，祭土地神是以强烈的功利与期盼为目的的：“祭土地神，送走穷命送走是非，送走违心，送走过错，送走讨吃的，送走讨口的，送走爬大岩的，送走误入深山的，送走远路迷途的。要妻子平安，送走头痛病，要子女平安，送走腹痛病，送走破日子，送走败日期，送走口舌，送走忧愁，送走奴逃翻山的漏洞，送走马失断缰绳漏洞，凡高山之顶，送走富贵的漏洞，凡深谷之底，送走牧放牲畜的漏洞。送走灾难与祸患，送走战争与仇杀，送走倒霉与晦气，送走火光与灾难，送走窃贼与强盗，送走冰雹与旱灾，送走山塌与地陷，送走疯狗与呆羊，送走歉收的年景，送走各种传染病，送走糟粕与渣滓，送走红绿风寒，送走绝症与怪病，送走皮开与肉绽，送走牛病与猪瘟，送走鬼怪与邪魔，送走牛癞与马疥，送走地克星，送走土克星，送走地神的克星，送走地神的灾星，送走的不祭……”②

《省舍多苏》记述：“所有绾髻的，是地神之子，所有编辫的，是地神之女。绾髻的是地神奴，戴辫的是土地婢，长角的是地神牛，长蹄的是地神马，生蹄的是地神羊，生爪的是地神鸡，狗是地神狗，偶蹄的是地神猪，曲角的是地神山羊，所有都是地神奴，所有都是地神婢。在北部方位，冰雹会成灾，梅雨会成灾，收了给地神，地神处置它，在南部方位，会形成虫灾，会形成鼠灾，收了给地神，地神处置它。在东部方位，会起传染病，收了给地神，地神处置它，在西部方位，

① 王继超，余海. 彝族原始信仰文献研究[M]. 贵阳：贵州民族出版社，2010：191-193.

② 王继超，余海. 彝族原始信仰文献研究[M]. 贵阳：贵州民族出版社，2010：191.

会有牛凶死，会有瘟猪起，收了给地神，地神处置它。为这一村人，为这个寨落，除冰雹旱灾，除虫灾鼠灾，除雷电之灾，除疯狗呆羊之灾，除霉气晦气，除传染绝症，除糟粕渣滓，除客星病灾，除红绿风气，除皮开肉绽，除牛死猪瘟，除鬼怪邪魔，除牛巅马疥，除灾难祸患，除战争仇杀，除反叛暴乱，除火光之灾，除窃贼强盗，除是非，除口舌官司。把伤害战胜，壑谷出现虎，把虎豹处置，砍窃贼之手，割骗子之舌，弊妒忌之眼，抵触者角断，踢人者蹄分，贪买者迷神，贪卖者走眼，仇人力衰竭，除接踵预兆。除连番预兆。除害人司署鬼，除周边虎豹，除田间虫鼠，收了交地神，由地神处置，地神是父母，没一样不管，除不了的都兜收，收不了的都压制，地神除得净，地神收得了，掌渡的掌渡，诺戈备掌渡，守路的守路，寿布鲁守路。”①

五、其他信仰

除了祖先信仰、神灵信仰外，近几十年来，由于彝族自己原有的信仰文化生态链，在主流文化和外来文化的冲击下遭到割断，信仰出现了异化，少数人除了信奉基督教“以外再不可信奉别的神灵”。但是，在这些人看来，彝族的地脉龙神和潜意识的巫神不在“别的神灵”之列，即信基督教的一些人，人死后照旧地搞变相的堪舆，一些人也信慧眼看鬼或放魂的巫术等。还有少部分人在其家人去世后，请道士等作超度的仪式，在信仰中逐渐融入了道教与佛教。

六、毕摩

彝族毕摩是人与神之间的使者，他们通过祭祀天地及天地间诸神，对人与神之间进行沟通；通过对死者灵魂的洁净、祭祀、功过评定、解除灾难、指路，使死者得以进入归宿地。

彝族毕摩的产生与承袭，彝文文献《迎请毕摩书》《借毕摩神力》（《迎请毕摩书》《借毕摩神力》通常是《彝族丧祭大经》《消灾祈福大经》内必备的篇章，《彝族丧祭大经》《消灾祈福大经》是凡作毕摩世家都是人手一部的）等记载：“哎哺出现，采舍产生后，恳索出现，目确产生后，则咪形成，武侯出现后，毕摩有源头。哎哺有毕摩。”“尼能先形成，尼能先产生，毕摩先产生，毕摩先能言。”在说到毕摩的传承时称：“先有尼能布，尼阿依毕摩。阿依武毕摩，十

① 王继超，余海. 彝族原始信仰文献研究[M]. 贵阳：贵州民族出版社，2010：193.

代尼能布，首推直米赫，首推乌度额；后有什勺毕摩，十代作毕摩，首推什奢哲，首推勺洪额，鄂莫布十代，首推鄂叟舍，首推莫武费；慕靡毕摩二十代，首推恒始楚，首推投乍姆，妥梯布二代，首推吐姆伟，首推舍娄斗。举偶毕摩在恒耿，署索毕摩在恒默，六祖毕摩二十代，在邛佐之后，六祖无毕摩，邛佐就有了。武有六奢厄，乍有四开德，糯有三蒙蒙，侯有三尼礼，毕有二莫莫，默有四赫赫，六祖毕摩二十代，是这样说的。”

《彝族源流》（卷十二）[①]说：“哎哺先为毕摩，哎阿祝毕摩，奢哲吐毕摩。吐姆伟毕摩在上，为天定秩序；哺卧厄为毕摩，厄洪遏为毕摩，洪遏梯为毕摩，奢娄斗毕摩在下，理地上秩序。后为布樊氏，布奢哲为毕摩，樊洪遏为毕摩。有毕摩就有字，有毕摩就有书，有毕摩就有文，有毕摩就有史，优阿武写文，啻赫哲编史。吐姆伟掌文，舍娄斗掌史，毕摩创文史。”

《彝族源流》（卷十二）还记录了毕摩的传承谱系：局舒艾—舒艾氏—氏叩吐—叩吐额—额够葛—支恳那—恳那觉—觉直舍—直舍索—索勒易—布樊阿苦—苦阿额—额额努谷—苦阿度—度俄索（什勺氏的首席毕摩）—俄索阿那（在妥米纪抽为米靡毕摩）—阿那乍（在恒耿洪所为举偶毕摩）—乍阿伍（在卓雅纪堵为六祖毕摩）—阿伍恒租（在赫则甸体为亥直毕摩）—乍阿莫—莫洛略（得三十章《额咪》和百二十《苏古》的真传）—布樊俄—伯俄乌—乌阿那三代（“乌阿那那时，子不继父业”，可向家族之外的人家传授毕摩经籍） —始楚勾—勾迫稳—迫稳布那（遂行多种仪式的分工）。根据彝文文献《彝族源流》《西南彝志》《毕摩谱》等的记载，毕摩出现在母系社会中晚期的哎哺时期，到母系社会向父系社会过渡的哎哺后期已基本定型，且形成了兹、摩、布（君、臣、毕摩）三位一体政权架构的原型，即在这一政权架构里，以策举祖为君，诺娄则为臣，举奢哲为毕摩，毕摩即是这种政权架构中的主要成员之一，并作为一种模式，沿袭了数千年，为区别、区分君、臣、师这三种职能，还各取一物作象征性标志：“鹤为君、杜鹃为臣、雄鹰为毕摩。”[②]从毕摩的传承上看，尼能时期，有十大毕摩，以直米亥和乌度额两人为代表，从事偶像的塑造与崇拜活动；什勺时期，有十大或八大毕摩之说，以什奢哲和勺洪额两人为代表，在点吐山里（今云南省大理白族自治州点

① 王继超，王子国译. 彝族源流（卷十二）[M]. 贵阳：贵州民族出版社，1992.

② 参见贵州省威宁自治县龙场镇龙丰村李荣林布摩家彝文抄本《策尼勾则》一书。

苍山一带）兴起丧祭制度，这种习俗一直传到现代；米靡时期有二十大毕摩，以布始楚、樊乍姆两人为代表，米靡时期是毕摩文化高度发展的时期，形成了十大毕摩流派，到武洛撮一代，祭祖制度由恒阿德制定，以典章的形式传了下来；举偶有十大毕摩，以额武吐、索哲舍为代表，举偶时期是毕摩文献取得了辉煌成就的时期，30 部《额咪》、120 部《索古》都写成于这一时期。在“六祖”分支之前，邛佐氏继承了举偶毕摩，“六祖”分支后，有二十大毕摩：武家有六家奢厄，乍家有四家开德，糯家有三家蒙蒙，侯家有三家尼礼，毕家有三家莫莫，默家有四家赫赫。六祖分支后，在今滇、川、黔彝区，林立着数以百计的彝族世袭君长统治的部政权，各部又都指定一家或数家毕摩为首席及其世袭毕摩。《迎毕摩经》记载：“……主人商议请毕摩，纪古地方毕摩多……东边毕摩多，有举雨、有诺怒、有阿瓯威名，亥索如虎啸，却都住得远，远了请不来。西边毕摩多，（阿芋）陡家有德歹毕摩，笃（磨弥）家有直娄毕摩，乌蒙家有阿娄毕摩，有阿娄阿阁毕摩，芒布家有依妥毕摩，有依妥洛安毕摩……北边毕摩多，阿租迫维是毕摩，麻靡史恒是毕摩，维遮阿尼是毕摩，阿蒙举雨是毕摩。”[①]“……阿哲以亥索氏为毕摩，举雨的毕摩神是雾形，阿载的毕摩神是鹰形，阿尼的毕摩神是鸡形……陡家德歹氏，芒布有益吉氏，益吉洛安氏，阿底家有支吉氏……乌蒙部有阿收氏，阿收阿阁氏。益支毕摩声望大，麻育毕摩很突出……还有毕余孟德氏，麻弥史恒氏，赫海（芒布）地方毕摩济济。笃磨（弥）以德勒为毕摩，又有阿租迫维氏，都是世袭毕摩。”[②]毕摩的世袭是以土地的继承作支撑的，各部政权君长直到演化为土司的漫长时期，都给毕摩世家一片可观的土地。为了土地的永久继承使用，就必须把职业一代代地传承下去，也就造成职业的排他性和技能的保守性，为君长或土司服务的毕摩成为土目，毕摩的土地俸禄往往可以和土目的土地俸禄等同。“改土归流”后，土司制残存下来的土目家所选择的毕摩世家也一样给一大片土地作报酬，以至于毕摩世家后来有了地主的成分。在今贵州省及毗邻地区，水西部以妥目亥索、渣喇家为首席毕摩，有毕余莫德等若干家世袭毕摩，妥目亥索是水西阿哲的家族，共祖于俄索毕额一代。《大定府志·旧事志五》所录的“白皆土目安国泰所译《夷书》九则”称：“其先，蛮夷君长突穆为大巫，渣喇为次巫，慕

① 贵州省毕节市彝文文献翻译研究中心藏书第 717 号，威宁彝族回族苗族自治县龙场镇刘松林布摩家原书。

② 根据贵州省威宁威宁彝族回族苗族自治县迤那镇拖沟已故毕摩禄小玉家所藏的《迎毕摩献酒经》一书翻译。

德为小巫。”[①]突穆即妥目亥索家；乌撒部以维遮阿尼、麻博阿维家为首席毕摩，有德歹、举雨、阿都乃素等若干家世袭毕摩；磨弥部以德勒、芒部以益吉洛安、乌蒙部以阿寿等若干家世袭毕摩。这种传承形式主要延续到清康熙初年，少部分还延续到1949年前。

彝族毕摩是彝文古籍文献拥有者。彝文文献《彝族源流·卷十二》载："有毕摩就有字，有毕摩就有书，有毕摩就有文，有毕摩就有史，优阿武写文，啻赫哲编史。吐姆伟掌文，舍娄斗掌史，毕摩创文史。”《物始纪略》也说："有毕摩就字，有毕摩就有书。”汉唐以来，彝族文字文化的传承始见于汉文献中，汉文献中较早记录彝文的是《华阳国志·南中志》："夷人大种曰昆，小种曰叟……夷中有桀、黠、能言议屈服种人者，谓之'耆老'，便为主。论议好譬喻物，谓之《夷经》。今南人言论，虽学者，亦半引《夷经》。”宋代范成大著的《桂海虞衡志·志蛮》也提及彝族罗殿国文字的事："押马者，称西南谢藩知武州节度使，都大照会罗殿国文字。”[②]毕摩掌握的卷帙浩繁的彝文经籍文献，涉及该民族的政治、经济、历史、哲学、医学、谱牒、宗教、天文、律历、地理、文学、军事等诸多文化遗产承载，内容与文字传承互为前提又彼此相互依存，正是它的这种属性决定着其文字文化传承的生命力。

毕摩有很多的兼职。在彝族部政权时代直到土司制时期，毕摩在很多时候主持丧事祭祀和祖宗的祭祀仪式，又司教化，以家庭教育与布吐（学堂）教育的形式，教授各自家族乃至于外家族子弟，传播彝文经籍文献文化。战时的毕摩为君长决策出谋策划，制定军事谋略，有国防或军事参谋长一样的职能。例如，《布默战史·水西抗击吴三桂之战》记载，吴三桂进攻水西时："在这天夜里，大毕摩谋臣，姆兹骂色，所有来商议，濯色兹摩（安坤），问毕摩谋臣：此番的舒啥，所率兵马，如雾霭进攻，似暴雨猛降，咱慕俄勾家，供祖桶神山，祖灵栖身处，已被占领了，君长的买待，必须规避。大毕摩谋臣，都认为恰当。”[③]《布默战史·阿哲与乌撒两部的交战》水西乌撒两部械斗时，"德楚仁育氏，以地位显赫，尊贵为君长……他下令兵马，收拾兵器，退出战斗。乌撒毕摩谋臣，还守着阵地，

① 贵州省毕节地区地方志编纂委员会点校. 大定府志[M]. 北京：中华书局，2000.

② 范成大. 桂海虞衡志辑佚校注[M]. 胡启望，覃光广校注. 成都：四川民族出版社，1986.

③ 王继超. 布默战史[M]. 贵阳：贵州民族出版社，2007.

乌撒的战将，随那叔余优，好比猪见草，进那周阿吉，住的大帐内”[①]。毕摩甚至还跟随君长，亲自领兵出征上战场：“布足布毕，跨善攀花马，布足果车，跨淌鼻涕马。这两位毕摩，玩镶银维庹，腰吊金葫芦，头戴镶金冠，牢洪显威仪，身着绸和锦，如林中连理，持两件利器，展英雄气度，有长者风范……布铺阿诺，跨长尾虎马，布篝布祃，骑花斑虎马，第三位毕摩，骑始楚虎斑黑马，间隔两丈骑，弄镶银维庹，腰佩金葫芦，犹三重星临空，没有尽头般；犹半天云中，两雄鹰齐鸣，在树梢之上，众鸟不犯愁；似深山林野，两只虎齐啸，为众兽壮胆，犹牧羊遇兽，顺手就获取；犹如大老虎，来到点苍山。”

到了清代，随着承袭君长政权的彝族土司政权的结束，彝族毕摩从前台走到后台，在朝走向了在野，专为少数土目地主的丧事祭祀和祖宗祭祀服务，同时更多为彝族民间的丧祭、祖灵祭奠、祭山、祭土地、祭水等各种祭祀仪式服务，还为民众举行祈福消灾、治病、择期找日、预测命运、占卜等活动，并积极招收一部分外姓弟子，传授彝族传统典籍及其毕摩的职业，从而使演变了的毕摩职业还能传承到近现代。但是，随着21世纪的到来，在经济全球化和信息高度化的大环境中，在主流文化和外来文化的双重强势冲击下，传承了几千年的彝族文字文化生存与传承等都面临空前严峻的挑战。

七、苏尼

苏尼是名副其实的彝族巫师，这一角色其实和北方少数民族中巫师——萨满是相通的。在彝文文献中，有“奢厄”“叟额”的记载，“萨”“奢”“叟”“苏”发音的声母都是[s]，它们的韵母[a]、[e]、[ou]、[u]是有规律地对应和转换的；“厄”“额”“尼”的声母，也有[n]、[ng]、[m]有规律的对应关系。苏尼和萨满所从事的宗教活动性质是相同的。苏尼的来源，男女都可担任，被称为所谓的“阴传”，不存在子承父或女承母的承袭关系。成为苏尼的人一部分是患病不愈或出现疯狂，经毕摩推算，认为是苏尼神“额色”附在他（她）身上，或此人的作过苏尼的某个先人的魂附在了身上，经过毕摩举行仪式，建立他（她）与“额色”之间的关系，之后此人就成为苏尼了。

苏尼虽不懂经文，但施行巫术时念念有词，有口传的诵词。他们的主要职能

① 王继超. 布默战史[M]. 贵阳：贵州民族出版社，2007.

是施行巫术、“驱鬼治病”。苏尼作法时，全身颤栗，声嘶力竭，口吐白沫扑倒在地，以假托神灵附体。有些苏尼还练就绝技，能口叼百余斤的死羊旋转不停，或将沸油洗手，即捞油锅，舔烧红的火钳，脚穿烧红的铁铧等。苏尼会做一种称作“笃额訶”的仪式，如某家有不顺心的事或灾难，苏尼会安排两名少男少女端坐，将此两名少男少女念到昏迷程度，再用《指路经》倒念，从“翁米”请来其服务对象家的先人的鬼魂附在先安排的少男少女身上，这两人的某一位会以苏尼的服务对象家先人声音、口气说出其不顺心事或灾难的原因等，完后，苏尼会很快正念《指路经》，送回其服务对象家的祖先，并赶紧将处于昏迷状态的两位少男少女弄醒。会“笃额訶”仪式的苏尼一般都懂“笃牟阿讉纠”和《指路经》的词。

八、经籍、服饰、器具、法具与神枝

经籍是毕摩必不可少的工具书，在大类上有系统的丧事祭祀类经籍，丧事祭祀类消灾祈福经籍；系统的祭祀祖宗类经籍，祭祀祖宗类消灾祈福经籍；系统的祭祀神祇类经籍；系统的家园消灾祈福经籍；系统的测算占卜类工具书。

毕摩服饰主要是头饰和衣饰两个部分。以古乌撒部地为例，毕摩披三色毡或着三色衣。关于三色毡，据《贵州威宁牛棚禄氏土目祭祖叙谱仪式琐录译注》记载：“黑彝布摩披黑披毡；白彝布摩披白披毡；武布摩披红披毡。黑、白、武三堂布摩叙谱时陪兹摩坐。”[①]布摩的衣服称“布陀”，被视为神衣，自然也是“黑彝布摩着黑衣；白彝布摩着白衣；武布摩着红衣”。

关于三色毡和三色衣的穿着，与铜铃的佩带是一致的，铜铃是彝族毕摩的专用神器，也是最主要的神器之一。毕节市彝文文献翻译研究中心 523 号藏书（原贵州省威宁彝族回族苗族自治县板底乡龙天福毕摩经书）第 10 页《迎毕摩献酒经》记载：“一是吐布（他称‘白彝’的毕摩）知识深，吐布佩带他的专用铃，他的专用铃响当当，从吐足谷（他称‘白彝’的毕摩的住处）来；二是那布（他称‘黑彝’的毕摩）地位高，那布佩带他的专用铃，他的专用铃响当当，从那足谷（他称‘黑彝’的毕摩的住处）来；三是武布（一般为他称‘红彝’的毕摩）威力大，武布佩带他的专用铃，他的专用铃响当当，从武足谷（他称‘红彝’的毕摩的住处）来。三条猎狗，同狩一场猎；三家布摩，共主持一场丧礼。”又，毕节市彝

① 王继超. 彝文文献翻译与彝族文化研究[C]. 贵阳：贵州民族出版社，2008.

文文献翻译研究中心169号藏书（原贵州省威宁彝族回族苗族自治县西部一带安氏或禄氏毕摩经书）《祭祖大经》第13页记载："先是那威高，那布佩其铃，来自那住地，请俄补觉育家，毕余莫岱布摩，请有维庹之布，请有洛洪之布；再是吐博学，吐布佩其铃，来自吐住地，请硕佐能益家，麻博阿维布摩，请有维庹之布，请有洛洪之毕；三是武法大，武布佩其铃，来自武住地，请几咄能益家，阿索额迂布摩，请有维庹之布，请有洛洪之布……"云南省昭通市永善县五寨乡称"阿遏德歹毕"的吴朝升毕摩家抄于清乾隆四十七年，今藏于云南民族大学张纯德先生处的《续根基经》记载："首为武法大，武毕佩其铃……次是吐博学，吐毕佩其铃……三是那威高，那毕佩其铃……"从文化符号到所佩铜铃有心理上的所崇尚颜色的区分，因为它原文的直译竟是"白铃、黑铃和红铃"。按古乌撒部的习俗，一场正规的丧事活动规定，必须由若干位那布（他称'黑彝'的毕摩）、吐布（他称'白彝'的毕摩）、武布（一般为他称'红彝'的毕摩）来共同完成，在三个支系的毕摩中，"那布（毕）"着黑色毕摩装，"吐布（毕）"着白色毕摩装，"武布（毕）"着红色毕摩装。在毕摩的仪式分工中，"武布"负责先为非正常死亡者，如战死、坠崖、落水、自杀者等举行消灾、洁净、驱赶厉魔恶鬼仪式后，"吐布"进行类似审判的解冤、解罪过仪式，使亡魂取得进入老祖宗故地的资格准入证，再由"那布"举行斩杀勾魂鬼"司署"、使死者完全脱离死灾的仪式。虽然原文上的直译为"白彝毕摩佩白铃，黑彝毕摩佩黑铃，红彝毕摩佩红铃"，但其实都是一样的铜铃，只不过从心理的角度上反映各个支系的颜色标志或所崇尚的颜色而已。《迎毕摩》却把铃归为黑铃："一颂三黑铃（铜铃），三十三黑铃，三颂六黑铃，六十六黑铃，六颂九黑铃，九十九黑铃，九颂十黑铃，百二十黑铃，黑铃不分先后地献酒。"①

毕摩的神帽，多以竹篾编制，形如大斗笠，有的在外铺黑白色薄毛毡；也有的仅是滑竹斗笠，铺白毡或滑竹笠神帽称"可乐"，代表太阳：铺黑色薄毛毡的称"洪那"，代表月亮；两种神帽统称"洛洪"，是沾神的灵物。《迎毕摩》记载："一颂三洛洪（神笠），三十三洛洪，三颂六洛洪，六十六洛洪，六颂九洛洪，九十九洛洪，九颂十洛洪，百二十洛洪，洛洪不分先后地献酒。"②

---

① 贵州省毕节市彝文文献翻译研究中心藏书第717号，威宁彝族回族苗族自治县龙场镇刘松林布摩家原书。
② 贵州省毕节市彝文文献翻译研究中心藏书第717号，威宁彝族回族苗族自治县龙场镇刘松林布摩家原书。

维庹（神筒）是毕摩必挎带的神器。《迎毕摩》记载："一颂三维庹（神筒），三十三维庹，三颂六维庹，六十六维庹，六颂九维庹，九十九维庹，九颂十维庹，百二十维庹，维庹不分先后地献酒。"[①]维庹里装有称"波堵"的令竹。令竹是毕摩必备的器具，用竹子制成，每根长约 20 厘米，有的制 39 根装于签筒内，竹签顶端削尖的代表男性，顶端削平者则代表女性，毕摩作法时，将令竹分成三股，以掐算吉凶。《迎毕摩》记载："一颂三令竹（或箭竹枝），三十三令竹，三颂六令竹，六十六令竹，六颂九令竹，九十九令竹，九颂十令竹，百二十令竹，令竹不分先后地献酒。"[②]

毕摩手持的神杖也称"抵柱"。《迎毕摩》记载："一颂三抵柱，三十三抵柱，三颂六抵柱，六十六抵柱，六颂九抵柱，九十九抵柱，九颂十抵柱，百二十抵柱，抵柱不分先后地献酒。"[③]

毕摩的神扇称"通切"或"默切"。在贵州地区，用木制作成扇形，顶部作剑形开口，方便毕摩念经时撬木代的金银屑片，受祭时方便粘鸡毛；在川滇地区，则由竹片编制，上施髹漆。《迎毕摩》记载："一颂三通启（神扇），三十三通启，三颂六通启，六十六通启，六颂九通启，九十九通启，九颂十通启，百二十通启，通启不分先后地献酒。向哎哺采舍，这对神毕摩献酒，向哲咪武侯，这对神毕摩献酒……"[④]

除上述常用的器具外，毕摩还有金银佩饰用在其案桌上，作解冤、驱司署仪式时还用梭镖或矛、斧头、葫芦、松果等器物。

所有毕摩的这些器具、法具都有灵性，被视为神器。

毕摩插神枝，布神位、神座都是有专门的对象。一枝神枝代表一位保护神或一个星座，大型的丧祭和祭祖活动要插上百枝神枝。神枝基本上都是招来正神附之，如"妥目""直娄""阿崴"等；两枝神枝搭一神条，意味着所设门关。门关用于挡开邪祟与污秽。除了用神枝，还用石头、土饼设门关。神枝削成黑、白以区别生魂、死魂。在各种仪式中，毕摩还要扎制若干的茅草人，一枝神枝加青枝根脚铺草代表祭祖的毕摩神的先师恒阿德。有头有手独脚而被吊着的茅草人是

① 贵州省毕节市彝文文献翻译研究中心藏书第 717 号，威宁彝族回族苗族自治县龙场镇刘松林布摩家原书。
② 贵州省毕节市彝文文献翻译研究中心藏书第 717 号，威宁彝族回族苗族自治县龙场镇刘松林布摩家原书。
③ 贵州省毕节市彝文文献翻译研究中心藏书第 717 号，威宁彝族回族苗族自治县龙场镇刘松林布摩家原书。
④ 贵州省毕节市彝文文献翻译研究中心藏书第 717 号，威宁彝族回族苗族自治县龙场镇刘松林布摩家原书。

勾魂鬼——司署的载体，更多的茅草人则是被当成替身用的。

九、外来宗教的影响

外来宗教影响彝族且能扎住根的，主要是来自西方的基督教。19 世纪末 20 世纪初，基督教传入彝族地区，客观上虽然也提高了当时少数彝族人的文化素质，但肢解了彝族传统的宗教信仰。要皈依基督，就必须与其他一切信仰划清界限，只有这样，在世界末日到来之时方能得解救。基于这样的认识，信徒于是砸毁自己祖先灵房，烧毁自己家谱。

彝族基督徒摈弃毕摩的解冤消灾指路仪式，认为只有信仰耶稣基督，死后方能升入天国。彝族基督徒死后由教会牧师、长老率众祷告，祈求亡灵升入天国，永享快乐。基督教传入后，信仰基督教的家庭不再举行彝族传统婚嫁仪式，不拜对方祖先，不准“阿买恳”（唱出嫁歌）。

彝族基督徒有很多饮食禁忌，他们不吃牲血，不饮酒，星期天不杀生，不劳动；非基督徒敬供祖先的物品他们认为是敬过魔鬼的，带有邪气，因此，不得食用。

信仰与习惯禁忌引起族群认同的变异，信教与不信教者之间产生了不可弥合的隔阂。在基督教盛行的彝区，除了几件偶尔穿在身上的服饰和夹杂着众多神的观点的语言外，彝族文化已荡然无存。

第二节 彝族传统经籍概论

一、传统宗教经籍的产生

彝文经籍的著者几乎都不留名，只有在读典籍的时候窥探其作者的名字。最早的经书的作者以布僰举奢哲和恒依阿卖妮为代表，有“布僰举奢哲，不停地讲述，恒依阿卖妮，不停地书写（记录）”之说。根据彝族的父子连名谱记载，他们生活在哎哺时期，迄今至少传了二百代以上，他们的事迹见于《彝族源流》《西南彝志》《物始纪略》等典籍。稍晚一些出现的作者名字叫布娄，他生活在彝族历史的第五个时期的举偶时期，这个时期的下限约在公元前 8 世纪，彝族《祭祖经》记载，布娄编纂有《额咪》30 部，《索古》120 本。汉唐时期，有举娄布陀、布笃布举、布沓额孜、沾扎阿尼、撮哎布收、阿景沙苴、杜优阿伍、阿诺布娄、尼叩布则、布姆鲁则、布姆笃任等著书者，但是他们都并不署名，尽管如此，在属于摩史文献典籍的《细沓把》中，有很大部分记录的是阿诺布娄和尼叩布则关于论生死的对话。在《宇宙人文论》和《黎咪苏》中，收录的是布姆鲁则和布姆笃任两弟兄的谈话。因此，可将他们视为这些典籍文献的著者。

彝文经籍文献的翻译，最早反映的是《桂海虞衡志·志蛮》所提及事："押马者，称西南谢藩知武州节度使，都大照会罗殿国文字。"[①]明代随着彝族土司子弟入读国子监，明清两代官办会同馆和四夷馆所编纂的多种对译辞书，总称《华夷译语》，其中有《倮罗译语》五种，均匀分门排列的彝文单词，每词下分汉义、汉字、注音三项，但具体译者不知名。清道光《大定府志》录有"《夷志》十二则"和"白皆土目安国泰所译《夷书》九则"。[②]1936 年商务印书馆出版了由地质学家丁文江先生主编、罗文笔先生翻译整理的《爨文丛刻》甲编，这是 1949 年前唯一正式公开出版的一部彝文经籍，收录有《说文（宇宙源流）》《帝王世纪（人类历史）》《献酒经》《解冤经（上、下卷）》《天路指明》《权神经》等多部彝文经籍文献，翻译的方法是彝文第一行，汉语注音字母译音为第二行，汉文直译为第三行，汉文意译为第四行，开启了彝文经籍四行译法的先河。比丁文江稍晚一些的 1941 年后，马学良组织翻译了《彝文作祭献药供牲经译注》等译著。

二、传统经籍的写作、抄录

彝文经籍文献的写作，大多在唐代（南诏）以前，除了《指路经》因迁徙后需要增加的一些地名外，其他经籍在唐代（南诏）几无续写的痕迹。这些经籍绝大多数都是抄本，抄本的署名也至多仅有不到 10%的比例。这些署名的经籍，如贵州省威宁德摩洛毕摩家清嘉庆十二年（公元 1807 年）抄本的《彝族干支择期书》，阿哲侯布惹若毕摩清道光八年（公元 1828 年）抄本的《彝族伦理经》，道光九年（公元 1329 年）抄本的《彝族丧祭习俗经》，清道光十年（公元 1830 年）抄本的《支嘎阿鲁丧祭仪经》，妥朵亚法毕摩清同治六年（公元 1867 年）抄本的《乌撒彝族指路》，清朝同治七年（公元 1868 年）抄本的《彝族顶敬祖灵经》，清朝同治六年（公元 1867 年）抄本的《彝族丧祭经·祭母》，阿者小纠毕摩清朝光绪十

① 范成大. 桂海虞衡志辑佚校注[M]. 胡启望，覃光广校注. 成都：四川民族出版社，1986.

② 贵州省毕节地区地方志编纂委员会点校. 大定府志[M]. 北京：中华书局，2000.

二年（公元1886年）抄本的《解除灾星经》等。

三、传统经籍的装帧与制作

彝文经籍的载体材质，目前能见到的主要是构皮纸和草皮纸。民国前，散藏彝文经籍地的周边都有做构皮或草纸的纸厂（作坊），对当时的彝文经籍抄录提供着比较方便的条件。其次是牛羊皮及麻布，传说还用丝绢等材料抄录典籍，可能是采购困难或价格贵等原因，未被大量采用。彝文经籍因用牛羊皮、麻布作封面，部分作抄录用，因此也被称作“牛皮档案”或“羊皮档案”。

彝文经籍的装帧基本上都是线订册叶装和细绳订册页装。

彝文经籍的封面多用麻布制作，1/5左右用牛羊皮制作，上面书写书名，或注明从有书名的一面朝里翻阅。

彝文经籍的书写工具，有竹笔、松尖笔和毛笔等若干种，竹笔是将竹片削尖，再捣茸，即可蘸墨书写。相比之下，松尖笔的制作则十分简单，马尾松（俗称黄松）的芽尖露出毛笔尖状时取下安在竹管里蘸墨也可作书写工具。更多的时候，彝族毕摩自己用羊毛或兔毛制作毛笔，后来也到商铺购买现成的商品毛笔。各类书写工具在使用前都必须以净水浇淋烧红的石头，做洁净仪式后才能使用，因认为文字和书都各有神灵，做洁净仪式以示对文字神和书神的敬重。

彝文经籍几乎都是手抄书写的，极少用木刻版印刷。一般用墨，墨的制作一是取用黑色矿物质，二是用各种木炭舂成粉末，通过粘胶压制墨砖晾干，用时在砚台里加水研出墨汁来书写，部分用红矿物质书写，如红石研汁，红土捣做粉末，用制作研墨的办法，或研朱砂来书写。

彝文经籍的开本版式没有统一的规格，一般是纸张材料大的抄录大书，材料小的纸张抄录小书。板框尺寸小的仅10.5厘米×21.8厘米，5行×15字，如贵州省大方县民族宗教局转奢香博物馆藏的《寻亡灵经》；板框尺寸大的有55厘米×26厘米，18行×43字，如贵州省赫章县妈姑镇砂石村杨正举家传的《人生预测》一书。彝文经籍的版口一般为白口，少部分的如木刻版《摩史苏》版口有鱼口纹，有页码。有无边栏，单边或双边也都没有统一的要求。

四、宗教仪式类型与传统经籍的分类

彝文经籍的分类，遵循一是作为信息的存取系统，以方便读者查找利用；二是作为反映科学知识系谱系统规数，以符合一般的认识水平。针对部分彝文古书手抄本是根据抄录者的需要和水平决定其内容的，形成了内容十分庞杂、包罗万象，一本书中出现不同类别的篇章，个别书名与主要内容不相吻合的情况，在鉴别主要的分类标准和辅助分类中，基本分类是22个左右，若按这个标准来分类，未能包括完较细的类别。在《彝文经籍目录》的分类上，既借鉴前人的分类法成果和经验，又不囿于其中。因为彝文经籍有鲜明的民族性，自成体系，在分类问题上若一定硬套现成的框框，那就是削足适履，不是实事求是。坚持从彝文经籍的实际情况出发来分类，将彝文经籍分为哲学、历史、民俗、谱牒、伦理、契约……40类。我们将所登目古籍按其实际情况，在《中国少数民族古籍总目提要——贵州彝族卷（毕节地区）》中，分为甲编写本14个类，第一，丧祭习俗类：①丧祭献祭；②丧祭禳解消灾；③丧祭主体仪式；④丧祭指路。第二，祭祀祖宗类。第三，祭祀与崇拜神祇类。第四，祈福消灾类。第五，历史谱牒类。第六，摩史丧礼文献类。第七，摩史婚礼艺文类。第八，天文历法类。第九，教育文献类。第十，彝文长诗与歌词。第十一，军事文献类。第十二，翻译与故事类。第十三，占算预测类：①测算日期；②命运预测；③占算疾病；④占算死亡类；⑤占看鸡卦（股骨）；⑥占看猪膀；⑦占看竹卦；⑧占算凶兆；⑨占算失物；⑩占梦。第十四，其他类。[①]

（一）毕摩经籍

毕摩经籍从其用途上可分为丧事祭祀习俗、祭祀祖宗、祭祀与崇拜神祇、祈福与消灾、历史与谱牒、天文与历法、占算预测等几大门类，这些门类也直接用作书的总体命名。以门类作命名的，一个门类由若干部或数十部典籍组成。在大的门类下，丧事祭祀习俗有《迎毕摩时献酒经》《丧祭献酒经》《丧祭献茶经》《丧祭献水经》《椎牲经》《用牲献酒》《献早饭献酒》《献晚饭献酒》《播寿命收寿命》《老死寿终》《了却心愿》《掩死礼仪》《丧祭根源》《馈献祭礼》《打铜织绸》《织绸》《确舍氏织绸》《四部洛那织绸》《破咒退神》《灵堂迎奉》《织天织地》《天地》《断识日月》《论天地》《修天地》《释天》《人类产生》《天地形成》《吉年吉月》《中部地带》《团圆地》《天高地阔》《修天补地》《武

① 陈乐基，王继超. 中国少数民族古籍总目提要——贵州彝族卷（毕节地区）[M]. 贵阳：贵州民族出版社，2010：目录，1-41.

国》《六祖源》《论天地形成》《辨别日月》《理山脉》《年景气候》《断识日月》《中央山岳》《受田地》《拓土地》《扎根经》《指路经》等1200余种小的书名的命名。①

丧事禳解经作为丧礼中使用频率最高与最多的一种，彝语称为[ndɯ˧su˧]，音“陡数”。在丧事经文中解释为禳解，有《百解经》之说，在《解冤经》《解除伤害经》用途名称下，有《解病经》《禳病大道》《尼能氏禳病》《什勺氏禳病》《解战死经》《解冤献酒经》《解矛戟愆尤》《解诅咒愆尤》《苍天冤》《布置日月冤》《修天冤》《月诞》《修天冤》《辟地冤》《田地冤》《驱逐司署经》《清除司暑经》《遣送司署经》《破除司鬼经》《降伏恶魔》等1000余种书名的命名，有的一个篇目就是一部经籍。②

毕摩典籍文献中的丧事祭祀习俗门类，有的以一个书名为一部典籍文献，也有的是由多个书名合订为一部典籍文献。

祖宗的祭祀有普通祭祖仪式、中型祭祖仪式、大型祭祖仪式、祖灵解除灾难几种典籍文献。普通祭祖仪式有《招灵经》《绾草招灵经》《绾草根招灵献酒》《洁净换装献酒》《（亡灵）夫妻聚拢时献酒》《祖灵过关时诵词》《料理祖灵》《换祖筒献酒》《迎祖献酒》《献茶并献一巡酒》《聚议献酒》《洁净换装献酒》《绾草根招灵献酒》《夫妻聚拢时献酒》《祖灵过关时诵词》《与主人家的祝愿词》《掩地时献酒》《克补神座边的收掩》《理归宿献酒》《借神力赐归宿》等100余种书名的命名。③

中型祭祖仪式有《祭岩祠经》《祭岩上灵桶经》《理归宿经》《六代祭祖祭岩上祖桶经》《洁净祖桶经》《祭祖迎客（布局摩神）经》《祭祖时毕摩堂相聚》《立长位献酒》《立嫡长位时致词》《立嫡长位经》《稳灵桶经》《灵桶除污垢》《破死》《献药》《供牲》等50余种书名的命名。④

---

① 陈乐基，王继超. 中国少数民族古籍总目提要——贵州彝族卷（毕节地区）[M]. 贵阳：贵州民族出版社，2010：目录，1-2.

② 陈乐基，王继超. 中国少数民族古籍总目提要——贵州彝族卷（毕节地区）[M]. 贵阳：贵州民族出版社，2010：目录，3-8.

③ 陈乐基，王继超. 中国少数民族古籍总目提要——贵州彝族卷（毕节地区）[M]. 贵阳：贵州民族出版社，2010：178-190.

④ 陈乐基，王继超. 中国少数民族古籍总目提要——贵州彝族卷（毕节地区）[M]. 贵阳：贵州民族出版社，2010：190-193.

大型祭祖仪式有《祭祖大典图文经》《送祸祟出门关外》《设嫡位的根源叙述》《设嫡位》《向祖灵献酒》《料理祖灵》《祖灵偶像》《洁净经》《求德施神威》《午饭后献词》《靠山与替身》《退野鬼》《遣侯旺司鬼》《乌撒祭祖经》《顶敬祖灵经》《祭祖迎接仪式》《祭祖献酒》《出示祖桶经》《高贵》《毕摩地位》《献祭牲祭物》《点谱借神力》《献土地神》《铜状神座图及说明》《对面神座与叙知识》《贵位神座图与献祭》等50种书名的命名。[①]

祖灵解除灾难类有《为祖宗除灾》《为灵桶除灾》《去祸祟》《为祖灵解灾难》《凶星带不祥兆》《为祖宗破除伤害》《为蜂进祖灵桶禳解》《为被烧的祖灵桶禳解》《为猴搬祖灵桶禳解》《为进水的祖灵桶禳解》《续根基》《为祖灵桶除污进水秽》《送污秽后献牲》《为鹰抓祖神桶禳解》《为鼠咬祖神桶禳解》《回避凶死与病神》《送蛇祛病》《送水神》《送火烟火神》《送邪秽》《排解灾星》《退犯禁忌时日之灾》《就地献酒》《布局摩退神》《退大灾难星》等 50种书名的命名。[②]

祭祀与崇拜神祇的典籍文献，主要有《祭祀土地神》《祭祀生育神》《祭祀龙神》《祭祀寿命神》《祭祀山神》《祭祀家神》《祭火神》《祭水神》《祭崖神》等50来种书名的命名。[③]

祈福消灾的典籍文献有《局卓布苏》，或以《禳解灾难经》《家园禳解经》《禳解经》《解灾经》《破星经》等为大书名，它在毕摩经籍中，与《丧仪大经》《解冤经》《解死灾经》等量齐观，都是大部头分为若干册、卷的经籍，有 1000余种书名命名，如《求德布神威》《求克博神威》《借神力概要》《收掩犯丧》《解年灾月灾》《解年煞月煞》《解本命年月克星》《解犯年丧月丧》《解年伤月害》《借毕摩神力》《借时世神力》《借十二圣神力》《借天地神力》《借祖灵神力》《借根本神力》《借沽能神力》《借濮诺神力》《借山、坝神力》《借土地神力》《解怂恿之害》《解不吉不利》《解病灾瘟疫》《解游魂野鬼之害》《解

---

① 陈乐基，王继超. 中国少数民族古籍总目提要——贵州彝族卷（毕节地区）[M]. 贵阳：贵州民族出版社，2010：194-202.

② 陈乐基，王继超. 中国少数民族古籍总目提要——贵州彝族卷（毕节地区）[M]. 贵阳：贵州民族出版社，2010：178.

③ 陈乐基，王继超. 中国少数民族古籍总目提要——贵州彝族卷（毕节地区）[M]. 贵阳：贵州民族出版社，2010：203-218.

犯重丧之焚尸木害》《解凶星恶煞》《解司署饥寒》《解畜鬼之害》《解不端之行为》《解鬼与盗贼之害》《解犯禁忌日》《解本命年危害》《解不祥预兆》《解犯丧之害》《割断诅咒》《送祸害》《解因由》《解畜星》《解饥谨》《解灾祸》《解犯土地》《解犯神灾》《解祖宗吃人之灾》《解诅咒》《解诬陷》《解不祥之兆》《解犯丧》《解病死灾》《解凶》《解饿鬼》《解犯寺庙偶像灾》《解战死鬼灾》《解犯祖灵灾》《解犯神祖灾》《解风灾》《解焚灾》《解麻风灾》《解仇灾》《解分离之灾》《解污染》《解死星》《解鼠灾》《解伤害》《解犯阴木》《解司署鬼》《解身灾》《解仇杀灾》《解杂乱》《收拾灾》《送出灾》等，书名直接反映用途。[①]

彝族毕摩典籍里的历史谱牒，以《尼能源》《哎哺尼能谱》《什勺氏根源》《什勺源》《鲁朵的大宗》《鲁朵世系》《鲁朵谱》《鲁朵哺氏谱》《斯里世系》《斯氏世系》《斯里谱》《塞赤世系》《许塞氏谱》《迷觉世系》《迷氏世系》等形式命书名，这种谱系多达数百种。[②]

天文历法方面的典籍，以《二十八宿星》《宇宙生化》《宇宙人文论》《开天辟地》《历书》《天文历法》《万年历》《测算日期》《命运预测》《占算疾病》《占算死亡类》《占看鸡卦（股骨）》《占看猪膀》《占看竹卦》《占算凶兆》《占算失物》《占梦》等 10 余种分类作命名，篇目的命名则多达 3000 余个。[③]

（二）摩史典籍

相当一部分的摩史典籍与毕摩经籍交相使用。摩史典籍文献可分为历史谱牒、丧礼文献、婚礼艺文、教育文献、长诗与歌词、军事文献、翻译与故事等 7 个以上门类。

摩史典籍文献的历史谱牒有数百种书名，如《西南彝志》《彝族源流》《彝族创世志・谱牒志》《彝家宗谱》《六祖富贵根》《诺沤・侯世系》《德布氏源

---

① 陈乐基，王继超. 中国少数民族古籍总目提要——贵州彝族卷（毕节地区）[M]. 贵阳：贵州民族出版社，2010：219-288.

② 陈乐基，王继超. 中国少数民族古籍总目提要——贵州彝族卷（毕节地区）[M]. 贵阳：贵州民族出版社，2010：289-322.

③ 陈乐基，王继超. 中国少数民族古籍总目提要——贵州彝族卷（毕节地区）[M]. 贵阳：贵州民族出版社，2010：405-407.

流》《谱牒书》《哎哺源流》《阿哲世系》等。[①]

摩史丧礼文献由《细沓把》《哭祭经》《破死经》《比赛经》《摩史苏》《恳咪》《恳沤苏》《哭灵哭祭经》《孝敬父母》《丧礼歌》《悼念哭祭》《吊丧诵词》等50余种书名来命名，内中篇目有《贤子祭母》《孙哭祭祖》《妇哭祭夫》《笃勒策汝哭祭》《陀尼哭祭母》等1000余种的命名。[②]

摩史婚礼艺文有《诺沤苏婚事诺沤》《阿买恳苏》《阿买恳》《曲姐苏》《婚礼词》《摩史苏》《叙婚史》《婚姻史话》《摩久苏》《婚礼仪式诵词》《婚事礼仪》《诺沤曲姐》《贺词》《歌词》《婚姻史话》《婚礼对歌书》《宣诵词》《阿买恳苏》《婚姻歌》《说古与论史》《联姻典故》等上百种的命名，其中，《乌鲁诺纪》《英雄阿纪颂》《乌鸦反哺》《无情的兄长陇邓》《朴确侯乌记》《兄报妹仇》《妹报兄仇》《武茹阿玉哭嫁记》《则溪穆濯》《百二十君长》等表现为叙事长诗。[③]

摩史教育文献有《黎咪》《阿野额外的箴言》《黎咪苏》《黎咪·婚礼祝辞》《毕摩开场白》《苏巨黎咪》《祝福酒辞》《物事启蒙》《舍纠伟》等的命名。[④]

摩史文献的长诗有《阿姆复仇》《娄纪放鹅》《朴确侯乌哭嫁记》《才女救兄》《曲谷走谷选》《曲谷精选》《阿诺楚》《益那悲歌》《支嘎阿鲁王》《俄索折怒王》《史诗选》《曲谷集》《尼曲谷》《阿始岩上》《蜜蜂采花酿蜜糖》《策耿兹的生日》《恒堵府的威荣》《阿奎的三女儿》《君、臣、师的女儿》《慕奎白乍戈》《阿纪君长家》《密姆纪阿买》《天地人文史》《论天地形态》《洪水泛滥史》《突目布孺啥》《阿鲁巡察天地》《阿诺楚与阿诺苟》《开天辟地》《天地断往来》《七层天君长》《北方云雾山》《召唤日月》《沽扎阿尼》《够阿娄寻药》《摩史苏》《吉笃阿诗形象的叙述》《策格兹之梦》《溯天地起源》《天地人道纪》《诗文汇集》《神奇的宝刀》《德施氏阿芋陡、妥阿哲、妥芒三部迁

---

① 陈乐基，王继超. 中国少数民族古籍总目提要——贵州彝族卷（毕节地区）[M]. 贵阳：贵州民族出版社，2010：289-322.

② 陈乐基，王继超. 中国少数民族古籍总目提要——贵州彝族卷（毕节地区）[M]. 贵阳：贵州民族出版社，2010：324-358.

③ 陈乐基，王继超. 中国少数民族古籍总目提要——贵州彝族卷（毕节地区）[M]. 贵阳：贵州民族出版社，2010：360-404.

④ 陈乐基，王继超. 中国少数民族古籍总目提要——贵州彝族卷（毕节地区）[M]. 贵阳：贵州民族出版社，2010：408-410.

徒史》等书名的命名。[①]

军事文献有《阿芋陡世系》《水西传》《阿伍记》《摩久苏》《阿哲（水西）战史》《阿哲（水西）与乌撒的交战》《布默战史》《乌撒与惹部纠洪之战》《阿哲与乌撒巴底之战》《播勒与阿哲洪益妥太之战》《南诏与窦部道峨德太之战》《神剑记》《阿芋陡的四只酒缸》《阿芋陡九十重宫殿》《乌撒拓土记》《色特啥孜救生记》《阿哲乌撒的结盟》《理九大根源》《阿哲与乌撒交战》《历史典故新说》《煮牛论》《煮猪论》等上百种书名的命名。[②]

摩史典籍文献中翻译与故事。明洪武后期，通过彝汉文化的大量交流，尤其是两个民族在伦理道德观中对孝道的认同，汉民族的二十四孝故事等被大量翻译、改写作五言体的彝文，作为彝族丧祭活动中《尼巧》《哭灵经》《细沓》等文献与仪式的补充，这些翻译故事有《凤凰记》《陈状元记》《张孝记》《赛特阿育传奇》《西京记》《神猴记》《色特啥孜救生记》《三仙姑下凡》《卖身救母》《曹安孝子》《公子孝子》《张祝孝子》等书名的命名。[③]

五、民间信仰生活与口碑经籍

民间信仰中有大量的口碑经籍。彝族在认为人死留三魂的丧祭活动中，有补吐（管事）职责的人领众人举行《摩诺》（交牲交礼）、益侯（献水）、曲照（献舞绕灵）、肯洪（跳丧礼舞）、分生死（招回生者魂）等仪式时，有数百行的五言的口碑唱词。在日常生活中举行消灾活动，如笃艾诃（请祖先魂）、野写（招魂）、掩地气（克阴气）、送火星、诅咒、返诅咒等，念诵的口头经籍多的有上百行五言句，少的有十余行以上的五言句。在还愿、献山、献水等祭祀活动时，要念诵 50 行以上的五言句经籍。在春节喂磨、立秋千、砍秋千、春节动土等活动中，要念上 20 来行的五言句经籍。在祈求生育与祝福活动中，要念诵 50 来行五言的口头经籍。在现代主流文化和市场经济与信息全球化的冲击下，民间信仰中的口碑古籍的传承面临着前所未有的挑战，正濒临绝境。

---

① 陈乐基，王继超. 中国少数民族古籍总目提要——贵州彝族卷（毕节地区）[M]. 贵阳：贵州民族出版社，2010：411-418.

② 陈乐基，王继超. 中国少数民族古籍总目提要——贵州彝族卷（毕节地区）[M]. 贵阳：贵州民族出版社，2010：419-420.

③ 陈乐基，王继超. 中国少数民族古籍总目提要——贵州彝族卷（毕节地区）[M]. 贵阳：贵州民族出版社，2010：422-426.

六、传统经籍的收藏与传承

传统经籍的收藏，古代主要是私人特别是毕摩、摩史收藏，现代则有国家机构收藏和毕摩收藏两种形式。

以贵州为例，目前的彝文经籍的蕴藏量还相当丰富，据不完全统计，在毕节市的9个县区，有5000余册（部），其中七星关区有500余册、大方县200余册、威宁县2100余册、赫章县1000余册、黔西县150余册、织金县80余册、纳雍300册、金沙200余册、百里杜鹃管理区内100余册。在六盘水市，据六盘水市民族宗教局古籍办公室统计，在水城、盘县、六枝、钟山四县区有7000余册（部）彝文经籍在民间散藏。

在中国革命博物馆、清华大学、中国国家图书馆、北京民族文化宫、贵州省博物馆、西南民族大学、贵州省民族研究院、贵州民族大学、贵州民族文化宫、毕节市档案局、六盘水市档案局、水城县档案局、奢香博物馆、毕节市彝文文献翻译研究中心、贵州工程应用技术学院彝学研究院、赫章县民族宗教局古籍办公室、威宁县民族宗教局古籍办公室等单位有收藏，贵州省17个收藏单位藏有彝文经籍8000余册：除了贵州省博物馆、贵州省民族研究院、贵州民族大学彝文文献研究所、毕节市彝文文献翻译研究中心、贵州工程应用技术学院彝学研究院、仁怀市民委彝文翻译组6个收藏单位外，其余11个收藏单位均为市、县区民族宗教事务委员会。传统经籍被收藏的具体分布为：贵阳市收藏有 3100 余册，毕节市4700余册，六盘水市350余册。

彝族传统经籍的传承特点，就是典籍的传承特点，经籍是跟着毕摩走的。毕摩出现在母系社会中晚期的哎哺时期，到母系社会向父系社会过渡的哎哺后期已基本定型，并且形成了兹、摩、布（君、臣、毕摩）三位一体政权架构的原型，即在这一政权架构里，以策举祖为君，诺娄则为臣，举奢哲为毕摩，毕摩即是这种政权架构中的主要成员之一，并作为一种模式，沿袭了数千年，为区分君、臣、师这三种职能，还各取一物作象征性标志："鹤为君、杜鹃为臣、雄鹰为毕摩。"

毕摩授徒，将职业传给子孙，要交一部抄本给他们，最后从徒弟或子孙那里收回由他们传抄的抄本，原则上每个人用自己的抄本。彝文经籍的一卷或一册，一般都由2种以上的内容汇辑而成，多的在1个卷（册）内，汇辑有10种以上的内容。总体上来说，从前，彝文经籍文献的持有者即彝族毕摩的版本意识不强，这是基于自然崇拜的支配，认为病老死亡后到另一个世界，还要从事生前的职业，要把属于自己的书籍带去用，于是就将其生前所抄的大部分书籍在作“开天门”仪式时都烧了给他带走，只留下不多的几本给儿孙作纪念。毕摩虽然是世袭，多的达数十代，父传子时，做儿子的必须从父亲那里抄足自己要用的书籍，如此周而复始地循环。不注重著书者的署名，不注重抄书者的落款，不注重版本的留存，是彝文经籍文献版本的传承中最负面的几个特点。

第二章　彝族传统经籍文学总论

在讨论相关问题之前，先对彝族宗教经籍、彝族传统经籍和彝族传统宗教经籍的概念作一下区分。

彝族宗教经籍是指彝族宗教生活中所使用的经籍。在外来宗教没有被彝族人接受之前，它所指的是彝族毕摩所传承和使用的经籍，即彝文经书、典籍。

彝族传统经籍是指彝族传统社会生活特别是传统宗教生活（包括原始巫术、原始宗教）中彝族人民、彝族毕摩所使用的经籍。这些经籍既包括彝族人民口头传承的口碑文献，能够掌握彝文的极少部分彝族人民所使用的文字经书，也包括彝族毕摩掌握和使用的口碑文献和彝文经书、典籍。

彝族传统宗教经籍，是指彝族传统宗教生活中，彝族人民所传承和使用的口碑宗教经籍，以及彝族毕摩所掌握和使用的口碑经籍和文字经籍。其中不包括彝族人民、彝族特殊的巫术职业者苏尼在巫术活动所念诵的言辞类口碑文献。

在本书中，彝族传统经籍的概念，主要是指彝族传统宗教生活中，彝族人民所使用和传承的以宗教仪式言辞为主的口碑文献，特别是彝族毕摩所掌握和使用的口碑文献和彝文经书、典籍。

第一节　传统经籍在彝族古籍中的地位

一、彝族传统经籍起源早

彝族宗教经籍的概念，在前面的论述中我们已经给予了明确的界定，是两种形式的经籍，即以彝文书写的书面形式的经籍，以及以口碑形式传承的口头传统文献。一般说来，口头传承的言说比书面文本早。至于各个民族的口头言说比文字记录和创造的文本要早多少时间，情况很不一致。以汉族为例，口头言说可能从汉语产生的时间就有了，而书面文字却只能以汉字产生的时间来推定，也就是说，不会早过甲骨文产生的时代即殷商时期，因为甲骨文是现在能够判定的汉字最早的形式。

彝族的口头言说包括了各种神话、传说、民间故事，特别是产生年代较早的原始宗教卜筮辞、祭祀辞、祝咒辞等。那么，彝族传统口碑文献特别是有关原始宗教的口头言说，自然要以原始宗教产生的时期来判定。现在最为权威的对宗教生活最早的判断，是法国文化人类学家、法国社会年鉴学派的代表杜尔凯姆（也译作杜尔干，下同）在他的名著《宗教生活的初级形式》中，所给出的图腾崇拜是宗教生活的最初形式的论断。[①]彝族有图腾崇拜，而且根据各个氏族组织情况的不同，各个氏族所崇拜的图腾物又各不相同。根据杨和森在《图腾层次论》中的研究，彝族的图腾崇拜还有层次区别，其中虎为彝族的原生图腾，并且以黑虎为图腾。[②]其他的图腾则是演生图腾。他说："我们之所以说虎为彝族的原生图腾，主要在于彝族以虎族（罗罗）自命，把虎和自己的氏族和民族视为一体，视祖先为母虎（罗摩），认为自己死后也要还原为虎。"[③]"图腾有原生、演生、再演生乃至多次再演生等多层次形态。彝族的虎图腾是保留其先民古羌戎的原生图腾，其他图腾都是虎图腾的衍生、再衍生乃至多次再衍生的图腾。这些通过多次再演生出现的图腾在特定的社会条件下仍能继续衍生出的新的图腾。古老的原生图腾经过多次演生之后，亦只徒具图腾躯壳，渐失其图腾实质，乃至被人们遗忘。"[④]由此可知，彝族很早就有的图腾崇拜，这必然伴随一定的仪式活动。这些仪式活动，会留下一些祭祀、纪念性的言辞，而这些言辞，有的会不断传承下来，形成一些民间口头祭献辞，或者被掌握祭祀权的族长、祭师等保存下来，形成宗教口碑经籍文献，结合彝文的发明和使用，或者其他记录工具的发明，从口传形式向书面形式转变。例如，《彝族毕摩经典译注》第五十二卷《母虎神祭辞 楚雄彝族口碑文献》[⑤]，就是这样形成和流传下来的。根据杜尔干的理论和杨和森的研究，这类宗教经籍应该算是彝族传统宗教经籍中最早的一类经籍了。

---

① 夏建中. 文化人类学理论学派——文化研究的历史[M]. 北京：中国人民大学出版社，1997：100.

② 杨和森. 图腾层次论[M]. 昆明：云南人民出版社，1987：9.

③ 杨和森. 图腾层次论[M]. 昆明：云南人民出版社，1987：96.

④ 杨和森. 图腾层次论[M]. 昆明：云南人民出版社，1987：97.

⑤ 楚雄自治州人民政府，夜礼斌，杨洪卫. 彝族毕摩经典译注（第五十二卷）[M]. 昆明：云南民族出版社，2009.

当然，根据弗雷泽在其巨著《金枝》中提出的“人类智力发展经过巫术、宗教、科学三阶段”的理论[①]，在宗教时代之前，似乎还应该有一个巫术时代，巫术虽然不是严格意义上的宗教，但它是宗教的前身。在彝族传统社会中，有从事传统宗教活动的毕摩，他们有用彝文创作、抄写和传承的经籍；同时也有从事巫术活动的苏尼，他们只为病人跳巫舞驱鬼、逐疫，没有经籍也不使用经籍。[②]多数人认为苏尼的产生比毕摩要早。[③]其中的依据之一，就是苏尼从事的是巫术活动，而毕摩则有系统的祭祀、仪式活动程序和书面经籍的使用与传承。这从一个侧面反映了当下仍然传承在彝族传统社会中的有关巫术和宗教的口碑文献，也许比书面的彝文传统经籍还要早一些出现。这样的经籍，在106部《彝族毕摩经典译注》中，除了上述《母虎神祭辞》这部应该是最早的文献之一外，还有《第二卷·祭神祈福经·南华彝族口碑文献》《第二十卷·丧礼祭辞·楚雄彝族口碑文献》《第二十一卷·丧礼祭经·禄丰彝族口碑文献》《第二十二卷·颂魂经·广西那坡彝族口碑文献》《第三十七卷·丧葬祭辞·永仁彝族口碑文献（一）》《第三十八卷·丧葬祭辞·永仁彝族口碑文献（二）》《第三十九卷·丧礼祭辞·南华彝族口碑文献》《第五十一卷·丧葬祭经·楚雄彝族口碑文献》《第五十二卷·母虎神祭辞·楚雄彝族口碑文献》《第五十三卷·丧葬祭经·姚安彝族口碑文献》《第五十四卷·丧葬祭经·牟定彝族口碑文献》《第五十五卷·祭祀经·巍山南涧彝族口碑文献》《第七十卷·祭祖经·大姚彝族口碑文献》《第八十五卷·丧祭经·漾濞彝族口碑文献（一）》《第八十六卷·丧祭经·漾濞彝族口碑文献（二）》《第九十一卷·教路经·南华彝族口碑文献》《第九十七卷·丧葬经·大姚彝族口碑文献》，合计18卷。[④]这些还不包括为毕摩收集、抄写、翻译或者整理的其他口碑文献（如果加上这些，一共有20卷）。可见，这类口碑经籍在彝族传统社会中留存的数量不少。在这106卷中这类口碑经籍占据的数量18卷，约为1/6。

从语言的发明到文字的发明，是一个有先后顺序的历史过程。应该说，没有哪一种文字是出现在语言之前，因为学术界普遍的观点都认为，文字是记录语言

---

① 黄淑娉，龚佩华. 文化人类学理论方法研究[M]. 广州：广东高等教育出版社. 4版，2013：41.

② 王明贵. 彝族（中国少数民族人口丛书）[M]. 北京：中国人口出版社，2013：51-58.

③ 孟慧英. 彝族毕摩文化研究[M]. 北京：民族出版社，2003：37.

④ 楚雄自治州人民政府，夜礼斌，杨洪卫，等. 彝族毕摩经典译注（相关卷）[M]. 昆明：云南民族出版社，2007—2012.

的工具。由此推测，口头文献如果是发生在人类文明史早期的口头言说，它比用文字记录的文献要早。同一文献的产生，在没有文字之前，必然先以口头的形式传承，然后笔之于书，用书面的形式传承下来。后来有了文字这个有力的工具，有的文献的创作才直接用文字的形式创造和传承。因此，从 106 卷彝族毕摩经典中尚有 18 卷之多的口碑文献的情况来分析，彝族宗教经籍起源已经很早了，在彝族开始有巫术的时期、有图腾崇拜的时期，已经有了彝语经籍的创作和使用。

二、彝族传统经籍传承的历史长

这个历史时期有多长，可以从经籍产生的时期一直计算到当代即 21 世纪，因为凡是毕摩所用的彝族传统经籍，在彝族当代社会特别是以传统的生活方式聚居或者杂居的区域，都还在被使用和传承着。

具体来说，彝族进入文明时期，就有了宗教经籍的创制和传承。而人类文明史的考证，还有许多需要确证的工作要做。就以汉族进入文明时期的历史而言，现在多数中国的历史学家和广大中国人，都是言必称中华文明 5000 年，而外国的一些学者却对此还有一些质疑之声，认为中国的文明史只有 3500 年。比较普遍的计算方式是以人类发明文字、建立制度、建立国家或者城邦作为人类进入文明时代的标志。按摩尔根的《古代社会》的研究成果，文字的发明和使用是人类进入文明时期的主要标志。[①]中国有成熟文字体系，以陕西西安半坡出土的刻画文字符号为一个重要标志，而这一文字刻画符号，是中国殷商时期的产物，距今 3500 年左右。

有个彝族老毕摩叫李八一昆，他不懂汉语，也不认识汉字。彝族作家李乔拿着西安半坡的刻画文字符号去找他认读，他也能够用传统彝文识读出大部分。[②]龙山文化中的一些陶刻字符，也可以用彝文进行识读。[③]由此往前，中国境内的一些古文字、古刻画符号，也有专家能够用古彝文即传统彝文进行识读，并且与世界上其他文字体系作比较，提出了“古彝文是世界文字的始祖”的观点[④]，引起学术界的关注。因而有专家经过用古彝文与中国发现的文字刻画符号的比较研究，提

① 夏建中. 文化人类学理论学派——文化研究的历史[M]. 北京：中国人民大学出版社，1997：32.

② 李乔. 一个千古难解的哑谜[J]. 彝族文化，1991，年刊；李乔. 三论半坡陶文[J]. 凉山彝学，2000，（10）.

③ 冯时. 龙山时代陶文与古彝文[N]. 光明日报，1993-6-6，5.

④ 刘志一. 古彝文——世界文字的始祖[J]. 凉山彝学，1997，（7）.

出了中华文明有万年历史的观点。[①]中华文明当然包括了彝族文明，特别是彝族文字能够识读的那些刻画符号，是一个有力的佐证。

人类进入农业时代的历史是1万年左右。历法是人类观测自然、指导农业的重要智力成果。《夏小正》等历史的发现证明，中国在夏朝时期的农业文明已经相当进步。而泰勒关于“万物有灵”理论的提出，是对人类灵魂观念最早的研究成果。在彝族尚在流传的口碑文献中，有专门将粮食与灵魂观念联系在一起的口碑经籍，即在106部《彝族毕摩经典译注》中，有专门的一部《双柏彝族口碑文献》，其中有一卷《招粮魂经》[②]，可见彝族在进入农业时代的时候，将粮食与灵魂观念一并联系起来，创作了招粮食灵魂的经籍。这一成果说明了彝族最早的宗教经籍，有可能与人类进入农业时代的时期相当，上限可以推测到1万年左右。当然，需要说明的是，这只是一个大胆的推测。

虽然还不能确证中国境内发现的历史上万年的刻画符号就是文字，无论是古汉字还是古彝文，但是可以确定的是，在万年之前，人类就有了发明文字记录语言或者思想的行为。而那个时候，人类无疑已经有了语言。同时，进入农业文明时代是人类的一大进步，长期生存于中国南方地区的彝族先民，同样有农业的历史和畜牧业历史。用于古代传统生活中的种种巫术与宗教，也势必离不开经籍的创制和使用，无论它是口头的还是文字的。因此，如果可以大胆推断，彝族传统宗教经籍的传承历史，最早可能有1万年。

三、彝族传统经籍使用覆盖的人群数量大

彝族传统经籍的使用，要从两个层面上来看待。一个层面是使用彝族传统经籍的主体，另一个层面是彝族传统经籍使用时的受众。

（一）彝族传统经籍的主体

从使用彝族传统经籍的主体的层面上来说，彝族传统经籍的主体可以分为三个部分，即毕摩、摩史、普通熟悉彝族传统宗教生活的民众。

（1）毕摩。毕摩是彝族传统宗教生活中不可或缺的人物，它在彝族传统宗教

---

① 朱琚元. 中华万年文明的曙光[M]. 昆明：云南人民出版社，2003.

② 楚雄自治州人民政府，夜礼斌，杨洪卫. 彝族毕摩经典译注（第六卷）[M]. 昆明：云南民族出版社，2007：215-300.

生活中起着主要的作用，即无论是举行什么正式的宗教生活仪式，一般都离不开毕摩。毕摩通过各种仪式，使用各种牺牲、器物、法具，念诵相关的经文，对不同的宗教生活通过相关的程序，达到一定的目的。其中，对经籍的使用，可以说是所有正式仪式中都要涉及的。反过来说，如果没有使用相关的经书，在彝族传统生活中举行正式仪式是不可想象的事情。因此可以说，没有彝族传统经籍的毕摩是没有的，没有彝文经籍的毕摩就不是毕摩。在传统社会的彝族人的心目中，拥有经书的多少，往往是人们评价毕摩地位的一个重要标准。经书越多的毕摩，往往社会地位也越高。前面述及的贵州省黔西北地区的毕摩，经书多的也往往是地位高的毕摩。在四川省凉山彝族自治州的一个统计中，一般毕摩通常拥有四五十卷经书，经书最多的毕摩往往拥有二三百卷经书。[①]需要指出的是，在贵州省的经籍中，一部经籍往往由许多卷经书组成。例如，《爨文丛刻》中的《献酒经》是目前能够发现的《献酒经》类经籍中，收集的经书卷数最多的文本。[②]

（2）摩史。摩史既具有毕摩的职能，还具有其他重要的外交、社交职能。光绪《大定府志》中记载的摩史的职能，是“掌文字之伐阅，歌宣颂之乐章”，其实这里记载的是彝族官府中摩史的职能。摩史在官府中还有外交的职能。在“改土归流”之后，彝族失去了统治政权，官府的摩史回到民间，有的成为毕摩，拥有了彝文经籍，同时还记录和创作了新的彝文书籍。它们平常像毕摩一样服务民众、大姓，在参与吊唁等活动的时候，他们被客方请去参加吊唁时的身份，与丧家即主家毕摩身份相对应，就变成了摩史，代表客人一方与主人家的毕摩相酬答。因此，摩史掌握的彝文经籍，绝大多数也是彝族传统的经籍。

（3）普通彝人。有一些普通民众，家世并不是世袭的毕摩，家中也没有学习作毕摩和摩史的人，但是也会拥有一些经籍。这些经籍的来源，有的是亲戚转移过来，有的是家族中转移过来。例如，笔者 1999 年 6 月到贵州省纳雍县董地苗族彝族乡尖山村嘎吉寨调查，该地陈国良家拥有 15 册毕摩经书。[③]他家没有人作过毕摩，也没有告诉笔者这些经书从何而来。这些经书大部分已经朽坏，且不愿意转让给政府机构或其他人，就这样任其毁坏了。从另外一个角度上看，许多民间

---

① 阿牛史日，吉郎伍野. 凉山毕摩[M]. 杭州：浙江人民出版社，2007：90.

② 王明贵，王小丰. 增订《爨文丛刻》中的《献酒经》研究[J]. 毕节学院学报，2014（2）.

③ 王明贵. 鹰翎撷羽[C]. 香港：香港天马出版有限公司，2005：183-188.

信仰，包括一些简单的宗教仪式需要的言说、祭献之辞、祓禳之语，也作为口碑经籍文献，广泛地保存在普通的彝族民众之中。

由此可以看出，彝族传统经籍并不只是毕摩所拥有，摩史和彝族普通民众中，也有部分传统经籍的收藏。虽然在普通民众中收藏有传统经籍的情况极少，但是也说明了彝族传统经籍在专业的毕摩、摩史中是必备的典籍，在彝族民众中也可以发现经籍的藏本和大量的口碑经籍文献。人民群众的创作与传承，是彝族经籍文学的一个重要方面。

（二）彝族传统经籍使用时的受众

彝族传统经籍使用时的受众，无疑就是广大彝族人民。除了受到外来宗教的影响，改变自己传统宗教信仰的情况外，彝族人的一生，几乎没有不和毕摩打交道的，也没有不经过毕摩使用彝族宗教经籍就能走完一生的。特别是人生结束的时候，如果没有毕摩主持丧祭活动，念诵《献酒经》《解冤经》《指路经》等经籍，洁净灵魂，指引去路，等于彝族人的一生还没有找到最后的归宿，是一生中最大的不幸。因此，在彝族传统社会生活中，没有不接触传统经籍的人。

四、彝族传统经籍分布的地域广

彝族自古以来居住的区域主要是西南地区。进入现代社会以后，彝族在全国各地流动，全国各个省市区都有彝族分布。根据 2010 年第六次人口普查的情况，云南省彝族人口有 504 万多人，四川省有 254 万多人，贵州省有 84 万多人，是彝族人口最多的三个省。在广西壮族自治区、重庆市，常住彝族人口也在万人以上。而流动彝族人口最多的省市有浙江省、广东省、山东省等。[①]但是彝族人口在当代社会分布的广泛性，并不能说明彝族传统经籍分布的广泛性。彝族传统经籍的分布，主要在云南省、四川省、贵州省、广西壮族自治区和重庆市等传统彝区，其次是在北京市等地区和一些高等学校和研究机构较为集中的地区。因此，说彝族传统经籍分布的地域广，首先是指在彝族传统生活区域即滇、川、黔、桂、渝各省市区都有分布，然后才是指北京等地有收藏，再次是指国外的一些机构如法国、英国、美国、日本、越南等也有收藏。也就是说，彝文经籍的分布，在国内主要在西南的滇、川、黔、桂、渝五省市区和北京市等地，而国外主要分布在欧

① 王明贵. 彝族（中国少数民族人口丛书）[M]. 北京：中国人口出版社，2013：1，61.

洲的法国、英国，美洲的美国，亚洲的日本、越南等国家，分布的地域是十分广泛的。

五、彝族传统经籍数量多

根据现在已经公开的出版物和一些报道，全国彝文古籍的数量在 1 万册以上。[①]但是实际情况并不止这个数。例如，贵州省的情况，毕节市境内散藏的彝文古籍有5000多册，六盘水市散藏的彝文古籍有7000多册；而贵州省有16个机构收藏彝文古籍8000多册；仅是毕节市彝文文献翻译研究中心（原毕节地区彝文翻译组）收藏的彝文古籍就有5000多册。[②]如果将这些数字加总计算，也有20 000多册。另外，清华大学图书馆等单位还收藏有251册，中国国家图书馆收藏有507册，整个北京地区收藏有彝文古籍1100册。[③]经过对全国各地发现的彝文古籍收集、收藏情况的粗略统计，全国的彝文古籍应该有数万册之多。[④]另外，在法国境内收藏的彝文古籍有73册，英国有8册，美国、日本、越南等国家也有收藏。[⑤]

据四川省凉山彝族自治州州美姑县“中国彝族毕摩文化研究中心”2008年提供的一个数据，当年整个美姑县的彝族人口不足20万人，全县却有1500多名毕摩，确实称得上是“中国毕摩之乡”。按照前述阿牛史日、吉郎伍野合著的《凉山毕摩》中的统计，每个毕摩少则有四五十卷彝文经书，多则有二三百卷彝文经书的数量，则以最大数量计整个美姑县2008年有75 000多卷彝文经书，最少也有60 000卷彝文经书。这个庞大的数量确实十分惊人。但是，应该明白，这些经书多数是师徒传承的同一内容的不同抄本，从内容上讲，去除重复的部分，不会超过一个毕摩收藏的经书的最大数量，即300卷。也就是说，这些经籍的内容，最多的有300种，而不是75 000种。这就好像是一部《论语》的7万多种抄本或者印刷本，其内容都只是一部《论语》的内容，这是一样的道理。

这些古籍，当然不能说全部都是传统经籍。但是根据彝族古籍内容的总体情

---

① 朱崇先. 彝文古籍收藏情况和问题[J]. 贵州彝学，1991，（3）//朱崇先. 彝族典籍文化[M]. 北京：中央民族大学出版社，1994：6.

② 陈乐基，王继超. 中国少数民族古籍总目提要——贵州彝族卷（毕节地区）[M]. 贵阳：贵州民族出版社，2010：5.

③ 徐丽华. 北京地区彝文古籍总目[M]. 北京：民族出版社，2011：258.

④ 王明贵. 彝文古籍状况述要[J]. 贵州文史丛刊，2002，（2）：84-89.

⑤ 徐丽华. 北京地区彝文古籍总目[M]. 北京：民族出版社，2011：257-258.

况来看，特别是参照《彝文典籍目录》（贵州卷一）所收录的典籍的内容摘要[①]，以及《中国少数民族古籍总目提要·贵州彝族卷（毕节地区）》所收录的古籍提要的情况来看[②]，大部分都是彝族传统经籍。

六、彝族传统经籍的创制主体以毕摩为主

毕摩是彝族传统的知识分子，在不同的历史时期，身兼不同的职能。在人类历史发展的早期阶段，毕摩曾经是酋长兼祭师的身份。后来成为“酋长左右斯须不可缺”的人物，是彝族古代“兹、摩、布”“三位一体”的政权结构中“布”即“布摩”，是统治集团中的重要人物。在清朝初年“改土归流”之后，彝族失去了统治政权，布摩即毕摩也不再是统治阶级中的一员，成为为人民大众服务的彝族传统知识分子。

毕摩是彝族传统文化的主要创制者和传承人，他们对彝族文化的贡献是巨大的。在彝文古籍《物始纪略》中，记载着“有布摩就有史，有布摩就有书，有布摩就有文”的诗句，表明彝族的历史、书籍和文字，都是由毕摩所创制的。四川省凉山彝族自治州就有毕摩阿诗拉则创制了彝文，用彝文写下了许多彝族毕摩经书的传说。云南省也有毕摩通过插神枝得到启示，创制了彝族文字的记录。[③]在贵州的《西南彝志》《彝族源流》《彝族创世志》等彝文史籍中，记载有彝族古代的大毕摩举奢哲、阿买妮创制文史的记录：“举奢哲来讲，阿买妮记录；讲的讲不停，记录不停歇。”[④]

笔者在《彝族古代文学总观》一文中，对彝族古代文学进行过总结，认为彝族古代文学是“以经籍为载体，以诗歌为主体，以五言为形式，以三段诗为精华，以毕摩为主创，以人神为观照，以寻根为旨归”[⑤]的。对毕摩在彝族古代文学中的重要作用作了较为深入而切实的研究，这一观点得到了学界广泛的认可。而基于彝族古代传统经籍的文学，同样，它的创制主体仍然是毕摩。

---

① 陈长友，王继超，禄智义，陈开荣，陈朝贤. 彝文典籍目录[M]. 成都：四川民族出版社，1994.

② 陈乐基，王继超. 中国少数民族古籍总目提要——贵州彝族卷（毕节地区）[M]. 贵阳：贵州民族出版社，2010.

③ 张纯德. 树枝文字——彝文起源新探[A]//张纯德. 彝学研究文集[M]. 昆明：云南民族出版社，1994：111-122.

④ 王继超，王子国. 物始纪略（第三集）[M]. 成都：四川民族出版社，1993：207-208.

⑤ 王明贵. 彝族古代文学总观[J]. 民族文学研究，1999（3）.

由于古代彝族一直没有发明印刷术，在明代以前，没有发现彝文古籍有印刷本的流传。明代虽然有木刻印刷本的彝文古籍《太上感应篇》即《劝善经》[①]，清代也有木刻本彝文古籍《摩史苏》[②]，但是大量的经籍还是靠手抄的方法抄写。就是直到已经信息化、电子化的今天，彝语北部方言区的文字已经被规范为现代彝文，可以通过电子计算机输入[③]，但是许多毕摩的经书还是用抄写的方法，来达到流传的目的。云南省也开发了一些古彝文计算机输入法，但是至今流传的经籍大部分还是用手抄的方法抄写。贵州省的情况也是这样。这一是因为古彝文计算机输入法没有开发完成，也没有申请到国际标准区位码；二是因为彝文经籍的传授，在师传徒受的传统道德的要求中，都要求徒弟要亲自抄写。因此，至今流传和使用的彝文毕摩经书，实际上还是由毕摩自己抄写的。

同时，应该看到，在当代各地的彝文经籍，除了已经被国家机构、科研院所、有关单位收藏的以外，民间散藏的彝文经籍，绝大多数都在毕摩或者毕摩世家后代的手中。

七、彝族传统经籍传播宽广

彝族在较早的历史时期就发明了文字，传统古彝文的超方言功能，使彝文经籍能够超越语言的障碍，得以在更加宽广的区域流传。

晋代常璩在其《华阳国志·南中志》中记载："夷中有桀黠能言议屈服种人者，谓之耆老，便为主。论议好譬谕物，谓之夷经。今南人言论，虽学者亦半引夷经。" 经专家考证，这里的"耆老"就是彝族毕摩。[④]而常璩所称的"夷经"，其中的一部分自然也就是毕摩经书，是彝族传统的经籍。在那个时候，南方学者谈论事物，都要经常引用"夷经"，可见这些彝族传统经籍的传播范围是十分宽广的。

彝族古代文艺理论也是在魏晋南北朝时期开始出现，并且出现了一个繁荣时期。[⑤]魏晋南北朝时期的彝族古代文艺理论家举奢哲有《彝族诗文论》等著作，有

① 黄建明. 彝文文字学[M]. 北京：民族出版社，2003：256.

② 王继超. 摩史苏[M]. 贵阳：贵州民族出版社，2001：201-285.

③ 沙玛拉毅. 计算机彝文信息处理[M]. 成都：四川民族出版社，2000.

④ 余宏模. 彝族布慕刍议[J]. 贵州文史丛刊，1981，（3）：113.

⑤ 康健，王子尧，王治新，何积全. 彝族古代文论[M]. 贵阳：贵州人民出版社，1997.

同时期阿买妮的《彝语诗律论》等著作，对当时和后世都产生了很大的影响。举奢哲和阿买妮都是著名的大毕摩，他们在诗文理论之外，还有许多经书流传于世。在佚名所著的《彝诗史话》中记载："他们二人呀，白绸当纸写，所写的白绸，花花绿绿的，真是美丽呀。那些白绸上，像花儿正开，如百花争艳。在成都城时，那些陀宜人，看了很羡慕，他们用花纸，用黄纸抄下。只塔部族中，也有人羡慕，他们也抄去。本德孟布摩，也来借去抄。天师举奢哲，恒也阿买妮，他俩写的书，经古额布摩，他也借去抄，又抄又修订。在那时候的，五位大布摩，都来借去抄。奢哲的诗文，诗文遍天下；阿买妮诗音，诗音到处传。"[①]

无论是"夷经"，还是"诗文"，其实许多都是彝族毕摩所传承的经籍。因为大量的彝族诗文理论，也是从毕摩世家传承的大量经籍中选择有关诗文理论的部分，经过整理、翻译、介绍给当代人的。[②]

以上所述，虽然只是古代的情况，但也说明被称为"夷经"的彝族传统经籍的影响面十分宽广。如前所述，即使到了今天，世界的一些国家都还保藏有彝文经籍。而现代出版技术不断发展，也推进了彝族传统经籍的传播。例如，云南民族出版社出版的106部《彝族毕摩经典译注》，就是一项影响很大的工程。[③]

八、彝族传统经籍地位高

彝族传统经籍的主要收藏和使用者是彝族毕摩。毕摩在彝族传统社会中地位是相当高的，彝族谚语中有"君来师不起，师起伤君面""主来毕不起，毕起伤主人"的谚语，其中的"师""毕"都是毕摩。同样，彝文传统经籍在彝族古籍中的地位也是最高的，这不仅仅是因为这些经籍是由毕摩创制、收藏和传承的，还因为彝族对知识的崇拜。[④]知识崇拜的一个表象，就是对彝文古籍的看重。正如专家研究后指出："彝文文献的拥有象征财富、权力、精神。"[⑤]

彝族毕摩在收藏彝文古籍的时候，有种种特别的保护手段。例如，收藏古籍

① 漏侯布哲，等. 论彝族诗歌[M]. 王子尧译. 康健，王治新，何积全整理. 贵阳：贵州民族出版社，1990：12-13.

② 康健，王子尧，王冶新，何积全. 彝族古代文论·前言[M]，贵阳：贵州人民出版社，1997.

③ 楚雄自治州人民政府，夜礼斌，杨洪卫，等. 彝族毕摩经典译注（一百零六卷）[M]. 昆明：云南民族出版社，2007—2012.

④ 王明贵. 彝族知识崇拜论[J]. 楚雄民族文化论坛，2008，（3）.

⑤ 张公瑾. 民族古文献概览[M]. 北京：民族出版社，1997：112.

的书籍，有的十分讲究，制作考究，内涵丰富，上面还写上彝文“知识神哺育，见识神守护”“知天白鹤，通神黑鹰”等对联。[①]对于《玄通大书》（有的称为“署舍”“署莫”或者“札署”等）一类的经籍，每到农历年终，毕摩要专门杀一只白公鸡进行祭祀，扯些鸡毛沾在书中，放到房屋的最高处供奉起来，不让一般人接触到。而对于其他彝文古籍，却并不需要每年都举行祭祀仪式。在一些正式的祭祀中，举行仪式之前，有的毕摩常常举行一个简要称为“打处坛”的洁净仪式，用清洁水泼洒在烧红的石灰石上激发白色蒸汽，把需要使用的经书、法具等在蒸汽上进行“清洁”，清除经书、法具等可能受到的污染，保证法事顺利、成功。

彝族传统经籍的地位高，还体现在有的统治者曾经用法律的形式，规定只有毕摩才准许收藏彝文古籍，一般民众不得私自收藏。彝文史籍《夜郎史传》记载的夜郎王武夜郎君长的20条法律中，第14条明文规定，各种典籍均为毕摩掌管，凡私藏者严办。[②]在人类社会各个民族、族群中，以法律的形式专门规定某一阶层的专职人员才能保存、收藏典籍，这恐怕是极其罕见之举，目前只有夜郎国有这样的规定。这从一个方面反映出彝族君长、彝族古代社会对典籍的重视程度。

不让妇女接触或者参加神圣仪式，是世界上不少地方的许多民族在历史上都发生过的事情。这并不是像现代人想象的那样是对妇女的歧视，而是人类的一些民族或者族群为了达到保持某种神圣性或者高尚性的目的。彝族也有不让妇女接触经书的规矩，现在这在彝语的北部方言区还有此习俗。东部方言区的毕摩故事中，有一个关于著名毕摩眨眨昂里为乌撒君长做法事，乌撒君长不仁要杀害眨眨昂里，当他背着经籍逃走的时候，乌撒君长在门上挂了妇女的裤子和裙子企图阻止他逃跑，如果他从门下逃走，其经籍将受到污染，他本人再做法事也不会灵验。眨眨昂里只好将经书丢过墙头，自己翻越围墙逃离。[③]这也表明经籍的地位很高，不能受到任何不洁净的事物污染的用意。

九、彝族传统经籍代表了彝族人的真诚信仰

就好比《圣经》在一般情况下能够代表基督教信仰，《古兰经》一般情况也代表伊斯兰教信仰一样，彝族传统经籍，一般也能够代表彝族对自己传统宗教的

① 张纯德. 一个内涵丰富的彝文专用书籍[A]//张纯德. 彝学研究文集[M]. 昆明：云南民族出版社，1994：162-165.

② 王子尧，刘金才. 夜郎史传[M]. 成都：四川民族出版社，1998：67-68.

③ 中国民间文艺研究会贵州分会. 民间文学资料（第六十八集）[Z]. 内部出版：119-121.

信仰。对自己所信仰的宗教的真诚，往往也表达在对自己所奉为经典的经籍的真诚情感和意念之中。

同时，彝族对传统经籍的信仰，还源自其他的一些具有独特的民族特色的原因之中。一种情况是前面已经述及的对知识的崇拜思想，另一种情况是对彝族毕摩的信任。毕摩在彝族传统社会中曾经是与君长和大臣一起治理方国、土司政权的统治集团中的重要成员，即使失去了统治地位之后，由于毕摩创造、掌握、使用和传承着彝族传统文化，以经籍为代表形式的传统文化基本上由毕摩所垄断，因此对毕摩的崇拜也往往延伸为对经籍的崇拜。而经籍的崇拜，就是彝族日常生活中信仰生活的一部分。彝族传统意识中万物有灵、鬼神与人同在的思想观念十分突出，在生活中遭遇到什么与平常情况不相同的异常情况，特别是灾害、病痛、各种反常行为等，往往都怀疑是出现了鬼神的干预或者妖孽的侵害，一般都要请毕摩翻看相关经书，给予测查、验证。就是作比较重大的决定时，如打冤家、造房屋、行婚嫁、出远门、搞交易等，也都要请毕摩测查一个好的日子。而毕摩所赖以测查的依据，就是翻看经书——主要是《玄通大书》，根据主人的情况给予定夺。《玄通大书》也常常被称为“金书”，有珍贵如金的概念。[①]对于通过翻看《玄通大书》所选择的日子、用牲等，没有哪一个事主会对之产生怀疑。

综上所述，彝族传统经籍是彝文古籍的主体，在彝文古籍中是起源最早、历史传承的时间最长、使用的人群最多、覆盖的地域最广、保有的数量最多、由在彝族传统社会中拥有崇高地位的毕摩创制保藏使用和传承、在彝族信仰生活中地位最高、被彝族人民奉为金子一般珍贵的经典，它在彝族中的地位是最高的，是彝族最为重要的典籍。因此，开展对彝族传统经籍的研究，特别是从文学人类学的角度进行研究，是认识彝族信仰世界、彝族传统生活、彝族文化传承的一个重要的方面。

第二节　彝族传统经籍的翻译出版

彝族传统经籍在古代的传承，都是以彝文的形式抄写和传播的，也有少量在明朝和清朝时期用木刻本的形式印刷，到了近代，香港出现了以铜版形式印刷彝

① 马学良. 增订《爨文丛刻》[M]. 罗国义审订. 成都：四川民族出版社，1986：576.

文出版物的情况，进入当代才有印刷体彝文的出版物。[①]

一、彝语和彝文翻译史简述

彝族传统经籍虽然起源早、传播范围广，但是真正要弄懂其中的内容，除了彝族毕摩之外，很少有人能够了解其中的丰富内涵。向外界介绍彝族传统经籍，没有通过翻译的成果，外界基本上读不懂。在古代，就是要用彝语对外交流，没有翻译的程序，也难以达到沟通的目的。因此，对彝语、彝文的翻译很早就成了彝族与其他民族特别是汉族交流必不可少的过程。而翻译彝族传统经籍，就是在这个历史发展的过程中产生的。

据《后汉书·西南夷列传》记载，永平时期，益州刺史梁国朱辅好功名，曾经请人翻译《白狼歌》三首，进献给汉皇帝，表达夷人对汉朝恩德的报答之情。这也许是古代与彝族相关的最早的翻译故事。[②]晋朝时期，由于夷人影响的扩大，夷经的影响也日益扩大，南人言论“虽学者亦半引夷经”的情况出现了。但是由于彝语文的特殊性，加上有彝族文字和彝文古籍，对于彝语文的翻译似乎比较困难。据《新唐书》卷二二二下记载：“乌蛮与南诏世婚姻……其语四译乃与中国通。”可见，翻译工作是一项比较复杂的工作，特别是唐与南诏关系比较特殊的时期更是如此。宋代，水西地区的彝族经常到邕州贩卖马匹，必然与外界产生交道，翻译是必不可少的，但是关于翻译的记载却未见诸史籍。明代时期，朝廷专门编纂了《华夷译语》工具书，其中就有彝文与华文对照翻译的用语，可见，此时官方已经非常重视对周边少数民族语言文字的翻译工作。清代对彝文书籍翻译的记载就比较多了。例如，道光《大定府志》中，就有《德初土目安光祖所译〈夷书〉四则》《白皆土目安国泰翻译所译〈夷书七则〉》等记载。[③]在19世纪末20世纪初，法国传教士Paul Viald在云南地区传教时学会了彝文，他用彝文翻译《圣经》要义，并在香港铅印出版。[④]

进入现代，地质学家丁文江先生在贵州省大定县请罗文笔先生翻译他收集到

① 黄建明. 彝文文字学[M]. 北京：民族出版社，2003.

② 方国瑜. 白狼歌概说[A]//云南大学历史系民族历史研究室. 云南史料辑刊[Z]，不详，第五辑；普学旺. 论东汉时期的彝语翻译[J]. 彝学研究，1988，年刊：142-144.

③ 王允浩，黄宅中. 大定府志[M]. 贵州省毕节地区地方志编纂委员会点校. 北京：中华书局，2000：1012-1013.

④ 黄建明，燕汉生. 保禄·维亚尔文集[C]. 昆明：云南教育出版社，2003：233-444.

的彝文古籍，以“《爨文丛刻》甲编”的名称在1936年由商务印书馆出版发行[①]，其中的绝大部分就是彝族传统经籍，值得认真研究。这一丛书被外界认为是彝学走向世界的开始。新中国成立后，特别是中共十一届三中全会后，翻译出版彝文经籍的数量多了，质量也高了。

二、近年来彝族传统经籍翻译出版的情况

彝族传统经籍的翻译出版情况，总体上是当代以前十分稀少，现代以《〈爨文丛刻〉甲编》为代表，当代则以改革开放时期为分水岭，前期不多，后期是越来越多。

（一）从事彝族传统经籍翻译研究的机构

就从事彝族传统经籍翻译的机构和人员情况看，有专门的翻译机构，如1956年就成立的贵州省毕节地区彝文翻译组（现在已经更名为贵州省毕节市彝文文献翻译研究中心），以及一些地方如贵州省大方县民族古籍办公室，贵州省威宁彝族回族苗族自治县民族古籍办公室，贵州省赫章县民族古籍办公室等。有翻译、研究兼顾的机构，如20世纪80年代成立的云南社会科学院楚雄彝族文化研究所（今楚雄彝族文化研究院），1996年成立的四川省凉山彝族自治州美姑县中国毕摩文化研究中心，21世纪成立的凉山州彝族文化研究所等。特别是近年来，一些大学纷纷成立了彝学研究机构，这些机构兼顾彝文传统经籍的收集、整理、翻译、研究，如毕节学院彝学研究院、西南民族大学中国彝学研究中心、楚雄师范学院民族文化研究所、西昌学院彝学研究所、贵州民族大学西南夜郎文化研究院、贵州省民族研究院等。有的大学成立有不设立正式编制的彝学研究机构，如中央民族大学彝学研究所、红河学院国际彝学研究中心等，这些机构与大学相关的彝语文教学院系相结合，也承担一些翻译研究彝文古籍的任务。另外，自20世纪80年代以来，云南省彝学会（今云南民族学会彝学专业委员会）、贵州省彝学研究会、四川省彝学学会等的成立，以及彝族聚居区、部分散居区市、州和县、区、市的彝学会的成立，有的偶尔也承担彝文古籍翻译研究工作。

① 丁文江. 爨文丛刻甲编[M]. 上海：商务印书馆，1936.

（二）近年来彝族传统经籍翻译出版情况

1.《〈爨文丛刻〉甲编》与《增订〈爨文丛刻〉》中的彝族传统经籍

值得强调的是，贵州最早翻译和公开出版彝族传统经籍，要上溯到20世纪30年代。地质学家丁文江先生20世纪30年代经过贵州时将他在贵州省、云南省收集到的和朋友从四川省收集到彝文古籍，请贵州省大定县（今大方县）的彝族知识分子罗文笔先生翻译了一部分，然后将这11种古籍汇辑为《〈爨文丛刻〉甲编》，交由商务印书馆出版发行[①]，引起了强烈的轰动。这11种古籍除了《千岁衢碑记》《说文》《帝王世纪》三种外，《献酒经》《解冤经（上卷）》《解冤经（下卷）》《天路指明》《权神经》《夷人做德道场用经》《玄通大书》《武定罗婺夷占吉凶书》共计8种毕摩经书，属于彝族传统经籍，并且都是严格意义上的彝族传统经籍。20世纪80年代，马学良先生主编和重新出版了这套影响很大的丛书，取名为"增订《爨文丛刻》"，交由四川民族出版社出版。[②]《增订〈爨文丛刻〉》有12种古籍，其中的《训书》即《〈爨文丛刻〉甲编》中的《说文》，《古史通鉴》即《〈爨文丛刻〉甲编》中的《帝王世纪》，《金石彝文选》中包括了《〈爨文丛刻〉甲编》中的《千岁衢碑记》，三种古籍基本不变，只是增加了《金石彝文选》的数量，丰富了其内容。其余的九种经籍，把《玄通大书》分成了上卷和下卷，将《权神经》订正为《祭龙经》，将原先文本较差的《呗耄献祖经》进行了更换，于是成为9种经籍，即《献酒经》《祭龙经》《解冤经（上卷）》《解冤经（下卷）》《指路经》《玄通大书（上卷）》《玄通大书（下卷）》《呗耄献祖经》《武定罗婺夷占吉凶书》。

《增订〈爨文丛刻〉》是在最早对外出版的《〈爨文丛刻〉甲编》的基础上，通过整合国内熟悉彝族古籍、能够进行翻译和研究的核心力量共同进行严格的学术整理、修订、翻译和规范后出版的，到目前为止仍然是最为精良的彝文古籍翻译精品，其中的七部彝族传统经籍，无论是在最早收集、翻译的20世纪30年代，还是增订、增译的20世纪80年代，乃至当下，都是彝族毕摩常用的经典，也是能够贯穿较长的历史时空还能对当下产生很大影响的彝族传统经籍。因此，这些传统经籍是本书精选和研究的主要文本。

---

① 丁文江. 爨文丛刻甲编[M]. 上海：商务印书馆，1936.

② 马学良. 增订《爨文丛刻》[M]. 罗国义审订. 成都：四川民族出版社，1986.

2. 贵州省的彝文古籍整理、翻译、出版状况

贵州省最早整理翻译彝文古籍的机构是毕节地区彝文翻译组，从 1955 年到 1966 年，整理、翻译了《西南彝志》等 25 部。1986 年以来至 2010 年的 24 年间，毕节市彝文文献翻译翻译研究中心（原地区彝文翻译组）整理翻译 100 余部 2000 多万字的彝文古籍，公开出版了其中的《西南彝志》《彝族源流》等 62 部、120 余卷、1826 万字，国家重点科研项目《彝文典籍目录·贵州卷》等一批成果连获省部级以上大奖，1986~2007 年，在威宁、赫章、大方等县的民族部门内，成立了古籍办公室、彝文翻译组、文献研究中心等机构。彝文古籍整理翻译是贵州省的一大优势。其中，属于明显的经籍文学范围的有 2 部，即《精灵论》1 卷（复写本），《猿猴做斋记》1 卷（复写本，已交中央第四语文工作队，毕节市彝文文献翻译中心已经没有这部书）。

1966 年 8 月，毕节地区彝文翻译组被撤销，1977 年恢复毕节地区彝文翻译组。到 1982 年，彝文翻译组共整理、翻译《奴仆工匠记》《彝文字典》《彝汉常用词语》《彝语千字文》油印本各 1 卷。为贵州大学中文系整理、翻译彝族民歌 4000 首，民间故事 3 篇共 22 万字。以地区彝文翻译组为中心，积极培养农村翻译人员，发展农村翻译网点，重点辅导毕节县龙场营区彝文翻译点，就地举办 36 人的农村业余翻译人员培训班，组成 6 个古籍整理翻译小组，共整理、翻译出《尼能人》《赫达以》《鄂莫人》《投确数》《书文史记》《婚姻歌》《丧礼歌》《民歌》《故事诗》等 70 余万字的初译稿。1983~1985 年，地区彝文翻译组整理、翻译出《洪水与笃米》《彝汉常用语对话》《彝语语音知识》油印本各 1 卷；《播勒娶亲》《绣荷包》《三才文史》《凤凰记》稿本各 1 卷，编译了贵州省小学彝文试用课本 1～6 册，共 36.6 万字，由贵州省民族委员会、贵州省民族研究所刊出，作为“彝语、汉语双语教学”课本。1982 年至 1988 年 3 月，地区彝文翻译组翻译、出版了《西南彝志选》《宇宙人文论》《爨文丛刻》共 3 部 5 卷，合计 134.2 万字，共发行 9000 册。1986 年以来至 2010 年的 24 年间，彝文古籍整理工作步入良性循环的新阶段，共整理翻译 100 余部 2000 多万字的彝文古籍，公开出版了其中的《西南彝志》《彝族源流》等 62 部、120 余卷、1826 万字，国家重点科研项目《彝文典籍目录·贵州卷》等一批成果连获省部级以上大奖。其中的《彝族指路丛书·贵州卷》8 部属于传统经籍文学。整理翻译《彝族民间文学》22 卷，收入省、地、县的《民间文学集成》《民间歌谣集成》4 个集子出版译作计 80 万字。作为故事收入省、地区的《民间文学集成》（4集）出版的彝文古籍译作3.5万字。2008年2月至2010年3月申报60余部彝文古籍作《国家珍贵古籍名录》，其中，《彝族源流》和《摩史诺沤苏》等11部彝文古籍晋升为“国宝”，《彝族源流》等在2008年6月为首批《国家珍贵古籍保护名录》公布；《摩史诺沤苏》等11部于2009年6月22日为《第二批国家珍贵古籍保护名录》公布。还完成48部彝文古籍的国家级标准一、二、三、四级定级测试。整理翻译尚未公开出版的成果计27部511.6万字。其中，《细沓把》4卷、30万字（稿本），《纪斗纪局》3卷、20万字（稿本），《彝族婚丧诗文集》6卷、50万字（稿本），《颂祖纪略》1卷、3万字（稿本），《叟卡陡》1卷、8万字（稿本），《哭祭词》1卷、10万字，《云南宣威彝族指路经》1卷、5万字，《赫大以》1卷、30万字，以及近年又翻译出版的《实勺以陡数》等，都是传统经籍。

贵州民族学院彝文文献研究所整理翻译了大量的彝族文艺理论和古歌方面的文献，出版了《彝族诗文论》《论彝诗体例》《论彝族诗歌》《夜郎史传》《红白杜鹃花》《洪水纪》《彝族古歌》等书籍。六盘水市民族部门的古籍机构整理翻译出版了《指路经》《彝族古歌》等书籍。威宁彝族回族苗族自治县民族宗教局古籍办公室彝文翻译室整理翻译《阿诺楚》《支嘎阿鲁传》《哪哩传奇》等200余万字，出版了150余万字成果。赫章民族宗教局古籍办公室彝文翻译组整理翻译《彝族创世志》《彝文金石图录》《支嘎阿鲁传奇》《海奢摩启》等10余部文献，出版了其中的100余万字成果。大方县民族宗教局民族古籍翻译研究机构整理翻译《水西十三仓库》等多项成果。遵义市仁怀县彝文翻译室整理、翻译《启谷署》《彝族创世史诗》等多项成果出版发行。其中的《指路经》属于传统经籍。[①]

3. 云南省彝族传统经籍的翻译出版

云南彝族传统经籍的翻译出版，最新的成果是106卷《彝族毕摩经典译注》。[②]这是集大成式的彝族传统经籍文献丛书，云南省境内（其他省区的包括7卷贵州省的和1卷广西省的）此前翻译出版的彝族毕摩经典（也是彝族传统

---

① 王继超. 贵州地区的彝文古籍收集、整理、翻译、研究现状[EB/OL]. 彝学网（网聚彝学）http：//222. 210. 17. 136/mzwz/news/2/z_2_40005. html. 本段根据这个成果进行整理。

② 楚雄自治州人民政府，夜礼斌，杨洪卫，等. 彝族毕摩经典译注[M]. 昆明：云南民族出版社，2007—2012.

经籍）都包括在这套大型文献丛书中了。其中，还增加了部分口碑经籍、新增加的其他文献和汉族文献翻译成彝文文献的作品。除了前面述及的 18 卷口碑文献外，其他 68 卷分别如下：

《第一卷・武定历算书》，《第三卷・双柏彝族火把节祭经（一）》，《第四卷・双柏彝族火把节祭经（二）》，《第五卷・唐王游地府》（包括《唐王游地府》《翠莲蒙冤死》《龙塔纪告状》《天子赴阴间》《刘全送葫芦》《行善得福禄》《善恶自公断》共 7 部），《第六卷・双柏彝族招魂经》，《第七卷・红河彝族道德经》，《第八卷・红河彝族阿哩查嫫（一）》，《第九卷・红河彝族阿哩查嫫（二）》，《第十卷・红河彝族阿哩查嫫（三）》，《第十一卷・红河彝族创世史诗》（包括《创世史诗》《乃古造天地》《寻根探源经》共计 3 部），《第十二卷・罗婺彝族指路经》（同名为《指路经》一共 12 部），《第十三卷・罗婺彝族歌谣选》，《第十四卷・德施尼诺史》（包括《北方尼诺史》共计 2 部），《第十五卷・宁蒗彝族祭祖安灵经》，《第十六卷・阿黑西尼摩》，《第十七卷・布默战史》，《第十八卷・彝族源流（一）》，《第十九卷・彝族源流（二）》，《第二十三卷・哀牢山彝族彝语医药图集》，《第二十四卷・彝家兵法》（包括《彝家兵法》《七十贤子》《北方尼诺史》共计 3 部），《第二十五卷・武定彝族丧祭经（一）》，《第二十六卷・武定彝族丧祭经（二）》，《第二十七卷・武定彝族丧祭经（三）》，《第二十八卷・武定彝族婚姻礼俗诗》，《第二十九卷・红河彝族行孝积德故事》（包括《彝族福禄神》《董彦儿工钱》《采药猎獐经》《贾相孝继母》共计 4 部），《第三十卷・昭通彝族丧葬祭经》，《第三十一卷・双柏彝族丧葬祭经（一）》，《第三十二卷・双柏彝族丧葬祭经（二）》，《第三十三卷・双柏彝族丧葬祭经（三）》，《第三十四卷・普大王》（包括《普大王》《张四姐》共计 2 部），《第三十五卷・滇彝古史》，《第三十六卷・太阳女月亮儿》（包括《太阳女月亮儿》《 布郎与束虔妹》《三对男女传技艺》《孟合与维艳》《奇筱勇故事》共计 5 部），《第四十卷・夷僰源流》（包括《夷僰开天地》《夷裔千百代》《且保分支史》《君长阿基史》《夷裔先贤禄》共计 5 部），《第四十一卷・罗婺彝族祭祖经》，《第四十二卷・罗婺彝族祭祀祈福经》，《第四十三卷・武定彝族民歌》，《第四十四卷・武定彝族医药》，《第四十五卷・武定彝族日常祭祀经》，《第四十六卷・仙狐三姊妹》（分为公卷和母卷 2 部），《第四十七卷・彝族物源神话》，《第四十八卷・吴三桂野史》（包括《吴三桂与顺治》《吴三桂与康熙》《康熙统天下》共计3部），《第四十九卷·尼苏史诗》，《第五十卷·吾查》，《第五十六卷·武定彝族祝膀经》，《第五十七卷·阿左分家》（包括《阿左分家》《剪花女》《康宗义故事》《高宗父子俩》《朵伊穷苦人》《捕鹑人故事》《清官龙宾布》共计7部），《第五十八卷·夷僰祈福经》，《第五十九卷·雷波彝族历算书》，《第六十卷·罗婺彝族鸡卦书》，《第六十一卷·彝族古代六祖史》，《第六十二卷·占病书》，《第六十三卷·医病好药书》，《第六十四卷·阿佐兄弟》（包括《阿佐兄弟》《雪娥养雀》《张三姐故事》《洪灾传说》《独眼人时代》《除邪经》《绸衣经》《指路经》《地名书》共计9部），《第六十五卷·武定彝族祭祀献牲经》，《第六十六卷·八卦天文历算（一）》，《第六十七卷·八卦天文历算（二）》，《第六十八卷·八卦天文历算（三）》，《第六十九卷·八卦天文历算（四）》，《第七十一卷·查姆（一）》，《第七十二卷·查姆（二）》，《第七十三卷·措诺祭（一）》，《第七十四卷·措诺祭（二）》，《第七十五卷·措诺祭（三）》，《第七十六卷·祭祖祛邪经》，《第七十七卷·彝族神座布局图》，《第七十八卷·彝族教典》（包括《彝族教典》《彝汉天地》《人生哲理篇》共计3部，《第七十九卷·宁蒗彝族祭祖经（一）》，《第八十卷·宁蒗彝族祭祖经（二）》，《第八十一卷·武定彝族诺耶（一）》，《第八十二卷·武定彝族诺耶（二）》，《第八十三卷·赛玻嫫》（包括《赛玻嫫》《呗三阿伙子》《山苏编篾人》《罗塔纪姑娘》《赶马人故事》《两个赶马人》《娥玉聪的故事》共计7部），《第八十四卷·教育经典》（包括《教育经典》《妈妈的女儿》《凤凰记》共计3部），《第八十七卷·罗平彝族历算书（一）》，《第八十八卷·罗平彝族历算书（二）》，《第八十九卷·罗平彝族历算书（三）》，《第九十卷·罗平彝族历算书（四）》，《第九十二卷·罗婺彝族献药经》（包括《猎獐寻药经》《述药经》《作祭献药供牲经》《献药供牲经》《献药经》《献药正经》共计6部），《第九十三卷·双柏彝族医药书》，《第九十六卷·阿诗坞》（包括《阿诗坞》《尼迷诗》《甜蜜的地方》《美丽的彩虹》《牧羊人的歌》共计5部），《第九十八卷·祛魔治病经》，《第九十九卷·董永记（一）》，《第一百卷·董永记（二）》，《第一百零一卷·彝文账簿文书图集》，《第一百零三卷·彝族谱牒》，《第一百零四卷·楚雄州彝语地名集》，《第一百零五卷·彝语俚颇土语词汇》，《第一百零六卷·太上感应篇译释》。

这106卷《彝族毕摩经典译注》，如果加上有些卷里面还包括其他一些经籍、作品，实际数量远不止 106 卷。如果按照传统的毕摩们的分法，共有 468 部。从其内容上看，大致可以分为几个大类。

第一类是较为严格的传统意义上的经籍，如各种祭经、招魂经、指路经、祭祖安灵经、丧葬经、丧祭词、丧葬祭经、祭祖经、祈福经、日常祭祀经、历算书、鸡卦书、占病书、祭祀献牲经、措诺祭、祛邪经等。由毕摩传承、使用但是没有用彝文记录下来和各种宗教、仪式、活动的种种口碑祭祀词等口头传承文献，也属于这类，如《禄丰彝族口碑文献》《永仁彝族口碑文献》等。这些经籍是毕摩所创制、收藏、传承、使用，是历史传承比较悠久，使用要求较为规范，禁忌比较严格的传统经籍，也是本书所要关注的核心的传统经籍。

第二类是毕摩收藏的历史类典籍，它们不一定在各种传统宗教和仪式中使用，有的即使与大型仪式有一定的关联，也只是念诵或者讲述中的少量内容，如《彝族源流》《滇彝古史》《彝族谱牒》等，是毕摩所撰述和收藏的典籍。

第三类是毕摩在举行各种法事、巫术活动的同时，采取医疗手段配合药物治疗病人的各种程序的记述和药方的记录，属于医药典籍。这些典籍也主要由毕摩所收藏、使用，如《罗婺彝族献药经》《医病好药书》等。

第四类是毕摩收集、整理的彝族神话、史诗、传说、民间故事，或者毕摩记录、收藏的彝族文学、戏剧作品等，如《阿黑西尼摩》《梅葛》《查姆》《阿细的先基》《阿诗玛》《吾查》《普大王》《太阳女月亮儿》《阿左分家》等。

第五类是毕摩用彝文翻译的汉族文学作品，包括汉族文字作品，如《太上感应篇》，以及口头传承的民间文学作品，如《董永记》等。以上五类作品较多。

第六类是各种典籍的综合。兵法类作品，如《彝家兵法》；地名类作品，如《楚雄州彝语地名集》；语词类作品，如《彝语俚颇土语词汇》；还有经济类，如《彝文账簿文书图集》等，这些不是彝族毕摩经籍，但是多数为彝族毕摩所写作、翻译、记录、收藏或者传承，因此也列入了这套彝族毕摩经典中。

在这 106 部《彝族毕摩经典译注》出版之前或出版期间，云南省还有一些彝族传统经籍的翻译出版。最早的要上溯到马学良先生抗日战争期间在云南省从事彝族历史文化调查和彝语研究时就收集和翻译了一些彝文经籍，如《倮文作斋经译注》《倮文作祭献药供牲经译注》。[①]云南省少数民族古籍整理出版规划办公室，

① 马学良. 云南彝族礼俗研究文集[C]. 成都：四川民族出版社，1983：196-262.

组织、编译、出版了一大批彝文经籍，如《万物的起源》《裴妥梅妮——苏颇》《裴妥梅妮——苏嫫》《夷僰榷濮》《普兹楠兹》《赊豆榷濮、叙祖白》《尼苏夺节》《查诗拉书》《指路经》（一）》《祭龙经》等，这些出版了的经籍，大部分收入了《彝族毕摩经典译注》。其他机构和一些翻译家、研究家，也分别翻译、出版了一批彝文籍。例如，师有福译注了《阿哲毕摩经选译》（二十三部）[①]；龙倮贵、钱红等出版了《滇南彝族尼苏颇殡葬祭辞》《滇南彝族原始宗教祭辞》等。[②]藤川信夫、樊秀丽、普学旺主编翻译出版了《滇南彝族指路经》。[③]石连顺翻译整理出版了彝族阿细人祭祀词《指路经》。[④]文成端主编翻译出版了《乌蒙彝族指路书》。[⑤]苏学文、卢志发、沙马史富翻译出版了《彝族颂毕祖经通释》。[⑥]翻译出版较多的有石林彝族自治县，除了翻译出版多种《阿诗玛》之外，昂自明等翻译出版了《彝族撒尼祭祀词译疏》[⑦]《彝族撒尼丧葬经译疏·丧家经》《彝族撒尼丧葬经译疏·舅家经》等。[⑧]另外，作为毕摩收藏的典籍收入《彝族毕摩经典译注》中的，还有此前由黄建明、昂自明、普卫华翻译的《普帕米》[⑨]，其中有《牧羊人史郎若》《逃到楠密去》《阿诗玛》三部叙事长诗。楚雄彝族文化研究院曾经翻译过一些毕摩经典，大部分已经收入《彝族毕摩经典译注》之中，少量译本是以内部出版的形式，小范围发行。

4. 四川省彝族传统经籍的翻译出版

四川省范围内对彝族古籍的翻译出版，成系统的丛书是由凉山彝族自治州人民政府选编的《中国彝文典籍译丛》，已经出版三辑。其中第1辑有《勒俄特依》《物种的起源》《玛牧特依》《彝族尔比选》4卷；[⑩]第2辑有《妈妈的女儿》

---

① 师有福译注. 阿哲毕摩经选译[M]. 昆明：云南民族出版社，2006.

② 龙倮贵，钱红. 滇南彝族原始宗教祭辞[M]. 昆明：云南民族出版社，2004；钱红，龙倮贵. 滇南彝族尼苏颇殡葬祭辞[M]. 昆明：云南民族出版社，2004.

③ [日]藤川信夫，[中]樊秀丽，[中]普学旺. 滇南彝族指路经[M]. 昆明：云南民族出版社，2009.

④ 石连顺翻译整理. 指路经（彝族阿细人祭祀词）[M]. 昆明：云南民族出版社，2005.

⑤ 文成端. 乌蒙彝族指路书[M]. 昆明：云南民族出版社，2002.

⑥ 苏学文，卢志发，沙马史富. 彝族颂毕祖经通释[M]. 昆明：云南民族出版社，2006.

⑦ 昂自明. 彝族撒尼祭祀词译疏[M]. 昆明：云南民族出版社，1999.

⑧ 昂自明. 彝族撒尼丧葬经译疏丧家经[M]. 昆明：云南民族出版社，2009；昂自明. 彝族撒尼丧葬经译疏舅家经[M]. 昆明：云南民族出版社，2009.

⑨ 黄建民，昂自明，普卫华. 普帕米[M]. 昆明：云南民族出版社，1988.

⑩ 达久木甲. 中国彝文典籍译丛（第1辑）[M]. 成都：四川出版集团，四川民族出版社，2006：目录.

《幺表妹》《甘嫫阿妞》《姿子妮乍》《彝族克智选》《彝族过年歌》《彝族挽歌选》；[①]第3辑有《魂路拽魂经》《请魂祭神经》《护祖点丁经》《毕祖护法经》《护法快神经》《卸债惑鬼经》《唤护法神鹰经》《转塘申冤经》《堵孽赎魂经》《死因病由经》《活祭引魂经》《招引亡灵经》《献药疗疾经》《祛污除秽经》《痢疾起源经》《防痢经》《拽灵重祭经》《袚除火秽经》《祛污除秽经》（另一种）。[②]这三辑典籍中，第3辑所翻译的是严格意义上的彝族传统经籍，第1辑基本上是彝族史诗、叙事诗、训谕诗和尔比，第2辑除了《姿子妮乍》为严格意义上的彝族传统经籍，它来源于彝族《驱鬼经》，其他的则是抒情长诗、克智等。因此，这些典籍中，特别值得作为彝族传统经籍文学研究的文本是《姿子妮乍》。这是一部非常优美的作品，在彝族传统经籍《驱鬼经》中占据了很长的篇幅，其中有许多值得认真研究的民俗文化事象，特别是彝族关于妇女的传统思想观念。

另外，吉尔体日、吉合阿华、吉尔拉格编译出版了《彝族毕摩百解经》。[③]沙玛拉毅主编的《彝族古歌精译》中的“诀术歌”“丧葬歌”中[④]，有部分是彝族传统经籍。在已经翻译出版的关于“支格阿龙”（也作“支格阿尔”“支嘎阿鲁”等）的一些作品如《勒俄特依》《支格阿龙》等，有的是从毕摩经书变换而来的。

与公开翻译、出版的彝族传统经籍相比较，四川省内部翻译、发表的彝族传统经籍数量众多。四川省凉山彝族自治州美姑县的“中国彝族毕摩文化研究中心”自1996年成立以来到2007年，先后翻译了《苏尼源流经》《招兵经》《防癞经》《凤凰经》《招女妖经》《调合阴阳经》《除秽经》《间隔经》《占算经》《作净经》《死因病源经》《招灵引魂经》《判别清白经》《姹女经》等数十部毕摩经卷，出版（含内部出版）了《美姑彝族毕摩文化调查研究·田野专辑》《美姑彝族毕摩文化调查研究·艺术专辑》《美姑彝族毕摩文化调查研究·论文专辑》《彝族尼牡概论》《彝族民族宗教经籍汇编》《彝族挽歌》《诺苏历典》《大凉山美姑彝族民间艺术研究》《梦幻美姑》《凉山彝族驱鬼经》《凉山毕摩》《克智》《毕摩文化》年刊等著述，其中，《凉山彝族驱鬼经》采用古彝文、国际音标、中文直译意译对照的四行对译法，成书共9000多行，向世人展示了彝族毕摩经典的

---

① 达久木甲. 中国彝文典籍译丛（第2辑）[M]. 成都：四川出版集团，四川民族出版社，2006：目录.

② 达久木甲. 中国彝文典籍译丛（第3辑）[M]. 成都：四川出版集团，四川民族出版社，2009：目录.

③ 吉尔体日，吉合阿华，吉尔拉格. 彝族毕摩百解经[M]. 成都：四川出版集团，巴蜀书社，2010.

④ 沙玛拉毅. 彝族古歌精译[M]. 北京：民族出版社，2013.

丰富内涵，引起了广泛关注，并被列为世界民间文学的宝典。[①]2009 年后，他们持续翻译和内部出版、发表了一批毕摩经书，特别是该中心的《毕摩文化》（内部刊物）上，发表了大量翻译为汉文的毕摩经书，许多都是优美的文学作品。

另外，凉山彝族自治州彝学会编辑出版的内部刊物《凉山彝学》上，也发表了不少毕摩经籍，这些经籍部分已经登载在《毕摩文化》上，少数则是其他人翻译发表的。

5. 北京市和广西壮族自治区等地彝族传统经籍的翻译出版

北京翻译出版彝族传统经籍，最为集中的是由原中央民族学院（今中央民族大学）果吉·宁哈和岭福祥主编和组织翻译出版的《彝文〈指路经〉译集》。[②]这部译集一共有 18 部《指路经》，分为《云南路南篇》《云南双柏篇》《云南红河篇》《云南弥勒篇》《云南禄劝篇》《云南武定篇》《云南中甸篇》《云南宁蒗篇》《云南罗平篇》《四川普格篇》《四川甘洛篇》《四川喜德篇》《四川盐边篇》《四川美姑篇》《贵州大方篇》《贵州威宁篇》《贵州盘县篇》《贵州赫章篇》。1986 年，马学良主编、罗国义审订的《增订〈爨文丛刻〉》出版。此后，翻译和内部出版过少量彝族传统经籍。由于北京的学者来自全国各地的多，特别是熟悉和能够翻译彝族传统经籍的专家、学者都来自西南地区的云南省、四川省和贵州省，他们翻译的一些彝族传统经籍，大多都在各自原籍所在的省出版、发行。

广西壮族自治区曾经内部收集、整理、翻译和内部出版过一部《那坡彝族开路经》[③]，这是一部口碑文献。在那坡县收集到的另外一部《颂魂经》也是口碑文献，这部经书收集在《彝族毕摩经典译注》第二十二卷中公开出版了，这是广西壮族自治区目前所见唯一的一部公开出版的彝族传统经籍。

其他省、市、区，目前还没有发现公开翻译、出版彝族传统经籍的情况。

6. 《中国少数民族原始宗教经籍汇编·毕摩经卷》

在目前公开翻译出版的彝族传统经籍中，除了《彝族毕摩经典译注》之外，数量最多的是《中国少数民族原始宗教经籍汇编·毕摩经卷》。《彝族毕摩经典译注》是以彝文、国际音标、汉文翻译的形式（口碑部分是以国际音标记音加汉

---

① 美姑政务网. 2007-7-31.

② 果吉·宁哈，岭福祥. 彝文《指路经》译集[M]. 北京：中央民族大学出版社，1993.

③ 张声震. 那坡彝族开路经[M]. 王光荣，农秀英搜集译注. 广西民族古籍办公室，1998（内部出版）.

文翻译的形式），翻译和出版了106卷彝族毕摩经典，而《中国少数民族原始宗教经籍汇编·毕摩经卷》则只是以汉文的形式翻译出版了194部彝族毕摩经，其中的大部分是节选。但是这部汇编之中，有目前发现的彝族毕摩经中最长的经籍——《驱鬼经》。[①]还收录了北部方言毕摩经的100部提要、313部书目和东部方言毕摩经的10部经书的提要。

《中国少数民族原始宗教经籍汇编·毕摩经卷》把所收录的毕摩经，从地理上分为四个方言区划并分成四编，从内容上则分为“祭祖类”“丧葬类”“敬神类”“祈福类”“驱邪禳鬼类”“招魂类”“占卜类”“其他类”，一共八个大类。这种分类法，对于研究彝族传统经籍特别是从文学人类学的视角研究彝族传统经籍意义重大，它把几百、上千部纷繁复杂的经籍，从内容上给予了总体上的分类和厘清，让研究者从宽广的视野和较高的高度上，对彝族传统经籍有一个总体的把握，避免了毫无头绪的麻烦。

《中国少数民族原始宗教经籍汇编·毕摩经卷》第一编为北部方言区的19部经籍。19部经籍的目录如下：

一、祭祖类

（一）《死因病源经》；（二）《唤魂经》；（三）《禀神经》；（四）《招灵经》；（五）《婚配经》。

二、丧葬类

《凤凰经》。

三、《敬神类》

《诵酒经》。

四、驱邪禳鬼类

（一）《驱鬼经》；（二）《除秽经》；（三）《洁净经》；（四）《诱鬼驱魔经》；（五）《防癞经》。

五、占卜类

（一）《占算经》；（二）《解乌鸦语》；（三）《神判经》。

---

① 黄建明，巴莫阿依. 中国少数民族原始宗教经籍汇编·毕摩经卷[M]. 北京：中央民族大学出版社，2009：59-190.

六、其他类

（一）《苏尼源流经》；（二）《调合夫妻经》；（三）《间隔经》；（四）《招兵经》。

另外，还在附录中收录了北部方言毕摩经的100部经书的举要和313部经书目录。附录的100条《凉山彝族毕摩经籍举要》[①]，由于其目录与《凉山彝族毕摩经》目录（共313部）相同，不再著录其目录。《凉山彝族毕摩经》目录（共313部）如下：

1.《尼木鸡骨卜》　2.《尼木请毕摩》　3.《移动灵筒经》　4.《致辞经》　5.《招请万物之灵》　6.《献畜颂牲经》　7.《尼木献茶经》　8.《捉拿孽债经》　9.《招请护法神经》　10.《驱鬼经》（繁本）　11.《驱鬼经》（简本）　12.《防污经》　13.《祈求公道经》　14.《毕摩颂祖经》　15.《死因病源》　16.《生死别离经》　17.《作毕起源经》　18.《探源述流经》　19.《祛邪归正经》　20.《阻塞祸祟经》　21.《阻塞馋鬼经》　22.《招灵引魂经》　23.《救溺水之魂》　24.《防鬼蜮经》　25.《防毒蛇经》　26.《防毒解毒经》　27.《防虫蚀经》　28.《清污除秽业经》　29.《镇痢疾经》　30.《痢疾来源经》　31.《防痢疾经》　32.《镇痘疹经》　33.《祓火崇经》　34.《祛凶业经》　35.《祓秽经》　36.《扫尘经》　37.《解冤经》　38.《戒淫幼女经》　39.《清白经》　40.《祛鼠经》　41.《鸡祭经》　42.《献牛经》　43.《献马经》　44.《献铠甲经》　45.《颂羊献祖经》　46.《洒水除秽经》　47.《献食分魂经》（简本）　48.《献食分魂经》（繁本）　49.《分别献祭程序》　50.《祭献饮食经》　51.《颂水经》　52.《离别止哭经》　53.《铠甲经》　54.《供牲祛病经》　55.《截断命相联系经》　56.《求助经》　57.《拽魂经》　58.《尼木纳魂经》　59.《反口业》　60.《遣咒符经》　61.《解冤孽》　62.《山羊断凶经》　63.《祛污祟经》　64.《祛除狐臭经》　65.《土葬鬼经》　66.《换灵经》　67.《束缚祖灵经》　68.《祖灵聚所》　69.《除淫秽经》　70.《献茶于考妣》　71.《猪胛卜祭经》

① 黄建明，巴莫阿依. 中国少数民族原始宗教经籍汇编・毕摩经卷[M]. 北京：中央民族大学出版社，2009：284-302.

72.《猪胛骨卜经》 73.《促进繁衍繁荣经》（简本）74.《促进繁衍繁荣经》（繁本） 75.《祭神枝经》 76.《镇邪业经》 77.《猪胛卜涤浊经》 78.《尼木鸡卜经》 79.《逐除邪业经》 80.《偿还愚债经》 81.《净化毕摩经》 82.《净化法宝经》 83.《指路经》 84.《婚媾经》 85.《净化清白经》 86.《尼木和睦经》 87.《献猪血经》 88.《祈福经》 89.《祝酒辞》 90.《调和族人经》 91.《祛恶缘经》 92.《六种规范经》 93.《天地孽债经》 94.《猪胛卜祛业》 95.《逐麻疯经》 96.《圈麻疯经》 97.《除田间癞祟经》 98.《骏马经》 99.《防矛防箭经》 100.《防风湿经》 101.《祛风除湿经》 102.《藏人防雹经》 103.《除诅盟经》 104.《彼域石室神鸟防咒经》 105.《神判经》 106.《藏人魔咒经》 107.《烧青油经》 108.《快神经》 109.《迷惑快神经》 110.《蒸疔经》 111.《吹疔经》 112.《除尸经》 113.《断污经》 114.《芒布绵羊经》 115.《解毒经》 116.《配药经》 117.《约束毕摩经》 118.《清污除秽经》 119.《除邪祛污经》 120.《调和六家经》 121.《除孽债经》（简本） 122.《除孽债经》（繁本） 123.《镇病经》 124.《游梦魂归经》 125.《牛头牛尾》 126.《黑猪替死经》 127.《祛苦命经》 128.《祛污祟经》 129.《解除死伤病痛经》 130.《尼木诅盟经》 131.《祈安除秽经》 132.《迎毕摩祝酒辞》 133.《送骨灰》 134.《祛业经》 135.《聚十为一经》 136.《竹母正》（音译） 137.《敬酒经》 138.《束缚鬼魂经》 139.《卸解凶祟经》 140.《献酒祭神经》 141.《逞凶黑熊经》 142.《除凶业经》 143.《断凶诅盟经》 144.《除羊祟》 145.《烫石作净经》 146.《放烟火》 147.《苏尼源流》 148.《间隔经》 149.《木刻占》 150.《丈量布匹卜》 151.《解邪语经》 152.《解喜鹊语》 153.《眼皮跳》 154.《邪兆卜》 155.《逝者变幻书》 156.《择日出行办事书》 157.《择日书（正本）》 158.《择日书》（简本） 159.《占算经》（简本）160.《占算经》（繁本）161.《祛疯经》 162.《祛土狗》 163.《治病经》 164.《危难年月》 165.《遣尸架经》 166.《蜕旧经》 167.《寿尽延寿经》 168.《遣精怪经》 169.《祛除生殖鬼怪污秽经》 170.《置猪鸡卫护经》 171.《除神怪经》 172.《繁衍子嗣经》 173.《清除咒符经》 174.《遣凶经》 175.《羊

胛骨卜经》 176.《雷鸣占》 177.《净化毕摩经》 178.《和谐经》 179.《交配经》 180.《献水祭酒经》 181.《传宗接代经》 182.《解梦经》 183.《赐魂经》 184.《祛绝嗣鬼》 185.《财运经》 186.《赐福经》 187.《祖灵白净经》 188.《凤凰经》 189.《椎牛献水经》 190.《嫁女献水经》 191.《出灵经》 192.《扫尘简经》 193.《堵凶祟》 194.《招坠崖之魂》 195.《用羊卫护经》 196.《清除秽经》 197.《防同食经》 198.《藏人喇嘛阿什经》 199.《乌尼署火咒经》（音译）200.《山羊断凶经》 201.《驱逐女妖鬼儿经》 202.《纳福祭祀经》 203.《除瘫痪鬼经》 204.《治病祛痨经》 205.《阿哲比尔经》 206.《解剖鸡尸经》 207.《预测势态书》 208.《则拱瓦尼经》（音译）209.《除糟粕经》 210.《祛痨经》 211.《防猴痨经》 212.《除猴痨经》 213.《清除污祟经》 214.《藏人除神怪经》 215.《拽灵经》 216.《拯救法宝五行经》 217.《束缚阿散经》 218.《汉地宰猴经》 219.《防痢疾经》 220.《三级飞禽经难》 221.《三级飞禽经易》 222.《食敌红舌经》 223.《除邪孽经》 224.《祛凶业经》 225.《祛凶祟》 226.《除凶孽》 227.《断凶根》 228.《孜孜普乌汉地砍猴经》 229.《陷入泥地经》 230.《吹风湿鬼经》 231.《清除鸡秽经》 232.《除犯忌淫乱经》 233.《绝嗣鬼儿经》 234.《筛灵经》 235.《地震卜》 236.《心跳卜》 237.《耳鸣卜》 238.《鲁朵除邪经》 239.《食敌红舌经》 240.《尼木程序》 241.《祖妣变幻经》 242.《终结收尾经》 243.《终结迁灵经》 244.《闭锁祖灵经》 245.《送祖妣经》 246.《终结祛污除孽经》 247.《祖妣前行经》 248.《打牛诅盟经》 249.《防护祖灵经》 250.《白赎魂经》 251.《黑赎魂经》 252.《汉区赎魂经》 253.《挽魂经》 254.《招魂鸡骨卜经》 255.《浊食经》 256.《调合法宝经》 257.《调合五行经》 258.《招法宝魂经》 259.《招生育魂经》 260.《招女妖经》 261.《悬崖石神女》 262.《杉林神女经》 263.《悬崖黄蜂经》 264.《招请群神经》 265.《反口业神经》 266.《颂牲遣牲神谱》 267.《招魂神谱》 268.《出师神谱》 269.《班师神谱》 270.《招请神兵经》 271.《姿姿尼乍》 272.《纵犬经》 273.《土司纵犬经》 274.《狐狸经》 275.《擒敌猛虎经》

276.《平坝鹿子经》 277.《黑牛咒经》 278.《无角黑兽经》 279.《乌撒拉且经》(音译) 280.《藏族达尔经》 281.《护法神鹰经》 282.《阿都孽债经》(正本) 283.《阿都孽债经》(简本) 284.《食人红舌经》 285.《食人天女署火经》 286.《俄迪除业经》 287.《灭敌经》 288.《花豹经》 289.《白尾雄猪经》 290.《红腹鹞子经》 291.《神鸟除邪经》 292.《遣牲送牲》 293.《勒格八子经》 294.《阿哲斯曲经》(音译) 295.《迪勒食人经》 296.《藏人反敌经》 297.《寨首除孽经》 299.《用牛祛祟经》 300.《祛痨猴》(正本) 301.《祛痨猴》(简本) 302.《食猴红舌经》 303.《断猴痨经》 304.《食痨红舌经》 305.《引鬼咒鬼经》 306.《断绝关联经》 307.《驱袭畜鬼经》 308.《除苏尼鬼》 309.《除死鬼》 310.《祛除阴弹经》 311.《祛病经》 312.《除黑心》 313.《除犯忌》。[①]

《中国少数民族原始宗教经籍汇编·毕摩经卷》第二编为东部方言区的17部经籍。另外还有10部经籍提要。[②]十七部经籍目录如下：

一、祭祖类：

(一)更换祖筒仪式经典；(二)《氏族祭祖经》；(三)《作斋供牲经》；(四)《作祭献药供牲经》；(五)《合灵献牲经》；(六)《神威祭祀经》；(七)《舍妁氏族祭奠经》；(八)《益博安慰经》；(九)彝文木刻版祭经《摩史苏》；(十)《治星经》；(十一)《指路经》(节选)；(十二)《祭祀土地神及其经典》；(十三)《火把节祭经》；(十四)《丧事禳解及其经典》；(十五)《家园禳解经》；(十六)《祭祖驱邪经》(节录)；(十七)《猪膀卦经》。

附录的《部分经书举要》目录如下：

1.《禳解不祥之兆经》；2.《鸡卦占卜经》；3.《退咒经》；4.《献酒经》；5.《献茶经》；6.《招魂安魂经》；7.《生离死别经》；8.《延续寿命经》；

① 黄建明，巴莫阿依. 中国少数民族原始宗教经籍汇编·毕摩经卷[M]. 北京：中央民族大学出版社，2009：303-307.

② 黄建明，巴莫阿依. 中国少数民族原始宗教经籍汇编·毕摩经卷[M]. 北京：中央民族大学出版社，2009：544-548.

9.《丧祭图案解说经》；10.《遣送雷神经》。

《中国少数民族原始宗教经籍汇编·毕摩经卷》第三编，为南部方言区的106部经籍，从数量上讲它比106部《彝族毕摩经典译注》还要多一部，不过这只是表面的数量，如上所述，106部《彝族毕摩经典译注》如果算上有的卷中有多部经典的情况，它的实际数量要多出许多卷。南部方言区的106部经籍的目录如下：

一、祭祖类

《祭祖经》。

二、丧葬类

（一）《断气下床经》；（二）《寻水取水经》；（三）《洗尸净魂经》；（四）《入棺装殓经》；（五）《选墓地经》；（六）《释梦经》；（七）《祭活牲经》；（八）《迎客经》；（九）《诉苦经》；（十）《献夜宵经》；（十一）《丧家献夜宵经》；（十二）《女儿献夜宵经》；（十三）《献药经》；（十四）《祭早饭经》；（十五）《献早饭经》；（十六）《讨墓地经》；（十七）《供牲经》；（十八）《踩尖刀草经》；（十九）《指路经》；（二十）《无万物经》；（二十一）《生天产地经》；（二十二）《开天辟地经》；（二十三）《撒播树木经》；（二十四）《日耀月辉经》；（二十五）《子孙迁居经》；（二十六）《产物积财经》；（二十七）《定法定税经》；（二十八）《天地通婚经》；（二十九）《祖先寿命经》；（三十）《寿始命终经》；（三十一）《采药炼丹经》；（三十二）《兴死开丧经》；（三十三）《赎魂经》；（三十四）《驱邪除祟经》；（三十五）《解疙瘩经》；（三十六）《颂图纳经》；（三十七）《唤毕摩魂书》；（三十八）《唤牲魂经》；（三十九）《祭物经》；（四十）《颂松马经》；（四十一）《颂神彩门经》；（四十二）《颂拐杖经》；（四十三）《颂甲媄经》；（四十四）《祭嘎边经》；（四十五）《献水书》；（四十六）《寿衣经》；（四十七）《裁缝寿衣经》；（四十八）《洗晾寿衣经》；（四十九）《穿绸衣经》；（五十）《人生经》；（五十一）《命名经》；（五十二）《敬松马经》；（五十三）《敬贡献经》；（五十四）《焚祭物经》；（五十五）《开路经》。

三、敬神类

（一）《祭倮经》；（二）《祭坝神经》；（三）《净祭品经》；（四）《献酒

经》;(五)《献饭经》;(六)《祭篾桌经》;(七)《请善神经》;(八)《楠神下凡经》;(九)《送楠神经》;(十)《送雷神经》;(十一)《送火神经》;(十二)《升旗经》;(十三)《祭神龛经》;(十四)《献酒请歌舞神经》;(十五)《敬烟经》;(十六)《献酒送歌舞神经》;(十七)《祭天地神经》;(十八)《祭龙经》;(十九)《祭井经》;(二十)《祭彩虹经》;(二十一)《祭山神经》;(二十二)《祭风神经》;(二十三)《祭寨门神经》;(二十四)《祭土地神经》;(二十五)《祭猎神经》;(二十六)《祭家神经》;(二十七)《祭命神经》。

四、祈福类

(一)《祭福禄经》;(二)《保福经》。

五、驱邪禳鬼类

(一)《驱妖秽经》;(二)《驱死邪经》;(三)《驱射乍弄经》;(四)《驱死魔邪经》;(五)《驱邪经》;(六)《驱诘邪耐邪经》;(七)《驱病疫经》;(八)《驱汝邪韵邪经》;(九)《埋葬吵骂神经》;(十)《反击咒语经》;(十一)《驱害虫经》;(十二)《祛禳经》。

六、招魂类

(一)《招村魂经》;(二)《招老人魂书》;(三)《招中年人魂书》;(四)《招离婚人魂书》;(五)《招谷魂书》;(六)《招畜魂经》;(七)《招牛魂书》;(八)《唤谷魂经》。

七、其他类

《射箭祈育经》。

《中国少数民族原始宗教经籍汇编·毕摩经卷》第四编为东南部方言区的 51 部经籍。目录如下:

一、祭祖类

(一)《制作祖灵经》;(二)《送祖灵到祖公洞经》。

二、丧葬类

(一)《篾箩献饭经》;(二)《献仆女经》;(三)《立摇钱树经》;(四)《放摇钱树经》;(五)《踩尖刀草经》;(六)《下床经》;(七)《装棺经》;(八)《圣人长寿经》;(节选)(九)《晚斋经》;(十)《早斋经》;(十一)

《戴孝经》；（十二）《脱孝经》；（十三）《献生肉经》；（十四）《苏颇·笃慕梅维》；（十五）《苏嫫·挖药炼丹》；（十六）《指路经》；（十七）《超度经》；（十八）《男子草身冷葬经》；（十九）《女子草身冷葬经》。

三、敬神类

（一）《婚礼上向祖灵献饭经》；（二）《献饭经》；（三）《祭风调雨顺龙经》；（四）《祈雨经》；（五）《祭龙经》；（六）《寻洗牲水经》；（七）《祭圭山经》；（八）《祭陆良盆地经》；（九）《普兹楠兹》。

四、祈福类

（一）《祈福经》；（二）《鲁方经》。

五、驱邪禳鬼类

（一）《召洁经》；（二）《驱村寨瘟疫经》；（三）《祭地气经》；（四）《甩邪经》；（五）《赶邪经》；（六）《祭柱经》；（七）《解邪法事经》；（八）《解凶邪法事经》；（九）《邪与洁隔离经》；（十）《驱打横阻邪经》；（十一）《祛污经》；（十二）《驱体内污秽经》。

六、招魂类

（一）《招魂词》；（二）《赎魂经》；（三）《招留在坟茔处之魂词》；（四）《叫魂经》。

七、占卜类

（一）《占卜看症经》。

八、其他类

（一）《送篮亡灵经》；（二）《狩猎祭祀经》。[①]

以上所列举的《中国少数民族原始宗教经籍汇编·毕摩经卷》的194部经籍（包括北部方言区的100条提要和313部目录，东部方言区的10部举要），基本上涵括了整个西南彝族地区彝族传统经籍的现状。但是应该看到，其中有些经籍在名称上虽然有差别，但是在使用的场合、使用的对象、使用的程序特别是经籍的内容上，是基本相同的。因此，在《中国少数民族原始宗教经籍汇编·毕摩经

---

① 黄建明，巴莫阿依. 中国少数民族原始宗教经籍汇编·毕摩经卷[M]. 北京：中央民族大学出版社，2009：6-7.

卷》按四个方言区从地理上进行划分，主要体现了在彝语的六大方言区中，这四个方言区彝文经籍的传承和使用，而这部汇编主要针对的就是彝文传统经籍（口碑经籍只有北部方言区的《洁净经》一部）。这里特别需要强调的是，《中国少数民族原始宗教经籍汇编・毕摩经卷》的内容分类标准，在吸纳了此前专家对彝族古籍的各种分类方法的基础上，提出了新的分类标准，即“祭祖类”“丧葬类”“敬神类”“祈福类”“驱邪禳鬼类”“招魂类”“占卜类”“其他类”八大类划分法，这是在充分占有广泛的彝族传统经籍的基础上提出来的，具有很强的代表性。八大类划分法为本书提供了很好的内容分类体系的参照标准，有很强的说服力，能够为绝大多数研究家和读者所接受。

从总体上看，彝族传统居住区域即云南省、四川省、贵州省、广西壮族自治区都有彝族传统经籍翻译出版，中国首都北京是全国的政治、经济、文化中心，也收藏有许多彝文古籍，北京也有彝族传统经籍的翻译出版，因此，从地理空间分布上看，彝族传统经籍的翻译出版基本上是全覆盖状况。而从时间序列上看，最早可以追溯到汉代时期，已经开始有彝语和彝文的翻译，晋代时期南方的学者就开始引“夷经”，举奢哲等的经书被其他民族人士借去传抄，产生了很大影响。进入现代，《〈爨文丛刻〉甲编》的翻译出版引起了很大的反响，当代特别是中共十一届三中全会以来，翻译和公开出版了大量的彝文典籍，其中有很大一部分是彝族传统经籍。直到 2009 年 194 部《中国少数民族原始宗教经籍汇编・毕摩经卷》的公开出版发行，2012 年 106 卷《彝族毕摩经典译注》全部翻译和公开出版完毕，彝族传统经籍的翻译和出版始终没有断过档，彝族传统经籍集大成之作终于出现，为彝族传统经籍文学的研究提供了丰富的基本材料。

第三节　彝族传统经籍的文学特征

彝族传统经籍是彝族古籍的主体，也是彝文古籍的主体。彝族传统经籍既是传统信仰（包括原始宗教信仰和日常民俗信仰）所使用的经书，也是彝族人民在宗教信仰生活和日常民俗生活中经常接受的一种文艺形式。它的文本既是古籍、经书等比较神圣、庄严的传统存在，也是通过一定的仪式载体和宣诵形式传达给广大彝族人民的一种活的形态。与仪式、民俗等相结合的时候，彝族传统经籍是整个文化生态中的一部分，脱离开具体的仪式与民俗，彝族传统经籍仍然可以作为一种独立的文本形式保存、学习、流传。因此，彝族传统经籍也是一种文学特征突出的文本，包括文字文献和口碑文献，它们都具有很强的文学特征。无论是从传统的、主流的文学理论的视角来考察，还是从新进的文学人类学的视角来考察，彝族传统经籍都具有突出的文学性质，值得对之展开深入、细致的研究。下面结合传统主流文学理论的视角及文学人类学理论的视角，对彝族传统经籍作一下文学性的总体描述。

一、诗歌体多，散文体少

无论是彝族传统经籍，还是彝族古籍，其总体的体裁形式特征，都是诗歌体多，散文体少。诗歌作为彝族古籍、彝族传统经籍的总体特征，贯穿了整个从古到今的彝文经籍的形式表现，包括口碑传承的许多彝族传统经籍，都是以诗歌的形式创制、写作、演述和记录下来的。

从 106 部《彝族毕摩经典译注》来看，除了少数是散文体作品，绝大多数都是诗歌体作品。这些散文体作品主要是各种占卜书、历算书、账簿、谱牒、地名集、土语词汇等，如《罗婺彝族鸡卦书》《占病书》《八卦天文历算》《罗婺彝族历算书》《彝文账簿文书图集》《彝族谱牒》《楚雄州彝语地名集》《彝语俚颇土语词汇》等。其余的绝大部分经典都是诗歌体裁，包括 18 部口碑文献，乃至像《阿左分家》这类演出的彝剧作品，也都是以诗歌的形式传承下来，变成了彝族独有的诗剧。就是用彝文翻译的汉族文学作品故事，如《唐王游地府》《太上感应篇》等，也都是以诗歌形式来进行的。

194 部《中国少数民族原始宗教经籍汇编·毕摩经卷》，也全部是以诗歌的形式，没有一篇散文形式的作品。

贵州省是彝文古籍最多的地区，也是目前所见到的长篇彝文古籍最多的地区。号称为“彝族历史文化的百科全书”的《西南彝志》（彝语为“哎哺散呃”），洋洋 30 多万字的篇幅，全部都是诗歌形式，没有散文形式的表达。同样，彝族长篇历史巨著《彝族源流》也全部是诗歌形式。

四川省的彝族古籍，包括传承在民间的长篇叙事、抒情作品，也都是诗歌形式。如史诗《勒俄特依》《支格阿尔》，训谕诗《玛牧特依》，抒情长诗《我的幺表妹》《妈妈的女儿》等。在四川省的毕摩经籍中，最长篇幅的《驱鬼经》也是诗歌体。从目前翻译出版的四川省毕摩经籍来看，无论是翻译、收集在《中国彝文典籍译丛》中公开出版的经籍，还是翻译、发表在内部刊物《毕摩文化》《凉山彝学》等刊物上的经籍，基本上都是诗歌，极少有散文体。

《〈爨文丛刻〉甲编》是国内最早公开出版的彝族古籍丛书，其中除了三部史籍和碑刻外，其他八部都是彝族传统经籍。而这八部彝族传统经籍，除了占卜、历算经书一类的《玄通大书》《武定罗婺夷占吉凶书》之外，其他六部也都全是诗歌体裁。

从单部出版的彝族传统经籍的情况看，翻译、公开出版最多的彝族传统经籍要数《指路经》。《彝族〈指路经〉译集》18部，全部都是诗歌体裁。《彝族指路丛书·贵州卷（一）》中的8部[①]也全部是诗歌体裁。其他如前所述的《滇南彝族指路经》《乌蒙彝族指路书》《指路经》等，也全部是诗歌体裁。

其他内容的彝族传统经籍，如《祭龙经》《彝族颂毕祖经通释》等彝族传统经籍，以及以口碑形式记录、翻译、内部出版的《那坡彝族开路经》等，无一不是以诗歌体裁的形式，来表达所要传述的内容。

有专家曾经作过统计，认为彝族传统经籍有85%是诗歌体裁，另外15%为散文体裁。[②]这个数据与彝族传统经籍的实际情况是基本相符的。笔者在《彝族古代文学总观》中提出的彝族古代文学“以诗歌为主体”的观点，也在彝族传统经籍的诗歌体裁多、散文体裁少的实际情况中得到印证。[③]

二、五言诗句多，杂言诗句少

在彝族传统经籍的句式特征方面，总体上又体现出五言诗句多、杂言诗句少的特征。特别是已经用古彝文写作、抄录和传承的经籍，除了散文体裁的经籍之外，在以诗歌体裁为其形式特征的经籍中，五言诗句是最多的句式。

五言诗句不但是彝族经籍的主要句式，也是彝文文学的主要句式。关于这个特点，古代彝族文艺理论家们早就有总结。魏晋南北朝时期的彝族古代文艺理论家举奢哲、阿买妮等，在他们的文艺理论中都对此有专门的研究。举奢哲在《彝族诗文论》中指出：“一定要搞清，彝族的语文，多是五字句，七言却很少，三

① 陈长友. 彝族指路丛书·贵州卷（一）[M]. 成都：四川民族出版社，1997.

② 王继超，余海. 彝族传统信仰文献研究[M]. 贵阳：贵州民族出版社，2010.

③ 王明贵. 彝族古代文学总观[J]. 民族文学研究，1999，（3）：84.

言也如此，九言同样是，也是少有的——五言占九成，其余十之一。在这五言中，上句扣下句，句句扣整齐。”[①]阿买妮在《彝语诗律论》中也指出：“诗有各种体，多为五言句。五言是常格，也有三言的，三言句不多，见于各种体。七言诗句少，各书中去找。”[②]阿买妮没有说五言诗句占彝语诗歌句式多少比例，而举奢哲则直接指出五言诗句式占了彝语文的90%。宋代文艺理论家布麦阿钮在《论彝诗体例》中的多处指出：“五言诗当中，五音三字合，五音三两合，五音三不合。五言诗当中，五声三音合，五声五不合，五声五相合。”[③]“五言诗当中，五句有五连，五连有五声，五声出五韵。”[④]虽然他没有直接说五言诗句是彝族诗歌的主要句式，但是没有对别的三言、七言等句式作专门的分析和理论总结，可知他也将五言句式当成了彝族诗歌句式的“常格”。直到明清之际的彝族佚名诗歌理论家在《论彝族诗歌》中，也多次提出：“各种诗歌呀，它都有框架，它都有界限。有的五言诗，五言诗当中，只要你细看，在那诗句中，字有字的扣，句有句的连，意有意的美，境有境的妙，写得真是好。”[⑤]“上下句当中，五个字之间，各有各的连，各有各的意。”[⑥]从这些论述中也可以窥探到，在《论彝族诗歌》的作者的理论中，五言诗同样是主要的分析和研究对象，可见他也将五言诗句式当成了彝语文诗歌的主流。这也印证了笔者在《彝族古代文学总观》中提出的彝语文诗歌句式的“以五言为形式”的观点。[⑦]

在主流的五言诗歌句式之外，彝族传统经籍的句式还有三言句式、四言句式、六言句式、七言句式、九言句式等。八言句式和十言以上句式，在成文的彝文古籍、彝族传统经籍中是非常少见的。[⑧]而在口碑文献中，无论是彝族民间诗歌，还

---

① 举奢哲，阿买妮，等. 彝族诗文论[M]. 康健，王子尧，王冶新，何积全翻译整理. 贵阳：贵州人民出版社，1987：8.

② 举奢哲，阿买妮，等. 彝族诗文论[M]. 康健，王子尧，王冶新，何积全翻译整理. 贵阳：贵州人民出版社，1987：63-64.

③ 布麦阿钮. 论彝诗体例[M]. 康健，王子尧，王冶新，何积全翻译整理. 贵阳：贵州民族出版社，1988：70.

④ 布麦阿钮. 论彝诗体例[M]. 康健，王子尧，王冶新，何积全翻译整理. 贵阳：贵州民族出版社，1988：106.

⑤ 漏侯布哲，等.论彝族诗歌[M]. 王子尧译. 康健，王冶新，何积全整理. 贵阳：贵州民族出版社，1990：38.

⑥ 漏侯布哲，等. 论彝族诗歌[M]. 王子尧译. 康健，王冶新，何积全整理. 贵阳：贵州民族出版社，1990：43.

⑦ 王明贵. 彝族古代文学总观[J]. 民族文学研究，1999（3）：85.

⑧ 王明贵. 彝族三段诗研究（理论篇）[M]. 北京：民族出版社，2001.

是彝族传统的口头传承的经籍，都有一些五言之外的其他句式。但是从总体上看，即使是口头传承的文献，彝族传统口碑经籍的五言句式，也占据了主流的句式形式，比其他句式形式要占据绝对的优势，这在106部《彝族毕摩经典译注》中的18部口碑文献中也得到了充分的证明。而从194部《中国少数民族原始宗教经籍汇编·毕摩经卷》中的情况看，绝大多数都是五言诗句的形式，只是在大量的五言诗句形式中，在极个别的地方偶尔有一句、两句少量的其他句式形式而已。有的翻译成汉语的虽然不是整齐的五言句式，但是它的彝文原文却是五言句式。

三、功能和作用复杂

在传统彝族社会中，本来就没有“经籍”与“文学”的概念区分，就好像汉族历史传统中没有“文学”的概念，而只有“文”“史”“经”“文章”等概念一样，文学对于彝族、汉族而言都是引进的概念。但是把传承的经籍等作为文学作品对待，虽然没有明确的意识和概念，在日常生活中却是常常存在的现象。例如，阅读、倾听、接受、传播、想象，或者学习、演述、表达、传承、创制，实际上很多情况都像文学作品的传播和创制的过程一样。因此，彝族传统经籍也具有文学的功能和作用。无论是从传统的文学理论的视野来看彝族传统经籍，还是从文学人类学的理论视野中来看待彝族传统经籍，它的作用和功能都更加显现得直接和明显。

（一）传统文学理论视野中彝族传统经籍作为文学的功能和作用

传统文学理论视野中，彝族传统经籍作为文学的功能和作用主要体现在三个方面，即认识的功能和作用、教育的功能和作用、审美的功能和作用。

1. 认识的功能和作用

彝族传统经籍无论是不是作为文学作品看待，其认识的功能和作用都是比较明显和突出的。例如，《献酒经》中，一般都会介绍酒的来历，特别是酿造酒的过程都有记述。通常是先介绍祭祀需要有酒，而人间还没有酒，于是知识广博的艺人，到野外去寻找酿造酒所需要的酒曲花，用酒曲花制成酒药，再把粮食煮熟、蒸透，用酒药拌和熟食，将其装在器具里，经过若干天之后，再进行酿造或者蒸沥，酒制作成功，以之献祭神灵，神灵保佑人类健康长寿；以之献祭祖先，祖先保佑子孙平安康乐。[①]这里边对酿造酒的知识，实际上彝族传统社会生活中还在普遍流行，说明它是符合科学道理、可行的生存技能。彝族传统经籍认识的功能和作用的另外一种情况是在传统信仰仪式上得以体现的。例如，彝族丧事祭祀活动中，一般都有主祭毕摩绘制的“哪史”绘画，悬挂在丧祭场上。这些“哪史”绘画，大部分都介绍彝族历史、传说、典故，特别是与丧事祭祀活动相关的故事、传说，以图文并茂的形式向参加丧事祭祀活动的人们，传播彝族历史知识、风俗习惯和故事传说，让人们对自己的历史、文化有所了解，进行传承。“哪史”就是彝族丧祭经籍中的一种。[②]“哪史”一类经籍，通常是由一则一则短小的史诗、传说、故事等构成，亦文亦图，一文一图，生动形象，直观的认识与感性的想象相结合，所以能够达到认识的功能和作用，效果相当明显，容易取得成功。

2. 教育的功能和作用

彝族传统经籍的教育作用，是由其固有的性质所决定的，并非把它看成文学作品才有的。反过来说，作为传统经籍，它的作用比作为文学作品看待，其教育作用更为突出。这一点，彝族古代文艺理论家举奢哲，在讨论“经书的写法”的时候就讲得十分清楚。彝族古代有过要把一个死者的一生进行记录，以用经书对其一生进行总结而教育后世人。这在举奢哲的文艺理论《彝族诗文论》中有记载。举奢哲指出：“在写经书时，必须要抓住：这个死者呀，在他一生中，作的一切事。这个死者呀，在他生前呢，做过哪些事？哪些是好事？那些是坏事？无论是善事，无论是恶事，一一要叙明……还要看这人，一直到死呀，看他做的事，善事有多少？看他做的事，恶事有多少？统统要记好。记下作经文，超度死者灵。所有过往事，一一要讲清；过错也要讲，教育后世人。这样人死后，过错指出了，美德也说清。这样一来呢，所有活的人，活着的人们，都会明瞭呀！人生在世时，好事要多做，坏事要少行；善事要多做，恶事决不行。所有写经人，一定要这样，这样写分明，不能任意呀，任意去编造，把假写成真。事本该如此。”[③]可见，古代时期，彝族所写作的经文，并非完全像今天所传承的经籍一样，都是人人可用

---

① 李荣林毕摩抄本. 献酒经[M]. 原件收藏于贵州省毕节市彝文文献翻译研究中心（笔者收藏有复印件）.

② 陈长友. 黔西北彝族美术：那史•彝文古籍插图[M]. 贵阳：贵州人民出版社，1993；王继超，王子国. 物始纪略（第一集）[M]. 成都：四川民族出版社，1990.

③ 举奢哲，阿买妮，等. 彝族诗文论[M]. 康健，王子尧，王冶新，何积全翻译整理. 贵阳：贵州人民出版社，1987：18-21.

的比较通用的经籍，而是有专门用于个人的经文，这种经文相当于现在流行的悼词或者生平介绍。不过彝族的这种经文有别于悼词和生平介绍的隐恶扬善，而是善恶事情都要记录下来，对在世的人、后人都有警示和教育作用，突出其真实性特点和教育的功能和作用。在彝族传统的丧事祭祀活动中，必不可少的一项是要为死者举行解冤洁净仪式，通过念诵《解冤经》，死者生前所招致的污秽和不洁得以洗清、涤净，以干净之身与洁净之灵与祖先团聚。《解冤经》中要叙述各种招致污秽和不洁的原因，以及如何对这些污染进行祛除，通过对招致污秽与不洁的叙述，教育生者哪些事情不能做，哪些情况会导致污染与不洁。例如，有的《解冤经》特别要对死者生前所犯的淫秽事件进行禳解，哪怕这些事情在生前并没有被人发现。[①]这一仪式及其所念诵的《解冤经》，虽然是为死者举行，实际上也是对生者特别是参与仪式的人的教谕。

3. 审美功能和作用

彝族传统经籍的审美功能，就不仅仅像普通的文学作品的文字文本，要通过阅读才能实现。彝族传统经籍的使用，一般都在一定的仪式或者活动中来进行，也就是说主要是由毕摩或者主祭者念诵、朗读或者演述，所以它必须是在动态的、有一定的人文生态的环境中来进行的。因此，对于彝族传统经籍的审美，是多重的审美。当然其中的第一个层次，是在声音传承的言说的意义层面，通过毕摩或者主祭者对经籍进行诵读，理解清楚这是哪一部经籍。由于毕摩诵经的声音，针对不同的仪式、活动中的某一道程序，会用不同的腔调进行唱诵或者朗读，有经验的听众可以直接从毕摩的腔调中，大致了解仪式或活动进行到什么程序了。例如，《献酒经》一般都在各种仪式、活动的开头部分，毕摩在念诵时一般声音响亮，节奏较为急促。而《丧祭经》《丧祭大经》一般都是在其他仪式进行完一部分后，在程序的中间阶段展开，由于经籍篇幅较长，所耗费的时间也长，因此毕摩在念诵时声音较为低沉，腔调较为舒缓，节奏较为缓慢，拖腔比较常见，中途还会休息。一般地说，一些经籍是要用固定的腔调来进行念诵或者演唱的，这种对应关系可以判断什么声音和腔调代表什么经籍，有经验的听众可以从这些声音与节奏中判断其程序和内容。这是声音的叙事。其中的第二个层次就是仪式所用

① 王继超，余海. 彝族传统信仰文献研究[M]. 贵阳：贵州民族出版社，2010：67-71；陈世鹏. 黔彝古籍举要[M]. 贵阳：贵州民族出版社，2004：145-155.

牺牲品、插枝、挂图、物品等能够表达仪式或者活动的器物，它们一般在固定的程序中出现，因此可以从所用的牺牲、插枝、挂图和物品，与所举行的程序念诵经籍时的情况判断经籍的内容。这是物象的活态叙事。第三个也是最直观的层面，当然就是观看所用的经籍，特别是参与其中直接念诵或者演述经籍，这是最直接的审美。经籍的内容、所表达的意义、所传达的情绪，特别是可以根据彝族传统经籍的五言一句的句式特征，以及彝语语法的具体情况，掌握其中的节奏、速度、声音的宏狭缓急等。因此，可以说对彝族传统经籍的审美，是一种综合性、多层面、复合型的审美形式，不可以用文字文本审美过程中无声的阅读或者一般的朗诵比较单调的审美方式来看待。

（二）文学人类学视野中彝族传统经籍作为文学的功能和作用

在文学人类学的视野中，通过人类学的方式来研究文学，则彝族传统经籍都可以纳入彝族文学的范畴。因此，从文学人类学的视角来看待彝族传统经籍，它的功能和作用有治病、禳灾等主要方面，还有为彝族所看重的慰灵、安人等一些作用。

1. 治病的功能和作用

彝族传统经籍的治病的功能是治病一类经籍本身所决定的性质，就是说这类经籍的产生就是为了治病的。而经籍的治病作用，则是要通过一定的测查方式、手段，侦测清楚病人所患的是什么病症，由什么原因所导致，要通过怎样的仪式、活动，念诵相关的经籍才能达到治病的目的。同时，彝族传统经籍不只是对发生了的病患进行治疗，还有专门的预防类经籍、镇压类经籍，最后才是治疗类经籍。这些东西很多没有经过科学的检验，不能准确判断它是科学的还是不科学的。但是，由于它在彝族传统社会中起到过作用，不能简单地一概否定，也不能简单地直接肯定。

关于预防疾病，包括预防各种伤害、污染、侵袭等，彝族有专门的经籍。一种情况是防毒解毒的，如《防毒解毒经》[①]《解毒经》[②]等；一种是防范毒蛇、毒

① 黄建明，巴莫阿依. 中国少数民族原始宗教经籍汇编·毕摩经卷[M]. 北京：中央民族大学出版社，2009: 303.

② 黄建明，巴莫阿依. 中国少数民族原始宗教经籍汇编·毕摩经卷[M]. 北京：中央民族大学出版社，2009: 304.

虫或其他动物侵害的，如《防毒蛇经》《防虫蚀经》[①]等；一种是防止武器等伤害的，如《防矛防箭经》[②]等；一种是防止自然灾害侵袭的，如《藏人防雹经》[②]等；一种是防止污染的，如《防污经》[①]等；一种是防止鬼怪等的，如《防鬼蜮经》[①]等；一种是预防疾病的，这是彝族传统经籍中较多的一类，如《防痢疾经》《防风湿经》《用羊卫护防癞经》《防猴痨经》[③]等；一种是把疾病、污秽等收束、断开的，如《阻塞馋鬼经》《阻塞祸祟经》《圈麻风经》《断污祟》《束缚鬼魂经》《断凶诅盟经》《间隔经》《堵凶祟》《断凶根》[③]等。

关于镇压各种疾病、邪祟等，也有专门的经籍，如《镇痢疾经》《镇痘疹经》《镇邪业经》《镇病经》[④]等。

关于诊察各种疾病的经籍，有《痢疾来源经》《死因病源》[①]等。

关于治疗疾病、侵害等的经籍，是各类防治经中比较多的一类。一种是关于如何配制药物的，如《配药书》[②]《医病好药书》《双柏彝族医药书》[⑤]等；一种是关于如何治疗疾病的，如《除狐臭经》《祛风湿经》《祛疯经》《治病经》《祛痨经》《除猴痨经》《祛病经》[⑥]等；一种是关于各种治疗方法的，如《蒸疗经》《吹疗经》[②]等。

2. 禳灾的功能和作用

彝族传统经籍有禳灾、祛难的功能和作用，这是彝族传统经籍在形成之初就赋予的特别功能，也是彝族传统社会急需的作用。彝族传统经籍的禳灾、祛难，既有对自然灾害的禳解，也有对人类自身的身心、灵魂等的禳解。相比较而言，对人类自身的身心、灵魂所遭受灾难的禳解，是彝族传统经籍的主要方面。

---

① 黄建明，巴莫阿依. 中国少数民族原始宗教经籍汇编・毕摩经卷[M]. 北京：中央民族大学出版社，2009：303.

② 黄建明，巴莫阿依. 中国少数民族原始宗教经籍汇编・毕摩经卷[M]. 北京：中央民族大学出版社，2009：303，304，305.

③ 黄建明，巴莫阿依. 中国少数民族原始宗教经籍汇编・毕摩经卷[M]. 北京：中央民族大学出版社，2009：303，304.

④ 黄建明，巴莫阿依. 中国少数民族原始宗教经籍汇编・毕摩经卷[M]. 北京：中央民族大学出版社，2009：304.

⑤ 楚雄自治州人民政府，夜礼斌，杨洪卫，等. 彝族毕摩经典译注[M]. 昆明：云南民族出版社，2007—2012.

⑥ 黄建明，巴莫阿依. 中国少数民族原始宗教经籍汇编・毕摩经卷[M]. 北京：中央民族大学出版社，2009：303，305，307.

关于对自然灾害的禳解。彝族古代对自然灾害的认识，来自生存环境的要求。在古代不能对自然灾害的本质进行认识的时候，彝族通过自己的观察、想象来判断自然灾害形成的原因，然后运用人类自身当时所有的能力来进行防范、抵御、解除自然灾害的侵害。其中，通过举行一定的仪式、活动，念诵相关的经籍来进行禳解，是其中常见的一种。在文学人类学研究的成果中，通过演出仪式剧来禳解自然灾害如瘟疫、旱灾等，也是其中的一种，比如古希腊戏剧《俄狄浦斯王》的演出，被认为是为了驱逐由于俄狄浦斯王与其母的乱伦而引起的瘟疫蔓延的灾难。[①]而关汉卿的戏剧《窦娥冤》的演出，也被认为是为了禳解因为受到冤屈的人而引起的旱灾。[②]但是，彝族对自然灾害的禳解却比较直接。例如，发生自然灾害，特别是常见的旱灾的时候，就要举行祭龙仪式，念诵《祭龙经》[③]进行祸害祈祷和禳解。

关于对人类自身的身心、灵魂灾难的禳解。这类经籍在彝族传统经籍中不少，可是从各个方言区所公开翻译出版的经籍的情况看，又各不相同。在以云南省为主的中部方言区、南部方言区、东南部方言区为主的106部《彝族毕摩经典译注》中，这类经籍很少。而在《中国少数民族原始宗教经籍汇编·毕摩经卷》中，收录的北部方言区的较多，南部方言区和东南部方言区的也有。例如，南部方言区的有《驱妖秽经》《驱死邪经》《驱射乍弄经》《驱死魔邪经》《驱邪经》《驱诘邪耐邪经》《驱病疫经》《驱汝邪韵邪经》《祛禳经》[④]等。东南部方言的这类经籍有《驱村寨瘟疫经》《甩邪经》《赶邪经》《解邪法事经》《解凶邪法事经》《驱打横阻邪经》《祛污经》《驱体内污秽经》等。[⑤]北部方言区的有《驱鬼经》《除秽经》《诱鬼驱魔经》[⑥]等，数量十分丰富。东部方言区的有《解除惩尤经》

① 叶舒宪. 文学人类学教程[M]. 北京：中国社会科学出版社，2010：298-311.

② 叶舒宪. 文学人类学教程[M]. 北京：中国社会科学出版社，2010：312-313.

③ 马立三，普学旺. 云南民族古籍丛书·祭龙经[M]. 普学旺，杨六金，梁红，普璋开，罗希吾戈译注. 昆明：云南民族出版社，1999.

④ 黄建明，巴莫阿依. 中国少数民族原始宗教经籍汇编·毕摩经卷[M]. 北京：中央民族大学出版社，2009：5.

⑤ 黄建明，巴莫阿依. 中国少数民族原始宗教经籍汇编·毕摩经卷[M]. 北京：中央民族大学出版社，2009：6-7.

⑥ 黄建明，巴莫阿依. 中国少数民族原始宗教经籍汇编·毕摩经卷[M]. 北京：中央民族大学出版社，2009：1.

《禳病经》《解除灾难经》《除灾经》《破除司鬼经》[①]等。另外，还有《〈爨文丛刻〉甲编》中的《解冤经》。

3. 慰灵与安人

慰灵这里指的是安慰祖灵，即通过举行三代一次的“鄙篩”，六代一次的“法丽”，九代以上一次的“尼目”大典，对已经逝世的祖先的灵魂进行有秩序的排序和安顿，告慰已经去世的祖先，并祈求他们保佑子孙后代。安人，这里指的是通过各种仪式、活动、典礼等，驱邪除祟，治病除污，安顿祖灵等，达到举行仪式、活动的主人及其亲属得到平安、康乐。

在现在普遍流行的文学人类学著作中，还没有文学“慰灵”的研究成果，也没有专门的文学“安人”的理论。但是，文学的治疗作用、禳灾功能等，所起到的实际功效，其目的还是“安人”，这是题中应有之义，也是文学人类研究成果所证实的存在。至于文学的“慰灵”，无疑是由彝族传统经籍的性质所决定的，也就是说，是通过以文学人类学的视角和方法来研究彝族传统经籍，把彝族传统经籍用文学人类学的眼光来看待和研究时，发现的一个重要的事实。这也是基于在彝族传统社会中，万物有灵的观念十分浓厚，祖先崇拜是彝族传统宗教信仰的核心和基础，而祖先崇拜必然形成的祖灵信仰，需要同一祖先的后代对祖先的亡灵进行安抚、告慰、安顿等，这些重要的事务是彝族传统信仰特别是祖先崇拜的主要任务。不对祖先的亡灵进行安顿、抚慰，祖灵会对后人产生不利的影响，后人或者会发生疾病、灾难，严重者还会死亡、暴毙等。[②]

在举行各种安顿代表祖先的灵牌、竹子、草木、毛发，以及祖灵筒、祖灵桶等灵物时，都有一些经籍需要念诵。特别是举行大型的“尼目”祭祖大典时，一个毕摩显然无法完成这样大型的仪式，需要多个毕摩合作完成。[③]所使用的经书也是数量相当多的。根据朱崇先的田野调查研究成果，至少有“迎请祖灵筒及其仪式”的经书[④]，“汲圣水仪式”的经书[⑤]，“宗神御鬼与宗支祭祖献牲仪式”的经

---

① 王继超，余海．彝族传统信仰文献研究[M]．贵阳：贵州民族出版社，2010：目录：2-3.

② 巴莫阿依．彝族祖灵信仰研究[M]．成都：四川民族出版社，1994.

③ 朱崇先．彝族祭祖大典仪式与经书研究[M]．北京：民族出版社，2010：88-91.

④ 朱崇先．彝族祭祖大典仪式与经书研究[M]．北京：民族出版社，2010：217-242.

⑤ 朱崇先．彝族祭祖大典仪式与经书研究[M]．北京：民族出版社，2010：278-283.

书[①]，“禳解罪孽和祛邪除污仪式”的经书[②]，“抵御和防范各种灾祸仪式”的经书[③]，“祖灵筒更替仪式”的经书[④]，“续宗接代三牲大祭献药仪式”的经书[⑤]，“祖灵升天和灵筒安置仪式”的经书[⑥]，等。

关于招灵、安灵与慰灵，也有专门的经籍，如《宁蒗彝族安灵经》[⑦]《慰死经》[⑧]《益博安慰经》[⑨]《招魂慰魂经》《招魂经》（其中有《慰魂》《安魂》等篇章）等。[⑩]这些经籍配合相应的仪式、活动而使用，特别是要有祖灵的替代物如竹子灵牌、松树灵牌等，以及盛装这些祖灵的篾篓、祖灵桶，使用一些牺牲、物品，程序繁杂，耗时较长，仪式庄重，牵涉面广，特别是“尼目”祭祖大典，所耗牺牲众多，耗资也特别巨大。

彝族对灵魂的重视程度，比其他民族更甚。一个突出的表现形式是，在人还没有死亡的时候，就可以给年老的长辈“活送灵”，即老人还没有逝世，就为他们举行一般只有在去世多年以后才能举行的“送灵”仪式。因为“活送灵不折寿，还会长寿，活送灵是好儿子为父母该做的事，也是老人和孩子都高兴的事”[⑪]。

关于安人的议题，如前所述，所有一切仪式、活动及其使用的经籍，其始终不渝的目标，就是为了安顿人类的身心与灵魂，因此这是一个十分宽泛的命题，它是整个彝族传统经籍及其功能和作用的集中体现。

四、创制者、使用者和传承者身份合一

彝族传统经籍的创制者与使用者的身份合一，是其主要的特征之一。而经籍的创制分为两种情况，一种是经籍的原创者，即经籍最早的作者；另一种是经籍

① 朱崇先. 彝族祭祖大典仪式与经书研究[M]. 北京：民族出版社，2010：297-332.

② 朱崇先. 彝族祭祖大典仪式与经书研究[M]. 北京：民族出版社，2010：335-393.

③ 朱崇先. 彝族祭祖大典仪式与经书研究[M]. 北京：民族出版社，2010：394-438.

④ 朱崇先. 彝族祭祖大典仪式与经书研究[M]. 北京：民族出版社，2010：467.

⑤ 朱崇先. 彝族祭祖大典仪式与经书研究[M]. 北京：民族出版社，2010：468-573.

⑥ 朱崇先. 彝族祭祖大典仪式与经书研究[M]. 北京：民族出版社，2010：575-616.

⑦ 楚雄自治州人民政府，夜礼斌，杨洪卫，等. 彝族毕摩经典译注（第十五卷）[M]. 昆明：云南民族出版社，2007.

⑧ 王继超，余海. 彝族传统信仰文献研究·目录[M]. 贵阳：贵州民族出版社，2010：138.

⑨ 黄建明，巴莫阿依. 中国少数民族原始宗教经籍汇编·毕摩经卷[M]. 北京：中央民族大学出版社，2009：目录：419-425.

⑩ 王继超，余海. 彝族传统信仰文献研究·目录[M]. 贵阳：贵州民族出版社，2010：222-223.

⑪ 张纯德，龙倮贵，朱琚元. 彝族原始宗教研究[M]. 昆明：云南民族出版社，2008：244.

的抄写和传承合二为一者，抄写者不创作经籍，但是他们所使用的经籍是他们自己抄写的，同时他们还起到传承经籍的作用。

关于经籍的原创作者。彝族典籍《物始纪略》等之中有记述："有布摩就有书，有布摩就有文，有布摩就有史。"（布摩即毕摩）这里的书指的就是毕摩使用的经书，即彝族传统经籍。这类记述在《彝族源流》等史籍中也有记述，讲的都是毕摩创制的彝族书籍。从现实来看，在进入现代社会之前，彝族的所有经书，包括其他古籍，实际上都掌握在毕摩手中，或者毕摩世家及其后代的手中。

彝族传统经籍的传承，主要的渠道还是父子传承、爷孙传承和师传徒受。父子传承或爷孙传承的情况，主要是在毕摩世家。毕摩世家的男子在小的时候，作毕摩的父亲或者爷爷，通常要选择一个聪明伶俐、愿作毕摩的少年儿子或孙子，当出门作毕摩时，带在身边，从实践中学习并熟悉作毕摩的程序、礼仪，对牺牲、物品、法器、插枝等情况进行熟悉，并在农闲或者夜晚教、颂经籍。等到少年儿子或孙子熟悉到一定程度，要让他们来抄写经籍，以备少年儿子或孙子使用，并且作为新的经籍往下、往后传承。在黔西北地区，有一个不成文的毕摩传承的惯例，就是毕摩无论如何都要找到自己的接班人，如果自己作为毕摩没有传承人，他的后人会出现疯癫、神经病等情况，因此没有人接班是毕摩最大的遗憾，是每一个毕摩都不愿意接受的。所以，如果毕摩世家没有传承人，也可以收受愿意作毕摩的其他人，把毕摩的知识、文化和技艺传承下去。收受来的徒弟，一般都在毕摩家中吃、住，共同劳动，共同生活，学习经籍。同时，随毕摩去各处做毕摩、法事，通过具体的实践来学习做毕摩需要熟悉各种礼仪、程序，熟悉如何使用牺牲、神枝、法器、物品，注意哪些禁忌等。其中，有一项最为重要的工作，就是要抄写经籍。抄写经籍一般至少要抄写一式两份，一份作为自己今后从事毕摩工作使用，另一份交给师傅保存作为传承之用。因此，即使是不从事经籍原创工作的毕摩，从抄写和使用经籍的形式上来看，也是创制者与使用者身份合一的情况。在彝族传统社会中，还没有不从事毕摩学习和毕摩工作只是自己随意抄写一份毕摩经籍用以学习、保存和流传的情况。不是毕摩或者毕摩的后代，也没有发现有经籍传承的情况。这就是前述《夜郎史传》"夜郎君长法规"中规定，一切经籍都要交给毕摩来保管的传统在彝族传统社会一直得到遵循的一个旁证。

关于彝族传统经籍的传承。在前面的论述中已经多有涉及，彝族传统经籍的传承者一般也是毕摩，或者是毕摩世家的后代。使用者和传承者身份的统一，也是彝族传统经籍传承的一个突出特征。毕摩在传承彝族传统经籍的时候，在保留全部经籍的本来面目的同时，他们也会新创制一些谱牒，编写一些历史，或者对彝族传统社会经常使用的礼俗歌、叙事诗、史诗、神话、传说、民间故事等，用彝文进行收集、整理、记录、编纂，使之传承下来。但是值得注意的一个问题是，毕摩在抄写、传承传统经籍的时候，可能会对一些经籍篇章的秩序进行调整。根据贵州省毕市彝文文献翻译研究中心王子国译审介绍，他所接触到的一些毕摩经书，不同的毕摩所传抄的内容不尽一致，经过对比分析，发现有的毕摩为了让别人不能读懂、完全理解自己所传承的经籍，保留一些神秘性；有的故意将经书的个别篇章进行了调整；有的则将彝文同音混用情况严重的传统，故意用一些笔画较多、用法比较生僻的字来替换常用字，造成非自己师承的其他毕摩不能完全弄清自己一脉的毕摩经书的困难。马学良先生 20 世纪 40 年代在云南省彝族地区调查的时候，就发现了这些问题。他指出："因倮经多系传抄，刻本很少，生徒从老师处逐字抄来、辗转抄袭，自不免贻误；甚或妄自篡改，以讹传讹，渐失经书本来面目，所以现存的经典，很多的不能成读了。我在云南寻甸县倮区所搜集的经书中，同一百解经，本本不同；后来转地武定，找到较古的写本，两相对照，方知寻甸经本脱误增损处太多。据武定老呗耄云：寻甸后起之呗耄，多师承武定。而其传抄之底本，自亦出于武定乃师之手，后因生徒浅陋，传抄错误，或因经文冗长，在祭场中读起来煞费工夫，索性删略，亦有因与方言读音不同，擅改原文，以符方言，如此世世传抄，形成经书之厄运。"[①]这里虽然说的是彝族传统经籍在传承中所遭受的厄运，但也反映出了彝族传统经籍传承的实际情况。

创制者、使用者和传承者身份合一，是彝族传统经籍的一个突出特征，为彝族传统社会所独有。这也是在彝族古代社会中，虽然创制了古彝文和许多彝文古籍，却鲜有民众能够识读古彝文和彝文古籍的一个重要原因。

五、诵而不读、听而不看

这是从两个角度上来总结彝族传统经籍的具体传播与接受方式。从传播的方式上讲，毕摩传授经籍时，通常采取的是诵而不读的方式，就是要连同念诵经籍的腔调一起传授给徒弟而不只是教徒弟阅读经籍。从接受的方式上讲，所有的听

① 马学良. 倮族的巫师"呗耄"和"天书"[A]//马学良. 云南彝族礼俗研究文集[C]. 成都：四川民族出版社，1983：26-27.

众包括在场群众和逝世的亡灵，他们都只能听见毕摩诵经的声音，而看不见毕摩的经籍文本。

所谓诵而不读，这里指的是毕摩在传授经籍的时候，一般不会采取直接阅读的方式对经籍文本进行传授，而是结合经籍使用的具体程序、仪式，在念诵中传授经籍文本。例如，毕摩外出做法事即做毕摩的时候，一般都要带上徒弟即“毕汝”，在教授徒弟熟悉各种礼仪、程序之后，必须要念诵经文的时候，毕摩不会先给徒弟朗读一遍，再正式进行经籍的念诵，而是直接进入念诵环节，让徒弟一起跟着念诵，久而久之，徒弟在念诵经文的过程中熟悉了经籍，也熟悉了念诵经籍的腔调。即使是平常在家中教授“毕汝”学习经籍，毕摩也是连同念诵经籍的腔调一起教授，很少有专门读经而不教授念经的腔调，这会形成学习与使用互相脱离，不利于经籍传承的教学。

所谓听而不看，是从“读者”接受的层面上来讨论彝族传统经籍的受众。彝族传统经籍虽然具有文学作品的特征，但它首先是作为“经”而不是作为“文”存在的，因此它的接受方式就有自己独特的情况，它不像“文”一样必须要有“读者”，它作为“经”在传统社会中只有“受众”，因此它也不是用来阅读、观看的文章，而是通过听取来领受的经书。彝族传统经籍的受众有三类，一类是虚幻的具体使用对象，如死亡者、神灵、祖先、鬼蜮等，他们已经不在现实生活之中；一类是现实生活中的具体使用对象，比如遭受鬼蜮侵害的受伤者，生病的患者，需要通过一定仪式取得保佑的人，等等，他们生活在现实之中，需要毕摩的帮助；一类是举行各种仪式、活动的参与者，他们既非虚幻世界的神灵、祖先等，也不是需要毕摩帮助的人，他们只是参与了活动和仪式，但同时也是人数最多的听众，在仪式和活动中念诵的经籍，虽然有具体的受众，然而最大的受众却是这些参与者，他们以另外一种身份获得许许多多教益。不论哪一类受众，最为明显的特征是，他们都只是听闻毕摩念诵经籍，他们不去观看、阅读经籍，他们以听的方式得到帮助和教益。

因此，彝族传统经籍传承的两种主要方式中，从接受的角度上说，纵向的传承是通过家传、师传徒受两种主要方式，横向的传播则主要是通过听而不看的方式。纵向传承方式是一种全面的从文本到方法总体、系统的传承，横向的传播方式，则主要通过象征性的“听闻”或实际的听取来获得经籍的形式、内涵和意义。

六、经籍有缺空、使用才完成

彝族传统经籍，哪怕是已经完全固定了的文本，其中的内容也是有差别的。这里所谓的差别，指的是有的彝族传统经籍的内容是已经全部固定下来，在使用时不需要再增加任何内容，按照经籍所写的内容使用即可。但是，另外一些经籍留下了专门的缺空，这些缺空要根据实际情况在使用时临时加上一定的内容，才能起到经籍念诵后应该起到的作用。

内容已经固定的经籍，如大量的《祭龙经》《祭祀土地神经》《献山经》等，一般都没有什么需要新增加的内容。通用的《献酒经》《献茶经》《供饭经》《献水经》等，也不需要增加新内容即可使用。

留有缺空的经籍一般是有具体的使用对象的经书。这类经籍往往见于祭祖类经籍和特定的亡灵所使用的《指路经》。在祭祖类经籍中，特别是为祖先更换祖灵牌、更换祖灵筒、为祖考祖妣合灵等所念诵的经籍，在特定的篇章段落处，要把祖先的具体名字加进去才能起到作用，否则连为谁更换祖灵牌、为谁更换祖灵筒、为哪一对祖考祖妣（有的是一考多妣）合灵都搞不清楚，所做的法事、所念诵的经籍就都通通作废了。特别是《指路经》，其使用的对象、时间和地点非常具体，需要在特定的地方加特定的地名、人名等才有效用。以《彝族指路丛书·贵州卷（一）》为例，这些收集于原毕节地区八个县市的《指路经》，其指路的起点完全不同，都是从《指路经》传承地的毕摩所在地的村寨为起点进行指路，因此起始的地名就是这部《指路经》传承地的村寨的山名、水名。[①]同时，使用《指路经》的时候，具体是为哪一位亡灵指路，在这部《指路经》特定的段落，念清楚这个亡灵生前的姓名，有时还要在指路指引到关键的地点的时候要念清楚亡灵的姓名，如此在多处反复喊亡灵姓名，让其不至于在返回祖先发祥地的路途中迷失方向、走错路途。

经籍中留有缺空，使用时在特定的经籍的特定的篇章和段落中，增加具体的人名、地名等，是彝族传统经籍的一个重要特征。正因为如此，彝族传统经籍作为文学人类学视角中的固态文本与活态文学的综合形式才更具有研究价值。

---

① 陈长友. 彝族指路丛书·贵州卷（一）[M]. 成都：四川民族出版社，1997.

第四节 传统经籍在彝文文学中的地位

由于彝族传统经籍是彝族古籍的主体，也是彝族古代文学的主体，它的产生从口碑文献向文字文献转变的时期，应该与彝文的产生时代相牟，即最迟不会晚于汉代。因此，彝族传统经籍可谓源远流长，是彝族古代文化的一支主流。彝族传统经籍文学历史之长，以及其流传之广，奠定了其在彝族文学特别是彝文文学中的崇高地位，并且产生了巨大影响。

彝族古代先民，用自己创造的文字记录、传承了彝族历史文化，彝族传统经籍是其中成就最大的一个部分。彝族传统经籍内容丰富，积淀的历史文化内涵厚重，是研究彝族历史、哲学、宗教、语言、文学等的主要文字文本。同时，彝族传统经籍在彝文文学中拥有崇高的地位，这是其他形式的作品无法取代的。

一、彝族传统经籍是彝文文学的主源，也是彝族文学的主源之一

法国社会学家杜尔干提出了宗教生活的初级形式是图腾崇拜的著名理论。[①]按照他的这个理论，彝族原始宗教即传统宗教信仰的初级形式，也应该产生于图腾崇拜时期。而彝文古籍在起源之初，多半是原始信仰的口头言说，从言说走向书面之后，其宗教信仰文献的基本内涵没有多少改变。因此，彝族传统经籍的产生时代是比较早的，它成为文字文本虽然要晚一些，但是它的影响从经文一开始产生就发生相应的影响力。这是我们说彝族传统经籍是彝族文学的主源之一的理由。在这个主源之外，还有彝族民间口头传统，也是彝族文学的一个主要源头。然而对于彝文文学来说，它必须是在彝文创制之后才出现的。而彝文一经创制、发明，彝族传统生活中的大量口头传统就是它首先要记录的对象。在巫术和宗教普遍盛行的古代社会，彝族传统社会生活的方方面面都离不开巫术、宗教的仪式、活动，许许多多的口头言说，都会首先用彝文记录下来。就好比汉字的甲骨文，现在所发现的甲骨文多数都用于记录占卜、预测、祭祀、战争等与“祀与戎”密切相关的事件。这些东西也是汉族文学的主源。与此相似，彝文现在所流传的经籍，其基本内容都与彝族传统宗教生活、民间信仰密切相关，它也是彝文文学的主源，舍此，其他关于彝文文学的源头发现十分稀少。从内容上来看，其他彝文文字记

① [法]杜尔干. 宗教生活的初级形式[M]. 林宗锦，彭守义译. 北京：中央民族大学出版社，1999.

载的各种内容，几乎没有比传统经籍记载得更早、更远。

二、彝族传统经籍是彝文文学的主流

在彝文文学发展的历程中，在相当长的一个时期即在明代以前，彝族传统经籍都是彝文文学的主流。以贵州省为例，在先秦时期，彝族先民就在这块土地上建立了卢夷国、朱提国等政权。经过夜郎时代，蜀汉建兴三年（公元 225 年）水西阿哲家族的祖先妥阿哲受封为罗甸王，开始统治贵州西部至康熙三十七年（公元 1698 年），在长达 1474 年的时期里，元代以前都是以方国的形式领受中原王朝的封赐，长期处于羁縻状态，自由发展，因此很少受到汉族文化的影响。毕摩是彝族政权结构“兹”（君长）、“摩”（大臣）、“毕”（毕摩）三位一体中重要的领导阶层，彝文也是长期使用的官方文字。彝族传统经籍作为彝文文献的主体，在上千年的传承中，一直也充当了彝文文学主流的角色。在明代以后，彝文史籍如《西南彝志》等才逐渐形成，同时开始大量学习汉文化，运用汉字开始创作，彝族人的汉文文学开始出现。直到清代以后，彝文经籍与史籍同时发展，彝文创作与汉文创作同时发展的情况才普遍形成。但是，由于掌握彝文的人主要是彝族毕摩，而毕摩所创制和传承的典籍主要还是彝族传统经籍，因此，也可以说，直到当代大力推行彝文的学习、使用之前，彝族传统经籍一直是彝文文学的主流。

三、创制彝族传统经籍的毕摩是彝文文学作家的主体

前面已经讨论过，彝族传统经籍是由彝族毕摩创制的，也是由彝族毕摩使用和传承的。彝族古代认识彝文的人相当少，主要是毕摩群体。在连彝文都不认识的情况下，要谈到用彝文进行创作只能是天方夜谭的事情。这就决定了不但彝族传统经籍的创制主体是毕摩，彝文文学的创作主体也是毕摩，这是整个彝族古代社会的总体情况。马学良先生曾经在云南彝族地区进行过调查研究，他指出：“倮族习倮文者，多为巫帅（即毕摩——引者注），必须学习倮文，方能诵经，为人祭师，人民少有通晓文字者。”[①]人民不能通晓文字，自然无法创作文字作品。毕摩创制彝族传统经籍，也创作彝文文学作品，这几乎就形成了一个传统，因此《物

① 马学良. 倮族的巫师“呗耄”和“天书”[A]//马学良. 云南彝族礼俗研究文集[C]. 成都：四川民族出版社，1983：26.

始纪略》等古籍中把这种情况总结为“有毕摩就有文，有毕摩就有书，有毕摩就有史”。其中重要的一个信息就是有毕摩就有彝文文学，这种情况在千百年来的彝族古代历史上，差不多就是一种定制。因此，除口头传承的民间文学作品之外，彝族书面文学的创作者主要是古代彝族知识分子——毕摩。毕摩既是彝族古代文化知识的继承人，也是传播文化知识的主要传承者。他们既是世俗生活中拥有知识，为人民在生产、生活中提供天文、历算、节日组织等的指导者和主持者，也是沟通人间与鬼神世界之间的中介。从积极的方面而言，毕摩是继承弘扬民族文化的有功之臣；从消极的方面说，毕摩的各种清规戒律，束缚了文化知识尤其是文字的普及，造成古代彝族社会民间识彝文者除毕摩之外，普通群众寥寥无几的现象。这就决定了彝族书面文学的创作主体是毕摩阶层这样一种不争的局面。[①]

四、毕摩创制彝族传统经籍的同时创造了彝族古代文艺理论

许多著名的彝族古代文艺家，他们都是著名的大毕摩。毕摩在创制彝文经籍的同时，也创造了彝族古代文艺理论。个别的文艺理论作品，就包含在彝族传统经籍之中。

南北朝时期的彝族文化巨匠举奢哲，就是著名的大毕摩。他是彝族古代最著名的经师、史学家、思想家、教育家，同时也是最著名的诗人、作家、文艺理论家，还是医药学家和工艺美术家。因其博学多才，被历代毕摩和彝族人民尊称为“先师”，他在彝族历史上的地位，相当于孔子在汉族人民心中的地位，都属于“大成至圣先师”。他曾经写作了《彝族诗文论》《侯塞与武琐》《黑娄阿菊的爱情与战争》《天地的产生》《降妖捉怪》《祭天大经书》《祭龙大经书》《做斋大经书》等著名的著作及许多诗文。[②]举奢哲也是彝族古代文艺理论的开山鼻祖，他的《彝族诗文论》至今仍然是彝族古代文艺理论的开篇之作[③]，对彝族文学创作和彝族文学理论的发展影响深远。

与举奢哲同时而齐名的大毕摩阿买妮，也是极有名的女诗人、文艺理论家和作家，对彝族文化知识的发展作出过巨大贡献，产生了深远的影响，是著名的思

---

① 王明贵. 彝族古代文学总观[J]. 民族文学研究，1999，（3）.

② 王明贵. 奥吉戈卡彝学研究[M]. 北京：中国文史出版社，2013：88.

③ 举奢哲，阿买妮，等. 彝族诗文论[M]. 康健，王子尧，王治新，何积全翻译整理. 贵阳：贵州人民出版社，1987：3-33.

想家和教育家，被彝族人民尊称为传播知识文化的女神。她的著作有《人间怎样传知识》《猿猴做斋记》《奴主起源》《独脚野人》《横眼人与竖眼人》，以及著名的《彝语诗律论》等，还有大量的诗文传世。[①]阿买妮同样有文艺理论著作《彝语诗律论》传世[②]，对彝语诗歌的创作与研究具有不可替代的指导地位，对后世的影响也非常巨大。

其他如古代白彝君长阿着仇家的大毕摩布独布举，著有《天事》《阿着仇家史》等名著；还有《纸笔与写作》等文艺理论著作。[③]芒布君长的大毕摩布塔厄筹，著有《阿侯家史》《芒布纪年》等著作；也有《论诗的写作》等文艺理论著作。[④]芒布支系布努利君长的大毕摩布麦阿钮，著有《芒布彝书》《天地论》《酒礼歌》《论婚姻的起源》《论开亲的来历》等著作，《芒布彝书》中包括著名的《论彝诗体例》等彝族古代文艺理论。[⑤]《谈诗说文》的作者漏侯布哲，也是古代一位著名的大毕摩。[⑥]《西南彝志》的作者“热卧慕史”，也是一位著名的大毕摩兼歌师，其著作还有名著《播勒迎亲赛歌记》等。[⑦]《西南彝志》虽然不是经书，但是其中的《美好的文史诗篇》等也有一些彝族文艺理论思想。

五、彝族传统经籍是学习彝文文学创作的范本

在古代，彝族人无论是学习作毕摩，还是因为其他原因需要学习彝文，都是没有教材的，也没有汉族识字所用的《三字经》《百家姓》《千字文》等相当于学习汉文的教材一类的读物。如何学习彝文为彝文写作作准备？道路只有一条，直接向毕摩学习。毕摩选来作为“教材”使用的第一部读物，一般就是彝文《献酒经》。这部《献酒经》是一部正统的经书，各个毕摩所传承和使用的《献酒经》

---

① 王明贵. 奥吉戈卡彝学研究[M]. 北京：中国文史出版社，2013：88.

② 举奢哲，阿买妮，等. 彝族诗文论[M]. 康健，王子尧，王冶新，何积全翻译整理. 贵阳：贵州人民出版社，1987：34-86.

③ 举奢哲，阿买妮，等. 彝族诗文论[M]. 康健，王子尧，王冶新，何积全翻译整理. 贵阳：贵州人民出版社，1987：87-92.

④ 举奢哲，阿买妮，等. 彝族诗文论[M]. 康健，王子尧，王冶新，何积全翻译整理. 贵阳：贵州人民出版社，1987：93-109.

⑤ 布麦阿钮. 论彝诗体例[M]. 康健，王子尧，王冶新，何积全翻译整理. 贵阳：贵州民族出版社，1988.

⑥ 漏侯布哲，等. 论彝族诗歌[M]. 王子尧译. 康健，王冶新，何积全整理. 贵阳：贵州民族出版社，1990：75-113.

⑦ 王明贵. 奥吉戈卡彝学研究[M]. 北京：中国文史出版社，2013：88.

的篇章不一样，有的章节多，有的章节少。例如，简短的《献酒经》可以只是专用的一章，[①]多的可以达几十章。[②]学习完一部简短的《献酒经》可以认识几百个彝文，学习完一部长篇的《献酒经》，可以认识约2000个彝文。在熟读《献酒经》之后，要进一步认识更多的彝文，一般又要学习《解冤经》。熟悉了这两部经籍，把这两部经籍中的彝文都认识了，彝文文字的总量将达3000字以上。从读彝文经籍的角度上看，通读常用的彝文经籍已经无大障碍。从创制彝文作品的角度来说，创作篇幅简短、用字普通的作品也已经没有大问题。学习这些彝文经籍的另外一个重要的基础，还在于熟悉彝文古籍的基本句式、韵律和篇章结构等，这些都是在潜移默化中得来的，毕摩并不一定作为必需讲解的内容来进行教学。如果再往高深处学习，就要学习《丧祭大经》了，这是学习作毕摩之必需，舍此别无他途。能够通晓《丧祭大经》的文字、内容，同时熟悉作祭祀的全套礼仪，就是一个道行较深、可以“毕业”单独自立门户的毕摩了。作为要多学习彝文、熟悉彝文所负载的历史文化内涵的要求来说，《丧祭大经》的学习也是必不可少的。因此，可以说，彝族传统经籍是学习彝文的范本，也是学习彝文文学创作的基础。

---

① 陈乐基，王继超. 中国少数民族古籍总目提要——贵州彝族卷（毕节地区）[M]. 贵阳：贵州民族出版社，2010.

② 马学良. 增订《爨文丛刻》·献酒经[M]. 罗国义审订. 成都：四川民族出版社，1986：217-295.

第三章　彝族传统经籍文学形式分类研究

俗话说，物以类聚，人以群分。对事物进行分类是一门学问，也是人类学研究人类时提出来的人类天生就喜欢给事物归类的秉性之一。在目录学中，分类也是一项重要的基础工作，对于众多文献进行分类，便于进行检索和研究。彝族传统经籍数量繁多，种类也多。从古到今，有许多人对这些经籍都进行过分类，特别是从彝文古籍的角度进行分类的情况，在当代比较普遍。而从文学的角度进行分类，主要是彝族古代文艺理论家在他们的著作中，或多或少都在涉及分类的问题，特别是彝族古籍、彝族经籍绝大多数都是以五言诗歌的形式存在，因此在大多数情况下，对诗歌的分类，都涉及了对经籍的分类和对古籍的分类，其中有许多并集和交集，这也是由彝文经籍、古籍与彝族诗歌融合共生的情况所决定的。

对彝族传统经籍从文学的角度上进行分类，特别是以文学人类学的眼光，对其进行比较全面的归纳和分类，对于分类研究彝族经籍文学有重大意义。分类的一个重要的基础，就是要确定分类的标准，没有标准的确立，就难以开展分类工作。对彝族传统经籍文学的分类，可以有多个标准对之进行划分，但是最常见也是最为实用的是以内容进行分类的；其次，以语文形式进行分类，也是一个比较实用的方法；再次，由于经籍文学基于彝族的传统信仰，以信仰为标准来进行划分，也可以提供给读者一种明确的认识；最后，由于彝族古籍、经籍文学以诗歌为主要形式的特点所决定，对彝族经籍文学用诗歌的标准来进行划分，也是一个可取的视角。

第一节　语文形式标准的分类

无论是文学作品，还是传统经籍，都有一定的语文形式。无论是用彝语文进行创作，还是用其他语文进行创作、翻译，都要牵涉到一定的语言规律。这样，从语文形式上来判断一件作品，也是一种常用的标准。

一、传统的二分法与四分法及其局限

这里所说的二分法与四分法，是基于西方文艺理论对文学作品的划分方法，而不是中国古代文学的二分法与四分法。

在中国主流的汉语文学作品中，经过文艺理论家总结的一般形式是“诗”与“文”。说一个作家“能诗能文”就是对其创作才能比较全面的一种形象的肯定。在这里，“诗”是一种讲究格律的文学形式，而“文”则不一定要讲究韵律。这是汉语文学创作最为传统和普遍的二分法。后来，又有了“诗词歌赋”的分类方法，“诗词歌赋”其实从文字形式上看，就是诗、词、曲、赋。这又是发展了的汉语文学的四分法。

自从西方文艺理论传入中国之后，其对文学作品的“散文”与“韵文”的二分法，也影响到了中国文艺界。这里的“散文”与“韵文”，如果与中国汉语文学的二分法相比较，则相当于“文”与“诗”。但是，作为西方文艺理论中占据主导思想的四分法，即诗歌、散文、小说、戏剧的分类方法，则与汉语文学的四分法大相径庭，区别很大。这种四分法后来加上新兴的影视作品，发展成为五分法。但是传统的西方文艺理论，四分法仍然为绝大多数人所掌握和接受，认为影视作品是综合艺术，与文字为手段的文学作品差别较大。

以二分法来划分彝族传统经籍，会发现这是一个非常适用的标准，但是也特别的宽泛。假如，以汉族文艺理论的二分法即诗与文来划分，整个《中国少数民族原始宗教经籍汇编·毕摩经卷》中的194部经籍（包括以口碑形式收录进来的北部方言区的一部《洁净经》），全部都是诗歌体裁，而且原彝文都是整齐的五言诗。而附录中的北部方言区的313部目录，从已经翻译发表在《毕摩文化》《凉山彝学》等内刊上的作品看，也都是诗歌体裁。东部方言区的10部也都是诗歌体裁。而《彝族毕摩经典译注》中的106部经籍，除了属于“历算书”“预测经”“地名录”“彝语词汇”和个别的“医药书”，绝大多数也是诗歌体裁。这两套汇编、丛书是目前收集彝族传统经籍文学作品最多的两部。从《〈爨文丛刻〉甲编》中的11部古籍来看，8部经籍中除了《玄通大书》与《武定罗婺夷占吉凶书》两部以外，其他的都是诗歌体裁。而其他不成系列出版的经籍，也基本上是诗歌形式，如《彝族〈指路经〉译集》《彝族指路丛书》《彝族撒尼祭祀词译疏》，等等。

值得注意的是，即使是彝族毕摩翻译的汉族文学作品，在汉语中是散文形式的，翻译成彝语文形式之后，就变成了五言诗歌。例如，《彝族毕摩经典译注》第五卷中的《唐王游地府》，还有单独出版的《西行取经记》[①]，两部作品都是取材于汉族文学唐僧到西天取经的故事，即《西游记》中的片段，然而翻译成为彝文作品之后，就成了诗歌。

毕摩记录的民间文学作品，有的不是诗歌，不是韵文体作品，可以划分在散文一类。

以四分法来划分彝族传统经籍则会发现，只有《彝族毕摩经典译注》中，收录一些彝剧剧本。例如，第五十七卷中的《阿左分家》，这是一部被称为彝剧原创作品的戏剧的文本记录。而进一步分析，这部剧本还是以诗歌的形式出现（民间的演出也有不是诗歌形式的，这是毕摩演出的记录本），可以称为“诗剧”。

彝族传统经籍中没有小说这种形式。在整个彝族古代文学史上，也没有发现可以称为小说的作品。

彝族《撮泰吉》[②]，其中有很大一部分成分是祭祀、扫火星，在这个过程中要念诵大量的祭祀词，这些祭祀词也可以算作口碑的经籍。但是对彝族的《撮泰吉》应该划分为戏剧还是其他文艺门类，争论很大[③]，也不能用西方文艺理论的四分法来对它进行分类，这就体现出了西方文艺理论的四分法也有其一定的局限。

二、近年比较流行的二分法

鉴于历史研究长期囿限于文字的记录，特别是各种既成文献的束缚，为了校正历史研究中的一些偏颇，特别是为历史研究寻找新的方法和途径，近年来，口述史的收录成为一种新潮流。口述史即通过历史事件或文化主体当事人的口头陈述，部分还原历史事件或文化系统的结构功能，它可以补充文献记录的残缺，补充文字叙述的遗漏，还可以纠正某些带有偏见或者故意隐瞒的记载。因此，口述史是对历史研究、文化研究的重要方法和新途径。

---

① 贵州省民族事务委员会民族语文办公室. 西行取经记[M]. 李生福，张和平译. 贵阳：贵州民族出版社，1998.

② 陆刚. 撮泰吉调查研究文集[C]. 贵阳：贵州大学出版社，2012.

③ 王明贵. 鹰翎撷羽[C]. 香港：香港天马出版有限公司，2005：55-56.

引述口述史方法与文字文献参照，是因为彝族传统经籍文献中，不但有数量众多的文字文本，还有一些口头传统形成的口碑文献。口碑文献虽然不能称为口述史，但作为口述传统，它是彝族传统经籍的重要组成部分，与已经固定的文字文本进行比较，可以说明彝族传统经籍文学研究中的一些问题。

对于彝族传统经籍文学的研究，从前都是在已有彝文古籍的基础上进行的，如果没有文字古籍的存在，没有文字记载和抄写的经籍，彝族传统经籍文学的研究当然无从谈起。但是，文学人类学的理论兴起，为彝族传统经籍研究提供了新的视角、新的方法。这样，彝族传统经籍可以从传统的文学理论观中纳入研究的范畴，同时可以运用文学人类学的新观点来研究彝族传统经籍。为此，彝族传统经籍的文学研究就可以突破已有的文字经籍范围的界限，把一些长期流传、传承于口头的口碑经籍文献纳入研究的范围。这一点，其实已经被翻译彝族经籍的专家所注意到，在 106 部《彝族毕摩经典译注》中，已经收集、记录和翻译了 18 卷口碑文献。这些文献的语文表现形式，基本上是彝语文的五言诗歌形式。

从文字文本和口碑文献的二分法对彝族传统经籍文学进行划分，《中国少数民族原始宗教经籍汇编·毕摩经卷》的 194 部彝族传统经籍，其中的 193 部是文字文献的翻译文本，只有北部方言区的《洁净经》一部是口碑文献。《彝族毕摩经典译注》106 卷，其中 86 卷是文字文本的毕摩经典，而 18 卷是口碑文献形式的毕摩经典，另外两卷是其他内容的语词、地名录。在已经出版的其他各种彝族传统经籍版本中，除了内部出版的《那坡彝族开路经》一部外，其他的作品都是彝文文献的翻译本。从已经翻译出版的各种文献的情况来看，文字文献由于有固定的文本，后人一般无法改变这些文献的语文形式，因此在翻译的时候，往往也遵从了这些文本的句子特点和表达方式，如已经是五言一句的诗句，在翻译的时候，多数也用五言一句的汉语句式来对照翻译；是杂言句式的，也多用杂言句式来对照翻译，使其能够尽量保留原有句子形式和风格特点。而口碑文献则主要看记录时演述人的语言表达形式，是诗歌形式的，同样以诗歌形式记录与翻译；是散文形式的，同样以散文形式记录与翻译；这也同样能够保存演述人的语言风格和形式。从已经收集、记录、翻译和出版的口碑文献的情况来看，其语文形式绝大多数也是彝族传统经籍文字文献的五言句式。这说明彝族传统经籍口碑文献与文字文献在语文形式上基本保持了一致，变异不是很大。

从目前所发现的文字文献与口碑文献的数量的比较上来看，文字文献的数量较多，文字文献是彝族传统经籍的主流；口碑文献的数量较少，口碑文献只是彝族传统经籍的补充。

文字文本是在前面提到过的严格意义上的彝族传统经籍文献，它是研究经籍文学的主体材料。口碑文献是口头传承了多年的言说传统，同样具有很高的研究价值，它是研究经籍文学的重要补充。文字文献与口碑文献互相补充，为彝族传统经籍文学的研究提供了比较完整的材料。

第二节　内容标准的分类

以内容为标准来对各种古籍进行分类是一种常用的分类方法。对彝文古籍的分类，最早和最常用的方法，也是根据内容来进行分类。同样，这样分类在古籍分类中适用，在彝族传统经籍的分类中也很适用。

一、新中国成立前比较有代表性的分类

对彝族古籍的分类，最早的有马学良先生于新中国成立前在云南彝族地区从事彝族调查研究时，将他所收集到的 2000 余册彝文古籍进行了分类。他说："据我所搜集的两千余册经典（现分藏于中央研究院历史语言研究所图书室、国立北平图书馆及北京大学、清华大学、南开大学等的图书馆），分门别类，大要可作九类：（一）祭经：①作斋经，②作祭经，③百解经，④除祟经；（二）占卜经：①膀卜经，②鸡骨卜经，③签卜经，④占梦经；（三）律历；（四）谱牒；（五）伦理；（六）古诗歌及文学；（七）历史；（八）神话；（九）译著。每类经典包括书籍多种，由经之内容，我们可以推想倮族文化曾经有过一个鼎盛时期。"[①]

其他一些对彝族有研究的专家，也都有各个不同的分类方法，但是大致与马学良先生的分类法出入不大。

二、目录和提要类型书籍中比较有代表性的分类

新中国成立后，特别是中共十一届三中全会之后，民族古籍工作进入了一个新阶段，迎来了一个良好的发展机遇期。彝文古籍的搜集、整理和编译工作，也取得了很大的成就。标志性的成果之一，就是贵州省毕节地区彝文翻译组（今

---

① 马学良．倮族的巫师"呗耄"和"天书"[A]//马学良．云南彝族礼俗研究文集[C]．成都：四川民族出版社，1983：26.

贵州省毕节市彝文文献翻译研究中心）编纂出版了“全国民族古籍重点科学研究项目”中后来获得国家图书提名奖的重要目录学著作《彝文典籍目录·贵州卷（一）》。[①]这部目录是从毕节地区彝文翻译组收藏的4000多册彝文古籍中，选择1270本，分40类进行提要式的编译。编译者称，这种分类方法“仍有经贸等方面还未得以列出类别，若把4000多册都编译完成，肯定不止40类”[②]。然而这40类分类法，已经是目前对彝文古籍的分类中分得最多、最细的一种，这些分类中包括了大量的彝族传统经籍。其分类情况如下：

> 一、哲学类：61册；二、政治类：4册；三、军事类：4册；四、经济类：2册；五、彝文字典：1册；六、教育类：5册；七、神话类：23册；八、传说类：67册；九、故事类：32册；十、寓言类：1册；十一、诗歌类：23册；十二、民歌类：7册；十三、谚语类：1册；十四、谜语类：1册；十五、美术类：11册；十六、文艺类：10册；十七、历史类：279册；十八、谱牒类：20册；十九、地理类：12册；二十、伦理类：62册；二十一、民俗类：348册；二十二、祭祀类：82册；二十三、算学类：92册；二十四、祝辞类：1册；二十五、账目类：1册；二十六、对联类：1册；二十七、金石类：1册；二十八、契约类：1册；二十九、翻译类：1册；三十、天文类：33册；三十一、历法类：22册；三十二、物理类：1册；三十三、动物学：1册；三十四、医药类：9册；三十五、医学类：7册；三十六、生理类：1册；三十七、卫生类：1册；三十八、工艺类：23册；三十九、器乐类：1册；四十、建筑类：2册。[③]

在这个分类目录中，大多数类别中都有彝文经籍。比如，哲学类中有《细赠数》《竹卦书》《献水书》等；政治类中有《祖摩布硕》等；经济类中有《细赠布数》《打铜织绸》；神话类中有《迤陡数》《玉陡数》等；传说类中有《献酒书》《戏则诺则》等；诗歌类中有《细沓把》等；美术类中有《拖巧数》等；文艺类中的《细哪献酒》等；历史类中有《赠数》《布摩颂》《局卓布》《祭祖书》等；谱牒为中有《匿姆数》等；地理类中有《指路书》等；伦理类中有《丧事献

① 陈长友，王继超，禄智义，陈开荣，陈朝贤. 彝文典籍目录[M]. 成都：四川民族出版社，1994.

② 陈长友，王继超，禄智义，陈开荣，陈朝贤. 彝文典籍目录[M]. 成都：四川民族出版社，1994：前言：12.

③ 陈长友，王继超，禄智义，陈开荣，陈朝贤. 彝文典籍目录[M]. 成都：四川民族出版社，1994：目录：1-12.

酒》《献茶书》等；民俗类中有《叟卡陡》《苟哺镂》等；祭祀类中有《发丽献酒》《米色把》《祭祖书》《献药》等；算学类中有《数舍》《数莫》《迤玛乍》等；天文类中有《藉谷数》《藉姆投》等；历法类中有《历书》《尼哈硕数》等；医药类中有《靡诺巧》等；生理类中有《把数》；卫生类中有《悉赛陡》；工艺类中有《建宗祠》；等等。从数量上看，有一半以上是经籍。

当然这一分类法，不是按照通行的26个学科的分类方法，而是根据当时对彝文古籍内容的理解而加以细致的区分，其中有的归类过于细致。例如，对联一类，诗歌一类，都可以归类到文学类之中；生理类可以就近归并到卫生类之中，等等。分类者在后来可能也认识到这一分类的不科学性，在后来的一个研究中，对这个分类又重新进行了归并，按照大合并的方式，把这些古籍分成了“历史地理类”“政治类”“谱牒类”“经济类”“教育类”“哲学思想类”“天文历法类”“文学艺术类”“宗教类”“民俗类”“算命学类”“其他类”12类。[①]

当然还有更为简略的分类方法，直接把彝文古籍分类为“宗教”“历史”“教育”“文学”“历法占卜”几个大类。[②]

在目录和提要类型的书籍中，比较有代表性的还有一部是《中国少数民族古籍总目提要·贵州彝族卷（毕节地区）》的分类。这部提要类书籍，收集了2900多条贵州省毕节市（原贵州省毕节地区）内近3000部彝文古籍的情况进行编目并写作提要，其中有讲唱类560多条，碑刻铭文类80多条，其余的全部是文献类。而文献类古籍共分为14个类别，如下：

> 一、丧祭习俗类：①丧祭献祭，②丧祭禳解消灾，③丧祭主体仪式，④丧祭指路；二、祭祀祖宗类；三、祭祀与崇拜神祇类；四、祈福消灾类；五、历史谱牒类；六、摩史丧礼文献类；七、摩史婚礼艺文类；八、天文历法类；九、教育文献类；十、彝文长诗与歌词；十一、军事文献类；十二、翻译与故事类；十三、占算预测类：①测算日期，②命运预测，③占算疾病，④占算死亡类，⑤占看鸡卦（股骨），⑥占看猪膀，⑦占看竹卦，⑧占算凶兆，⑨占算失物，⑩占梦；十四、其他类。[③]

① 陈光明，李平凡. 贵州彝文古籍整理翻译研究[M]. 贵阳：贵州民族出版社，2008：目录：1.

② 徐丽华. 北京地区彝文古籍总目[M]. 北京：民族出版社，2011：1-12.

③ 陈乐基，王继超. 中国少数民族古籍总目提要——贵州彝族卷（毕节地区）[M]. 贵阳：贵州民族出版社，2010：前言：7.

这个提要中的14类古籍文献，至少2/3以上的文献都是彝族传统经籍。其中还有属于毕摩文献中的文学类典籍。而标明为摩史文献的，由于彝族古代的摩史，绝大多数往往由毕摩兼任。例如，在丧祭礼仪中，事主所请的毕摩称为毕摩；而前来吊唁的亲戚所请的同行的毕摩则称为摩史；在日常生活中同样是毕摩，由于在同一场丧祭活动中所处的主、客身份的不同，便被分别称谓为毕摩和摩史。因此，这其中的一些摩史文献，也可以看成毕摩文献。也就是说，可以将它们列为彝族传统经籍之中。而这些摩史文献，很多在形式上就已经被称为文学作品。

三、大型汇编丛书类书籍的分类

关于彝族传统经籍的大型汇编、丛书一类的书籍，目前最为著名的就是两种：其一就是《中国少数民族原始宗教经籍汇编·毕摩经卷》；其二就是《彝族毕摩经典译注》。

《彝族毕摩经典译注》共计106卷，从书名上看，全部都是彝族毕摩经籍。但是实际的情况，有小部分则只是由毕摩收集、翻译的非毕摩经典，例如，地名录一类，如《楚雄州彝语地名集》；语词集一类，如《彝语俚颇土语词汇》；还有毕摩用彝文翻译的汉族文学作品，如《唐王游地府》《太上感应篇译释》等。

同时，这套大型丛书，没有直接对收入其中的106卷毕摩经典进行明确的分类。然而从前面列举的目录上看，其中的绝大部分是彝族丧葬类、丧祭类传统经籍，其次最多的是祭祖类经籍，再次为毕摩历算类经籍。另外一部分经典中文学作品居多。

这套大型丛书最可贵的是，把彝文原文都放在书中，并且用国际音标进行读音标注，同时进行了一个彝文（彝语）一个汉字的一对一直译，再进行意译，在比较生僻的地方进行注释。这是丁文江、罗文笔和马学良先生发明的目前最为科学的一种翻译方法——“四行加注”。这种翻译方法为研究彝文经籍，提供了最为原始和直接的材料，其科学价值是最高的。

《中国少数民族原始宗教经籍汇编·毕摩经卷》这部大型汇编，在对彝族传统经籍的分类上，也是目前最为科学和全面的一部。这部汇编把从全国各个彝族地区的毕摩经汇集起来，用划分彝语方言区为大纲，以这些传统经籍的内容为要目，把毕摩经即彝族传统经籍分为八类。各类的情况如下（不含附录中的313部条目和10部举要，只列举有内容的194部的情况）。

一、祭祖类：北部方言区有5部；东部方言区有17部；南部方言区有1部；东南部方言区有2部。二、丧葬类：北部方言区有1部；南部方言区55部；东南部方言区有19部。三、敬神类：北部方言区有1部；南部方言区有27部；东南部方言区有9部。四、祈福类：南部言区有2部；东南部方言区2部。五、驱邪禳鬼类：北部方言区有5部；南部方言区有12部；东南部方言区有12部。六、招魂类：南部方言区有8部；东南部方言区有4部。七、占卜类：北部方言区有3部；东南部方言区有1部。八、其他类：北部方言区有4部；南部方言区有1部；东南部方言有2部。[①]

从以上列举的篇目中看，除了东南部方言区有完整的8个类别外，其他3个方言区并不是所有的类别都收齐。这并不表示这些方言区门类不全，只是没有在这部汇编中收集而已。例如，东部方言区只有一个类别，但是在《彝文典籍目录·贵州卷（一）》的分类却有40个类别之多。而从其附录的东部方言区的10部提要中，还可以看出有其他三个类别的经籍。北部方言区也不是8个类别的内容都齐全，但是从附录的313部毕摩经目录中，实际上所有类别都有。所以，从目前所公开出版的彝族传统经籍按内容分类的著作中，这部汇编的价值仍然是最大的。

《中国少数民族原始宗教经籍汇编·毕摩经卷》在彝族传统经籍的内容分类中价值最大，有以下几个理由。

第一，《中国少数民族原始宗教经籍汇编·毕摩经卷》所收录的经籍涵盖的地域最广。彝族有六大方言区，有古籍传承的四大方言区的经籍都收录了。此前马学良先生对云南古籍的分类仅限于云南，《彝文典籍目录·贵州卷（一）》的古籍仅限于贵州省，《中国少数民族古籍总目提要·贵州彝族卷（毕节地区）》的古籍则只限于贵州省毕节市（原毕节地区），《北京地区彝文古籍总目》的古籍只限于北京市，而《彝族毕摩经典译注》的古籍从书目上看，没有四川省的。

第二，《中国少数民族原始宗教经籍汇编·毕摩经卷》所收录的彝族传统经籍体例纯粹。它所收录的内容，基本上是清一色的毕摩经籍，而且是严格意义上的彝族传统经籍，没有杂有“地名集”“词汇集”和翻译的其他民族的作品。

第三，《中国少数民族原始宗教经籍汇编·毕摩经卷》所表现的文学特征极

---

① 黄建明，巴莫阿依. 中国少数民族原始宗教经籍汇编·毕摩经卷[M]. 北京：中央民族大学出版社，2009：目录.

其突出。这些经籍虽然全部翻译成了汉文的作品，但是保留了彝文五言诗的传统句式（少量是长短诗歌句式），从形式上保存了这些经籍的文学品质。即使从传统的文学理论的角度上进行分析和研究，这些经籍在叙述、描写、抒情、人物刻画，以及比喻、象征、夸张等修辞手法的运用上，与原彝文经典相比，除了韵律上有区别外，其他的文学手法差别不大，《中国少数民族原始宗教经籍汇编·毕摩经卷》的文学性特别突出。

第四，《中国少数民族原始宗教经籍汇编·毕摩经卷》的体量大，内容多。从收录的经籍的内容上看，它仅次于《彝族毕摩经典译注》，是目前处于第二位的彝族传统经籍文学作品总集。

第五，《中国少数民族原始宗教经籍汇编·毕摩经卷》的分类科学。这部汇编在分类方法上，吸收了此前出版的各种彝族古籍分类的方法，在综合各种分类方法优劣的基础上，提出了能够较为全面概括各种彝族传统经籍的新分类，属于彝文经籍分类方法的最新成果。

这部汇编提供的分类方法的意义在于，它把数量繁多而庞杂的彝族传统经籍进行了较为完整、标准比较统一的分类，便于给研究者列出一个面目清晰的经籍大类。这就像孔子删诗一样，把众多的先秦诗歌分为“风”“雅”“颂”几个大类别，从内容上给予粗线条的勾勒，有利于研究者从每一类中选择有代表性的精品进行分析、比较。

当然，选择《中国少数民族原始宗教经籍汇编·毕摩经卷》的分类方法，对彝族传统经籍进行文学研究，并不是说一定要选择这194部经籍中的内容来进行研究，而是要选择这种分类方法，对彝族传统经籍进行分类，然后从这些类别中选择合适的精品进行研究。因为从文本的角度上来看，这个汇编毕竟没有彝文原文，我们研究的主体，还是要选择有彝文原文作为对照的文本，以利于读者进行比较和鉴别，提升研究成果的质量。

第三节　信仰标准的分类

信仰是一个比较空泛的概念，但也可以是一个具体的实指。作为空泛的概念而言，它只有一个定义，主要是指人所追求的终极目标，或人为之奋斗的终极理想。作为具体的实指，大而言之有唯物主义信仰体系、唯心主义信仰体系，当代还出现了物质主义。再往次级上去分，就牵涉到各种巫术、宗教和民间信仰形式了。世界上有三大宗教，即基督教、佛教和伊斯兰教，还有其他一些宗教如道教、印度教、东正教等，都是具体的宗教信仰。而在一些民族中，没有具体而成熟的宗教信仰体系，但是也有自己的原始宗教或者传统信仰形式，中国南方的不少民族都是这种情况。彝族在外来宗教如佛教、基督教等传入本民族地区之前，主要是信仰传统宗教，也就是常说的“毕摩教”“祖先崇拜”等。然而经过仔细考察，彝族的信仰情况是以祖先崇拜为主，以自然崇拜、图腾崇拜、神灵崇拜为辅[①]，同时吸纳了部分外来宗教如基督教、佛教，也有土主崇拜。[②]彝族的自然崇拜信仰，图腾崇拜信仰，祖先崇拜信仰，神灵崇拜信仰，是彝族传统的宗教信仰，是彝族传统民间信仰的主流，特别是祖先崇拜，是彝族有特色的核心的宗教信仰形式。从名称上来看，祖先崇拜许多民族都有，因此，有的专家、学者也用“彝族毕摩教”“毕摩文化”来代指彝族的传统宗教信仰显得更有特点，也能和其他民族的祖先崇拜区别开来。

在彝族传统的四种主要信仰形式，即“自然崇拜”“图腾崇拜”“祖先崇拜”“神灵崇拜”中，每一种都有具体的仪式、活动及其功能和作用，每一种都有一些具体场合所使用的经籍，下面分别作简要介绍。

一、自然崇拜类经籍

自然崇拜是彝族古代在认识自然的过程中，由于局限于科学知识的匮乏，用自己当时具有的认识能力，对自然物与人的关系的一种认识和定位。彝族古代对生长万物的土地，滋养万物的水流，高大的山峰，宽阔的大坝，天上的太阳、月亮、星星，风、雷、雨、雪，日夜的更替，四时的变化等，用当时能够达到的认知能力进行思考，得出了一整套人文主义的认识结果，认为人在自然面前，并不能够完全主宰自然，自然是人类生存的环境系统，也是造成人类灾难的主要根源，因此产生了对自然的依赖和对自然的崇拜，从而形成了自然崇拜的思想观点。

在杜尔干的《宗教生活的初级形式》的研究中，宗教生活的初级形式主要指图腾崇拜，对自然崇拜没有专门的说明它是不是宗教形式。但是在一般的宗教研

---

① 张纯德，龙倮贵，朱琚元. 彝族原始宗教研究[M]. 昆明：云南民族出版社，2008.

② 杨甫旺，普有华. 彝族土主文化研究[M]. 昆明：云南民族出版社，2013.

究之中，通常也把自然崇拜作为一种原始信仰形式，也就是原始宗教范围内的传统信仰。因此，在此也将彝族的自然崇拜归于彝族原始宗教信仰的一种形式。

彝族自然崇拜主要体现在对自然的祭祀、祈求仪式之中。彝族对自然的祭祀对象较多，也体现了彝族自然崇拜对象较多。不过这些崇拜对象，都是与人类生活密切相关的自然，如土地、山峰、太阳、星辰等。这类经籍，在《中国少数民族原始宗教经籍汇编·毕摩经卷》中，东部方言区有《省色多苏》，南部方言区有《祭坝神经》《祭井经》《祭彩虹经》《祭山神经》《祭风神经》《祭土地神经》等，东南部方言区有《祭风调雨顺经》《祈雨经》等。有的经籍从名称上看似乎是自然崇拜一类的经籍，其实它的主要内容是祭祀具体的人物变成的神灵，如东南部方言区的《祭圭山经》《祭陆良盆地经》等，虽然有一小部分内容涉及圭山、陆良盆地，实际上主要是祭祀以圭山、陆良盆地为"根据地"的两位著名人物演变而来的神灵。[①]因此，在对这些经籍进行分类的时候，不能望文生义，而要在阅读内容之后再作判断。

例如，彝族有祭祀土地神的仪式，称为"米色把"，直译为"地神颂"，也称为"省舍多""靡色弄"等，都是一个意思。在祭祀土地神时有专门的时间、地点、参加人员、主持人、祭物、仪式，特别是有相应的经籍。《省色多苏》就是专门祭祀土地神的一种经籍。在这部经籍中，对土地与人类关系、人类为什么要祭祀土地神、古代彝族著名君长如何拥有土地、土地如何哺育人类与万物等，都有专门、明白的叙述。由于这部经籍在自然崇拜类经籍中非常具有代表性，内容的丰富也是其他同类经籍无法比拟的，因此，在后面的叙述中，选择《省色多苏》作一个比较详细的介绍。

（一）祭祀土地神的经籍

以贵州省毕节市（原毕节地区）为例，九个县区的布摩都收藏并使用祭祀土地神的经籍。

1.《祭神树时献牲经》

贵州省威宁彝族回族苗族自治县雪山镇新街龙绍清毕摩家旧抄本。该书由《祭

---

① 黄建明，巴莫阿依. 中国少数民族原始宗教经籍汇编·毕摩经卷[M]. 北京：中央民族大学出版社，2009：991-999.

神树时献牲经》《祝告土地神》《更换祖筒》三部经书辑成。介绍向土地神献鸡牲与奠酒仪式，祈求土地神收走各种灾难祸患，以保其辖地内风调雨顺、年景丰收、人口平安。该书末尾抄有《更换祖筒经》的开头部分。

2. 《祭山诵经》

贵州省纳雍县新房彝族苗族乡河头村一带旧抄本。该书分为7个章节，依次为《祭山诵经》《立行为规矩》《侍奉恭维》《退邪》《祭土地神》《还土地神愿》《还祖灵愿》。该书是为了地方安宁、驱邪退病、六畜兴旺、五谷丰登向所有山神（十二神）、所有土地神（十二灵）献祭，反映万物有灵观念与对环境和谐相处的愿望。

3. 《告神树经》

贵州省赫章县双坪乡大石村三家寨李朝文先生家旧抄本并收藏。该书由《告神树经》《占看妻命子命》《属相与风向》等合成。通过祝告神树，请神树向土地神父母转达所还的愿信；请地方土地神做主，收掩水、涝、旱、火、疾病、瘟疫、盗贼、官司、口舌等灾难祸祟，保一方、保一寨、保一户人口平安，五谷丰登、六畜兴旺。通过男性对象的出生年月日时所占星宿、干支、五行、八卦，断其婚姻与子女状况。通过大年初一的风向与地支属相断全年年景、气候，择找挖渠、播种、植树等日子。

4. 《安神消灾经》

贵州省威宁彝族回族苗族自治县雪山镇新街龙绍清毕摩家旧抄本。该书分为《清点》《退死煞病神》（两篇）《侍奉经》《还功力愿》《还魂马愿》《清明献酒经》《恭奉经》《祭水神借威力》《为德布洁净》《为德施洁净》《献牲祭树神》《祭居住地土地神》《交代土地神》《拜毕摩》等15篇（章），介绍祭游离之魂灵，祭土地神，退死煞病神，清除污秽的污染，还所欠愿信，祭奠祖宗与毕摩神以酒，达到消灾消祸的目的。

5. 《祭神树经》

贵州省威宁彝族回族苗族自治县雪山镇新街龙绍清毕摩家旧抄本。佚名撰。该书叙述“六祖”分支后各支的分布地域，乌撒部从磨弥部分支后，俄索依建基立业，依孟德开基黔边地，确定四边地界；介绍向乌撒部地盘上的山峰、河流、平坝、悬崖等所有处所的土地神献祭，使之带走或免除一切天灾人祸，以保一方平安。

6.《祭祀土地神经》

贵州省威宁彝族回族苗族自治县迤那镇王世顺毕摩家旧抄本，仅有一个标题，内容为，向土地神界各司其职的君、臣、毕摩、男、女、压界、把渡、护路、守关及所有处所角落的土地神献酒献祭，交代乌撒部的属地界线、山脉主峰、河流等，认土地神（下层为猴、水獭、多为黑蛇、灰蛇、花蛇）为父母，把一切灾难祸崇转嫁给土地神。[①]

（二）祭祀土地神经籍选译

贵州省威宁彝族回族苗族自治县雪山镇新街龙绍清毕摩家旧抄本《省舍多苏（献祭土地神经）》，在前面的介绍中，虽然已经多处引用了其中的内容，但是鉴于这部经籍的重要性，特别是其中内容所包含的历史文化内涵的丰富性，现将其主要内容翻译介绍如下：

> 向神座内献酒。酒献濮矫矫，酒献诺朵朵，酒献濮布余，酒献诺布德，酒献濮始楚，酒献诺作姆，酒献掌地女，酒献掌土男。高处九排星，酒献九排星；低处八排星，酒献八排星。中间位三排，酒献给三排地神，酒献掌渡神，掌渡神诺戈备；酒献守路神，守路神寿布鲁。献镇界神灰蛇，献订界神黑蛇，献护界神花蛇，九十九地神，黑蛇尾多如流水，六十六地神，灰蛇无数计，三十三地神，花蛇花色繁，酒献地女吐足佐，酒献土男舍啻蒂，屋檐下是向富地神献酒。酒献地高威，酒献土名旺，献土地富贵，献土地志气，向竹木林中、耕牧的土地、基宅的土地神献酒，上左是向威风地神献酒，上右是向名望地神献酒，宅基内是向贵地神献酒，屋檐下是向富地神献酒（酒的来历与酒的制作及再次重复献酒等长篇略）。
>
> 酒献主持者，若德布在场，多同米谷德布氏，妥尼旬替诺克博，大有名声的，是维遮阿买氏，是纪俄勾家，即默遮乌撒氏，托依孟德福，把盏把酒献。若德施在场，向弓位三奠。先祖慕齐齐之后，峨可里拉的齐雅宏，在叩娄赢谷，默德施后裔，有诺札能益氏，阿诺布布子孙，有旬鲁能益氏，笃左洛佐子孙，有亨古那益氏，罗佐那德子孙，有旨堵能益氏，那德阿迭子孙，有侯比能益支，阿铁侯古子孙，有妥

① 王继超，余海. 彝族传统信仰文献研究[M]. 贵阳：贵州民族出版社，2010：185-187.

洪能益，阿布依里子孙，姓氏是这些。姓往高处理，源往低处流，家族相济兴，家族和睦盛，贵把门户撑，天空高昂昂，松柏花芃芃，谷昌海水满，鹤样喜盈盈。叙述在理上，主持把地奠，位居于长者，主持把土祭，父子相承袭，婆媳相传承，家内的奴婢，把祭奠掌管，教之伐竹木，教得竹木活，就得竹木用。地上住的人，祖尊者为贵，如坝中流水，富有者气粗，想办法找钱，祭奠为收钱，富贵深似水，送到家中来，经过神指点，如愿以尝，松柏花芃芃，使住地受益，在地威高、土望大之内，在这棵神树、这棵神木所辖内，人丁旺之家，祖宗神座地，祖宗神位地，所有长松长桃地，所有驯牛练马地，所有受祭奠地方，地根生丁地，地产生好缘，土根生于土，土产生好缘，去年十个月之内，高山送了银，为送银而奠，山谷送了金，为送金而奠，庭园送了鸡，为送鸡而奠，得丰收，有赢余 ，稳稳当当，充足盈余。到今年十二个月中，高山送给银，为送银祭奠，山谷送了金，为送金祭奠，庭园送了鸡，为送鸡祭奠，用白米祭牲献神，规定献祭数，祭日一公鸡，祭月两公鸡，额索三公鸡，地神四公鸡，送到银神门，送到金神门，该献地神时献祭，该献土神时献祭，古时祖传统，古时祖习俗，由自家沿袭。送走穷命送走是非，送走违心，送走过错，送走讨吃的，送走讨口的，送走爬大岩的，送走误入深山的，送走远路迷途的，要妻子平安，送走头痛病，要子女平安，送走腹痛病，送走破日子，送走败日期，送走口舌，送走忧愁，送走奴逃翻山的漏洞，送走马失断缰绳漏洞，凡高山之顶，送走富贵的漏洞，凡深谷之底，送走牧放牲畜的漏洞，送走灾难与祸患，送走战争与仇杀，送走倒霉与晦气，送走火光与灾难，送走窃贼与强盗，送走冰雹与旱灾，送走山塌与地陷，送走疯狗与呆羊，送走歉收的年景，送走各种传染病，送走糟粕与渣滓，送走呈红绿风寒，送走绝症与怪病，送走皮开与肉绽，送走牛病与猪瘟，送走鬼怪与邪魔，送走牛癞与马疥，送走地克星，送走土克星，送走地神的克星，送走地神的灾星，送走的不祭……（向十二福气献酒经，略）

在卓雅纪堵，六支人地广。武拓地多同，至多同四面，武的耕地广，武的土肥沃，乍拓地可道，可道至可乐，乍的耕地广，乍的土肥沃，糯拓地俄姆，俄姆到洪所，糯的耕地广，糯的土肥沃，侯拓地易蒙，易姆至阻姆，侯的耕地广，侯的土肥沃，布拓地妥濮，妥濮至恩博，布的耕地广，布的土肥沃，俄索布余时，纪古鲁堵建立勾，建立了基业，得一份家业，以土地为大，把土地祭奠，土地生富贵，起点从米嫩与奏凯，勒洪山第三，土地密集，中部三山脉，女武与赫取，博邹山第六，则雄与孰洪，支卓洪第九，左色图三山，右布都四山，下至扯勒雅益，中为耐恩四部，下至雄所札，遮沽与格乌，洛宰洪第十，峨嘎与妥乌，苦则姆是十二，回头观故居，羊群连牛群。阿德布家，从洛布洪起，边至德歹洛吐，边至布雄益迫岩，右至安布寨左博，中在耐恩乌本博。默拓地体吐，体吐至周堵，默的耕地广，默的土地肥沃，旨堵能益家，土地的范围，上至珠吐勾纪，末至阿妥洛则，左为三布雄，右为四布所，在这一地域，树长显地威，木生定界线，河流为界标，土地范围远，土地幅员广，每幅有生机，土地上播种，地君恒仇叩，地臣恒布余，布摩濮始楚，地匠够阿娄，地女穿白衣，地男编黄辫，端坐在地上，端坐在土上。……

所有绾髻的，是地神之子，所有编辫的，是地神之女。绾髻的是地神奴，戴辫的是土地婢，长角的是地神牛，长蹄的是地神马，生蹄的是地神羊，生爪的是地神鸡，狗是地神狗，偶蹄的是地神猪，曲角的是地神山羊，所有都是地神奴，所有都是地神婢，在北部方位，冰雹会成灾，梅雨会成灾，收了给地神，地神处置它，在南部方位，会形成虫灾，会形成鼠灾，收了给地神，地神处置它。在东部方位，会起传染病，收了给地神，地神处置它，在西部方位，会有牛凶死，会有瘟猪起，收了给地神，地神处置它。为这一村人，为这个寨落，除冰雹旱灾，除虫灾鼠灾，除雷电之灾，除疯狗呆羊之灾，除霉气晦气，除传染绝症，除糟粕渣滓，除客星病灾，除红绿风气，除皮开肉绽，除牛死猪瘟，除鬼怪邪魔，除牛巅马疥，除灾难祸患，除战争仇杀，除反叛暴乱，除火光之灾，除窃贼强盗，除是非，除口舌官司。把伤害战胜，壑谷出现虎，把虎豹处置，砍窃贼之手，割骗子之舌，弊妒忌之眼，抵触者角断，踢人者蹄分，贪买者迷神，贪卖者走眼，仇人力衰竭，除接踵预兆。除连番预兆。除害人司署鬼，除周边虎豹，除田间虫鼠，收了交地神，由地神处置，地神是父母，没一样不管，除不了的都兜收，收不了的都压制，地神除得净，地神收得了，掌渡的掌渡，诺戈备掌渡，守路的守路，寿布鲁守路。[①]

二、图腾崇拜类经籍

在杜尔干的研究成果《宗教生活的初级形式》中，认为图腾崇拜是宗教生活的初级形式。这个理论得到了全球绝大多数学者的认可。图腾崇拜在各民族中的表现形式不同，主要是崇拜对象的千差万别。图腾崇拜的对象还因为各民族生活的地理区位的不同，也体现出不同的差别。例如，草原上生活的民族，崇拜狼图腾；东北森林中生活的民族，崇拜熊图腾；水边生活的民族，崇拜鱼图腾。西南彝语支民族中，有崇拜虎图腾的，有崇拜鹰图腾的，不一而足。

彝族的图腾崇拜，根据杨和森在《图腾层次论》中的研究成果，图腾崇拜有原生图腾和演生图腾，还有再生图腾等多个层次。虎图腾是彝族的原生图腾，其他的图腾则是在此基础上的演生图腾，或者再生图腾。[②]龙倮贵在其专门研究彝族图腾的专著《彝族图腾文化研究》中，对彝族的图腾崇拜进行了较为细致的分类，重点研究了彝族的虎图腾文化、龙图腾文化、葫芦图腾文化、竹图腾文化、鹰图腾文化，介绍了牛图腾文化、马缨图腾文化、松木图腾文化和蝴蝶图腾文化等。[③]

（一）虎图腾崇拜

彝族的虎图腾崇拜产生于虎生万物的创世观念、人虎互变的发展观念，因此彝族以虎为图腾徽号、为名号，在日常生活中说虎、画虎、塑虎，有戏虎、耍虎、舞虎的游戏与活动，使用虎历，有虎星占，服饰中有虎的文化内涵[④]等。彝族的虎图腾崇拜，有正向的祭祀仪式活动，也有反向的驱逐仪式。正如弗洛伊德在其《图腾与禁忌》中所说的一样，由于图腾的性质，人们也将图腾列为禁忌的内容之一。在彝族的虎图腾文化中，这样的体现还存在。例如，滇南彝族尼苏颇支系的婚礼

---

① 王继超，余海. 彝族传统信仰文献研究[M]. 贵阳：贵州民族出版社，2010：189-193.

② 杨和森. 图腾层次论[M]. 昆明：云南人民出版社，1987.

③ 龙倮贵. 彝族图腾文化研究[M]. 昆明：云南民族出版社，2013：目录.

④ 龙倮贵. 彝族图腾文化研究[M]. 昆明：云南民族出版社，2013：57-95.

中，新郎家延请毕摩举行仪式为新郎、新娘驱射称为“乍弄”的白虎。当新郎新娘来到新郎家的大门口时，新郎站在大门左边，新娘站在大门右边，面朝外背朝内，毕摩站于大门内，面向新人背部，门头横拦一股黑白线，黑白线上系一对笋叶剪成的阴阳鸟，以示“乍弄”即白虎。毕摩脚下置一筛子，筛子内有一对黑白鸡，还有一碗米，一个破碗里装有粗糠、灶灰、火炭、冷饭团、黑白线、五金碎片、辣椒等，一束用尖刀草、红木枝、桃枝、小黑泡刺条、地板藤等扎成的“施甲补”。毕摩倒披蓑衣，手持杨柳树枝做成的简易弓弩和箭，并念诵彝文经籍《驱射乍弄经》。[①]经文摘译如下：

> 远古的时候，天和地相配……乍和弄相配，毕摩手持弓，不射乍和弄，乍弄来作祟，夫妻命不长，夫妻不生子，夫妻不育女，生子会夭亡，育女会命短。现在啊吉时，这一家门口，毕摩持弓箭，毕摩先祭你……快快离此地。乍弄你不走，妖怪不逃走，毕摩弓和箭，要射死你们，乍弄你变虎，乍弄你变鹰，专作祟夫妻，毕摩有利箭，专射你乍弄，专射你祸祟。毕摩的利箭，不射夫与妻，不射儿和女，不射孙子们，不射寿命神，不射五谷魂，不射金银神……毕摩的快刀，不杀夫与妻，不杀儿和女，刀尖对乍弄，刀尖对妖魔，刀尖对鬼怪……毕摩的神鞭，不抽夫和妻，不抽儿女们，不抽孙子们，只抽乍和弄……毕摩射乍弄，乍弄被射死。毕摩射妖魔，妖魔被射死。毕摩射鬼怪，鬼怪被射死。毕摩射祸邪，祸邪被射死，毕摩抽乍弄，乍弄被抽跑……[②]

彝族婚礼中类似的驱白虎仪式在贵州也是非常普遍的。在贵州的黔西北地区，这类仪式称为“退白虎”。

滇中双柏县小麦地冲彝族村寨，每年农历二月二十八日祸祟驱白虎时，各户在供桌上准备好酒、肉、糌粑、青苞谷、面食等，敞开大门，恭候跳傩队的到来。跳傩队到来，先在门外跳，然后逐一跳进家门口。同时，毕摩在门前念诵《驱鬼经》和《驱白虎经》及迎接吉祥、富贵、福禄、财喜的话语。《驱白虎经》内容是：“害稼禾的白虎，死牛瘟马的白虎，闯灾惹祸的白虎，戮锅倒灶的白虎，命

① 龙倮贵. 彝族图腾文化研究[M]. 昆明：云南民族出版社，2013：83.

② 黄建明，巴莫阿依. 中国少数民族原始宗教经籍汇编·毕摩经卷[M]. 北京：中央民族大学出版社，2009：775.

运不顺的白虎，四处吵闹的白虎，出去罗，白虎到远远的地方去吧。”[①]

值得注意的是，在滇南石屏县哨冲镇水瓜冲一带彝族十二年一次的“德培哈”仪式，即祭龙的活动中，在念诵大部头的《祭龙经》中，也念诵其中含有的内容——《驱白虎邪经》。[②]

（二）龙图腾崇拜

龙图腾崇拜也是彝族图腾崇拜中主要的一种。关于龙图腾崇拜的相关研究，将在内容研究部分进行，此处不再赘述。

（三）葫芦图腾崇拜

葫芦崇拜是彝族图腾崇拜中的一种。葫芦因其形状如同孕妇，且腹中多籽，被生长在南方的各民族所重视，古代有多个民族、族群都崇拜葫芦。《诗经·大雅·绵》中有“绵绵瓜瓞，民之初生”的诗句，其中就隐含了葫芦崇拜的意蕴。

彝族的洪水神话《洪水泛滥》[③]《洪水滔天史》[④]《梅葛》《查姆》《阿细的先基》等之中，都有在洪水泛滥或者遭遇其他灾难之后，葫芦保护彝族人的祖先生存下来，繁衍了彝族人的先祖的神话传说。贵州的彝族人也广泛流传着“葫芦兄妹造人烟”的传说。彝族的葫芦崇拜，普珍在《中华创世葫芦》一书中，研究甚详。[⑤]龙倮贵的《彝族图腾文化研究》中也列了专章对彝族的葫芦崇拜文化进行专门研究。[⑥]滇南红河两岸的彝族尼苏颇支系，男女青年结婚时举行婚礼，还有“破葫成婚”的习俗。当新郎新娘来到新郎家的正堂门前，新郎的一位姑姑手持一个装有五谷籽、五金碎片和灶灰、粗糠的葫芦站在那儿，口中念道：“不砸天与地，不砸日和月，不砸山和河，不砸水和土，不砸草和木，不砸路和道，不砸家屋门，不砸房和屋，不砸家和灶，不砸五谷魂，不砸六畜魂，不砸钱和财，不砸福和禄，

① 龙倮贵. 彝族图腾文化研究[M]. 昆明：云南民族出版社，2013：86.

② 马立三，普学旺. 云南民族古籍丛书·祭龙经[M]. 普学旺，杨六金，梁红，普璋开，罗希吾戈译注. 昆明：云南民族出版社，1999：355-388.

③ 洪水泛滥（云南省少数民族古籍译丛第 11 辑）[M]. 李忠祥，张庆芬，方贵生译. 昆明：云南民族出版社，1987：1-27.

④ 洪水泛滥（云南省少数民族古籍译丛第 11 辑）[M]. 李忠祥，张庆芬，方贵生译. 昆明：云南民族出版社，1987：56-59.

⑤ 普珍. 中华创世葫芦[M]. 昆明：云南人民出版社，1993.

⑥ 龙倮贵. 彝族图腾文化研究[M]. 昆明：云南民族出版社，2013：135-174.

不砸富和贵，不砸祖和妣，不砸爷和奶，不砸父与母，不砸夫与妻，不砸子和女，不砸老和幼，不砸男和女，不砸家和族，不砸亲和戚，不砸朋和友，不砸翁和婿，不砸甥和侄，不砸邻居家，不砸对门人。只砸此葫芦，砸开此葫芦，跳出人种来，早抱上子孙。”念毕。姑姑举起葫芦，“啪”地砸在新郎新娘的脚下，让新郎、新娘踏着葫芦碎片、五谷籽和五金碎片步入正堂，意为大吉大利，又意为新郎、新娘家各种物种都已经备齐，只等新娘来播种、孕育和收获，生儿育女。这一民俗活动是“兄妹成亲后，生下一个葫芦，哥哥用刀或剑辟开葫芦，人种从葫芦中走出来”的传说的再现和追述。葫芦多籽又繁衍快，男女结婚砸葫芦，就有能早生儿女、早抱子孙，并且子孙满堂的含义。[①]在贵州省威宁彝族回族苗族自治县的马街，至今仍然有一个习俗，当地彝族举行完婚礼之后，要办一个答谢帮忙弟兄的宴席，帮忙弟兄们会在堂屋中牵起手来，在一个领头人的带领下，其中一人背着婴儿模型，一人手持婚宴所杀的猪的尿泡，一人手握葫芦瓢，跳一个叫“草嘎摸夺”的仪式舞蹈，祝福主人万事如意，新婚夫妇早生贵子。[②]

彝族人去世，也有“魂归壶（葫）天”的寄托。在滇南彝族经籍中，有《洗尸净魂经》，叙述彝人去世后要用葫芦瓢打水洗尸净魂的仪式：“人死不洗身，阴间不干净，名声不好听，好地找不到。洗尸需找水，去找圣洁水。手拿葫芦瓢，肩挑打水桶，走呀走呀走……东方大海水，螃蟹搅浑水，洗尸洗不净。西方大红水，黑鱼搅浑水，洗尸洗不净，不可来洗尸。北方大黑水，泥鳅搅浑水，洗尸洗不净，不是洗尸水。孝男孝女们，皆找洗尸水，踏遍了青山，高山出泉水。泉水清清的，泉水净净的。拿着葫芦瓢，舀在水桶里。找到洗尸水，走呀又回头。一瓢来洗头，洗头头干净。一瓢来洗身，身心洗干净。一瓢来洗手，手脚都干净。洗尸洗干净，干干净净的，干净到阴间，到了这时候，阴间地府门，千门万门开，开门来接你，开门进阴门。”[③]可见，没有葫芦水瓢舀水洗净尸身，要回归祖先之地（即经籍中所称地府）还是不行的。

---

① 龙倮贵. 彝族图腾文化研究[M]. 昆明：云南民族出版社，2013：150.

② 这个仪式舞蹈，于2013年7月11日参加了贵州省彝学研究会、毕节市彝学研究会在贵州省赫章县联合举办的彝族原生态歌舞展演。

③ 黄建明，巴莫阿依. 中国少数民族原始宗教经籍汇编・毕摩经卷[M]. 北京：中央民族大学出版社，2009：560-561.

（四）竹图腾崇拜

关于竹图腾崇拜这个问题在彝族神话、传说和故事，以及彝族文字经籍或者口碑经籍中，都有许多留存。《后汉书·西南夷列传》中，就有夜郎侯生产于竹的记载。彝族史诗《洪水泛滥》《裴妥梅妮——苏颇（祖神源流）》《尼苏史诗》等，都有关于竹子在洪水泛滥后救下彝人祖先，或者彝人在灾难后为竹所救等记载，反映了彝族竹图腾崇拜的早期源头。广西壮族自治区那坡县等地的彝族英雄史诗《铜鼓王》中，也有金竹救下了逃亡中的彝族祖先的记述。早在20世纪初期，就有许多学者到四川、云南等地的彝族地区考察，发现了彝族的竹图腾崇拜问题。雷金流在《云南澄江罗罗的祖先崇拜》[①]中，对云南省内彝族的祖先崇拜中的竹图腾崇拜现象进行了调查研究。雷金流在《广西镇边县的罗罗及其图腾遗迹》中不但调查和解析了广西彝族的竹图腾崇拜，还对贵州省威宁县的竹图腾崇拜也进行了调查[②]。马学良在《罗民的祭祀研究》[③]等调查研究文章中，记述了彝族的竹图腾崇拜现象。彝族作家熊正国收集的流传于贵州省威宁彝族回族苗族自治县的《竹的儿子》[④]中，也专门有竹崇拜来源的传说。王明贵在《论彝族与竹的关系》[⑤]一文中，运用弗雷泽的理论，对彝族的竹图腾崇拜作了较为深透的解析。这些关于彝族竹图腾崇拜的记述中，有不少伴随的仪式与活动，有的还需要有毕摩参与，有的则只需要懂得仪式程序的主持人或事主自己举行即可。

马学良先生20世纪40年代在云南彝族地区调查时，搜集到了许多关于崇竹、赞竹、敬竹的经词。在《罗民的祭祀研究》中，有这么一段：

> 古昔牛失牛群寻，马失马群寻。古昔世间尚未设灵，山竹节疏朗，箐间伴野竹，生长悬崖间，悬崖伴藤萝。未设灵牛食，未设灵马食，未设灵禽栖，今日设灵祖所依，设灵妣所寄，设灵保子媳，护佑诸子裔。古时木阿鹿皋海，天鹅孵幼雏，鹊雁生幼子。散至松梢端，松梢请灵魂，

① 雷金流. 云南澄江罗罗的祖先崇拜[J]. 边政公论，1944，3（9）.

② 雷金流. 广西镇边县的罗罗及其图腾遗迹[J]. 边政公论，1943，（2）：8-9.

③ 马学良. 云南彝族礼俗研究文集[C]. 成都：四川民族出版社，1983：291.

④ 熊正国. 竹的儿子[A]//贵州民族学院民研所. 贵州少数民族民间文学作品选讲[C]. 贵阳：贵州民族出版社，1987：423.

⑤ 王明贵. 奥吉戈卡彝学研究[M]. 北京：中国文史出版社，2013：1-5.

孵入竹谷中，麻勒巫戛，狗变狼口黑，猪变牛胡长，牛变鹿尾散，鸡变野鸡美，彼变非其类，祖变类亦变，祖变为山竹，妣变为山竹。/人若一节兮，设置竹三节。竹若三节兮，设置人六节。人若六节兮，设置九节竹。竹若九节兮，上由天宫白头仙来缚，中由天宫弯腰仙来缚，下由天宫黑脚仙来缚，置灵柏枝杖，置灵呗藤冠，置灵呗布都（巫师祖神），置灵呗灵杖，置灵香醇酒，置灵以香茗，置灵保子媳，保佑诸子裔，孙居旺族居昌。[①]

这其中从“牛失牛群寻、马失马群寻”的观念出发，表达了寻找祖人的灵魂要从山竹中去寻找的思想，实际上就是表达彝族人的祖先产生于山竹的观点。

这些经词作为重要的经籍来源的一个确凿证据，反映出了彝族经籍产生的一个重要的方面。

（五）鹰图腾崇拜

鹰图腾崇拜是彝族图腾崇拜中的一种。鹰在彝族文化中占有很高的位置，从某种意义上说，是彝族文化的代表。彝文古籍《策尼勾则》（十二部君长）中记载：“鹤为君，鹃是臣，鹰为师，民众为群鸟。”而彝族的有共祖性质的英雄神王支嘎阿鲁，是雄鹰所生的神话传说，在整个西南地区彝族中，几乎是家喻户晓、尽人皆知的。云南省关于支嘎阿鲁为鹰所生的神话、史诗为《阿鲁举热》，阿鲁是雄鹰之子的意思。四川史诗《勒俄特依》中，记述了天空雄鹰滴下三滴血，穿透了蒲莫列依女子的九层裙子，之后生下了支嘎阿鲁。贵州的史诗《支嘎阿鲁王》《支嘎阿鲁传》中，支嘎阿鲁生下来后，是鹰的哺乳让他生存下来。彝族的许多神话传说中，都有关于鹰保护彝族祖先渡过难关，使得彝族人得以生存下来的传说。[②]《梅葛》《裴妥梅妮——苏颇》《西南彝志》，以及众多的民间故事传说中，也有关于鹰与彝族先祖的保护与发展关系的各种表述。

同时，在彝族民间信仰和毕摩从事的宗教信仰活动中，有各种关于鹰的口头传统和经词、祭词，有的经过多年流传，被记录成彝文经籍。例如，滇南红河一带的彝族毕摩在为人占鸡卦卜、贝壳书卜前，念诵的咒语中必须提到鹰神。其咒

① 马学良. 云南彝族礼俗研究文集[C]. 成都：四川民族出版社，1983：90-91.

② 吉克·尔达·则伙. 我在神鬼之间——一个彝族祭司的自述[M]. 昆明：云南人民出版社，1990：132-134.

词如下：“天上公鹰神，地上母鹰神，飞到九层天，九层神请来；飞到八层天，八层神请来；飞到七层天，七层神请来；飞到六层天，六层神请来；飞到五层天，五层神请来；飞到四层天，四层神请来；飞到三层天，三层神请来；飞到二层天，二层神请来；飞到一层天，一层神请来。飞到东方地，东方神请来；飞到西方地，西方神请来；飞到南方地，南方神请来；飞到中央地，中央神请来……某某来打卦，某某来占卦，是凶来指点，是吉来传讯，是福来告捷，是祸来告晓……”可见，鹰是未卜先知的存在，是神意的传达者，也是毕摩所依赖的占卜的卜告对象，没有神鹰的存在，毕摩的占卜可能就不会灵验。鹰代表了毕摩的意旨，传达的也是毕摩所占卜的内容。这一口头传承的经词，对彝族民间长期流传的传统口头表达的源头提供了民俗学的例证。

彝族毕摩之所以要借助鹰的力量，还有一个传说，即彝族经籍在传承的过程中曾经被鹰抓去了一部分。马学良先生在《倮族的巫师“呗髦”和“天书”》中记载：“‘呗髦’（即毕摩——引者注）降到凡间，洪水退落，便把经书放在青树叶上暴晒，结果被青树叶黏去一半。因此现存的彝文经书，仅得原数之半。所以呗髦每当作法术诵经之时，必先在祭场上插些青树枝，意即抵补已失去之一半经书。或谓当暴晒经书之时，被老鹰抓去一半，故现云南禄劝一带的彝族呗髦每诵经之时，头戴笠帽，沿上系一对老鹰脚，亦即以鹰爪补损失之一半经书。”[①]

从口头传统经词向书面文本的发展、转变，也是彝文创制之后的必然。在《〈爨文丛刻〉甲编》中收录的《呗髦献祖经》里，专门记述了彝族女里时代、液播时代、策史时代、克姆时代的毕摩，都有蓄养鹰雕、佩戴鹰雕佩饰、向神鹰献祭的记载。在滇南彝族的经籍中，还有狩猎老鹰来作为给病人加工药物的器具，以借助鹰的神力治愈生病的患者的记述。例如，《采药炼丹经》中说：“药已拿到家，舂药却没碓，捣药却没臼，擂药却没杵，晒药却没笆，煨药却没罐，搅药却没勺，筛药却没筛，簸药无簸箕……娘毕额之子，拿着弓和箭，去到山梁子，到林中打鹰。鹰翔林上空，鹰飞如纸飘。一箭先射出，鹰从天落下，射箭来不好。鹰气如雾起，鹰毛如纸飞。射鹰得到鹰。回到家里来……鹰头作碓窝，鹰脚作碓杵，鹰翅作晒笆，鹰皮作簸箕，鹰嘴作筛子。鹰骨作勺子，鹰爪作臼杵，鹰肚作药罐。”[②]这

① 马学良. 云南彝族礼俗研究文集[C]. 成都：四川民族出版社，1983：17-18.

② 黄建明，巴莫阿依. 中国少数民族原始宗教经籍汇编·毕摩经卷[M]. 北京：中央民族大学出版社，2009：634.

是普通人借助鹰的各个部位作为煎药器具的具体的记载。可见，除了毕摩之外，古代彝族人都知道鹰的神力，知道如何借助鹰的神力来解决所遇到的灾难、病患。

（六）其他图腾崇拜

彝族还有牛图腾崇拜、马缨花图腾崇拜、松木图腾崇拜、蝴蝶图腾崇拜等。具体到各个氏族和亚氏族，还会有具体的图腾崇拜对象。在此介绍彝族牛图腾崇拜。

在贵州省的黔西北彝族地区，每到彝族十月年的时候，彝族群众一般都打米粑。米粑作为过年的一种重要食物，不只用来敬奉祖先、神灵，还要给耕作了一年的牛一块米粑。一般情况是打一块米粑用绳子穿好，挂在牛的角上，把牛牵到水塘或者河水边，让牛看见，表示彝族人没有忘记牛的辛苦劳作，过年的时候让牛一同享用收获的成果。

云南彝族有为牛招魂的习俗，固定的招牛魂活动的时间通常是农历五月第一个属牛日。永仁县的彝族招牛魂时间在农历正月初二到初十期间，以村为单位举行，届时由村中一位男性长老或者请毕摩主持抬牛魂仪式。其招牛魂词如下：

> 回来，牛魂回来！牛魂回家来！太阳落山了，你该回来了。星星出齐了，你该回来了。年头年尾转了，你回圈里来，来你坐处坐，来你站处站，来你玩处玩。牛魂在它犁过的地里，不要再把那里留恋；牛魂在它吃过草的山上，牛魂从山上回来。不要玩着水就不动。牛魂在它打过架的地方，牛魂从打架的地方回来，不要再同野牛作伴。牛魂在它玩过的邻家，牛魂从邻家回来。牛魂在它睡过的地方，牛魂从睡处回来。一窝窝地回来，一群群地回来。领着旧的牛魂来，带着新的牛魂来。牛魂快回来，回到圈里来。春夏六个月，山下草木旺，牛魂在山里，牛魂多肥壮。春夏六个月，家中无地耕，牛魂在山上，养体长力气，到了秋冬时，山上草木枯，牛魂不回来，牛瘦不成样。虎狼没有食，虎狼要吃牛。鬼怪没祭品，鬼怪要拖牛。……牛的谱系是，木乌乌吾一，乌吾格觉二，格觉阿西三，阿西都体四，都体里吉五，里吉乌泽六，乌泽木勒七，木勒木么八，木么色吉九。牛从天上来，从神变成畜，牛在地上耕，从畜变成神。没牛地不肥，没牛粮不生，没牛人不吃，没牛山不灵。牛角供

堂屋，牛魂回神位，来享庄稼祭，来受粮食祭。到了秋冬日，犁地地成精，庄稼多子孙。人有吃穿了，牛的神位新，牛的神位高。神位祭洗好，鸡草指望处，牛魂看见了。我声所到处，牛魂听见了，牛魂回家来。牛魂回来后，牛魂来主事，照样来祭你。祖宗来祭你，子孙来祭你。看牛牛成群，看人人兴旺，子孙就像竹子发，寿命好比石头长。[①]

这篇《招牛魂歌》的语句行文，还是以五言句式为主。而以家庭为单位举行的小型的招牛魂仪式的歌词，虽然是请毕摩来主持，其歌词则已经发展变化为以七言句式为主。例如，“山顶坡脚你莫在，山顶坡脚太凄凉。箐沟悬崖你莫在，箐沟悬崖太危险。山口岔路你莫在，山口岔路魔猖狂。他家圈里莫贪恋，他家圈里蚊虫多。溪河深潭你莫玩，溪河深潭蚂蟥多。你在山顶顺滚石来，你在溪边顺水来……”[②]单从语句的形式上看，七言句式特征明显，可以探知，这是《叫牛魂歌》一类比较古老的歌谣发展了的形式，也是彝族民间经词发展的一条线索。

三、祖先崇拜类经籍

祖先崇拜是彝族传统信仰的主要方式，是彝族宗教的核心系统。所谓祖先崇拜，是指彝族对自己的远祖和近祖崇拜的总称。彝族是以家支制度为社会结构的的民族。家支是指同一祖先的子孙形成的一个氏族，总的祖先所属的各支，总称为一家，家下以父系谱系传承为纽带，分为若干支。这些分支分出去之后，经过若干代主要是九代以上，在举行过“尼目”祭祖大典之后，又分为若干小支。如此不断分蘖，最后形成一个庞大的家支系统。家支具有政治功能，祭祀共祖的权力属于长房家，长房家称为“义摩”，管理家谱，召集家支大会，决定重大事情。所属小支系在“尼目”分支后，分支后的各个新的家支之间可以联姻，打破家支的界限，成为亲戚。这样，从原则上说，没有经过“尼目”分支大典的一个共同祖先的子孙，无论多少代人，都是一家，祭祀和供奉同一祖先。分支以后的家支，其远祖也是同一祖先，原则上可以共用同一个祖先的“能益”（即分支的标志，代有姓氏和籍贯的部分功能）。因此，彝族的近祖主要是指没有经过“尼目”分

① 吉木罗诗惹演唱，基默热阔，吉霍旺甲，张家兴翻译记录. 叫牛魂歌[A]//左玉堂. 云南彝族歌谣集成[M]. 昆明：云南民族出版社，1986：134-139.

② 龙倮贵. 彝族图腾文化研究[M]. 昆明：云南民族出版社，2013：232.

支的已经过世的祖先，通常是六代以内的祖先。远祖则是指已经分支的九代以上及其更远的祖先。同一家支的祖先崇拜，把家支团结在一起，对内“同姓相扶”，对外共同御敌，进行血亲复仇等。但是实际情况是，彝族一般经常把刚刚去世的祖人视作近祖，三代以内没有举行过“丕筛”即没有更换祖灵筒仪式的祖人，都可以算作近祖。而举行过更换祖灵筒的仪式以后，把祖灵送到悬崖、岩洞之中后，也可以算作远祖了。

祖先崇拜是彝族传统宗教产生的一个重要社会基础，其产生时间可谓源远流长，在彝族古代进入父系社会的时期就已经产生了。无论是近祖崇拜，还是远祖崇拜，都有相关的仪式、活动。在过年过节，决定重大庆典、重要会议、重大事项的时候，往往都会占卜预测，举行祭祀活动，通过一定的仪式和方式，把整个家支凝聚起来，团结一致战胜困难，解决问题。在此过程中，有许多重要的仪式都要延请毕摩主持，念诵经籍，祝福祈祷，禳解灾难。

特别是在老人去世的时候，也是体现家支力量的重要时刻，同时是检验事主社会关系和财力、物力、人力的重要时刻。举行丧祭活动规模的大小，客人的多少，尤其是所打的牛、羊、猪、鸡的数量的多少，直接关系到主人声誉，甚至是家支的荣誉。因此，彝族无论贫富，无论贵贱，都极其重视丧祭活动，每逢丧事，没有不倾其所有，大势举办丧祭活动的。这其中必需延请毕摩，大型的要延请多个毕摩主持丧礼，完成程序纷繁的各种礼仪，念诵必须念诵的各种经籍。

对于彝族祖先崇拜的研究，巴莫阿依著的《彝族祖灵信仰研究》和王丽珠著的《彝族祖先崇拜研究》作了较为系统的研究。另外，巴莫阿依的《彝人的信仰世界》，张纯德、龙倮贵、朱琚元著的《彝族原始宗教研究》等，也都作了比较深入的研究。而关于祖先崇拜类经籍的介绍，则以王继超、余海著的《彝族传统信仰文献研究》较为系统，《彝族原始宗教研究》也作了较多的介绍。在《中国少数民族原始宗教经籍汇编·毕摩经卷》中，祭祖类、丧葬类经籍基本上是祖先崇拜类经籍。《彝族毕摩经典译注》中，大部分经典也是祖先崇拜类经籍。根据王继超等的调查研究，“作为一位毕摩，他所使用的经书，祭祀类经书约占他所使用与收藏的经书的一半，剩下另一半，则大部分属日常解灾类和占算类经书，谱牒或摩史类至多占他的全部藏书的 10%”[①]。“在每家毕摩的藏书中，丧事祭

① 王继超，余海. 彝族传统信仰文献研究[M]. 贵阳：贵州民族出版社，2010：203.

祀类经书都约占三分之一以上”[①]。

祖先崇拜类的经籍，可以粗略分为近祖崇拜经书和远祖崇拜类经书。近祖崇拜类经籍以《丧祭经》最有代表性，这是在老人去世时举行丧祭活动的时候，毕摩必须念诵的经籍。其次有《解冤经》《禳病经》《破除司鬼经》等。远祖崇拜类经籍，则以大型祭祖活动中所用的《大型祭祖》等经籍为代表，有一系列的专门的经书，包括经常用到的一些普通祭祀经，还有各种名为《招灵经》《更换祖灵筒经》《祭岩祠经》等的祭祀经。

以贵州省黔西北彝族地区的情况为例，丧祭类经书是每个毕摩都必须收藏和使用的经书，很多毕摩即使没有其他类型的经籍，丧祭一类的经籍却是必不可少的收藏，以备随时应用。例如，丧事祭祀时毕摩用的迎布摩与献酒经类经书，有以下一些有代表性的作品。

（一）关于迎请毕摩类经籍

常见的迎请毕摩类经籍有《迎布摩》《延请布摩经》《迎布摩时献酒经》《布摩溯源经》等，无论举行哪一种仪式，请布摩神、布摩法器神、布摩的先师为布摩主持仪式时提供精神支持，都是必不可少的。

例如，《迎布摩时献酒经》，以贵州省威宁彝族回族苗族自治县龙场镇元坪村吕家旧抄本为例。该书由《迎布摩时献酒经》《延请布摩》两个篇目辑成。叙述向知识的总结者、文字文章的创制者，向年神、月神、知识神、智慧神、始楚、乍姆，向布摩神、布摩的保护神、布摩的法具神等诸神献酒；叙述布摩世系；指出有资格主祭的世袭布摩及其弟子的姓氏。

又如，《延请布摩经》以贵州省威宁彝族回族苗族自治县龙场镇元坪村李兴发家旧抄本为例。该书的介绍为举行丧祭而延请布摩神，介绍布摩法具中神帽、神扇、神筒、神杖、神铃等的神异威力，点祭各世袭布摩世家的先祖，并请他们保佑、帮助主祭布摩作祭顺利。

再如，《布摩溯源经》以今贵州省威宁彝族回族苗族自治县雪山镇侯布任若布摩家旧抄本为例。该书由《布摩溯源》与《解指甲病》两部分辑成；叙述布僰布摩至六祖时期布摩的传承，布僰布摩十大支至六祖时发展为二十支；介绍彝族

---

① 王继超，余海. 彝族传统信仰文献研究[M]. 贵阳：贵州民族出版社，2010：1.

与外族信仰上的差异，表现在有形载体的塑像与无形的象征上；还记录在滇西一带存在的树铁柱、祭铁柱习俗。[①]

（二）关于献水经类经籍

布摩在丧祭仪式活动中，要分别举行献水、献茶、献酒仪式，都不可或缺，并且各有寓意。

例如，《献水经》。彝族先民认为，水是生命的源泉，人既生于水，死后灵魂一定对水非常缅怀，且认为亡灵世界的水很奇缺，因此在享受祭祀时亡灵必须用足水。《献水经》一般叙述人从 12 岁至 99 岁的一般规律，告诉亡灵献水的出处，多讲述乌撒、水西、芒布、乌蒙等部在什么地方取水献祭。例如，贵州省威宁彝族回族苗族自治县龙场镇龙昌文布摩家的《献水经》，叙述人生于水，生人时不离水，并总结人生的一般出生、成长、成熟、衰老、死亡规律，说明死也不离水。故向亡者献水，一为洗污垢，二为饮用，并介绍自尼能、什勺、慕靡、举偶、六祖等历史阶段以来祭祀中的献水习俗。介绍德布、德施、古侯三支系取水、献水、用水的水源所在地。

再如，贵州省威宁彝族回族苗族自治县龙场镇李龙才布摩家的《献水经》。叙述在死界的水贵如油，人和动植物都离不开水，水是一切生命之源，人在十月怀胎中，一月如水，二月如叶。生从水来，死带水去。介绍芒布、乌蒙、扯勒、乌撒献水的水源所在地。

又如，贵州省威宁彝族回族苗族自治县龙场镇李龙才布摩家的《献水经》，总结性地描述 1～100 岁的普遍的人生经历形象，陈述亡者寿数已尽，故患病医治无效，只好举行丧祭与之送别。介绍阿哲、乌撒、芒布、扯勒等部族所兴的献水礼仪。

再如，贵州省毕节市西北部一带的《献水经》，有《姻亲转丧》《祭牛经》《姻亲椎牛经》《长志助威经》《布摩堂献经》《姑娘献丧经》《解马尾经》7 个部分，叙述阿哲部等丧祭献水取水点，介绍姻亲奔丧时转丧、椎牛、献马、献祭等一系列礼仪，并强调姻亲的伦理义务。[②]

---

① 王继超，余海. 彝族传统信仰文献研究[M]. 贵阳：贵州民族出版社，2010：2.

② 王继超，余海. 彝族传统信仰文献研究[M]. 贵阳：贵州民族出版社，2010：9.

（三）关于献茶经类经籍

《献茶经》彝文音为“几候数”，“几”义为“茶”，“候”义为敬。《献茶经》也是一种普通的，但又是不可缺少的经籍，无论丧事、婚事期间，还是在年节时，都与《献酒经》配合使用，因为神灵与祖先们不仅饮酒，同时也嗜好饮茶。《献酒经》一般只有2000～3000字，在彝区，凡作布摩或摩史都必须掌握，还往往作培养小布摩的启蒙教材使用。在贵州省毕节市一带，民间散藏不少于50册，毕节市彝文文献翻译研究中心也收藏有15册以上。《献酒经》的大体内容为：雾霭布满山冈，山中无野兽，河中无鱼游，天昏地暗，祭祀不灵。正因为如此，恒毕余之了遍地栽培茶树，在东边，他开辟了啥靡（大理）、多同（曲靖）、厄楚（滇西南）等三处有名茶园；在西边也同样开辟了三处茶园，交给杍阿武、格阿哲、希铸仆三位管理。恒赛阿买、投赛汝郎精心制成茶叶，并首先奉献给天地。惹氏族、恳保氏族、尼能氏族等都先后用茶水祭奠天地、日月、祖宗，如此之后，迷雾散去，天地分明，日月放光，河中鱼欢，山上雀跃，祭祀灵验，习俗制度得以完善。

《献茶经》一般不单独成书，常见的都是与《献酒经》合辑的。以下面的两部为例。

例如，贵州省大方县凤山乡张道明毕摩家的《献酒献茶经》，分为日常祭神献酒献茶与丧祭献酒两部分。第一个部分介绍芒布的峨安、水西的扒瓦、麻育的寿觉、于矢部的觉侯四种名茶，用茶献天地、日月、权势与四方之神；叙酒谱，叙配药方、酿制酒的历史，用酒献年神、月神、十二方之神、十二威力神、宣诵之神、土地神、祖宗神、知识智慧之神等。第二部分用酒献亡灵群体、亡灵英容面貌、功名与能力、形象、亡灵的灵与气等，并为亡灵驱邪解灾。

又如，贵州省威宁彝族回族苗族自治县板底乡雄英村龙天福布摩家旧抄本《献酒献茶经》，由《献酒经》《献茶经》两部经书辑成，记录了向所有神灵的献酒与献茶，突出德布支系中乌撒分支的祭祀献酒茶仪式与特色。①

（四）关于献酒经类经籍

《献酒经》，彝文原音为“直侯数”，是一类既普通又非常重要的经籍。《献酒经》在广大彝区广为流传，为大小布摩经常使用。以贵州省毕节市为例，民间

① 王继超，余海. 彝族传统信仰文献研究[M]. 贵阳：贵州民族出版社，2010：9-11.

散藏与毕节市彝文文献翻译研究中心、赫章、威宁两县民族古籍办公室收藏的献酒经类经籍不少于30种、200个以上手抄本。字数多的《献酒经》万余字，字数少的数千字。字数的多少取决于系何种场合用哪一种《献酒经》。总体上来说，《献酒经》分红事用（婚姻节庆）和白事用（丧礼、祭祀）两个大类。在两大类中又因事细分。丧事仪式活动用的有《用牲献酒》《献早饭献酒》《献晚饭献酒》《祭丧献酒》《解冤献酒》《指路献酒》等。《献酒经》的内容，大多是与仪式活动相关的神灵献酒，所献的对象，多者上百，少则数十或十几，讲述没献酒前天地昏暗，日月无光，人不进化，经尼能氏发明酿出酒，并且献酒祭祀后，天地见亮，日月放光，人类进化，再次向与仪式相关的神灵献酒（点名向他奠酒）后，经文内容与仪式也就结束。在黔西北的古乌撒部地一带，《献酒经》通常不单独成册，往往与其他内容的经书合订，并且也不仅仅限于献酒的内容。

1. 合订的《献酒经》

例如，贵州省威宁彝族回族苗族自治县雪山镇阿者侯布氏惹若布摩家清道光十三年正月（公元1833年）抄本《丧祭献酒经》，由《迎布摩献酒》《布摩到场时献酒》《解灾难献酒》3部经书组成，叙述丧祭中的寻医找药、用药医、神医、设丧场、祭奠亡灵、招亡灵、寻找与指点归宿等一系列程序仪式，介绍乌撒、芒布、乌蒙、水西、磨弥、阿芋路等各部的主祭布摩世家，各自的保护神，黑白武三支系布摩的分工与合作，历史各阶段的丧祭习俗，尚白土葬、尚黑火葬的传统丧葬习俗等。

又如，《丧祭椎牲献酒经》（贵州省威宁彝族回族苗族自治县龙场镇一带李氏旧抄本，贵州省毕节市彝文文献翻译研究中心藏书780号），由《椎牲献酒经》《沾土经》《清洗马蹄印》《晚献祭》《到丧场献酒》《献水经》《换祖筒》《洁净》8篇经书合成，介绍无论举行土葬或火葬，亡者都要沾土，天降水盛满谷昌（滇池）海，该海水作水源流向四方，以此圣洁之水洗去尘印；献晚祭，献水使亡灵吃饱喝足去归祖；为入祖的亡灵举行洁净。该书还对人生的一般规律作了总结概述。

2. 多个内容合辑的《献酒经》

例如，贵州省纳雍县新房彝族苗族乡河头村一带旧抄本《丧场献酒经》，由《丧场献酒经》《布摩入堂献酒》《布摩上解冤云梯》《为成功退污过河沐浴经》《为成功洒水沐浴经》5章（部）经书合成。该书介绍主持丧祭仪式的布摩为自身举行的约定仪式，为其所供奉的布摩与图腾神献酒，为主持丧祭仪式作准备。

又如，贵州省赫章县双坪乡大石村三家寨李朝文老先生家旧抄本《丧祭献酒》，叙述向死界君、臣、布摩献酒，介绍贵族与平民的丧祭礼俗、祭牲祭品仪式的不同规格。披虎皮与不披虎皮，绸帛数量上的规定，即君九、臣六、师三、民一幅等。追溯土葬习俗始于濮始楚，火葬习俗始于诺乍姆。阳性部族死后入土阴，故而土葬；阴性部族死后入天阳，所以火葬，都不可违禁。

再如，贵州省威宁彝族回族苗族自治县龙场镇红光村新山王友才家旧抄本《丧祭献酒经》，介绍在向天地诸神献酒的同时，叙述君、臣、布摩的归宿，升麻举垓陇邓九支的分布，招野外之亡灵入祖，介绍直娄、磨德、迫维、阿都乃素、阿维等乌撒世袭布摩的主祭资格。①

以上所举例，只是丧事祭祀时毕摩用的迎请毕摩与献水、献茶、献酒类经籍一类。丧祭类经籍数量众多，将进一步在后面的相关研究部分分别介绍。

四、神灵信仰类经籍

神灵信仰，也指神鬼信仰，是彝族传统宗教信仰的基础。彝族传统宗教信仰以原始宗教为主要特征，是建立在万物有灵的信仰基础之上的。这个万物有灵，既包括人类去世的祖先变成的神灵，也包括自然神灵、图腾崇拜对象，还包括众多的鬼怪系统。神灵可以给人带来福音，鬼怪可以给人带来祸祟。神与鬼都是彝族信仰系统中的重要组成部分。妖魔鬼怪、邪秽祸祟，从某种意义上讲都可以归为鬼邪的系统，而众多的自然神、图腾崇拜对象和祖先的神灵，可以归为神灵系统。只是为了称谓的方便，我们把所有的神灵系统与鬼邪系统综合起来称为神灵信仰。

神灵信仰系统类的经籍，在彝族传统经籍中数量很多。在《中国少数民族原始宗教经籍汇编·毕摩经卷》中，几乎每一个方言区的经籍都有神灵信仰类的经籍，其中鬼怪系统类的经籍也占有相当的比例。其中的驱邪禳鬼类经籍主要就是驱禳各种鬼邪。这类经籍，东南部方言区有 12 部，即①《召洁经》；②《驱村寨瘟疫经》；③《祭地气经》；④《甩邪经》；⑤《赶邪经》；⑥《祭柱经》；⑦《解邪法事经》；⑧《解凶邪法事经》；⑨《邪与洁隔离经》；⑩《驱打横阻邪经》；

① 王继超，余海. 彝族传统信仰文献研究[M]. 贵阳：贵州民族出版社，2010：11-12.

⑪《祛污经》；⑫《驱体内污秽经》。这类经籍，南部方言区也有12部，即①《驱妖秽经》；②《驱死邪经》；③《驱射乍弄经》；④《驱死魔邪经》；⑤《驱邪经》；⑥《驱诘邪耐邪经》；⑦《驱病疫经》；⑧《驱汝邪韵邪经》；⑨《埋葬吵骂神经》；⑩《反击咒语经》；⑪《驱害虫经》；⑫《祛禳经》。这类经籍，东部方言区有《家园禳解经》《祭祖驱邪经》等。这类经籍，北部方言区最多，除了列入这部汇编的五部，即①《驱鬼经》；②《除秽经》；③《洁净经》；④《诱鬼驱魔经》；⑤《防獭经》之外，收入313部目录之中的还有很多，如《捉拿孽债经》《招请护法神经》《驱鬼经》（繁本）《驱鬼经》（简本）《防污经》《祈求公道经》《死因病源》《祛邪归正经》《阻塞祸祟经》《阻塞馋鬼经》《救溺水之魂》《防鬼蜮经》《防毒蛇经》《防毒解毒经》《防虫蚀经》《清污除秽业经》《镇痢疾经》《痢疾来源经》《防痢疾经》《镇痘疹经》《祓火祟经》《祛凶业经》《祓秽经》《扫尘经》《解冤经》《洒水除秽经》《供牲祛病经》《拽魂经》《尼木纳魂经》《反口业》《遣咒符经》《解冤孽》《山羊断凶经》《祛污祟经》《祛除狐臭经》《土葬鬼经》《镇邪业经》《逐除邪业经》《偿还愚债经》《净化毕摩经》《净化法宝经》《祛恶缘经》《猪胛卜祛业》《逐麻疯经》《圈麻疯经》《除田间癞祟经》《防风湿经》《祛风除湿经》《除诅盟经》《彼域石室神鸟防咒经》《断污经》《清污除秽经》《除邪祛污经》《镇病经》《祛污祟经》《卸解凶祟经》《逞凶黑熊经》《解邪语经》《祛疯经》《祛土狗》《治病经》《遣精怪经》《祛除生殖鬼怪污秽经》《除神怪经》《遣凶经》《祛绝嗣鬼》《堵凶祟》《清除秽经》《山羊断凶经》《驱逐女妖鬼儿经》《除瘫痪鬼经》《治病祛痨经》《除糟粕经》《祛痨经》《防猴痨经》《除猴痨经》《清除污祟经》《防痢疾经》《除邪孽经》《祛凶业经》《祛凶祟》《除凶孽》《断凶根》《吹风湿鬼经》《清除鸡秽经》《鲁朵除邪经》《终结祛污除孽经》《姿姿尼乍》《俄迪除业经》《神鸟除邪经》《寨首除孽经》《用牛祛祟经》《祛痨猴》《引鬼咒鬼经》《驱袭畜鬼经》《除苏尼鬼》《除死鬼》《祛除阴弹经》《祛病经》等。[①]仅仅是这个长长的目录名单之中，就可以看出彝族鬼神信仰类的经籍数量之多。

---

① 黄建明，巴莫阿依. 中国少数民族原始宗教经籍汇编·毕摩经卷[M]. 北京：中央民族大学出版社，2009：303-307.

另外，在《中国少数民族原始宗教经籍汇编·毕摩经卷》中，敬神类的经籍，其实也是神灵信仰类的经籍。这类经籍在彝族传统经籍中也有不少，如《彝族毕摩经典译注》第五十二卷《母虎神祭辞·楚雄彝族口碑文献》就属于这一类。[①]

在贵州省的黔西北彝族地区，丧祭仪式中也有降魔破鬼的仪式，其中要用到破司署的经籍。司署指恶魔厉鬼，相当于汉族传说中的勾魂鬼，也似有死神的角色，人因灵魂被司署捉拿或囚禁而死亡。彝文《司署》载，司署鬼有十二支。根据《遣司鬼经》《破司鬼经》等文献记载，可归纳为怪异形象类，如兽首人身、鸟首人身、独脚野人、鼠毛、猪毛、六只手、九只脚、牛头人身、马面人身等；凶星类，如侯旺司（海猪星）、侯洪司（海羊星）、启补录舍司（娄金狗星）、勒合司（套颈星）等；人的灵魂变的司署鬼，如毗邻的外民族或外部族祖先变的司署鬼，姻亲家族的祖先变的司署鬼，本家族的祖先变的司署鬼，敌对部族的祖先变的司署鬼。传说彝族历史上出现过的人形司署鬼，有如《支嘎阿鲁传》中的鼠阿余、窍毕鼠、谷洪弄三支司署鬼。毕摩破除、降伏、遣送司署鬼的目的在于，为死者报仇，慰藉死者的亡魂；为死者清白归祖；为死者解除灾难，从而为死者的家人免除灾难祸患。降魔破司署鬼的仪通常在大型丧祭活动时才进行。降魔破司署鬼仪式用的书有《驱逐司署经》《清除司暑经》《遣送司署经》《破除司鬼经》《降伏恶魔》等这几种名称不同的译法。

降魔破司署鬼类经书，在此对以下几个抄本作些简介。

贵州省大方县百纳乡高炉村彭绍武毕摩家旧抄本《驱逐司署经》，有《请高明毕摩》《高明的布波毕摩》《线团拉线》《线上架》《退解冤神》《招亡魂》《锁牢司署鬼》《遮眼》《焚烧司署》《寻失落亡魂》《排解灾难》《亡灵归附》《安置亡灵》《药献亡灵》《体面》15 个章节，叙述请毕摩神鍮启尼、诺武费、布波扫除勾魂的侯旺司、启补司（凶星）、兽首人身、鸟首人身等司署鬼。使亡灵清清白白、有地位并体面地进入归宿，入祖受祭。

贵州省大方县一带旧抄本《清除司暑经》，叙述勾魂鬼蜮司暑的根源，司暑系鲁朵所生，有 10 次以上产生过程，分为 12 类，活动在四面八方，描写司暑的长鼠毛、猪毛、牛头、马面、六只手、九只脚、开口便吃人等的各种狰狞面目。为亡灵复仇而披坚执锐，与司暑进行作战，并将其驱逐出人间，以慰亡灵。

---

① 楚雄自治州人民政府，夜礼斌，杨洪卫. 彝族毕摩经典译注（第五十二卷）[M]. 昆明：云南民族出版社，2009.

贵州省威宁彝族回族苗族自治县雪山镇侯布惹若毕摩家旧抄本《遣送司署经》，由11部（章）经书组成，依次为《阿鲁给司署分类》《遣斯索司鬼》《禳解伤口》《白狗引司鬼》《遣侯旺司鬼》《遣勒合司鬼》《鲁补收司署鬼》《遣纪兜司鬼》《遣启补司鬼》《遣鲁朵司鬼》《补遣启补司鬼》，记录支嘎阿鲁以五域为分野，设定凶星所化的勾魂鬼司署的归路，逐一以遣送，使之脱离所害亡灵，使亡灵平安抵达死界，归于墓地（葬地），入于祖祠。

贵州省毕节市境内旧抄本《降伏恶魔》，介绍无论君长或臣民的死亡，都因灵魂被称为“司署”的恶魔捉去，同时被“司署”所污染，“司署”系鲁朵所生，其面目狰狞恐怖，形状吓人。

贵州省威宁彝族回族苗族自治县金钟镇大营村孔凡荣家旧抄本《解除伤害经》，汇集有《求神》《除伤害》《求除伤害》《送启补鬼》《送鲁朵鬼》《杀侯旺鬼》《送侯旺鬼》《关闭丧场》《安亡灵位》《安定亡灵处所》《保平安》《掩悲伤》《维护亡灵地位》13 个章节，记录大型丧祭时较完整的驱赶、斩杀、遣送附于亡灵之身的害命恶魔仪式过程。[①]

五、其他经籍

除了以上所列举的四类经籍外，彝族的传统经籍中比较多的一类，是占卜预测类的经籍。这类经籍是彝族毕摩不可或缺的工具书。前面已经有简单的介绍，在彝族传统经籍文学内容分类研究部分，还要作专门的分析研究，此处不再赘述。

在这里要说明的是，彝族到了近代时期，特别是鸦片战争以后，外国宗教传入了西南彝族地区，有的彝族群众已经改变自己的传统宗教信仰，改信其他外来宗教，如基督教等。一些外国传教士为了宣传其所传的宗教，也通过学习彝文，把其宗教经籍翻译成彝文，在彝族群众中传播。比较典型的事例，一是在云南石林一带传教的法国传教士保禄·维亚尔，他通过学习当地彝文后，用彝文翻译《圣经》的教义，编译成问答形式书籍，取名为《纳多库瑟》[②]，在香港出版发行，带回当地，向当地彝族群众传播基督教教义。一个是英国传教士塞缪尔·波拉德（Samuel Pollard），即柏格里，他在贵州省威宁县石门坎地区传教，不知

① 王继超，余海. 彝族传统信仰文献研究[M]. 贵阳：贵州民族出版社，2010：80-81.

② 黄建明，燕汉生. 保禄·维亚尔文集[C]. 昆明：云南教育出版社，2003：233-444.

道有彝文，还专门创制了“彝文”，即波拉德彝文，也称为格柜文字，用来翻译基督教的赞美诗歌，向当地群众传播。①

第四节　基于彝族古代文艺理论的分类

彝族传统经籍，作为彝族古代文学的主体形式，在某种意义上就代表了彝族古代文学。就彝族古代文学作品的情况而言，除了流传于民间的民间口头文学作品如民间故事等，以及保存于山野的摩崖、石刻和彝文金石铭文、碑刻以外，绝大多数的书面创作文学都是诗歌形式。这就构成了彝族文学的特殊表现形式，就是几乎所有的文学样式都以诗歌的外在形式表现出来，诗歌形式是彝族古代文学的主要形式。因此，在古代彝族文学史上，“诗”与“文”是合二为一的。给彝族诗歌分类，从某种意义上说，也是给彝族文学分类，也就是说，彝族诗歌的体例在古代彝族文学中实际上也就是彝族文学的体例。同样，给彝族诗歌所作的分类，在绝大多数情况下也代表了彝族经籍的分类。彝族文学发展到现代文学，才有了严格意义上的“诗”和“文”的区别，体例才逐渐明显起来。由于古代彝族诗歌“诗”“文”不分的特点，致使彝族古代诗论家阿买妮在举例证论述彝语诗律时说“上面所写的，算得是诗吗?这类不是诗，它是记叙文”似乎矛盾却又不矛盾的话。由于彝族古代诗歌的这一特殊性，致使古代彝族诗论家在给彝诗分类时出现了多种多样的方法，在论述时内容的阐述和形式的划分杂糅在一起，看上去令人眼花缭乱，难以分辨。因此，对古代彝族文艺理论家们的理论作一下梳理、研究，分析其中对彝族经籍与诗文的阐释，对彝族传统经籍分类的认识可以更加深化。

一、古代文艺理论家对文艺的分类

在此，不妨先将彝族古代诗论家们对诗歌的划分，按时间的先后顺序作一下简单的概述，再作一些梳理和辨析。这些彝族文艺理论家，基本上都是彝族大毕摩，在彝族历史上很有名望，留下的著作也多，经籍是他们的主要作品；他们的文艺理论，许多都是从经籍之中寻绎出来的。

举奢哲是彝族古代大毕摩，他在《彝族诗文论》中论述了“历史和诗的写作”

① [英]柏格理，[英]邰慕廉，[英]王树德，[英]甘铎理，[英]张绍乔，[英]张继乔. 在未知的中国[M]. 东人达，东旻译. 昆明：云南民族出版社，2002.

“诗歌和故事的写作”“经书的写法”“医书的写法”。按照举奢哲的划分，诗与历史和故事的写法是不同的，写史事要做到“人物身世明，代数要叙清，时间要弄准……记录要真实，鉴别要审慎”；写故事“须有六成真，可有四成虚”；经书的写法则要抓住“五点”，必须写出死者“在他一生中，做的一切事”；写医书则“事事要写明”。举奢哲还说“诗歌有各样”“各各不相同”，并且列举了“颂赞君长”或“骂君长”“传情的乐章”“当奴的痛苦”“民众的欢欣”“平民的勤奋”“金银的来因”“庄稼的收成”等“各式各样型”的 7 种诗歌，还举出了一例表现“没有天之时”景象的诗歌，并对诗歌的格律提出了要求。[①]

阿买妮与举奢哲同时而齐名，她在《彝语诗律论》中列举的各种诗体达几十种之多。一开头就以“这是一种体”“另有一种（类）诗”的方式一口气列举了 7 种诗体。接着一边举例一边论述各种诗的特点。例如，第 8 种是“天文诗”；第 9 种是“二十四句诗”，它是咏物体；第 10 种是“祭事诗，也是无韵诗”，又叫“书写诗”；第 11 种是“经文”；第 12 种是“记事诗”；第 13 种是“隔行押”；第 14 种是“四句对四句，句中都相应”；第 15 种“又是一种体”；第 16 种“叫做长诗”；第 17 种是“丧葬歌”；第 18 种是“三段诗”；第 19 种“又是一种型，它是记事体”；第 20 种是“长短三段诗”；第 21 种是“写妖诗”；第 22 种也“算是一类诗”，是一种“一三五”“二四六”“三五七”都极讲格律的诗；第 23 种是“记叙文”；第 24 种是“做斋的诗文”，是一种“半押半不押，半扣半不扣”的诗体；第 25 种是“写星星”的诗。之后，阿买妮又以“各种体如下”列举 39 种诗歌。[②]

布塔厄筹在《论诗的写作》中，也对彝族诗歌作了分类，并举了 7 种诗例。这 7 种诗例分别为：第 1 种“爱情诗”；第 2 种“情歌”；第 3 种“三段”诗；第 4 种是“一首九个样”的诗体；第 5 种是写“美女”赞“姝女”的诗体；第 6 种是“讲工匠根”的诗体；第 7 种也是“三段诗”，但它是“不押字的诗”，前三种诗歌都是“三段诗”体。另外，布塔厄筹还把诗分为“押音诗”“押字诗”。[③]

实乍苦木在《彝诗九体论》中举例论述和提及的一共是 19 种诗。第 1 种是“天

---

① 举奢哲，阿买妮，等. 彝族诗文论[M]. 康健，王子尧，王冶新，何积全翻译整理. 贵阳：贵州人民出版社，1987：3-32.

② 举奢哲，阿买妮，等. 彝族诗文论[M]. 康健，王子尧，王冶新，何积全翻译整理. 贵阳：贵州人民出版社，1987：34-86.

③ 举奢哲，阿买妮，等. 彝族诗文论[M]. 康健，王子尧，王冶新，何积全翻译整理. 贵阳：贵州人民出版社，1987：93-109.

师吐实楚”“写下九种歌”中的一首三段格律诗；第 2 种是“它是歌之祖”；第 3 种是“美妙的情歌”；第 4 种是“主骨有区分”而又不讲格律的诗；第 5 种是“酒歌”；第 6 种“它在酒歌中，也是一类诗，也是一种体”；第 7 种“也叫作古歌，又可叫古诗”；第 8 种是“描述了耕种，叙说了农事”的有格律的诗体；第 9 种“也是一种体”；第 10 种“叫做经书”；第 11 种未举例，但“它叫做情歌”，是一种有严格格律的诗。从第 12 种至第 18 种实乍苦木用“有的”“又如”“又有”等形式一共列举 8 种不同形式和要求的诗歌，而第 19 种则是一首被实乍苦木称为“上品”的诗。①

布麦阿钮在《论彝诗体例》中举例和提到的诗歌种类达 52 种之多，其中有 28 种是举出了具体例了的。单是这 28 种诗例，又难以从内容和形式两个方面来划分，也就是说难以从诗歌表达的对象和诗歌所采用的格律来加以划分。这 28 种诗体的情况是这样的：第 1 种是“四方景象诗”；第 2 种是写歌场的，“另是一种诗”；第 3 种是“叙事的”“谈根的”；第 4 种和第 5 种各是“一种体”；第 6 种是“写来三种体”；第 7 种是“故事”；第 8～12 种各是一种诗；第 13 种是“悲哀诗”；第 14 种是“改错经”“悔罪诗”；第 15 种是“献酒诗”；第 16～28 种诗均各是一种，无具体的名称，但都有格律。布麦阿钮举这样多的诗歌主要是谈诗歌格律。在谈到以诗歌内容为标准划分诗体时，他谈得比较集中，一口气列举了 19 种。在他诗论的另外一处，他又列举了 5 种以内容区分的诗体。②

漏侯布哲在《谈诗说文》中提到和举例的有 10 种诗体。第 1 种是“写史”诗；第 2 种是“记事诗”；第 3 种“以写人为主”；第 4 种是写“景物”的诗；第 5 种是“咏史诗”；第 6 种是“美言诗”；第 7 种“它扎根于民间，它在民间传”；第 8 种“属于故事类，它是记叙体，叙中也有情”这种记叙体，在彝文古籍中，大约占 80%，所以这种体，不论是记叙的，或是葬词，或是祭吊文，都是这种体，统归这一类；第 9 种“也属丧葬诗”，“它也是长诗”；第 10 种“只是音连”的“连音”诗。③

① 漏侯布哲，等. 论彝族诗歌[M]. 王子尧译. 康健，王子尧，王冶新，何积全整理. 贵阳：贵州民族出版社，1990：114-152.

② 布麦阿钮. 论彝诗体例[M]. 康健，王子尧，王冶新，何积全翻译整理. 贵阳：贵州民族出版社，1988.

③ 漏侯布哲，等. 论彝族诗歌[M]. 王子尧译. 康健，王冶新，何积全整理. 贵阳：贵州民族出版社，1990：75-113.

《彝诗史话》的作者把古时候地上的文章分成两类："一只有'雨斗'，二只有故事。"同时，他还提到了举奢哲和阿买妮写的三本书：一本是写"尼能的根源"的谱牒；一本是写"实家的发展，勺家的变迁"，"还写到了诗，各种诗写法"；一本"称为造天书，又叫造地书"。①

《诗音与诗魂》的作者认为："若让我来分，我可将诗歌分成为七种。"但是他所提及和列举的诗体却有 19 种之多。第 1 种诗是"三段式"；第 2 种"属于主骨诗"；第 3 种是"押诗"；第 4 种和第 5 种"是写山河的"；第 6 种是"头诗"；第 7 种名叫"附起嘎"；第 8 种叫"三段诗"；第 9 种是另外的"一种"；第 10 种也是"三段诗"；第 11 种是"三段""押韵诗"；第 12～15 各是一种诗；第 16 种"名叫'献水经'，也叫'丧葬经'"，"它属于经文"；第 17～19 种又是一种诗。②

由于彝族古代诗论家们对诗歌分类的标准不明，因此在同一部诗论中就会出现许多种诗体。例如，阿买妮就提及和列举了 34 种之多，而布麦阿钮提及和列举的诗歌更是多达 52 种。即便划分的标准明确了，由于彝族古代诗歌有在各种各样的情况下歌咏的诗歌，也会有许多种体例。例如，单是讲歌场对歌的，根据彝文文献的记载，按其程序就要唱：①上路歌；②祭天地歌；③接歌魂歌；④安定歌魂歌；⑤开声歌；⑥试心歌；⑦叙往事歌；⑧祭歌仙歌；⑨逗趣歌；⑩回歌魂歌；⑪散场歌；⑫送妹歌。③而这些歌又可归并在情歌这样一个大部类之中。所以，古诗论家在论诗时所提及的诗歌就出现了标准不明、归类不全的情况，这正是阿买妮称"祭事诗"也叫"无韵诗""书写诗"的缘故。正如布麦阿钮所指出的："因为诗歌呀，类别也很多。多从哪里来?时代各不同，行为不一样，心意自分歧。"不但古代彝族诗歌的分类会出现这种情况，现代彝族诗歌（民间歌谣）的分类也因各自不同的标准而有各种分类方法。例如，云南省现代彝族诗歌（民间歌谣）的分类为创世歌、劳动歌、祭祀歌、火把歌、酒歌、婚嫁歌、情歌、苦歌、儿歌等几个大类。④四川省现代彝族诗歌（民间歌谣）的分类中一种有代表性的分法是新诗、

---

① 漏侯布哲，等. 论彝族诗歌[M]. 王子尧译. 康健，王冶新，何积全整理. 贵阳：贵州民族出版社，1990：1-16.

② 漏侯布哲，等. 论彝族诗歌[M]. 王子尧译. 康健，王冶新，何积全整理. 贵阳：贵州民族出版社，1990：17-31.

③ 李平凡. 彝族女性文学杂议[J]. 贵州民族研究，1995（2）：104.

④ 左玉堂. 云南彝族歌谣集成[M]. 昆明：云南民族出版社，1986：目录.

叙事诗、抒情诗、爱情诗、一般诗、尔比尔吉、克哲。[①]贵州省现代彝族诗歌（民间歌谣）则分为创世歌、劳动歌、时政歌、仪式歌、情歌、生活歌、儿歌。[②]

当然，标准不明、归类不全并不等于说彝族诗歌的体例不明。如果根据时间的先后，可以分为古歌和现代诗；如果根据篇幅的大小，可以分为长诗和短诗，“有的几千行，有的几百行，有的几十行，有的十几行，有的才几行”；如果根据每句字数的多少，则“以五言为主，也有三、四言，也有八、九言”；如果根据应用场合的情况，则可分为普通生活诗歌和仪式诗歌，仪式诗歌包括“经文（书）”“丧葬诗”“祭祀歌”“献酒歌”“献水歌”等；如果根据写作内容的情况，可以分为“写史”“记事”“咏物”“写人”“写妖”几类；如果根据吟咏主体的情况，可分为儿歌和成人诗歌；如果根据表达情感的程度，可以分为两大类，一类是抒情性的诗体以“爱情诗”（情歌）为代表，另一类是故事性（叙事性）的诗体，以“记事诗”为代表，包括“书写诗”（散文体诗）、“经文”等；如果根据诗的格律情况，可以分为非格律诗（即“不押诗”“无韵诗”，是不讲格律的诗）、半格律诗（即“半押半不押，有韵兼无韵”“半押半不押，半扣半不扣”）、格律诗（就是声、韵、扣、押、连、偶都讲究的诗体）。

二、基于彝族古代文艺理论的经籍分类

从以上各种标准的分类中可以看出，把彝族诗歌分为抒情性诗体和故事性（叙事性）诗体的分法，其涵盖面比较完整、全面、宽泛。在这种划分方法之下，还可以对其进行进一步细分。但这也并非包容了所有的彝族诗歌体裁。例如，举奢哲把“历史和诗”“故事和诗”“经书”“医书”对照起来论述，把“历史”“故事”独立到了诗歌之外。但事实是如《西南彝志》《彝族源流》等则是用诗体写历史的。阿买妮也认为“记事诗”“它不算是‘诗’，它叫记事文”。然而，为了扩大故事性（叙事性）诗体的涵盖面，可将这一类诗包含于其中，“历史”可作为历史故事诗的形式，只要做到举奢哲所要求的真实、审慎、齐准、叙清等要素即可。

依照这种两大类划分法，可归于故事（叙事）性诗体的诗歌有经文（经书）、历史、故事、纪事诗、记事诗（记叙文）、古歌（古诗）、书写诗。其中，经文（经书）又包括做斋诗、献酒诗、献水诗、写妖诗、医药书、丧葬经（丧葬诗、丧

---

① 贾银忠. 凉山彝语修辞学基础・序[K]. 贵阳：贵州民族出版社，1991.

② 安文新. 贵州彝族回族白话歌谣选[G]. 成都：西南交通大学出版社，1993：目录.

葬歌）、悲哀诗、祭事诗、悔罪经（改错经）和“雨斗”等。可归为抒情性诗体的诗歌有：爱情诗（情歌）、美言诗、咏史诗、婚嫁歌（头诗、附超嘎、酒礼歌）和三段诗等。当然这种归类并不可能将诗截然分开，例如，“悲哀诗”等叙事诗就有抒情成分，而咏史诗、三段诗则又包含有叙事性，甚至咏史诗还必须依照一定的历史事实才能吟咏。

对于各种诗歌体裁，其写法自有不同的要求。从总体上看，主要是对写作内容的要求和对诗歌格律的限制。故事性叙事诗体多半没有严格的韵律要求，而抒情性诗体则相反，特别是三段诗，有严格的格律规定。所以，各种诗体也就表现为不同的特征。除了写历史的诗体在上文中已作了介绍以外，这里再将几种有典型特征的诗体简单介绍如下。

（一）经文

经文又叫经书。它是一种比较严肃的诗歌体裁，主要用于做斋、祭祖、祈福、驱妖避邪、祭祀山水、追荐亡灵、节庆典仪等比较庄重的场合。因此，举奢哲认为经书的写作在格律上可以不讲究，但是要“叙事真实”。例如，写一个“死者”“在他的一生中，做的一切事”，“哪些是好事?哪些是坏事?无论是善事，无论是恶事，一一要明叙”；不能“任意去编造，把假写成真”，以达到“教育后世人”，“人生在世时，好事要多做，坏事要少行；善事要多做，恶事决不行”的目的，不同于其他民族的祭文、悼词、铭诔隐恶扬善以赞颂死者的功德为主。又如，写医书更要把“哪种药物呀，能治哪种病，一切要记清”，“胡编绝不行”。即使像“悲哀诗”这样一种含有较浓的抒情成分的诗，也强调一个“真”字，“诗中所讲的，句句是真情，句句是真心”。

（二）故事

故事的特点是“生动”“逼真”“华美”“动听”。基于这一特征，故事并不要求像历史或经书那样的真实，完全符合客观事实，它的“逼真”只要有“六成真”“四成虚”，或者“七成真”就行。在写故事的时候，则“一定要写清：故事的发展，人物的成长，事情的起因，要把人写活，要把事写真，只要所写事，只要所写人，两种加起来，加来有七成，有了七成真；其余三成呢，你就可以呀，凭想来写成”①。这样，故事的创作不但要有符合生活真实的成分，还需进行一定

① 举奢哲，等. 彝族古代文论[M]. 贵阳：贵州人民出版社，1997：37-38.

的艺术再创造，再提炼加工，使之源于生活，又高于生活，达到艺术的真实。这就是“凭想”之“想”应该遵循的艺术规则。彝族诗歌中，这类作品有举奢哲的《笃米记》，佚名的《珠尼阿伊》《撒俄迷麦汝》等。

（三）纪事诗和记事诗

纪事诗和记事诗这两种诗体在内容表达上是基本相同的，以叙述人物事迹或故事为主，若所叙写的是历史人物，则与史诗相近，但其特点与今之叙事诗类似。阿买妮认为写这类诗时对于“事情怎样发生?当时啥变化，都要记清楚，事物要突出”。这类诗歌题材宽广，写作自由，形式活泼。“对于这类诗，任人自抒写。因为世界上，事物多又多，什么都可写，题材数不清，景象比比是。”而对这两种诗体在格律方面的要求，阿买妮和漏侯布哲有不同的看法。阿买妮认为“只要词句通，音韵可不讲”，而漏侯布哲则认为“偶内句子中，都有韵字连”。

（四）古歌

古歌是探讨天地怎样产生、世界如何创造、日月星辰的来历、人类的产生、山川草木的演变、鸟兽虫鱼如何生存等自然现象和社会现象的诗歌。古歌的特点是既富于丰富的想象力，同时其想象又具有深刻的意蕴，有的甚至与自然规律暗合，正如神话一样有其一定的“科学基石”（茅盾语），因此古歌也可以叫做“神话诗”或“创世史诗”，如《彝族古歌》《阿细的先基》等。

（五）书写诗

严格说来，书写诗不是一种诗体，而是对彝族古代诗歌的泛称。由于彝文古籍大多是用五言诗的形式记下来的，不论它是散文化了的还是有韵律的，都可以称作“书写诗”，意即以书面形式流传下来的诗文，以有别于口头传颂的诗文。由于它主要是指不讲格律的无韵诗文，即以历史、经文、故事、记事、说明为主的诗文，故将它归类于故事性（叙事性）诗体之中。

（六）情歌

情歌包括爱情诗。情歌的彝语为“曲谷”，“曲”是声音，“谷”是歌唱，二者合起来就是唱歌之意。“曲谷”的内容绝大部分是表达男女之间爱情的，因此称为情歌。用“曲谷”——唱歌来泛指情歌，可见彝族情歌在彝族诗歌中的比重之大，地位之重要。情歌起源很早，源远流长。据《西南彝志》等文献记载，早在远古时期的“实勺”部落时代就有了歌场，为青年男女唱情歌提供场所。笃慕时代，最有名的歌场是“拜谷楷戛”，歌场还设有“歌官”。[①]所谓“歌官”，即是彝语称为“把鸠”的组织者。由于彝族青年男女“曲谷”——唱情歌时有一整套程序分明的礼仪，每一个程序都要用唱歌来完成。这样，“歌官”（“把鸠”）就要集组织者、歌媒、裁判等职能于一身。由此可见，彝族“曲谷”被人们重视到何等程度。作为情歌的“曲谷”，一般可分为两个类别。一种类型为“叟口米”，是短歌，也称为短诗，多为三段式的叠章情歌，表现为三段诗体。这种“美妙的情歌”的“每一首歌中，都有着美质，都含着精粹”，并且在格律上还有严格的要求，“偶句对偶句，上下都相扣，偶偶都相连。句中各有主，主骨有区分；分来是这样，扣来句句明”。由于这种短歌的前两段常用叠章比兴的手法铺排，结尾第三段点题说理，故又称为“小道理”。“曲谷”的另一种类型是“走谷”，是长诗，每一首“走谷”都有一个曲折动人的爱情故事，诗篇长达数千行。“走谷”即“完整、有头有尾、成对、一整套”之意。因此，“走谷”长诗又被称为“大道理”。这种诗，如《米谷姐娄啥》《益卧布珠和落蒂舍芝》等类似于汉族诗歌中的《孔雀东南飞》《长恨歌》等。

（七）美言诗

美言诗中的一部分也可以归为爱情诗，它是男女双方互相赞美的诗篇。然而并不止这些，美言诗还有赞美尊贵客人的诗篇，赞美君长、大臣、布摩等的诗篇，也有咏赞风物、山川、人情风俗的诗篇，因此，它又是独立的一类。它在写法上也有特殊的要求，“最要抓主根，主根抓得准，写来易生辉；生辉便有影，诗影寓诗魂”。

（八）咏史诗

之所以把咏史诗和写史诗区分开来列入抒情诗这一类，主要是因为写史诗必须以叙述历史的真实为核心和根本，而咏史诗则重在抒情咏怀。咏史诗的特点是“史和情相连，又和情相对”。这种诗歌相当于汉族诗歌中的“拟古”“怀古”“咏怀古迹”等类。

① 彝族古歌[G]. 王子尧译. 康健，王冶新，何积全，王子尧整理. 贵阳：贵州人民出版社，1989：31.

（九）婚嫁歌

婚嫁歌包括头诗、附起嘎、酒礼歌等形式的诗歌体，它是抒情诗体这一大类中重要的一种。婚嫁歌一般只用于婚嫁场合，以出嫁一方用得最多，所以也称为出嫁歌，彝语称“阿买恳”。但是“阿买恳”只是婚嫁歌中的一种形式。按照程序，“阿买恳”正式开始之前还有一种“盘歌”，彝语称为“初初吼”，即祭祀女方祖先的歌诗，要唱“马诺”即“考问杜鹃花”，互相盘问婚嫁的起源，询问接亲人来路上的各种情况，这就是《论彝族诗歌》称为“头诗”的部分。之后是“芦古卜”，即开亲门，接着唱“芦外”，即互相恭维。这以后才开始是出嫁歌的第一部分——“克五克早”，即立出嫁歌会仪式，然后正式“阿买恳”——唱出嫁歌。在这些程序中都必须唱歌诗，其中“初初吼”所唱的歌诗就包括了酒礼歌。这些歌诗之词，就是讲究韵律的抒情诗了。此外，出嫁的姑娘还有如泣如诉的“哭嫁歌”，其抒情成分更为浓烈，最有代表性的是流传在大小凉山地区的《妈妈的女儿》。据从事过这部长诗搜集工作的同志介绍，新中国成立初期美姑县一带的妇女，只要听到有人朗诵这部长诗中的一些章节，就泣不成声!而“附起嘎”作为彝族婚嫁歌中的一种形式，是在正式唱婚嫁歌之前，接亲一方媒人带领接亲客冲破重重“关卡”障碍，唱起歌来与嫁女一方接头的歌诗。“附起嘎”意即给媒人打狗，其言外之意就是指欢迎接亲客进屋了。它的内容主要是叙接亲者的“来历”，其特点是“只要事说清”就行，在形式韵律方面，“只要句相连，只要段相扣，不押也可以，但要顾及音”。而前面说到的“头诗”，其韵律要求与“附起嘎”相同，但它的特点却要求“头要精，根要说得清”。也就是说，作为在开头部分演唱的歌诗，它承担着简明扼要地把自己的身份介绍给主人的重要职能。

以上基于彝族古代文艺理论的分类，主要是对彝族诗歌的分类。但是，在前面的研究中我们多次说到，彝族传统经籍的绝大部分，其语文形式都是以诗歌的面貌出现的，虽然其内容不像彝族古代文艺家所举的例子那么直接地具有文体那么直观，经籍的诗歌特点却没有什么本质上的改变。因此，这个基于彝族古代文艺理论的标准，对彝族传统经籍的分类仍然是适用的，它也是对彝族传统经籍分类的一个重要方法，特别是经籍中诗歌部分的分类。

第四章　彝族传统经籍文学内容分类研究（上）

上一章从彝族传统经籍形式分类的角度，通过几种比较常用的分类标准，对彝族传统经籍进行了形式分类的研究，主要是从语文形式标准、内容标准、信仰标准三个方面，分别介绍了彝族传统经籍分类的依据，最后以彝族古代文艺理论中对彝族文艺分类的一些情况为对照，把彝族传统经籍纳入其中进行分类。在这一章，笔者根据彝族传统经籍文学的内容，对其进行分类研究。

对彝族传统经籍文学内容的分类，在第四章中也略有述及，但是没有展开深入细致的分析讨论。彝族传统经籍文学的内容分类，有许多前人的分类方法，前面我们也已经提到。同时，从目前对彝族传统经籍进行分类的各种方法中，我们肯定了《中国少数民族原始宗教经籍汇编·毕摩经卷》的分类方法，就是把彝族传统经籍，分为祭祖类、丧葬类、敬神类、祈福类、驱邪禳鬼类、招魂类、占卜类、其他类，一共八个大类。这样的分类避免了把彝族传统经籍分得过细，难以展开类别相同或相近的研究的麻烦，同时是一个提纲挈领式的、较为科学的类别分组，基本上涵括了彝族传统经籍的内容，方便研究者抓住主要的东西展开思考、分析，归纳出有价值的东西。

第一节　祭　祖　类

祖先崇拜是彝族传统宗教信仰的核心系统。彝族以家支为特点的社会组织，几千年来一直维系了彝族社会的稳定和发展，家支的功能在很大程度上，就是基层组织中带有政府职能的系统。维系家支内部运行和发展的一个重要象征，就是祖先崇拜。同一个祖先的子孙们，共同祭祀同一个祖先，通过对祖先的供奉和祭祀，把整个家支的人们团结起来，也把这个家支的姻亲联络成为一个整体和系统。

祭祖是彝族祖先崇拜的重要形式。祭祖包括日常的家常祭祀、丧事祭祀、三代一次的“丕筛”，即更换祖灵筒祭祀仪式，六代一次的“法丽”，即把祖灵筒送入祖洞，九代以上一次的“尼目”祭祖大典。其中，“尼目”祭祖大典是彝族最大的祭祀活动，需要整个家支的人员全体参与，还要动员一些亲戚参加。在各种祭祖仪式中，程序最为繁多、运用的人力最多、使用的牺牲最多、耗费的经费最多、耗费的时间最长、所用的经籍最多的就是“尼目”祭祖大典。

一、祭祖的规模与相关经籍简介

（一）祭祖活动的规模

彝族祭祖活动的形式规模可分为三种，按照彝族的规矩，三代人时作一次“丕筛”；六代人时作一次“法丽”，九代人以上时作一次“尼目”，即祭祖分为普通的祭祖、中等级别的祭祖和高等级别的祭祖。

关于“丕筛”仪式程序与经籍。以贵州省威宁彝族回族苗族自治县龙场镇龙丰村李荣林毕摩的经书为例，仪式有19个程序。这19个程序如下：①请神，请偷瞿尼、诺武费等毕摩神。尤其要请恒阿德、额武图、索哲舍等毕摩神；②念《献绵羊牲》一章；③向谱书献祭；④念《更换祖筒》一章；⑤念《献牲》一章，用绵羊、猪、鸡、五谷、酒水献祭；⑥念《安位置》一章；⑦念《排名份》一章；⑧念关于“排位”，即排列辈分大小与长幼一章；⑨念《祝福》一章；⑩念《追根溯源》一章；⑪念安放“金钱”，即五倍子木屑代表银，黄莲木等木屑代表金一章；⑫念《献水神》一章；⑬念《献火神》一章；⑭念《向风神献祭》一章；⑮念《解身》一章，即把身子的污秽与邪祟隔开；⑯念《退除过失》一章；⑰念《向神位献酒》一章；⑱念《退毕摩神》，即《送毕摩神》一章；⑲念《解脱大经》一章。

（二）相关仪式与经书举要

1. 招灵经类

丧事祭祀，无论规模多大，都是以祖宗崇拜为目的的。丧祭是祖宗崇拜的基础，服务于祖宗崇拜，是由彝族原始信仰（宗教）的本质所决定的。祖宗崇拜是彝族原始宗教或原始崇拜的核心，丧事祭祀也是祖宗受到崇拜的准入门槛，当丧事祭祀收场时，即进行招灵依附草根或木质载体入供的仪式。招灵仪式念诵的经书有《招灵经》《绾草根招灵献酒》《洁净换装献酒》《（亡灵）夫妻聚拢时献酒》《祖灵过关时诵词》《料理祖灵》等。略举几部此类经籍如下。

贵州省大方县百纳乡大园村陈泽义毕摩家旧抄本《招灵经》。以招灵、建祠堂、祀死星、送“赛”污为顺序，介绍召亡灵入祖供奉仪式，叙述哎哺传至什勺时代，什勺氏兴起用草根召亡灵依附习俗，并沿袭下来，六祖分支往三个方向发展，供奉习俗有差异，但与外族偶像崇拜有根本差别。鲁朵依传十代至鲁斯赛，“赛”氏给人带来污秽，故而死后必须清除，方能入祖。

贵州省大方县沙厂乡大水村王光泉毕摩家旧抄本《招灵经》。介绍举行丧祭仪式后，把死者灵魂之一“依”召唤到灵魂草上，依附灵魂草，除污洁净，并举行送魂入祖祠仪式。

贵州省织金县三塘镇松树坪高兴文毕摩家旧抄本《绾草招灵经》，由《绾草招灵经》《指路经》《寻归宿》三部经书汇集成。这部经籍强调，凡彝族六祖子孙，有条件者割竹招灵而祭；一般条件者绾草招灵而祭；对不能及时举行丧祭者，在丧葬过后的一定时间，绾草从亡者墓地、葬处或其所安息方向用草根招灵依附，经举行祭祀后，安置起三个灵魂，将其中的一个安置入祖祠长期供奉，一个交代于墓葬处或安息处，另一个则按祖人的迁徙路线，经贵州织金、大方、毕节、纳雍、水城、威宁、云南东川、曲靖、昆明、楚雄直到大理苍山，居住三年三月三日后，进入其所属星座寻找归宿。

2. 更换祖筒类经籍——小型（普通）祭祖仪式用的经书

更换祖筒作为普通的祭祖形式，习俗仪式还是相当复杂的，从所用的《更换祖筒经》所包罗的内容里可以看出，在毕摩的实际操作中，凡念诵（用）到书中的相应的标题、篇章，就要举行相应的仪式，还有相应的祭品，世袭传承或从师传承的不同的毕摩，在作更换祖筒仪式时，除了大的仪式原则程序不变外，因传承而形成的不尽雷同的风格，习俗仪式既丰富又复杂。现择其中部分经籍介绍如下。

贵州省威宁彝族回族苗族自治县金钟镇孔凡荣毕摩家十九世纪抄本《献酒经》，以《献酒经》为主，附《洁净经》《献牛经》。《献酒经》在献酒概述后，分标题叙所献对象，分别为《献撮邪富贵》《献祖位富贵》《献根本神》《献祖灵位》《献祖灵位所在处》《献祖灵位所附》《献富贵福禄》《献祖宗富贵神》《献许愿》《献还愿》《献十二灵位》《献土地》《献土地并所求》《献所求毕摩》

《献祖桶》《献茅人牌位》《献食邑》《献门关》《献娶妻保护神》《献嫁女还愿》《献猎户》《献护卫》《献功名》《献应求神》。该书系祭祖仪式中的较齐全的《献酒经》，《洁净经》《献牛经》亦属祭祖仪式所用经。

贵州省威宁彝族回族苗族自治县龙场镇龙丰村李荣林毕摩抄本《献酒经》，该书以献酒总述开头，献天地诸神酒，又分别以《迎祖献酒》《献茶并献一巡酒》《聚议献酒》《洁净换装献酒》《绾草根招灵献酒》《夫妻聚拢时献酒》《祖灵过关时诵词》《与主人家的祝愿词》《掩地时献酒》《克补神座边的收掩》《理归宿献酒》《借神力赐归宿》等为题，向相关祖灵献酒，以突出相关仪式。

贵州省威宁彝族回族苗族自治县龙场镇干河村原阿景毕摩送烘姆撒吉氏旧抄本《换神筒献茶献酒经》，该书以茶酒交叉，献与十二方位神、灵验的毕摩神、祖宗神位、根基之神、始祖神、年月神、哎哺神、富贵神、生命神、地位之神、毕摩威力神等诸神，介绍换祖筒、洁净、献祭、排位、安置安顿祖灵等仪式，反映这里供奉、崇拜的具体内涵。

贵州省威宁彝族回族苗族自治县金钟镇大营村孔凡荣家旧抄本《更换祖筒经》。该书系更换祖筒仪式的部分经书。依顺序介绍丧祭时君、臣、毕摩、民众享受不同长度的绸帛掩遗体，人死后三魂之一的守祖祠者依附草根的由来与绾草根招灵习俗，武洛撮请恒阿德祭祖、制祭祖典章礼仪的艰苦过程。

贵州省赫章县朱明乡一带旧抄本《更换祖筒经》，该书分为《与额索还愿献祭》《溯源经》《安祖灵》《排名分秩序》《供奉》《点祭》《清除污秽》《干支配五行》8 章，叙述由武洛撮与恒阿德兴起的祭祖制度，按祭祖活动的分类更换祖筒仪式；介绍祖神筒祭祀的系列过程与不同地区的习俗差异等。《干支配五行》介绍干支配五行组成六十轮甲子的彝语顺口溜。

贵州省赫章县双坪乡大石村三家寨李朝文老先生家旧抄本并收藏的《更换祖筒经》，该书记录武洛撮时期以来，彝族崇拜无形的祖灵，放弃塑像的供奉；又记录恒阿德氏建立的一套完整的祭祖礼制；介绍祭祖中的新灵筒制作，旧灵筒更换，洁净、献猪、鸡、羊三牲，排祖灵位，灵筒安放，献祭，消风、火、水、鼠等灾的一系列程序仪式；记录乌撒部从洛武洪所、升麻举垓、直诺吉苏、牛栏江、抱都、草海、那娄等地的繁衍、迁徙与立部经历。

贵州威宁彝族回族苗族自治县西部旧抄本《更换祖筒经》，该书由《献酒经》《洁净仪式经》《更换祖筒经》《安置祖灵经》四部经书合成。该书记录三代祭祖更换祖筒程序仪式，占卜猪羊膀，献酒、为新更换的祖筒举行洁净仪式，介绍武洛撮请恒阿德毕摩为祭祖创典章、立制度，最后安放新更换祖筒。

贵州省赫章县妈姑镇杨正举家旧抄本《更换祖筒经》，该书录有《清理污秽》《功名》《换祖筒》《羊作祭》《换祖祠房梁》《祖衣》《招祖灵》《供奉》《排辈分名分》《入祖筒》《献祭熟食》《安顿》12 个篇目。该书叙述更换祖筒作祭祀的一系列仪式，该书的《换祖祠房梁》与《祖衣》两章是其他抄本所没有的。

贵州省威宁彝族回族苗族自治县西部旧抄本《更换祖筒祭祀经》，该书记录在祖祠内更换祖筒“卯哉”、篾兜、祖灵所附草根的小型或普通祭祖仪式程序，即除污秽达到洁净、招福气、威望、富贵，拜毕摩神恒阿德，绾草根招祖灵放进竹筒，放五谷盐茶、羊毛、碎石等，窜入竹篾、献祭、献羊牲、献五谷、扎根、汇集祖灵、点名作祭、续根基等。

贵州省威宁彝族回族苗族自治县龙场镇龙丰村大箐李荣林毕摩家旧抄本《更换祖筒经》，该书分为《献绵羊》《洁净》《换祖筒》《作记号》《供奉》《排名分》《安位置》《树威》《祝福》《回避凶死与病神》《送蛇祛病》《送水神》《送火烟火神》《送邪秽》《排解灾星》《退犯禁忌时日之灾》《就地献酒》《毕摩退神》《退大灾难星》19 个章节。该书叙述小型祭祖的更换祖筒仪式，追溯祭祖制度的形成与完善，“六祖”中德布德施两支系，特别是德布支系的祭祖习俗、分布、分支、迁徙等。

贵州省威宁彝族回族苗族自治县龙场镇龙丰村李荣林毕摩家旧抄本《更换祖筒经》。将祖灵所附竹筒竹篾以新换旧，增新入祖者竹筒、竹篾兜仪式经书。该书分为《洁净》《换祖筒》《绵羊献祭》《换（祖）房梁》《祖衣》《祖灵聚拢》《恭奉》《排名册》《安祖位》《奉献食物作祭》《退避祸患》11 章节。该书记录更换祖筒仪式程、介绍祭祖制的兴起与完善、祭祖的社会功能等。

3. 祭岩祠经——中型祭祖活动的文献

中型祭祖的祭岩祠仪式，根据文献的反映，有献酒、即向灵桶神的君长、臣子、毕摩献酒，向制作灵桶的阿娄氏，向主管灵桶的那乍姆、向灵桶神的众男女、向岩神、岩神中的管事、灵桶的威风、势力，灵桶中的神器、灵桶中的神灵等献酒。为灵桶除污垢、洁净祖桶，为灵桶里的祖灵破死、献药、供牲、理归宿，为长者立位、为所立的长者位献酒献牲、为所立的长者致词等。现选择几种比较常见的这类经籍介绍于后。

贵州省威宁彝族回族苗族自治县西部旧抄本《祭岩祠献酒经》，该书叙述向鄂莫、向六代祖、向灵桶神的君长、臣子、毕摩献酒，向制作灵桶的阿娄氏，向主管灵桶的那乍姆、向灵桶神的众男女，向岩神，岩神中的管事，灵桶的威风、势力，灵桶中的神器，灵桶中的神灵献酒，为祖灵得祭与安宁提供便利条件。

贵州省威宁彝族回族苗族自治县金钟镇大营村孔万龙家旧抄本《祭岩上灵桶经》，该书是彝族中型祭祖仪式经书。该本书录有《祭岩上灵桶经》《稳灵桶经》《灵桶除污垢》《破死》《献药》《供牲》6个篇目，后3个标题系夹抄进书。该书叙述迎接祖宗神灵作祭，清扫灵桶后，又送灵桶入桶，安置复位供奉；记录布支系乌撒家历次祭灵桶的情况，反映该部迁徙过程。

贵州省威宁彝族回族苗族自治县迤那镇中海村扬六十毕摩家旧抄本《祭祖经》，该书由8部（章）经书组成，依次为《理归宿经》《六代祭祖祭岩上祖桶经》《洁净祖桶经》《祭祖迎客（毕摩神）经》《祭祖时毕摩堂相聚》《立长位献酒》《立嫡长位时致词》《立嫡长位经》，记录古乌撒的中型祭祖习俗；并追溯沿革，反映对祖宗的崇敬，并记录相关仪式程序及所用之物。

贵州省威宁彝族回族苗族自治县龙场镇龙丰村李荣林毕摩家旧抄本《祭岩上祖桶经》，该书两部分内容，第一部分标题残破不见，叙述为得不到理想归宿的亡灵理顺归宿；第二部分系六代祭祖仪式经书，晾出悬于岩上的祖桶，清理烟尘，献酒、献牲，点名以祭祀。

4. 尼姆维弄——大型祭祖仪式用的经书

大型祭祖仪式平常是难以举行的，一是一个家族要满九代人才能举行，二是要耗费不少的资财，仅牛、羊、猪、鸡等就要用去不少的数目。举行这种仪式，也不是所有的毕摩都能遇上的。习俗仪式的传承主要是靠留存的文本，如《祭祖大典图文经》，它既有习俗仪式的程序说明，神座图与说明，什么习俗仪式用牛、羊、猪、鸡、布、粮食等，用多少数量等，照本宣科地去进行即可。现选择一些有代表性的这类经籍进行介绍。

贵州威宁彝族回族苗族自治县西部妥朵亚法毕摩家清同治七年（1868年）抄本《顶敬祖灵经》，该书由12部经书合成，依次为《送祸祟出门关外》《设嫡位的根源叙述》《设嫡位》《向祖灵献酒》《料理祖灵》《祖灵偶像》《洁净经》

《求德施神威》《午饭后献词》《靠山与替身》《退野鬼》《遣侯旺司鬼》。该书叙述敬祖与安顿祖灵仪式，介绍阿哲、芒布、乌撒各部设嫡位祖灵习俗，还记录六祖中默部的发展史。

贵州省威宁彝族回族苗族自治县西部原乌撒部毕摩世家旧抄本《乌撒祭祖经》。历史上彝族乌撒部祭祖大典用经书由16部经书合成，依次为《祭祖迎接仪式》《祭祖献酒》《出示祖桶经》《出示祖灵的依附物》《使祖桶洁净》《用牛祭祖经》《接根基》《高贵》《毕摩地位》《献祭牲祭物》《点谱借神力》《通居所》《通归宿》《通祖灵地》《祈求土地》《稳固祖灵桶》。这部经籍记录乌撒祭祖大典礼仪仪式，叙述哎哺、采舍、哲咪、武侯、恳索、目确根源，乌撒祭祖的黑、白、武三位毕摩的职司，记录慕靡祭祖典章、六祖的壮大、分支，布支系的繁衍、发展、分支、乌撒立部、迁徙、每次祭祖、所用毕摩、所用礼仪、祭牲、祭物等。

贵州省纳雍县张金安家旧抄本《祭祖经》。该书汇集《祭祖经》《接根基》《祭熟肉食》《送祖》4个章节。恭请九代祖宗回来享受牛、羊、猪、鸡等牲的献祭招待，然后礼送祖宗之灵归其原位。该书反映贵州省纳雍一带古时祭祖习俗。

贵州省威宁彝族回族苗族自治县迤那镇中海村扬六十毕摩家清道光十七年（1837年）抄本《祭祖经》，该书由8部经书组成，《指路经》把三个亡灵中的一个从其威宁住地，直接指经牛栏江，从滇东北至滇西苍山。《制祖灵桶经》介绍祖灵桶的制作、洁净、来历，介绍慕靡时期的王位传承。《馈赠献礼》介绍向亡灵献祭品。《额布苏》介绍把人死亡后断了的根基续上。《为祖宗除灾》《为灵桶除灾》《去祸祟》等三部经书，叙述为祖灵及其灵桶举行的洁净与除灾仪式。

贵州省威宁彝族回族苗族自治县雪山镇觉木嘎家惹若毕摩清道光二十三年（1843年）八月抄本。惹若毕摩绘图，彝族祭祖大典仪式图文范本。该图文集依次为《献土地神》《为祖灵解灾难神座图》《铜状神座图及说明》《对面神座与叙知识》《祖灵所附神座图与献酒》《不祥兆凶星神座图》《设场摆布神座图与献酒》《拓旗场神座图与献酒》《聚集拢神座图与献酒》《献祭场沿神座图与献酒》《洁净场削白神座图》《贵位神座图与献酒》《毕摩自身神座图》《根基位神座》《祖灵台位神座图》《占卜猪膀》《点祭始祖》《嫡长祭祖》。这是目前发现的唯一幸存的一部图文范本，记录了黔西北彝族祭祖的礼仪，六祖的祭祖传统仪式，长、嫡、庶的祭祖制度等。

5. 为祖灵解除灾难的经书

祖灵桶虽放置在人迹罕至的悬崖绝壁，但鹰鼠到崖上筑巢，鹰有可能抓坏祖神桶，老鼠可能会咬坏祖神桶，猴子会掀落祖神桶，野蜂会进祖神桶，野火会烧坏祖神桶，水也会进祖神桶，等等。一旦出现这种情况，祖神桶里居住的祖灵会遭殃，因迁怒于后人而带来灾难，所以，在供奉崖祠祖灵的时候，都要提防类似的情况发生，为祖灵禳解、解除灾难，实际上就是为他的后代解除灾难。这类经籍有代表性几部，介绍如下。

贵州省威宁彝族回族苗族自治县西部旧抄本《为祖灵桶禳解经》。该书汇集《为祖宗破除伤害》《为蜂进祖灵桶禳解》《为被烧的祖灵桶禳解》《为猴搬祖灵桶禳解》《为进水的祖灵桶禳解》《续根基》《为祖灵桶除污进水秽》《送污秽后献牲》及招灵等黔西北彝族为祖灵桶禳解除污仪式时必念的8～9章经书。该书记录彝族对祖灵的保护习俗和对祖宗神敬畏的心态。开头1～4页，末尾43页为神座图，5页系神座图及所需物品说明。

贵州省威宁彝族回族苗族自治县雪山镇阿者候补氏惹若毕摩家清道光十三年（1833年）正月抄本《禳解经》。该书为彝族祀奉祖灵仪式经书。该书由《为鹰抓祖神桶禳解》《为鼠咬祖神桶禳解》汇集而成。该书叙述为祖灵压惊，献祭以安慰，进行重新安置，为此驱赶妖鹰，作象征性的斩杀、消灭老鼠的仪式，阻断妖鹰、妖鼠的出路。[①]

二、有关汇编中各种常见的祭祖类经籍

从《中国少数民族原始宗教经籍汇编·毕摩经卷》中收录的经籍来看，祭祖类的经籍是放在第一位，而各个方言区都列举了一些代表性的经籍。北部方言区有五部，即①《死因病源经》，②《唤魂经》，③《禀神经》，④《招灵经》，⑤《婚配经》。附录的目录中还收录了多部祭祖类的经籍（在下文内容研究部分的有关内容中，还要结合仪式程序列举相关经籍，因此在此不再一一列举北部方言区的祭祖类经籍篇目）。北部方言区的祭祖类经籍中，《〈爨文丛刻〉甲编》中收录了一部《呗麾献祖经》，后来在《增订〈爨文丛刻〉》中，用更好的《呗麾献祖经》进行了更换，后面还将对这部《呗麾献祖经》进行专门研究。东部方

---

① 王继超，余海. 彝族传统信仰文献研究[M]. 贵阳：贵州民族出版社，2010：160-167. 以上祭祖类经籍的介绍，在引用时，篇幅上作了较大的压缩和简化，一些经籍的介绍作了适当的改写。

言区的有 17 部，即①《更换祖筒仪式经典》，②《氏族祭祖经》，③《作斋供牲经》，④《作祭献药供牲经》，⑤《合灵献牲经》，⑥《神威祭祀经》，⑦《舍妁氏族祭奠经》，⑧《益博安慰经》，⑨彝文木刻版祭经《摩史苏》，⑩《治星经》，⑪《指路经》（节选），⑫《祭祀土地神及其经典》，⑬《火把节祭经》，⑭《丧事禳解及其经典》，⑮《家园禳解经》，⑯《祭祖驱邪经》（节录），⑰《猪膀卦经》。附录的目录中也还有几部。这些经籍有的在前面的简介中已经述及。南部方言区的一部，即《祭祖经》。东南部方言区的两部，即①《制作祖灵经》，②《送祖灵到祖公洞经》。[①]

《彝族毕摩经典译注》中，有第二卷即“南华彝族口碑文献”《祭祖祈福经》，第十五卷《宁蒗彝族祭祖安灵经》，第四十一卷《罗婺彝族祭祖经》，第四十二卷《罗婺彝族祭祀祈福经》，第五十五卷“巍山彝族口碑文献”《祭祀经》，第五十八卷《夷僰祈福经》，第六十五卷《武定彝族祭祀献牲经》，第七十卷“大姚彝族口碑文献”《祭祖经》，第七十六卷《祭祖祛邪经》，第七十七卷《彝族神座布局图》，第七十九卷《宁蒗彝族祭祖经（一）》和第八十卷〈宁蒗彝族祭祖经（二）》，第九十二卷《罗婺彝族献药经》。祭祖要用到的历算书，在《彝族毕摩经典译注》中收录了 12 部。[②]

三、尼目祭祖大典仪式与所使用的经籍的案例

为了对彝族祭祖所用的经籍有一个总体的了解，在此以云南省武定县大西邑村普德氏族于农历丁亥年正月初三开始至正月初九日结束，即公历 2007 年 2 月 20～26 日举行的为期七天祭祖活动为原型，简要介绍一下祭祖活动的程序和所用的经籍。[③]这一活动的情况，已经在专著《彝族氏族祭祖大典仪式与经书研究——以大西邑普德氏族祭祖大典为例》中，进行了详细的记录，彝族祭祖所用经籍的主要部分也在该专著中作了翻译，以下引用自这部专著中的经籍，不再加注说明。

普德氏族曾经在 140 多年前举行过九天九夜的祭祖大典，现在保留在云南省

---

① 黄建明，巴莫阿依. 中国少数民族原始宗教经籍汇编・毕摩经卷[M]. 北京：中央民族大学出版社，2009：目录.

② 楚雄自治州人民政府，夜礼斌，杨洪卫，李红民. 彝族毕摩经典译注・相关卷[M]. 昆明：云南民族出版社，2007—2012.

③ 朱崇先. 彝族祭祖大典仪式与经书研究[M]. 北京：民族出版社，2010. 这部分出自该专著的内容不再加注。

禄劝县民族宗教事务局古籍整理办公室的一份名为“关于举行九天九夜祭祖大典纪事”的彝文资料中，记录了这次活动的情况。2007年普德氏族的祭祖大典，是通过请毕摩进行占卜，查看《择日经书》后确定日期。经过筹备，组建各种事务组织，确定各项事务之后，以禄劝县民族宗教事务局保存的一份彝文《氏族祭祖大典祭牲用途实录》为参考准备用牲。延请了主祭毕摩和辅助毕摩若干人。砍伐祖灵筒木料仪式上，毕摩念诵了《祭山神经》《请祖灵筒经》（也称为《伐祖灵筒经》）《祭迎祖灵筒经》。各个宗支在去参加祭祖大典时，要举行家堂祭祖仪式，请毕摩清理宗支谱牒，念诵《祭祖经》，举行祖灵牌转移仪式，举行家祭献牲仪式，毕摩念诵《家祭献牲经》（一般的祭牲是绵羊），准备把宗支的祖灵送到主祭场。在送祖灵牌途中，有野宿守灵仪式，各宗支要在野宿的青棚中举行路祭仪式，请毕摩念诵《安慰祖灵经》。在主祭场开辟各种祭祀的场地和青棚等，要举行镇压土地邪气仪式，毕摩念诵《压土邪经》。各宗支进入主祭场时，要举行祛邪仪式，毕摩念诵《祛邪经》。各宗支将本支的祖灵交给祭场毕摩登记进入总家支祖灵中时，主祭毕摩要念诵《祖灵洁净经》，各宗支请毕摩念诵《献祖经》将本支祖灵交给主祭毕摩归入总家支祖灵中。在主祭场祭立公平架时，毕摩要念诵《祭天经》。再次举行祭祖大典时，要从上次举行祭祖大典时把祖灵送入的祖灵岩洞中，重新举行开启祖灵岩洞仪式，毕摩念诵《开祖灵岩洞门经》，取老祖灵筒回主祭场，并念诵《除邪经》《迎请祖灵筒经》。在主祭场举行夜祭时，由主祭毕摩念诵《祭祖正经》。举行“汲圣水”队伍启程仪式时，毕摩念诵《汲圣水经》同行，到取水点举行仪式念诵《祭献山神经》和《汲圣水经》，回程途中和回到主祭场分圣水时，毕摩也要念诵《汲圣水经》。在宗神御鬼与宗支祭祖献牲仪式各阶段的“措趁”（祭荐光热）仪式，毕摩念诵《祭荐光热神经》；宗神御鬼仪式上毕摩念诵《宗神御鬼经》；在宗支祭祖献牲仪式上，毕摩念诵《宗支祭祖献牲经》。在禳解罪孽和祛除污秽仪式各阶段，举行禳解罪孽仪式时，毕摩念诵《禳解罪孽经》；举行除咒怨邪污仪式时，毕摩念诵《解除咒怨邪污经》；举行解除虐待牲畜罪孽的仪式时，毕摩念诵《解除虐待牲畜罪孽经》，这类经书一般念诵的代表性经籍是《解除虐待牛罪孽经》；在祛邪消灾仪式的各个阶段，清除刀兵灾祸仪式时，毕摩念诵《消除刀兵灾祸经》；举行祛雷火仪式时，毕摩念诵《祛雷火邪经》；在举行除污清净仪式各阶段，解除经孕邪污仪式时毕摩念诵《解除经孕邪污经》，在请格弩神除淫污仪式时毕摩念诵

《请格弩神除淫污经》。在抵御和防范各种灾祸仪式阶段，举行抵御和防范光热灾祸仪式时，毕摩念诵《抵御光热灾祸经》；举行抵御和防范野生动物侵扰仪式时，毕摩念诵《抵御和防范老鼠进入祖灵筒经》《抵御蜂入祖灵筒经》《祛蜂邪经》《祛虫邪经》等；举行抵御和消除其他自然灾祸仪式时，毕摩念诵《祛风邪经》《祛云邪经》等。在举行祖灵变宗神仪式阶段，送祖灵牌入祖灵变异升迁道场仪式等活动时，毕摩念诵《祭祖灵筒经》。续宗接代三牲大祭献药仪式各阶段，举行续宗接代仪式时，毕摩念诵《续宗接代经》（也名为《传宗接代经》）；举行祭祖大典供牲仪式时，毕摩要念诵《毕摩谱系》及《普德宗族谱系》（为哪一个氏族举行祭祖大典，念诵哪一个氏族的宗族谱系），然后念诵《招魂经》，接着念诵《祭祖正经》；用祭牲时念诵《祭祖大典供牲经》（也作《作斋供牲经》）；举行祭祖大典献药仪式时，毕摩要念诵《药祭经》《献药经》《献药供牲经》；举行祈祷祝福仪式时，毕摩念诵《播福禄经》《祈祷祝福经》（也作《祈福经》）。在祖灵升天和灵筒安置仪式各阶段，举行祖灵升天祭仪时，毕摩念诵《超度祖灵升天经》；埋葬鸟形祖灵筒后，举行安放桶形祖灵筒仪式时，毕摩念诵《封闭祖灵洞经》，然后念诵《占卜经》，举行解签占卜，对照《解签书》进行解签。整个祭祖大典结束。

普德氏族以上所举行的七天七夜的祭祖大典，所用的所有彝文书籍达到 53 部之多，除了 2 部是纪实、说明类书籍，1 部是明显二者只取其一的经籍外，实际用于祭祖的经籍达到 50 部。这其中，肯定还有一些毕摩在小型仪式、过渡程序或者一般性的祭祀中，以口头表述的方式念诵的几句的、一小段一小段的诵经。另外，如果是举行九天九夜的祭祖大典，应该还要使用更多的经籍。可见，彝族大型祭祖大典所使用的经籍不会少于 50 部。

四、祭祖类经籍《呗麾献祖经》的通神祈请与文学性研究

《〈爨文丛刻〉甲编》曾经被日本学者称为彝学走向世界的标志。这其中缘由，一是因为这是一部彝文古籍的集大成之作，二是因为它是最早向外界集中翻译和介绍彝文古籍的丛书类文献。但是，《〈爨文丛刻〉甲编》还不是彝文古籍丛书的精品，因为收集这部彝文古籍丛书的丁文江先生不是长期生活在彝族地区，只是作为地质学家在特殊的年代暂时在彝区旅行和停留，收集到的彝文古籍自然有限。同时，帮助他收集和翻译这批彝文古籍的罗文笔先生虽然十分热爱彝族历史

文化和古籍，但罗文笔先生本身信仰基督教，基督教的教义可能对罗先生收集彝文古籍有所约束。因此，对彝文古籍的收集，即使是在当时贵州省的大定县（即今贵州省的大方县）一带，种类也不是很全，收集到的文献也并非都是精品。这就是后来又重新对这部影响很大的彝文古籍文献进行重新编纂的《增订〈爨文丛刻〉》，对原书进行补充翻译，增加文献，改换一些原作等的原因。[①]《呗麾献祖经》就是其中被更换的一部。马学良先生在《增订〈爨文丛刻〉》序言中指出："四川的《夷人做道场用经》一篇，文章质量较差，改换《呗麾献祖经》。"由于《〈爨文丛刻〉甲编》中的文献主要是贵州省大方县收集到的彝文古籍文献，收集于贵州省之外的只有两篇，一篇就是《夷人做道场用经》，是从四川省收集到的；另一篇是从云南省收集到的《武定罗婺夷占吉凶书》。因此，这两篇文献也可以说分别代表了四川省的彝文文献和云南省的彝文文献。在后来的《增订〈爨文丛刻〉》中，虽然对四川省的一篇进行了更换，但是仍然保留了这两篇内容相同的文献，保持了它们作为不同地域彝文文献的代表性。在丁文江先生的计划中，《爨文丛刻》在后来可能还会收集更多云南省、四川省的彝文文献，惜乎天不假年，中道夭殂，遗憾终身。但是，情况变化造成的损失不可弥补，致使彝族之外通过《〈爨文丛刻〉甲编》来了解彝文古籍情况的，只能以这篇文献来代表四川省的彝族古籍了。

（一）

彝族举行大型的祭祀活动，或者举行较大型的解冤仪式活动，或者其他一些祭祀与祈福、禳解合并在一起的中型、大型活动仪式，一般都要请毕摩（即呗麾）主持，有的还要请多个毕摩。例如，彝族举行"尼目"祭祖大典时，据专家的田野调查，有请六个毕摩参加的大型"尼目"祭典，"主持氏族祭祖典礼，至少要有六个主祭呗耄。第一个，彝语谓之'摆摩'，意为'大祭师'，由其司总祭，为整个祭场的总指挥；第二个，彝语谓之'呗祈'，意为'协调祭师'，由其司应酬，负责处置呗耄与主人之间一切交涉；第三个，彝语谓之'郭捕'，意为'事务祭师'，由其司劳作事务，领导背祖灵筒、汲圣水、插祖位柴枝等事；第四个，彝语谓之'呗浩'，意为'祓除祭师'，由其司祓除、解罪等事，负责'打醋炭'

① 马学良. 增订《爨文丛刻・序》[M]. 罗国义审订. 成都：四川民族出版社，1986：3.

清净祭品和主持解罪孽等仪式；第五个，彝语谓之‘扼呗’，意为‘法师’，由其司请神驱鬼，负责主持请祖先神仪式和驱鬼逐魔法术；第六个，彝语谓之‘葛呗’，意为‘工匠师’，由其司工艺技术，负责主持制作祖灵筒、雕刻祖妣偶像等技工事务”①。云南省楚雄彝族自治州武定县发窝乡大西邑的彝族普德氏，于2007 年 2 月 20～26 日举行了为期七天的祭祖活动，所请毕摩就是以上所记述的六个，即六种职司的毕摩。

之所以请多个毕摩，一是出于活动仪式较为复杂、程序繁多、使用的牺牲、祭品多，所念诵的经籍也多；二是需要借助多个毕摩的“法力”来加强活动仪式的效果，以期达到最好的目标；三是彝族认为世袭毕摩主持仪式，所取得的效果要好于非世袭的毕摩，所以世袭毕摩要在活动仪式之前叙述清楚自己的谱系，而非世袭毕摩也要叙述清楚自己的师承，表示来历清楚、清白，否则会导致主祭活动仪式的效果不佳，甚至不灵。例如，在举行个别丧祭仪式的时候，有的死者是非正常的死亡，属于“凶死”，就要请毕摩中的“武毕”来为死者先举行“洁净”“解冤”仪式，再请“吐毕”“那毕”等毕摩来进行正常的祭祀活动。“武毕”“吐毕”“哪毕”是代表不同职能和身份的毕摩，他们有不同的起源和不同的职司，在各种活动仪式中也具有不同的“法力”功能。有的大型祭祀活动仪式，只有把“武毕”“吐毕”“哪毕”都请齐了，才能举行，缺一不可。有的经籍中所谓的“三个猎狗，同围一场猎；三个毕摩，共做一法事”指的就是这种情况。关于这三种职司的毕摩，在经籍中有明确的记述。根据毕节地区彝文翻译组 523 号藏书、贵州省威宁彝族回族苗族自治县板底乡龙天福布摩原有的经书《迎布摩献酒经》的记载，布摩（即毕摩）有支系的分工，虽然习惯上是“白彝”布摩负责解冤，“黑彝”布摩负责撵勾魂鬼司署，“红彝”布摩或“武布”负责为非正常死亡者进行洁净，但是在经书上不明显反映。在《迎布摩献酒经》中有与反映这种分工有关的记述：“一是吐布（他称‘白彝’的布摩）知识深，吐布佩带他的专用铃，他的专用铃响当当，从吐足谷（他称‘白彝’的布摩的住处）来；二是那布（他称‘黑彝’的布摩）地位高，那布佩戴他的专用铃，他的专用铃响当当，从那足谷（他称‘黑彝’的布摩的住处）来；三是武布（一般为他称‘红彝’的布摩）威力大，武布佩戴他的专用铃，他的专用铃响当当，从武足谷（他称‘红彝’的布摩的住

① 朱崇先. 彝族祭祖大典仪式与经书研究[M]. 北京：民族出版社，2010：88-89.

处）来。三条猎狗，同狩一场猎；三家布摩，共主持一场丧礼。”①

在毕摩的人力、“法力”有限的时候，不但要延请其他职司的毕摩参加，延请多个毕摩、毕汝（毕摩的徒弟、助手）参加，还要通过仪式，延请已经逝世的神通广大的毕摩祖师参加，借助他们的神力，把有关的活动仪式办得成功、圆满。在延请已经逝世的毕摩祖师来帮助举行活动仪式之前，就通过一定的程序，举行相应的仪式，念诵《呗麾献祖经》，接续毕摩的师承关系，接续毕摩的谱系，把神通广大的“倔呗”延请到场。

（二）

“毕摩献祖”通常是一个活动仪式程序中的开头部分，古代可以没有专门的经籍，只是在仪式开场前口头念诵清楚。但是发展到后来，也有了专门的“毕摩颂祖经”一类的经籍。因为不把缘由叙述清楚，把应该延请的毕摩祖师和毕摩神祇延请到场，有的仪式就无法开始。所以在一些活动仪式中，念诵这类经籍是整个活动仪式的一部分，有的直接就包括在活动仪式中，因此也有这类经籍包括在其他大型经籍中的情况。但是发展到后来，又通常都是独立的经籍。例如，黔西北彝族地区在举行丧祭活动仪式时，“用于仪式的经书一般有《迎布摩时献酒经》《丧祭献酒经》《丧祭大经》《丧仪大经》《丧祭仪式禳解经》《驱逐司署经》《椎牲经》等。在人间以酒礼为大，以地位是师即布摩为尊；在彝族原始宗教信仰的观念里，把人间的事翻版到神界，神亦视酒礼为大，视布摩为尊，所以丧祭仪式的开场，必须延请布摩，迎接布摩、迎接布摩神，向布摩、布摩神以及相关的神灵敬献生命之源的水、酒水、茶水等。于是就有《迎布摩经》《献水经》《献茶经》等的使用”②（毕摩原文作布摩，也即是呗麾——引者注）。可见，黔西北地区的《迎毕摩经》与四川地区20世纪30年代的《呗麾献祖经》有类似的地方，也许原先就是内容相同的经籍，只不过是在不同地区演变成了有差别的经籍。

下面通过《呗麾献祖经》与贵州省类似的经籍作一下比较，就可以看出它们的异同。

---

① 王继超，余海. 彝族传统信仰文献研究[M]. 贵阳：贵州民族出版社，2010：8.

② 王继超，余海. 彝族传统信仰文献研究[M]. 贵阳：贵州民族出版社，2010：1.

《呗麾献祖经》具体地说是毕摩祭祖时念诵的，而其内容不限于向神灵献祭，主要是在神灵面前背诵毕摩的历史。经书先叙述一位神通广大的毕摩名叫“倔呗”，他把虎、雕、鹞来当祭牲。接着又说远古时有个名叫史兹史得的先当了毕摩，随后女里、什叟、靡莫等彝族中也出现了毕摩，各传了十代、八代、十一代，先是心灵多智，后来却变得不聪明了，所以祈福不得福，治病不见愈。直至“邛补”即彝族“六祖”的时代，“合”家才有了真正聪明能干的毕摩，使用杉签筒、法帽，用所蒙耳合、纳补务卓两地的纸和墨写经文，于是祭了祖，祈福得了福，治病见了效。“合”家的毕摩开始出现在安宁河地方，后来有个名叫阿都尔补的毕摩，远走他乡，寻求天上降下的神铃，作为毕摩的法宝，他的神通更加扩大了。其后裔仍为毕摩并使法力招来山川妖怪，战败敌人，并且连续消灭了危害彝人的大雕、老熊和恶虎。[①]这部经籍中，特别是对阿苏拉者父女同时作毕的记述，对后世毕摩特别是彝语北部方言区，也就是四川省凉山彝族自治州一带的毕摩作毕的影响特别大。

贵州省境内的毕摩一般称为布摩，毕摩经籍一般称为布摩经书。这些经籍与《呗麾献祖经》有许多类似的内容。例如，贵州省威宁彝族回族苗族自治县龙场镇元坪村吕氏抄本经籍《迎布摩献酒经》叙述向知识的总结者、文字文章的创制者，向年神、月神、知识神、智慧神、始楚、乍姆的知识神，向布摩神、布摩的保护神、布摩的法具神等诸神献酒；叙述布摩世袭，指出有资格主祭的世袭布摩及其子弟的世系。该村李氏抄本经籍《延请布摩经》介绍了举行丧祭而延请布摩神，介绍布摩法具中神帽、神扇、神筒、神杖、神铃等的神异威力，点名祭祀各世袭布摩世家的先祖，并请他们保佑、帮助主祭布摩作祭顺利。威宁彝族回族苗族自治县雪山镇侯布任若布摩家旧抄本经籍《布摩溯源经》介绍布楚布摩至六祖时期布摩的传承，布楚布摩十大支至六祖时发展到十二支，等等。[②]有的经籍还对毕摩根源、传承、法器、毕摩崇拜等有专门的介绍。

另外，在云南省的小凉山地区的宁蒗彝族自治县，也有专门的“毕摩颂祖经”——《彝族颂毕祖经通释》就是这类经籍的代表作。[③]这部经籍一共有 21 篇，

① 马学良. 增订《爨文丛刻·序》[M]. 罗国义审订. 成都：四川民族出版社，1986：7-8.

② 王继超，余海. 彝族传统信仰文献研究[M]. 贵阳：贵州民族出版社，2010：2-3.

③ 苏学文，卢志发，沙马史富. 彝族颂毕祖经通释[M]. 昆明：云南民族出版社，2006：目录.

4900多行彝文。第一篇颂扬毕摩探索自然、征服自然的不屈精神及毕摩作毕的神圣；第二篇叙述作毕的历史，认为只有到了“丘补”即彝族六祖时代才真正有了毕摩作毕的正规仪礼；第三篇叙述毕摩的来源，重点叙述了毕摩的流派、谱系、著名的毕摩等；第四篇作毕谱系叙述了邱尼谱系和古伙谱系；第五篇介绍毕摩的传承；第六篇讲述毕摩如何驱鬼灭鬼；第七到十篇呼唤神灵享祭助法，用咒语咒鬼；第十一篇到第十九篇祈福纳祥，镇灾防魔；第二十篇占卜、解签；第二十一篇遣送神灵。①

（三）

《呗麾献祖经》在各种活动仪式中的念诵，是毕摩主持仪式时一个重要的程序。它可以表达若干种重要的功用，特别是达到主持仪式时利人利己的重要目的。概括而言，主要有以下一些方面。

1. 正本清源

这是念诵《呗麾献祖经》的第一个功用。彝族举行重要的活动仪式，往往有很强的功利目的，因此对毕摩的选择也是非常认真、仔细的。一般地说，世袭毕摩是第一选择，因为世袭毕摩根源清楚，家学渊源深厚，在人们的心目中地位高于其他毕摩，对各种活动仪式程序掌握得清楚。其次才选择师承渊源清楚，师父道德高尚、道行深厚的其他毕摩。毕摩在主持活动仪式之前，举行一个念诵《呗麾献祖经》或者类似的《延请毕摩经》《毕摩溯源经》等，可以把自己是否世袭，或者自己的师承关系叙述明白、清楚，自正清白，接续谱系，抬高本人的地位，尊崇祖师的地位。

2. 敬师敬祖

这也是念诵《呗麾献祖经》的一个主要功能。世袭毕摩敬拜自己的祖先，既是祖先崇拜的体现，也是尊师重道的体现。非世袭毕摩则要叙述清楚师承关系，说明自己的师承一般也来源于世袭毕摩的传承，表明师承不乱也是一个重要的标志。同时，敬拜祖师，体现毕摩是有道德的人，不是简单的一个过场。

3. 通神通灵

毕摩作为人神关系的桥梁，是沟通今人与祖人、人类与神灵、人类与鬼怪等关系的重要桥梁和纽带。但是并非每一个毕摩的沟通能力，协调能力，处理人神、

① 苏学文，卢志发，沙马史富. 彝族颂毕祖经通释[M]. 昆明：云南民族出版社，2006：1-5.

人鬼、人祖之间的关系的能力都是一样的。世袭的毕摩据说要比其他毕摩更有“法力”，即处理这些关系的能力更强。因此，念诵《呗麾献祖经》就是体现自己的通神与通灵能力的体现，因为不同的这类经书中，不是都像这部经书的内容一样只是这些内容，各个世袭毕摩或者师承的毕摩在念诵这类经书时，其实都要加上与自己有渊源关系的一段谱系，把自己的身份表达清楚，反映出与自身可以结成关系的祖师情况及自己通神通灵的能力。

4. 借名借力

这也是念诵《呗麾献祖经》的一重要目的。不论是世袭的毕摩还是师承的毕摩，谁也不敢保证自己所从事的活动仪式达到百分之百的成功，因此借助有广大神通的祖师、毕摩是必不可少的一种重要的补充，这不只是为了加强自己的神力，化解不可知的破坏性因素，同样对事主也是一种鼓舞，让事主知道不只是在世的、在场的毕摩在为他的活动、仪式效力，还延请了逝去的、不在场的神通广大的毕摩为他效力，增强事主的信心，增加成功的概率。

5. 利人利己

这也是念诵《呗麾献祖经》的一个重要目的。无论是叙述自己的清白谱系以自证有资格和能力来主持活动仪式，还是延请祖师毕摩来参加办好活动仪式，目的都是为了给事主办好事情，达到预期的目标，取得有利于事主的效果，这一点是明确的。同时，念诵《呗麾献祖经》还可以帮助毕摩增加能力抵御各种妖魔鬼怪的侵害，让自己在活动仪式结束时解脱出来，不至于被邪魔纠缠引来灾祸。因此，许多仪式的结束部分，在经书中还有专门的“回师”部分。“回师”有两种情况，一种相当于“退神”，比如念诵《延请毕摩经》《呗麾献祖经》等之后，举行完仪式，要请退举行仪式时延请到的毕摩神、祖师神等。另外，就是要把主持活动仪式的毕摩从这一仪式中请回来，例如，《增订〈爨文丛刻〉》中的《指路经》中就有专门的“回师”部分。[①]利人和利己可以说是念诵《呗麾献祖经》一类经籍的一个主要的目的。

（四）

彝族无论敬祖还是叙谱，都有许多口传的传统。例如，当下贵州省毕节市纳

① 马学良. 增订《爨文丛刻・序》[M]. 罗国义审订. 成都：四川民族出版社，1986：566.

雍县新房彝族苗族乡河头村的彝族，在过年过节准备供品祭祀祖先的时候，都要把祭品经过“打醋坛”洁净仪式后，由家庭的主人在堂屋的神龛前，口头念诵祭祀祖先的《祭祖献酒经》敬酒，然后全家才能进餐。四川省凉山彝族自治州至今在出门时，若遇到不熟悉的彝族人，都要口头背诵各自家谱，叙述清楚自己的谱系传承，好辨认是否是同家支的成员。贵州省的彝族至今遇到不熟悉的彝族人时，也仍然通过讲述自己的“能彝”（家支姓氏、籍贯）来辨别是同家支成员还是其他亲戚、外人。应该说，《呗麾献祖经》作为一种文字文献，来源于四川省的彝族北部方言区，其中敬祖的部分也是从彝族敬祖的口头传统中发展而来的。而这部经籍中虽然没有大量的谱系传承的内容，但是其中的内容从阿都尔朴开始，到阿苏拉者的谱系，以及阿苏拉者父女同时为毕摩的情况，也属于毕摩谱系传承的内涵，已经传达出毕摩世袭的内蕴。从文化人类学的角度上考察，是彝族口头传统的传承；从文学人类学的角度上考察，是彝族口头文学的传承。因此，从发生学的角度上看，它是彝族口头传统的产生，向文字文本的发展，可以归属于口头记忆文学的范围。

同时，《呗麾献祖经》有两个其他文献中都没有的文学形象值得重视，在彝族文学史有着重要的地位。一是关于阿都尔朴的形象描绘：“阿都尔朴呢，头栖鸦雀，耳栖蝙蝠，鼻作獾巢穴，腋上栖山乍鸟，眉上栖地麻雀，背上住着龙，上唇有公龙，下唇有母龙，舌头玩龙仔。”①这是最早关于毕摩形象的描绘，其中蕴含着丰富的彝族原始宗教职业人员的形象信息，可以从中观测到彝族很早时期的宗教人员特别是毕摩（或许当时毕摩和苏尼都还没有区分）的形象。二是阿苏拉者父女同时为毕摩的情况，是毕摩史上也是彝族文学史上少见的情况，一直到今天，不论是其他彝族民间传说、故事，还是毕摩故事中，父女同为毕摩的情况，目前仍然只有阿苏拉者父女俩。在其他文献如《物始纪略》等彝文古籍中，虽然有举奢哲和阿买妮男、女两人同为毕摩传承彝族知识、智慧的情况，但不是关于父女的记述。

从传统的文学分析的角度上看，《呗麾献祖经》在诗歌句式的使用上，使用了传统的彝语五言诗歌句式，在句法上显然好于《彝族颂毕祖经通释》。但是，

---

① 马学良. 增订《爨文丛刻·序》[M]. 罗国义审订. 成都：四川民族出版社，1986：1993.

《彝族颂毕祖经通释》中的修辞手法的运用，大量使用的兴、比、赋等传统修辞手法，同时长短句式的交错使用，富于变化，音调铿锵，加上长篇作品中对个别毕摩形象的描写和塑造非常形象、逼真而动人，如果抛开具体的吟诵场域来进行文本的阅读，其感染力又要好于《呗麾献祖经》。

第二节　丧　葬　类

丧葬类经籍是彝族传统经籍中数量最多的一类。如前所述，丧葬类经籍要占毕摩收藏和使用的经书的三分之一以上，可见其数量之多，使用之勤。因为在传统的彝族社会之中，每逢有人去世，都要举行丧葬祭祀仪式，丧祭经籍都是必须用到的。

一、有关汇编中各种常见的丧葬类经籍

《彝族毕摩经典译注》中的丧葬类祭经占据了很大一部分篇幅。其中，第十二卷《罗婺彝族指路经》，第二十卷《丧礼祭辞·楚雄彝族口碑文献》，第二十一卷《丧礼祭经·禄丰彝族口碑文献》，第二十二卷《颂魂经·广西那坡彝族口碑文献》，第二十五卷《武定彝族丧祭经（一）》，第二十六卷《武定彝族丧祭经（二）》，第二十七卷《武定彝族丧祭经（三）》，第三十卷《昭通彝族丧葬祭经》，第三十一卷《双柏彝族丧葬祭经（一）》，第三十二卷《双柏彝族丧葬祭经（二）》，第三十三卷《双柏彝族丧葬祭经（三）》，第三十七卷《丧葬祭辞·永仁彝族口碑文献（一）》，第三十八卷《丧葬祭辞·永仁彝族口碑文献（二）》，第三十九卷《丧礼祭辞·南华彝族口碑文献》，第五十一卷《丧葬祭经·楚雄彝族口碑文献》，第五十三卷《丧葬祭经·姚安彝族口碑文献》，第五十四卷《丧葬祭经·牟定彝族口碑文献》，第八十五卷《丧祭经·漾濞彝族口碑文献（一）》，第八十六卷《丧祭经·漾濞彝族口碑文献（二）》，第九十一卷《教路经·南华彝族口碑文献》，第九十七卷《丧葬经·大姚彝族口碑文献》。[①]《彝族毕摩经典译注》中丧葬类祭经合计有21卷之多。

《中国少数民族原始宗教经籍汇编·毕摩经卷》的丧葬类经籍中，北部方言区

① 楚雄自治州人民政府，夜礼斌，杨洪卫，等. 彝族毕摩经典译注·相关卷[M]. 昆明：云南民族出版社，2007—2012.

列举了一部《凤凰经》，附录的目录中有多部。东部方言区的祭祖类经籍中的《指路经》，可以归为丧葬类经籍。南部方言区列举了55部之多，即①《断气下床经》，②《寻水取水经》，③《洗尸净魂经》，④《入棺装殓经》，⑤《选墓地经》，⑥《释梦经》，⑦《祭活牲经》，⑧《迎客经》，⑨《诉苦经》，⑩《献夜宵经》，⑪《丧家献夜宵经》，⑫《女儿献夜宵经》，⑬《献药经》，⑭《祭早饭经》，⑮《献早饭经》，⑯《讨墓地经》，⑰《供牲经》，⑱《踩尖刀草经》，⑲《指路经》，⑳《无万物经》，㉑《生天产地经》，㉒《开天辟地经》，㉓《撒播树木经》，㉔《日耀月辉经》，㉕《子孙迁居经》，㉖《产物积财经》，㉗《定法定税经》，㉘《天地通婚经》，㉙《祖先寿命经》，㉚《寿始命终经》，㉛《采药炼丹经》，㉜《兴死开丧经》，㉝《赎魂经》，㉞《驱邪除祟经》，㉟《解疙瘩经》，㊱《颂图纳经》，㊲《唤毕摩魂书》，㊳《唤牲魂经》，㊴《祭物经》，㊵《颂松马经》，㊶《颂神彩门经》，㊷《颂拐杖经》，㊸《颂甲嫫经》，㊹《祭嘎边经》，㊺《献水书》，㊻《寿衣经》，㊼《裁缝寿衣经》，㊽《洗晾寿衣经》，㊾《穿绸衣经》，㊿《人生经》，51《命名经》，52《敬松马经》，53《敬贡献经》，54《焚祭物经》，55《开路经》。然而值得注意的是，这些丧葬类经籍多数是一部大经籍中的分题目或者分篇目。东南部方言区的丧葬类经籍中列举了19部，即①《篾箩献饭经》，②《献仆女经》，③《立摇钱树经》，④《放摇钱树经》，⑤《踩尖刀草经》，⑥《下床经》，⑦《装棺经》，⑧《圣人长寿经》（节选），⑨《晚斋经》，⑩《早斋经》，⑪《戴孝经》，⑫《脱孝经》，⑬《献生肉经》，⑭《苏颇・笃慕梅维》，⑮《苏嫫・挖药炼丹》，⑯《指路经》，⑰《超度经》，⑱《男子草身冷葬经》，⑲《女子草身冷葬经》。[①]

二、丧葬丧祭类经籍举要

毕摩用在丧事仪式中的“赠苏”与“确苏”类经书以《丧祭经》或《丧仪经》翻译命名。《丧祭经》或《丧仪经》是毕摩的重头经书，即大部头的经书，也是毕摩在丧祭仪式重头戏中用的“剧本”。丧祭活动的时间一般是三天三夜、七天七夜，据说古时还有一个月的。无论是三天三夜，或者是长达一月，毕摩都要用

① 黄建明，巴莫阿依. 中国少数民族原始宗教经籍汇编・毕摩经卷[M]. 北京：中央民族大学出版社，2009：目录.

一定数量的经书去念，所以，《丧祭经》或《丧仪经》一般都很厚，字数有数万到数十万不等，但我们现在所能见到的只有几万字的本子了，甚至还可以说没有一部的内容是齐全的。《丧祭经》或《丧仪经》在贵州省古乌撒部地的传承，表现为篇幅虽长，但篇目书题较少，与毗连的云南省昭通、昆明（一部分地区）、曲靖等市彝区的同类书形成同一种风格和规格；在贵州省古水西部地的传承，表现为篇幅长，篇目书题丰富，有些书里，一个篇目书题下面只有30来个句子，与毗连的贵州六盘水、安顺、黔西南、四川南部彝区的同类书形成同一种风格和规格。

（一）古乌撒部地风格的《丧祭经》《丧仪经》举要

1. 合订型

贵州省威宁彝族回族苗族自治县龙场镇刘松林毕摩家19世纪抄本《丧祭经》，该书汇辑《丧祭献酒》《丧祭范本》《播寿命收寿命》《老死寿终》《了却心愿》《掩死礼仪》《丧祭根源》《馈献祭礼》《织绸》《确舍氏织绸》《四部洛那织绸》《破咒退神》《灵堂迎奉》《献水献祭》《交牲》《朝祭夕祭献饭》《退神献祭》《献丧牲祭奠》《献牛牲祭奠》《指路献祭》《献牛猪祭奠》等21个黔西北与滇东北彝族大型丧祭活动的关键仪式用经书，反映彝族的生死观、分布、迁徙与送亡灵习俗。

贵州省威宁彝族回族苗族自治县西部旧抄本《丧祭经》。该书可辨10部（章）名称，依次为《追死根问病由》《献药经》《理归宿》《弥咪（仪式）》《开毕摩道》《招失落亡灵》《清点名姓》《寻根基》《续根基》《鲁补鲁旺》。该书记录丧祭中的10道仪式，叙述物有生有灭，人有生死，不可抗拒，介绍以植物、动物为药，医治病症，其中有12种动物胆入药，叙述支嘎阿鲁把大地分为九块，以九鲁补、八鲁旺为分野标记。

贵州省威宁彝族回族苗族自治县西部旧抄本《丧祭经》。该书汇集了18部与大型丧祭相关的经书，有《丧祭经》[①]《播寿命与收寿命》《老死善终》《举行丧祭》《追溯丧祭制》《献丧祭礼》《打铜织绸》《确舍织绸》《招灵》《早祭晚祭》《铺路献祭》《辞别献祭》《献丧场》《牛牲献祭》《死道献祭》《归宿献

① 该书标题不明。

祭》《驮魂马献祭》《指路经》。该书叙述人类起源，六祖分支、迁徙、分布、丧祭制度的兴起，丧祭习俗在各地各族间的差异，人生礼仪、人类从火的发明到兴起农耕，婚姻家庭建立、织绸纺织、金属冶炼、君长制政权建立等，最后将亡灵从住地指经滇东北、滇中指往滇西苍山一带。

贵州省威宁彝族回族苗族自治县西部阿尼毕摩抄本《丧祭经》。该书是大型丧祭时毕摩所用经书中的一部分。该书汇集了《献驮魂马》《追病根死由》《破死除病》《打铜织绸》《确舍织绸》《献丧礼》《朝夕丧饭》《送亡魂》《断绝关系》《献丧房》《敬献牲礼》《敬献死界》《敬献牛猪》《敬献魂马》《敬献神门》《指路经》16 部（篇）经书。该书记录丧祭时的大部分仪式，反映彝族的形成历史、迁徙过程，对生死观的认识等内容。

贵州省威宁彝族回族苗族自治县板底乡雄英村龙天福毕摩家旧抄本《丧祭经》。该书系黔西北彝族丧祭经的通用部分，有 11 部主要经书，分别为《丧祭》《播寿命与收生命》《老死善终》《举行丧祭》《丧祭礼俗》《馈赠祭礼》《打铜织绸》《确舍织绸》《点名盖绸制》《献牲退神》《引毕摩道》。该书记录彝族丧祭仪式的同时，还介绍人类由来，火的发明、发明农耕、打铜织绸等相关生产生活活动史，反映万物有生有灭的生死观。

贵州省威宁彝族回族苗族自治县西部旧抄本《丧祭大经》。该书由《丧祭》《宣扬名声》《播收寿命》《老死寿终》《设置灵堂》《释丧祭制》《馈纳牲礼》《男女织绸》《确舍织绸》《敬献绸礼》《追溯丧祭史》《丧祭献词》《献早晚祭饭》《献祭了愿》《淡忘音容》《收丧祭》《牛牲丧礼》《归死丧礼》《牛猪牲丧礼》《驮魂马丧礼》《指路经》21 部（章）经文组成。该书系黔西北彝族举行大型丧祭仪式必诵经书中的一大部分。该书通过记录彝族大型丧祭活动中的大部分祭奠仪式及把亡灵指到祖宗故地，同时叙述人类起源、发明用火，知识产生、进入农耕、畜牧时代，以及金属冶炼、丝绸纺织、彝族迁徙分布等。

贵州省威宁彝族回族苗族白治县雪山镇觉木嘎侯布惹若毕摩家清道光十三年九月至同治十一年间（1833～1872 年）抄本《丧仪经》，该书有献酒、献药、朝祭、清理归宿、掩犯星（如掩魂马犯星、掩重丧犯星等）多种程序仪式的记录；有牛羊献祭、五谷献祭、甲胄献祭、绸锦献祭等丧祭内容；有迎毕摩献酒、接毕摩献酒、解灾难献酒等献酒内容；有自尼能传至六祖的丧祭习俗记录；有彝族尚白者土葬、尚黑者火葬，尚白、尚黑、尚红三家毕摩合为一体，既合作又分工，各司其职完成丧祭仪式的制度规定记录。

贵州省威宁彝族回族苗族自治县西部一带旧抄本《丧仪经》，该书在记录晚祭奠、早祭奠仪式中，反映“一个人生时一只鸡、死时一只鸡”习俗的内涵；记录“白殡、黑葬”葬俗，介绍乌蒙、乌撒、阿哲、芒布、磨弥、阿迪各部世袭主祭毕摩世家。其后该书出现了《鲁补安司署鬼》《白狗为司署开道》《遣送启布司鬼》《树威力》《退污》《退冤过之污》《退飞禽之污》《退祭牲之污》《退身体之污》《退破败之污》《退牵挂之污》《退奴仆之污》《退塑像之污》《退沾秽之污》《退司署之污》《退诅咒之污》《退雷电之污》《退灾祸之污》《退财物之污》《迎接根本》等20余个篇章。该书反映丧祭仪式举行后的退污、送神等活动。

2. 单行本型

贵州省威宁彝族回族苗族自治县龙场镇李小腊家藏抄本《播生命与收寿命》，该书叙述策耿兹播下十二棵生命树，六棵枯萎，六棵茂盛；结有十二个生命果，六个朝阳生辉，六个背阴失色。耿兹种生命树，署府砍伐生命树，阿娄氏讨得生命树，什勺氏收生命树。生命树断梢人夭折，生命树倒人死亡。树木枯朽不再发，人死不复活。寿数有限定，不可能强求，得到祭奠去归祖，已经是幸事，切莫再生怨。

贵州省威宁彝族回族苗族自治县龙街镇安再荣家抄本《诘责死神病神》，该书是《丧祭经》的一部分，以安慰亡灵的口吻，诘责什勺氏出尔反尔，给人以生命，又夺去人的生命，派其六只手者充当勾魂的司署使者，以铜链铁枷拴去死者，使之受尽病与死的痛苦，还让死者对天地与祖灵产生误会，发出怨言。让死者知道人死不可抗拒的规律与生病死亡的原因。

贵州省威宁彝族回族苗族自治县龙场镇长坪村田绍忠家抄本《老死善终经》，该书叙述人的生老病死是自然规律，只要像果子成熟般脱蒂而落，由生长、成熟到善终过程的完成，也就属于正常与上乘的人生。死亡对代表天的米沽洪，代表地的糜额旺，代表人的笃叟察是例外，而所有动植物无一能幸免。

（二）古水西部地的《丧祭经》《丧仪经》举要

贵州省毕节市七星关区大屯乡陈作珍毕摩家旧抄本《丧仪大经》。在大标题

“丧仪大经”之下，还有68个小标题，依次为《掌祭》《出处所在人类形成》《设置丧场》《说法》《叙根》《示范》《论美》《养马》《收牲》《善死作祭》《吃租》《牧牲》《祭祖》《播寿》《赏根》《受牲》《兴礼》《释丧仪》《织天织地》《天地》《断识日月》《修天地》《制矛》《吊缨》《缨吊山岳》《权势产生》《溯祭祖由来》《设身处地》《寻医找药》《武氏地方》《入死界》《献水》《止哭》《洗发》《收礼》《备钱财作祭》《织绸》《馈礼》《熟祭》《召富贵》《释职责》《释献盐》《释送勾魂鬼》《建房》《家园富贵》《款待》《示牲》《停歇》《朝祭》《释寿衣》《释魂马》《释身耳两桩》《牛牲》《绸缎衣》《释常规丧祭》《释虎皮》《释礼服》《释黑鼠》《释夕祭朝祭》《释死由》《释乃布》《释买房》《释虎衣》《释收病》《去晦日》《送毕摩克星》《土地神收容克星》《毕摩脱干系》等。该经籍较系统地记录赤水河流域黔、川两省交界处彝族丧祭礼俗，反映彝族社会历史、生产生活、迁徙、分布、源流等，反映彝族的人生观、生死观等。

贵州省毕节地区彝文翻译组（已经改为毕节市彝文文献翻译研究中心）藏书《丧祭礼仪》，该书有《挥帕》《驱司署鬼》《人类产生》《寻医找药》《播树》《兴礼》《攻鬼》《雅居》《美食》《美衣》《美德》《释火》《婚配》《媒妁》《婚姻媒介》《生子》《制矛》《制剑》《挎弓》《打仗》《报仇》《拓土》《吃租》《叙谱》《祭祖》《播寿》《孝母》《备礼》《丧祭》《溯源》《献祭》《仿效》《修天补地》《理山脉》《年景气候》《天婚地配》《断识日月》《权势产生》《开亲婚配》《馈献礼物》《中央山岳》《干叶保贵》《断诅咒》《退污》《竹竿》《议食》《献水献茶》《兴祭》《绕丧》《洁净》《退神》《洁净开》等。该书记录人生与送死礼仪，反映若布阵打仗的丧祭习俗。

贵州省纳雍县张金安毕摩家旧抄本《丧仪经》。该书有54个标题，依次为《丧祭献酒经》《点名致祭经》《执祭经》《追根溯源经》《额索祭母经》《开丧经》《示范经》《赞誉经》《魂马经》《撵牲示牲经》《美食经》《美衣经》《开亲结配经》《连姻经》《生子建房经》《释牛经》《释黑棺》《祝福》《做诗文》《披甲握戟》《佩剑挎弓》《持盾》《受田地》《祭根本（两章）》《祭祖赐寿》《扎根经》《母恩经》《行礼经》《六牲经》《制矛经》《挂缨经》《长志经》《品德行为经》《洗发经》《送礼经》《织绸》《释祭酒》《熟祭经》《释盖心布》《释虎皮》《释耳饰》《释黑鼠》《释送司署》《释建房》《释得居室》《释佩刀》

《释垫脚》《魂马祭牲食盐》《释功名》《释神桶》《释新车》《毕摩退神》《收场》等。该书总结人生的一般规律与经历，反映与记录彝族古代社会的生产、生活活动，表现对亡者的安排与其灵魂的安置，使之各得其所，体现贵州省纳雍县与水城县一带彝族的丧祭习俗。

贵州省大方县三元乡高炉村彭绍武毕摩家旧抄本《丧仪经》。该书分为《孝子祭母》《拓土地》《成就》《美食》《盛装》《美德》《叙火》《婚配》《开亲》《生子》《建房》《扎根》《披甲》《磨戟》《佩剑》《挎弓》《备盾》《打仗》《阿哲打仗》《报仇》《受地》《受土》《收租》《祭祖》《叙谱》《播寿》《护本》《兴礼》《修天补地》《制矛》《吊缨》《布默家园》《天婚地配》《权势产生》《品德行为》《寻医找药》《武国》《六祖源》《献水》《止哭》《洗发》《破死》《献礼》《晚祭》《慰死》《迂里阿迭祭母》《天庭织绸》《日月织绸》《道度织绸》《补迤织绸》《耿额织绸》《确舍织绸》《穿绸》《织官绸》《召富贵》《熟祭》《叙死神》57 个标题，较完整地记录了贵州省水西彝族的丧祭习俗，反映人生和人生礼仪、送死礼仪。该书反映彝族源流、创世、开天辟地神话、社会生产生活，水西彝族杜阿德的行孝，额尼阿赤、自杞忍额的善战，从而表现丧祭活动中所贯穿的尚武精神等。

贵州省毕节市七星关区境内毕摩旧抄本《丧仪经》，该书由《牵獐》《扬名》《请知识神》《砸司鬼》《人类产生》《请毕摩治病》《寿高》《施木》《净场》《捆司鬼》《净小场》《施茶》《塑偶像》《论形象》《吉祥》《寻查金银》《赫氏升天》《春季火升》《量锦》《丈量大地》《献食》《论事》《好名誉》《述宫殿》《寻奴》《使奴》《奴出力》《食香》《释天》《论好獐》《论火》《议疆域》《论婚嫁》《匹配》《媒妁》《出阁》《生子》《献甲》《漆戟》《漆大刀》《献弓》《争战》《除污》《拓疆》《食租》《祭根本》《赐寿》《什勺祭猴》《根基》《论天地》《宴舅》《天地形成》《福禄吉祥》《好伞》《打伞祭祀》《论形象》《牺牲》《天高地阔》《论赶牛马》《论哎哺》《喽慕喽哎》《论天地形成》《辨别日月》《婚配出阁》《采药猎獐》《吉年吉月》《中部地带》《团圆地》《破翁斗》《打铜织锦》《牵线织锦》《断锦日》《穿锦戴锦》《开织锦机床》《收租》《种树保福寿》《洗药》《祝告》《论尺子》《基业发达》《论威荣》《献水》《续根本》《逐哭神》《转场》《猎獐祭祀》《建房》《献整》《抓莫》《沐浴》《释马》《释牛》《猎兽》《首寻牛》《君、臣、毕摩、主吉祥》

《释祖灵》《晚献祭》《献起程早祭》《黑山羊》《释黑猪》《释房屋桌子》《请翁迁徙》《哎哺哪则》《退出祭场》105个章节汇辑成册。该书叙述彝族先民对天地的形成和人类起源的认识，物种的产生，社会的进化，君、臣、毕摩三位一体政权制度的形成，婚姻家庭，丧祭习俗及其狩猎、耕牧、冶炼铜、织锦缎等生产、生活活动情况，反映彝族先民的生死观、人生观和对人生一般规律经历的总结。

以上16部书的例子，基本反映和代表了贵州省黔西北彝族地区古乌撒部、古水西部两部地《丧祭经》和《丧仪经》的内容和风格。[①]

三、彝文经籍《指路经》的科学内涵与文学特色

《指路经》是彝族传统丧祭仪式中极为重要的经籍，彝语称为[ŋu˧dʑu˧ mu˥su˧]，直译为“阴路指书”，或称为[dʑu˧mu˥su˧]，直译为“路指书”。《指路经》是在彝族老人去世后，举行丧祭仪式时，在完成各种祭祀仪式后，最终把亡灵从亡故地一站一站指引回归祖先发祥地的经籍。举行完指路仪式，亡人就可以火化或者安葬了。从另外一个角度说，没有举行指路仪式，亡人的灵魂还在人间，没有回归祖先发祥地与祖先团聚，便有许多祸害和危险存在。凡是有彝族居住的地方，凡是有彝人亡故，举行丧祭都要念诵《指路经》，这是必不可少的一道丧仪。在使用《指路经》及相关丧祭仪式中，如果没有为亡灵举行全面的“解冤”仪式，则在举行“指路”仪式时一并念诵《解冤经》，因为有的《解冤经》最后部分有《指路经》。如果举行全面的“解冤”仪式，则在这个仪式使用的《解冤经》中的最后一部分也有《指路经》的内容。这是《增订〈爨文丛刻〉》把原《〈爨文丛刻〉甲编》中《解冤经》里面与《天路指明》即《指路经》的内容基本相同的“指路”内容减去的原因所在。[②]因此，《指路经》也是使用频率最高的一种彝文经籍。仔细研读其中的内容，可以发现它是以生动的文学形式，在反映彝族传统文化内涵的同时，透露出科学的历史、地理内涵。

① 王继超，余海．彝族传统信仰文献研究[M]．贵阳：贵州民族出版社，2010：13-19．本书在引用时进行了压缩、改写。

② 马学良．增订《爨文丛刻》[M]．罗国义审订．成都：四川民族出版社，1986：3.

（一）

由于《指路经》在彝族丧礼中应用极为频繁，也是彝族人最早接触到的传统经籍之一，同时也是其他民族人了解彝族传统经籍的一个便捷门径，因此对《指路经》的翻译和介绍也是彝族传统经籍中最早的。国外学者关注最早的是法国学者保禄·维亚尔（Paul Vial），他在19世纪末写的《维亚尔的云南来信》一文中对指路仪式的《指路经》的使用进行了记述。[①]又如，1936年即已经翻译出版的《〈爨文丛刻〉甲编》中[②]，就专门有《指路经》部分。这部《指路经》后来又收录在1986年出版的《增订〈爨文丛刻〉》之中。[③]它是目前发现的最早向彝族之外介绍完整的《指路经》的。其后，1993年集中翻译出版了《彝文〈指路经〉译集》18部，是目前集中了滇川黔此类经籍最多的一部经籍汇译。[④]1997年翻译出版的《彝族指路丛书·贵州卷（一）》，收录了贵州省毕节地区（今毕节市）的8部《指路经》[⑤]；2002年翻译出版的《乌蒙彝族指路书》，收录了云南省昭通市包括2部《指路经》在内的“乌蒙卷”和“芒布卷”“指路书”[⑥]；2009年翻译出版的《滇南彝族指路经》，收录了云南省红河哈尼族彝族自治州元阳县和红河县的2部《指路经》。[⑦]另外，广西壮族自治区民族古籍办公室内部出版了1部《那坡彝族开路经》。[⑧]除了四川省没有单独翻译出版、对外介绍《指路经》一类的经籍外，京、滇、黔、桂都有这类经籍公开或者内部出版。在这些经籍中，滇黔是传统的老彝文古籍，而广西壮族自治区的则是口碑古籍，通过搜集、翻译和注音内部出版。

对于《指路经》的研究，除以上翻译出版的书籍中的介绍外，做专门研究的、进行文章发表的已经有20多篇。比较有代表性的有李列的《彝族〈指路经〉的文化阐释》[⑨]，周德才的《彝文〈指路经〉的文学特点》[⑩]，余舒等的《从〈指路经〉

---

① 黄建明，燕汉生. 保禄·维亚尔文集[C]. 昆明：云南教育出版社，2003：96.

② 欧阳哲生. 丁文江文集（第五卷）[M]. 长沙：湖南教育出版社，2008.

③ 马学良. 增订《爨文丛刻》[M]. 罗国义审订. 成都：四川民族出版社，1986.

④ 果吉·宁哈，岭福祥. 彝文《指路经》译集[M]. 北京：中央民族大学出版社，1993.

⑤ 陈长友. 彝族指路丛书·贵州卷（一）[M]. 成都：四川民族出版社，1997.

⑥ 文成端. 乌蒙彝族指路书[M]. 昆明：云南民族出版社出版，2002.

⑦ [日]藤川信夫，[中]樊秀丽，[中]普学旺. 滇南彝族指路经[M]. 昆明：云南民族出版社，2009.

⑧ 张声震执行. 那坡彝族开路经[M]. 王光荣，农秀英搜集译注. 广西民族古籍办公室，1998（内部出版）.

⑨ 李列. 彝族《指路经》的文化阐释[J]. 民族文学研究，2004（5）：64-69.

⑩ 周德才. 彝文《指路经》的文学特点[J]. 中央民族大学学报，1999（1）：69-74.

探索彝族文化内涵》[①]，李金发的《浅议彝族宗教文献〈指路经〉的文化内涵》[②]，张一龙的《禄劝彝族〈指路经〉的文学元素》[③]，胡建设的硕士学位论文《盘县坪地彝文指路经翻译研究》，等等。而研究彝族《指路经》的专著，目前仅见黄建明的《彝文经籍〈指路经〉研究》[④]，此书重点对国家珍贵古籍目录中云南石林县彝文经籍《指路经》进行深入研究的同时，较全面地对彝语东南部方言区的3部、南部方言区的3部、东部方言区的3部和北部方言区的3部与“国珍本”一共13部彝文《指路经》进行了比较研究。关于《增订〈爨文丛刻〉》中《指路经》的研究，陈世鹏著的《黔彝古籍举要》中有专门的内容对其进行概述和评述。[⑤]

（二）

彝族古代丧礼是整个人生礼仪中最为重要的礼俗。一个老人寿终，其后代往往倾其所有为之举办一次隆重葬礼，遍请亲戚朋友前来参加。至今彝文经籍中还有彝族古代葬礼“打牛遍坡红，打羊遍坝白，打猪遍地黑，打鸡遍地花”的记载，并且有“死人不吃饭，家产去一半”的谚语。土司举行盛大丧礼有举行九天的，土目则有七天的，平民百姓最短的也要办三天。凡丧礼都要请毕摩主持，在进行各家亲戚的奠酒礼、交牲礼、供饭礼等之时要念诵相关的经籍，之后毕摩在为亡人举行大型、中型、或小型的丧祭，念诵相应的丧祭经籍，在举行解冤仪式时念诵《解冤经》，等等，在天明之后要举行指路仪式，念诵《指路经》，才能对亡人进行安葬，通常为火葬或者土葬。古代彝族的殡葬方式有火葬、土葬、水葬、岩葬、树葬等多种葬式，其中土葬和火葬是最为普遍的两种葬式。这在彝汉文献中都有记载。《云南志·蛮夷风俗》中记载：“西爨及白蛮死后，三日内埋殡，依汉法为墓，稍富室广栽杉松。蒙舍及诸乌蛮不墓葬，凡死三日焚尸，其余灰烬，掩以土壤。”彝文文献《眨眨阿尼》中也有土葬和火葬来源的记载，是来源于两个毕摩之间产生矛盾，双方人员死亡后，一家举行火葬，另一家举行土葬。

《增订〈爨文丛刻〉》中的《指路经》，收集于彝语东部方言区的大方县境内。

---

① 余舒，等. 从《指路经》探索彝族文化内涵[J]. 毕节学院学报，2010（2）：33.

② 李金发. 浅议彝族宗教经籍《指路经》的文化内涵[J]. 毕节学院学报，2010（2）：24-28.

③ 张一龙. 禄劝彝族《指路经》的文学元素[J]. 今日民族，2010（7）：20-21.

④ 黄建明. 彝文经籍《指路经》研究[M]. 北京：民族出版社，2012.

⑤ 陈世鹏. 黔彝古籍举要[M]. 贵阳：贵州民族出版社，2004.

根据《大定府志》的记载，这一代在清代之前，一直是彝族六祖中的默部后裔德施氏的一支阿哲家族从蜀汉建兴三年（公元 225 年）受封后，以家族世袭的方式统治了 1474 年。因此，《大定府志》中关于此地彝族葬俗的记载，反映了这里的《指路经》在彝族古代礼俗中使用的文化生态背景："病不延医，惟用鬼师（即毕摩——引者注），以牛若羊豕鸡禳之。鬼师又号净眼，殆即巫也。将死，著衣蹑草履，屈其膝，以麻绳缚之。乃杀羊取其皮，既死，则以覆尸，覆已，用竹席裹之。用木二，长皆丈余，横合之以短木，若梯状。别为竹编，以柴为经，竹纬织之，广二尺许，长若梯。铺之于梯侧，置其尸于上，男则面左，女则面右，不葬而焚。将焚，族党咸来，则为翁车，亦曰瓮车。瓮车者，高四丈，四隅各竖木为柱，覆之以草，若亭状，而可舁之以行。用布或帛，绘鸟兽花卉于上，悬之瓮车之柱，曰祭轴。祭轴广二丈余，长称之。瓮车之中置矮床，而置尸及梯于上。瓮车之次，又有一架，鬼师披虎皮坐其上，作法念咒，谓之作戛。杀一豕，令人负之，随死者之子哭泣绕瓮车三匝。群媳披袍立于其旁而哭泣，朝暮行之，即朝夕奠也。瓮车行，会者千人，披甲胄驰马若战状，马者前，步者后，瓮车居中，死者之子随瓮车。皆骑马。别有魂马，魂马者，备鞍鞯而空之，置之瓮车前，若古之魂车也。又令数人负死者平日之用器，随魂马之后，盖亦古陈衣服之遗意。丧行前，吹长筒喇叭为号。至焚所，又有跳脚之俗，将焚之前，姻党群至，咸执火以来，至则弃火而聚其余炬于一处，相与携手，吹芦笙吹唱达旦，谓之跳脚也。及焚之日，鬼师祝告，椎牛数十头为祭。凡焚必先择地，择地之法，以掷鸡子于其所而不破者为吉。得吉，筑土为台，高二尺许，覆大釜于其上，聚柴为九层楼，舁尸其上，横陈而侧置之，男面南而女面北，已乃举火，既焚，以麻布为帐覆之，守之三日，乃去，焚余及其灰不复掩葬也。子婿之送妇翁也，牵牛负酒，率步骑数十人，各执长竿，竿上悬白纸若旗，至于瓮车之侧，绕之二匝，及行，送至山，已，乃与其徒执枪向空击刺而去，名曰役鬼。"①这是汉文文献中记载最为详尽的彝族丧葬习俗之一，具有较为广泛的代表性。其中"覆大釜"的习俗，可以部分解释"可乐夜郎考古"发掘文物中的"铜釜、铜鼓套头葬"葬式；而"披虎皮"的习俗，是彝族古代虎图腾崇拜的写照。从明代的《大明律·礼律》规定不能进行火葬和水葬之时起，到清代"改土归流"之后，水西地区与其他地区一样一律

① 贵州省毕节地区地方志编纂委员会点校. 大定府志·疆土志[M]. 北京：中华书局，2000：308-309.

改行土葬，火葬习俗消失。但是，《增订〈爨文丛刻〉》中的《指路经》，记述了彝族曾经实施过火葬，从中可以看出，其中所反映的仍然是火葬的习俗。

（三）

彝族传统经籍中的《指路经》，其内容虽然有不同的记述，特别是关于指路的路线部分，具体的情况不一致。但是其文本结构却具有很大的一致性。从总体上看，《指路经》的开头部分有许多相同之处，一般都讲述死者一生有三次需要依靠他人，小时靠父母，老来靠子媳，死后要靠毕摩指引回归祖地。然后根据各个死者不同的情况，进行小有差别的记述和描写。以《增订〈爨文丛刻〉》中的《指路经》为例，其中描述死者灵魂骑着龙马、拿着武器、披上战袍，从其生前的居住地，特别是从死者亡故时的住房居室开始，告别父母的灵魂后去火葬场，火化之后，从故乡一个站点一个站点地返回，即从贵州省大方县境，指向纳雍县、水城县、赫章县、威宁县，然后进入云南省的会泽县（误，实为东川——笔者注）一带。[①]全程有记录的站点是48个，直达祖先的发祥地。在重要的站点，遇上特殊情况，要作专门的描述和交代，指导亡灵如何对待沿途美丽的风景和突发的情况。有的站点是同一方言区特别是同一土语区的各家亡灵都要同时经过的，例如水西土语区的亡灵都经过威宁的“罢滴杓恒”“罢滴侯吐”等地，经过昭通的“马纳液此”水井等。

一部完整的《指路经》，一般由以下几个部分构成：第一，开头部分，该部分主要描写和记述指路的来历，或者毕摩指路的缘由，死者必须接受指路的传统，或者其他一些与指路仪式相关的内容；第二，主体部分，该部分描写和记述死者经过火化或者祭祀之后，从所居住的地点开始一个站点一个站点返回祖先的发祥地，在这里和祖先包括已经逝世的父母的灵魂相聚；第三，结尾部分，这部分是毕摩对到达祖地的亡灵进行交代后指引自己返回，并进行自我祝福。在这三部分中，最为重要的是主体部分，其中具有丰富的彝族历史文化和彝族地理科学知识内涵。

（四）

《指路经》中的科学内涵，主要体现在其历史地反映了各地彝族古代的迁徙路

① 马学良．增订《爨文丛刻》[M]．罗国义审订．成都：四川民族出版社，1986：510.

线，而这些迁徙路线在没有其他文献记载的情况下，就是靠《指路经》中指引亡灵回归祖地的路线来确定的。这些路线在各个彝族家族和家世传说中能够得到印证[①]，在彝文古籍的其他典籍中也得到部分印证。[②]对几部彝族《指路经》进行具体的路线考证分析，也印证了彝族《指路经》对彝族迁徙路线的地理情况的真实性的证实。

就《增订〈爨文丛刻〉》中的《指路经》来看，参照与此同属于一个区域的毕节市七星关区（原毕节地区毕节市）和威宁彝族回族苗族自治县的《指路经》的迁徙路线来比较，虽然其中有些小地名不同，但是同样可以看出它们所走的路线是同一个方向和同一个目标。

《增订〈爨文丛刻〉》中的《指路经》中的亡灵回归祖地的路线，从大方县境内的木更洛启开始，经火着总姆—（以下纳雍县境内）姆耿总纪—署仲伯奈—（以下水城县境内）戛勒惹伍—戛勒俄物—（以下赫章县境内）俄波底吐—俄波法吐（以下威宁彝族回族苗族自治县境内）尼伍赫启—罢第赫吐（草海）—杓迷总姆—（以下云南省境内）麻纳妥体（以下略）……点苍实液（云南省大理白族自治州境内）。[③]

七星关区龙场营三官村的《指路经》，是彝族扯勒支系即奢香夫人后家、川南永宁土司家使用的《指路经》，其路线也要经过威宁彝族回族苗族自治县境内。《指路经》从龙场营三官村开始，经七星关区内的达尼博块—葛亚作姆—麻纪作姆—阿轨杓杰—（以下大方县境内）者块侯舍—姆额打伍—帕匹挫阁—葛补打姆—阿那啥底—阿娄珠显—仆叩底索—邓博溢子—勺吐打博—那构底索—课勺嘎姆—（以下转入七星关区境内）阿府妥启—阿府楚能—阿府溢洁—尼嘎额娄—慈莫低古—（以下转入纳雍县境内）列堵嘎姆—作纪嘎姆—作纪溢皑—启独省蚩—那耿洪索—实沓作姆—（以下进入水城县境内—署启布纪—姆耿峨外—嘎娄峨外—（翁爵，即阴路。以下进入赫章县境内）峨博滴吐—（以下进入威宁彝族回族苗族自治县境内）妥挂打姆—姆额汝慈—姆乃载阔—觉俄啥嘎—（以下进入云南境内）低不勺嘎—（以下略）……直到云南省内的点苍峨外（在云南省大理白族自治州境内）。[④]

---

① 安鸣凤，王继超，王明贵. 阿尼阿景家族发展史[M]. 北京：民族出版社，2013.

② 王明贵，王显. 彝族源流[M]. 北京：民族出版社，2005.

③ 马学良. 增订《爨文丛刻》[M]. 罗国义审订. 成都：四川民族出版社，1986：573-574.

④ 陈长友. 彝族指路丛书・贵州卷（一）[M]. 成都：四川民族出版社，1997：61-63.

由于水西地的《指路经》其路线也是经过威宁彝族回族苗族自治县境内，再接着以威宁彝族回族苗族自治县长坪村田正朝及文道荣等老先生家传善本《指路经》为例，其起始地从该村的映博凯开始到叟脱木凯—液布阻木—布阻嘎—阻木布—侯能邹举—底凯布拍—阻慕布嘎—勺恒阻姆—巴底勺恒—巴底侯吐—巴底峨嘎—米嫩奏凯—武那撮洪—白楚雅啥—色菊溢帕（云南贵州交界处的牛栏江。此地以上是贵州威宁境内的山、水、地名，以下是云南境内的山、水、地名）—勾濮架侯—架叟娄斗—垛峨杓嘎—乌阻勺嘎—待启勺嘎—姆古堵洪—姆古杓启—米则苦朵—米则娄洪—愁此勾纪—继妥打姆—马洪峨畴—马洪溢处（原注为云南东川马蝗箐濯水，误，实为云南昭通市昭阳区葡萄井）—竹苏遏武—垛峨嘎那—竹峨嘎那—米祖录始垛嘎—惹那木体—武酉惹射—麻纳妥体—古楚愁惹—布枣待外—吉苏博卧—竹斋苦—欧那峨奏（相传为彝族六祖分支之地）—欧吐峨阁—翁努勺尼（彝族古代中央所在地的一个地名）—窦晋城（云南晋宁境内）。[①]从这里再往前，就是云南省的楚雄州，再往前就是大理白族自治州境内。因为这只是彝族的一个支系的指路路线，没有明确说明更远的所指。这便是威宁彝人一个家支老人亡故后回归祖先发祥地的路线图。就贵州省毕节市境内的 8 部彝族《指路经》所指引的路线情况来看，全部都指向了云南省境内的楚雄州和大理白族自治州境内。[②]而楚雄州境内元谋猿人的发现地元谋县，是考古学界和人类学界所认同的人类的发祥地之一。

以上所述虽然只是彝族东部方言区黔西北次方言中的几部彝族《指路经》的情况，不是彝族《指路经》的全部，但是它佐证了黄建明所指出的“《指路经》是以彝族迁徙史为依据的典籍”的观点。[③]同时，它也佐证了《中国彝族通史》中彝族是土著民族的观点[④]，以及一些学者认为彝族是以云南为发祥地的土著民族为主体而融合了其他一部分族群的观点。[⑤]

《指路经》的科学内涵体现在彝族古代迁徙路线上，指明了当地彝族的来历，特别是具体的家支的迁徙历史。但这并不是说《指路经》的内容特别是各个迁徙

① 陈长友. 彝族指路丛书·贵州卷（一）[M]. 成都：四川民族出版社，1997：400-401.

② 陈长友. 彝族指路丛书·贵州卷（一）[M]. 成都：四川民族出版社，1997：402.

③ 黄建明. 彝文经籍《指路经》研究[M]. 北京：民族出版社，2012：10.

④ 王天玺，张鑫昌. 中国彝族通史[M]. 昆明：云南出版集团公司，云南人民出版社，2012.

⑤ 王明贵. 彝族（中国少数民族人口丛书）[M]. 北京：中国人口出版社，2013.

站点都是百分之百的准确，而只是基本准确。这是由《指路经》的一些特点所决定的。这些特点主要有以下几点：

一是《指路经》中的地名有虚实兼指的特点。在所有的《指路经》中，都有“站在某某地，看见某某山；站在某某山，看见某某河”这一类的表述。这些山河是实有所指，也真实存在。但是迁徙的人未必就是爬上山顶，走过某地，而是以某山、某地为参照物，表示迁徙的路线是从这里经过的。

二是使用《指路经》当地的彝人，有的并非一个家支、一个家族，有先来后到的情况。但因为请的是同一个毕摩，使用的是同一本《指路经》，所以指引亡灵回归祖地的路线就成为同一条线路了。这就是我们所说的目标和方向相同，都是指向云南，但是具体的情况仍然是有区分的，因此同一地的彝族人使用同一部《指路经》，在迁徙路线上只能说是基本准确。

三是共同路径的区分与想象的终点同一。共同路径中虽有一些小的路线区分，但是有许多站点是必由之路，如水西土语区要经过的“罢第赫吐”（草海）、“竹斋苦、则额法”、“马纳液此”（葡萄井）等。然而，不论是哪一个家支的亡灵，经过《指路经》的指引，都要通向“翁米”即祖先的发祥地与祖先团聚，因此亡灵的终点站，是一个想象的同一终点。这个终点站在各个家支开始迁徙时不是同一个地点，在亡故后却都在《指路经》中反映为同一个想象的终点了。

（五）

传统经籍《指路经》都是优美的文学作品，而且是活态的生动传神的文艺作品。这主要体现在以下几个方面：

一是句式整齐的五言诗句。几乎所有《指路经》都是以五言诗句写成的。这些诗歌整齐划一，有的有押韵等诗歌格律，韵律和谐，朗朗上口。语言朴素、简洁、自然。①

二是在吟诵过程中，随着《指路经》内容的变化，毕摩根据需要灵活地使用各种语气与亡灵沟通，时而解释，时而劝说，时而祈请，时而安慰，时而恐吓，时而驱遣，时而指示，等等，通过生动的语气，把亡灵指引向目的地。这就是彝文传统经籍虽然有固定的文字文本，但是在具体的念诵过程中，由于具体社会生

① 周德才. 彝文《指路经》的文学特点[J]. 中央民族大学学报，1999（1）：70-72.

态环境不同，毕摩的功力深浅不一，在活的动态的使用过程中，对于听众发生的感染作用会大不相同。这是一般阅读固定的文字文本所不能达到的效果。

三是各种修辞手法掺杂使用，生动活泼。对一些站点特别是祖先故地优美风景的描绘，让亡灵忘却旅途的辛苦，充满对所去之所的向往；各种比喻、拟人、拟物，让众多事物脱离枯燥形象而生动可感；各种想象、夸张、夸饰甚至一些通感手法的运用，激发亡灵的情绪与想象力，激起亡灵前行的动力而不至于怠惰。丰富的想象和描写，使整个经籍充满浪漫主义特征。①

四是沉郁低回与激越高亢的吟诵经声，与《指路经》的内容同时并行，在指引亡灵与亲属告别，断绝人间来往，不能重返阳世，独自一人克服各种艰难困苦，永诀去向“翁米”等部分，随着毕摩吟诵的腔调，常常使听众也热泪盈眶，不能自持，亲属的悲痛哀伤之情油然而生，凄楚怆恻。这也如同许多传统宗教经籍的原作，一些如同《诗经》中的一些诗歌，本来就与歌、舞、乐合为一体的情况是一致的。有了这些本来融为一体的吟诵腔调，《指路经》等经籍才体现出其本来面目，更加感人和生动。

而这些特征也正是文学人类学视野中经籍文学的常态。

第三节　敬　神　类

彝族传统经籍中的敬神一类经籍，在总的经籍中占据的数量没有丧祭类的多，也没有驱邪禳鬼类的经籍多，但也是一个重要的门类。

一、有关汇编中的敬神类经籍及部分经书举要

（一）有关汇编中敬神类经籍

《中国少数民族原始宗教经籍汇编·毕摩经卷》中把敬神类经籍作为一类重要的经书分类进行了列举。其中，北部方言区只列举了《诵酒经》一部，但是北部方言区的附录的313部目录中还有少量的敬神类经书。东部方言区的祭祖类中的《神威祭祀经》实际上也可以列入敬神类，其附录目录中也列举了《献酒经》《献茶经》两部。南部方言区的较多，有27部，即①《祭倮经》，②《祭坝神经》，

① 张一龙. 禄劝彝族《指路经》的文学元素[J]. 今日民族，2010（7）：21.

③《净祭品经》，④《献酒经》，⑤《献饭经》，⑥《祭篾桌经》，⑦《请善神经》，⑧《楠神下凡经》，⑨《送楠神经》，⑩《送雷神经》，⑪《送火神经》，⑫《升旗经》，⑬《祭神龛经》，⑭《献酒请歌舞神经》，⑮《敬烟经》，⑯《献酒送歌舞神经》，⑰《祭天地神经》，⑱《祭龙经》，⑲《祭井经》，⑳《祭彩虹经》，㉑《祭山神经》，㉒《祭风神经》，㉓《祭寨门神经》，㉔《祭土地神经》，㉕《祭猎神经》，㉖《祭家神经》，㉗《祭命神经》。东南部方言区的也有九部，即①《婚礼上向祖灵献饭经》，②《献饭经》，③《祭风调雨顺龙经》，④《祈雨经》，⑤《祭龙经》，⑥《寻洗牲水经》，⑦《祭圭山经》，⑧《祭陆良盆地经》，⑨《普兹楠兹》。[①]

《彝族毕摩经典译注》中，收录的敬类经籍不多，仅有第五十二卷“楚雄彝族口碑文献”《母虎神祭辞》一部。[②]

（二）敬神类经籍举要

敬神类的经籍虽然不是彝族传统经籍中数量最多的部分，但仍然可以再作一些小的分类，如敬祭山神、土地神类的《米色把》《省舍多苏》《迷色弄》等；敬祭福禄神类的《祭龙经》（后面还要专门分析研究）；敬祭生育神类经籍和敬祭寿命神类经籍，以及其他综合类型敬神类经籍。

1. 综合类型的敬神经籍举要

敬神类的经籍，有的不能进行严格的分类，包括一些“献酒经”类型的，敬献各种山、水、树神等类型的，属于综合类型。现以贵州省纳雍县境内的几个毕摩的抄本作一些简介。

贵州省纳雍县新房乡黄家屯村文顺益毕摩抄本《祭福禄书》，该书内容记述彝族人民崇拜福禄，福禄是辛勤劳动的结果；福禄是人们对美好生活的向往。有福禄就有了一切，有福禄粮食满仓、猪牛成群，福禄是宝贵的根基，是人们生活的理想。

贵州省纳雍县新房彝族苗族乡黄家屯村文顺益毕摩抄本《斋祭献酒辞》，该书内容为亡灵在生时历经生儿育女的喜怒哀乐，生老病死后，孝子献酒祭祀，追怀亡灵劳作辛苦的一生，祈祷亡灵亡故后保佑子孙迪吉。

① 黄建明，巴莫阿依．中国少数民族原始宗教经籍汇编・毕摩经卷[M]．北京：中央民族大学出版社，2009.

② 楚雄自治州人民政府，夜礼斌，杨洪卫，等．彝族毕摩经典译注（第五十七卷）[M]．昆明：云南民族出版社，2009.

贵州省纳雍县新房彝族苗族乡黄家屯村文顺益毕摩抄本《佳节献酒辞》，该书内容为记述制曲造酒，春天草木开花红红绿绿，夏天草木花落，开始结果，秋天成熟，由姑娘采集草木果做酒曲，冬三月里是祭神的时期，人们必须造酒，因为有酒曲终于造出了最好的美酒，美酒在人间永久流传。佳节到，美酒献众神、献天地，美酒献福禄、献祖宗；美酒敬天地众神，神灵有感，酒敬祖宗，祖宗有灵。献酒、献酒、再献酒，万事吉昌。

贵州省纳雍县左鸠戛彝族乡坡其村王国举毕摩抄本《献福禄经》，该书内容为福禄是彝族人民的真神，为人民所热爱，耕种是彝族人民的本质。人必须创造和精心设计。万物生长在宇宙间，远古就产生了福禄，人们发现后用美酒祭奠福禄，福禄领受后万事吉利。

贵州省纳雍县新房彝族苗族乡阿龙科村安摩所抄本《献祭山神土主经》，该书内容为大地高山山青树绿，如人着绿装。树木是伟大的，土地是伟大的，值得人类敬献。如同尊崇神灵般尊崇山神土主，用牺牲美酒祝祷山神土主树灵万古长青。

贵州省纳雍县新房彝族苗族乡阿龙科村陈升富毕摩抄本《献酒辞》。该书记述制曲酿酒。将美酒敬献天地，风调雨顺，国泰民安，年年丰收；将美酒敬献神灵，神灵有感，为人们消除灾祸，消除烦恼，增福延寿；将美酒敬献君王，国泰民安；将美酒敬献大臣，大臣施政；将美酒敬献摩师，摩师论政；将美酒敬献亡魂，亡者超升脱化，保护全家；献酒则万事如意，人类安康，六畜兴旺。

贵州省纳雍县新房彝族苗族乡河头村陈兴德毕摩抄本《献树文》。该书内容为大大小小的山像人群一样，老的山穿白衣，年轻的山穿青衣，一眼望去它们手拉着手，山色朦胧。祭山能呈吉除凶，呈现一片繁荣。

贵州省纳雍县新房彝族苗族乡河头村陈兴德毕摩抄本《献祭酒食经》，该书记述祭献牲礼后回熟再献祭时用的经书；叙述子孙祭祀时需用酒食献祭父母，把古代礼仪传承下去。

贵州省纳雍县新房彝族苗族乡黄家屯村文顺益毕摩抄本《祭神树经》。该书内容为天地交会产生山，山产生树木。有大山九十九，中山六十六，小山三十三。大山上生的树九十九，生在高高的红岩上。中山上生的树六十六，生在山腰间。小山下生的树三十三，生在人们居住的地方。所有树木保护着人们的安全，人们爱护山上的树木，就把它当神一样，用美酒祭树，用鸡祭树，人民团结一条心。只有祭树才有发展，只有祭树才能趋吉避凶。此书是彝族人作祭树用，但它是保护大地上青山绿水的最佳办法。过去哪个地方祭树，哪里就山清水秀。

贵州省纳雍县龙场镇联富村陈毕摩清末抄本《祝酒辞》，该书记述节日献祭天地、祖先、神灵的祝辞。[①]

2. 敬祭生育神类经籍举要

生育神的名字叫阿皮额索，民间的习俗是在孩子生下三天后，举行“阿皮额索让”的仪式，意思是宴请生育神阿皮额索。为这类仪式，一般宰杀公母两只鸡，吃饭前用鸡肉祭奠一下生育神，以表示对他（她）的感谢。布摩不参与这种活动，但生育不顺利或养育过程中子女多夭折的家庭往往要请布摩专门举行“医治吉禄”或“扫除迷诺”的仪式，实际上包含了祭生育神、消除克子之灾和求子的内容，可以从以下几本书的内容提要里反映出来。

贵州省赫章县双坪乡双坪村冲子组王正贤家旧抄本《医治迷诺经》，该书有《送鲁朵鸡狗》《送斯里鸡狗》《去龙灾龙祸》《立龙》《向额索的鲁卓神求寿》《君王掌权》《献龙》《迎吉禄根基》《迎安生》《生寿》《求寿》《鲁朵斯里迷觉的少妇起身处》《少男无妻买妻争子者的座位》《为夫妻得子向鲁卓神献祭》《求的与赐的》（两章）《以大年初一为准占病》《从宫辰上占开春》《以十二属相日占起雷》《退迷诺经》等 20 个章节，认为生育上的障碍是由山神鲁朵、岩神斯里，尤其是水神迷觉多带来的，祈求生育之神阿皮额索降予生育的福分，即吉禄。祈求皮武图、列哲舍续寿赐寿；请生育神阿皮额索收掩克子星、食人虎星与豹星，派力士斩杀水怪迷诺氏，以保生育顺畅。

贵州省威宁彝族回族苗族自治县龙场镇龙丰村李荣林毕摩家抄本《驱生育克星》，该书明显的标题有《治三女之病》《尼能破阴合》两个。该书认为女子生育有毛病，或子女多夭折系岩神斯里、山林神鲁朵、水神迷觉缠身所致，需一一驱赶隔离；该书反映彝族古时的生育观。

贵州省赫章县双坪乡大石村三家寨李朝文老先生家收藏的旧抄本《搭桥续寿祈生育》，该书叙述慕靡时期慕靡氏乏嗣，向道朵氏继子，曾举行搭桥过渡仪式，将所继子嗣从继子桥上过渡。搭桥、续生命树梢，祈求皮武图、列哲舍续寿赐寿。向司生育神阿皮额索献祭，请他收掩克子星、食人虎星与豹星，派力士斩杀水怪迷诺氏，以保生育顺畅。

---

① 王明贵. 奥吉戈卡彝学研究[M]. 北京：中国文史出版社，2013：284-312. 相关条目引用时作了压缩和简化。

贵州省赫章县双坪乡大石村三家寨李朝文老毕摩家旧抄本《破迷恋经》，该书叙述太阳女、月亮郎依依相恋，青天女、赤地郎恋爱情深，箭竹女、乔木郎情投意合。请迷恋子星的克子星，纠缠人妇的迷诺水怪一起上天，去破日月之恋、天地之恋；去山上破竹女与木郎之恋，并去作他们的情人；请尽快脱离子星、脱离人妇，以保障人间的生育。

贵州省威宁彝族回族苗族自治县龙场镇田五保家旧抄本《医治迷诺经》，该书认为，女子洗涤衣物，遭遇水神迷觉，而后生子早产、流产或孩子夭折。故以红绿两色物制龙蛇形，作为犯迷觉者替身，交与水神迷觉，并连同迷觉一起清扫送走，以保生育顺畅。[①]

3. 祭祀寿命神类经籍举要

延续寿命的经籍，系彝语“热匝数”的音译，“热”为寿命，生命，“匝”为接，为续，故译作《延续寿命经》。这类经书流传于贵州省西北部，云南省东北部的较多。在贵州西北部的毕节、六盘水两市，民间至少散藏150余册，古籍机构收藏的不少于40册。

《延续寿命经》的使用是在经过《吉禄乍》仪式的基础上进行的。首先根据人的出生年、月、日、时，结合天干、属相、五行、八卦推算“吉禄”，在《吉禄乍》的生命树图谱中找出所推算对应的即正确的生命树，属什么树，如果生命树是断的，就认为该对象寿命短，为提高或延续其寿命，就得举行延寿命仪式。该经书首先叙述哎哺的产生，又由哎哺分支出采舍、恳索、哲咪、武侯等氏族，这些氏族的首领先后作了一至七层天的君长、臣子、毕摩，因此，逐一向他们求寿，请他们帮助接上生命树，以延续对象的寿命，还请尼能、什勺、米靡、举偶、六祖等各个历史时期的祖宗神帮助接生命树，帮助对象延续寿命。

贵州省七星关区松林村苏锦文家旧抄本《续寿命经》。该书原书主译作《接花树全书》，有《续寿命经》与《安魂经》两部分。人根据不同的出生的年、月、日、时，拥有不同的生命树（包括木本植物和草本植物），有人拥有的生命树树梢折断，预示其不能长命，因而为之举行续生命树仪式，以延其寿命，该书既点七臣天的君、臣、毕摩谱，向生命之神皮武吐、列哲舍祈求接拢生命树，以增添

① 王继超，余海. 彝族传统信仰文献研究[M]. 贵阳：贵州民族出版社，2010：193-195. 引用时作了压缩、删节、改写。

寿命，又将走失之魂招回，并给予安顿。

贵州省威宁彝族回族苗族自治县金钟镇孔凡荣家旧抄本《求延年益寿》，该书由《求寿续命》《续生命树》《求寿续命地》《洁净》《献松桃神座》《珠玉替身》《野兔替身》《松桃替身》《虎豹替身》《蛇替身》10个篇章组成，反映为生命树断梢者延寿接根基（生命树）活动仪式，介绍系统的七层诸神的同时，记录了系统的彝族神话与传说。

贵州省威宁彝族回族苗族自治县迤那镇拖沟村杨氏旧抄本《续寿命经》，该书汇集了30余个标题，第1～12个标题为接根基续寿命，为生命树断者向哎哺、采舍、举叩、耿纪、署府、尼能、什勺诸神请求延寿续生命；第13～26标题介绍汉族中二十四孝中部分孝子的故事；第27章以后的标题反映禁诅咒、掩悲伤、避病灾、献酒等内容。

贵州省威宁彝族回族苗族自治县迤那镇中海村禄布摩家旧抄本《续生命树经》。根据《吉禄拃苏》推算某人的生命树，若树断梢意味着其不能享长寿。人的寿命掌握在主宰七重天地的君、臣和毕摩手中，因而向管七层天地与人寿的策耿兹、恒度府、皮武图、列哲舍、举奢哲、署洪额等诸神献祭，求他们续拢生命树赐予长命，表现对生命的热爱与追求。

贵州省威宁彝族回族苗族自治县西部一带民国二十三年（公元1934年）抄本《延寿添福经》。根据《吉禄拃苏》的推断，为生命树断梢者续拢生命树，使之长命高寿。叙述哎哺氏族出现后，又派生出采舍、哲咪、武侯、目确、恳索、立娄等若干分支氏族，各氏族推举出君、臣、师（毕摩），并各主管一层天和地，人的寿命由他们分别主宰，故向他们祈祷，请他们收掩克星。最后7页为彝文符章，这在其他文献中为少见。

贵州省赫章县双坪乡大石村三家寨李朝文毕摩家旧抄本《搭桥续寿》，该书记录根据占算吉禄命运，判断出生命树断梢者克其寿命，因而为之祈寿。向寿命之神皮武图、列哲舍献祭，请他们为生命树断梢者续生命树树梢，以期达到续寿的目的。该书中记录了一至七层天天神谱，各层天神的君、臣、师、民等社会分工，折射、反映君长林立的彝族古代社会状况。[①]

① 王继超，余海. 彝族传统信仰文献研究[M]. 贵阳：贵州民族出版社，2010：196-198. 引用时作了压缩、简化和部分改写。

二、《增订〈爨文丛刻〉》中的《献酒经》研究

《献酒经》是一种重要的彝文经籍，但是至今没有专门的研究，只是在一些著作中有少数介绍性的文字。作为一种重要的经籍，它被收集在《〈爨文丛刻〉甲编》中于20世纪30年代由商务印书馆出版发行，影响很大。20世纪80年代出版的《增订〈爨文丛刻〉》的内容[①]，比《爨文丛刻》甲编的体例更加完善，内容更加充实、精练，却又保持了《〈爨文丛刻〉甲编》的基本内容。因此，在研究以"爨文丛刻"为名的这两部彝文经典著作的时候，选择《增订〈爨文丛刻〉》，就可以全面反映它们的内容。

《增订〈爨文丛刻〉》出版时，为上编、中编和下编三大册。上编中的彝文古籍有《训书》《古史通鉴》《金石彝文选》《献酒经》《祭龙经》《解冤经上卷》《解冤经下卷》《指路经》，中编里的彝文古籍有《玄通大书（一）》，下编中的彝文古籍有《玄通大书（二）》《武定罗婺夷占吉凶书》《呗耄献祖经》。这些彝文古籍，除了《训书》《古史通鉴》《金石彝文选》三个部分外，都是彝族传统宗教经籍。其中，《玄通大书》占据了三分之二的篇幅。

《玄通大书》是彝族日常用的占算、预测、择吉、祈福、禳灾等所用的一部通书，彝族日常生活或者重大的事务如婚姻、丧葬、造屋、祭祀等，都要通过计算已有的基本情况、条件等之后，对应地查找《玄通大书》中相应部分的指示，得到办理这些重大事务或日常事务的日期、用物、牺牲等。因此，《玄通大书》的内容，主要指示彝族选择办事吉日、吉期。《玄通大书》从主流文学研究的角度看，价值并不突出；但是从文学人类学角度上看，仍然具有很大的研究价值。但是，本书的研究重点先放在《增订（爨文丛刻）》的其他经书上，即《献酒经》《祭龙经》《解冤经上卷》《解冤经下卷》《指路经》《武定罗婺夷占吉凶书》《呗耄献祖经》。

在此以《增订〈爨文丛刻〉》中的《献酒经》为主要对象，与其他《献酒经》作比较研究，对它们进行分类，并分析它们的主要特点。

（一）《献酒经》的概念及其翻译、研究现状

《献酒经》彝语为"直吼署"[ndʐʅ˩xɣ˧su˧]、"直吼"[ndʐʅ˩xɣ˧]，是彝族日常

① 马学良. 增订《爨文丛刻》[M]. 罗国义审订. 成都：四川民族出版社，1986.

生活、传统信仰包括原始宗教信仰和一般生活仪式中，经常使用给祖先、神灵等敬献祭酒时所吟诵的献辞。这类献辞有口头传承的口语形式，也有写作成彝文经籍形式的《献酒经》。口语形式的《献酒经》，有民众经常使用的，也有彝族宗教专职人员毕摩使用的，也就是说，这是彝族中不分职业身份都可以使用的普遍的献辞。彝文经籍形式的《献酒经》则主要是由毕摩使用，其使用的场合一般是比较庄重、严肃、正式的，而且在多数情况下在正规的家庭仪式和中型、大型仪式上使用。

从人类文明史发展的一般情况看，语言的产生早于文字的出现。因此，口语传承的《献酒经》应该早于彝文文本形式的《献酒经》。而口头形式的《献酒经》是在彝族有祖先祭祀观念、神灵观念的时候，就伴随着彝族的原始宗教仪式和日常生活祭祀而产生了。

口头形式的《献酒经》，即一般的“直吼”，在古代彝族家庭中，几乎所有的家长都会。例如，贵州省纳雍县新房苗族彝族乡河头村，共有 4 个村民组，是一个纯彝族村寨。这里的彝族每年过节特别是过彝族十月年或者春节的时候，在除夕夜吃晚饭之前、初一天亮前和初三天亮之时，都举行一个小型的供饭仪式。在供饭之前，先要选取五种树枝、一块洁净的石灰石烧烫，用五倍子树搭个门，摆上祭品，燃上香烛。男性户主舀一瓢清水在烫石上作洁净仪式之后，即开始献酒，将酒一边祭洒，口中一边念诵《献酒经》，对天、地、火、门、祖先、年神及有关神灵进行祭祀。这种口头形式的《献酒经》根据各地、各家族、各个具体家庭的情况不同，内容会有一些变化，特别是祭献本家祖先的部分，往往区别很大。而开头祭献天、地、火、门等神灵的部分则大致相同。这也是这类口承形式的《献酒经》变异性大、不容易形成固定的文字文本的一个主要原因。

随着彝文的发明应用，以及对日常应用的口头知识的重视和记录，《献酒经》从口头的传承向文字记录本形式发展，形成了口承《献酒经》与文字《献酒经》两种形式共同存在的现象，一直流传到当代，仍然广泛地在彝族聚居地区存在。同时，历史发展到清代以后，彝族毕摩从古代统治集团的“兹、摩、毕”三位一体的结构中由于统治政权的失去，成为专门的传统知识的主要传承人，特别是传统宗教（包括原始宗教和日常民间信仰）的专职人员，文字形式的《献酒经》几乎成了毕摩专用的经籍，而且是应用最为广泛的经籍。因此，在收录比较全面的

《中国少数民族原始宗教经籍汇编·毕摩经卷》中[①]，除了滇南地区的经籍中收录有一部《献酒经》[②]，黔西北地区的经籍中有一段关于《献酒经》简介文字外，[③]，其他地区的经籍中都没有收录《献酒经》。这一方面是因为归类的问题，另一方面是因为《献酒经》的使用场合极为普遍，几乎所有与祭祀祖先和神灵相关的仪式中，都首先有一个献酒的仪式，都需要念诵《献酒经》。在《彝族原始宗教研究》中的《宗教文化论——彝族原始宗教祭仪祭经研究》部分的“滇南彝族原始宗教祭仪祭经概述”中“献祭类”对滇南地区的《献酒经》作了简介。[④]在《彝族传统信仰文献研究》中，在“布摩经书”部分，第一章《丧事祭祀时布摩用的迎布摩与献酒经类经书》的《献水、献茶、献酒经书举要》一节，对东部方言区黔西北地区的一种《献酒经》作了简介。[⑤]这些都是专著类作品中对《献酒经》的介绍，多是出于文献分类和内容简介的形式。作为提要类型的著作中，一些关于彝族的辞书中，对《献酒经》有介绍，如《彝文典籍目录·贵州卷（一）》[⑥]《彝文文化经籍辞典》[⑦]《中国少数民族古籍总目提要·贵州省卷（毕节地区）》[⑧]《国家图书馆藏彝文典籍目录》[⑨]等。但是，直到目前为止，还没有一篇专门研究彝族《献酒经》的论文或者研究报告。

而作为翻译形式对外界介绍彝族的《献酒经》，最早是丁文江编纂、罗文笔翻译的《〈爨文丛刻〉甲编》中的《献酒经》[⑩]，这部经典彝文古籍翻译名著，把《献酒经》作为彝族宗教经籍的第一部来进行编纂、翻译，也是根据《献酒经》在彝族传统宗教生活中，往往是开篇所用的经籍的实际情况所决定的，而不是毫无根据的编排。同时，这也反映出《献酒经》使用的首要性质和普遍情况。其首要性质指的是几乎所有的献祭仪式开头都是献酒仪式。其普遍情况指的是所有的毕

① 黄建明，巴莫阿依. 中国少数民族原始宗教经籍汇编·毕摩经卷[M]. 北京：中央民族大学出版社，2009：4，2.

② 黄建明，巴莫阿依. 中国少数民族原始宗教经籍汇编·毕摩经卷[M]. 北京：中央民族大学出版社，2009：696-700.

③ 黄建明，巴莫阿依. 中国少数民族原始宗教经籍汇编·毕摩经卷[M]. 北京：中央民族大学出版社，2009：545.

④ 张纯德，龙倮贵，朱琚元. 彝族原始宗教研究[M]. 昆明：云南民族出版社，2008：282.

⑤ 王继超，余海. 彝族传统信仰文献研究[M]. 贵阳：贵州民族出版社，2010：11.

⑥ 陈长友，王继超，禄智义，陈开荣，陈朝贤. 彝文典籍目录[M]. 成都：四川民族出版社，1994.

⑦ 马学良. 彝文经籍文化辞典[M]. 北京：京华出版社，1998.

⑧ 陈乐基，王继超. 中国少数民族古籍总目提要·贵州彝族卷（毕节地区）[M]. 贵阳：贵州民族出版社，2010.

⑨ 国家图书馆古籍馆，杨怀珍. 国家图书馆藏彝文典籍目录（附图录）[M]. 北京：中华书局，2010.

⑩ 欧阳哲生. 丁文江文集（第五卷）[M]. 长沙：湖南教育出版社，2008.

摩几乎都有一部《献酒经》，并且口头传承形式的《献酒经》，在传统彝族社会中家家户主都会，个个男人能诵。因此也可以毫不夸张地说，《献酒经》是彝文经籍中数量最多的一类。

其后的翻译，有《彝族传统信仰文献》中收录的一部，有《中国少数民族原始宗教经籍汇编·毕摩经卷》的一部，有《彝族原始宗教研究》的一部。在其他一些经书如《载苏》等之中，也有专门用的《献酒经》的翻译。

（二）《献酒经》使用的仪式场合及使用方法

1. 通用《献酒经》与专用《献酒经》

口承的《献酒经》是一般的家庭祭祀和家族祭祀中用得最多，或者是年节祭祀时念诵，或者是做寿时念诵，或者是订婚礼仪中、共同在过年时献祭同一祖先时使用，等等，没有固定、严格的文本，因事而定。在此略而不论。

文字文本的《献酒经》，几乎每一个毕摩都有一部，如果算上各种仪式经籍中所包括的"献酒"内容的经籍，可以说有的也有数部、数十部，根据仪式的不同选择使用不同的《献酒经》。一般来讲，每个毕摩都有一部比较通用的文本，同时在不同仪式所用的经籍中，又含有"献酒"的内容，这些"献酒"也是另外一种形式的《献酒经》。

从《献酒经》使用的仪式场合来看，可分为通用的《献酒经》和专用的《献酒经》两种。

从毕摩们所拥有的《献酒经》的类型来看，通用的一部《献酒经》用于一般的日常祭祀、仪式，用于婚礼、节庆、祭祀山水等，属于"红事"和一些普通祭祀。而夹在其他经籍中的"献酒经"则根据所使用情况的不同而不同，例如，丧葬仪式有许多程序，则每一道程序都有一段"献酒"的经文，这一类型的"献酒"经要与具体的《丧祭经》等经书结合起来才有意义，而且必须请毕摩主持丧祭等大型、中型仪式时才能使用。例如，在丧祭大经《载苏》中，就有专门的一节"丧事献酒"。[①]在丧礼中念诵的这种类型的《献酒经》，是非常庄重、严肃的仪式献酒，必须由毕摩来主持和念诵，而且往往有助手"毕汝"一起帮助念诵。特别是举行大型的"尼目"即祭祀分支大典，还要请多个毕摩共同主持，每一道程序一

① 王子国，王秀旭，王秀旺. 载苏[M]. 贵阳：贵州民族出版社，2006：17.

般都有“献酒”的内容与经籍内容紧密结合。这类《献酒经》也称为“白事”用的《献酒经》。第一种类型的《献酒经》，大多数会合订为一部，可以称为“通用《献酒经》”；第二种类型的《献酒经》，可以称为“专用《献酒经》”，有单独为一册的，也有合订为一部的。

红事用一类《献酒经》，有《进新房献酒》《招魂献酒》《年节献酒》《吉禄谷献酒》《苟哺漏献酒》等。白事用一类《献酒经》，有《用牲献酒》《献早饭酒》《献晚饭酒》《丧祭献酒》《丕筛献酒》《指路献酒》《祭祖献酒》（其中又有用于“尼目”“法丽”“丕筛”的区分）《禳解家园献酒》，具体祭祀的各路自然神灵如山神、地神等的“献酒”。①

通用的《献酒经》少则有十几章，多的有几十章。专用的《献酒经》，有的就是一章，有的则根据仪式程序的多少和需要献酒的次数而定，结合经籍的内容，有的多达数十章。

2. 《献酒经》的使用方法

《献酒经》的使用方法根据仪式情况决定。从仪式情况看，丧葬祭典、尼目大典所用的《献酒经》都是专用形式的《献酒经》，而婚礼和日常祭祀所用的《献酒经》则是通用《献酒经》。专用的《献酒经》一般都与所使用的经籍一并念诵完整，不得掐头去尾，断章取义。而通用的《献酒经》，由于其中的每一章包括一种仪式所需要的内容，因此可以根据具体的仪式进行选择使用。

因此，专用《献酒经》必须结合仪式、祭祀物品和仪式经籍全部使用。专用《献酒经》往往在仪式程序中配合一些必要的祭祀物品使用，有的程序还有献茶、献水，特别是丧祭中的献早饭、献晚饭等是一种早祭、晚祭的代称，因此这时结合早祭和晚祭所念诵的“献酒经”，往往被称为《早祭献酒》《晚祭献酒》等。在给祭祀对象献牺牲时，还有《献牲献酒》等。

而通用的《献酒经》则根据仪式要求选择一种适合的单独篇章使用，这是用全文和用单篇的区别。同时，在通用《献酒经》的作用过程中，还可以根据事主的要求，专门用开头部分，或者用中间的一部分，或者用开头部分和结尾部分。

3. 《增订〈爨文丛刻〉》中的《献酒经》的归类

《增订〈爨文丛刻〉》中的《献酒经》是一部比较完整的传统经籍。这部经籍

① 黄建明，巴莫阿依. 中国少数民族原始宗教经籍汇编·毕摩经卷[M]. 北京：中央民族大学出版社，2009：545.

的原件现在已经无法找到，究竟其原作是当年随同翻译本子一起寄给丁文江先生，还是由罗文笔先生保存在自己手中，不可得知。罗文笔先生曾经信奉基督教，根据基督教的有关要求，这部彝文经籍会不会被毁掉了，也不能确证。即使这部经籍与《爨文丛刻》的其他经籍一起被保存下来，除非是进入国家馆藏之中，否则恐怕在历经将近80年的历史后，也已经毁坏了。

从《增订〈爨文丛刻〉》中的《献酒经》的内容来看，这是一部通用类型的《献酒经》。整部经籍一共分为22章：第一章追叙酒的起源，颂扬献酒礼仪的兴起，对比描述不献酒之时的黯淡献酒之后转为光明，夸耀献酒的好处。第二章向年神、月神献酒，叙述彝族先民开始定年月，分四季。第三章向灵君、灵臣、灵师、灵男、灵女等“灵神”献酒。彝族先民认为有“灵神”庇佑，就事事顺利，所以要奉献灵神。第四章向天神、地神、山神、原神、树神、石神、岩神、水神、雨神、淫神、光神、雾神、洞神献酒。第五章向天、地、日、月、星、云、风、雨、山、水、树、石的十二位女神献酒。第六章向山神、原神献酒。第七章向屋后的靠背山、屋前的脚踏山、左方的青龙山、右方的红虎山献酒，以“求权势，守疆域”。第八章向武神“卡苦乖骂色”（英武大元帅）献酒，祝告战斗胜利。第九章向猎人的祖师道觉觉、道朵朵献酒。第十章向主宰消灾的神灵献酒。第十一章向接受祈福许愿的神灵献酒。第十二章向天神耿努献酒。第十三章向威荣神献酒。第十四章向有知识的密奢哲、特莫广、堵喏哺、密哪塔诸神献酒。第十五章为祈求做生意顺利而献酒。第十六章为祈求狩猎有好运而献酒。第十七章向主管农时节令和保护庄稼的神献酒，祝愿农业丰收。第十八章向庇护人的余娄神献酒。第十九章向司主福门的楚苦神献酒。第二十章向主管吉祥的神灵献酒。第二十一章献酒祝告，不让病害危及人、畜和庄稼。第二十二章向福禄神献酒。①

4. 《增订〈爨文丛刻〉》中的《献酒经》与其他《献酒经》的比较

《增订〈爨文丛刻〉》中的《献酒经》，属于彝语东部方言区经籍。与同一方言区的其他同类经籍或者其他方言区同类经籍相比，既有共同之处，也有不同之处。

例如，与同属于东部方言区贵州省威宁彝族回族苗族自治县李荣林毕摩抄写

① 马学良．增订《爨文丛刻》[M]．罗国义审订．成都：四川民族出版社，1986：216.

的《献酒经》比较[①]，李荣林毕摩抄本对没有献酒之前的各种不良情况的描述较为细致，特别是对要献酒的对象策更纪、黑堵府、武阿匹、额阿匹等都有交代，对献酒之后出现的各种良好现象和改观也有生动的描述。其中还有许多关于乌撒地区彝族君长历史的记述。而《增订〈爨文丛刻〉》中的《献酒经》则是直接对祭祀对象献酒，没有过多地交代文献发现地水西的历史状况。这是水西文献的《献酒经》与乌撒文献的《献酒经》的一个重要区别。

又如，《增订〈爨文丛刻〉》中的《献酒经》，与南部方言区的《献酒经》相比，南部方言区的《献酒经》之前，有很长的一段描述因为没有采到好茶，献茶给君长、大臣、毕摩、人民喝，结果君长不行令，大臣不办案，毕摩不祭祀，人民不耕种。后来采来好茶献给君长、大臣、毕摩和人民喝，君施政、臣理案、师祭祀、民耕种。毕摩再献酒和盐、粮、蒜等给山神、坝神等诸神，它们才庇佑人类，驱除病疫、邪秽、灾难、风暴等。[②]其中，献茶的内容占据了整部《献酒经》的很大一部分内容，把献茶的对象和献酒的对象进行了对比。

在以上两例中，第一例的比较是属于通用类型的《献酒经》的比较，而第二例中南部方言的《献酒经》，则是选择自流传于滇南彝族尼苏人的《祭龙经》之中。[③]然而可以发现，其中对诸神献酒的内容部分，是大同小异的，但在结构形式上的区别，就是说第二例中的《献酒经》是一部专门仪式即祭龙时所用的经籍中的一个部分。但是，滇南彝族人凡是举行祭祀活动，只要献酒献饭，毕摩都要吟诵此经书。说明这部《献酒经》可能是从单独的通用类型的形式，被收集编纂进了专门仪式所用的《祭龙经》中。可见，《献酒经》在一定的情况下，通用的类型可以转变为专用的类型。

（三）从《增订〈爨文丛刻〉》中的《献酒经》与其他经籍的比较中探看《献酒经》的特点

《〈爨文丛刻〉甲编》因为出版的时间较早，在20世纪30年代一出版就获得了广泛的赞誉，其影响延展到海外，被日本学者认为是彝学走向世界的标志。而

① 现收藏于贵州省毕节市彝文文献翻译研究中心，笔者有复印件。

② 黄建明，巴莫阿依. 中国少数民族原始宗教经籍汇编·毕摩经卷[M]. 北京：中央民族大学出版社，2009：696.

③ 马立三，普学旺. 云南民族古籍丛书·祭龙经[M]. 昆明：云南民族出版社，1999.

《增订〈爨文丛刻〉》比《〈爨文丛刻〉甲编》又更加充实、完善、经典，其影响力不言而喻。因此，从对《增订〈爨文丛刻〉》中的《献酒经》分析彝族《献酒经》的特点，无疑具有很广泛的代表性。

第一，彝族《献酒经》根据所祭祀对象的不同，分为不同的内容。这些内容可以合并在一起形成一部适用面广泛的经籍。对其中的不同祭祀对象，可以单独列出一章、一节或者一个标题，供祭祀具体的对象时念诵。一个个具体的对象所使用的“献酒经”的内容汇集在一起，去除在“白事”场合中使用的专门经书外，就形成了通用的《献酒经》经籍。

第二，在各种专门的祭祀仪式上，要使用专门的《献酒经》。这类《献酒经》可以从通用的《献酒经》中转变而来，但一般不能将专用的《献酒经》转换为通用的《献酒经》。专用的《献酒经》也有两种形式，一种是在大型的丧祭大典和尼目大典上使用的经书中的“献酒”，这类“献酒经”往往与专门的经籍如《丧祭大经》（《载苏》等）、《尼目大经》结合在一起，没有独立的文本；另一种则是有独立文本的《献酒经》，如前述的《用牲献酒》《献早饭酒》《献晚饭酒》《丧祭献酒》《丕篩献酒》《指路献酒》《祭祖献酒》等。

第三，《献酒经》是一种诗歌形式的文本，句式是标准的五言一句句式，通篇基本上都用五言诗歌体写成，文本形式整齐，有音韵格律。

第四，凡举行正式的祭祀活动，特别是要献各种食物、牺牲等的时候，都要吟诵《献酒经》。凡正式使用《献酒经》，一般都要由毕摩来主持使用、吟诵。凡使用《献酒经》都要用吟诵的方式。造诣高深的毕摩，往往可以用吟唱的腔调来唱诵《献酒经》。

第五，通用类型的《献酒经》，可以只选用其中的一章、一节，即与祭祀对象所需要的那一部分的内容，或者加上开头和结尾的部分。

《献酒经》的内容丰富，可以从多个角度进行研究，从新的学术视野挖掘其深厚的内涵。但是专门的研究极其稀少，还需要引起学界的重视，进行深入广泛的研究。

第四节　祈　福　类

幸福是人类的一大追求，从古到今皆无例外。彝族自古也有求福避祸、驱邪纳吉的普遍追求，因此在彝族的传统社会生活中，也会通过各种各样的方式追求幸福，避免灾难和祸患。祈福活动是彝族传统社会生活的一个重要方面，是彝族传统信仰的一种重要方式。祈福类经籍是彝族传统经籍的一个组成部分，在彝族传统经籍中所占数量不是很多，有的在大型的祭龙活动中所用的《祭龙经》中，有的则在其他仪式活动的经书中，如祭祖大典所用的经籍中就有一些祈福类的经籍篇目在其中。

一、祈福类经籍举要

祈福类经籍，因为数量较少，或者夹在其他大型经籍里面，作为其他大型仪式中的经籍的一部分出现，因此，相关的汇编，或者目录、提要类著作中，作为单独一个类别进行列举、研究的也较少。多数在大型祭祀所用经籍中，如"尼目"祭祖大典中的经籍中，常常有祈福这一类经书篇目。当然也有单篇、单本的祈福类经籍，数量有限。例如，目前公开出版发行的篇幅最长的一部含有祈福内容的，是云南省翻译出版《祭龙经》。[①]中国国家图书馆所收藏的彝族古籍中，编目时就列出了"祈祷祝颂经"一类，但是祝颂类经籍所占比例大，而祈福类的就很少，只有少量的祈福类经籍，如《宗支祭祖祈祷年吉月利经》《祈祷吉利经》《良辰祝颂经》《祭祖大典祈福经》《氏族祭祖祝福经》《祈求成功圆满经》[②]等几种，有的篇目名称和内容是相同或者相近的。在收集书目较多的《彝文典籍目录•贵州卷（一）》，也仅仅列举了一部《祝福辞》。[③]在《中国少数民族古籍总目提要•贵州彝族卷（毕节地区）》中，收录编纂为"祈福消灾类"的经籍条目的有 299 条[④]，但是以祈福或类似题目为书名的，也只有 18 条，主要在贵州省的纳雍县境内。

《中国少数民族原始宗教经籍汇编•毕摩经卷》中，作为单列的篇目，南部方言区收录了两部，即《祭福禄经》和《保福经》。在东南部方言中收录了两部，即《祈福经》和《鲁方经》。[⑤]《彝族毕摩经典译注》中，以祈福为名称的，也仅

① 马立三，普学旺. 云南民族古籍丛书•祭龙经[M]. 普学旺，杨六金，梁红，普璋开，罗希吾戈译注. 昆明：云南民族出版社，1999.

② 国家图书馆古籍馆，杨怀珍. 国家图书馆藏彝文典籍目录（附图录）[M]. 北京：中华书局，2010：155，156，168.

③ 陈长友，王继超，禄智义，陈开荣，陈朝贤. 彝文典籍目录[M]. 成都：四川民族出版社，1994：587.

④ 陈乐基，王继超. 中国少数民族古籍总目提要•贵州彝族卷（毕节地区）[M]. 贵阳：贵州民族出版社，2010：15-19.

⑤ 黄建明，巴莫阿依. 中国少数民族原始宗教经籍汇编•毕摩经卷[M]. 北京：中央民族大学出版社，2009.

仅有两部，即第二卷《南华彝族口碑文献·祭神祈福经》[①]，第五十八卷《夷僰祈福经》。[②]

（一）综合类型的祈福类经籍举要

现以贵州省纳雍县调查到的相关经籍为例，举5部综合类型的祈福类经籍来略作一些介绍。

贵州省纳雍县新房彝族苗族乡阿龙科村陈升富毕摩抄本《献福禄经》，该书记述福禄是人们生活的保证，要精心筹划，努力创造，勤劳奋斗才能创造福禄，使得福禄如大树繁枝一般繁荣。[③]

贵州省纳雍县新房彝族苗族乡黄家屯村文顺益毕摩抄本《祭福禄书》，该书记述彝族人民崇拜福禄，福禄是辛勤劳动的结果；福禄是人们对美好生活的向往。有福禄就有了一切，有福禄粮食满仓、猪牛成群，福禄是宝贵的根基，是人们生活的理想。[④]

贵州省纳雍县左鸠戛彝族乡坡其村王国举毕摩抄本《献福禄经》，该书记述福禄是彝族人民的真神，为人民所热爱，耕种是彝族人民的本质。人活一世必须创造和精心设计。万物生长在宇宙间，远古就产生了福禄，人们发现后用美酒祭奠福禄，福禄领受后万事吉利。[⑤]

贵州省纳雍县新房彝族苗族乡阿龙科村安摩所抄本《祈福经》，该书记述岁末年终用鸡牲美酒祈福，祈愿新年金银满仓，粮食满仓，牛羊满圈，幸福安康。[⑥]

贵州省纳雍县新房彝族苗族乡河头村陈兴德毕摩近代抄本《祭献福禄文经》，该经书认为一个家庭的繁荣昌盛取决于福禄，要发展必须有崇敬福禄的美德。福禄就像一个人，要有理想、有规划、有精神、敬献福禄则粮食满仓、牛羊满山、金银满库。福禄也是人勤劳奋斗的结果。对教育人有一定的意义。[⑦]

---

① 楚雄自治州人民政府，夜礼斌，杨洪卫，等. 彝族毕摩经典译注（第二卷）[M]. 昆明：云南民族出版社，2007.

② 楚雄自治州人民政府，夜礼斌，杨洪卫，等. 彝族毕摩经典译注（第五十七卷）[M]. 昆明：云南民族出版社，2009.

③ 王明贵. 奥吉戈卡彝学研究[M]. 北京：中国文史出版社，2013：291.

④ 王明贵. 奥吉戈卡彝学研究[M]. 北京：中国文史出版社，2013：292.

⑤ 王明贵. 奥吉戈卡彝学研究[M]. 北京：中国文史出版社，2013：293.

⑥ 王明贵. 奥吉戈卡彝学研究[M]. 北京：中国文史出版社，2013：296.

⑦ 王明贵. 奥吉戈卡彝学研究[M]. 北京：中国文史出版社，2013：306.

（二）专题类型的祈福类经籍举要

彝族的龙神祭祀，从相关经书反映的内容看，仍然是对福禄、命运与生育神的祭祀，也就是把龙的内涵理解为福禄、命运与生育神，把希望寄予它而祭祀与崇拜。为祈雨而祭龙的个案几乎是空白的，在威宁、大方等一带彝区，有的山就称为“祭龙山”，是将山作为献祭的对象，仪式叫作“不弄”（献山）。由于习俗与仪式的失传，所祭祀的对象也含混不清，要么是以龙为对象的献祭，有某地为防冰雹对山献祭的传说，所祭的对象应该是龙，因为龙掌管雨类。更多的时候，献祭的对象可能就是山神。下面所举的几本《祭龙经》的内容提要可以看出，所谓祭龙，既是祭龙神水圣，也是对福禄、命运与生育神的祭祀。名称为《祭龙经》的一类彝文古籍，云南滇南、滇东南等都有。贵州省境内的，多见于贵州省的大方县一带。

贵州省大方县凤山乡已故张顺清毕摩家旧抄本《祭龙经》，该书叙述东南西北中产生了五色龙，南方的龙善于变化，化为小黑蛇的龙在洱海与浣丝纱的哀牢山彝女鲁叩沙壹邂逅，口吐人言，说是福禄、命运与生育之保护神，因德补、陀尼所怠慢而投沙壹，沙壹招之，并善待，安置祭祀，得龙神荫佑而人丁兴旺，地方风调雨顺，并享太平。祭龙仪式由六祖传承并沿袭下来。该书反映了彝族龙崇拜和祈福禄的具体内涵。

贵州省大方县凤山乡张道明毕摩家旧抄本《祭龙经》，该书首先叙酒谱，介绍酒的发明酿制，要求随时祭祀龙神，且必需做到殷勤。向龙神献酒、献鸡作祭后，叙述鲁叩沙壹接纳龙神并立为福禄神的经过，又以《依随》《贴近》《祈求》《赐位》《铺垫》《接根基》《护本》《立业》《高位》《收灵》《生祭》《熟祭》《允口》等为标题，逐一介绍祭龙神福禄神仪式过程，反映彝族龙崇拜祈求福禄的具体内涵。

贵州省大方县沙厂乡大水村王昭文毕摩家旧抄本《祭龙经》，该书叙述哀牢夷女鲁叩沙壹氏在洱海浣丝纱，遇小黑蛇于湖中，并自言系龙神，若得善待则保其人丁兴旺、福禄双全。沙壹将小黑蛇召至家中供奉，果然得富贵。代表福禄的龙神被先后转给武、乍、糯、侯、布、默“六祖”，均得护佑。

贵州省大方县一带旧抄本《祭龙（福禄）经》，该书是一部彝族祭龙（机遇、命运、生育之神或星宿、图腾）仪式经书。该书分为《献龙》与《献酒》《叙根源》《招神以献》《龙的根源》等五个部分，叙述祭祀属机遇、命运、生育、家神或星宿、图腾、福分（气）总代表的龙神（吉禄）仪式，叙述哀牢山彝女噜叩沙壹与化为蛇形的龙在洱海邂逅故事，阐释彝族崇龙的具体内涵。[①]

二、黔滇彝族《祭龙经》及其活动仪式比较研究

在彝族传统经籍中，《祭龙经》是其中极为重要的一类。这类经籍是彝族传统宗教活动与民俗仪式中都存在和使用着的经籍。《祭龙经》产生的地域不同，举行仪式与达到的目的不同，功用也不一样，不可一概而论。特别是由于彝族居住地域宽广，自然地理位置差异较大，虽然都有使用《祭龙经》的仪式，由于具体的仪式活动不一样，形成了《祭龙经》不同的内容，进而产生了不同的生态伦理观念。

（一）

从目前发现和公开的情况来看，滇、川、黔、桂四省区彝族居住区域，滇、黔二省发现的《祭龙经》较多，广西壮族自治区目前没有公开发表祭龙仪式的报道，也没有关于祭龙的经籍公开翻译和介绍给外界。四川省的情况与广西壮族自治区的情况相仿，虽然有许多传统宗教经籍，却还没有发现“祭龙经”一类经籍。目前对外介绍最多的经籍目录，是《中国少数民族原始宗教经籍汇编·毕摩经卷》，这部汇编中收录有彝语北部方言区即四川省彝族毕摩经目录 313 部[②]，其中没有《祭龙经》类似名称的经籍。云南省则在拥有彝文经籍的南部方言区、东南部方言区等都有《祭龙经》[③]，而且有的《祭龙经》是大部头经籍。有的祭祀经籍，在包括狭义的“祭龙”的同时，还有其他大量的祭祀内容，如《彝族撒尼祭祀词译疏》中的祭祀词，就有专门的《祭龙》一章。[④]《祭龙经》中包括了祈福祭祀仪式的其他丰富内容。[⑤]在贵州省，“祭龙经”类的经籍也较多，在《彝族传统信仰文献研

---

① 王继超，余海. 彝族传统信仰文献研究[M]. 贵阳：贵州民族出版社，2010：195-196. 引用时有删节、改写。

② 黄建明，巴莫阿依. 中国少数民族原始宗教经籍汇编·毕摩经卷[M]. 北京：中央民族大学出版社，2009：303-307.

③ 黄建明，巴莫阿依. 中国少数民族原始宗教经籍汇编·毕摩经卷[M]. 北京：中央民族大学出版社，2009：4，6.

④ 昂自明. 彝族撒尼祭祀词译疏[M]. 昆明：云南民族出版社，1999：80-87.

⑤ 马立三，普学旺. 云南民族古籍丛书·祭龙经[M]. 普学旺，杨六金，梁红，普璋开，罗希吾戈译注. 昆明：云南民族出版社，1999.

究》中收录简介的就有4部。[①]而以翻译成汉语文形式向外界介绍的《祭龙经》，也是贵州省水西古政权地界上的彝文古籍文本，这就是《〈爨文丛刻〉甲编》中的《祭龙经》，这部经籍后来收集在《增订〈爨文丛刻〉》中再次出版。[②]因此，就目前发现和对外翻译介绍的彝族传统经籍来看，只有云南省和贵州省有“祭龙经”一类经籍，在四川省和广西壮族自治区没有发现这类经籍。所以在介绍、研究彝族“祭龙经”一类经籍，暂时以云南省和贵州省发现的《祭龙经》为限。

无论是彝语还是彝文翻译成为汉语，从字面意义上看，“祭龙”是容易引起歧义的一个词语。这在《〈爨文丛刻〉甲编》中，把《祭龙经》翻译为《权神经》[③]就可以看出。这是因为作为彝文的[lu˧]除了有“龙”字之义外，同时念[lu˧]一音时也有作为“权”字之义。同时，念[lu˧]这个音的还有“牛”的意义，因此，“祭龙”是不是从“祭牛”演变而来？从有的祭龙仪式选择的祭祀日期上看，有这方面的信息，但是暂时还不可以确证。例如，云南省的“祭龙神礼仪”是“逢农历正月第一天丑牛日（大年初一除外）”举行[④]；滇南红河南岸尼苏颇彝区也是“农历正月第一天丑牛日（大年初一除外）”举行。[⑤]然而现在还没有把《祭龙经》翻译为《祭牛经》的。这是因为“祭龙”有狭义的和广义的区分，狭义的“祭龙”与祈雨抗旱紧密相关。而广义的“祭龙”，则是一种与祈福、禳灾等许多祈愿广泛联系起来的。为此，专家们曾经感叹：“龙的内涵实在太丰富了。”[⑥]有的专家认为，广义的“祭龙”是中国古代“社祭”的遗风，指出“生活在滇南广大地区的彝族至今还保留有较为原始的名为‘祭龙’的古社祭遗风”[⑦]。而中国古代的社祭，其实是包含了祈福、禳灾等诸多丰富内容的一种祭祀活动。也有专家认为：“所谓祭龙，即是对福禄、命运与生育神的祭祀。”[⑧]细读大部头的《祭龙经》，即前述云南省出版的《祭龙经》和《增订〈爨文丛刻〉》中的《祭龙经》，就可以知

① 王继超，余海. 彝族传统信仰文献研究[M]. 贵阳. 贵州民族出版社，2010：195-196.

② 马学良. 增订《爨文丛刻》[M]. 罗国义审订. 成都：四川民族出版社，1986：295-344.

③ 马学良. 增订《爨文丛刻》[M]. 罗国义审订. 成都：四川民族出版社，1986：3.

④ 张纯德，龙倮贵，朱琚元. 彝族原始宗教研究[M]. 昆明：云南民族出版社，2008：276.

⑤ 黄建明，巴莫阿依. 中国少数民族原始宗教经籍汇编·毕摩经卷[M]. 北京：中央民族大学出版社，2009：748.

⑥ 张纯德，龙倮贵，朱琚元. 彝族原始宗教研究[M]. 昆明：云南民族出版社，2008：276.

⑦ 普学旺. 社祭与中国文化论略[J]. 世界宗教研究，1995（2）：133. 转引自马立三，普学旺. 云南民族古籍丛书·祭龙经[M]. 昆明：云南民族出版社，1999：617.

⑧ 王继超，余海. 彝族传统信仰文献研究[M]. 贵阳：贵州民族出版社，2010：195.

道，这些大部头《祭龙经》的内容，是广义的祭龙活动，即广泛的祈福、禳灾，而非具体的祈雨或者祭具体的龙。因此，将大部头的《祭龙经》的“龙”翻译成英语的“Dragon”[①]，无法包含它所包括的全部内容。

（二）

《祭龙经》是彝族祭龙活动中举行仪式使用的经籍，它是典型的仪式用经，是正式场合所用经籍，因此，离开了祭龙仪式，《祭龙经》就失去了生态的依托。也就是说，无论是单门独户举行祈福、禳灾仪式，还是一个村寨或者几个村寨联合举行祭龙活动的时候，《祭龙经》才能派上用场。而且无论一户或者集体举行仪式，除了个别极为微型的家庭献祭仪式外，必须有一个毕摩主持，大型的集体仪式还需要多个毕摩主持，有各种仪式用品、牺牲、程序等。它是一个活态的、需要许多人参加，需要一些祭品、牺牲，在严格的程序内进行，由专门的宗教职业人员或者选举的专职主持人来主持完成的。

从当下报道的情况来看，云南省特别是滇南红河哈尼族彝族自治州的许多县市和滇东南的石林彝族自治县等，经常举行集体的祭龙活动，而且是传统的祭龙活动而非民俗表演。而贵州省则只是在 2011 年和 2012 年看到过大方县举行过二次祭水仪式，传统的祭龙活动仪式没有报道，这与贵州的与念诵《祭龙经》相关活动仪式实际上是祈求福禄的仪式有关。但是仔细分析其活动仪式和所用经籍，可以发现它们所使用的经籍、经书，与《增订〈爨文丛刻〉》中的《祭龙经》，除了祈福、禳灾的内涵相同，所使用的主体却大不相同。《增订〈爨文丛刻〉》中的《祭龙经》是使用于家庭个体活动仪式的祈求福禄的经籍，而云南省的祭龙活动虽然也包含这一内容，但是这些活动仪式则无论大小都是集体性活动仪式。

贵州省的这两次祭祀仪式，前一次具有较为传统的祈雨目的，后一次则是纯粹的旅游宣传活动。第一次举办于 2011 年 9 月 13 日，“在大方县鸡场乡的支嘎阿鲁湖畔隆重举行，这一祭水活动，是彝族先民们为了祈盼风调雨顺、五谷丰登、六畜兴旺而开展的古老而神秘的祭祀活动，活动寄托着彝族人民对美好生活的向往”[②]。据这次祭水活动仪式的主祭毕摩阿洛兴德 2011 年 10 月 1 日向笔者介绍，

---

① 马立三，普学旺. 云南民族古籍丛书 • 祭龙经[M]. 普学旺，杨六金，梁红，普璋开，罗希吾戈译注. 昆明：云南民族出版社，1999.

② 曾令文. 大方县隆重举行古老而神秘的支嘎阿鲁湖祭水仪式[N]. 大方县人民政府门户网站，2011-11-14.

在 9 月 13 日之前正式举行过一次因秋旱而祈雨的仪式，第二天就下雨了，大方县气象局有气象记录。第二次祭水仪式于 2012 年 5 月 16 日在同一地点举行。祭水仪式用时 2 个小时左右，参祭人数 160 余人，全过程由设祭坛、迎圣水、诵《祭水经》、献牲、祭水神、跳支嘎阿鲁湖水神舞、送水神等环节组成，主要向世人展示彝族传统文化、传承彝族古代文明的“祭水”活动。彝族先民认为雷鸣是天鼓响，由白龙和青龙轮回击鼓，霖雨就不停地下降，木龙一行动冰雹雨颗就滚滚下来，弥漫四方。为了求福避灾，彝族先民便形成了一种祭祀水神的习俗，并选择每年三月至五月的某一吉日祭祀。①支嘎阿鲁是彝族人民的英雄神王，据彝文典籍《勒俄特依》《支嘎阿鲁王》《支嘎阿鲁传》等记载，他生于龙年龙月龙日，是龙的化身。因此，在支嘎阿鲁湖祭水也就有祭龙的含义。这两例是当下文化变迁语境中祭龙活动向祭水仪式的转型，所使用的经书已经不是传统的《祭龙经》，而是现代形式的《祭水经》，但它还保留着祈福、禳灾的传统内涵。

而关于家庭举行的与念诵《祭龙经》相关的活动，在贵州省却不称为“祭龙”，而是有别的称谓，这与贵州省的“彝族所祭祀的福禄神就是龙神”②紧密相关。据有关记述，贵州彝族祈求福禄一般称为“吉禄弄”“苦洪吉禄”，就是祭祀福禄神而祈求福禄神的保佑。如果吉禄神即保护神出了问题，还要举行一种叫“吉禄谷”的仪式医治吉禄神。能生育儿女的妇女称为“吉禄珠”即好命运，否则就是“吉禄麻珠”即生育不了孩子或者儿女早夭。贵州省彝族家庭在家中一般都供奉有吉禄神。祭祀吉禄神时要准备好白公鸡、酒、花椒、五谷、盐、茶、钱币等祭品，选择农历一个吉日，设立用桴焉木制作的祭台，在祭台上插青杠树枝，铺上新鲜的杉树叶，台上摆放净水。毕摩把原先的吉禄神座上的供品取下来，杀白公鸡祭献，念诵《献酒经》献酒，主人向神灵烧香叩拜、献酒并说出自己的心愿和全家人的名字。毕摩举行“清宅”仪式，念诵《解冤经》中相关的经文表示以鸡代人受各种不祥不洁，替死代过，进行禳解。接着毕摩念诵《祭龙经》祈福、禳灾，其中有“主人有好马，好马盈其厩，主人有好牛，好牛充其栏，主人有金银，金银充其库；主人有贤子，其子有富贵，主人有贤媳，为之舀满水，威荣永不差，

① 张小梅，潘雪娜．大方县举行支嘎阿鲁湖祭水仪式[N]．乌蒙新报，2012-5-17，1.

② 陈世鹏．黔彝古籍举要[M]．贵阳：贵州民族出版社，2004：142.

福禄永不虚。所说门门应，所谋事事成”[①]等经籍词语。同时，椎杀祭牲取祭牲（古代椎马近代椎猪）的头和心放在祭台前供奉，把旧神座中原来的祭品烧掉，以火烟熏新祭品承受旧祭品中的灵气，并用“打醋坛”洁净方式清洁新供品，毕摩将新祭品放入碗中盖上红布，放入原神座中，祭祀仪式完成。整个仪式过程中只能使用彝语，否则仪式白做，不灵。祭祀时舅家和姑家要送礼庆贺，但主人不能回礼。祭牲可招待客人，但不能带走，意为不出财。第二天清晨，预约好的亲友前来“踩财门”，端一个摆着大碗（内装米和钱币及染红鸡蛋）的盘子，扮着“财帛星”前来送钱财，主人将盘子供在神龛上。老人去世时还要把头发、指甲剪一点放在福禄神座的供碗中。弟兄分家时也按碗中的供品均分，请毕摩举行仪式，安设新家的福禄神座即“吉禄待”。各家供奉的吉禄神座不许外人偷看，不能用手触摸，凡一切不洁净的东西都是不能放在神座附近玷污神灵的。“吉禄谷”活动仪式是夫妇没有生育孩子或者孩子早夭难活时举行的祈子仪式，通过请毕摩驱除男妖立惧、女妖特罢（分别扎茅草人代替）鬼魅之后，保佑夫妻生育孩子，保佑孩子长大成人。[②]这个仪式中念诵的《吉禄谷》经籍，有的就是《祭龙经》中的内容，与云南滇南《祭龙经》中的《射箭祈育经》内容相近。贵州省的这部《祭龙经》中记述的鲁肯舍夷因为保护龙、祭祀龙得到在第二年生育了阿大德初的传说，也许就是后来在“祭龙”活动仪式中祈育活动的源头。

现在就滇南的几次传统的集体祭龙活动作一下简述。

石屏是红河哈尼族彝族自治州的一个县，该县的哨冲水官冲一带的彝族尼苏人除了每年一度的“米嘎豪”（即祭龙仪式）外，每逢12年一轮的马年立春后的第一个属马日要举行一次大祭，大祭彝语称为“等盆豪”，是祭龙的最高形式。1990年春的马年马月马日即“祭大龙”的吉日，水官冲举行了一次大型祭龙活动。在选择好“龙头”、挑选工作人员集中住宿戒荤食素，准备好仪式使用的物品、祭品和牺牲后，在祭场搭两座木架纸瓦阁楼牌坊，用12张桌子重叠搭成主祭坛象征12年，左右各设5个祭坛，全部祭坛有12个，各用祭品，各有名称和寓意。祭牲有黑猪、山羊或绵羊、鸡或鸭。主祭坛供有 12 斗谷子。全部祭坛和仪式由12位德高望重的老毕摩主祭。寻找一个通洞的石头，供象征阿龙的寨神神石穿洞

① 马学良. 增订《爨文丛刻》[M]. 罗国义审订. 成都：四川民族出版社，1986：340.

② 陈世鹏. 黔彝古籍举要[M]. 贵阳：贵州民族出版社，2004：142-144. 有删节。

而过，一棵有“左西丽”鸟巢的幼松树供毕摩逐户登门祝福时使用，一棵有 72 庹长的芦苇条连接祭坛到村寨的龙树林表示血脉相通。祭祀开始，迎“龙子”队伍经过洁净仪式后，向藏“龙子”的“龙宫”迎接“龙子”和“龙蛋”，将表示寨神和龙神的鹅卵石取出供奉在祭坛中。祭龙的重要内容之一是主祭人用“龙子”取来的清水洗净表示寨神的两个椭圆形石头和通洞的石头，然后将寨神鹅卵石从通洞中穿过，表示交配。祭祀完毕，将“龙蛋”置还原位长期供奉。端“龙蛋”的人是世袭的“抱龙人”。祭猪需先击后杀，鸡则水淹，猪膀与鸡卦（股骨）同时放在一盆水中搅和占卜。祭龙场上公祭完毕，各家再进行家庭私祭。“龙头”将祭猪肉每家分一块，并将从一家一户收集来的米煮成夹牛饭，捏成大小一致的饭团，用猪血染红每家分发一个作为祭物，各家私祭的祭物撒稻秧时还要用来祭秧田。祭龙完毕，毕摩抬着有“左西丽”鸟巢的树逐户登门祈福。全部祭祀完毕，祭场上盛大的祭祀舞蹈已经是妇女可以参加的娱乐欢庆，时间越长越吉利。[①]

以上一例是祭龙活动仪式中最大型的活动仪式。

红河同样是红河哈尼族彝族自治州的一个县，该县乐育乡窝伙垤村 1989～1992 年先后 4 次举行“咪嘎豪”即祭龙活动。1992 年的活动情况简况如次。组织形式：选择一个“作呆颇”做主持人，“次作呆颇”为助手，帮手 4～8 人，以全村的男子为中心，禁止女性参加活动。仪式与顺序：①祭水井神；②清扫家屋和染蛋献祖；③祭献护寨神——先祖阿倮（或作阿龙）；④驱撵虎豹豺狼；⑤均分祭品；⑥撒米花（接福禄）；⑦拿祭品回家祭祖及其他诸神；⑧“腊堂堂”——立新寨门和祭献寨门。基本目的和意义：①祈求庇祐人畜兴旺康泰、风调雨顺、五谷丰登；②驱撵虎豹豺狼是为保护人类生存和获取更多食物；③立新寨门是确立和划分人与鬼界线的主要标志。禁忌：①对神灵阿倮、祭坛、“咪嘎林”的禁忌；②对村寨中生产劳动、采集、出寨、洗涤衣物的禁忌和“作呆颇”禁忌等各个方面，有一些具体的禁忌要求。[②]

以上一例是一般集体性祭龙活动仪式中常见的中型活动仪式。

居住在滇东南石林彝族自治县的彝族撒尼人，也有一套完整的祭祀活动仪式

---

① 张纯德，普璋开. 滇南石屏县彝族祭大龙活动仪式述略[A]//马立三，普学旺. 云南民族古籍丛书·祭龙经[M]. 普学旺，杨六金，梁红，普璋开，罗希吾戈译注. 昆明：云南民族出版社，1999：605-608. 有删节。

② 龙倮贵. 滇南红河县彝族“咪嘎豪”祭龙活动仪式述略[A]//马立三，普学旺. 云南民族古籍丛书·祭龙经[M]. 普学旺，杨六金，梁红，普璋开，罗希吾戈译注. 昆明：云南民族出版社，1999.

和祭祀词。这些祭祀活动仪式按目的和内容可分为三类：一类是单纯的献祭，另一类是单纯的驱邪、除秽，再一类是献祭与驱邪相结合。从实施献祭和法术的主体看，又可划分为家庭自主进行的活动和毕摩主持的活动两类。[①]毕摩主持的活动一般都是整个村寨共同举行的活动，这在石林彝族自治县撒尼人中通常以祭“密枝林”最为普遍。针对村寨进行的原始宗教活动，在祭品的品种数量、仪式的繁杂和程式化要求、对主祭者和协祭者的要求、禁忌、时间、参加人员的规模等方面，体现出多、大、长、繁、范等特点。而且，这类仪式活动多为杂祀和统祭，即一种仪式的目的不是单一的，而是多项、多方面的。其中就有一项是“鲁芎”（祭龙）。[②]“鲁芎”仪式为一个年定时定点举行的全村性祭祀活动。时间为每年龙月（农历三月）第一轮属龙日，地点或选在常年不涸的龙潭旁，或选在茂盛的大树下。祭坛布置较为简单：插三根三杈的青松枝，上斜削二寸许，作脸面。三根人形枝，一枝代表天神，一枝代表地神，一枝代表人祖。各枝旁加插一松梢枝、一对香。祭枝后面摆放三根泥条，作龙。祭枝前摆二个碗，一个碗装米，一个碗装酒。再摆一个用沙松根或麻秆制作的马，背架用树叶做的驮篮，意为让它驮走挠龙的邪魔。祭牲为一头猪，猪杀死后摆于祭坛前。各户可来一人，在祭场分食猪肉。[③]“鲁芎”活动仪式虽然属于小型，但是从其祭词中开头部分有“吾村坐于此”[④]，以及祭词的末尾一句“繁盛吾社民”[⑤]，结合活动仪式的村社性质来看，它仍然是集体性小型活动仪式。

以上一例是一般集体性祭龙活动中的小型活动仪式。

（三）

云南省的“祭龙经”一类经籍，目前翻译和公开出版的，以普学旺、杨六金、梁红、普璋开、罗希吾戈译注本《祭龙经》为最完整。[⑥]而贵州省的“祭龙经”一类经典，以《增订〈爨文丛刻〉》中的《祭龙经》最为完整。这两部经籍，分别

---

① 昂自明. 彝族撒尼祭祀词译疏[M]. 昆明：云南民族出版社，1999：6.

② 昂自明. 彝族撒尼祭祀词译疏[M]. 昆明：云南民族出版社，1999：7.

③ 昂自明. 彝族撒尼祭祀词译疏[M]. 昆明：云南民族出版社，1999：86.

④ 昂自明. 彝族撒尼祭祀词译疏[M]. 昆明：云南民族出版社，1999：80.

⑤ 昂自明. 彝族撒尼祭祀词译疏[M]. 昆明：云南民族出版社，1999：85.

⑥ 马立三，普学旺. 云南民族古籍丛书·祭龙经[M]. 普学旺，杨六金，梁红，普璋开，罗希吾戈译注. 昆明：云南民族出版社，1999.

代表了云南和贵州《祭龙经》的情况。但是，这两部《祭龙经》的内容却差别较大。贵州的《祭龙经》只有9章，而云南省的《祭龙经》却长达25章。这其中的一个重要原因，也是与自然地理生态、人文生态有重要的关系，同时在这两部经籍的内容上，也可看出两部经籍中不同的生态伦理观念。

下面先对这两部经籍的内容作一个简要的介绍。

《增订〈爨文丛刻〉》中的《祭龙经》共九章，分别记述彝族先民种植谷米酿酒用来祭龙神；记述祭龙神时用马作祭牲；记述祭龙神用的饭和茶；记述祭龙神的敬水；记述用来浇祭酒或敬水祀奉龙神的青树枝；记述彝族之所以祭龙神，是因为其祖先逝世后，其神灵是跟龙神在一起的；记述彝家的住宅要选好屋基，人住在里面才长寿，有福禄威荣，也是龙神庇佑的；记叙鲁肯舍夷因为保护龙、祭献龙、扶侍龙，第二年就生下了阿大德初，他后来成了君王，兴起祭龙神的故事传说；毕摩为主人祈求福禄的祝辞。[①]从这部经籍第九章中毕摩为主人（事主）祈求福禄的情况来看，它好像是一部用于单门独户的祭祀经籍，它比用于大型祭龙活动的整套经籍，在体量和内容上要少得多。

云南省《祭龙经》的25章，分别是《祭献社神经》《祛禳经》《祭坝神经》《净祭品经》《招畜魂经》《献酒经》《献饭经》《祈护祐经》《祭篾桌经》《请楠神经》《楠神下凡经》《送楠神经》《射箭祈育经》《除祟经》《驱害虫经》《送雷神经》《送火神经》《祭彩虹经》《反击咒语经》《埋葬吵骂神经》《驱汝邪韵邪经》《驱病疫经》《驱诘邪耐邪经》《升旗经》《祭神龛经》。[②]这是云南省举行祭龙仪式时候必念诵的全套经文祭词，整套经文的25章，可以独立成篇。在平时单家独户举行驱邪魔和祈求平安等一些活动中，可以单独念诵。[③]

这两部代表性的《祭龙经》为，贵州省的一部代表已经没有祭龙活动仪式作为活的传承载体的固定经籍，云南省的一部则代表还在有活动仪式作为活态的传承载体的生态的经籍。但是它们都是宗教文学形式的经籍。自有人类以来，宗教与文学就结下了不解之缘。自宗教产生之日起，其行动程式和语言程式就成了仪

---

① 马学良. 增订《爨文丛刻》[M]. 罗国义审订. 成都：四川民族出版社，1986：296.

② 马立三，普学旺. 云南民族古籍丛书·祭龙经[M]. 普学旺，杨六金，梁红，普璋开，罗希吾戈译注. 昆明：云南民族出版社，1999：目录：1-2.

③ 马立三，普学旺. 云南民族古籍丛书·祭龙经[M]. 普学旺，杨六金，梁红，普璋开，罗希吾戈译注. 昆明：云南民族出版社，1999：1.

式行为中相辅相成、不可或缺的两个基本要素，两者同样是人们信仰和观念的表象反映。但两者毕竟是有差别的，行动程式的表现为物态性、可视性，语言程式则表现为意识性、可闻性。如果我们换一个角度，即不把行动程式仅仅看成一种信仰、崇拜者的行为，而是将其作为文学载体来看，则语言程式亦为一种文学形式——宗教文学。[①]上述两部《祭龙经》彝文原文，都是传统的彝语五言诗句形式，形式上整齐而美观。彝语五言句式富有强烈的节奏感，念诵的时候，具有庄严、肃穆的顿挫抑扬语气。同时，许多音韵都非常具有韵律感，是典型的诗歌音韵格律形式。即使翻译成汉语之后，其中使用的比喻、拟人、拟物、用典等，加上丰富的想象和多种形式的表达，其文学性相当突出，是优美的文学作品。换一个角度即从文学人类学的角度来看，它们更是典型的彝族古代文学作品。

（四）

通过以上几个祭龙活动仪式的简要列举，可以发现，同样是祭龙活动，却在不同的自然地理区域有着很大的差别。彝族传统文化变迁较早的地区，已经没有祭龙活动仪式，《祭龙经》也已经是没有仪式作为活态载体的经籍，而不再使用。

在彝汉文化交融发生比较早的贵州水西地区，即今贵州省大方县为中心的黔西北地区，传统的祭龙活动仪式已经发生了很大的改变。也就是说，传统形式的祭龙活动仪式，已经演变成以彝族传统历史文化为主体的旅游文化形式，传统消失比较快，新的形式即祭水仪式也已经发展起来，而不再以“祭龙”为其外在形式和内在追求。但是，最早向外界介绍和翻译《祭龙经》的却也是这个地区。据研究，“彝族的龙神祭祀，从相关经书反映的内容看，仍然是对福禄、命运与生育神的祭祀，也就把龙的内涵理解为福禄、命运与生育神，把希望寄予它而祭祀与崇拜。为祈雨而祭龙的个案几乎是空白。在威宁、大方等一带彝区，有的山称为‘祭龙山’，有时将山作为献祭的对象，仪式叫做[$bo^{21}o^{13}$]（献山）”[②]。这与《增订〈爨文丛刻〉》中的《祭龙经》是发现于20世纪30年代的贵州省大定县（即今天的大方县）的情况相吻合。而这一带是古代罗甸王国的中心，也是水西千年土司统治政权的活动中心，是彝族古代与汉文化发生交流最早的地区之一。

---

① 昂自明. 彝族撒尼祭祀词译疏[M]. 昆明：云南民族出版社，1999：7.

② 王继超，余海. 彝族传统信仰文献研究[M]. 贵阳：贵州民族出版社，2010：195.

彝汉文化交流发生早的地区如贵州省大方县一带，文化变迁带来的文化转型十分突出。祭龙活动仪式失传之后，随之而来的则是“献山”“祭水”等仪式的兴起。这些地方的传统文化传承于是以新转型了的形式，一方面继续承载过去的目的、要求，另一方面又迎合了当下的经济发展要求和社会发展后的文化传播。虽然没有使用传统的《祭龙经》了，却又有了新的《祭水经》。

虽然在有的地方祭龙活动仪式已经失传，但就现在可以发现的《祭龙经》的传承区域来看，相对集中在云南省的滇南地区、滇东南地区和贵州省的黔西北地区。这些地区有的是彝族自治州、自治县，有的是彝族集中居住区，从古到今都是彝族传统文化比较发达的地区。而与外民族文化发生交流较早较多的贵州彝族地区，只有经籍的传承而没有传统的祭龙活动仪式，当然也就不再使用《祭龙经》。

就举行祭龙活动仪式的主体情况看，集体形式和个体形式有很大的差别。从《增订〈爨文丛刻〉》中的《祭龙经》所使用的对象来看，《祭龙经》是由单门独户举行祈福、禳灾所用。然而就目前传承祭龙活动仪式的总体考察，可以发现，无论是大型的、中型的还是小型的活动仪式，都已经是集体举行，附带把单门独户的祈福、禳灾内涵一并包括在其中了，近年来已经很难看到有关个体家庭单独举行与《祭龙经》的使用有关的祈福、禳灾活动仪式。由此判断，以家庭为单位举行与使用《祭龙经》相关的活动仪式已经逐步减少甚至已经没有了。以集体为单位举行与《祭龙经》有关的活动仪式，也只发现于在云南省境内，其他彝族地区基本没有了。

因此，《祭龙经》只在云南省的滇南地区和滇东南地区还有活态的传承，在其他地区已经成为固态的经籍。而在只有固态经籍的地区如贵州省彝族地区，现在发现的 4 部《祭龙经》（不包括《增订〈爨文丛刻〉》中的《祭龙经》）经籍，最少的字数有 2700 字，最多的字数有 10 290 字[①]，篇幅没有云南滇南的《祭龙经》的字数——4 万多字那么多。[②]可以推测，有活动仪式作为活态的传承生态环境，对于保存经籍有好处，甚至对发展经籍的篇幅数量，也有很大的作用。这是固态经籍文本字数少于活态仪式下使用的经籍的一个重要原因。自然地理、生态环境、

① 王继超，余海. 彝族传统信仰文献研究[M]. 贵阳：贵州民族出版社，2010：195-196.

② 马立三，普学旺. 云南民族古籍丛书 • 祭龙经[M]. 普学旺，杨六金，梁红，普璋开，罗希吾戈译注. 昆明：云南民族出版社，1999.

社会结构等，在不同的地区，对彝族传统经籍的传承产生了巨大的影响。云南省是一个多雨同时又多旱的地方，“云南十八怪”中的“东边日出西边晒”就是其中的真实写照，因此，《祭龙经》的传承还是一种现实的需要，活态的传承便是最好的选择。而在贵州省久旱和久雨都不是主要的气候，《祭龙经》失去了现实需要的基础，成为固定的文本形式的传承。在这两种传承形式中，其中以活态传承的方式对保护和传承经籍最为有效，而一旦失去了鲜活有力的自然生态的需要和社会生态的保护，经籍就会变成为固态的濒临绝境的文字作品。

第五章　彝族传统经籍文学内容分类研究（下）

第一节　驱邪禳鬼类

驱邪禳鬼类经籍，在彝族传统经籍中占有相当大的比重。彝族古代信奉万物有灵，人的世界，神灵世界，鬼魅世界（包括相当于鬼魅的非人类、非神类的动物及其精灵，邪祟、污秽，灾异等），构成了彝族古代生活的整个世界。所以，人类的生活，不仅仅是人类自己的生活，还与神灵和鬼魅的生活世界紧紧相关、相辅相成、互相照顾也互相侵害。因此，人类要好好生活，不但要处理好人与人的关系，还要处理人与自然、人与鬼魅的关系。关系正常时要通过正常的仪式活动来加以保持，关系不和谐、互为敌人时要通过举行各种仪式、活动，包括讨好、贡献的形式或者驱逐、打杀的仪式，加以纠正、调和、扭转，使其复归于正常的轨道。

一、相关汇编类书籍收录的驱邪禳鬼类经籍

提要一类的工具书中，《中国少数民族古籍总目提要·贵州彝族卷（毕节地区）》所收集的驱邪禳鬼经籍，有很大一部分是编纂在“祈福消灾类”之中，共260多部。加上其他一些类别中含有类似内容的经籍，总数在300部以上。[①]在《彝文典籍目录·贵州卷（一）》中，绝大多数驱邪禳鬼类的经籍被归类在“民俗”中，总数有347部，这些经籍除去少量不是驱邪禳鬼内容的，加上其他类别中一

① 陈乐基，王继超. 中国少数民族古籍总目提要·贵州彝族卷（毕节地区）[M]. 贵阳：贵州民族出版社，2010：目录：15-21.

部分驱邪禳鬼类经籍，总数也在 300 部以上。[①]

《中国少数民族原始宗教经籍汇编・毕摩经卷》中收录有驱邪禳鬼类经籍内容的，北部方言区有五部，即①《驱鬼经》，②《除秽经》，③《洁净经》，④《诱鬼驱魔经》，⑤《防癞经》。北部方言区收录有这一内容的虽然只有五部，但是收录在目录中的 313 部经籍中，有 130 多部是有驱邪禳鬼内容的，占了 1/3 还多。东部方言区的没有收录，但是数量也是很多的，这在前面列举的目录、提要类经籍的情况中就反映出来了。南部言方言区的有 12 部，即①《驱妖秽经》，②《驱死邪经》，③《驱射乍弄经》，④《驱死魔邪经》，⑤《驱邪经》，⑥《驱诘邪耐邪经》，⑦《驱病疫经》，⑧《驱汝邪韵邪经》，⑨《埋葬吵骂神经，⑩《反击咒语经》，⑪《驱害虫经》，⑫《祛禳经》。东南部方言区的有 12 部，即①《召沽经》，②《驱村寨瘟疫经》，③《祭地气经》，④《甩邪经》，⑤《赶邪经》，⑥《祭柱经》，⑦《解邪法事经》，⑧《解凶邪法事经》，⑨《邪与洁隔离经》，⑩《驱打横阻邪经》，⑪《祛污经》，⑫《驱体内污秽经》。[②]由于内容相同或者相近，有的经籍既可以归类在祈福类经籍中，也可以归类在驱邪禳鬼类经籍中。

《彝族毕摩经典译注》中名称上明显是驱邪禳鬼包括祛病类经籍的，是第七十三卷、第七十四卷、第七十五卷共三卷《措诺祭》，即驱麻风病的经籍。[③]但是，这套大型彝族经籍中大量的丧祭经籍，都或多或少地含有一些驱邪或者禳鬼祛病消灾的内容。

如上所述，驱邪禳鬼类经籍在彝族传统经籍中所占的比重较大，上面列举的是其中的一些目录。要对这些经书一一给予介绍，既不可能，也无必要。现在选择破鬼降魔类中的破司署经类别，作一提要式简介。并且选择丧事活动中的禳解类经籍，以贵州省内的情况为例，选择介绍其中的一部分；并选择很有名的《增订〈爨文丛刻〉》中的《解冤经》作一些深入的分析。

---

① 陈长友，王继超，禄智义，陈开荣，陈朝贤. 彝文典籍目录[M]. 成都：四川民族出版社，1994：7-11.

② 黄建明，巴莫阿依. 中国少数民族原始宗教经籍汇编・毕摩经卷[M]. 北京：中央民族大学出版社，2009：目录.

③ 楚雄自治州人民政府，夜礼斌，杨洪卫，等. 彝族毕摩经典译注（第七十三卷、第七十四卷、第七十五卷）[M]. 昆明：云南民族出版社，2010.

二、驱邪禳鬼类经籍举要

（一）丧祭仪式降魔破鬼用的破司署经抄本举要

司署，恶魔厉鬼，相当于汉族传说中的勾魂鬼，也似有死神的角色，人因灵魂被司署捉拿或囚禁而死亡。彝文《司署》记载，司署鬼有十二支。根据《遣司鬼经》《破司鬼经》等文献记载，可归纳为怪异形象类，如兽首人身、鸟首人身、独脚野人、鼠毛、猪毛、六只手、九只脚、牛头人身、马面人身等；凶星类，如侯旺司（海猪星）、侯洪司（海羊星）、启补录舍司（娄金狗星）、勒合司（套颈星）等；人的灵魂变的司署鬼，如毗邻的外民族或外部族祖先变的司署鬼，姻亲家族的祖先变的司署鬼，本家族的祖先变的司署鬼，敌对部族的祖先变的司署鬼。历史上出现过的人形司署鬼，如《支嘎阿鲁传》中的鼠阿余、穷毕鼠、谷洪弄三支司署鬼。毕摩破除、降伏、遣送司署鬼的目的在于，为死者报仇，慰藉死者的亡魂；为死者清白归祖；为死者解除灾难，从而为死者的家人免除灾难祸患。降魔破司署鬼的仪通常在大型丧祭活动时才进行。降魔破司署鬼仪式用的书有《驱逐司署经》《清除司暑经》《遣送司署经》《破除司鬼经》《降伏恶魔》等这几种译法。

贵州省大方县百纳乡高炉村彭绍武毕摩家旧抄本《驱逐司署经》，该书有《请高明毕摩》《高明的布波毕摩》《线团拉线》《线上架》《退解冤神》《招亡魂》《锁牢司署鬼》《遮眼》《焚烧司署》《寻失落亡魂》《排解灾难》《亡灵归附》《安置亡灵》《药献亡灵》《体面》15 个章节。该书叙述请毕摩神鍮启尼、诺武费、布波扫除勾魂的侯旺司、启补司（凶星）、兽首人身、鸟首人身等司署鬼。使亡灵清清白白、有地位并体面地进入归宿，入祖受祭。

贵州省大方县一带旧抄本《清除司暑经》，该书叙述勾魂鬼蜮司暑的根源，司暑系鲁朵所生，有 10 次以上产生过程，分为 12 类，活动在四面八方，描写司暑的长鼠毛、猪毛、牛头、马面、六只手、九只脚、开口便吃人等的各种狰狞面目。为亡灵复仇而披坚执锐，与司暑进行作战，并将其驱逐出人间，以安慰亡灵。

贵州省威宁彝族回族苗族自治县雪山镇侯布惹若毕摩家旧抄本《遣送司署经》，该书由 11 部（章）经书组成，依次为《阿鲁给司署分类》《遣斯索司鬼》《禳解伤口》《白狗引司鬼》《遣侯旺司鬼》《遣勒合司鬼》《鲁补收司署鬼》《遣纪兜司鬼》《遣启补司鬼》《遣鲁朵司鬼》《补遣启补司鬼》。该书记录支嘎阿鲁以五域为分野，设定凶星所化的勾魂鬼司署的归路，逐一以遣送，使之脱离所害亡灵，使亡灵平安抵达死界，归于墓地（葬地），入于祖祠。

贵州省毕节地区境内旧抄本《降伏恶魔》，该书介绍无论君长或臣民的死亡，都因灵魂被称为“司署”的恶魔捉去，同时被“司署”所污染，“司署”系鲁朵所生，其面目狰狞恐怖，形状吓人。

贵州省威宁彝族回族苗族自治县金钟镇大营村孔凡荣家旧抄本《解除伤害经》，该书汇集有《求神》《除伤害》《求除伤害》《送启补鬼》《送鲁朵鬼》《杀侯旺鬼》《送侯旺鬼》《关闭丧场》《安亡灵位》《安定亡灵处所》《保平安》《掩悲伤》《维护亡灵地位》13 个章节。该书记录大型丧祭时较完整的驱赶斩杀遣送附于亡灵之身的害命恶魔仪式过程。[①]

（二）丧事活动的禳解经籍《解冤经》类举要

在贵州省的黔西北地区，单就古乌撒部地和古水西部地为代表的彝区毕摩的《解冤经》（《解除愆尤经》）而言，虽然书名都是一样的，但内容不尽相同，可以说没有完全雷同的抄本。同《丧祭经》一样，古乌撒部地的这类经书作为整个一部书，要么是书题少，要么有单行本出现；古水西部地的这类经书则往往都有很多的标题。

1. 古乌撒部地的《解冤经》类经籍举要

1）合订本型

贵州省威宁彝族回族苗族自治县迤那镇中海村扬六十毕摩家旧抄本《解冤经》，该书内容为，请鍮瞿尼、诺武费等毕摩神主持解冤仪式叙述解冤仪式的兴起与传承。为死者解除其一生中留下的冤过过错或污点，本着“有冤解冤，无冤无碍”的宗旨，清白体面地归祖。该书反映彝族的人生观、道德观。

贵州省赫章县结构乡一带旧抄本《解冤经》，该经书以“有冤解冤、有过解除、无冤无碍”为宗旨，为亡灵解除生前愆尤、过错过失，使其三个灵魂有资格各归其位。

贵州省威宁彝族回族苗族自治县龙场镇龙昌文毕摩家旧抄本《解除愆尤经》，

① 王继超，余海. 彝族传统信仰文献研究[M]. 贵阳：贵州民族出版社，2010：80-81. 引用时有删节、改写。

该书分为《解冤献酒》《毕摩解冤经》《解权势愆尤》《解恒投愆尤》《解尼能愆尤》《解诬陷愆尤》《解土地愆尤》《解高山平坝愆尤》《解黑鼠愆尤》《解地上赤鼠愆尤》《愆尤的形成》《退神》《解飞蛾作祟》《用松果花卉金银禳解一番》《过错过失》《退神退污秽》《解愆尤过错》《解冤用药经》《解愆尤退场》等18个篇目。该书认为人生在世，难免积累愆尤过错，死后不能带着去归祖，故从尼能时代起，历代毕摩相传承，为亡灵解除愆尤过错，以便顺利归祖，体现彝族的人生观、道德观和价值取向。

贵州省威宁彝族回族苗族自治县金钟镇大营村孔万龙家旧抄本《解冤经》（贵州省毕节市彝文文献翻译研究中心藏书741号），该书录有《解冤叙》《祖灵愆尤》《世道愆尤》《天地愆尤》《用松果金银花卉解除》《收集冤过》《退神除污秽》《汇总冤过》《解冤洗清白》《以男女生年占病》10个篇目，叙述为亡灵解除愆尤过错，即洗清冤过，开脱过错。

贵州省威宁彝族回族苗族自治县猴场乡妥洛村阿铺撒约毕摩家旧抄本《解冤经》，该书分为《解矛戟愆尤》《解诅咒愆尤》《解玩笑愆尤》《解挑拨愆尤》《解饥谨愆尤》《解鬼域愆尤》《解司署愆尤》《解祖灵愆尤》《解世道愆尤》《解鲁朵愆尤》《解土地愆尤》《解猪羊愆尤》《解日月愆尤》《解祖灵秩序愆尤》《解甲胄愆尤》《解丧场愆尤》《解放荡愆尤》《解冤献神退神收场》18部（章），介绍为死者解除所有过错或罪过，使之清白地归祖；该书中包含了对人的行为道德要求，表达追求真善美、摒弃假丑恶的要求和愿望。

贵州省威宁彝族回族苗族自治县猴场镇妥洛村阿铺振夫毕摩家旧抄本《解除愆尤经》，该经籍由20部（章）汇辑而成，依次为《解冤经》《指路经》《理归宿经》《解戈矛愆尤》《解口舌愆尤》《解诽谤愆尤》《解突发愆尤》《解交叉愆尤》《解祖灵愆尤》《解权势愆尤》《解鲁朵（山神）愆尤》《解土地愆尤》《解猪羊愆尤》《解天地愆尤》《解日月愆尤》《解祖位秩序愆尤》《解甲胄愆尤》《解除愆尤》《解羁绊愆尤》《解愆尤退神》，记录为亡灵解除愆尤、过错、将亡灵指往祖宗故地的一系列仪式；反映彝族先民的人生观与迁徙历程。

贵州省威宁彝族回族苗族自治县龙场镇李龙才抄本《解冤献酒经》，该书分为《解冤》《排愆尤》《伐冤》《伐过失》《脱冤孽》《脱过错》《破冤》《破孽》等9个章节。该书叙述死者因生前所犯冤孽、罪过、过失而为亡灵带来惩罚，所受惩罚又成为归死界与入祖灵的障碍；为亡灵的罪孽作开脱，请求策耿兹网开一面，使死者取得进死界与入祖的资格。

2）单行本型

贵州省威宁彝族回族苗族自治县龙场镇李五香家抄本《解高山平坝冤愆》，该书叙述死者在耕耘高山平地时，伤了蟾蜍之头，断了蛇之腰，与高山平地结冤，野狗遍地布，毛虫满地爬，阻了去死界的道路，无法撵牲、骑魂马通过。故为死者解除高山平地愆尤，清除障碍，使其顺利通过。

贵州省威宁彝族回族苗族自治县龙场镇李五香家抄本《解捏造冤愆》，该书系《解冤经》中一部；叙述死者生前不明事理，搬弄是非，或不经意口无遮拦，捏造事实，伤害他人，造成冤愆，为神灵所不容；请恒依阿买妮发挥神力，为死者收掩罪孽，解除冤愆，使之顺利进入死界；反映彝族先民的道德要求。

贵州省威宁彝族回族苗族自治县龙场镇李五香家抄本《解尼能愆尤经》，该书为彝族丧祭仪式经书。该书系《解冤经》中的一部；叙述尼能时期，尼能君、臣、师、匠雕塑了遍地的塑像，后世亵渎塑像，结下冤愆，死者亡灵被纠缠，道路受阻，请什勺裔大毕摩一对，施展神力，为死者解除冤愆，扫清道路，以便顺利进入死界。

贵州省威宁彝族回族苗族自治县龙场镇李五香家抄本《解恒投冤愆》，该书系《解冤经》中的一部。叙述慕靡时期，恒投氏君长、臣子、毕摩，只管施政、断案、祭祀，而不理会所结冤愆，后世儿孙，凡有出息，有所作为者，都被冤愆所困扰，尤其死者，通往死界的道路受阻。因此，必须为死者解除恒投氏留下的冤愆，使道路顺畅，进入死界无障碍。

贵州省威宁彝族回族苗族自治县龙场镇田绍忠家抄本《蝴蝶解冤愆》，该书系《解冤经》中的一部，叙述在生死两界间，虎啸阴森恐怖，要亡灵利用牛牲的叫声去掩压虎啸，有冤有过，让蝴蝶去承担，蝴蝶会把冤过背去，请亡灵关好死界之门而不必惊慌。

贵州省威宁彝族回族苗族自治县龙场镇李五香家抄本《解权势冤愆》，该书系《解冤经》中的一部，叙述进死界的亡灵会受仇叩皮耐君长号令冤愆与毕余毕德臣子断案冤愆所牵连，因而为之所困扰。对此，一是要小心防备，二是予以解除，才能使道路通畅，无忧无虑。[1]

---

① 王继超，余海. 彝族传统信仰文献研究[M]. 贵阳：贵州民族出版社，2010：57-59. 引用时有删节、改写。

2. 古水西部地的《解冤经》类经籍举要

贵州省纳雍县新房乡已故文举保毕摩家清咸丰五年（公元1855年）抄本《解冤经》，该经籍在概述之后，列有42个标题，依次为《冤过形成》《天地冤》《布置日月冤》《田地冤》《山地冤》（两章）《寿衣冤》（二章）《祖灵秩序冤》《打仗冤》《披甲操矛冤》《牛冤》《苍天冤》《拓土冤》《权势冤》《连姻冤》《嫁女冤》《畜牧冤》《叙谱分支冤》《祭祀祖桶冤》《骑马冤》《耕地冤》《打铜织绸冤》《公堂冤》《修天冤》《居室冤》《人间冤》《欲念冤》《门户冤》《丧场冤》《举偶冤》《布丧冤》《六祖冤》《献水冤》《祖桶灵台冤》《裹尸冤》《自身冤》《篱房冤》《洞房冤》《猎兽冤》《丧房灵堂冤》《指路冤》等。该书记录解冤的恩敖、布僰、鲁朵、曲吉、巧佐、尼能、什勺、妥鄂、阿稳的传承仪式；十二圣母万物与人类，并制定出秩序，作君、臣、师分工，哼哈的原因，产生冤过，故请鑰启尼诺武费清理冤过；认为丧场无冤而清白，归宿方向无冤而道路通，骑马撵牲无障碍而行。该书反映了古代彝族的道德观。

贵州省毕节市东部支默阿谷家清宣统三年（公元1911年）抄本《解冤经》，该书的前半部分为解冤的常规仪式，后半部分有《月诞》《修天冤》《为臣冤》《布日冤》《拓土冤》《辟地冤》《设沽祖位冤》《祖灵秩序冤》《度死冤》《祭祖冤》《自身冤》《婚配冤》《骑马冤》《打铜冤》《指路》《祭死星》16个标题，叙述为死者解除相关冤孽愆尤，得清白之身后，将其三魂之一经火葬场指往云南苍山，路经贵州省大方、毕节、纳雍、水城、威宁、云南省曲靖、昆明、楚雄、大理等地，然后祭祀死者的星宿。

贵州省纳雍县新房彝族苗族乡陈学明家传抄本《禳解经》，该书系《解冤经》与《解灾经》合抄，有《毕摩在场》《收冤过》《解沽冤》《解祖灵之灾》《解祖根之灾》《解家灾》《解仇冤》《解忧灾》《解霉灾》《解神灾》《解离冤》《解污染》《解走冤》《六十类灾难》《解天冤》《解地冤》《解地上灾鬼》《解日冤》《解世道冤》《解饥寒冤》《解歧途冤》《解丈夫冤》《解恶冤》《解神降灾》《解阿武恶冤》《解举额冤》《解刺戳》《解毕摩冤》《解身灾》《解奴灾》《解葫芦灾》《解家神灾》《解祖灵作恶》《解恶念》《解凶祸灾》《解恶污冤》《解诅咒》《解犯父母》《解冤屈》《解男欢女爱》《解犯日月》《解犯云》《解犯南六星》《解犯坑冤》《解犯鲁朵冤》《解犯麻风冤》《送病灾》《送司鬼》《助力弱》《开宇宙门》《安鲁朵位》《抄冤抄过》《布冤过线》《破司鬼》《请火》《等援助》《扫送》《退神》58个标题，介绍替亡灵一并解除冤过，排解灾难，为安顿三个亡灵各归其所创造条件的仪式。

贵州省毕节市七星关区大屯彝族乡烙烘陈泽军老毕摩抄本《解冤经》，该书由《赫达（盔甲和战戟）冤》《毕摩上云梯》《毕摩坐云梯念经》《毕摩按程序念经》《父与母》《始兴用洗药》《辨药识药冤》《用九种动物胆配方》《祭远祖获冤》《哎哺与且舍》《武哎嫩冬出嫁》《碧勺鲁则出嫁》《陀慕菲》《鲁朵去》《始兴赤吐冤》《尼父挽九髻冤》《与禽鸟结冤》《始兴金银》《与赫达结冤》《剐杉皮冤》《乱砍小松冤》《与床结冤》《始兴解冤》《始与獐结冤年》《始兴请毕摩解冤》《犯鲁旺冤者》《犯鲁朵冤者》《犯执政冤者》《犯祭祖冤者》《犯苍穹冤者》《犯天冤者》《犯辨日月冤者》《论犯沽姆冤者》《论犯偶像冤者》《论犯高天冤者》《论犯祭祀冤者》《论犯战争冤者》《论犯出阁冤者》《论犯骑马冤者》《论犯猎獐冤者》《论犯宴客冤者》《论犯祭灵冤者》《论犯打铜冤者》《论犯织锦冤者》《女败冤》《论犯嫁冤者》《论犯拓土冤》《论犯殿堂者》《论犯做官冤者》《论犯实鲁冤者》《论犯憨笑冤者》《论犯鼠患冤者》《论犯闺房冤者》《敬水冤》《丧房冤》《火毁山犯冤者》《论犯墓地冤者》《说犯哼哈冤者》《什阿武之根》《犯紫禄冤者》《寻阿鲁的死因》《说速毕祭冤》《论哎哺毕兴者》《犯俄博祭冤者》《犯指路冤者》《犯死界冤者》《犯士兵冤者》《逐司鬼冤者》《司鬼地域冤》《异物像人影之冤》《论犯红獐冤者》《犯鲁朵司冤者》《犯勒府司冤者》《犯奎妥司冤》《犯侯旺司冤》《解司鬼冤》《备办祭场犯冤》《祭祀布之冤》《除十六种冤》《打矛冤》《拦回归冤》《碧署栖之冤》《查俄奎大兴司鬼冤》《解除替代冤》《禳星冤》《毕摩禳星冤》《大兴司鬼冤》《鲁朵大兴司鬼冤》《毕摩下云梯之冤》《下云梯砍云梯之冤》《向山坝神献牲》《昌勒献牲之冤》《摘青叶者之冤》《毕摩推卸过失》等97个章节汇集而成。该书主要叙述达赫达、尼能氏的丧事祭祀程序仪式的来历，君臣师三位一体制度的形式；总结人生的一般规律，解释人的一生中有意无意所犯失误、罪过，连同祖先传下的和与生俱来的冤孽等，都必须予以解除、推卸、开脱、隔离，灵魂才能归祖，也反映了对社会伦理和行为道德的规范要求。

贵州省毕节市七星关区大屯彝族乡烙烘村天生桥潘正文老毕摩旧抄本《解冤经》，该书由《赤陀冤》《鄂莫冤》《始除冤》《除牛马冤》《除禽类冤》《除金银冤》《剐杉皮》《除妥奎》《捆冤》《脱冤》《兴年祭用牛》《除毕冤》《鲁朵冤》《执事冤》《祭祖冤》《苍穹冤》《高天冤》《占日冤》《拓土冤》《置放祖灵获冤》《偶像冤》《丧祭获冤》《丧祭冤》《征战冤》《出阁冤》《魂马冤》《猎獐冤》《宴客冤》《梭子冤》《打铜冤》《织锦冤》《默败脱时冤》《嫁女冤》《开疆冤》《殿堂冤》《召姆冤》《确鲁冤》《乱笑冤》《黑鼠冤》《闺房冤》《水塘冤》《手帕革赫冤》《骑马冤》《火焰山冤》《墓葬冤》《哼哈冤》《寻阿鲁根》《毕布祭》《祭俄博》《论糯娄》《遣送司鬼》《鲁朵司鬼》《茨府司鬼》《则赫司鬼》《猛虎司鬼》《设丧祭场得冤》《帕子冤》《碧越司鬼》《俄压司鬼》《除仆派》《除死星》《驱除司鬼》《下云梯》等66个章节汇辑而成。该书主要叙述人生一世，难免都有许多失误造成冤愆，因而为之解除所犯冤愆，使亡魂无任何牵挂地回到老祖先的发祥地与老祖先团聚。

贵州省大方县杨法文毕摩家旧抄本《解冤经》，该书有《解冤》《药医》《神医》《请神入座》《愆尤产生》《苍天冤》《搼牲冤》《修天冤》《布置日月冤》《灵魂变化冤》《祖灵位置冤》《丧祭冤》《合魂冤》《叙谱冤》《祭祖冤》《打仗冤》《开亲冤》《婚配冤》《嫁女冤》《娶妻冤》《骑马冤》《耕地冤》《毕摩犯讳冤》《鄂莫冤》《什勺冤》（一）《绵羊星座冤》《山羊星座冤》《屋室冤》《门槛冤》《什勺冤》（二）《慕靡丧祭冤》《作祭冤》《佩刀冤》《嬉戏冤》《寿衣冤》《出生界冤》《家屋冤》《根基冤》《丧房冤》《虎皮冤》《焚尸冤》《魂路冤》《魂马冤》《那史冤》《指路冤》（一）《开宇宙门》《设德施位》《设尼能位》《设鲁朵位》《设雾霭位》《德布之位》《收纳牛群》《指路冤》（二）《宇宙云雾》《开司鬼之首》《展开解冤礼》《打矛》《遣司鬼》《遣署鬼》60个标题，该书系贵州大方彝族丧祭必念的解冤仪式经书，反映彝族的分布、迁徙历史、人生观、道德观等。

贵州省大方县沙厂乡大水村王昭文毕摩家旧抄本《解冤经》，该书有《解冤开场》《解冤经》《愆尤形成》《鄂莫冤》（一）《哼哈氏冤》《鲁朵氏冤》《修天冤》《布置日月冤》《祖位秩序冤》《丧祭冤》《叙谱冤》《自身冤》《婚配冤》《祭祖冤》《打铜冤》《织绸冤》《设置神座冤》《大帐冤》《门槛冤》《掌权冤》《嫁女冤》《祭奠冤》《楚陀氏冤》《家屋冤》《盖面冤》《寿衣冤》《魂马冤》《灵堂冤》《行为冤》《鄂莫冤》（二）《请毕摩》《遣送司署鬼》《送鲁朵与司署》《开路》《布置神座》《开道冤》《揭示愆尤》《点神位》《攻司鬼》《理归宿》40 个标题。该书介绍解冤除愆尤习俗的形成由来、仪式程序，反映彝族先民的迁徙、分布，对生死的认识，对人的社会家庭道德要求等；为死者的冤孽进行开脱，使之清白归祖。

贵州省毕节市七星关区大屯彝族乡陈作珍毕摩家旧抄本《解除愆尤经》，该书有 42 个标题，依次为《解除愆尤经》《愆尤之始》《赤陀冤》《鄂莫冤》《鲁朵冤》《号令冤》《为臣冤》《苍天冤》《判断日月冤》《开辟土地冤》《山地冤》《沽祖尼祖冤》《祖灵位置冤》《开亲冤》《婚配冤》《打仗冤》《拓置土地冤》《高天冤》《掌权冤》《宫室冤》《执法冤》《嫁女冤》《骑马冤》《耕地冤》《祭祖冤》《叙谱冤》《打铜冤》《织绸冤》《虎皮冤》《礼服冤》《黑鼠冤》《叙金银根源》《请觉布》《修道路》《解冤指路经》《给归宿》《求神力》《遣送司暑》《遣送厉鬼》《掩凶星》《解冤收场》《下云梯》。该经籍中系统记录了彝族丧祭中的解除愆尤仪式，反映了彝族先民的生产生活和社会历史活动，总结普遍意义的人生。①

三、《增订〈爨文丛刻〉》中《解冤经》关于科学知识的理解与传递

在 20 世纪人类学逐渐占据了人文学科的中心地位之后，以西方科学为一统的人类知识领域开始出现倾斜。而在科学统治人类思想界之前，宗教曾经是人类的统治信仰，无论在西方还是在东方，宗教信仰都曾经是人类精神和知识的主要体系。科学成为人类指导思想的主流之前，宗教的力量长久地固植在人类的精神信仰的血脉之中，无论是系统的宗教信仰的追求，还是民间自动的濡化和多样化的涵化。科学知识的创新学习和普及，加上宗教的改革和发展，使西方强国的殖民统治成为几个世纪的历史。然而，一个意外的反弹，却是在殖民统治时期形成的人类学，却改变了西方科学知识一统的体系，让以文化为主要认识工具的思想，成为与西方以科学为主要认识工具的思想，出现了一次新的抗衡。许多科学无法解释的现象，必须用文化的解释才能得到合情合理的答案。具有反讽意味的是，这种解释使科学反对宗教的潮流，重新取得了一种用宗教来弥补科学的功能。以人类学文化解释为主的人文科学，成为与科学实证为主的自然科学一起，重新建立一种各自的话语体系，成为人类知识的两大主流。同时，许多科学知识的理解

① 王继超，余海. 彝族传统信仰文献研究[M]. 贵阳：贵州民族出版社，2010：60-63. 引用时有删节、改写。

和传递，却又是在人文生态语境中，在对各种仪式及其经籍的传承中获取，而这些过程常常是一种濡化而非教化所获得。“神话的科学基石”的论点①，正是从这样的事实中得来的。对彝族《解冤经》的仪式与经籍的考察，可以加深对这个过程的理解，证明科学与人文之间的递相互补，在传统的生态仪式之中，是完全可以同时并见的。

（一）彝族对人与神灵之间反常关系的认识与《解冤经》的产生与分布

万物有灵的思想，是对神话仪式和风俗进行研究之后，由西方学者泰勒提出来的。弗雷泽在《金枝》中的研究，使万物有灵有了一个全面的展示。在彝族传统社会中，万物有灵的思想至今仍然具有强大的社会基础，是彝族传统信仰的根基，因此彝族的传统宗教表现为原始宗教的形式。即使在今天，外来的宗教占据了彝族社会中很人的一部分信仰空间，万物有灵的宗教信仰形式也还具有很大的群众基础和传承空间。②在彝族万物有灵思想中，万物之灵与人之灵的完全对应的体系，是两种生命世界之间的对应，是在世界这个巨大的生态系统之中的平等的灵物。因此，他们之间是完全可以影响对方的生存与死亡快乐与疾病生活与转移等各个方面的。因此，一个人的生存、病痛、反常、恐惧、怪梦、死亡等各个不平常的体系，都有与相对应的事物、灵怪、神明或者鬼魂有直接的关系。遇到什么样的奇怪事情，就要寻找引起这一反常现象的原因，是这个完整的世界系统中的什么事物导致了这些异常事件的发生。在寻找原因消灭这些根源的时候，就有了请毕摩苏尼等神职人员，或者日常生活中能够与神灵沟通的人，及时消除引起异常事件的根源或者已经出现的祸患，让人恢复到正常的人间生活中来。彝族的许多仪式和经籍，都是为了解决具体的事件而产生、使用的，不是一般的读物，不作平常的消遣。《解冤经》就是这样的一种经籍。

彝族人认为，人有不幸的遭遇，发生不寻常的事情是受到鬼祟的纠缠，是与鬼魅灵怪结下了“冤愆”，要举行相应的仪式、念诵相关的经文来禳解。这类经籍通称为“以陡署”，即《解冤经》。《解冤经》从大类上分，可以分为“丧事禳解类”和“日常禳解类”。“丧事禳解类”是在人去世后，为把亡灵在人间所

① 潘定智. 神话的科学基石——马克思神话理论的意义[J]. 贵州民族学院学报（哲学社会科学版），1983（年刊）：18.

② 张纯德，龙倮贵，朱琚元. 彝族原始宗教研究[M]. 昆明：云南民族出版社，2008.

结冤愆解除，或所受污染祓除，而举行“解冤仪式”念诵的《解冤经》。“日常禳解类”则是彝族人在日常生活中遇到异常事件发生、遭遇病痛等非正常情况时，延请毕摩举行仪式解除冤业或所受污染所念诵的《解冤经》。这两类《解冤经》不能混用。

“日常禳解类”《解冤经》一般又分为两类，一类是禳解经，彝语称为“漏署”，是为个人消灾而念诵的；另一类称扫送经，彝语称为“斗署”，是为一个家庭乃至家族清扫灾异而念诵的。[①]例如，《〈爨文丛刻〉甲编》和《增订〈爨文丛刻〉》中的《解冤经》，是收集于20世纪30年代的贵州水西地区的经籍，现在已经很难找到原件。这部《解冤经》是目前向外界介绍出去的最早的彝文经籍之一，全书分为两卷，上卷属于“漏署”，即禳解类经籍，共有17章；下卷属于“斗暑”，即清扫类经籍，共有22章。

针对具体所受到的各种不同的灾异、不幸、冤业、鬼魅等时，还要选择使用不同的针对具体怪异事件、灾难事件的《解冤经》，这些《解冤经》又有具体不同的名字。因此，《解冤经》既是这类经籍的通称，有时候也是这类仪式用书的具体的名称，而作为通称使用的时候居多。这是因为各部《解冤经》的章节内容不完全一致，有的收入了各种具体解冤仪式的经籍，有的则只是一种解冤仪式用书。这就造成了彝语各个方言区的《解冤经》，虽然功用相同，却有不同的称谓。有的把解冤功用与其他功用混合在一起，有的则又是单独的解冤功用的专用经书。所以这一类经籍的内容丰富，称谓多样，不同地区的称呼又与不同功用的称呼相混杂。例如，北部方言区的驱邪禳鬼类的《解冤经》有《解冤愆》《解冤孽》[②]《除秽经》《洁净经》《驱鬼经》《防癞经》等。[③]东部方言区的驱邪禳鬼类的《解冤经》有《移灾经》《局卓布数》《家园禳解经》《消除灾难经》《排灾解难经》《禳解灾难经》《解灾经》《去灾经》《消灾经》《退灾经》[④]，以及《实勺以陡数》[⑤]《赫大以陡数》等。[⑥]南部方言区的驱邪禳鬼类的《解冤经》有《祛禳经》《驱妖

① 马学良. 增订《爨文丛刻》[M]. 罗国义审订. 成都：四川民族出版社，1986：344.

② 黄建明，巴莫阿依. 中国少数民族原始宗教经籍汇编·毕摩经卷[M]. 北京：中央民族大学出版社，2009：303.

③ 黄建明，巴莫阿依. 中国少数民族原始宗教经籍汇编·毕摩经卷[M]. 北京：中央民族大学出版社，2009：1.

④ 王继超，余海. 彝族传统信仰文献研究[M]. 贵阳：贵州民族出版社，2010：203-213.

⑤ 陈大进译著. 实勺以陡数[M]. 贵阳：贵州民族出版社，2009.

⑥ 陈大进译著. 赫大以陡数[M]. 贵阳：贵州民族出版社，2013.

秽经》《驱死邪经》《驱射乍弄经》《驱死魔邪经》《驱邪经》《驱诘邪耐邪经》《驱病疫经》《埋葬吵骂神经》《反击咒语经》《驱害虫经》等。[①]东南部方言区的驱邪禳鬼类的《解冤经》有《召沽经》《驱村寨瘟疫神经》《祭地气经》《甩邪经》《赶邪经》《祭柱经》《解邪法事经》《解凶邪法事经》《邪与洁隔离经》《殴打横阻邪经》《祛污经》《驱体内污秽经》等。[②]而其中各种灾异与不幸需要使用哪一种具体的仪式和具体的经籍，一是根据事主的具体遭遇而定的，二是根据毕摩对事主遭遇的判断而选择相应的经籍，两相结合，才能选择出有针对性的经籍，起到相应的作用。其中，当然也不乏选择一部通用的《解冤经》来解决一类事件的情况，例如，“漏署”类通用于禳解，而“斗署”类通用于清扫，但是这种情况，只有道行较为清浅的神职人员才会出现，这也是检验毕摩水平的一个重要方面。

（二）解冤仪式与《解冤经》的应用

“日常禳解类”《解冤经》的两大功用，即“漏”——禳解，以及“斗”——清扫，是用于生活于世间的人类的活态仪式用经籍。功用不同，其仪式用物也不相同。

这两大类经籍，由于其所产生和使用的地域不同，内容也有区别。“漏”一类的经籍，有的多一些，如贵州省威宁彝族回族苗族自治县猴场镇阿铺氏李毕摩旧抄本、今存贵州省毕节市彝文文献翻译研究中心的475号藏书《局卓布数》（意为“为家园作禳解”），有47章之多。[③]贵州省威宁彝族回族苗族自治县板底乡雄英村龙天福毕摩家清朝道光二十四年（公元1844年）借法戈氏抄本、贵州省毕节市彝文文献翻译研究中心藏书529号《家园禳解经》，全书共49个标题，总书名后又分为两大类，借神力总述下有向毕摩神、三大根源、三天神左右、与所祭神、祖灵、家神、宗祠神、山坝神、土地神、毕摩神、宇宙神借神力，经有手段的毕摩，对祸祟、恶行、败坏、疾病、犯哭、癫狂与诅咒、犯重丧、落荒鬼、饿鬼、畜鬼、不祥之兆、凶星、行为不端、冬季不祥之兆、缠身鬼、年月克星、年月煞、年月关口、年月污秽、年丧月丧犯灾难、犯禁忌日期、盔矛灾、寿命灾、

① 黄建明，巴莫阿依. 中国少数民族原始宗教经籍汇编・毕摩经卷[M]. 北京：中央民族大学出版社，2009：5.
② 黄建明，巴莫阿依. 中国少数民族原始宗教经籍汇编・毕摩经卷[M]. 北京：中央民族大学出版社，2009：6-7.
③ 王继超，余海. 彝族传统信仰文献研究[M]. 贵阳：贵州民族出版社，2010：204.

精神灾、威势灾、福禄灾、知识灾、命运灾、魂魄灾、富贵灾、刺眼灾、凶杀灾、神位灾、本命年灾等进行禳解、破除、驱赶。[①]有的少一些，直接不分标题或者章节的《解冤经》也不少见，只有几个章节的也有。“斗”一类的经籍，如《实勺以陡数》《赫大以陡数》等篇幅较长，内容丰富，也有一些只有一个篇章，内容较少的“陡数（即“斗”类经书）。

1. 解冤仪式的两个案例

1）解身

个人遇到不祥事件，要举行俗话所说的“解身”仪式，这就是“漏”的仪式，要用的经籍就是“漏署”。《黔川彝族扯勒土司掌坛师陈作真回忆录》中有一个“解身”的实例。

一个人久病不愈，或梦见、遇见不祥之事，如牛羊产怪胎，狗无故绕着房屋狂吠，牛尾绕树，蛇交尾等，必须请毕摩解身，驱除邪魔。先请毕摩选择期辰，请自己的一个外亲上山去砍肤烟木叉，备用。到时毕摩在需要解身人家堂屋设一法桌，上放香升，里面装一升包谷，再放上一碗米，米上挽一个茅草束插上，米碗下压例市钱，法桌上放一碗水，香升里插三炷香和三根全削皮的小肤烟木条，法桌两边插三对肤烟木叉，第一对全削皮，第二对半削皮，第三对不削皮，最后横搭一根全削皮的。在肤烟木叉前依次用两根五六尺长的倒挂刺、芭茅草、冬青枝、白蒿搭成四道弓形的门，连同前面三对肤烟木叉称“七道门”。在第一道全削皮的肤烟木叉下插一把张开刃口的向上的剪刀，其余六道依次放弯刀、杀猪刀、切猪草的刀、斧头、尖刀等，刀刃都朝上，用茅草扎一个六尺多长的茅人，用红绿丝线缠在茅人的手上，将茅人放在第一道门下。被解身的人怀抱自己穿过的旧衣服旧鞋，用茅草挽五个小茅草圈给他套在四肢和头上，将茅人手上的红绿丝线扯出来套在被解身的人的肩上，毕摩右手执法棍，法棍拄手处用一张白麻布包起，左手握二、三寸长的小肤烟木棍，一根等长的茅草和一根冬青枝，一根长一寸的茅草和冬青枝，木棍上用茅草挽一个草圈，将捆鸡脚的绳子吊在上面，这只手就提起鸡，站在法桌前，将法棍穿在鸡的两脚之间，将鸡定在地上。被解身的人取三片小肤烟木屑在嘴里呼三口气，将其放在法桌上的水碗中看吉凶。如果三片都沉下去了，则毕摩不高兴，认为法事做了都不起作用，此人被邪魔缠得太紧。如

① 王继超，余海. 彝族传统信仰文献研究[M]. 贵阳：贵州民族出版社，2010：209.

果三片都浮在上面，则毕摩会很高兴，认为此人被缠得很轻，法事做后就会好。然后毕摩取鸡在手中，把鸡在被解身的人头上从左到右转三圈，意为将邪魔引在鸡身上，仍然把鸡定在法棍下。主人向毕摩递酒，毕摩接酒后向法桌上祭酒，之后开念《献酒经》，念毕，开始念诵《漏署》（《解身经》，即《解冤经》的一种）。此时帮忙人员去七道门下设一醋坛（洁净仪式用物），毕摩用剪刀剪断被解身人身上相连的红绿丝线。将套在人身上的五个茅草圈解下来，给茅人套起，将怀中的旧衣旧鞋捆给茅人背起，帮忙人员将茅人抬到最后一道门下放起。毕摩边做边说："人人都有过失，人人都有病，今天用茅人替人过失。"念毕就把鸡杀死，取其血从茅人头上淋下。被解身的人就在一道门下打一个醋坛，进一道门就用脚象征性地踏刀刃一下，一直过完七道门。这个过程要重复做三次，第三次才用鞋踏在刀刃上将刀踏翻。然后毕摩到法桌前会神，请神归原位。帮忙人员将肤烟木叉等扫出去，被解身人从外进门，在门口打一醋坛进房休息。[①]

2）清彻

在同一个文本中，还有一个"斗"即清扫——"清彻"（彝语称呼为"斗糯"）的实例。主人认为自己家中总是有人三灾两病的，是邪魔作祟，就请毕摩来清彻房屋，驱赶邪魔，家里才得安宁。在堂屋中间设一法桌，上放两碗净水，上用茅草设祖师、师爷的神位，下设一香升，香升里装一升包谷，上放一碗米，米上插一茅草束把，香升里插三炷香，例市钱压在米碗下。香升两边插上三对肤烟木叉，第一对全削皮，第二对半削皮，削皮方向朝向门外，第三对不削皮，上放一根全削皮的肤烟木棍。在门外院子里设一法桌，下放香升，两边也插三对肤烟木叉，插法同上，只是半削皮的那对削皮的方向朝内。在一个距主人房不远，但又看不见主人房屋处选择一块平地，在平地坎上设一香升，装一升包谷，上放一碗米，米上挽一茅草束插在上面，香升上插三炷香，香升下方插三排九根半削皮的肤烟木叉，削皮的方向朝主人房屋的反方向，每对下面都插一根冬青枝，在距此二三米处的右上方，插三根全削皮的四尺长的肤烟木叉和一根当地的小灌木刺老苞，两头削皮，同肤烟木叉一样长。第一根从头削一刀，在中间夹一块石头；第二根刺老苞两头削皮，第三根与第一根同，第四根在头上开一口，夹一小肤烟木棍，

① 罗勇. 黔川彝族扯勒土司掌坛师陈作真回忆录[J]. 彝族文化，1985（年刊）. 转引自陈世鹏. 黔彝古籍举要[M]. 贵阳：贵州民族出版社，2004：149-150.

传说第一、第三根代表金瓜（兵器），第四根代表戟。在它下面用二尺六七寸左右的肤烟木做一张弓，用一尺四五的肤烟木做一支箭放在下面，箭搭在弓上，方向朝向远方。毕摩叫其徒弟一同到主人灵房前，烧纸祭酒，安慰祖灵说："今天我要帮助你的子孙清彻屋子，你们不要惊慌，要帮助我一同清彻，将作祟的邪魔清扫出去，保佑你的子孙安宁。"回来后毕摩即上法桌，主人扯半跪向毕摩递酒，毕摩接酒后即用酒献祖师告秉要做法事，请祖师保佑，然后回递一杯酒给主人，并说道："主人家心诚，做了这次法事后，一切都会顺利。"主人扯半跪接酒到法桌前，扯半跪饮下。毕摩开始念诵《献酒经》，其徒弟则用小肤烟木屑把主人家的箱柜都打开一条缝后塞起，表示把躲藏的各种邪魔都放出来。毕摩在法桌上一碗水中烧一张纸钱，左手握两根两三寸长的小肤烟木棍，一根与肤烟木棍等长的茅草和冬青枝，一根长一二寸的茅草和冬青枝，右手执法圈，法棍拄手处蒙一张白布，然后将两手交叉在碗上划几下，转几圈，表示此碗水有法力。主人家均取三块很小的肤烟木屑，从大到小，依次从右手面走向法桌，先用嘴向手中木屑呼三口气，然后把手中一块木屑轻轻地放在水碗中，看是否沉下去，如果沉下去，则认为已经被邪魔缠身，但不太深。接着又向手中的木屑呼气，又把木屑放进水碗，看是否沉下去，然后再吹气再放下去。这个放完，下个接上，如果三块都沉下去，则严重被邪魔缠身，生命将不保，连毕摩见了都不高兴，认为这次法事做了以后不一定会好。如果一家人的木屑都漂在水上，毕摩就会很高兴，认为邪魔只要清除后就会安宁的。主人在大门坎外，面朝外扯一个半跪，右手端一杯酒反放在肩膀上，毕摩执法棍，走到其身后门坎内，伸手取酒，然后转身回到香升前，帮忙人员递给毕摩一只捆好的白公鸡，毕摩用法棍穿在其捆脚的绳上，然后把法棍插在法桌前，毕摩将取来的酒进行祭献，又念《献酒经》，念毕，回递一杯酒给主人，并说主人如何心诚，又如何好，做了这场法事后，一切都能如意了等吉祥语，主人扯半跪接酒后到法桌前半跪饮下。毕摩开念《清彻经》即"斗署"。念毕，毕摩的徒弟手拿一个装有准备好的小肤烟木屑和锤碎的砂锅碎片，毕摩同徒弟从厨房开始，从左面到右面追打邪魔，边走边用手取肤烟木屑和锤碎的砂锅碎片打在前，口中要念道："各种邪魔赶快出来，赶快走，不走我不饶。"各间屋都追打，一起追打到堂屋，认为邪魔已经附在一块木上，成为邪木，然后取两根三寸大小的肤烟木块，一头削尖，一头不削尖，捆在一起。主人的一个姑表亲戚就一手拿着斧头，一手拿半头削尖的肤烟木，在堂屋中央左面搭起梯子，爬到楼上中柱梁上，用斧头背敲中柱三下，边敲边喊主人的乳名：“某某某的魂魄出不出？某某某家的魂魄出不出？”下面帮忙的人员要齐声答：“出！”上面又象征性地在中柱上砍三下，然后把邪木（即一头尖尖的小肤烟木块）从上面丢下来，下面毕摩的徒弟早用一个竹簸接住，看肤烟木块是否尖端朝向门外，如果朝向门外，证明邪神已出；如果朝内，则证明未出，要重新上梯子，重来，一直要等到朝向门外才可。看后，又将簸箕盖起，上面又丢下斧头，斧头也要刃口朝外，如朝内，又要重新丢，直到斧头口刃朝外为止。然后簸箕上放主人一家老小的旧衣襟缠成的一小布圈，放一碗饭，将法桌上那碗净水，取来放在簸箕上，斧头也放上。主人一家从老到小，从大门右边开始围着簸箕坐成一圈，毕摩的徒弟取反搓的麻绳将主人一家老小的手依次象征性地捆在一起，来回捆三次，到最后一个最小的时候，便将线头交坐在其旁家中最年长者手里。这期间，毕摩要说，为什么这样围？这是祖宗的规矩，围起来就能驱走邪魔。毕摩念毕，就抽起在法桌前的法棍，其徒弟解开鸡脚的绳子，把白公鸡放在围着的右边第一个人处，让鸡围着人走一圈，主人一家老小都依次地取簸箕里的饭和水，在嘴里嚼几下，吐在地上喂鸡。都吐完后，主人取簸箕上的布圈套在鸡脖子上，又取三张纸在自己头上、身上拂三次后从中破一小洞套在鸡脖上，此时毕摩要念经籍中的相关内容道：“鸡骨十三节，人骨十二节，为人不能没有错，有错怎么办，有错鸡来带。为人不能没有病，有病怎么办，有病鸡来带，病依鸡带去，以后都吉利。”念完，就用剪刀将捆主人老小的麻绳剪成三段，揭起簸箕，将三段麻绳捆在邪木上，其徒弟抓住鸡，毕摩把邪木和三炷香捆成十字形背在鸡身上，然后让鸡走在前面，后面帮忙人员手执用白肤烟木做成的长尺余的小扫帚（称为金扫帚），在鸡后面象征性的挖、铲、扫到大门外，主人家把斧头丢出来，然后把门虚掩起。帮忙人员在院坝里法桌前三对肤烟木叉下各设一个醋坛，在大门前设一个醋坛。毕摩拾起斧子，象征性地用斧子敲门，边敲边说：“金银珠宝来，子孙满堂来，福禄寿喜来，六畜兴旺来，此门才打开；邪魔妖怪来，此门不打开。”连说三遍，连敲三次，才将门打开，主人一家老小出门来，老小在三对肤烟木叉下，打三遍九次醋坛，用那碗净水打，最后每人又在大门口打一次醋坛后就进家，并将大门关起休息。毕摩右手拄法棍，左手提鸡，与帮忙人员一起到插有二十七对肤烟木的平坝上，徒弟解下鸡身上的邪木，把它放在弓箭对准的不远处，回来在香升里插三炷香，点一对烛，烧一些纸钱，毕摩向神位祭酒，先念《献酒经》，接着念《送邪经》，即“斗署”中解送吃人害人的冤鬼部分的内容。念毕，把白公鸡杀死，将其血淋在代表武器的刺老苞上（若是土司家做这种法事，则在这里需祭一只绵羊或者一头猪），帮忙人员将鸡肠取出挂在代表武器的刺老苞木上，然后把鸡放在开水里烫一下取出来祭献，又取早准备好的一只猪下巴骨和一只羊角挂在代表武器的刺老苞木上，毕摩边挂边说：“这是做的，没有猪用猪下巴代，没有羊用羊角代，并用鸡来祭献你。”念毕，毕摩在香升前祭酒，并请诸神归位，回完神，就去休息，帮忙人员则取出预先放在那里的米饭、碗、锅、豆腐、盐、酒等，将祭祀用过的鸡煮吃，并将原来的肤烟木叉捆在一起，用绳捆在附近的大树上，意为这是用过了的法木，不准乱丢。帮忙人员用过的锅、碗、筷子等，不准当天拿回家，用过翻扑在地上，三天后才能取回去。①

2.《增订〈爨文丛刻〉》中的《解冤经》内容摘要

《解冤经》所产生之地不同，使用的区域不同，内容的差异较大。现以《增订〈爨文丛刻〉》中所收录的《解冤经》为例，概述一下其主要内容。

《解冤经》上卷一共 17 章，是属于“漏署”，它的各章主要内容如次：

第一章《怎么会有冤愆》，追寻冤愆的根源，是鄂女莫郎作祟。第二章《收解梦祸与梦灾》，禳解不祥的梦兆。第三章《禳解年灾月灾》，祈求避免年灾月难。第四章《禳解单双山克灾》，因单山克男，双山克妇，所以要禳解。第五章《禳解立惧特罢》，因立惧特罢是凶神，要禳解远避。第六章《禳解白棍黑棍》，因妖怪鲁朵用白棍、黑棍打着生人，就发生病痛，要禳解、远避。第七章《禳解迫勒和旺额兴起的灾祸》。第八章《祈求南天神灵解除灾祸》。第九章《向南天的鲁朵喜替赎魂》，因人的灵魂被妖怪鲁朵、喜替捉去了，就保不住清洁、吉祥、平安，得念经向它们《赎魂》。第十章《祈求西天神灵解除灾祸》。第十一章《向西天的鲁朵喜替赎魂》。第十二章《祈求北天神灵解除灾祸》。第十三章《向北天的鲁朵喜替赎魂》。第十四章《祈求东天神灵解除灾祸》。第十五章《向东天的鲁朵、喜替赎魂》。第十六章《收解一切冤愆》。第十七章《用净水清涮冤愆》。②

① 罗勇. 黔川彝族扯勒土司掌坛师陈作真回忆录[J]. 彝族文化，1985（年刊）. 转引自陈世鹏. 黔彝古籍举要[M]. 贵阳：贵州民族出版社，2004：150-154.

② 马学良. 增订《爨文丛刻》[M]. 罗国义审订. 成都：四川民族出版社，1986：344.

《解冤经》下卷一共22章，属于《斗署》，它的各章主要内容如次：

第一章《冤祸要解除》，意思是彝族家中出现一切不祥之兆所预示的冤祸，都要很快地禳解、扫除。第二章《解牲畜冤愆》，念此经文，希望六畜兴旺，不遭瘟疫。第三章《禳解消除宗冤》，指禳解消除祖宗积下来的冤愆。第四章《禳解土地权荒废》，指消除农牧业灾害。第五章《禳解立惧特罢》，这章经文在上卷中给个人消灾时要念诵，在禳解扫送全家灾祸时也要念诵。第六章《解送吃人害人的冤鬼》，祈求远避了它。第七章《解送仇敌冤》，祈求克敌制胜。第八章《解送鲁朵的白棍、黑棍》，该章在上卷中给个人消灾要念，这里给全家扫送也要念。第九章《禳解癣疥冤愆》，希望全家大小不遭癣疥病患。第十章《禳解邪恶冤愆》，祈求不遭邪恶。第十一章《禳解鼠冤》，祈求消除鼠患。第十二章《禳解穷冤》，有一种穷鬼叫“舍署”，人逢了它要“受穷”，要禳解扫送出门。第十三章《禳解祸患冤愆》，避免一家遭祸患。第十四章《禳解口舌咒愿》，以免《遭官司》或《惹是生非》。第十五章《倔呗搜冤愆》，倔呗是彝族先民当中一位法力最大能搜冤除祟的呗耄（毕摩），要给他许愿、还愿，请他搜索、扫除冤愆。第十六章《收冤祟》，把一切冤祟都收了。第十七章《鸡命换人命》，用公鸡扫送冤鬼，使凡人清吉平安，叫凡人不死，雄鸡替死。第十八章《驱逐冤愆》，呗耄举起杉棍，念此经文以驱逐冤祟，把它驱逐出门。第十九章《割冤索》，边念经边割绳子，象征把一切冤愆割掉，不让它作祟。第二十章《转扫冤愆》，呗耄（即毕摩——引者注）边念经文，边带着主人一家老小在屋内转圈儿，示意转扫冤愆。第二十一章《关门户》，在扫送冤祟之后，把大门关起，念此经文，意思是“人来有门、鬼来无门，福来有门、祸来无门”。第二十二章《回师》，呗耄作完法事，要念此经文，把祖师密实楚、特乍木、密阿迭等诸神送回去。[①]

3. 解冤仪式与《解冤经》的部分阐释

仪式与经籍是一种文化中两个互相不能割裂的部分。经籍依赖仪式而念诵，因为仪式而存在和传承；仪式需要经籍充实和深化，通过经籍得以传达要旨。同时，仪式与经籍共同传承一种完整的文化，在这个文化系统中，要让整个族群或民族理解其中丰富的内涵，或者哪怕只是其中的一部分需要传递的主要内涵。这是一个濡化的过程，在这个过程中，濡化只是一个阶段，接受了这个文化的族群

① 马学良. 增订《爨文丛刻》[M]. 罗国义审订. 成都：四川民族出版社，1986：408.

或民族成员，要将这些作为一个可以确信、使用和延续的文化传统，无论是科学的、宗教的、迷信的等，都完整地传承下去。这些东西有的是可以理解、可以加以解释的，有的则完全是一种信仰的传承，无需理解也完全没有可能在当时条件下加以理解。因此，相对于科学的解释和论证，许多也许是科学的内容却是在宗教或迷信的外衣包裹之下，不加区分地传承下来。对于这些内容，无论是作科学的理解，或者文化的阐释，都是将它们解剖开来，以利于传承下去。

1）结怨与解冤

结怨是人类社会中人际关系的一种不良情况，这种不良情况在彝族传统社会中，还表现为人与神、人与鬼、人与世间生物或无机物之间的关系不良情况。特别是各路神灵与各种生物及其灵魂形成的鬼怪，都可能致怨于人。这些致怨有时是人类自己的不良行径、道德缺陷、恶劣心智等引致，也可能是神灵鬼怪无端致祸，索取人类的歆享或报偿。这些结怨可能以某种预兆告诉该人、该家，也可能是已经出现不幸事件才引起重视。为此，既然结怨，为改善生存，身体与灵魂挣脱束缚与怨尤，解冤就是一种通常的选择。这种情况即使在活着时没有被发现，也没有举行仪式，在死亡之时，进入祖先发祥地之前，成为家庭祖灵和氏族祖宗之前，必须予以解决。

2）罹难与消灾

罹难是人与邪魔等接触后，已经受到侵害造成灾难事故，但是灾难的根源还没有得到清除，排解灾难已经是必需的选择，否则还会造成更其严重的后果，乃至不断地销蚀财物，危害生命。这是在各种侵害已经明显地危及人类生命与财产之时，进行解冤、消灾、除难、避祸，它是有明确的目的和直接的功用的，在举行完成仪式和念诵解冤经籍之后，可以直接导致心情愉悦，从心智上引导自己或者家族积极转向，努力奋斗，创造新的没有神灵鬼怪影响或者不受不良事物干扰的生活。

3）污染与洁净

污染包括遭遇各种神灵鬼怪等无形的污染，以及遭遇直接可见可接触的各种有形污染。无形的污染需要有各种兆头或者出现异常事件后进行占算，而有形的污染是根据常识或者传统文化进行判断，无需测算与占卜，当事人自己就可以决定进行解冤，如解身仪式等进行洁净。污染的直接危害不只是身体的，还有灵魂的、道德的、心智的、情绪的等多个方面。例如，偶遇他人野合，这不但在当时会引起身体的反应，对道德、情绪和习惯法等的破坏也是存在一定作用的。因此，野合者需要给偶遇人一只公鸡“解身”，去除污染，还其清白，恢复洁净。

4）受过与替死

受过本身就是一种冤屈，这种冤屈的产生是没有来由的。例如，《增订〈爨文丛刻〉》中的《解冤经》上卷，在开头第一章就开宗明义地阐明，冤愆的根源是鄂女莫郎作祟的结果。重大的冤愆会导致人的死亡，而因为受冤屈而死则是明显的冤枉，因此，解冤的一种重要形式就是寻找替死的牺牲。这种牺牲可以是实在的生物如牛羊猪鸡，也可以是一个赋予特殊身份的茅草人。当替死的牺牲是活物的时候，斩杀牺牲时那种血淋淋的场面，必然引起当事人心理和身体的各种反应，一种解放的感觉会直接地影响到当事人的生理和心理，长舒一口冤枉气，身心健康的期待会转化成一种现实。

（三）理论阐释的局限与解冤仪式及其经典的当代意义

用人类学的理论解释人类文化中的仪式，万物有灵论或泛灵论（animism），以及象征人类学具有很强的说服力，认为人类行为的许多仪式是象征，这些仪式并不具有实际的效用，在文化的传承过程中，这些习俗和仪式，只是过去文化的“残存”（survival）[①]，是一种习俗或者习惯的“遗留”。作为一种理论，象征理论被广泛接受。然而，这些理论对解释彝族解冤仪式及其经典知识中合理科学内核的传承，体现出了它们的局限。

但是，通过考察彝族《解冤经》及其仪式，可以发现除了一般的象征理论能够解释的部分外，其中的一些东西是被彝族人认为是真实有效用的，也就是说，它不仅仅是一个象征仪式，举行这个仪式，念诵《解冤经》，它对当事人是起了实实在在的作用，不仅仅是一种文化的习惯或者习俗的遗留。笔者在作田野调查时，发现解冤仪式举行时，其中的一些事物是被彝族深信不疑的。例如，打醋坛可以获得洁净，被理解为火即被烧红的石灰石，是可以消灭物体，而舀来泼洒在滚烫的石头上的水，比一般的清洗所用水的洁净的效果更好，加上毕摩在这些仪式所用的物品上，拥有让这些物品取得神力的能力。这是科学知识的一种异样的理解和思考，即对水与火的洁净功能的彝族的解释。同时，在田野调查中经常听到举行各种解冤仪式取得身体的疗效，不止一桩，这些事情有的发生在几年之前，

① 庄孔韶. 人类学概论[M]. 北京：中国人民大学出版社，2006：38.

有的已经几十年了。[①]仪式与经籍并用所发挥的禳灾与治疗功效，在许多人类学的研究中，都得到不同程度的证实。即使单单是把经籍作为文学作品来看待，它的禳灾与治疗功效也为文学人类学家所证实。[②]在关于彝族传统经籍《解冤经》及其仪式的解析中，可以看到，这种仪式及其经籍的使用，内涵是十分丰富多彩的，功用也是多个方面的。单纯把它看成一个宗教仪式，或者传统的习俗，难以包含它的方方面面。因此，从不同的角度对其进行研究，可以发现不同的新内涵。然而，作为解除冤愆、祛除污秽、消解灾难的主要功用，仍然是解冤仪式与《解冤经》经籍传承的动力。仪式的举行和经籍的念诵，如果没有一定的应验，是不可能长期传承下来的。文学人类学的解释特别是关于文学禳灾与文学治疗的解释，比象征人类学的解释更加符合彝族解冤仪式与经籍《解冤经》使用的实际。

解冤仪式和《解冤经》一类的传统经籍的使用，在彝族传统社会是一项经常性的活动。因此，《解冤经》的内容也常常被彝族所熟知。这种熟悉经籍及其仪式的现象，也是彝族对仪式的深信不疑特别是对仪式与经籍多重内涵的反复、深化的理解中得来。在对解冤仪式和《解冤经》的考察和解释之中，蕴涵了彝族出生时要干净，死亡后要清洁的文化理念，反映出彝族自古以来对身体必需健康和灵魂不能污染的深层的观念。这种文化传统中的比较科学合理的内涵，不但在彝族社会中有广泛的横向传播，滇川黔彝族居住区都熟知其事，同时使得解冤仪式与《解冤经》能够千百年来一直纵向地传承到当代，而且其中的合理内核，可以提供给当今人类作为道德净化和治理的参照。

第二节　招　魂　类

一、彝族招魂习俗与招魂类经籍分类

招魂类经籍是彝族传统经籍的一个重要组成部分。招魂类经籍，从总体上讲，可以分为为人类招魂和为动物、植物等招魂两个大部分。对于人类来说，招魂又分为招生人之魂和招亡者之灵特别是祖先之灵两个部分。[③]

---

① 1993年笔者在贵州省纳雍县新房彝族苗族乡河头村的田野调查。

② 叶舒宪. 文学与治疗[C]. 北京：社会科学文献出版社，1999；叶舒宪. 文学人类学教程[M]. 北京：中国社会科学出版社，2010.

③ 朱文旭. 彝族召魂习俗初探[J]. 民俗研究，1990（4）.

彝族传统观念中，万物有灵的思想占据着很大的思维空间。万物有灵的思想，又是起源于万物都像人一样有生命、有灵魂的思想，即使是自然的无机物，在彝族传统的思想观点中，也会赋予他们生命和灵魂，认为它们与人类同处于一个宇宙之中，都是平等的自然之物，人类并不能够主宰和代替它们的生命与灵魂，人类只有与它们在斗争或者妥协中，求得互不侵犯，和谐相处。因此，在人类失去生命的依托即灵魂的时候，在动物、植物等与人类息息相关、关系到人类生存与发展的东西失去繁殖、发展能力的时候，就认为是因为失去了灵魂，需要通过招回灵魂重新附体，才能够让人类或者其他生物重新获得生命和发展的能力。

招生人之魂，在彝族传统社会中，除非是丧祭中亡人入殓、下葬之时，以及严肃的祭祀仪式等重要场合由毕摩来主持之外，个人在野外受到惊吓出现失魂落魄现象，或者小孩出现意外可能导致失魂落魄等，父母、大人都可以举行简单的仪式给失魂者叫魂，这些父母、大人都懂得一些叫魂的言辞，也懂得叫魂的仪式程序和用物。他们所举行的叫魂仪式的效果，以及毕摩举行的招魂仪式的效用，往往是一样的。只是他们的招魂词是口头言说，而毕摩的招魂词，既有口头的言说，也有彝文经籍，区别就在这里。

灵魂不灭的思想，也是彝族传统思想的一个重要方面。特别是作为万物灵长的人类，生命的躯体死亡之后，灵魂不会跟着死亡，而是以另外的方式，在另外的世界里继续生存。彝族认为，人有三魂，在活着的人死去之后，一个魂灵驻守火葬地或者墓地，一个魂灵被指引回到祖先的发祥地与逝去的先人团聚，一个魂灵被引回家中享受儿孙的祭祀，过三代后举行“丕筛”仪式，六代之后举行“法丽”仪式，九代以后举行“尼目”仪式，这个灵魂就归入了祖先的队伍。因此，招灵是彝族招魂的一个重要的类别，可以在人一去世的时候举行一次，然后在举行前述三种仪式的时候分别再举行。这样，彝族的招魂类经籍，也就有了招人魂灵的经籍，以及与招其他动物、植物等的经籍的区别；有招活着的人的灵魂和招亡人灵魂的区别。招魂的对象有区别，招魂的经籍自然不一样。

二、相关汇编类书籍中的招魂经籍

在《中国少数民族原始宗教经籍汇编·毕摩经卷》中，收录了南部方言区的招魂类经籍八部，即①《招村魂经》，②《招老人魂书》，③《招中年人魂书》，④《招离婚人魂书》，⑤《招谷魂书》，⑥《招畜魂经》，⑦《招牛魂书》，⑧《唤谷魂经》。东南部方言区收录了招魂类经籍四部，即①《招魂词》，②《赎魂经》，③《招留在坟茔处之魂词》，④《叫魂经》。[①]北部方言区的附录的313部经籍中，有少量的招魂类经籍；而东部方言区的附录的10部经书举要中，有一部《招魂安魂经》。

在《彝族毕摩经典译注》中，第六卷《双柏彝族招魂经》和第二十二卷《颂魂经·广西那坡彝族口碑文献》两卷，明确地在书名中载明是招魂、颂魂类的经籍。其实，在大型的丧祭经、祭祖经，以及小部分指路经、开路经中，都有招魂的内容。

三、丧事招灵经籍举要

丧事祭祀无论规模多大，都是以祖宗崇拜为目的。丧祭是祖宗崇拜的基础，服务于祖宗崇拜，是由彝族原始信仰（宗教）的本质所决定的，祖宗崇拜是彝族原始宗教或原始崇拜的核心，丧事祭祀也是祖宗受到崇拜的准入证，当丧事祭祀收场时，即进行招灵依附草根或木质载体入供的仪式。招灵仪式念诵的经书有《招灵经》《绾草根招灵献酒》《洁净换装献酒》《（亡灵）夫妻聚拢时献酒》《祖灵过关时诵词》《料理祖灵》等。

贵州省大方县百纳乡大园村陈泽义毕摩家旧抄本《招灵经》。以招灵、建祠堂、祀死星、送“赛”污为顺序，介绍召亡灵入祖供奉仪式，叙述哎哺传至什勺时代，什勺氏兴起用草根召亡灵依附习俗，并沿袭下来，六祖分支往三个方向发展，供奉习俗有差异，但与外族偶像崇拜有根本差别。鲁朵依传十代至鲁斯赛，“赛”氏给人带来污秽，故而死后必须清除，方能入祖。

贵州省大方县沙厂乡大水村王光泉毕摩家旧抄本《招灵经》，该书介绍举行丧祭仪式后，把死者灵魂之一“依”召唤到灵魂草上，依附灵魂草，除污洁净，并举行送魂入祖祠仪式。

贵州省织金县三塘镇松树坪高兴文毕摩家旧抄本《绾草招灵经》，该书由《绾草招灵经》《指路经》《寻归宿》三部经书汇集而成。该经书中强调，凡彝族六祖子孙，有条件者割竹招灵而祭；一般条件者绾草招灵而祭；对不能及时举丧祭者，在丧葬过后的一定时间，绾草从亡者墓地、葬处或其所安息方向用草根招灵依附，经举行祭祀后，安置起三个灵魂，将其中的一个安置入祖祠长期供奉，一

① 黄建明，巴莫阿依. 中国少数民族原始宗教经籍汇编·毕摩经卷[M]. 北京：中央民族大学出版社，2009.

个交代于墓葬处或安息处，另一个则按祖人的迁徙路线，经贵州织金、大方、毕节、纳雍、水城、威宁、云南东川、曲靖、昆明、楚雄指到大理苍山，居住三年三月三日后，进入其所属星座寻找归宿。[①]

四、招魂类经籍选译

（一）招人类灵魂的经籍

下面一篇是选自《阿哲毕摩选译》的《招魂经》，由农历五月初五个体家庭招魂时使用。作为普通的招魂经，其他场合也可以用。这一经籍主要是招活着的人之魂，即扫生魂[②]时才用。但在祭丧招魂和祭祖招魂时，则要用另外的经文，这类经文一般翻译为《招灵经》，即前面所介绍的招灵经籍类。

世事互相联，南特互相联，这样传了来。成客传下来，毕摩为识魂。

我来驱鬼啊，还祖先正道。古今一段分，让你来明确。你孙循祖礼，粮食会丰收。享祖宗荫福，后世昌吉吉。求吉福吉禄，好上更加好，新上更加新。

高天这一年，略氏不值月。沙方来值月，月吉无月食。让你骑上马，招你来我旁。纳策德格山，树草开新花。春天又来到，鹤雁叫得欢。种子醒，芽嫩嫩。变绿叶，青茵茵。春雨来，甘霖霖。庄稼醒，忙慌慌，白谷长。时吉吉已过，日吉吉已完。月吉吉也过，月吉连年吉。耿纪旧年完，沙方新月始。

新年开始啊，一轮十二年，招魂不知道。一年十二月，赎魂不知晓。一旬十二日，难测魂吉日。一日十二时，魂魄何时离？

年是今年吉，月是今月吉，日是今日吉，辰是今时吉。子孙满堂这一家，有人魂失落，失魂来招魂，失魄来赎魄。魂主策耿纪，魄主亥多番。纳赛颇成客，纳赛嫫比妮，纳子六只手，请来把魂找。天上纳赛颇，天上纳赛嫫。日出四方明，天地四方分，魂魄找回来。

东方九座山，南方九座山，西方九座山，北方九座山。三十六座山，

① 王继超，余海. 彝族传统信仰文献研究[M]. 贵阳：贵州民族出版社，2010：160. 引用时有删节、改写。

② 生魂指活人的灵魂。

被一山神迷。醒来啊回来，回来把魂还。

东方九棵树，南方九棵树，西方九棵树，北方九棵树。三十六棵树，被一树神惑。醒来啊回来，回来把魂还。

东边九个石，南边九个石，西边九个石，北边九个石。三十六个石，被一石神诱。醒来啊回来，回来把魂还。

东边九个湖，南边九个湖，西边九个湖，北边九个湖，三十六个湖，被一湖神哄。醒来啊回来，回来把魂还。纳神居天上，天道清明明。下凡君下凡，徐阿尔下凡，天头臣下凡。你从天上来，九十九层上，九十九层下。八十八层上，八十八层下。七十七层上，七十七层下。六十六层下上，六十六层下。五十五层上，五十下层下。四十四层上，四十四层下。三十三层上，三十三层下。二十二层上，二十二层下，下凡来还魂。

回来啊回来，阿尔来领路，你能顺利回。阿尔来领路，不要来耽误，你要跟随他。阿尔来带你，你要转身回，把你来还魂。山神与箐神，地神与洞神。山神高昂昂，箐神深幽幽，个个放回魂。阴间阎罗王，阎罗王皇帝。祭啊玉皇帝，祭啊玉兀突，献啊宿直审。有亡时命簿，无生时寿册。亡屋活魂者，亡屋活魄的，生死莫互缠。拿三把金凿，凿回阳世间，死活别相依，阳世有好饭，别吃阴间饭，阴饭馊酸酸。莫饮阴世水，阴水臭腥腥。阴服你莫穿，阴服破烂烂。

铃声响彻天，经声天上闻，经书翻了啊，陆布星还在。失魂来找魂，母鸡来找魂，公鸡招失魂，小鸡领失魂，鸡带失魂回，鸡翅拍魂归，鸡足来引路。千日走的路，十天就折回。百日走的路，半天就折回，四方走回来。魂主策耿纪，魄主亥多番。纳赛颇成客，纳赛嫫比妮。活着这一家，父子魂不离，母女魂不离，妯娌魂不离，夫妻魂不离，子女魂不离，孙孙魂不离。房魂不能离，地魂不能离，弟兄魂不离，亲戚魂不离。女儿女婿魂，父老乡亲魂，少女婴儿魂，大房小屋魂，助手帮工魂，毕摩经书魂，个个魂回来，回来把魂归。财魂与粮魂，银魂与金魂，命魂与寿魂，白稠紫稠魂，谷子白米魂，大针小针魂，白豆黑豆魂，芝麻葵花魂，大豆米豆魂，葫芦黄瓜魂，捶打用器魂，苦荞甜荞魂，花生小米魂，大麦小麦魂，油菜萝卜魂，青菜白菜魂，公牛母牛魂，母马小马魂。个个魂若失，魂失今来招，魄去现来赎。财魂在天上，粮魂在天上。立白色火药树，栽黄色刺栗树。立啊顶齐天，财魂爬下来，粮魂爬下来。君啊下凡来，下凡君下凡，徐阿尔玉他，带着粮魂下，魂顺神树下。魂魄转回来，装满柜，装满盆，大房小房满。

毕摩来招魂，毕摩来领魂，右手持铜铃，左手握魂树。魂魄领回来，魂神要分别，魄神要分离。分离折回头，经忆到此止。[①]

（二）招牲畜魂的经籍

这是选自云南省滇南彝族《祭龙经》中的一篇《招畜魂经》。

诵经诵到了，诵到招畜魂。今日祭坝子，今日祭山神。依家赶白牛，硕家牵好牛，不到了么德，到此来定居。

木土那地方，毕武祭坝神，才把住地定；咪列那地方，毕登祭坝神，才把住地定；毕武和毕登，两家都兴旺，子孙渐增殖。

祭献了坝神，祭献了山神，老天阳气增，大地增元气，天地多欢喜。

依家祭坝神，依家都长寿；硕家祭山神，硕家也长寿，依家和硕家，子孙多兴旺。

东方那一边，六祖祭坝神，粮食获丰收；祭献山神后，后裔似群星。比叶还要多。

今日办祭献，天来享祭品，地来受祭品。笃慕的后裔，所有村和寨，今日祭山神，祈求生十男，祈求生五女。祈牲畜发展，求粮食丰收。祈他乡牲畜，驮着金和银，跑进我村来。牲畜还别人，金银我使用。

愿他乡奴仆，背着绸和缎，跨进我村来。奴仆还他人，绸缎我使用。这是好坝子，这是好山区。

今日祭坝神，今日祭山神，愿他乡的马，配着金鞍子，跑进我村来，马还给他人，金鞍我使用。

愿他乡的牛，带着金绳子，跑进我村来，牛还给别人，金绳我使用。这是好坝子。这是好山区。

今日祭坝神，带来一头猪，带来一公鸡，带来一壶酒，带来一斗米，

---

① 师有福译注. 阿哲毕摩经选译[M]. 昆明：云南民族出版社，2006：104-108.

来祭献坝神，来祭献山神。坝神与山神，不要帮别人，来护祐我村，来关照我村。金银和财产，所有的粮食，全部进我村。这是好坝子，这是好山区。

纳铁大俄木，俄木管辖下，百姓万万千，么德这地方，是个好地方，都来此定居。此处山神好，今日祭坝神，今日献山神，请坝神享牲，请山神享牲。

谷窝鲜花城，官吏管辖下，有金有银者，请来此定居，这是好坝子，这是好山区。

黑俄府辖区，有财富的人，都来此定居，这是好坝子，这是好山区。

罗白底辖区，有粮食的人，有盐巴的人，老到么德来，都来此定居。这是好坝子，这是好山区。

格勒的辖区，金子和银子，都进我村来，请来此定居。

内鲁的辖区，所有牛和羊，都到么德来，请来此定居。

农布阿王则，百姓乱纷纷，百姓带金银，背着绸和缎，都到么德来，请来此定居。这是好坝子，这是好山区。

龙童的辖区，骏马配金鞍，好马配绿鞍，都来此定居。

尖崩阿龙泽，全部好谷子，都进我村来，都来此定居。扎讷阿国比，财产和粮食，都进我村来，进来我村中。这是好坝子，这是好山区。

碑山阿贤村，哈作和东山，公崩和龙普，比革阿毕毕，全部好谷子，都进我村来，进入我村中。

带一头黑猪，带一只公鸡，带一斗谷子，带上一壶酒，来祭献山神，山神和坝神，请护祐我村。请坝神享牲。请山神享牲。

越沙和安班，有财有粮者，有金有银人，都到么德来，请来此定居，这是好坝子，这是好山区。

么德好地方，村寨宽又长，房屋层层垒，求坝神护祐，求山神护祐，寨中无鳏寡，人丁兴又旺。骏马在嘶鸣，牛群在欢叫，牛马盈厩圈。猪羊在欢歌，关满了厩圈；鸡鸭在鸣叫，布满了坝子；谷子堆满仓，粮食装满柜，吃也吃不完，堆得比山高；喝也喝不完，酒象湖泊水。家家都富足，户户都富贵。

带一头黑猪，带一只公鸡，带来一壶酒，带一斗谷子，今日祭坝子，今日献山神，请坝神享牲，请山神享牲。[1]

这篇《招畜魂经》，名称虽然叫做“招牲畜魂”，但是，从内容上看，却满篇都是在祭祀山神和坝神，这好像无法理解。应该明白，这是《祭龙经》的一篇，《祭龙经》中绝大部分内容就是祈求福禄吉祥，招财纳福，而所祭祀的对象往往就有山神、坝神等神灵。只有山神、坝神等神灵保佑和显灵，牲畜、财富才会有所收获。谚语说：“山神不许口，老虎不拿猪。”其含义就是山神、坝神等神灵是管理牲畜的神灵，把这些神灵祭祀安顿好，牲畜的灵魂才能够得到保佑，牲畜的灵魂才能被招回来，灵魂回来了，身体才会得到保护，牲畜才会越来越多，以牲畜为代表的财富也才会越来越多。

第三节 测算占卜类

测算占卜类经籍，是彝族传统经籍中非韵文一类文体，是彝族古代经书中散文类的一个重大的类别，它代表了彝族传统经籍散文体裁作品。这类作品，总数是整个彝族传统经籍的15%左右，多数图文并茂，以文说事，以表分项，以图解文，互为补充。

一、测算占卜类经籍概述

测算占卜类经籍是毕摩必备的工具书，遇事不能决断，就要翻开这类工具书来验算和求证，了解征兆，求出解决方法，得出相关结论，等等。因此，这类经籍往往被称呼为《玄通大书》《百解经》《金书》《大书》等，表示十分金贵，是能解决悬而未决的疑难问题的通用经典。由于这类书籍性质的重要性，它是每个毕摩都必须具备的经典，大多数毕摩至少有一部综合型的抄本，有的毕摩有多部，有的毕摩除了有一部必备的综合型经籍外，还有专门类别的占卜、预测经籍。因此，在最早公开翻译出版的《〈爨文丛刻〉甲编》，以及后来的《增订〈爨文丛刻〉》中，《玄通大书》就占了全书2/3的篇幅。[2]

由于这类经籍所占数量的有限性，因此在相关汇编类书籍中，所收录的数量

① 马立三，普学旺. 云南民族古籍丛书·祭龙经[M]. 昆明：云南民族出版社，1999：111-115.

② 丁文江. 爨文丛刻甲编[M]. 上海：商务印书馆，1936；马学良. 增订《爨文丛刻》[M]. 罗国义审订. 成都：四川民族出版社，1986.

也不多。

《中国少数民族原始宗教经籍汇编·毕摩经卷》中，北部方言区收录了三部，即①《占算经》，②《解乌鸦语》，③《神判经》；但是在附录的目录中，还收录了《心跳卜》《耳鸣卜》《地震卜》《猪胛骨卜经》《羊胛骨卜经》等多部。东部方言区收录了《猪膀卦经》一部；东南部方言区收录了《占卜看症经》一部。①

在《彝族毕摩经典译注》中，收录了第一卷《武定历算书》，第二十五卷《武定彝族丧祭经（一）》，第二十六卷《武定彝族丧祭经（二）》，第二十七卷《武定彝族丧祭经（三）》，第五十九卷《雷波彝族历算书》，第六十卷《罗婺彝族鸡卦书》，第六十二卷《占病书》，第六十六卷《八卦天文历算（一）》，第六十七卷《八卦天文历算（二）》，第六十八卷《八卦天文历算（三）》，第六十九卷《八卦天文历算（四）》，第八十七卷《罗平彝族历算书（一）》，第八十八卷《罗平彝族历算书（二）》，第八十九卷《罗平彝族历算书（三）》，第九十卷《罗平彝族历算书（四）》。②

在公开出版的经籍中，还有一部《彝族毕摩百解经》属于这一类经籍。③

二、贵州省区域测算占卜类文献书目举要

（一）测算日期类书目举要

代表性的经籍有以下几种：

贵州省大方县渣坪乡张顺青老毕摩旧抄本的《测期大书》，该书有 221 个标题。该书图文并茂，有五行、八卦、九星、二十八宿、表格、人物、鸟兽花草等丰富的插图若干。该书在这类文献中最具代表性。

贵州省赫章县双坪乡大石村三家寨李朝文老毕摩家旧抄本并收藏《拃苏谟》，该书有 118 680 字，有 150 余个标题，是这类经籍中字数最多的经典之一。

贵州省黔西县定新乡马骖村宋家寨宋毕摩家旧抄本并收藏《拃苏莫》，该书有 104 234 字，该书由《择期》《推算死亡结果》《推算不祥之兆》《推算病症》

① 黄建明，巴莫阿依. 中国少数民族原始宗教经籍汇编·毕摩经卷[M]. 北京：中央民族大学出版社，2009.

② 楚雄自治州人民政府，夜礼斌，杨洪卫，等. 彝族毕摩经典译注·相关卷[M]. 昆明：云南民族出版社，2007—2012.

③ 吉尔体日，吉合阿华，吉尔拉格. 彝族毕摩百解经[M]. 成都：四川出版集团，巴蜀书社，2010.

《推算命运》五大部分汇集而成。

贵州省毕节市七星关区大屯彝族乡三官村陈作珍毕摩家旧抄本《拃苏莫》，该书有《择期》等48个标题。

贵州省毕节市七星关区大屯彝族乡三官村陈作珍毕摩家旧抄本《拃苏》，该书由《择找吉日》与《占亡经》两部分汇辑而成。

贵州省毕节市阿市乡张忠汉毕摩家旧抄本《拃苏莫》，该书由《择期书》《占病》《占亡》《圆梦》《占不祥之兆》等汇辑而成。

贵州省毕节市七星关区大屯彝族乡三官村陈作珍毕摩家旧抄本《拃苏莫》，该书由《择期》《占算失物》《占不祥之兆》《占病》《占亡》5部大书汇辑而成。

贵州省毕节市七星关区大屯彝族乡三官村罗才友毕摩家旧抄本《拃苏莫》，该书由《择期全书》《断气象阴晴》《占生男育女》《占失物》《占不祥之兆》《占男女命宫》《占病》《二十类动物药》《占亡》汇辑而成。

其他的此类经籍，较有代表性的还有：贵州省威宁彝族回族苗族自治县龙场镇龙昌文收藏旧抄本《占米卧摩所在方位》，贵州省威宁彝族回族苗族自治县猴场镇拖洛村李宪通毕摩家旧抄本《择期书》，贵州省织金县三塘镇松树坪龙兴友家收藏旧抄本《择日期书》，贵州省威宁彝族回族苗族自治县雪山镇新街龙绍清毕摩家旧抄本《占期书》，贵州省赫章县珠市乡上寨村杨世明家旧抄本《择期大书》。该书的标题数有10个。贵州省威宁彝族回族苗族自治县西部一带旧抄本《占算书》。贵州省威宁彝族回族苗族自治县龙场镇张文友家清道光三十年壬午月（公元1850年）抄本《择期书》，该书有70余个标题。

（二）命运预测类书目举要

代表性的经籍有以下几种：

贵州省毕节市七星关区大屯彝族乡三官村陈作珍毕摩家旧抄本《吉禄拃苏》，该书经书图文并茂，把人分为60个属相年、月、日、时类，又结合九宫、八卦、五行、干支、星宿，对人生中的皮骨、生命树、衣食花、出生宫位、权势、贵贱、贫富、土地、房屋、牛马、衣食、妻子、子女、保护神、各类命宫、星宿、治克等有针对性地推算，以预测相关人生。该经书对一般的人生规律作总结，对有关人生哲学进行研究。该书有与内文相关的人物、动物插图及图案、表格等；有可供研究彝族民间的习俗与绘画。

贵州省毕节市七星关区境内旧抄本《吉禄拃苏》，该书存有35个标题。该经书图文并茂，以九宫、八卦、五行、天干、属相、九星、二十八宿结合人的出生年、月、日、时，对形形色色的人生作归纳性预测。该书有说明性插图、人物、动物、祭祀场面等插图。

贵州省赫章县朱明乡一带旧抄本《吉禄拃苏》，该书有78个标题。该书对子女、对男女命宫作一般人生规律性的总结预测与占算。其中，该书记录了大量的天文、历法知识，尤其是民俗资料，其类型划分与排列又区别于其他的《吉禄拃苏》。该书有大量的人物、动物、八卦、宫辰、符号插图。

贵州省赫章县双坪乡大石村三家寨李朝文毕摩家旧抄本并收藏《吉禄拃苏》，该书有230个标题，上图下文，图文各占二分之一。

其他较有代表性的经籍还有以下几种：

贵州省毕节市西北部一带旧抄本《吉禄拃苏》；贵州省威宁彝族回族苗族自治县龙场镇元坪村禄照妹家旧抄本《吉禄拃苏》，该书堪称民俗活动的策源本，有大量人物、动物、图案及图符插图；贵州省赫章县可乐乡李朝文毕摩家旧抄本《吉禄拃苏》；贵州省织金县三塘镇松树坪龙兴友家旧抄本《测算命运经》；贵州省毕节市赫章县哲弘家旧抄本《算命运书》；旧抄画本《吉禄拃苏》，该书图文并茂，对形形色色的人生作总结性预测，该书有生命树、婚姻家庭、人生吉禄图解，动物、植物、人像、祭祀场面等插图。

（三）占算疾病类书目举要

较有代表性的经籍有以下几种：

贵州省威宁彝族回族苗族自治县龙场镇一带旧抄本《占病书》，该书有132 480字。该书里还有太阳和月亮的神话传说记载，它们各有三十代父子连名谱系；这是目前发现字数最多的经籍之一。

贵州省威宁彝族回族苗族自治县龙场镇元坪村李幺宁家旧抄本《病理占算经》，该书绘有多幅八卦演示图。

贵州省威宁彝族回族苗族自治县二塘镇艾家坪村唐文康毕摩家旧抄本《占病书》，该书有八卦、太级、五行等插图，符号与“节”字句读。

贵州省毕节市七星关区或大方县一带旧抄本《算病经》，该书有圆盘宫位图，树枝断与连示意图。

贵州省威宁彝族回族苗族自治县龙场镇马小奇毕摩家旧抄本《算病书》，该书有八卦人像、属相形象插图。

贵州省威宁彝族回族苗族自治县龙场镇马小奇毕摩家旧抄本《算病书》，该书有八卦、龙、人等物图。

贵州省威宁彝族回族苗族自治县龙场镇一带旧抄本《占病书》，该书有九宫八卦图。

贵州省威宁彝族回族苗族自治县龙场镇一带旧抄本《占病经》。

贵州省威宁彝族回族苗族自治县龙场镇一带旧抄本《占病神去处》。

（四）占算死亡类书目举要

较有代表性的经籍有以下几种：

贵州省威宁彝族回族苗族自治县龙场镇一带旧抄本《细札苏（占亡经）》，该书为彝族毕摩占亡工具书。

贵州省威宁彝族回族苗族自治县二塘镇艾家坪村三组唐文康毕摩家旧抄本《拃苏》，该书可供研究彝族原始宗教习俗与堪舆等。

贵州省威宁彝族回族苗族自治县金钟镇大营村孔凡荣家旧抄本《细札苏》，该书有葵花形推算图。

贵州省威宁彝族回族苗族自治县龙街镇安朝文家咸丰六年戍月抄本并收藏《为死者占算书》，该书根据死者的生辰结合其死去的时间推算，若归策耿兹、恒度府、沾色三星神则吉利，逢苏洪、伦多、妥署归三鬼星则遭凶；该书提示择找日期，为逢鬼星的死者指拨归宿。

贵州省威宁彝族回族苗族自治县龙场镇一带旧抄本《占亡书》。

贵州省威宁彝族回族苗族自治县龙场镇元坪村李兴发家旧抄本《占亡经》，该书根据死者的生卒年月日时，占算死者的归宿、丧祭下葬日期、墓地及灵魂投生、家人的回避日期等。

贵州省威宁彝族回族苗族自治县二塘镇艾家坪村唐文康毕摩家旧抄本并收藏《占亡书》。

贵州省威宁彝族回族苗族自治县龙场镇元坪村吕家 19 世纪抄本《占亡经（残卷）》。

贵州省威宁彝族回族苗族自治县龙场镇元坪村吕氏旧抄本《占亡经》，该书以甲干、属相占算亡人的结局，约何方的人作死伴，灵魂投生为何物等。

贵州省威宁彝族回族苗族自治县迤那镇王世顺家旧抄本《占亡经》，该书附有干支推测年景，二十八宿星轮值推算等章节；该书有六门方圆图。

贵州省威宁彝族回族苗族自治县猴场镇李宪通家旧抄本《占亡经》，该书有八卦图。

贵州省威宁彝族回族苗族自治县金钟大营村镇孔凡荣家旧抄本《占死经》，该书有乌鸦图。

贵州省威宁彝族回族苗族自治县新发乡一带旧抄本《占亡书》。

贵州省威宁彝族回族苗族自治县龙街镇安再荣家旧抄本《占亡书》，该书还记载了支嘎阿鲁为自己的生母作大型祭祀活动的场面。

贵州省大方县百纳乡大园村陈泽义毕摩家旧抄本《占亡经》，该书附汉文占亡吉凶 2 页。

贵州省大方县百纳乡化育扬道兴毕摩家旧抄本《占亡经》，该书有八卦、治克图、五行八卦装饰图、实楚毕摩神像图等插图。

贵州省黔西县永燊乡黑磨村徐家寨徐天伦家旧抄本并收藏《占死经》。

贵州省织金县桂果镇倚陌村新发寨邬恩荣家旧抄本并收藏《细札苏》。

（五）占看鸡卦（股骨）类书目举要

有代表性的经籍有以下几种：

贵州省威宁彝族回族苗族自治县龙场镇已故毕摩文道荣家旧抄本《占鸡卦经》。该书汇集有 94 类鸡股眼卦象，对每一种卦象加以细致说明，有助于了解彝族人鸟共生的文化内涵。

贵州省威宁彝族回族苗族自治县迤那镇拖沟村杨毕摩家旧抄本《鸡卦占卜经》。该书为上图下文，图为鸡股骨卦例，图下面为文字解说，有 184 例。

贵州省威宁彝族回族苗族自治县龙场镇一带旧抄本《占鸡卦经》。根据每对鸡股骨眼数，骨眼的分布走向等，对祭祖、出征、联姻、交易、购置田地、牲畜、奴隶活动的结果作利弊占卜。

贵州省威宁彝族回族苗族自治县龙场镇一带旧抄本《占鸡卦经》。该书图文并茂，上图下文，以七十二类鸡股骨的眼数、分布走向等，结合婚丧、出行、出征、狩猎、修造日期，判读吉凶祸福，每类鸡股骨卦象均有长篇说明，还有避凶灾方法提示等。

贵州省威宁彝族回族苗族自治县龙场镇一带旧抄本《占鸡卦书》。该书收录有 120 种鸡卦类型，有大量插图。

贵州省威宁彝族回族苗族自治县龙场镇一带旧抄本《占鸡卦经》。该书收录有 72 种鸡股骨占法。

（六）占看猪膀类书目举要

较有代表性的经籍有以下几种：

贵州省大方县凤山乡张道明毕摩家旧抄本《献猪膀经》，该书请毕摩先师额索到场主祭，按额氏的三十三、索氏的一百二十章章法，向列祖列宗献祭猪膀，让猪膀上显示出解答性纹路，以作判读之用。

贵州省纳雍县董地苗族彝族乡尖山村嘎吉寨陈国良家旧抄本并收藏《猪膀经》，该书现存 31 种类型图与说明。

贵州省赫章县双坪乡大石村三家寨李朝文老先生家旧抄本并收藏《占猪膀与鸡卦书》，该书分为《相宅》《占猪膀》《占鸡卦（股骨）》三个部分。

（七）占看竹卦类书目举要

有代表性的经籍有以下几种：

贵州省威宁彝族回族苗族自治县龙场镇一带旧抄本《竹卦经》，该书由三个类型组成，《竹卦经》部分以角形竹卦按六数分阴阳列出 17 种（类型）图式，每式逐一用文字说明其吉凶祸福。《解梦经》以所梦见事物解读吉凶，还以做梦日期按甲干、属相日时、开闭日等结合进行推算预测。《陆外苏》则收录 5 首三段式以比兴为创作手法婚歌歌词；17 类各 6 只竹卦排列图居页面上。

贵州省威宁彝族回族苗族自治县一带旧抄本《竹卦算书》，该书的最后部分系三段式彝族婚礼歌抄录。

贵州省威宁彝族回族苗族自治县龙场镇一带旧抄本《竹卦书释名》，该书还收录有 32 种卦象的演示与所主吉凶说明。

贵州省威宁彝族回族苗族自治县龙场镇一带旧抄本《竹卦书》，该书收录有 64 卦竹卦图象。

贵州省威宁彝族回族苗族自治县龙场镇一带旧抄本《竹卦书》，该书前 28

页眉绘有牛角卦图。

贵州省威宁彝族回族苗族自治县龙场镇一带旧抄本《竹卦经》，该书介绍竹卦占法系吐姆伟，舍娄斗二位先贤所制定。

贵州省威宁彝族回族苗族自治县龙场镇一带旧抄本《占竹卦经》，该书上图下文，收录有36种类型竹卦像图。

贵州省威宁彝族回族苗族自治县西部一带旧抄本《阿鲁竹卦经》，该书绘有竹卦卦象卦数图。

贵州省毕节市七星关区境内旧抄本《竹卦经》，该书有25个部分，该书上图下文，上双边栏外二十余种竹卦象，支嘎阿鲁神像，末页有符章夹彝文。

贵州省赫章县双坪乡大石村三家寨李朝文老先生家旧抄本并收藏《竹卦经》，该书上图下文，收录有64个竹卦图文类型，每个页面有1～2幅竹卦卦像图。

（八）占算凶兆类书目举要

较有代表性的经书有以下几种：

贵州省威宁彝族回族苗族自治县金钟镇孔凡荣家旧抄本《测算预兆经》，该书有13个标题；贵州省威宁彝族回族苗族自治县龙场镇马小奇毕摩家旧抄本《预兆占算经》；贵州省威宁彝族回族苗族自治县龙场镇一带旧抄本《占凶经》，该书由“地陷日占”“蛇类入宅占”“宅中见血占”“以属相日占母鸡嘀”等4个标题辑成。贵州省赫章县珠市乡上寨村杨世明家旧抄本《三十七类叟卡凶兆占》，该书有占算37种形式，根据预兆发的年月日时结合预兆类型，对凶兆进行占算预测，并提示预防和排解办法；贵州省威宁彝族回族苗族自治县龙场镇一带旧抄本《占十二月内凶兆》；贵州省织金县桂果镇倚陌村新发寨邬恩荣家旧抄本并收藏《推算预兆经》。

（九）占算失物书目类举要

较有代表性的经籍有以下几种：

贵州省赫章县双坪乡大石村三家寨李朝文老先生家旧抄本并收藏《拃苏》；贵州省纳雍县董地苗族彝族乡尖山村嘎吉寨陈国良家旧抄本并收藏《算失物》。

（十）综合占算类书目举要

较有代表性的经籍有以下几种：

贵州省威宁彝族回族苗族自治县迤那镇中海村禄毕摩家旧抄本《拃苏》，该书还抄录有《解除污秽经》；贵州省威宁彝族回族苗族自治县雪山镇新街龙绍清毕摩家旧抄本《占算经》。

贵州省大方县一带旧抄本《拃苏谟》，该书有 109 200 字。该书系择期、占亡、预测命运、占病、占不祥之兆、占寿命、占生育等书汇集成。

贵州省赫章县双坪乡大石村三家寨李朝文老先生家旧抄本并收藏《拃苏》，该书分三个部分：①断十二属相月日鸦噪，根据鸦头指向、鸣叫声数、时刻等断病灾或死讯等；②根据十二属相月、日、时占算喜鹊鸣叫，断客至、喜讯或是非口舌等；③以五行结合山脉相宅地、墓地。断日像青山、月像赤山、星像黑山、云像白山等山脉的吉凶。书眉有山形图、符号等。

贵州省水城县杨毕摩家旧抄本《占算经》。[①]

三、归序、比类与象征:《玄通大书》的文学人类学分析

文学人类学主要从人类学的视角对文学的发生、文学的形式、文学的应用等进行全新的研究，它打破了传统或者说主流的文学观念中，只把那些具有一定艺术价值的创作、写作特别是文字的作品作为研究对象的局限，而是从人类最初的口头言说、神话作品入手，以广阔的视角，将一切对人类产生过作用的口头作品和文字作品纳入文学研究的范畴。[②]彝族传统经籍《玄通大书》是彝族传统世俗与宗教生活中，使用最为普遍、字数最多的一部经籍，在彝族传统生活中占有极为重要的地位。无论是彝族传统知识的传承人、专业宗教祭师毕摩，还是一般的粗通彝族世俗宗教生活的民众，对《玄通大书》都是熟悉的。特别是毕摩，几乎人手一册，是须臾不可或缺的经籍。特别值得说明的是，在彝文传统经籍普遍以五言诗句的形式传述和写作的情况下，《玄通大书》在彝族传统经籍中，是为数不多的散文形式的作品，也是散文形式的作品中篇幅最长的作品，这在彝族传统经籍普遍以诗歌形式出现的情况下，显得尤为特别和重要。当然，以诗歌与散文的传统二分法来描述它的形式，容易超出文学人类学的视野，跌落回传统文学分析的泥淖之中，但是也不能无视它的这些外在的客观形式。因此，从文学人类学的

---

① 王继超，余海. 彝族传统信仰文献研究[M]. 贵阳：贵州民族出版社，2010. 引用时有较多的删节、改写、秩序调整等。

② 叶舒宪. 文学人类学教程[M]. 北京：中国社会科学出版社，2010.

角度对《玄通大书》进行必要的分析、探讨、研究，具有特殊的意义。从这个视角出发，可以发现，《玄通大书》对彝族人人生命运的预设、分类、排序等安排，以及归序、比类、象征等的解析，可谓非常全面和复杂，它是彝族古代到当今解析人生命运的一部“百科全书”，对彝族人生活、意识形态的影响非常巨大。

（一）《玄通大书》类经籍对彝族人生命运的总体归类概要

《玄通大书》一类的经籍，直接把彝族人的一生中主要的大事件都进行了归类和排序。例如，婚姻、出生、福禄、财富、贫富、寿命、疾病、灾祸、建房、入宅、垒坟、播种、造厩、丧事祭祀、年月日时吉凶祸福、夫妻相配相克、分家、失物乃至姑娘修整面容吉日等，人生与天地、四方、五行、八卦、九宫、天干、地支、十二生肖、二十四节气、二十八宿等一切与人生相关的各个方面进行分类，分别纳入不同的序列之中，把这些事物在各个序列之中的因果关系寻找出来，再按照不同的情况进行解析，把这些解析结果或者情况一样一样地排列在相应的类别之下，供人们在遭遇到需要查看、占卜和测算时，进行比对、归因、分析，得出是吉是凶、是祸是福的结果。如果是不好的情况，还要进一步寻找禳解的途径和办法。这些都是“死生有命，富贵在天”传统思想的体现。[①]这些思想在以科学为统治思想的理性时代被认为是迷信或愚昧，但是在人类学或者文学人类学的视阈中，这些思想都对文学发生、文学的运用等，作为人类文化研究必须面对的领域，有着不可忽视的价值。

《玄通大书》在彝族传统经籍文献中属于测算、占卜类经籍，具有明显的普遍的实用性质，是每一个毕摩都必须具备的常用经典。综合类型的这类经籍，彝语一般称为《署舍》《署莫》。“署舍”意为“金书”或“长书”，有珍贵如金之意；“署莫”彝为“大书”，形容其体量巨大，内容丰富。[②]

如前所述，测算占卜类经籍可分为测算日期类、预测命运类、占算疾病类、占算死亡类、占看鸡膀类、占看猪膀类、占看竹卦类、占算凶兆类、占算失物类、综合占算类，共计 10 个类。彝族毕摩的这一类经籍，可归为毕摩工具书类。

在彝文经籍中，测算占卜类经籍与毕摩或摩史的其他大部分经籍有着五点明显的区别：

---

① 马学良. 增订《爨文丛刻》[M]. 罗国义审订. 成都：四川民族出版社，1986：576.

② 陈世鹏.《玄通大书》预测理论研究[J]. 毕节学院学报（综合版），2006（3）：24.

第一，毕摩经籍（多为经书）或摩史经籍大部分都是以五言诗体为主的，只有测算占卜这一类的内文叙述是散文体的，且较之其他经籍，字数是最多的，其他经籍一般不超过 4 万～5 万字，而这类经籍一般都在 5 万字以上，有的超出了 10 万字。

第二，从经书类经籍以五言诗体为主与测算占卜类经籍的散文式长短句比较看，它们的成书时间可能不在一个时期，至于孰先孰后，还待进一步研究考证。

第三，抄本的页数多，更主要的是开本大，所用的构皮纸等都不作剪裁就书写、抄录。

第四，都绘有大量的插图，图文并茂。

第五，使用的频率都相当高，所以抄录的难度大、要求高。①

这类经书以《玄通大书》为代表。《玄通大书》在《增订〈爨文丛刻〉》中称为“奢卡署莫”，意即“非常金贵的大书”。它在《增订〈爨文丛刻〉》三卷中，占据了中卷和下卷两大卷篇幅，可见它的体量之大，以及传统经籍中的地位之重要。

与《玄通大书》相同的这类经籍，如前所述，一般又可以分为 10 类。具体的功能与使用情况及其主要内涵如下。

1. 择查日期

择找日期的书，有多种译法，意译时作“通书”“占卜书”“择期大书”“占期书”“占算书”等；音译时作“拃苏”“拃苏莫”“尼哈札”等。所谓“择期书”，顾名思义，就是彝族毕摩用来选择日子的工具书。它以十二阴阳历为蓝本，对年、月、日、时所属的甲干、属相、五行、八卦、九星、二十八宿、十二宫辰等的生克治化关系的搭配，找出认为是吉利的日期来用。根据阴阳历的蓝本，可以推算出一年又一年的月大月小，四季、八节、二十四气等。它也可视为是历书或推算历法用的原理书。尤其是记录的大量民俗活动、集中的上百种民俗禁忌、天文历法及气象知识、一定的气象预测常识等，可以说是这一类古籍中的传统文化的精华。②《增订〈爨文丛刻〉》中的《玄通大书》这类情况十分普遍，在许多小标题中都是这类占算的具体内容。

① 王继超，余海. 彝族传统信仰文献研究[M]. 贵阳：贵州民族出版社，2010：230.

② 王继超，余海. 彝族传统信仰文献研究[M]. 贵阳：贵州民族出版社，2010：230.

2. 命运预测

命运预测经籍一般称为《吉禄札苏》，它把人分为60种属相年类，720种属相月类，8046种属相日类，10 368类属相时类。对10 368种类型的人生进行预测。其中又有用144组属相年月配对、144组属相月日配对、144种日时配对的命理皮骨、所占生命书、衣食花、占生在始楚人体某个部位所代表的社会地位、财产、婚姻、家庭、子女、福星、克星、与生俱来所带的疾病、寿命、死后的待遇等，查找出对应的已经书写好的作为判断语。

例如，皮骨占，《增订〈爨文丛刻〉》的《玄通大书·占骨皮变类》将人的骨皮分为虎皮包猪骨、马皮包牛骨、龙皮包羊骨、蛇皮包狗骨、马皮包鸡骨、羊皮包猪骨、猴皮包猪骨、鸡皮包鼠骨、鼠皮包兔骨、龙皮包牛骨 10 类，以此 10 类判定人的各种不同的命运。①

又如，生命树占，《增订〈爨文丛刻〉》的《玄通大书·按日序占男女花树》将人的生命树分为梭罗木、杨柳、水马桑、红漆树、青杠树、白杉树、月季花、白刺花、赖皮树、冬青、竹、白蜡木、马桑、菩提树、松、杉、杨树、红茨树、火麻、银杏等数十类。如果生命树的树梢断了，就要举行接生命树的仪式，不然人就要折寿夭亡。每个人都有属于自己的生命树，自己所属的生命树是不能被砍伐的。②

《吉禄札苏》的内容涉及家庭和社会的各个方面，记录和总结人生的一般规律，记录一系列的民俗事象，实际上不自觉地对人生哲学进行研究。这正是其值得认真研究的方面。命运预测类文献，其书题作音译时为《吉禄拃苏》；作意译时为《命理》《算命书》《测算命运经》等。③《增订〈爨文丛刻〉》的《玄通大书·占男命衣禄》和《增订〈爨文丛刻〉》的《玄通大书·占女命衣禄》等属于这类经籍。④

3. 占算疾病

占算疾病的经籍，译作占病书，或译作算病书。占算疾病病是治病的过程与手段之一，又是病人及其家人对病症延医用药的决策依据。占算疾病有多种算法，

---

① 马学良. 增订《爨文丛刻》[M]. 罗国义审订.成都：四川民族出版社，1986：952-957.

② 马学良. 增订《爨文丛刻》[M]. 罗国义审订. 成都：四川民族出版社，1986：696-726.

③ 王继超，余海. 彝族传统信仰文献研究[M]. 贵阳：贵州民族出版社，2010：239.

④ 马学良. 增订《爨文丛刻》[M]. 罗国义审订. 成都：四川民族出版社，1986：616-633.

其中的一种是根据人的出生、年、月、日、时所占干支、属相、五行、九星、二十八宿结合病期的所占星宿、属相、五行等，判冲克、占命宫，判断得病的起因、方位，病的寒热，病愈或加重乃至危及生命，所犯病神或带凶灾的邪祟、怪异等，提示延医用药或禳解方法等。另一种是根据一年里的30个属相周，清浊二气的运行，结合翁迤（五行即五季阴阳）、亥启（八卦）分析气候，分析人的生理，判断人的病症，占算病因、病愈时间、禳解方法等。[①]《增订〈爨文丛刻〉》中的《玄通大书·官司死病罹日》等属于这类经籍。[②]

4. 占卜死亡

毕摩用的占算死亡类经籍文献的书名有《细札苏》《toward苏》《为死者占算书》《占亡书》《占亡经》《占死书》等多种译法。人死后，其家人找毕摩翻书进行占算，这种占算必须在户外进行。根据死者的出生日期、死亡日期，找出对号的条文。算死者的归宿、丧祭下葬日期、墓地及灵魂投生、家人的回避日期，所连带的灾祸，回避的办法。书中对死因的解释是，人因灵魂被娄纪替巴，或叟卡鬼，或天地父母，或十二司署鬼所捉去与被打所致；占归宿的星反映天文历法在占死中的运用，反映灵魂不灭观念，反映彝族原始宗教或原始崇拜的一些内涵，其中也有轮回的观念，或许同外来宗教的影响有关。[③]这类经籍比较神秘，一般不能在家中占看。《增订〈爨文丛刻〉》这类内容极少，只有《占妻克夫生年》《占夫克妻》等极少的类似篇目。[④]

5. 占看鸡卦

占看鸡卦（股骨）的文献，习惯上称为《鸡卦占卜经》，彝语读若“阿补数”。凡祭祖、联姻、出行贸易、打仗、造房、庆典、诊病或年节时，先选一只公鸡宰杀，砍做八大块，称为“鸡八卦”，以鸡的两只股骨上所生的眼数，插上竹签或杉树叶片，根据鸡股骨上所显示的眼数，每个眼所生的位置走向、眼数的间距等来对吉凶祸福进行预测。鸡股骨眼的眼数、走向、分布等，可对照《鸡卦占卜经》上的图文，找出相应的卦辞。例如，以贵州省威宁彝族回族苗族自治县迤那镇拖

① 王继超，余海. 彝族传统信仰文献研究[M]. 贵阳：贵州民族出版社，2010：246.

② 马学良. 增订《爨文丛刻》[M]. 罗国义审订. 成都：四川民族出版社，1986：1663-1664.

③ 王继超，余海. 彝族传统信仰文献研究[M]. 贵阳：贵州民族出版社，2010：248.

④ 马学良. 增订《爨文丛刻》[M]. 罗国义审订. 成都：四川民族出版社，1986：1828-1833.

沟村杨六十毕摩家保存本中第115卦的卦辞为例："四眼生于卦的中部者，祭祖、联姻、打仗、贸易有吉兆，不祥者招病，得病后难对症医治，有不祥兆出现，若失物能找回，带有灾难。若建房造屋则吉利。魂落山上才能召回，生意可成，有花钱之兆，长短都要用钱才好。"[①]鸡卦占卜是彝族世俗生活和宗教生活中最为常见的一类占卜仪式、活动，无论是日常生活、日常习俗、简单的宗教仪式，只需要用鸡作牺牲的时候，往往都要将鸡股骨即鸡卦或鸡舌骨等占卜预测，辩明吉凶祸福等。因此，这类经籍既有成文的经籍，有的甚至图文并茂；也有民间传承的无经籍而言传身教的占卜解析方法，属于纯粹的言说与口头传承。

6. 占看猪膀

占看猪膀的文献称为"洼迫数"。占看猪膀这类习俗仪式今天已经看不到，据彝文文献记载，占看猪膀是在祭祖、出征、结盟、联姻时进行，将提出的猪肩胛骨纹路对照《猪膀经》中的范图与卦辞，进行吉凶占卜，以预测所从事活动的结果。[②]《增订〈爨文丛刻〉》的《玄通大书·祭猪膀日》《玄通大书·按月序祭猪膀》等属于这类经籍。[③]

7. 占看竹卦

占看竹卦的经籍或作《竹卦经》，或作《竹卦算书》《占竹卦经》等。彝语读作"莫帕数"。竹卦实际上也是毕摩法器之一，在毕摩与所服务的对象看来是有灵气的，名称上称作"竹卦"，实际上是用木制作而成的，似一只短秃的牛角从正中划开的两瓣。角（卦）的一瓣为九梯，另一瓣为八梯，卜算时，连卜三卦，辨别好阴、阳、顺三卦先后顺序后，就在《竹卦书》中查找对应的卦图与卦词说明。形似牛角的竹卦（图），以黑白交叉摆布，白代表天或阳，黑代表地或阴，黑角刻八条阴纹，白角刻八条阳纹，组合为四十条纹。根据打出的卦象，对照释文，解读吉凶祸福。卦词内容涉及出征、交易、星宿、婚姻家庭、伦理关系、子孙、财产、男女命宫、职业、祸福的推断等，并指出避灾祸、是非的办法等，其中的《阿鲁竹卦经》相传为支嘎阿鲁所撰。[④]

① 王继超，余海. 彝族传统信仰文献研究[M]. 贵阳：贵州民族出版社，2010：252. 引用时有删节。

② 王继超，余海. 彝族传统信仰文献研究[M]. 贵阳：贵州民族出版社，2010：253. 引用时有删节。

③ 马学良. 增订《爨文丛刻》[M]. 罗国义审订. 成都：四川民族出版社，1986：1435-1438.

④ 王继超，余海. 彝族传统信仰文献研究[M]. 贵阳：贵州民族出版社，2010：254. 引用时有删节。

8. 占卜鬼祸

彝语的“叟卡”属于灾难鬼或灾星一类的东西，按《占亡书》的说法，它与天地父母、司署鬼等神鬼有着同样的捉魂夺命的手段与使命，人的死亡原因之一就是灵魂让“叟卡”给捉去。“叟卡”在降死病之灾于人时，先发布信息，让蛇蛙等异物入家带信，或以母鸡啼、甑子鸣、狗上房等形式昭示，计数10种形式，根据预兆发的年、月、日、时结合预兆类型进行占算预测，占算预测凶兆的文献一般译作《推算预兆经》《预兆占算经》《占凶经》《叟卡凶兆占》等，彝文读若“叟卡乍”。[①]《增订〈爨文丛刻〉》中的《玄通大书·逢穷鬼至日》[②]，《增订〈爨文丛刻〉》中的《玄通大书·林兽逢鬼道日》[③]等就属于这一类经籍。

9. 测算失物

占算失物类是对占算人（含占算对象的家人，还有旧时的奴隶等）或六畜走失，或占算钱财失落的文献作的归纳。占算失物类，彝语读若“奶笃乍”。占算失物的经书传承丰富，为毕摩者，几乎可以说是人手一部，当然在传承环境与生态都有利于它的曾经存在的那时，日常生活中，对它的使用也曾经相当频繁。[④]《增订〈爨文丛刻〉》的《玄通大书·由此占失物去向》等就是属于这一类经籍。[⑤]

10. 其他综合

综合占算原本可以不作分类，是因为毕摩在抄书时将测算日期类、预测命运类、占算疾病类、占算死亡类、占算凶兆类、占算失物类等其中的两个以上类混抄，不便归为某一个类而勉强作的一类。[⑥]这类经籍也经常称为《拃苏》等。从总体上讲，《玄通大书》其实就是非常庞大的一部综合类经籍。

（二）《玄通大书》对彝族人生命运的设序、排序与测序

1. 关于人生命运的设序、排序与测序的概念

这里所说的设序，就是在把人生和命运进行分类、归类的基础之上，对每一

① 王继超，余海. 彝族传统信仰文献研究[M]. 贵阳：贵州民族出版社，2010：257. 引用时有删节。

② 马学良. 增订《爨文丛刻》[M]. 罗国义审订. 成都：四川民族出版社，1986：1703-1704.

③ 马学良. 增订《爨文丛刻》[M]. 罗国义审订. 成都：四川民族出版社，1986：1782-1783.

④ 王继超，余海. 彝族传统信仰文献研究[M]. 贵阳：贵州民族出版社，2010：258. 引用时有删节。

⑤ 马学良. 增订《爨文丛刻》[M]. 罗国义审订. 成都：四川民族出版社，1986：1790.

⑥ 王继超，余海. 彝族传统信仰文献研究[M]. 贵阳：贵州民族出版社，2010：259.

个人特别是每一类人的人生、命运情况进行设定。排序则是把某个人或者某一类人，例如，属鼠的人、春天生的人、水命的或者金命的人等，是什么样的情况，把它放置在整个人生命运的一定序列之中。测序则是根据某个人或者某类人的具体情况，例如，生日、属相等情况，对照其在人生命运中所设的序列或者排定的序列进行测算、比对，查验此人的吉凶、祸福、夭寿、生死等，是非常具体的人生命运的设序、排序的运用，就像在一个坐标的横轴、纵轴的对应中去测定一个具体的坐标点。这些规定的人生与命运的坐标点，就是每个彝族人的具体的生死、祸福、婚姻、夭寿、贫富、贵贱等的具体的享受和遭遇。这些设定与测算，颇像一个戏剧家或者小说家在他的作品中对人物命运的安排，对于作家来说是了然于心的预定，而对于读者来说则需要通过剧情的进展或者文字的阅读才能够逐步了解具体人物的命运与遭遇。而在《玄通大书》之中，对彝族人生命运的预设，则早在这部经籍之中给予了预见和安排，而且是类型化了的安排，就好像京剧的脸谱一样，人物的性格命运许多都是类同的了。

2.《玄通大书》对彝族人生命运的设序排序测序与解序

设序与排序是人生命运的前置过程，测序则是根据不同的人的情况进行坐标排列式的查验。解序则是根据已经设定的人生命运的排序，对照已经测算出来的人生命运的情况，进行解释、验证，之后根据彝族人生命理情况，进行不同形式的禳解，达到延寿、消灾、除难、延福、增财等目的。在《玄通大书》中，许多人生与命运的问题只达到测序的程序，有的只要能够测算出吉凶，这类人生问题到测算出吉凶也就算是达到了解序的目的。而有一些复杂、重大的人生问题，其解序的过程还在《玄通大书》的序列之外。

下面就《玄通大书》中如何对彝族人生命运进行设序和排序，测序和解序，可从其内容的篇目中进行列举说明。

《爨文丛刻》中卷是《玄通大书》的上卷，即“署舍”部分，一共有60个可以占看的人生命运问题。如下：

①占男女生时；②占出生时辰；③高龄长寿生时；④占男女按天干生：子、占五子年生，丑、占五丑年生，寅、占五寅年生，卯、占五卯年生，辰、占五辰年生，巳、占五巳年生，午、占五午年生，申、占五申年生，酉、占五酉年生，戌、占五戌年生，亥、占五亥年生；⑤占男命衣禄；⑥占女命衣禄；⑦占男女生

月；⑧按日序占出生；⑨按地支占出生；⑩按时序占出生；⑪按十二宫辰占男女生；⑫占是不是凤鸟之命；⑬按五行占男女花树好否；⑭按日序占男女花树；⑮占接寿（一）；⑯占接寿（二）；⑰占太极图间之灾星于此；⑱铜宫铁宫于此占；⑲落侯行冲于此占；⑳占男子太极九星；㉑占女子太极九星；㉒男女八卦冲位于此占；㉓男女生年一轮于此占；㉔占官非刑索门所生；㉕占龙脊及龙尾所生；㉖春夏秋冬实楚；㉗春夏秋冬耿纪；㉘此占命宫按年变化；㉙男子命宫开数、女子开数；㉚命宫二十八种变化此占；㉛占命宫变化吉凶；㉜占命宫变落处；㉝六十轮花甲吉凶于此占；㉞占骨皮变类；㉟此占开剖皮骨；㊱此占花朵类；㊲占娶妻嫁女五行吉凶；㊳占夫妻五行生月；㊴埋儿女宫于此占；㊵占鬼门所生；㊶占耳聋宫；㊷占出生年月命宫变化；㊸命分轻重于此占；㊹受不受田地于此占；㊺此占人马五行和与否；㊻选五行和的马喂；㊼占受门好坏；㊽占朝金门银门生；㊾占受大房小屋；㊿占受大仓或小仓；(51)占男女富禄宫；(52)占男女十二宫生吉凶；(53)占男女十二时内吉凶；(54)占十二克宫生者；(55)占生落野牲猛虎宫；(56)占穷门破门生；(57)落水掉岩落洞木轧所死于此占；(58)人生十六种命运吉凶于此占；(59)占受不受好坟山葬处；(60)占受不受丧场。[①]

《爨文丛刻》下卷是《玄通大书》的下卷，即“署莫”部分，一共有248个可以占看的人生命运问题。[②]这是这类经籍中所收集的题目最多的一部经籍。如下：

①推看一年十二月：子、正月 丑、二月 寅、三月 卯、四月 辰、五月 巳、六月 午、七月 未、八月 申、九月 酉、十月 戌、十一月 亥、十二月；②占修建灵房吉日；③鲁歹惜子日期；④子女入学吉日；⑤作斋不利日；⑥克师克主日；⑦占所为绝亡日；⑧占天责手击日；⑨占天地入场日；⑩占鬼哭日期；⑪占十二天不做十二样日；⑫占祸伤人；⑬四十五贫运；⑭谢土日期；⑮占送行吉日；⑯七正四十各月六星占；⑰二五八冬各月八宿占；⑱九三腊六各月白虎青龙占；⑲占正四七十各月九良星；⑳占二五八冬各月九良星；㉑占二六九腊各月九良星；㉒占二十八宿星图；㉓祭猪膀日；㉔按月序占驳权吉日；㉕诉讼驳权吉日；㉖月序占驳耿努降日；㉗按日序占驳权；㉘禳死在屋日；㉙月序占耿努降日；㉚日序占耿

① 马学良. 增订《爨文丛刻》[M]. 罗国义审订. 成都：四川民族出版社，1986：577.

② 陈世鹏. 黔彝古籍举要[M]. 贵阳：贵州民族出版社，2004：176. 该页列举了247个，误。不过在204页的列举中也是248个。

努降日；㉛日序诵经；㉜占作斋念经吉日；㉝解冤禳三灾；㉞占解收转移诬陷文字日；㉟占择禳解吉日；㊱底口破烂；㊲占还灵愿愿门开；㊳占还灵愿管多久；㊴占杀牛祭时；㊵占亥及酉得失；㊶占培修安置；㊷占为呗十二礼仪路宜否；㊸搭桥接寿吉日；㊹月序接寿吉日；㊺添寿吉；㊻叫魂吉日；㊼占魂魄在家；㊽月序祭龙神吉日；㊾占祭龙神路通；㊿辰日祭龙神吉日；51祭锦帛龙神吉日；52占福禄在家；53占祭山神吉日；54占祭土神吉日；55占祭水口日；56按日序祭土神吉日；57占按干支序祭土神吉日；58占土神出场日；59占地龙打人日；60占土神死日；61看土神在处；62占祭献一类（一）；63占祭献一类（二）；64占土主实楚部位；65占天地日期吉凶；66祭祖承宗吉日；67八卦方位占建房吉凶；68六星方位占建房吉凶；69吃新吉日；70耿纪额索克；71时序吃新吉日；72做斋祭吉日；73开关割谷日；74许愿还愿吉日；75占许愿行善吉日；76禳解冤愿吉日；77占建灵房吉日；78八卦占建灵房；79太极十二宫上占住宅；80太极十二宫值星占；81十山坐向方位图；82占人命地命合不合；83占看屋基凹垭；84占看屋基；85占山垭漏；86看坟墓葬处；87占金命人宅基；88占木命人宅基；89占水命人宅基；90占火命人宅基；91占土命人宅基；92占水流；93占一年十二月动土日；94占平屋基；95占地虎捉人日；96占土气横推；97占入林伐木日；98占阴木照人日；99占入林伐木不吉日；100看修建房屋八卦；101按八卦山位建房；102按生年占建房；103按生月占建房；104占寅申巳亥各月建房星宿；105占子午卯酉各月建房；106占戌辰丑未各月建房；107寅申巳亥各月建房星宿；108子午卯酉各月建房星宿；109辰戌丑亥各月建房星宿；110占拆旧房吉日；111占入新宅吉日；112占安门槛换旧门吉日；113占立房新宅吉日；114占安石碓石磨吉日；115占天地耳聋日期；116按干支占建房；117占看建房横推表；118占分家周堂；119占建房入宅周堂；120占入宅横推；121占安龙门日期；122占安龙门时；123按日序占安龙门；124安龙门扫除房尘挖炉灶；125占所为不吉日；126占安床吉日；127占寝处弗宁卧日；128官司死病罹日；129为安床占卜；130观察新年气象；131占新年逢畜兽之兆；132占雷鸣日；133占增粮穗；134占开始播种及耕种之吉日；135占播种荞麦吉日；136按日序占种荞麦；137占开田吉日；138占戽水灌溉吉日；139占挖水渠开龙口日；140开田不吉日；141黄鳝掘洞日；142开始栽种忌日；143宜开始栽种日；144耕父耕母耕老耕幼亡日；145不宜播种之日；146装置仓库吉日；147按月序装仓库开创门吉日；148逢穷鬼至日；149尼武甲入室日；150额勺减粮之日；151占抖仓腾仓日；152转置粮仓开仓门掉转仓有岔道阻；153挖墙筑建石

阶；⑭造马厩安马阶石造马槽；⑮占造牛栏吉日；⑯占造羊圈吉日；⑰占造猪圈、鸡埘、鸭棚日期；⑱按日序观畜命在处；⑲逢天地降毒日；⑳按地支观畜命在处；㉑天干序钉马掌；㉒观人的生命在处；㉓驯训驮马骑马猎犬吉日；㉔按年序占建畜圈日；㉕造畜圈上畜铁忌；㉖按月序查畜日；㉗按日序占查畜吉日；㉘按干支分析畜去来日；㉙占馈送财礼；⑰占送姑娘财礼；⑰舅方增财状况；⑰女婿方增财状况；⑰占清理牲畜送财礼；⑰女婿财至时之推占；⑰子女上学之吉日；⑰姑娘修整面容之吉日；⑰整髻佩勒之吉日；⑰织布裁衣之吉日；⑰按日序占做金银饰品；⑱三圣娶妻嫁女打金银首饰吉日；⑱打金银器打矛制鳞甲银鞍制弓制盾牌吉日；⑱三圣死的日期；⑱空亡之日；⑱禳祛吉日；⑱捕鱼狩猎捕鸟吉日；⑱造虎豹圈结麂獐网捕鸟编捕鸟笼日；⑱天干占捕兽捕鸟捕鱼吉日；⑱按日序占猎兽捕鸟捕鱼吉日；⑱林兽逢鬼道日；⑲占马五行与人五行合否；⑲占人五行与马五行合否；⑲观不利者；⑲由此占失物去向；⑲占放囿圈；⑲按日序占畜入囿圈；⑲日序占畜出囿圈；⑲由此按日序占失落者；⑲男女五行花卉由此观；⑲于此占卜娶妻五行利不利；⑳夫乃克妻者；⑳妻乃克夫者；⑳占姑娘居寡门；⑳占夫克妻生月；⑳占妻克夫生年；⑳占夫克妻；⑳夫妻不配属年；⑳占忌女嫁之年；⑳媒人求亲吉日；⑳占女不出嫁月；㉑占不宜娶妻月；㉑观月犬居处；㉑观三圣长幼居处；㉑观三圣母居处；㉑体巴长幼之居处；㉑观迎亲时马首转向；㉑妻来夫往之吉日；㉑按天干序分家吉日；㉑娶妻福禄赏赐日；㉑占娶妻时辰；㉒娶妻天到地到日；㉒按干支序占娶妻日；㉒此占娶妻途阻日；㉒占娶妻八目；㉒按年占迁徙；㉒按月占迁；㉒按日占迁；㉒按时占迁；㉒十二宫辰占迁徙；㉒天君兵帅莅日；㉓按天干占兴兵行船日；㉓按月序占行船与兴兵；㉓按日序占行船；㉓占四绝四亡日；㉓过河遇孽障日；㉓占行船永别离日；㉓地虎克豺日；㉓行船不回来日；㉓论行船永离日；㉓论天臣努类哲出坝日；㉔行船遇是非日；㉔兴兵吉日；㉔作战吉日；㉔列阵不吉日；㉔出兵讨战吉日；㉔日序兴兵吉日；㉔占行船不利时；㉔占行船吉日；㉔占行船兴兵道阻。[①]

在这些统一归序的人生中，设序、排序是《玄通大书》的基础理论，把人分为男女、夫妻等，又将人的际遇分为夭寿、祸福、吉凶、生死、贫富、贵贱等各种否泰相对的序列之中，以便在具体测序的时候在整个人生命运的大坐标中找到

① 马学良. 增订《爨文丛刻》[M]. 罗国义审订. 成都：四川民族出版社，1986：1159-1162.

对应的位置。还应该看到，《玄通大书》对彝族的人生归序，并非最终极的命运归宿。在《玄通大书》的归序之外，还留下了广阔的改变人生命运的空间，这就是在《玄通大书》中寻查到不利于本人的情况的时候，不是一切都不可以改变，而是可以通过各种祛祓、驱除、禳解、接续、增进等仪式，改善不利于人的种种情况。这可以说是对人生的重新设序，通过改变原有的人生排序从而获得新的人生际遇。如果改善的情况良好，可以如愿以偿，获得新的人生；如果改善失败，那也只能归咎于这是在《玄通大书》等的人生归序中早就注定了的。

（三）比类与象征的人生解构

比类一词，在这里是引申而来的一个专指名词，来源于《周易》的“比类取象”。“比类取象”语出《周易》，是易学五行学说的一个重大研究方法，即按照事物的不同性质、作用与形态，分别归属于木火土金水无形的项目之中，借以阐述人体脏腑组织之间的生理、病理复杂关系，以及人体与外界环境之间的相互联系，对这种事物属性的归纳方法，称为比类取象。在这里，比类指的是排比与分类，即把人的人生像五行对物质分类一样分为若干种命运际遇，分别进行比较之后排列起来，然后根据一定标准的顺序进行归类。

象征是指以具体的事物或形象来间接表现抽象或其他事物的观念。例如，希腊动词 Symballein，意即“汇集”（to put together），其名词则是 Symbolon。在中国，象征是一种修辞法。象征手法是根据事物之间的某种联系，借助某人某物的具体形象（象征体），以表现某种抽象的概念、思想和情感。它可以使文章立意高远，含蓄深刻。恰当地运用象征手法，可以将某些比较抽象的精神品质化为具体、可以感知的形象，从而给读者留下深刻的印象，赋予文章以深意，从而给读者留下咀嚼回味的余地。在这里，象征的运用，接近于象征人类学（Symbolic Anthropology）方法论中把文化当成象征符号加以探讨的人类学思想和研究进路。[①]特别是对于用来分析《玄通大书》一类彝文经籍的时候，主要是指这些经籍把人生比类为各种花、木等的方法。象征具有用具体事物来表示特殊的意义的功能，在《玄通大书》等彝文传统经籍中，象征是一种普遍的情况，也是文学人类学所揭示的文学运用的形式之一。

---

① 庄孔韶. 人类学概论[M]. 北京：中国人民大学出版社，2006：74.

对人生进行比类与排序，并不只是见于像彝文经籍《玄通大书》这样的典籍之中，它在人类社会中是一种真实的存在。只是我们在社会生活中所经历和看见的种种常态，没有作为一种人类学或者文学的分析眼光来看待。例如，说“三百六十行，行行出状元”，“七十二行，行行出状元”等，这是行业的分类与排序；“你当你的官，我搬我的砖”，“撵山人在山里转，打鱼人在河中行”，这是职业的分类与排序；“天有十层，人有十等”，“官有九品，人有九等”等，这是层级的分类与排序。阶级划分、民族成分、地域区别、等级分类等，都是人类社会中的分类、排序，只是人们对习惯的社会存在，并没有用人类学家或者文学家的眼光来进行分析研究。明白了这个道理，就可以理解为什么彝文传统经籍《玄通大书》等一类著述，对整个人生进行设序、排序、测序和解序的根据、原则和意义所在。

同样，文学原理中有许多可以总结的人物命运，也是在作家的设序、排序和解序中发展矛盾斗争和故事情节。例如，爱·摩·福斯特在他的《小说面面观》中把小说人物划分为圆形人物和扁平人物是突出的典型例证。[①]分析一般小说、戏剧中的人物时，往往把人物分为主要人物与次要人物的一般方法等，也是典型事例。因此，文艺作品的分类与排序现象早已是司空见惯的事情。只是在超出了文艺的领域，从文学人类学的视野出发，把一些古籍从文学的角度展开研究，探索其中文学发生、文学功能等的新内涵，不太容易被常人所理解。

高尔基曾经提出过“文学是人学”的著名论断，这个命题曾经引起广泛的论争。作为“人学”的著作，当然不是必然地就是文学。但是经过20世纪后殖民时代对东方文化的发现，人类学的诞生，特别是文学人类学的产生，理论界重新对许多东方民族的文化进行新认识和新解读，对许多无文字的民族的神话、史诗等认识远远超出了一般的传统文学理论所涵盖的范围。而许多有文字的少数民族的经籍作品，也是从口头传统演变而来的，众多的彝文经籍就是这种情况。因此，像《玄通大书》这样的经籍，从“人学”的角度和人类学的理论上进行分析、研究，它就是对人生进行解构的彝族传统的文学作品。所谓人生一世，草木一春，这些充满象征意蕴的格言谚语，正好是《玄通大书》对人生命运的总结和比类、象征和解构，它是通过对人生命运的设序、排序、测序和解序，同时留下重新设

① 爱·摩·福斯特. 小说面面观[M]. 苏炳文译. 广州：花城出版社，1984.

序和解序的空间，这正是文学人类学眼界中的活态的文学，是真正为人生的文学。这一些应该引起更多专家的关注。如果专家们给予多方位、多角度的深入研究，肯定会获得意外的大收获。

第六章 彝族传统经籍的文学艺术表达

彝族传统经籍文学，如果从有没有韵律的标准进行划分，包括散文体裁和诗歌体裁两大种类。在彝族传统经籍中，诗歌体裁占据了85%以上，而散文体裁只占15%以内。散文体裁的经籍，以占卜、测算一类经籍为主，如《玄通大书》《占病经》《点算死亡经》《历算书》等。其余绝大部分经籍，都是彝族传统的五言体诗歌。因此，对彝族传统经籍中的五言体诗歌进行韵律分析，是彝族传统经籍艺术表达的主要方面。其他的则可以进行结构、程式等方面的艺术分析。即使不是从文学人类学的角度来研究，彝族传统经籍的文学艺术性也是比较突出的。

第一节 彝族传统经籍的韵律

一、押韵

韵是诗歌固有的内在属性，是体现诗歌作为一种文学体裁区别于其他文学形式的主要特征。彝族传统诗歌有自己的韵律特色，押韵是其中主要的一种格律形式。

（一）韵与押韵

1. 韵

韵是彝语的客观存在，是彝语音韵的组成要素之一。韵与声、调相并列而存在，也可以与声、调组成一个完整的统一体，这个统一体也可以称为韵。

韵也是彝语诗歌韵律的客观存在，是彝语诗歌格律要素之一。它与声、调、字（音节）等彝语诗歌格律要素并列而存在，也可以与声、调组成一个完整的统一体成为诗歌的韵。这个韵如果包括了同一个韵的若干个字，它仅仅是诗歌的韵，在格律功能上就是押韵；如果这个韵只代表一个字，那么它就不仅仅是诗歌的押韵，同时是诗歌格律中的押字。

2. 押韵

押韵是指诗歌中同一个韵在一句诗行中不同的位置上句内押韵，或者同一个韵在一段诗歌、一首诗歌中不同的诗句之间的同一位置上相互谐调，或者同一韵在一首诗歌的各段之间结构位置相同的诗句中的同一位置的相互谐调。

押韵是诗歌格律的主要特征。一般地说，除了所谓的无韵诗之外，诗歌都要押韵。许多诗学理论家都主张没有押韵或者无韵律的诗不叫诗歌。

（二）彝族传统经籍诗歌的押韵

彝族传统经籍诗歌的押韵，主要是押尾韵，但也有押头韵、押腰韵（押中韵）的情况。

1. 押尾韵

押尾韵就是韵押在诗句的尾部，一句五言诗的末一字即第五字与其他诗句的末一字即第五字相押。例如：

pi˧ thi˧ do˩ sɔ˧ bo˧
报 毕 话 三 句

tshɿ˩ bo˧ sɿ˩ ndi˧ bo˧
一 段 来 咒 鬼

tshɿ˩ bo˧ pi˧ thi˧ bo˧
一 段 来 赞 毕

tshɿ˩ bo˧ tʂho˩ ʥɯ˧ bo˧①
一 段 来 祭 宴

这四句诗歌押的是尾韵，其所押之韵为[o]。又如：

tɕo˧ se˧ ŋgho̱˩ ɖə˩ le˩
乱 闯 进 粮 门

① 楚雄自治州人民政府，夜礼斌，李红民. 彝族毕摩经典译注·宁蒗彝族祭祖经（一）（第七十九卷）[M]. 昆明：云南民族出版社，2010：2.

tɕo˧ tshe˧ dʑo˧ ɣa̠˧ de˧
说 要 吃 粮 食

pe˧ sɿ˩ na̠˩ mu˧ kə˩
师 神 纳 慕 格

tɕo˧ se˧ ŋgho̠˩ ɣa̠˧ ɦə̠˥
粮 神 站 门 口

tɕo˧ ʑo˧ ȵe˩ ve˧[①]
要 解 粮 邪

这段诗歌押的也是尾韵，所押的韵是[ə]。在同一部经籍即《宁蒗彝族祭祖经（一）》的其他地方，押尾韵的情况非常多。例如，该经籍的第 12 页、第 17 页等处[②]都有押尾韵的情况。

2. 押头韵

押头韵就是把要押的韵押在一句诗句的开头一个字，与其他诗句共同谐调构成格律。例如：

pi˧ mba˧ mo˧ su˧ tɯ˧
佑 毕 妣 者 起

pi˧ mba˧ vɿ˥ ȵi˧ tɯ˧
佑 毕 兄 者 起

pi˧ mba˧ ȵi˧ ȵi˧ tɯ˧
佑 毕 弟 者 起

pi˧ mba˧ ʂu˧ ȵi˧ tɯ˧
杉 树 神 者 起

① 楚雄自治州人民政府，夜礼斌，杨红卫. 彝族毕摩经典译注·武定彝族丧葬祭经（一）（第七十九卷）[M]. 昆明：云南民族出版社，2008：157.

② 楚雄自治州人民政府，夜礼斌，李红民. 彝族毕摩经典译注·宁蒗彝族祭祖经（一）（第七十九卷）[M]. 昆明：云南民族出版社，2010：12，17.

pi˧ mba˧ ɬɿ˧ n̥i˧ tɯ˧
樱 树 神 者 起

pi˧ mu˧ vɿ˧ thu˧ tɯ˧
签 筒 神 者 起

pi˧ ɬu˥ bu˩ su˧ tɯ˧[①]
法 笠 神 者 起

这一段诗歌押的是头韵，其所押之韵为[i]。如果细加分析，还可以发现这一段诗歌还押了尾韵，即押的是[ɯ]。

3. 押腰韵

押腰韵也称为押中韵，就是把韵押在诗句的中部，在五言诗句中就是第三个字，也包括第二个字、第四个字的位置。押在第三个字的位置可以称为押中中韵，押第二个字可以称为押中前韵，押第四个字可以称为押中后韵。

押中中韵的押腰韵。例如：

ku˧ ɣa˩ lu˧ li˧ ma˥
不 许 上 颈 部

nɯ˧ tɕho˥ du˥ va˧ dʑi˩
你 想 变 腰 带

du˥ ɣa˩ lu˧ li˧ ma˥
不 许 上 腰 部

nɯ˧ tɕho˥ thu˧ mu˧ dʑi˩[②]
你 想 变 成 银

这几句诗歌押的是腰韵，即押中中韵，是诗句的第三字相互谐调构成韵律，

① 楚雄自治州人民政府，夜礼斌，李红民. 彝族毕摩经典译注•宁蒗彝族祭祖经（一）（第七十九卷）[M]. 昆明：云南民族出版社，2010：10-11.

② 楚雄自治州人民政府，夜礼斌，李红民. 彝族毕摩经典译注•宁蒗彝族祭祖经（一）（第七十九卷）[M]. 昆明：云南民族出版社，2010：16.

所押的韵是[u]。在同一部经籍即《宁蒗彝族祭祖经（一）》的其他地方，押腰韵即押中中韵的情况非常多。例如，该经籍的第 26～27 页等处[①]，都有押中中韵的情况。

押腰韵还有押中前韵的情况，这在彝族传统经籍中也经常出现。例如：

xo˨˩　sə̱˞˨˩　le˨˩　dʑə˞˨˩　sə˞˥
知　月　林　宰　赛

le˧　dʑə˞˨˩　sə˞˥　le˨˩　tɕhi˧
林　宰　赛　来　定

xo˨˩　ɣə˞˧　sa˧　tshɤ˨˩　ȵi˨˩
月　大　三　丨　天

xo˨˩　nə˞˥　ȵi˨˩　tsɤ˥　kɯ˧[②]
月　小　二　十　九

这几句诗歌是押腰韵的形式，押的是中前韵，即五言诗句的第二个字的韵，所押的韵是[ə˞]。

押腰韵还有押中后韵，即在五言诗句中押第四个字上的韵的形式。例如：

ʑi˨˩　dʑa˨˩　khʊ˧　ma˨˩　mo˥
有　水　位　不　高

sə˞˧　dʑa˨˩　tɤ　ma˨˩　thu˨˩
有　树　不　成　林

de˨˩　dʑa˨˩　sɿ˧　ma˨˩　fɤ˥
坝　子　不　长　草

① 楚雄自治州人民政府，夜礼斌，李红民. 彝族毕摩经典译注・宁蒗彝族祭祖经（一）（第七十九卷）[M]. 昆明：云南民族出版社，2010：26-27.

② 楚雄自治州人民政府，夜礼斌，杨红卫. 彝族毕摩经典译注・双柏彝族招魂经（第六卷）[M]. 昆明：云南民族出版社，2007：3.

nɯ˥ sɿ˩ ɕe̠˩ ma˩ na˩
草 种 不 发 芽

la˧ dʑa˩ ɣo˧ ma˩ ɣə˧[①]
有 河 无 波 涛

这几句诗歌押的腰韵，所押的就是中后韵，其所押的韵为[a]。

二、谐声

（一）声与谐声

1. 声

声在这里指的是彝语诗歌韵律中的声。彝语中没有专门的“声母”的“声”字，而只有通称声音的“曲”[tɕhu˧]。声是根据彝语诗歌理论研究的成果分析出来，主要指彝语中的辅音部分，如果整个彝语音节只有一个元音，这个元音也有辅音功能，也就具备了声的功能。声也相当于完整的汉语拼音音节的声母部分。声是彝语诗歌格律固有的属性，也是彝语诗歌格律的重要方面。

2. 谐声

诗歌句子中同一个声在不同的诗句的同样的位置出现而构成谐调的韵律，就是谐声。彝语诗歌格律中谐声的位置，一般是一行诗中前后一两个相同的声互相谐调相押，一段诗中两句之间、三句之间或者多句之间在句子的某一个相同位置谐声相押，一首诗歌几段之间结构位置相同的诗句的某一相同位置谐声相押。

彝族传统经籍中，诗歌的占比很大。这些经籍诗歌中，有谐声的格律。与其他诗歌的谐声的情况有所不同的是，彝族传统经籍诗歌中的谐声，主要是一段诗中两句之间、三句之间或者多句之间在句子的某一相同位置谐声相押，构成和谐的格律形式。

（二）彝族传统经籍诗歌的谐声

彝族传统经籍中的谐声，五言诗歌中的谐声数量最多。例如：

---

① 楚雄自治州人民政府，夜礼斌，杨红卫. 彝族毕摩经典译注·双柏彝族招魂经（第六卷）[M]. 昆明：云南民族出版社，2007：4-5.

se˩ khu˧ se˩ dʐɔ˩ ʂo˧
首 领 三 方 福

a˩ le˩ tha˩ dʐɔ˩ ʂo˧
阿 来 为 首 领

ʂo˧ ȵi˧ ma˩ ɣa˩ so˥
为 首 得 吉 祥

ɬi˧ ɦo˧ ɬi˧ ʥɔ˩ ʂo˧
首 领 四 面 禄

a˩ dɚ˩ tha˩ dʐɔ˩ ʂo˧
阿 得 为 首 领

ʂo˧ ȵi˧ ma˩ ɣa˩ so˥
为 首 者 吉 祥

ʂo˧ ɦu˧ ɣa˩ ɬo˧ so˥①
育 柏 育 樱 茂

这一段诗歌的一、二、四、五句第五字是谐声，所谐之声为[ʂ]；第三、六、七句第五字也是谐声，所谐之声为[s]。

在彝族传统经籍中也有七言句子，还有七言句子与五言句子共同出现在经籍中的情况。两种以上句式出现在同一部经籍中，它们之间也可以构成谐声的格律。例如：

ʥi˧ tshu˥ tshɔ˩ tshu˥ ɣo˧
草 人 肺 赎 罪

ʥi˧ sɿ˩ tshɔ˩ sɿ˩ ɣo˧
草 人 神 赎 罪

① 楚雄自治州人民政府，夜礼斌，杨红卫. 彝族毕摩经典译注·夷僰祈福经（第五十八卷）[M]. 昆明：云南民族出版社，2009：44.

ʥo˧ phu˥ ndhɔ˩ phi˥ ɣu˥ ɣa̠˧ ɣo̠˧
赎 回 祖 妣 之 饮 食

phe˩ nʥhu˧ phe˩ mɔ˥ ɣu˥ ɣa̠˧ ɣo̠˧[①]
赎 回 君 臣 之 神 灵

这一段诗五言部分之前还有四句，七言部分之后还有三句。在该段所引的四句诗之间，所有诗句的末一个字即五言句式的第五字和七言句式的第七字都是谐声的，所谐之声为[ɣ]。

谐声不是彝语诗歌的主要格律形式，在彝族传统经籍诗歌中也不占主要地位。

三、押调

（一）调与押调

1. 调

调是指一个彝语音节的声音的高低。调是彝语诗歌音律中固有的属性，是彝语诗歌的一种格律形式。

彝语东部方言一般有四个调，即 55，调号：˥；33，调号：˧；13，调号：˩˧；21，调号：˩。

2. 押调

所谓押调，就是在一个诗句之中两个或两个以上相同的声调互相协调，或者两句或两句以上诗句之间相同的声调互相协调，构成一种和谐的声律，以表达诗句之内或者诗句之间的一种特殊的音韵格律。

押调之所以在彝语诗歌中运用不普遍，除了彝语自身的特殊性之外，在彝语诗歌的审美要求中，由于彝语诗句普遍以五言为主，诗句的字数本身不是很多，在一句诗之内，过多的出现相同的声调，会造成声律的平铺直叙，缺乏铿锵起伏的美感。

一般情况，押调和押韵的位置一致。也就是说，通常情况，一句诗之中，前后两个调可以在任意两个音节即字之间押；一段诗的各句之间，上下两行或者多

① 楚雄自治州人民政府，夜礼斌，杨红卫. 彝族毕摩经典译注·武定彝族丧葬祭经（第二十五卷）[M]. 昆明：云南民族出版社，2007：142.

行诗句之间的押调，押在句子结构中相同的位置，不管是押在第一个字即音节上，或者中间的某一个字或音节上，或者诗句的末尾一个字或者音节上；一首诗各段之间的押调，押在各段同一个位置诗句的相同位置上。但是，就彝语诗歌作品的实际情况来看，一段诗、一首诗之间各句的押调，押在句首一个字，押在句末一个字，押在句末第二字、句末第三字的情况比较多。

（二）彝族传统经籍诗歌的押调

彝族传统经籍诗歌的押调，主要是一段诗的各句之间，上下两行或者多行诗句之间的押调，押在句子结构中相同的位置，不管是押在第一个字即音节上，或者中间的某一个字或音节上，或者诗句的末尾一个字或者音节上。

彝族传统经籍诗歌主要是五字句，一段诗各句之间的押调也主要是押在第五个字上。例如：

so˩　du˥　ʥe˩　lo̱˥　li˩
后　来　成　祭　物

ȵe˩　ɣa̱˧　ʥo˩　ɣo̱˧　ɳɯ˩
天　上　刮　大　风

tʂɯ˧　ʔu˧　le˧　ma̱˩　ɳɯ˩
不　刮　马　桑　树

te˩　ɣa̱˧　ʥo̱˧　ɣo̱˧　nʥo̱˩
地　上　刮　大　风

so˩　ʔu˧　le˧　ma˩　nʥho˩
风　不　刮　人　头

tʂɯ˧　ʥɚ˩　le˩　ma˩　ȵe˩[①]
桑　树　吉　祥　树

① 楚雄自治州人民政府，夜礼斌，杨红卫. 彝族毕摩经典译注 • 夷僰祈福经（第五十八卷）[M]. 昆明：云南民族出版社，2009：2.

这一段诗歌是押调，所押的调在每一句诗的第五个字，押的是 21 调，即[˩]调。

在彝族传统经籍诗歌中，也有六言句式、七言句式混合在一起同押一个调的情况。例如：

khu˧ the˩ khu˧ ni˩ ndʐhi˩ bi˥
福 地 献 酒 得 福

zɔ˩ khu˧ thɔ˧ khu˧ ni˩ ndʐhi˩ bi˥
赐 福 献 松 福 吉 祥

phu˥ khu˧ phi˥ khu˧ ni˩ ndʐhi˩ bi˥
赐 福 献 祖 妣 祝 福

ɕi˧ khu˧ lu˥ khu˧ ni˩ ndʐhi˩ bi˥①
赐 福 祭 献 神 灵 福

这是开头一句是六言句式而后面三句是七言句式的彝族传统经籍诗歌，它所押的调都在最后一个字上，押 55 调，即[˥]。

在彝族传统经籍诗歌中，三言句式押调的形式虽然不是很多但也有。例如：

lo˧ tha˥ be˩
牛 一 圈

bu˩ tha˥ be˩
羊 一 圈

thɯ˥ tha˥ be˩
献 一 圈

ɦo˩ ko˩ dʑɚ˩
拴 马 树

① 楚雄自治州人民政府，夜礼斌，杨红卫．彝族毕摩经典译注・武定彝族丧葬祭经（第二十五卷）[M]．昆明：云南民族出版社，2007：7-8.

lo˧ ka˥ dʑə˞˩
挂　牛　树

bu˩ ka̠˥ dʑə˞˩
挂　羊　树

thɯ˥ ka˥ dʑə˞˩
都　献　你

gu˩ sʅ˩ dʑo̠˩
生　身　神

kɔ˧ mə˞˩ dʑo˩[①]
献　头　神

这一段三言诗句的押调，都押在最后一个字即第三字上，押的都是 21 调，即[˩]。

由于押调是彝语诗歌比较普遍的格律形式，在彝族传统经籍诗歌中，还有二言句、三言句、五言句混合在一起押调的情况。例如：

no˩ ve˩
病　邪

ndʑhɔ˩ ve˩
灾　邪

ʂo̥˩ ve˩ ni˩
得　祸　祟

ɬu˧ no˩ ɣa̠˧ tɔ˧ no˩
生　病　祟　缠　身

① 楚雄自治州人民政府，夜礼斌，杨红卫. 彝族毕摩经典译注·武定彝族丧葬祭经（第二十五卷）[M]. 昆明：云南民族出版社，2007：2-3.

si˧ no˩ ɣa̠˧ ɬe̠˥ no˩[①]
生 病 邪 缠 身

这一段诗句，既有二字句，有三字句，也有五字句，它们之间的押调是押在各句诗的最后一个字上，押21调，即[˩]。

彝族传统经籍诗歌的押调，也有一段诗中各句诗歌押在首字的情况。例如：

ɖu˩ ɖo˩ ȵi˧ sɚ̠˥ ʥɯ̠˧
庶 民 有 智 慧

ȵe˩ ɣa̠˩ kə˩ ɣa̠˩ ɕe˧
祭 献 祈 苍 天

ȵe˩ ʥu˩ gɯ˧ phu˩ du̠˥
天 固 地 吉 昌

the˩ ɣa̠˩ ke˩ ɣa̠˩ ɕe˧
地 上 兴 祈 献

the˩ ŋdʐho̠˩ tshe˩ ŋɔ˥ dɔ˩
地 上 百 事 顺

ȵe˩ ŋghə˧ ʑe˩ sl˧[②]
祭 天 神 吉

这一段诗歌前面五句是五言，后面一句是四言，但是它们在开头一个即首字上都押调，押的是21调，即[˩]。

① 楚雄自治州人民政府，夜礼斌，杨红卫. 彝族毕摩经典译注·武定彝族丧葬祭经（第二十五卷）[M]. 昆明：云南民族出版社，2007：15.

② 楚雄自治州人民政府，夜礼斌，杨红卫. 彝族毕摩经典译注·夷僰祈福经（第五十八卷）[M]. 昆明：云南民族出版社，2009：6

四、扣字

（一）扣与扣字

1. 扣

扣是彝语诗歌最具有民族特色的格律形式，代表了彝语诗歌的形式特征。

扣是以同一个字为音节在一行诗句的不同部位，或几句诗行之间的同一部位，或几段诗歌之间的同一部位构成重复出现，以达到诗歌声韵的谐调效果的彝语诗歌格律形式。扣，有时又是和谐声、押韵指同一声、韵格律。

2. 扣字

扣有多种形式。根据彝族文艺理论家们的理论阐释，有扣声、扣韵、扣字等多种。但是，仔细研究这些形式，扣声实际上就是谐声，扣韵实际上就是押韵。扣字包括了两种情况，就是扣一个完整音节和扣一个完全一样的字。由于字包括了一个完整的音节，因此，扣字代表了扣音节的形式。但是，反过来说，扣音节却不能够代表扣字。彝语诗歌的主要格律特征，以扣字为代表形式。

扣字的形式，包括齐头扣、齐腰扣（齐中扣）、齐尾扣、顶针扣（顶真扣）等多种形式。

（二）彝族传统经籍诗歌中的扣字

彝族传统经籍诗歌中也有扣的形式，而且相当普遍。下面分别举例分析。

1. 齐头扣

齐头扣即一句诗的第一字与其他诗句的第一字相扣。例如，《祛魔治病经》中的这一段：

sɔ˧　tʂʅ˧　mo˧　su˧　tso˥
见　宗　族　则　传

sɔ˧　ŋɯ˩　mo˧　su˧　xo˩
污　浊　来　祛　除

sɔ˧　khu˥　mo˧　su˧　tʂho˩
困　难　来　理　顺

sɔ˧ phi˩ mo˧ su˧ ti˧
繁 荣 来 理 顺

sɔ˧ ndʐɿ˧ mo˧ su˧ bɿ˩
见 美 酒 则 敬

sɔ˧ ɣɯ˩ mo˧ su˧ xɯ˧
见 鲜 肉 则 献

sɔ˧ kɯ˩ mo˧ su˧ tsɿ˧
见 生 神 则 祈

sɔ˧ fi˧ mo˧ su˧ ɬo˧[①]
见 育 神 则 祭

这段诗歌是齐头扣，即各句诗之间的第一字相扣，扣的是[sɔ˧]字。如果再细加观察与分析，这一段诗歌的第四字也是扣的，扣的是[su˧]字。

齐头扣还有其他形式，就是一句五言诗的第一字与其他诗句是齐头扣，并且连带第二字，连带第二字与第三字，或者连带第二字、第三字、第四字一起扣。这里举一个一句五言诗与其他诗句是齐头扣，并且第一字、第二字、第三字第四字一起扣的形式。

ʑe˧ ni˧ si˧ a˧ dʑɿ˥
鸡 祭 替 主 咒

ʑe˧ ni˧ si˧ a˧ tsu˩
鸡 祭 替 主 插

ʑe˧ ni˧ si˧ a˧ ɬɿ˧
鸡 祭 替 主 祈

ʑe˧ ni˧ si˧ a˧ thi˥

① 楚雄自治州人民政府，夜礼斌，李红民. 彝族毕摩经典译注·祛魔治病经（第九十八卷）[M]. 昆明：云南民族出版社，2012：93.

鸡　祭　替　主　祷

ʑe˧ ni˧ si˧ a˧ ndʑi˧
鸡　祭　替　主　商

ʑe˧ ni˧ si˧ a˧ ɬɿ˥
鸡　祭　替　主　祛

ʑe˧ ni˧ si˧ a˧ nɯ˥[①]
鸡　祭　替　主　问

齐头扣的韵律形式中，也有三字句中第一字之间齐头扣的情况。例如：

pɯ˧ ndʐɿ˧ bɿ˩
美　酒　敬

pɯ˧ kɯ˧ tsɿ˧
精　血　承

pɯ˧ fi˧ ɬo˧[②]
生　育　祭

2. 齐腰扣

齐腰扣，即一句诗的第三字与其他诗句的第三字相扣。例如：

dʐɿ˧ ndʐɿ˧ ma˧ tsɿ˩ bɿ˩
美　酒　不　能　敬

dʐɿ˧ kɯ˧ ma˧ dʐɿ˧ zɿ˧
男　精　不　能　育

dʐɿ˧ fi˧ ma˧ dʐɿ˩ zɿ˧

① 楚雄自治州人民政府，夜礼斌，李红民. 彝族毕摩经典译注・祛魔治病经（第九十八卷）[M]. 昆明：云南民族出版社，2012：147.

② 楚雄自治州人民政府，夜礼斌，李红民. 彝族毕摩经典译注・祛魔治病经（第九十八卷）[M]. 昆明：云南民族出版社，2012：126.

女 血 不 能 旺

dʑʅ˧ a˧ ma˧ dʑʅ˩ go˧[①]
平 安 不 能 传

又如：

dʑʅ˧ tʂʅ˧ pi˧ a˧ tso˥
平 安 毕 来 传

dʑʅ˧ khɯ˧ pi˧ a˧ tʂhʅ˧
吉 祥 毕 来 求

dʑʅ˧ dʑu˧ pi˧ a˧ tu˧
安 居 毕 来 帮

dʑʅ˧ ndʑʅ˧ pi˧ a˧ bʅ˩
美 酒 毕 来 敬

dʑʅ˧ kɯ˩ pi˧ a˧ to˧
精 液 毕 来 护

dʑʅ˧ fi˧ pi˧ a˧ ɬo˧[②]
卵 液 毕 来 佑

这一段五言诗句的第三字是齐腰扣，是中中扣，即五言诗歌中扣第三字的形式，扣的是[pi˧]字。如果再细加分析，其第四字也是齐腰扣，是中后扣即第三字之后的一字相扣的形式，扣的是[a˧]字。再加分析，这段诗的首字也是齐头扣的形式，扣的是[dʑʅ˧]字。

齐腰扣的诗句，也有三字一句的诗句的齐腰扣形式。例如：

① 楚雄自治州人民政府，夜礼斌，李红民. 彝族毕摩经典译注·祛魔治病经（第九十八卷）[M]. 昆明：云南民族出版社，2012：36.

② 楚雄自治州人民政府，夜礼斌，李红民. 彝族毕摩经典译注·祛魔治病经（第九十八卷）[M]. 昆明：云南民族出版社，2012：38-39.

lo˧ ku˧ be˧
牛 九 圈

bu˩ ku˧ be˧
羊 九 圈

thɯ̱˥ ku˧ be˧
祭 九 圈

ɦo˩ na˩ tɕhɯ˩
献 你 马

lo˧ na˩ tɕhɯ˩
献 你 牛

bu˩ na˩ tɕhɯ˩
献 你 羊

thɯ˥ na˩ tɕhɯ˩
贡 献 你

ɦo˩ na˩ tʂho̱˥
献 你 马

lo na˩ tʂho̱˥
献 你 牛

bu˩ na˩ tʂho̱˥
献 你 羊

tɯ̱˥ na˩ tʂho̱˥
全 献 你

ɦo˩ tha˩ be˩
马 一 圈

lo˧ tha˩ be˩

牛 一 圈

bu˩ tha˩ be˩

羊 一 圈

thɯ˥ tha˩ be˩[①]

献 一 圈

这段诗的前三句的腰扣，扣的是[ku˧]字；中间一段的腰扣，扣的是[na˩]字；后面四句的腰扣，扣的是[tha˩]字。又如：

mu˧ sɔ˧ pha˧

天 地 始

pi˧ sɔ˧ pha˧

分 毕 祖

bu̠˧ sɔ˧ pha˧

分 之 始

tʂhɯ˥ sɔ˧ pha˧[②]

散 之 初

这四句诗，除了齐腰扣之外，其实还有齐尾扣的格律形式。

中前扣即五言诗句的第二字在各个诗句之间的扣，也就是一句诗的第二字与其他诗句的第二字相扣。例如：

phu˧ a˩ n̥o˧ n̥i˧ mbᴇ˧

土 地 也 分 配

① 楚雄自治州人民政府，夜礼斌，杨红卫. 彝族毕摩经典译注・武定彝族丧葬祭经（第二十五卷）[M]. 昆明：云南民族出版社，2007：2.

② 楚雄自治州人民政府，夜礼斌，李红民. 彝族毕摩经典译注・祛魔治病经（第九十八卷）[M]. 昆明：云南民族出版社，2012：67.

ȵo˧ a˩ ȵi˧ ȵi˧ ndʑɿ˧
土　地 有　主 管

mɿ˧ a˩ sɔ˧ lɿ˧ khu˥
广　地 连 三 四

li˧ a˩ lɿ˧ ŋɯ˧ ŋɯ˧
大 地 有 四　方

hi˥ a˩ lɿ˧ mo˩ thi˧
八 方 出　四　面

xo˧ a˩ sɔ˧ ȵi˧ bu˧
恒　支 分 三 支

hi˥ a˩ pi˧ ni˩ ni˩[1]
糯　米 作 祭　祀

这一段诗歌中的各句之间的第二字相扣，扣的是[a˩]字。

中后扣，在五言诗句中就是第四字扣，即一句诗的第四字与其他诗句的第四字相扣。例如：

vɿ˧ ndʑɿ˧ xɯ˧ a˧ ȵo˧
祭　咒　仔　又 细

ni˩ ndʑɿ˧ gɯ˧ a˧ ɬɯ˧
上　天　日 月 主

ni˩ khu˧ phu˧ a˧ ȵo˧
祭　咒　之　土 地

lo˧ vi˥ tshu˧ a˧ phɿ˧

① 楚雄自治州人民政府，夜礼斌，李红民. 彝族毕摩经典译注•祛魔治病经（第九十八卷）[M]. 昆明：云南民族出版社，2012：18.

咒 猪 祛 主 病

ʂa˧ hi˥ bu˧ a˧ ȵi˧
犹 如 羊 褪 毛

gu˧ zʅ˧ ho˧ a˧ thi˧
九 代 居 高 天

ni˩ zʅ˧ ɕʅ˧ a˧ ɦʅ˥
祛 咒 污 与 垢

ni˩ ɬu˧ ni˩ a˧ ti˧

祛 除 疾 与 病

vʅ˧ ȵo˩ ni˩ a˧ tɕho˩
祭 咒 不 完 全

ni˩ tɕho˩ ʑi˥ ma˩ thi˧[①]
祭 咒 无 作 用

这一段诗歌是第四字相扣，即中后字，在五言诗句中也可以称为尾前扣，所扣的是[a˧]字。这里特别要提醒的是，最后一句的字虽然是一个，但是读音不同，这个字在彝语中作否定词用的时候，主要读为[a˩]，是21调，有时候也读为[ma˩]，但是是同一个字。

同样扣第四字的例子很多，在同一部经籍的第30～31页，也有扣[a˧]字的16句诗。[②]在同一部经籍的第93～95页，还有28句连续的诗句，是扣第四字。[③]

3. 齐尾扣

齐尾扣即一句诗的第五字即五言诗句的末一字与其他诗句的第五字，即五言

① 楚雄自治州人民政府，夜礼斌，李红民. 彝族毕摩经典译注·祛魔治病经（第九十八卷）[M]. 昆明：云南民族出版社，2012：1.

② 楚雄自治州人民政府，夜礼斌，李红民. 彝族毕摩经典译注·祛魔治病经（第九十八卷）[M]. 昆明：云南民族出版社，2012：30-31.

③ 楚雄自治州人民政府，夜礼斌，李红民. 彝族毕摩经典译注·祛魔治病经（第九十八卷）[M]. 昆明：云南民族出版社，2012：93-95.

诗句的末一字相扣。例如：

du̱˧ du˧ ʂo̱˥ a˩ pi˧
都　都　中　之　祭

tʂo̱˥ a˩ dʐʅ˧ bu˩ pi˧
中　之　致　布　祭

ʑi˥ ndʐʅ˧ tʂo̱˥ ʐʅ˧ pi˧
依　子　中　以　祭

tʂo̱˥ ʐʅ˧ tʂo̱˥ la˧ pi˧
中　以　中　拿　祭

tʂo̱˥ ɬu̱˥ o˧ mu˧ pi˧
中　尔　俄　木　祭

o˧ mu˧ dʐʅ˥ kɯ˩ pi˧
俄　木　支　格　祭

ndʑu˥ kɯ˩ dʐʅ˥ ȵi˧ pi˧
举　格　支　里　祭

dʐʅ˥ ȵi˧ a˩ ɭʅ˧ pi˧
支　里　阿　尔　祭

a˩ ɭʅ˧ a˩ sa˧ pi˧
阿　尔　阿　撒　祭

a˩ sa˧ hɔ˧ ni˩ pi˧
阿　撒　伙　尼　祭

hɔ˧ ni˩ pi˧ bu˧ pi˧
伙　尼　比　布　祭

pi˧ bu˧ pi˧ vi˥ pi˧

比 布 比 伟 祭

pi˧ vi˥ pi˧ zʅ˥ pi˧
比 伟 比 日 祭

pi˧ zʅ˥ tʂo˧ ʥi˧ pi˧
比 日 仲 则 祭

tʂo˧ ʥi˧ ndu˩ vu̠˧ pi˧
仲 则 都 伍 祭

ndu˩ o˩ lu̠˧ gu˧ pi˧
都 俄 尔 古 祭

lu˧ gu˧ lu̠˧ tɕʅ˧ pi˧[①]
尔 古 尔 几 祭

这是一段诗歌中齐尾扣的情况，扣的是[pi˧]字。不过要注意的是，其中有几个字是异写的，是同一个字的其他写法。

齐尾扣是彝族传统经籍中诗歌类型作品中常见的格律形式。这种情况在其他经籍中也有，如《彝族毕摩经典译注》的其他经籍中也很多，如第二十五卷《武定彝族丧葬祭经（一）》中，第 91 页也有连续 12 句都是齐尾扣的情况。[②]

彝族传统经籍诗歌中的齐尾扣，有二字扣的情况。例如：

dʐ̠ɔ˩ de˧
住 地

zo˩ de˧
寿 地

① 楚雄自治州人民政府，夜礼斌，李红民. 彝族毕摩经典译注・祛魔治病经（第九十八卷）[M]. 昆明：云南民族出版社，2012：19.

② 楚雄自治州人民政府，夜礼斌，李红民. 彝族毕摩经典译注・武定彝族丧葬祭经（第二十五卷）[M]. 昆明：云南民族出版社，2008：91.

khaꓶ deꓷ
命　　地

ko̠ꓶ deꓷ
福　　地

feꓷ deꓷ
禄　　地

ʥuɹ deꓷ[①]
居　　地

齐尾扣还有二字句的齐尾扣。例如：

muꓷ sɔꓷ phaꓷ
天　　地　　始

piꓷ sɔꓷ phaꓷ
分　毕　　祖

bu̠ꓷ sɔꓷ phaꓷ
分　　之　始

tʂhɯꓶ sɔꓷ phaꓷ[②]
散　　　之　初

在彝族传统经籍诗歌中，还有部分是七字句的齐尾扣。例如：

gɯꓷ zɯꓷ boꓷ ʥiꓷ khaꓷ goꓷ pɯꓷ
太　阳　　山　岭　　来　　主　　宰

① 楚雄自治州人民政府，夜礼斌，杨红卫. 彝族毕摩经典译注・武定彝族丧葬祭经（第二十五卷）[M]. 昆明：云南民族出版社，2008：9.

② 楚雄自治州人民政府，夜礼斌，李红民. 彝族毕摩经典译注・祛魔治病经（第九十八卷）[M]. 昆明：云南民族出版社，2012：67.

ɬɯ˩ zɯ˧ mu˧ ʑʅ˧ kha˧ go˧ pɯ˧
月 亮 阴 夜 来 支 配

tɕʅ˦ zɯ˧ thi˥ dʑi˩ kha˧ go˧ pɯ˧
星 辰 白 昼 来 主 宰

bo˧ zɯ˧ tɕo˥ nɔ˩ kha˧ go˧ pɯ˧
山 岭 老 鹰 来 支 配

pi˥ bo˧ lɯ˧ mo˩ kha˧ go˧ pɯ˧
野 草 黄 牛 来 主 宰

n̥i˧ ʑo˧ zʅ˥ la˥ kha˧ go˧ pɯ˧
羊 群 虎 豹 来 支 配

ga˦ dɔ˧ ʂu˩ pu˧ kha˧ go˧ pɯ˧
陡 坡 野 鸡 来 主 宰

ndi˩ tɕhu˧ tɕu˥ zɯ˧ kha˧ go˧ pɯ˧
田 野 云 雀 来 支 配

va˧ ndi˥ o˧ mu˧ kha˧ go˧ pɯ˧
掌 类 皇 帝 来 主 宰

bi˥ ndi˥ li˩ zɯ˧ kha˧ go˧ pɯ˧
蹄 类 大 象 来 支 配

du˧ ndi˥ ka˥ ŋa˧ kha˧ go˧ pɯ˧
翅 类 神 雕 来 主 宰

ɕʅ˧ ndi˥ gu˩ ʂo˧ kha˧ go˧ pɯ˧
长 脚 鹤 鸟 来 支 配

sɔ˧ ɬʅ˧ bo˧ dʑi˧ kha˧ go˧ pɯ˧
风 雨 山 岭 来 主 宰

mo˥ ʐo˩ ki˧ zɯ˧ kha˧ go˧ pɯ˧
军 队 军 官 来 支 配

lu˧ dʑi˧ ndʐʅ˧ mi˥ kha˧ go˧ pɯ˧
属 民 首 领 来 主 宰

fu˧ dʑu˥ ndʐʅ˧ khɯ˧ kha˧ go˧ pɯ˧[①]
婚 姻 媒 妁 来 支 配

这一段诗歌全部是七字句，后面一个字全部是扣的，扣的是[pɯ˧]字（要注意第一句和第二句是这个字的另外一种写法，属于异写）。不过再加以分析，还可以发现，其实每一句诗的后面三个字是相扣的，扣的是[kha˧go˧ pɯ˧]字。这种七字句式的诗句的齐尾扣，在彝族传统经籍中不是很普遍，但也偶尔遇见。例如，与上面诗歌例子属于同一部经籍的，在后面同样出现有七字句的齐尾扣，而且同样有后面三个字扣的情况。[②]在同一部经籍的前面部分，同样有七字句的齐尾扣，同样还是后面三个字扣的情况。[③]

齐尾扣的形式，还有五言诗句的后面两个字，即第四字和第五字分别扣的情况。例如：

tha˥ li˧ ɣo˧ tha˥ li˧
亲 家 和 谐 去

tha˥ li˧ sa˥ tha˥ li˧
姻 亲 和 谐 去

tha˥ li˧ phu˩ tha˥ li˧
祖 灵 和 谐 去

① 楚雄自治州人民政府，夜礼斌，李红民. 彝族毕摩经典译注・祛魔治病经（第九十八卷）[M]. 昆明：云南民族出版社，2012：319-320.

② 楚雄自治州人民政府，夜礼斌，李红民. 彝族毕摩经典译注・祛魔治病经（第九十八卷）[M]. 昆明：云南民族出版社，2012：325-326.

③ 楚雄自治州人民政府，夜礼斌，李红民. 彝族毕摩经典译注・祛魔治病经（第九十八卷）[M]. 昆明：云南民族出版社，2012：193.

tha˥ li˧ phɿ˧ tha˥ li˧[①]
妣 灵 和 谐 去

这段诗歌的第四字分别相扣，扣的是[tha˥]字；第五字也分别相扣，扣的是[li˧]字。如果再进行分析，每一句诗的第一字和第二字，是与后面的第四字和第五字相扣的，即扣的是[tha˥ li˧]两字；同样，四句诗的每一句第一字和第二字，第四字和第五字相扣的，是与后面的诗句分别相扣的，同样扣的也是[tha˥ li˧]两个字，这种扣法在彝族诗学理论中叫做“句内扣”。

彝族传统经籍齐尾扣诗句，也有四字句中扣尾字，并且是第二字也分别相扣的情况。例如：

phɿ˧ ko˧ sɔ˧ a˩ ko˧
猪 膀 三 样 佳

ʥu˥ ko˧ ga˥ ko˧
人 丁 兴 旺

ȵu˥ ko˧ ni˩ ko˧
牲 畜 繁 盛

tɕᴇ˧ ko˧ po˧ ko˧[②]
米 粮 丰 收

这段诗的后三句全是四言诗句，其第四字是齐尾扣，而第二字在各句之间也是相扣的。这样的例子在同一部经籍的同一页、后一页都还有类似的扣法。[③]

彝族传统经籍还有一种上句与下句之间反复交叉扣尾字的情况，例如，《彝族毕摩经籍译注》第九十卷《祛魔治病经》中，有较长一段诗句就是上下句之间

---

① 楚雄自治州人民政府，夜礼斌，李红民. 彝族毕摩经典译注·祛魔治病经（第九十八卷）[M]. 昆明：云南民族出版社，2012：92.

② 楚雄自治州人民政府，夜礼斌，李红民. 彝族毕摩经典译注·祛魔治病经（第九十八卷）[M]. 昆明：云南民族出版社，2012：175.

③ 楚雄自治州人民政府，夜礼斌，李红民. 彝族毕摩经典译注·祛魔治病经（第九十八卷）[M]. 昆明：云南民族出版社，2012：175，176.

反复交叉扣尾字[①]，因诗句较长，在此不再征引。

4. 顶针扣

顶针扣也叫顶真扣，是彝语诗歌的扣的一种格律形式。有时候顶针扣也和齐尾扣结合在一起，这在彝族传统经籍诗歌中也有体现。例如：

lu˩ no˧ n̥u˧ tɔ˧ ʑɔ˧
福　禄　保　佑　美

ʑɔ˧ tshi̠˥ bu˩ po̠˥ ʑɔ˧
我　代　供　牲　美

ʑɔ˧ dɔ˩ bu˩ dʑo˧ ʑɔ˧
我　供　畜　粮　美

a˧ ndʐ̥hɔ˥ tshe˧ dʑo˧ ʑɔ˧[②]
供　献　禄　粮　美

这四句诗歌的第一句之末一字与第二句之头一字、第二句之末一字与第三句之头一字是顶针扣，扣的是[ʑɔ˧]字。同时，这四句诗是齐尾扣，扣的也是[ʑɔ˧]字。

五、对

（一）关于“对”的各种形式分析

“对”作为一个重要的彝语诗歌格律概念，其所牵涉到的面是相当广泛的。除了在内容方面比较具体的要求以外，在格律形式上的要求可以分为以下几种。

1. 声对

“声对”的“声”，由于在彝族古代文艺理论家的理论中没有明确地区分为声母还是声调，根据各个理论家所论述的情况来看，大多数情况下都是与韵对举，因此在这里将它考虑为声母的声，即格律形式中谐声的声。

---

① 楚雄自治州人民政府，夜礼斌，李红民. 彝族毕摩经典译注·祛魔治病经（第九十八卷）[M]. 昆明：云南民族出版社，2012：331-324.

② 楚雄自治州人民政府，夜礼斌，杨红卫. 彝族毕摩经典译注·武定彝族丧葬祭经（第二十五卷）[M]. 昆明：云南民族出版社，2008：108.

"声对"指的是彝语诗歌中"声"在不同的位置，包括诗句之内和诗句之间的"声"的对应关系。从彝族古代文艺理论家的理论中来看，"声对"与"谐声"基本上是相同的。"声对"的诗例，可以从"谐"声诗例中得到说明。

2. 韵对

"韵对"指的是彝语诗歌中"韵"在不同的位置，包括诗句之内和诗句之间的"韵"的对应关系。从彝族古代文艺理论家的理论中来看，"韵对"与"押韵"基本上是相同的。"韵对"的诗例，可以从"押韵"诗例中得到说明。

3. 字对

"字对"有两种情况，一种指的是彝语诗歌中词类相同或者词性相近的同一个或者几个字在诗句的相同的位置之间的字的对应关系。从彝族古代文艺理论家的理论中来看，"字对"与"押字"基本上是相同的。在这里，"字对=押字=扣字"。这种情况的"字对"的诗例，可以从"押字"和"扣字"的诗例中得到说明。

"字对"的另一种情况，指的是彝语诗歌中词类相同或者词性相近的不同一个字或者不同的几个字在诗句之间的相同位置的字的对应关系。

4. 句对

"句对"主要是两个诗句构成相对的格律形式。由于彝语诗歌的五言诗体的性质，有时一个五言句子不能完全表达一个完整的意思，就会产生两个或者两个以上句子共同表达一个完整意思的情况，而这种两个以上句子，多数情况是两个以上完整的五言句子，有的时候也可能是三言、四言、六言、七言句子与五言句子相接续，共同完成表达一个完整意思的任务。这种两个或两个以上结构完全相同的诗句构成一组对应关系形成的谐调格律，就是"句对"。

（二）彝族传统经籍诗歌中的句对

如前所述，在彝族传统经籍诗歌中，声对、韵对、字对等格律形式，也已经由谐声、押韵、扣字等格律形式代替。因此，分析彝族传统经籍诗歌的句对形式，是研究经籍诗歌的句对的格律形式的主要方面。

彝族传统经籍诗歌中的"句对"，以五言诗句形式为主，但是也有三言句式、四言句式、七言句式和各种句式接续的形式。下面分别举例分析。

1. 三字句

例如：

kɔ˧ khe˧ ʂɿ˩
夺 命 鬼

kɔ˧ khe˧ ʂa˥①
夺 命 魂

这是两个结构相同的三字句的句对。又如：

ɬu˥ o˧ fo˩
鲁 神 首

to˧ o˧ fo˩
垛 神 首

ʥɯ˧ o˧ fo˩
吃 神 首

pha˥ o˧ fo˩②
祖 神 首

这又是另外一种结构相同的四个三字句的两两相对的两组句对。

2. 四字句

例如：

tshɯ˧ lo˧ lo˧ thi˧
考 妣 头 巾

① 楚雄自治州人民政府，夜礼斌，李红民. 彝族毕摩经典译注·宁蒗彝族祭祖经（二）（第八十卷）[M]. 昆明：云南民族出版社，2010：2.

② 楚雄自治州人民政府，夜礼斌，李红民. 彝族毕摩经典译注·宁蒗彝族祭祖经（二）（第八十卷）[M]. 昆明：云南民族出版社，2010：4-5.

bɿ˥ ŋɯ˧ he˧ tɕhɿ˧[①]
考 妣 祖 灵

这是两个结构相同的四言句式的句对。

3. 五字句

五字句的句对，是彝族传统经籍诗歌中最为普遍的一种句对形式，也是彝族传统诗歌中最为普遍的一种句对形式。例如：

se˧ ʑɿ˧ di˧ tha˥ dʑɯ˧
不 要 食 主 魂

se˧ ɬa˧ di˧ tha˥ ndo˧[②]
不 要 吞 主 魄

这是结构相同的两个五言诗句的句对。又如：

ʑɿ˧ ŋgo˧ ʑɿ˧ tɕho˧ la˧
牵 魂 魂 出 来

ɬa˧ ŋgo˧ ɬa˧ tɕho˧ la˧[③]
牵 魄 魄 出 来

这是另外一例结构相同的两个五言诗句的句对。

4. 七字句

七字句在彝语诗歌中不多见，在彝族传统经籍诗歌中也不多见。例如：

o˧ ȵi˧ a˧ kɯ˧ zi˩ ho˧ go˧
男 儿 获 得 阳 魂 神

---

① 楚雄自治州人民政府，夜礼斌，李红民. 彝族毕摩经典译注·宁蒗彝族祭祖经（二）（第八十卷）[M]. 昆明：云南民族出版社，2010：2.

② 楚雄自治州人民政府，夜礼斌，李红民. 彝族毕摩经典译注·宁蒗彝族祭祖经（二）（第八十卷）[M]. 昆明：云南民族出版社，2010：250.

③ 楚雄自治州人民政府，夜礼斌，李红民. 彝族毕摩经典译注·宁蒗彝族祭祖经（二）（第八十卷）[M]. 昆明：云南民族出版社，2010：251.

mu˧ ndʑɿ˧ a˧ tsi˧ tʂhu˩ thu˧ go˧[①]
女 儿 获 得 生 育 魂

这是一组两句结构相同的七言诗句的句对。又如：

fu˥ fu˧ gɯ˧ du̠˧ tshɿ˩ ɣa˧ ŋgɯ˩
东 边 日 出 一 线 开

ɬɯ˩ ɬɯ˩ ɬɯ˩ du˧ kɯ˩ ɣa˧ ŋgɯ˩[②]
西 边 月 出 又 一 开

这又是另外一种结构相同的七言诗句的句对。

5. 接续句子的句对

接续句子的句对有多种形式。其总体性质是接续的句子表达一个完整的意思，两组句子的意思不同但是结构形式相同。这里略举几种。

三言接四言句。例如：

ʂo˧ mɔ˧ mɔ˧，
做 清 洁

ha˥ li˧ ŋgu˧ ɕɿ˧；
与 神 枝 祷

ʂo˧ mɔ˧ mɔ˧，
做 清 洁

dʑɿ˩ ɣa˧ khɯ˩ mo˧。[③]
与 祭 牲 祷

① 楚雄自治州人民政府，夜礼斌，李红民. 彝族毕摩经典译注·宁蒗彝族祭祖经（二）（第八十卷）[M]. 昆明：云南民族出版社，2010：21.

② 楚雄自治州人民政府，夜礼斌，李红民. 彝族毕摩经典译注·宁蒗彝族祭祖经（二）（第八十卷）[M]. 昆明：云南民族出版社，2010：25.

③ 楚雄自治州人民政府，夜礼斌，李红民. 彝族毕摩经典译注·宁蒗彝族祭祖经（二）（第八十卷）[M]. 昆明：云南民族出版社，2010：107.

这两组三言句接续四言句的句子结构完全相同，属于句对的种形式。

三言句接五言句。例如：

thu˧ tshɿ˥ gu˧，
化 洁 牢

thu˧ tshɿ˥ kho˧ la˧ lo˧；
大 地 自 然 洁

thu˧ tshɿ˥ dʑɿ˧，
化 洁 白

thu˧ tshɿ˥ me˧ la˧ lo˧。[①]
吉 祥 自 然 来

这是三言句子接续五言句子的两组结构完全相同的句式之间的句对。

四言句接续四言句。例如：

bɿ˧ ŋɯ˧ he˧ tɕhɿ˧，
公 母 洁 灵

ʂo˧ khu̱˧ vu̱˧ la˧；
洁 灵 进 来

ɕi˧ su˧ ʑɿ˧ ɬa˧，
亡 者 洁 灵

ʂa˧ khu̱˧ vu̱˧ la˧。[②]
洁 灵 进 来

这是两组结构相同而前后接续的四言句子的句对。

① 楚雄自治州人民政府，夜礼斌，李红民. 彝族毕摩经典译注·宁蒗彝族祭祖经（二）（第八十卷）[M]. 昆明：云南民族出版社，2010：144.

② 楚雄自治州人民政府，夜礼斌，李红民. 彝族毕摩经典译注·宁蒗彝族祭祖经（二）（第八十卷）[M]. 昆明：云南民族出版社，2010：108.

五言句接续五言句。例如：

ʑʅ˧ ʂɯ˩ ʑʅ˧ ma˩ ɣɯ˩，
找 魂 找 不 到

ho˥ thu˧ bo˧ ȵe˥ ɕi˧；
找 到 海 土 波

ʑʅ˧ ʂɯ˩ ʑʅ˧ ma˩ ɣɯ˩，
找 魄 找 不 到

pi˩ ha˧ bo˧ ȵe˥ ɕi˧。[①]
找 到 别 哈 波

这是两组结构相同的五言句式之间的句对。

五言句接续七言句。例如：

tshʅ˧ ho˧ ŋgo˧ li˧ ko˧，
一 魂 归 来 了

tshi˧ ho˧ ȵo˧ ȵo˧ ba˧ mu˧ la˧；
十 魂 接 踵 伴 而 来

tshʅ˩ ndʐu˧ pho˩ li˧ ko˧，
一 锁 脱 开 了

tshi˩ ndʐu˧ tɕo˩ tɕho˩ tshi˧ mu˧ la˧。[②]
十 锁 松 松 脱 而 来

这是两组结构相同的五言句子接续七言句子的句对。

---

① 楚雄自治州人民政府，夜礼斌，李红民．彝族毕摩经典译注•宁蒗彝族祭祖经（二）（第八十卷）[M]．昆明：云南民族出版社，2010：254.

② 楚雄自治州人民政府，夜礼斌，李红民．彝族毕摩经典译注•宁蒗彝族祭祖经（二）（第八十卷）[M]．昆明：云南民族出版社，2010：236-237.

六、偶

（一）关于“偶”的认识与解析

“偶”是彝族古代文艺理论中提出的一个诗学概念，是关于彝语诗歌的一个重要理论范畴。对于“偶”的认识和理解，经历了一个发展的过程，但是仍然有不明确的内涵。这从彝族古代文艺理论翻译的过程中体现出来了。因此，对于“偶”的研究，也有一个渐进的过程，目前尚不能作出定论。笔者在《彝族三段诗研究·理论篇》中[①]，也有意回避了对“偶”的研究。但是，在这本书出版之后，原先的翻译家联合其他译者重新对彝族古代文艺理论进行了翻译而出版的《彝族古代文论精译》中[②]，在笔者看来，却仍然没有彻底解决关于“偶”的准确理解。这是一个值得进一步加深认识的重要诗学概念。

1. 彝族古代文艺理论中关于“偶”的一些表述

在翻译彝族古代文艺理论之初，即出版《彝族诗文论》和《论彝诗体例》之时，虽然在彝族文艺理论中已经有“偶”的概念，但译者在翻译时并没有提出与“偶”相对应的翻译用语概念，而把与之相对应的彝语文翻译成了“行”。因此，在出版《论彝族诗歌》之后才出现了“偶”这个概念和理论范畴。例如，在《彝诗史话》中有“如像举奢哲，他所写的书，书要讲声韵，句要讲句扣，‘偶’有‘偶’的连，字有字的主。诗要讲音律，无韵不成诗”等论述[③]，同时也有“诗要分主次，韵要分双声。上偶下偶对，下偶上偶应，头中尾偶间，两偶要有韵，一偶要有声。声有声的转，韵有韵的连。偶中字要扣，句与句相连。这时须把住，把住上下押，把住头尾扣”[④]。在新译的《诗音与诗魂》中对于“偶”也保持了以前的翻译：“另如前贤们，他们所写诗，说要头尾扣，又说句要连；可是有的诗，头尾既不扣，句偶也不连。其所以如此，由于前辈们，他们所写诗，各有各的体，后人难分辨。”[⑤]这是古代文艺理论家的表述，也是现代翻译家的翻译。期间有一个过程，即在翻译的过程中，先前翻译家并没有意识到“偶”有其特殊性，后来

---

① 王明贵. 彝族三段诗研究（理论篇）[M]. 北京：民族出版社，2001.

② 沙玛拉毅. 彝族古代文论精译[M]. 王子尧，等整理翻译. 北京：民族出版社，2010.

③ 漏侯布哲，等. 论彝族诗歌[M]. 王子尧译. 康健，王冶新，何积全整理. 贵阳：贵州民族出版社，1990：5.

④ 漏侯布哲，等. 论彝族诗歌[M]. 王子尧译. 康健，王冶新，何积全整理. 贵阳：贵州民族出版社，1990：10

⑤ 沙玛拉毅. 彝族古代文论精译[M]. 王子尧，等整理翻译. 北京：民族出版社，2010，786.

才把它作为彝语诗歌的一个重要概念单独表达出来。这在下文中将谈到。

2. 翻译家对"偶"的认识与翻译

"偶"作为一个单独的诗歌概念被提出来，是在后来翻译《彝诗史话》时使用了这个概念，并对这个概念作出了明确的解释，指出："'偶'彝诗格律中有一种'句对'，前后两句两两相扣，成为一个单元，颇有点像汉语律诗中的颔联、颈联的'联'。在已由我们翻译整理出版的《彝族诗文论》和《论彝诗体例》中，我们曾经把它译为'行'，字面上虽然与'句'有所区别，但意义模糊，极易与句相混淆。而且彝诗原抄本一律是由左而右直行书写的排列法，因此所谓的'行'的概念，同我们现在仿西洋诗歌一句一句由上而下横行排列的'行'也很不相同。根据这些理由，本来也可直接意译为'联'的，不过仍嫌易于与汉诗的'联'相混同，故不得已只好勉强译之为'偶'，有偶句、对句或骈偶之意。这个译法乍看不免陌生，但用惯以后，大概就会约定俗成，习以为常的。先试试看吧。"[①]在翻译《诗音与诗魂》时，译者又解释道："'偶'在彝诗格律中，除五字为一句（间有多于或少于五字）的'句'而外，还因对仗与押韵、扣连等关系而出现的一种两句相对为一个单元的'对句'，前此我们曾将它译为'行'，以区别于一般的'句'，这种译法实欠准确。现在，凡能确定其为对句的地方，一律译之为'偶'。"[②]在新的译本中，译者坚持了这一译法，指出："'偶'在彝诗格律中，除五字为一句（间有多于或少于五字）的'句'而外，还因对仗与押韵、扣连等关系而出现的一种两句相对为一个单元的'对句'。"[③]这些就是翻译家对古代文艺理论中出现的关于"偶"的一些认识过程。

对照翻译家翻译彝族古代文艺理论的实践来看，对"偶"的认识过程和脉络同样保留在了新的译本之中。[④]其中反映出来的一些问题，尚不能作出合理的解释，因此在此略而不论，等以后认识深化、理解透彻之后再作研究。

3. 关于"偶"的概念的解析

从彝族古代文艺理论的论述及翻译家的翻译和解释，结合彝族古代文艺理论

---

① 漏侯布哲，等. 论彝族诗歌[M]. 王子尧译. 康健，王冶新，何积全整理. 贵阳：贵州民族出版社，1990：15.

② 漏侯布哲，等. 论彝族诗歌[M]. 王子尧译. 康健，王冶新，何积全整理. 贵阳：贵州民族出版社，1990：28.

③ 沙玛拉毅. 彝族古代文论精译[M]. 王子尧，等整理翻译. 北京：民族出版社，2010：152.

④ 情况可见沙玛拉毅. 彝族古代文论精译[M]. 王子尧，等整理翻译. 北京：民族出版社，2010：60，75-76，99，117，120，239，309，313……786.

中的一些论述，笔者发现，“偶”可以有以下解析：

（1）“偶”等于“对”，即二句为一“对”，也就是一“偶”。根据翻译家的解释，可以认为，“偶”是彝语诗歌句子形式的一种，是两行诗（彝语诗歌从上到下一行接着一行排列的形式）组合而成的“一对”，相当于汉语格律诗中的“联”，其形式又相当于汉语中的“对联”。

（2）“偶”不恒等于“对”，即“偶”还可能是多于二句的三句或者九句。从彝族古代文艺理论中去研究，还可以发现，“偶”还有“对”“联”“对联”之外的内涵。例如，《彝诗史话》中说：“各句各有主，两句主成双；三句有对正，四句双韵生；五句单韵连，六句双韵对；七句声韵转，八句变韵生；九句偶有扣，十句各韵分。十韵单双传，书写是主根。诗歌各种体，把住以上根。”[①]这里的“三句对”“九句偶”显然不是二句一对的形式。

（3）“偶”可以约等于“段”，是三段之中的一段的形式。在新译的彝族古代文艺理论、实乍苦木的《诗歌的连名扣》中，有“三段三段合，三段三段连，三段三段押。对于段与‘偶’，段、‘偶’里的字，字要用得准，韵与韵相连，写下才成体，写来才像诗”的论述。[②]这里隐约表达了段与偶之间的同等的关系。同时，实乍苦木接着论述道：“有的诗写法，一句三句连，一句三句扣，一句三句押；上下各有押，偶中各有连。”[③]这里表述的内容，似乎是三句为一偶，并且一偶是一段的内涵。

（4）“偶”与“奇”相对应，是一种格律对应关系。漏侯布哲在《谈诗说文》中论述道：“诗句强而劲，对偶必工稳。”[④]实乍苦木在《彝诗九体论》中也指出：“偶句对偶句，偶偶都有连。”[⑤]这里虽然没有明确说出“偶”与“奇”一样是一种相对应的格律关系，但是其中明显指示了“偶句”的对应者，应该就是“奇句”。

（二）彝族传统经籍诗歌中的“偶”

彝族传统经籍诗歌中，也有“偶”的格律形式。在“偶”与“对”的格律形

① 漏侯布哲，等. 论彝族诗歌[M]. 王子尧译. 康健，王冶新，何积全整理. 贵阳：贵州民族出版社，1990：9.

② 沙玛拉毅. 彝族古代文论精译[M]. 王子尧，等整理翻译. 北京：民族出版社，2010：462.

③ 沙玛拉毅. 彝族古代文论精译[M]. 王子尧，等整理翻译. 北京：民族出版社，2010：463.

④ 漏侯布哲，等. 论彝族诗歌[M]. 王子尧译. 康健，王冶新，何积全整理. 贵阳：贵州民族出版社，1990：99.

⑤ 漏侯布哲，等. 论彝族诗歌[M]. 王子尧译. 康健，王冶新，何积全整理. 贵阳：贵州民族出版社，1990：123.

式对照中，可以发现，如果是两句的偶，与对的形式是完全一样的，因此这种偶句就是对句的一种形式，在这里不再进行举例分析。而只有三句为一偶的形式，就是“奇”句的偶才是彝族诗歌包括彝族传统经籍诗歌的特有形式。兹举例分析如下。

1. 三言句式的偶

三言句式在彝族传统经籍诗歌中不多，但有偶的形式。例如：

ndʑɿ˧　ʂa˧　ho˧
君　王　福

mo˩　ʂa˧　kha˧
臣　僚　福

pi˧　ʂa˧　tʂɿ˩[①]
毕　摩　福

这是三言句式的三句为一偶的格律形式。

2. 五言句式的偶

五言句式在彝族传统经籍诗歌中是最多的句子形式，是代表性的诗句。五言句式的偶的形式也是比较普遍的。例如：

phu˩　pɿ˧　sɔ˧　gu˧　nɯ˧
考　妣　祭　三　祭

ɬɿ˥　ɕɿ˧　sɔ˧　gu˧　nɯ˧
灵　牌　祭　三　祭

ga˥　ne˧　sɔ˧　gu˧　nɯ˧[②]
主　家　祭　三　祭

---

① 楚雄自治州人民政府，夜礼斌，李红民. 彝族毕摩经典译注·宁蒗彝族祭祖经（二）（第八十卷）[M]. 昆明：云南民族出版社，2010：213.

② 楚雄自治州人民政府，夜礼斌，李红民. 彝族毕摩经典译注·宁蒗彝族祭祖经（二）（第八十卷）[M]. 昆明：云南民族出版社，2010：184.

这是五言句式的三句结构相同的句子构成的一偶诗歌。又如：

vɿ˧ thu˧ ʂɿ˧ ndʐu̠˧ pɿ˩
身 背 金 签 筒

ɬɯ˩ vo˩ ti˧ n̠i˧ ndi˥
头 戴 红 边 帽

tɕhi˩ khɯ˩ dʑi˧ ʑo˧ si˧[①]
手 里 扇 着 扇

这是另外一种结构相同的三个五言诗句构成的一偶诗歌。

3. 七言句式的偶

七言句式在彝族传统经籍诗歌中不多，但是也有七言句式构成的偶。例如：

ma˧ n̠i˧ tshɿ˧ mo˧ tsɿ˥ ge˧ ge˧
竹 也 遇 之 节 节 断

tʂhu˩ thu˧ tshɿ˧ mo˧ ŋga˧ ɕɿ˧ ɕɿ˧
刺 从 遇 之 齐 齐 断

ne˧ ʑɿ˧ tshɿ˧ mo˧ thi˥ ȵi˩ ȵi˩[②]
江 水 遇 之 水 断 流

这是一种结构相同的三个七言诗句构成的一偶诗歌。

七、连

“连”作为一个彝语诗歌概念，既包含格律方面的要求，也有内容方面的含义，同时还是对彝语诗歌的一种计量单位的称呼。

第一，“连”泛指彝语诗歌格律中的押韵、谐声、扣字等的格律关系。

---

① 楚雄自治州人民政府，夜礼斌，李红民. 彝族毕摩经典译注·宁蒗彝族祭祖经（二）（第八十卷）[M]. 昆明：云南民族出版社，2010：234.

② 楚雄自治州人民政府，夜礼斌，李红民. 彝族毕摩经典译注·宁蒗彝族祭祖经（二）（第八十卷）[M]. 昆明：云南民族出版社，2010：16.

第二，“连”指彝语诗歌一句之中、各句之间和各段之间在格律、内容及结构等方面的一切联系、连接等关系，包括彝族古代诗学家经常谈到的“血肉连”“主骨连”等。

第三，“连”指彝语诗歌的一个特殊的计量单位。它可以是一段，就是诗学家们所说的“只有一段连”的“连”的一种指称；也可以是由三个段落组成的结构稳定的三段为一首的“三段诗”的指称，就是古代诗学家所说的“三段成一连”的含义。

如果和汉语格律诗比较而论，那么在声韵格律方面，押韵、谐声等音韵谐调关系是“连”；平仄、对仗等格律关系是“连”；在结构上的起、承、转、合各个具体关系之间及全部的起承转合之间也是“连”；在表达诗歌形式数量的八句一首七律的“首”和四句一首五绝的“首”也可以类比地称为“八句诗一连”或者“四句成一连”。

总之，“连”是一个十分宽泛的彝语诗歌的诗学概念，既有格律方面的要求，也有其他方面的所指。

在彝语诗歌格律形式中，“连”是宽泛的一种形式，在彝族传统经籍诗歌中也是这样，所有一切产生了各种关系的格律都是“连”，因此不再举例分析。

第二节 句　　式

句式，简要地说，就是句子的形式。话要一句一句地说，字要一笔一画地写，然后构成一个一个词，这些词语构成一个一个的句子，也是就一句一句的话语。

句子的形式，因为所属的语言不同，就有不同的表达方式。表音体系的语文以音节为主，表意体系的语文，说话时当然也是以音节为主，但是写成书面的句子，就有可以以字、词为主，连续起来表达意义。因此，无论表音体系还是表意体系的语文，它们中的每一句话，可以用音节的多少来进行分析、衡量；而在表意体系的语文中，如果是文字的形式，可以把它细分到一个字、一个词来进行划分。

彝语属于汉藏语系藏缅语族彝语支，有东、西、南、北、中、东南六大方言。传统的彝语在发明彝文进行记录之后，就有了一套彝文体系来进行描写、表达。发展到明清以后，北部方言彝语所使用的彝文逐渐向表音方向发展，到当代通过规范之后，成为一套以表音为主的彝文。因此，当代流行着两种彝文体系，北部方言区的表音彝文体系和其他五个方言区的表意彝文体系。但是无论是哪一种文字体系，都用一个一个完整的彝文符号来描写彝语。基于这种事实，我们在分析彝语句式的时候，可以通过书面语文来进行，把描写每一个语音的符号作为一个彝文来对待，然后通过彝文来分析彝语句式。

一、字数与句数

（一）字数

一个字代表一个彝语的描写符号。除了彝语北部方言区，作为书面文本的字是一个完整的符号形式，它能够构成一个完整的意思。字数在这里指的是组成彝文一个句子的文字的数量。一个句子由多少个彝文组成，就是这个彝文句子的字数。由一个文字组成一句，就是一字句，由两个文字组成一句，就是二字句，依次类推。在散文类作品中，有几个文字组成一句话，通常可以用“几字句”来称呼这句话。而在韵文类作品中，特别是诗歌作品中，由于组成诗句的字数相对固定，组成一个诗句的字数，除了用“几字句”来称呼外，还经常用“几言句式”等来称呼。例如，汉语格律诗歌，如果是五个字一句的诗句，除了称为“五字句”之外，还可以称为“五言句”或“五言句式”；如果是七个字一句的诗句，除了可以称为“七字句”之外，还可以称为“七言句”或“七言句式”。彝语诗歌作品作为韵文类的代表，也可以这样来进行称呼，即如果是五个字一句的诗句，除了称为“五字句”之外，还可以称为“五言句”或“五言句式”；如果是七个字一句的诗句，除了可以称为“七字句”之外，还可以称为“七言句”或“七言句式”。其余的依次类推，如三个字为一句的，可以称为“三字句”或者“三言句”“三言句式”；四个字一句的可以称为“四字句”或者“四言句式”，等等。由于此前的研究没有涉及彝语诗句的句式问题，在这里特别给予说明。

彝语句子的字数，从理论上讲，从一字句到无穷多的 N 字句都是有的。但是在实践中，由于一个人能够讲多长的一个句子，即他能够一口气不换地讲多长时间的一句话，是有限度的，因此，在彝语中，基本没有发现超过 50 个字的句子。在彝族“尔比”即谚语中，在彝族“克智”即口头论辩词中，也没有发现过超过 50 个音节即字的情况。通常，能够超过 20 个字的都很少。而作为书面的文本，彝语文有比较固定的传统形式，那就是以诗歌的形式为主流。在诗歌句式中，每一句诗歌句子，以五言句式为主流。这是彝族古代文艺理论家早就发现了的事实。魏晋时期的文艺理论家举奢哲在其《彝族诗文论》中就指出：“一定要搞清，彝族的语文，多是五字句，七言却很少，三言也如此，九言同样是，也是少有的……五言占九成，其余十之一。”[①]同时期的阿买妮在《彝语诗律论》中也指出：“诗有各种体，多为五言句。五言是常格，也有三言的，三言句不多，见于各种体。七言诗句少，各书中去找。”[②]即使是流传到现在的各种经籍，除了少数散文体裁的如《玄通大书》《历算书》等之外，绝大多数仍然是五言体裁的诗歌文本。

彝族传统经籍中，字数最少的句子，当然只有一个字。这种一个字的句子，在诗歌中不很常见，但不是没有。例如，约唐代时期的著名大毕摩实乍苦木，引用过一首据说是大帅吐实楚创作的诗歌，每节的第一个字就是独立的一句，其中第一节如下：

ʔɛ˥——
哎——
se˧　ma˩　dzo˧　mi˧˩　dɯ˧
无　树　的　地　方
ʂʅ˧　ȵy˩　mbo˩　ndɛ˥　ʑo˧[③]
青　草　满　坡　长

这种一个字的句子，在《增订〈爨文丛刻〉》中的经书，如《玄通大书》中到处都是，凡是牵涉到要用牛、羊、猪、鸡等十二生肖、属相、地支的表述的地方，一个“虎、兔、龙、蛇……”等生肖、属相的字就是一个句子。字数最多的地方，也是散句中最为常见，韵句中却比较少，因为有韵律的限制。例如，同样是《增订〈爨文丛刻〉》经书的《玄通大书》中，有长达33字的句子：

tɕho˧˩　kho˧˩　tshɤ˩　ŋʊ˧　kho˧˩　ȵi˩　tshɤ˩　ɬi˥　kho˧˩　sɤ˧　tshɤ˩　sɤ˧
六　岁　十　五　岁　二　十　四　岁　三　十　三

① 举奢哲，阿买妮，等，彝族诗文论[M]. 康健，王子尧，王冶新，何积全翻译整理. 贵阳：贵州人民出版社，1988：8.

② 举奢哲，阿买妮，等，彝族诗文论[M]. 康健，王子尧，王冶新，何积全翻译整理. 贵阳：贵州人民出版社，1988：63.

③ 沙玛拉毅. 彝族古歌精译[M]. 北京：民族出版社，2013：401.

kho˧ ɬi˧ tshɤ˩ kho˨˩ ŋʊ˧ tshɤ˩ tha˩ kho˨˩ tɕho˨˩ tshɤ˩ kɣ˧ kho˨˩
岁 四 十 岁 五 十 一 岁 六 十 九 岁

ɕi˥ tshɤ˩ ʔhĩ˨˩ kho˨˩ ʔhĩ˨˩ tshɤ˩ ɕi˥ kho˨˩ kɣ˧ [①]
七 十 八 岁 八 十 七 岁 灾。

而关于二字句、三字句、四字句、五字句的句子，在前面所举的各种诗歌例句之中都有存在。六字句、七字句，特别是八字以上的句子，在彝族“尔比”中较多，在彝族传统经籍特别是散文体经籍，所在也有很多，在此不再一一举例。

（二）句数

句数是指句子的数量。在彝族传统经籍中，句数指的是一部经籍总的句子的数量。

彝族传统经籍，有的一部大经籍中又包括若干部小经籍，如《解冤经》之中，又分解为各种冤的一小部、一小部的经籍；《占卜经》一类的经籍，各种不同的问题需要占卜的各分为一小部。因此，彝族传统经籍的句子数量，是根据经籍的不同而定的，一般小的经籍少的也有几十句；大的经籍如《丧祭大经》往往长达几千句乃至上万句。像《玄通大书》这样的经籍，万句以上的本子并不少见。

二、散句与韵句

就目前流行的分类方法，所有的文字作品，从有没有韵律来进行划分，都可以分为韵文和散文两大部类。彝族传统经籍的情况也是这样。如前所述，在现在流传的各种经籍文本中，85%以上的是韵文体，主要是五言诗歌的形式，如收入《增订〈爨文丛刻〉》中的经书，《献酒经》《祭龙经》《解冤经》《指路经》《呗耄献祖经》等都是五言体诗歌，只有《玄通大书》和《武定罗婺夷占吉凶书》是散文体。[②]

根据经籍语句表现形式，彝族传统经籍的语句可以分为“散句”与“韵句”两种形式。所谓“散句”，在这里指的是彝族传统经籍文本中，上下两句、多句之间不需要构成韵律的语句。所谓“韵句”，在这里指的是彝族传统经籍文本中，

① 马学良. 增订《爨文丛刻》[M]. 罗国义审订. 成都：四川民族出版社，1986：798.

② 马学良. 增订《爨文丛刻》[M]. 罗国义审订. 成都：四川民族出版社，1986.

上下两句、多句之间需要有一定的韵律谐调的语句。

韵句在彝族传统经籍中，主要就是诗歌体裁中的句子，这在前面所举的例子中十分普遍，在此不再赘述。

散句在前面的研究中虽然没有举例，但是在彝族传统经籍的散文类的文本中比比皆是。例如，《八卦天文历算》四卷[①]，《罗平彝族历算书》四卷[②]，几乎所有的句子都是散句，没有什么韵律。

三、重复句式与转换句式

彝语文的重复句式与转换句式，在这里主要是指彝语文的句子与句子之间的关系。从逻辑上讲，彝语文上下句了之间的内容，即使字面上是重复的，它所要表达的意思或者情感，必然不存在重复的问题。因此，谈及重复句式的时候，主要的还是形式方面的问题，转换句式也是这样。当然，讨论重复句式的时候，也不能对它在内容上的重复视而不见。

在彝族传统经籍中，重复句式与转换句式是两种普遍的句式，不论是韵文体裁的经籍，还是散文体裁的经籍，都有重复句和转换句，只是在诗歌形式的韵文体裁中，重复句出现得更多。

（一）重复句式

重复句式是指相邻的两个句式在结构形式有时同时在内容上完全相同的句式。

重复句分为两种，一种是结构形式与表达的内容完全一样的重复句，这种句式可以称为完全重复句式，它在彝族传统经籍中比较少；另外一种是句子结构形式重复，但是内容不重复的句式，这种句式可以称为一般重复句式，它在彝族传统经籍中比较多。

1. 完全重复句式

完全重复句式一般在经籍最后出现的情况较多。比如，《献酒经》念诵完后，念诵者往往要重复几句“吼啊吼，吼啊吼”即“献啊献，献啊献”。而在念诵《祈

---

① 楚雄自治州人民政府，夜礼斌. 彝族毕摩经典译注・第六十六卷～第六十九卷[M]. 昆明：云南民族出版社，2010.

② 楚雄自治州人民政府，夜礼斌，李红民. 彝族毕摩经典译注・第八十七卷～第九十卷[M]. 昆明：云南民族出版社，2011.

福经》一类经籍的最后，往往也会念诵几句“打弄，打弄”即“添福，添福”之意。

2. 一般重复句式

例如：

gɯ˥ ʈhu˧ ʈu˩ zu˧ zu˧
白 鹤 亮 晶 晶

gɯ˥ ʈhu˧ ɖei˨ ʈo˥ ʈo˩[①]
白 鹤 鸣 朗 朗

这种一般重复句，可以是两句或者两句以上的句子构成一个重复句式。例如：

ʂʅ˧ ʥi˩ dɑ˧ lʊ˩ no˧
上 得 三 级 梯

ɕi˧ ɣɑ˧ ɬi˨ ʑi˧ ndɣ˧;
解 除 喜 隶 冤;

ɬi˧ ʥi˩ dɑ˧ lʊ˩ no˧
上 得 四 级 梯

mu˧ ɣɑ˧ nʥʊ˩ ʑi˧ ndɣ˧。[②]
解 除 木 觉 冤。

在彝族传统经籍中，我们前面论述所及的彝族古代文艺理论家阐释过的“对句”“偶句”等诗歌句式，都是重复结构的句式。

（二）转换句式

转换句式就是语句从一种结构形式转换为另外一种结构形式。从整体上分类，句式结构除了重复句式就是转换句式。因此，转换句式是彝族传统经籍中形式最多的句式，无论是散句还是韵句，它出现的数量比重复句式多得多。

---

① 陈大进. 实勺以陡数[M]. 贵阳：贵州民族出版社，2009：201.

② 陈大进. 实勺以陡数[M]. 贵阳：贵州民族出版社，2009：11.

现举一例说明转换句式的形式。例如，用得最多的《献酒经》的开头部分：

xɤ˥　xɤ˧　ndʐʅ˩　xɤ˥　xɤ˧
献　酒　啊　献　酒

ɣr˧　ɣo˧˦　sə˥　ndʑo˧　bu˩
哎　里　知　识　开

thu˧　thi˧　xɤ˧　ɣɤ˧　mbu˥
献　仪　遍　天　下

ʈhu˧　dʑe˩　m̱˩
银　树　高

se˧　xɤ˩　ɖə˩　du　lɤ˥[①]
金　海　宽　出　现

上面这一段经文中，没有一句的结构是相同的。也就是说，这五个句子之间都是转换了的形式，是转换句式。

在重复句式与转换句式两大部类中，如果从艺术的角度进行分析，重复句式比较容易构建和谐的韵律，而转换句式在这方面的功能要相对弱一些。但是，如果转换句式的字数相等，构建韵律也有较好的基础。

第三节　节　　奏

节奏往往使人觉得它必然是一个音乐术语。其实在人们把这个事物内容固有的属性提炼为音乐术语之前，它却是事物内部固有的节律。比如，一部口头或文字作品的文本，本身就有一定的推进的时间安排和内容呈现，这些都是作品的节奏问题。同时，一句话，一段话，也有不同的安排方式，这也是句子的节奏问题。因此，在讨论彝族传统经籍文学的节奏问题时，要从整部作品的节奏方面和作品内部的语句的节奏方面进行总体把握和内部分析。

---

① 马学良. 增订《爨文丛刻》[M]. 罗国义审订. 成都：四川民族出版社，1986：217.

一、诗歌句子的节奏

句子内部的节奏，有两种情况，一种是散文体裁中，上下语句之间只是通过内容的转换与递进构成的语句的节奏，这种句子的节奏主要是根据句子及句子之间的内容的要求来规定句子的节律，因此是随时变化、没有规律可循的，不具有研究价值；另外一种是韵文特别是诗歌形式的句子的节奏，这种句子的节奏不但要顾及内容的表达，各个句子之间还要遵循一定的韵律要求，这种诗歌句子的节奏是值得研究的艺术形式。

彝族传统经籍的绝大部分是诗歌体裁，其中富有意蕴的节律在各个句子之间都会有所体现，因此其句子节奏是值得研究的艺术形式。

这里举《增订〈爨文丛刻〉》中《解冤经》的一小节来分析诗歌内部的句子的节奏。

（1）m˧ khu˧ tshɿ˩ thɑ˩ ŋgʊ˩
天 北 此 一 门
北天此一门

（2）thu˧ lu˧ tshɿ˩ thɑ˩ ʈhu˥
宇 宙 这 一 面
乃宇宙一方

（3）thu˧ lu˧ ʔʊ˧ ɣɤ˧ lo˨˩
宇 宙 头 以 啊
宇宙之上呢

（4）ɬo˥ to˥ lɤ˩ dzʊ˥ dzʊ˧
鲁 朵 闹 哄 哄
鲁朵闹哄哄

（5）thu˧ lu˧ dzo˨˩ ɣɤ˧ lo˨˩
宇 宙 腰 以 啊
宇宙之中呢

（6）ɕi˧ ɬi˨˩ ɣə˩ vɑ˧ vɑ˧
喜 替 笑 吟 吟
喜替笑吟吟

（7）thu˧ lu˧ tɕhi˧ ɣɤ˧ lo˩
宇 宙 脚 以 啊
宇宙之下呢

（8）m˩ ȵdʑu˩ ndʐɤ ʈhɿ˩ ʈhɿ˩
木 觉 议 纷 纷
木觉议纷纷

（9）ndʐɿ˧ bi˥ ɣɪ˧ ɣə˥
愿 还 魂 赎
还愿赎魂

（10）thi˩ dʑo˩ ɣɤ˥ ɣo˧ khɤ˩
他 在 处 以 到
到它们之前

（11）ɣɪ˧ ɣe˥ ɣu˩
魂 赎 得
魂赎了

（12）ˀhũ˩ ɬʊ˧ ɣʊ˩ ɣɤ˧ gɤ˧[①]
魄 取 得 以 毕
取魄已毕了

如果按照每一个音节为一个计量单位，这一节诗歌各句的节奏依次如下：前二句分别是二一二节奏，其他各句的节奏分别是：第4句，一一三，第5句，二一二，第6句，一一三，第7句，二一二，第8句，一一三，第9句，一一一一，第10句，一二二，第11句，一二，第12句，一二二。其中，第1句和第2句的句式结构是相同的；第3句、第5句、第7句的句式结构是相同的；第4句、第6句、第8句的句式结构是相同的。其他各个句子分别是一种句式结构。这一节诗歌句子的节奏，其五言诗歌部分代表了彝族传统经籍诗歌句子的一部分节奏形式。

彝语五言诗歌包括彝族传统经籍中的五言诗歌的其他句子节奏，还有二二一、一三一、三一一、一四、四一等几种。

不过，要特别指出的是，这里的句式的节奏只是字面上的一句一句的句子的

① 马学良. 增订《爨文丛刻》[M]. 罗国义审订. 成都：四川民族出版社，1986：394-395.

形式节奏。按照人类学的观点，这些句子是在特定的场合，由毕摩来举行仪式解除亡灵的冤愆时所念诵，因此它不能简单地从字面上来划分节奏。毕摩在念诵这些经文的时候，各地的毕摩，或者说师承不同的毕摩，在念诵这些经文时，他们的腔调会各有差异，虽然这些差异并不太大，都是根据彝语文的句子的结构来稍微作一些调整而已，但是这些腔调必定会影响到这些经文句子的具体节奏。然而就已经考察过的毕摩所念诵的《解冤经》相关内容的对比（例如，唱诵腔调中对贵州省毕节市七星关区三官寨的考察，与贵州省毕节市纳雍县河头村的考察进行对比），毕摩念诵的各种经文的结构，主要还是遵循彝文语句本身固有的结构特点，也就是说，在原生态形式下的经文的句子的节奏，是与记录下来的文本的文字句子的节奏是基本一致的。

二、段落与小节之间的节奏

一首诗歌或者一篇作品，往往要由几个段落或者小节构成。在这些小节或者段落间，时间、速度的节律都有一定的内在联系，这就是段和小节之间的节奏。

在彝语诗歌的节奏中，如果把句数最少的格言、谚语也算在里边，那么，成型的就是五言两句的一首短小谚语。在述说这样两句的短小谚语时，其节奏是相当快的，特别是在进行“克智”口头论辩的时候。而以彝语文最为普遍和成熟的诗歌体裁“三段诗”的情况来说，五言一句、两句为一段是最短小的形制；两句为一段、三段为一首是最完整的短诗。这样，一首五言两句三段诗，就是成型的三段诗，它的节奏也是这类诗歌中最短促的一种了。

但是同样要注意的是，彝语中的许多三段诗是通过演唱或者念诵的形式来表达内容和情感的，从文学人类学的角度上看，其节奏的短与长，还要与具体的唱腔相结合才能完全体现出来。2013 年 7 月，贵州省彝学研究会在赫章县举行了彝族原生态歌舞大赛，其中的情歌比赛中，演唱了不少经典的彝族歌曲，三段诗类型的经典情歌《月明的三月》等、山歌类型的《青杠树叶十二层》、婚礼歌类型的《帮忙弟兄歌》等都进行了表演。从这些歌曲特别是情歌中可以看出，多数歌曲各段之间在曲上是一致的，而在词上虽然不同，都是同一曲子的反复演唱。也就是说，如果它是规则的歌曲，各段之间是重复的关系，其节奏是基本一致的。

在彝族传统经籍中，由于功用不同，各种经籍的长度也不一样。有的必须是通过毕摩的演唱或者念诵才得以体现其节奏，有的则只是翻阅、查看的经籍，不需要声气的配合。例如，体量最大、篇幅最长的《玄通大书》，以前述《增订〈爨文丛刻〉》中的一部为例，整部经籍有248个标题[①]，它是工具书类型的经籍，不需要通过念诵或演唱的形式来配合才能使用，因此，篇幅再长也不存在节奏的问题。同样，这部经籍汇编中的《武定罗婺夷占吉凶书》也是同一性质的经籍，虽然篇幅较短，也不存在节奏问题。以上两部经籍的形式特色，都是散文形式。而除了这两部经籍之外的其他经籍都是诗歌形式，而且必须通过毕摩的念诵才能体现出它们的功用。并且作为诗歌的句式，节奏相当突出。作为每一部经籍的体量、篇幅，也由不同的章节构成。整部经籍在长度上就有一个连续推进的过程，在时序的先后上反映出节奏的问题。例如，《解冤经》全部篇幅由39个章节构成，篇幅短小的如前面所引述的一节，只有12句，而篇幅长的有几十、上百句，所以在构成整个一部经籍的节奏的时候，不论是否由毕摩来念诵，节奏的急迫和舒缓都已经在篇幅的长短中有所体现。彝族经籍中的《指路经》与《解冤经》等，还不是在原生态的仪式中运用时，篇幅最长的经籍，要数《丧祭大经》这类大经，如果是在举行“尼目”大典时念诵，有的是需要多个毕摩配合，经过 7 天乃至 19 天才能念诵完毕。[②]因此，这类丧祭大经的节奏，应该是彝族传统经籍中节奏最为漫长、舒缓的经籍了。

第四节 程式与结构

从人类学的角度去进行考察，彝族传统经籍总是与一定的仪式与环境等社会生态紧密结合在一起，不像现代意义上的文学作品，主要用于阅读和欣赏。因此，考察彝族传统经籍的文学性，必须与彝族传统社会生活紧密结合，必须与经籍使用的具体仪式紧密结合，从经籍之外的生态仪式与环境中去理解经籍，从经籍之内的内容、形式结构中去分析经籍。所以，在整个程序与仪式即总体的程式中去考察经籍，以及从整部经籍的整体结构中去分析经籍，都是必须的而且是十分重要的。

---

① 马学良. 增订《爨文丛刻》[M]. 罗国义审订. 成都：四川民族出版社，1986.

② 朱崇先. 彝族祭祖大典仪式与经书研究——以大西邑普德氏族祭祖大典为例[M]. 北京：民族出版社，2010.

一、总体程式与结构

如果说从整个彝族人的一生的总体生命时序上来探寻彝人与经籍之间的关系，显得太过于宏大、疏阔，大而无当。那么从彝族人人生的一个关键阶段即人类学家所谓的“通过仪式”中来考察彝族人与经籍之间的关系，则是比较适当的一个选择。这些关键的阶段，主要有婚、生、长、病、亡、祭、送等，在传统的社会生活中，都需要举行一定的“通过仪式”让人或者灵进行身份的转换与适应。

在彝族的所有人生仪式中，无论是生、老还是病、死，在人生的关键时期都会有一些仪式，有的需要请毕摩来主持，有的则只需要有经验的长者或家人来主持，有的则由当事人本身就可以进行。然而，生的人，其仪式无论多么隆重，都比不上已经亡故的人的仪式，“薄养厚葬”是彝族传统生活的一个特点。而在亡故了的人变成祖先、魂灵之后，为他们举行的仪式又要比此前任何一个仪式都严肃、庄重、隆重。在所有的仪式中，最为隆重的就是整个一个家族为全部逝去的祖先举行的“尼目”祭祖大典。

根据朱崇先教授等有关专家的田野调查，彝族祭祖大典即“尼目”仪式，古代规模最大、时间最长的大典要举行 49 天。新中国成立后，基本上都没有见过 7 天以上的仪式了。专家们在调查云南省武定县大西邑普德氏族祭祖大典时的统计，这次大典举行了 7 天。从事后形成的著作的情况来看，这部加上绪论和结语一共 15 部分、50 节的著作中，除了绪论和结语部分之外，几乎在每一节所描述的仪式中，都要使用 1～2 部经籍，有的要使用 3 部。整个仪式由多个毕摩配合完成，一场祭祖大典做完，要使用几十部经籍。[①]

以一场笔者亲自参与调查的比较常见也比较完整的丧祭礼仪为例，可以简要考察这一类型的仪式的程式及其所用经籍的情况。

2012 年 1 月 10 日，贵州省威宁彝族回族苗族自治县猴场镇下藤桥村陈某某的父亲去世，定于 1 月 13～14 日举行丧礼祭悼仪式。笔者参加了这场丧礼。所请主持丧祭仪式的毕摩 12 日即到事主家，进入专门为毕摩建起来“毕仇”（毕摩专用祭祀房，也称为“鄂仇”）。13 日正祭当天，到 14 日卜葬这天，有如下主要程序、仪式和需要念诵的经籍：

---

① 朱崇先. 彝族祭祖大典仪式与经书研究——以大西邑普德氏族祭祖大典为例[M]. 北京：民族出版社，2010.

（1）（13 日）孝家即事主“雀哩”：先由事主家举行“雀哩”转场仪式；

（2）客人“雀哩”：先接孝子亡故的父亲的舅舅家客人（接着接各路亲戚家客人）举行转场仪式；把舅舅家安在火堂最上方的位置（从主祭棚“搓嘎”的位置算起，最近的为上位）；

（3）“把”：带吊唁的客人到“搓嘎”，念诵“把”敬祭去世老人；由毕摩或“摩史”带客人到“瓮车”（灵房）“益吼把”（念诵《献水经》），客方“摩史”（客方的毕摩称为摩史）在下位念诵，主家毕摩在上位对答，一个一段地进行；

（4）引客人进火堂；

（5）请客人吃晚饭；

（6）请客人到灵房献牲，毕摩念诵《献牲经》；

（7）“喜仇煮”：逝者吃晚饭，毕摩念诵《晚祭献酒经》；

（8）“雨斗”：解冤，毕摩念诵《解冤经》；

（9）“雨补沓”：解冤收场，念诵解冤收场经；

（10）“克洪呗”：孝子方请人跳丧祭舞蹈“克洪呗”，有唱有跳；

（11）请客人跳丧祭舞蹈“克洪呗”，每家跳一段；

（12）各家客人跳一段“甩香舞”，敬香；

（13）客人回火堂；

（14）孝子家与客人各派一个代表到灵前与去世者吃送别晚饭；

（15）（第二天早上，14 日）“喜抽煮”，早祭，即吃早饭，用猪作祭牲，毕摩念诵《早祭献酒经》；

（16）“菊摩”：指路，毕摩念诵《指路经》指引亡灵回归祖先发祥地；

（17）焚烧祭奠纸火等物品；

（18）将逝者抬去墓地；

（19）卜葬；

（20）毕摩退神、回神。

整个仪式结束。

这一仪式是通常的仪式，从祭礼的角度上，彝语称为“沓雨斗，沓仇煮”，即举行一次解冤仪式，举行一次晚祭献酒仪式，汉语通常称为“半堂”。这是黔西北彝族地区最为普遍的丧礼祭祀仪式。这其中所用的经籍都是根据仪式进行的程序来安排，是固定的程式，不能错乱，不能混用。“半堂”中所使用的经籍，也是彝族丧礼中最为常用的经籍，这些经籍为每个毕摩所常备而且熟悉。有的毕摩，可以背诵《献酒经》，功力强的还可以背诵《解冤经》《指路经》等。毕摩在念诵这些经籍时，一般都要用自己师承的毕摩念经腔调，抑扬顿挫、起伏连绵地诵唱经文，而不只是一般的朗读。这些经文在毕摩的唱诵声中，成为有了灵性的能够感染在场参加吊唁的人们的活态经籍。这些又是仅仅见于经籍文本的文字所不能涵括的，它还处在原生态的仪式之中，是人类学的文学样式。

二、经籍的起头句式与结尾句式

许多彝族传统经籍中都有比较固定的起头句式，也有比较固定的末尾句式。这些固定的句式，在传统经籍中，除了是配合程序、仪式的分段进行外，在彝族传统的经籍文本中，由于基本上没有，或者很少有标点符号来断句，有时候只有依靠一些固定的句式来分开各段程序与仪式应该念诵哪一段经籍。同样，有时候一些固定的、有末尾句式的经籍，也有这样的功能和作用。

（一）起头句式

经籍的起头句式，这里主要是指一部经籍各个部分起头的句式，当然也包括一部经籍起头的句式。由于不同的经籍之间的起头的句式，往往没有可比性，因此，在绝大多数情况下，经籍的起头句式，是指一部经籍各段、各个部分用于标志另外一段、另外一个部分的有明显类同特征的句式。

彝族传统的经籍，用于不同仪式的经籍，其中的各个部分之间，有比较明显的起头句式。比如，《献酒经》有《献酒经》的起头句式，《解冤经》也有《解冤经》的起头句式。在一部经籍中，各个部分的起头句式基本类同；而在不同的经籍中，有的起头句式有相同之处，而有的起头的句式又不一样。这要根据具体的经籍文本的情况而定。

无论是公开翻译出版的彝族传统经籍文本，还是没有公开翻译出版的经籍文本，都体现出了经籍起头句式的上述特征。例如，《实勺以陡数》是一部常用的《解冤经》[1]，在这部经籍的 81 个标题中，有 28 个部分的起头句式，是以“努诺……”[nu˧ no˧ ……]的句式起头的，它的意思是“后呢、接着、后来”等。还有 20 多个部分是以“投诺……”[thɯ˩ no˧ ……]或者“投犁……”[thɯ˩ li˩ ……]

① 陈大进. 实勺以陡数[M]. 贵阳：贵州民族出版社，2009.

的句式起头，意思是“说起、论来”等。

根据经籍所使用的仪式、程序的情况，在一些经籍的开头又是另外一种起头。例如，笔者所收藏的一部《指路经》复印本（原件收藏在贵州省毕节市彝文文献翻译研究中心），也分为几十个不同的标题，绝大多数部分的起头是“苦以恰姆诺，喜鲁署啊那”[khu˧ ʑi˧ tɕhɑ˩ mu˧ no˧，ɕi˩ lu˧ su˧ a˧ na˧]，这是每一个部分起头的普遍的句式。另外一部《丧祭经》中的“指路经”部分，大多数标题、章节，又是以“勺兔句町人”[ʂo˩ ʈhu˩ ʥy˧ ndi˨ su˩]起头的。这在公开翻译出版的各种《指路经》文本中也有佐证。例如，收入《彝族指路丛书·贵州卷（一）》中陈学明毕摩翻译的纳雍本《指路经》，以及该书中王继超、韶明祝、王子国共同翻译的威宁本《指路经》，起头的句式就是“勺兔句町人”①；而该书由王进科翻译的另外一部威宁本《指路经》的起头句式，却是“苦以恰姆诺，喜努署啊那”。②但是，这些公开出版的经籍文本中，却在整部经籍的起头部分用了这样的开头，而不像笔者收藏的经籍复印件那样，每一部分都用同样的起头句式。这也许是当年出版这些翻译本时，对这些各段起头都重复的句式进行了删减。这种情况并不鲜见，在其他公开翻译出版的文本，经常发现掐头去尾的事情，这使得这些对外的经籍好像很简洁，其实作为整部经籍的不可缺少的一部分，这些“起头”和“末尾”被人为地砍去了。所有的所谓的“选本”，也只是把“起头”几句经常重复的句式和“结尾”几句经常重复的句式删减掉，总体的主要内容并没有减少。但是作为重要的形式存在和仪式内涵，这些东西即使公开翻译出版，也不应该删减掉。同样，作为使用的经籍，它是在特定的仪式程序中进行的活的文本，毕摩在拿着手抄的经籍念诵《指路经》的时候，这些起头的句子都是不能省略的。这正是人类的文学的原生态形式，不可以随便删减。

（二）结尾句式

彝族传统经籍，经常使用的文本，大部分都有一些比较固定的结尾句式。这些结尾句式与起头句式一样，是一部完整的经籍的重要组成部分，在仪式、程序中是不可或缺的部分。

根据仪式程序所使用的不同经籍，各有其不同的结尾句式。例如，《献酒经》

① 陈长友. 彝族指路丛书. 贵州卷（一）[M]. 四川民族出版社，1997：175，335.

② 陈长友. 彝族指路丛书. 贵州卷（一）[M]. 四川民族出版社，1997：273.

以收入《增订〈爨文丛刻〉》中的为例，整部经籍一共22个章节，绝大多数章节的结尾都是以“直吼提以扣”[ndʐʅ˩ xɤ˧ thi˩ ɣɤ˧ khɤ˩]即“献酒到尊前”为结尾句式。[①]这些结尾句式，与相对固定的下一个标题或章节的起头句式相连接，是区分一部分结束与另外一部分开始的重要标志，也是念诵经籍的毕摩可以中途稍事休息的断章的标志。

又如，收入《增订〈爨文丛刻〉》中的《解冤经》，整部经籍39章中，绝大多数章的结尾，是“叶无口口姆”[ʑɤ˩ ɣʊ˩ khuɤ˧ khuɤ˧ m˧]即“速去如律令”。[②]同样的结尾句式，在另外一部《实勺以陡数》的“解冤经”中，各个部分的结尾也大多数是这个句式。[③]与这种结尾句式完全相同的句式，在丧祭经籍的一种《载苏》之中也随处可见。[④]

另外，在解冤一类经籍中，“提诺提罗喽”[thɤ˩ no˧ thɤ˩ lo˧ lɤ˥]、“嗬贾贾木堵”[xo˩ dʑa˧ dʑa˧ mu˩ tu˧]等[⑤]，也是常见的结尾句式。丧祭一类经籍中，“提思木啊蒂”[thy˩ sɤ˥ mu˩ɣa˧ di˧]、“塔哦提啊格”[tha˩ ɣo˩ thy˩ ɣa˧ gɤ˩]等[⑥]，也是常见的结尾句式。

可见，彝族传统经籍在各个部分之间，都有一些比较固定的句式来区分段落和层次，使它们之间有比较明显的分段。这符合彝族传统经籍从口承文本向文字文本发展的历程，也符合至今仍然需要通过口头的诵唱，配合上仪式和程序才能使用的社会生态实际。

三、经籍中间叙述的一般程式

彝族传统经籍的叙述，与其他叙事文学有一定的区别，专门有一套程式或者说结构上的组织与安排。从总体上看，由于经籍的实用性特点，完整性、全面性的要求，明显要大于传奇性、曲折性的要求。根据经籍的总体情况，可以把彝族传统经籍的叙述大体分为并列叙述程式类型与递进叙述程式类型。而具体到每一部经籍中，由于彝族历史发展和彝族思想认识的结构性特点，也有一些可以总结

① 马学良．增订《爨文丛刻》[M]．罗国义审订．成都：四川民族出版社，1986：143-508.

② 马学良．增订《爨文丛刻》[M]．罗国义审订．成都：四川民族出版社，1986：217-293.

③ 陈大进．实勺以陡数[M]．贵阳：贵州民族出版社，2009.

④ 王子国，王秀旭，王秀旺．载苏[M]．贵阳：贵州民族出版社，2006.

⑤ 陈大进．实勺以陡数[M]．贵阳：贵州民族出版社，2009.

⑥ 王子国，王秀旭，王秀旺．载苏[M]．贵阳：贵州民族出版社，2006.

的特点。

（一）并列叙述程式类型

所谓并列叙述程式类型，指的是彝族传统经籍在内容的总体安排上，把一部经籍中所涉及的所有内容，按照并列铺排的方式进行安排，如果有时候个别毕摩或使用者把其中的个别章节秩序进行前后调整，或者根据事主的要求只使用其中的一部分，它也可以代表整部经籍的性质或效用，不会影响整部经籍效力的发挥，能够在实际使用中起到代表整部经籍的作用。

最有代表性的并列叙述程式类型的经籍就是《献酒经》。不管流传于哪一个方言区的《献酒经》，其叙述的基本结构是类同的，除了开头部分略有区别之外，中间所叙述的内容，都是分别向各种天神、地神、山神、原神等献酒。以《增订〈爨文丛刻〉》中的《献酒经》为例，其 22 个章，除了第一章是叙述酒的产生与献酒的功用与威力之外，其余 21 章都是向不同的神灵献酒，以求平安、发展。[①]笔者收集的一部《献酒经》复印件（原件存贵州省毕节市彝文文献翻译研究中心），是贵州省威宁彝族回族苗族自治县李荣林毕摩原来所用的经籍，全书有 19 个部分，除了第 1 部分叙述酒的生产过程与献酒的作用外，其余的 18 个部分也是分别敬献酒给不同的神灵，祈请神灵保佑主人一家的平安、幸福、繁荣。在各种《献酒经》中，如果是举行大型的仪式，一般需要把全部内容都念诵完。但是，根据仪式的不同，特别是《献酒经》中所敬献的神灵的不同，在举行一些专门祈请某个神灵以求保佑的时候，也可以专门念诵关于这个神灵的内容。特别是在彝族传统社会中，民间有许多老百姓都会举行一些小型仪式，或者是年节的时候向祖先、神灵献祭，或者为解决某个具体的问题，他们在仪式举行时也要有献酒的程序，但是他们并不会按照已经记录在经籍的文本来念诵自己所需要的内容（大多数普通群众是不识彝文的），而是根据平时口头传承的记忆，直接念诵所需要的内容即可。这些口头传承的《献酒经》，总体上的内容是相似的，但是具体的语句会有很大的差异，演变成不同的异文，甚至可以造成一个念诵者所念诵出来的就是一个变异的文本。这种情况十分普遍。这也是彝族传统经籍中，并列叙述类经籍的特点，它的部分内容的单独使用与整部经籍的全部使用，达到的效果是基本相

① 马学良. 增订《爨文丛刻》[M]. 罗国义审订. 成都：四川民族出版社，1986：215-294.

同的。

并列叙述程式类型的经籍，在彝族传统经籍中所占的比例，要多于其他类型的经籍，即以《增订〈爨文丛刻〉》所收入的经籍来说，除了上述讨论到的《献酒经》之外，《祭龙经》《解冤经》等也都是并列叙述程式类型的经籍。收入《中国少数民族原始宗教经籍汇编·毕摩经卷》中的经籍[①]，多数也是并列叙述程式类型的经籍。

（二）递进叙述程式类型

所谓递进叙述程式，指的是彝族传统经籍在内容的安排上，前面所叙述的内容与后面所叙述的内容是一步步深入、递进、转折或者有上下、前后排序安排，不能进行秩序调整的叙述程式。

递进叙述程式类型，以北部方言区的《驱鬼经》最有代表性。[②]这部《驱鬼经》是目前发现的最长的经籍之一。经籍的内容主要讲述了青年哈义滇古外出狩猎，在森林里遇到奇怪的动物，这只动物要被射杀时却变成了美丽的姑娘孜孜妮乍，嫁给了哈义滇古。此后哈义滇古身上发生了许多奇怪的事情，他请来毕摩测算，知道自己的配偶居然是祸患的根源。他根据毕摩的安排，让孜孜妮扎到远方的雪山上去找药，他请毕摩在家中举行咒鬼仪式，把美女孜孜妮扎变成了一只羊。这只羊被一个村子里的人们吃肉之后，村里的人们都患上了怪病。通过毕摩施行救治，驱除孜孜妮乍变成的鬼，才挽救了哈义滇古和遭遇祸患的人们。这部经籍叙述了鬼的来历，毕摩的流派，以及人与鬼的结缘与斗争等。这是一个不断递进的叙述程式，叙述的进程不可以调整、颠倒或者变换，是一个不断推进的叙事过程。虽然其中有一些插叙，有一些并列发生的事情，但是整个叙事和顺序从头到尾连续不断，无论是毕摩作为驱鬼时念诵的重要经籍，还是作为人们平时讲述的驱鬼故事，它的结构和顺序都不能够移换或者颠倒。因此，《驱鬼经》是递进叙述程式类型的代表经籍。

递进叙述程式类型的代表性经籍，还有各地都有的《指路经》。《指路经》是各地彝族人去世后，要请毕摩主持丧祭仪式，把逝者的亡灵指引到祖先的发祥

① 黄建明，巴莫阿依. 中国少数民族原始宗教经籍汇编·毕摩经卷[M]. 北京：中央民族大学出版社，2009.

② 黄建明，巴莫阿依. 中国少数民族原始宗教经籍汇编·毕摩经卷[M]. 北京：中央民族大学出版社，2009: 56-190.

地。由于各个地方的彝族人居住地域不一样，他们从祖先发祥地迁徙到当下的居住地的路线当然就不一样。因此，在指引亡灵返回祖地的时候，只能按照他们自己迁徙到当地的路线，反转指引回去。这就形成了各种《指路经》的指引路线，是从亡者当地出发，一站接着一站往回走的路线，是一个不能随便调整或者更换的路线，否则不能把亡灵指引回到祖先的发祥地去。民间的传说就产生过因为毕摩饮酒或者其他一些原因，弄错了《指路经》中的指引路线，没有能够把亡灵指引回到祖地，而产生了托梦给孝家或者毕摩要求重新办理好事情的传说。这个迁徙路线对于生者来说是从祖先的发祥地一站接着一站地迁移到当下的居住地，而对于亡灵来说正好是完全相反，但是路线是一致的，只是来和去的方向完全相反而已。这样，这个路线的叙述进程，体现在文本中也是不能前后颠倒、随便更移的叙述程式。这类经籍，还有南部方言区的《开天辟地经》《生天产地经》《子孙迁居经》《驱妖秽经》等，还有东部方言区的《作祭献药盒供牲经》《摩史苏》等。这类经籍在彝族传统经籍中占有仅次于并列叙述程式类型的数量。由于这类经籍的篇幅相对较长，有的有明显的故事情节，或有不少彝族历史、神话故事，或者有一些较为详细的描写、叙述、比拟等，因此，从主流文学理论的角度看，文学色彩相当浓厚，可闻听、可阅读性比较强。在毕摩主持仪式使用这些经籍的时候，也会引来更多的参与者融于其中。

不论是并列叙述程式类型，还是递进叙述程式类型，除了在整部经籍中有完全的体现之外，在每一部经籍中的一部分内容之中，也有一些比较常见的叙述程式，体现出交叉进行的特点。例如，在《献酒经》类的经籍中，虽然整部经籍是并列叙述程式，但具体到每一个部分，特别是大多数《献酒经》的第一段，就要按照递进的叙述程式，先献给赤叩君、皮聂君，再献给必于臣、必迭臣，再献给实楚师、乍穆师，再献给阿娄匠、阿迭匠，再献给姑娘、小伙。[①]有的《献酒经》的第一段中，有先献给哎哺，再献给实勺，再献给米迷，再献给举偶，再献给六祖的程序，等等。也就是说，在整部经籍的大的叙述程序之下，具体的一些经籍的内部，也有一些与整部经籍叙述程式不同的其他程式，并列程式的经籍中也有部分内容会是递进叙述程式，递进程式内容中也会有部分内容是并列叙述程式，这些类型在一部经籍中可能是交叉使用的。

---

① 马学良. 增订《爨文丛刻》[M]. 罗国义审订. 成都：四川民族出版社，1986：227.

四、结尾与首尾的呼应

（一）结尾的一段

彝族传统经籍非常重视结尾部分。这些经籍在使用的时候都是为了达到驱邪纳吉、禳灾避害的目的，因此对于请求举行仪式的事主都要进行祝福，进行安慰，进行达到效验的表态。这些是每一部经籍的结尾都有的内容。

同时，一些经籍还有比较固定的结尾程式。例如，举行指路仪式念诵《指路经》的时候，毕摩将亡灵指引到固定的地点之后，要告诫亡灵安心前往，而毕摩则要将“引领”亡灵一道去其祖先发祥地的自己的灵魂指引回来。在有的《指路经》的最后一部分，有专门的“回师”一段叙述的就是这个内容。①这类经书在东部方言区比较常见。

另外，在结尾部分同样要交代“回师”内容的，还有《解冤经》类的经籍。②这类经籍有的也不是以“回师”的形式，而是以“要给毕（呗）禳灾”的形式来进行的。③不过从其功用上来看，所要达到的目的是一样的，就是要把主持的毕摩顺利、清白地从主持的仪式中解脱出来，避免受到不必要的侵害。这种结尾形式是一种十分古老的仪式内容，因为不只是在彝族传统经籍之中，在其他的仪式中也有类似的做法和内容。根据传说，彝族古代在歌场举行对歌仪式，也是一件十分严肃的事情，事前不但要请歌神莅临歌场坐镇，对完歌还要礼送歌神返回，并且把参与对歌者的魂魄召唤回来。所以每一场“曲谷”对歌仪式，都有“退神”和招魂的结尾，而这些仪式程序也都有相应的吟唱。④所以，有的“回师”的内容中，是专门请求送回祈请到场帮助毕摩完成仪式的祖师、毕摩神的内容，这时的“回师”就相当于“退神”。

（二）首尾的呼应

在前面关于对歌请神、退神及招魂的讨论中，体现出了一个仪式程序要首尾呼应的问题，虽然不是关于讨论彝族传统经籍的结构与程式，但是也接触到了与

---

① 马学良．增订《爨文丛刻》[M]．罗国义审订．成都：四川民族出版社，1986：573.

② 马学良．增订《爨文丛刻》[M]．罗国义审订．成都：四川民族出版社，1986：507.

③ 陈大进．实勺以陡数[M]．贵阳：贵州民族出版社，2009：483.

④ 王继超，阿鲁舍峨．曲谷精选[M]．贵阳：贵州民族出版社，1996.

一部经籍首尾呼应相关的问题。

彝族传统经籍中的一些经籍，首尾的呼应也是比较严密的。这些经籍，以北部方言区的《防癞经》最有代表性。这部经籍由《防癞篇》《预防坎下蛇癞篇》《预防坎上蛙癞篇》《预防树上猴癞篇》《预防水中鱼癞篇》《预防雾癞霆瘴篇》《预防山癞林瘴篇》《预防崖癞壑邪篇》《预防风癞去邪篇》《预防雷癞电邪篇》《预防地癞土邪篇》《预防蚊蝇传癞篇》《预防崖中蜂癞篇》《预防绵羊传癞篇》《预防毒癞篇》《预防祈子嗣癞篇》《快神驱癞篇》《防卫阻癞篇》等多篇构成，其中每一篇的开头都是“作法防癞邪”这一句，而结尾都是“防语御词速生效”一句（个别句子翻译略有不同）。[①]可见，这部经籍特别是其中的各篇的首与尾的呼应是相当严密的。

其他类似的经籍，虽然开头的句式与结尾的句式，没有《防癞经》各篇这样严密，但是也比较普遍地体现出了首尾的呼应是一种固定的程式与结构。例如，北部方言区众多的驱鬼类经籍，经常用“一声叫朗朗”来开头，而用“速速驱除去”作为结尾。有的则以“一声颂朗朗”开头，以“恰似江河迅速流去吧”为结尾。[②]可见，不管是采用什么语句开头或结尾，首尾呼应的形式确实是彝族传统经籍的一种比较常见的程式与结构。

第五节　修 辞 手 法

彝族传统经籍，要把经文说得好，要把经籍写得好，达到形象、动人、令人印象深刻，需要使用许多修辞手法。修辞就是如何把话说得好，如何把诗文写得好。彝族传统经籍的修辞手法，有比喻、比拟、夸张、借代、对偶、对比、排比、层递、反复、摹状、设问、呼告等常见、常用的手法，以及其他一些使用较少的修辞手法。现择要介绍如下。由于本节所引例证原文都是彝文，因此在下面各个部分的介绍中不再一一注明，只注明引用了的翻译成汉文的诗句的出处。

---

① 黄建明，巴莫阿依. 中国少数民族原始宗教经籍汇编·毕摩经卷[M]. 北京：中央民族大学出版社，2009：201-230.

② 凉山彝族自治州彝学会. 凉山彝学（总第 25 期），2007，（1）：36-43.

一、比喻

比喻就是把一种事物比作另外一种事物，就是通常所说的打比方。比喻是一般修辞手法中最常用的方法，也是彝族传统经籍中最为常见的修辞手法。例如：

《凤凰经》

祖妣的容貌，
恰似满圆的明月；
祖妣的身材，
犹如挺拔的松柏；
祖妣的德行，
犹如清清的河流。[①]

在这个例子中，用明月比喻祖妣的容貌，用松柏比喻祖妣的身材，用河流比喻祖妣的德行，使不可看见或者可以看见的东西更加形象和可感。又如：

《镇魑魅》

现叙述邪魔，
用羚羊喻其。
皮如寿中邪，
冠如命中魔。
肺是寿中鹰，
肝是命中虎，
肾是寿中麂，
脾是命中獐，
肠是福海蛇。
气成寿中灾，
血成命中祸。
……
皮是驱邪道，

① 黄建明，巴莫阿依. 中国少数民族原始宗教经籍汇编·毕摩经卷[M]. 北京：中央民族大学出版社，2009：48.

肺是驱邪马，
肝是驱邪牛，
左肾驱邪羊，
右肾驱邪鸡，
喉管是通道，
眼睛相伴随。[①]

在这个例子中，前半部分用羚羊的皮、冠、肺、肝、肾、脾、肠、气、血来比喻寿命中的邪魔，后半部分用羚羊的皮、肺、肝、左肾、右肾、喉管、眼睛来比喻驱邪的牺牲和通道。

二、比拟

比拟是根据想象，把生物、非生物，甚至抽象概念当成人来写，把它们写得俨然像人；也可以把人当成生物和非生物来写。运用比拟可以表现生气、揭示人或事物的本质、寄托感情、增强语言的形象性和生动性。[②]在彝族传统经籍文学中，诗歌部分运用比拟的手法是经常的、最多的，在散文部分也偶有使用。例如：

《驱鬼经》

苍天之上，
道父蓄银髻者来赐道，
道父蓄银髻者去寻道；
道母带金帕者来赐道，
道母带金帕者来寻道；
道子骑白马者来赐道。[③]

这个例子中的道是看不见、摸不着的东西，通过用父、母、子的拟人化表达，其具有了像人一样的性质和样子。又如：

① 楚雄自治州人民政府，夜礼斌，杨红卫. 彝族毕摩经典译注 • 第五十八卷《夷僰祈福经》[M]. 昆明：云南民族出版社，2009：316.

② 彝语文基础知识[M]. 成都：四川民族出版社 1987：245.

③ 黄建明，巴莫阿依. 中国少数民族原始宗教经籍汇编 • 毕摩经卷[M]. 北京：中央民族大学出版社，2009：79.

《驱鬼经》

蜜蜂思念父母呢，
来回地飞行，
寄情花草间，
窜遍九片地。
云雀思父念母呢，
悲鸣又翻飞，
徘徊于天空。
鸿雁思父念母呢，
且鸣且飞翻，
飞于彝区汉地间。
雉鸡思父念母时，
且鸣且翻飞，
声振九座山。
山羊绵羊念母呢，
跳过三次坎。
猪仔念母闹嚷嚷，
鸡仔念母叫叽叽，
虫子念母团团滚，
蝴蝶念母展翅乱飞舞。[①]

在这个例子中，动物蜜蜂、云雀、鸿雁、雉鸡、山羊、绵羊、猪仔、鸡仔、虫子、蝴蝶等都被比拟为会思念父母的人了。

三、夸张

运用丰富的想象，把所叙述的或描写的事物夸大或缩小，用以更加突出它的本质特征的修辞手法叫作夸张。夸张是一种能表达强烈的思想感情、增加表达效果的常用修辞手法。[②]例如：

① 黄建明，巴莫阿依. 中国少数民族原始宗教经籍汇编·毕摩经卷[M]. 北京：中央民族大学出版社，2009：92.

② 李民，马明. 凉山彝语修辞[M]. 成都：四川民族出版社，1992：43.

《驱病疫经》
这些大毕摩，
个个有本领，
咒松松发叶，
咒杉杉发枝，
咒水水流淌，
咒草草变色，
咒红红褪色。①

这个例子是为了说明大毕摩的本领之高强而列举他们咒松、杉、水、草甚至颜色时，都会让这些事物发生改变，从而突出毕摩施咒的强大威力。又如：

《驱汝邪韵邪经》
革家有六子，
饿了不吃饭，
铜铁当饭吃。
渴了不喝水，
铜铁当水喝。②

这个例子是通过革家六子拿铜铁当饭吃、当水喝的夸张，强调了革家六子的非凡能力。再如：

《反击咒语经》
咒语要真诚，
苍天莫拦路，
如拦咒语路，
苍天会掉落；
大地莫拦路，
如拦咒语路，

① 黄建明，巴莫阿依. 中国少数民族原始宗教经籍汇编·毕摩经卷[M]. 北京：中央民族大学出版社，2009：788.
② 黄建明，巴莫阿依. 中国少数民族原始宗教经籍汇编·毕摩经卷[M]. 北京：中央民族大学出版社，2009：792.

大地会塌陷；
山脉莫拦路，
如拦咒语路，
山脉会倒塌；
深谷莫拦路，
如拦咒语路，
深谷会填平；
大树莫拦路，
如拦咒语路，
大树会枯萎。[①]

这个例子是通过反击咒语可以摧毁苍天、大地、山脉、深谷、大树等的无可比拟的力量的夸大、铺排，突出了反击咒语的没有一样事物能够阻拦的巨大力量。

四、借代

当说到某事物时不直接说出这种事物的名称来，而把它与有关的另外一种名称说出来代替，这种修辞方法就叫借代。被代替的事物是本体，用来代替（本体）的事物是借体。[②]例如：

《献福禄》
夷僰之时代，
福禄降房中，
堂屋银堂屋，
锅桩金锅桩。
堂屋天上女，
锅桩地上男。
锅桩在屋中，
堂屋人心舒。

① 黄建明，巴莫阿依. 中国少数民族原始宗教经籍汇编·毕摩经卷[M]. 北京：中央民族大学出版社，2009：802-803.

② 李民，马明. 凉山彝语修辞[M]. 成都：四川民族出版社，1992：59.

锅桩耕堂屋，
子嗣大发展。
堂屋户之源，
锅桩育后裔。[①]

这个例子中的堂屋借指女主人，锅桩借指男主人，锅桩和堂屋借指夫妻。

五、对偶

将字数相等，词性、结构基本相同，内容对称或相关的句子（或者词组）对称地排列起来，互相映衬、互相补充的修辞手法叫作对偶。它的作用是使内容更鲜明、句式更整齐、音调和谐，表达效果得到增强。[②]例如：

《祭龙经》
威荣永不差，
福禄永不虚。[③]

又如：

《作祭献药经》
不骑阴间马，
不理阴间粮。[④]

六、对比

对比又叫作对照。它是把两个不同的事物或者一个事物的两个方面放在一起，以更鲜明地说明问题的一种修辞手法。例如：

《作祭献药经》
林间兽威猛，

① 楚雄自治州人民政府，夜礼斌，杨红卫．彝族毕摩经典译注·夷僰祈福经（第五十八卷）[M]．昆明：云南民族出版社，2009：230

② 李民，马明．凉山彝语修辞[M]．成都：四川民族出版社，1992：74．

③ 马学良．增订《爨文丛刻》[M]．罗国义审订．成都：四川民族出版社，1986：340．

④ 楚雄自治州人民政府，夜礼斌，杨红卫．彝族毕摩经典译注·武定彝族丧葬祭经（一）（第二十五卷）[M]．昆明：云南民族出版社，2008：437．

阴间你荣耀。[①]

又如：

《祭地气经》
此前之时日，
因没逢吉年，
因没逢吉月，
因没逢吉日，
故没献钱物，
故没当仆役。
今值吉祥年，
今值吉祥月，
今值吉祥日，
佳期来献钱，
佳期来当仆。[②]

这11句经诗，虽然前面好像多了一句，但是它仍然是对比的修辞手法。这种对比的句子中前面多一句或者后面多一句的情况，在彝族传统经籍中是常见的，也是彝语修辞手法中常见的形式。

七、排比

用三个或三个以上结构相同或相似，字数大体相等，语气一致，意义相关的词组或句子排列在一起，表达复杂的事理和丰富的思想感情，这种修辞手法叫排比。[③]排比是对偶句（非彝语诗歌格律中的“偶”）的扩展，但是对偶句只能是两句，而排比句则必须是三句以上。例如：

《佑主福》
主得纳财福，

① 楚雄自治州人民政府，夜礼斌，杨红卫. 彝族毕摩经典译注 • 武定彝族丧葬祭经（一）（第二十五卷）[M]. 昆明：云南民族出版社，2008：436.

② 黄建明，巴莫阿依. 中国少数民族原始宗教经籍汇编 •毕摩经卷[M]. 北京：中央民族大学出版社，2009：1024.

③ 彝语文基础知识[M]. 成都：四川民族出版社，1987：253.

主得储粮福，
主得牲畜福，
主得农耕福，
主得待客福，
主得御敌福。①

上面六句诗句的句式整齐，结构相同，是排比的修辞手法。又如：

《驱鬼经》
一声叫朗朗，
斯匹嘎伙岭，
以为猛兽袭畜群，
原非猛兽袭，
缘鬼一对袭而叫。
两声哄哓哓，
阿合妞依畔，
以为哭声震，
原非哭声震，
缘鬼闹嚷嚷而哄。
三声清悠悠，
勒迪史祖山，
以为怂恿猎犬在前行，
原非犬前行，
乃是魔鬼在逃窜。②

这15行诗歌，虽然其中的第三行、第八行、第十三行的字数不相等，但仍然是排比的修辞手法。在彝文经籍的原文中，实际上每一行诗都是五字句，只是在翻译时为了表达明白有的句子就不是五字句了。

---

① 楚雄自治州人民政府，夜礼斌，李红民. 彝族毕摩经典译注・宁蒗彝族祭祖经（二）（第八十卷）[M]. 昆明：云南民族出版社，2010：341.

② 黄建明，巴莫阿依. 中国少数民族原始宗教经籍汇编・毕摩经卷[M]. 北京：中央民族大学出版社，2009：62.

八、层递

把三种以上的事物、意念，按照层层递进的顺序排列的修辞方法叫作层递。层层递进的顺序是指从浅到深、从低到高、从小到大、从轻到重、从表到里等，或者上述相反的顺序。[①]例如：

《祛污经》
鸡下百只蛋，
鸡蛋孵小鸡，
小鸡变大鸡。[②]

这个例子中的母鸡下蛋、鸡蛋孵小鸡、小鸡变大鸡是一个渐变的过程，是一种层递关系。又如：

《驱体内污秽经》
桃树长得快，
桃树高参天。
阳春三月时，
树叶繁若云；
夏之三月时，
枝长若弱劳；
秋之三月时，
桃树果黄爽；
冬之三月时，
果子不脱蒂。[③]

这个例子从时序上说是四季的递变，从事物上说是桃树的生长与结果的递变，也是一种层递的关系。再如：

① 李民，马明. 凉山彝语修辞[M]. 成都：四川民族出版社，1992：121.
② 黄建明，巴莫阿依. 中国少数民族原始宗教经籍汇编·毕摩经卷[M]. 北京：中央民族大学出版社，2009：1071.
③ 黄建明，巴莫阿依. 中国少数民族原始宗教经籍汇编·毕摩经卷[M]. 北京：中央民族大学出版社，2009：1075.

《揭丑除羞》
首福九十九，
福在大树梢，
平民难高攀，
是君长居处。
中福六十六，
在六大树顶，
树稳根基固，
是族首住处。
次福三十三，
在三大树顶，
怪风声不叫，
是宗首住处。[①]

这个例子中的层递关系有两个方面，一是君长、族首和宗首的层递，二是九十九、六十六、三十三的层递，顺序是清楚的。

有的经籍可以通过层递的手法，完整地叙写一个事物形成的情况。例如，在念诵《凤凰经》之前毕摩念诵的《水源经》这部分口碑经文：

《水源经》口碑记录
现在要把水源述，
世间水源始自天，
昊天黄云层中落甘露，
落入黑云层，
黑云层中落；
落入白云层，
白云层中落；
落进浓雾层，

① 楚雄自治州人民政府，夜礼斌，杨红卫．彝族毕摩经典译注·夷僰祈福经（第五十八卷）[M]．昆明：云南民族出版社，2009：461.

浓雾层中落；
落到世间堂郎山顶上，
晶莹明亮聚成珠。
杉枝叶尖聚成串，
水珠成串往下淌，
青竹节节淌净水，
净水成簇聚成团。
蕨叶边沿聚成团，
成簇成团聚成簇，
道旁草梢结成簇，
清水粼粼成片淌，
青石板上淌清水。
十片沼泽中的水，
汇成一个小水凼；
十个水凼中的水，
汇成一条小溪沟；
十条小溪中的水，
汇成一条大溪水；
十条大溪中的水，
汇成一条小河水；
十条小河来相汇，
汇成一条大河水；
十条大河来汇合，
汇成一条小江水；
十条小江来汇合，
汇成一条大江河；
十条大江来汇合，
汇成一条巨江水；
十条巨江来汇合 ，
汇成汪洋大海水；

海水归何处？
红石板上消，
红石板上腾蒸气，
循环往返自天降。
世间的水源，
至此已述清。[①]

这个例子叙述的是水的来源，从天上下降，云中飘落，汇成水凼、溪水、河水、江水直到汇聚成汪洋大海，又复归到天上。层层递进，层次分明。

九、反复

为了强调某个意思，突出某种感情，加强读者印象，有意重复某些词语或者句子的修辞手法叫作反复。[②]在彝语经籍中，使用反复手法的地方是最多的，很多经籍不断地通过反复，一是增强记忆，二是强调某种需要表达的东西。这也反映出了彝族传统经籍文学从口碑经文向文字经籍转型的轨迹。例如：

《赎魂经》
出来魂出来，
出来魄出来，
事主一家人，
生儿脖莫肿，
生女脖莫肿。[③]

这个例子中的前两句强调了要把魂魄赎出来，重点在“出来”；后边两句强调了生儿育女，脖子莫肿，强调不要得肿脖子疾病。又如：

《作祭百解经》
寿门得邪祟，
命门受惊恐；

① 黄建明，巴莫阿依. 中国少数民族原始宗教经籍汇编・毕摩经卷[M]. 北京：中央民族大学出版社，2009：32-33.

② 李民，马明. 凉山彝语修辞[M]. 成都：四川民族出版社，1992：133.

③ 彝语文基础知识[M]. 成都：四川民族出版社，1987：253.

福门得邪祟，
禄门受惊恐；
威门得邪祟，
荣门受惊恐；
畜门得邪祟，
粮门受惊恐；
亲门得邪祟，
阴门受惊恐。①

这个例子中反复出现的就是各门“得邪祟”“受惊恐”的情状，强调了邪祟与惊恐无处不在，需要禳解。再如：

《洁净经》
咱们主人家，
吉尔纳入内，
运气纳入内，
屋神纳入内，
炕神纳入内，
动物之魂纳入内，
家畜之魂纳入内，
稼穑之魂纳入内，
五谷之魂纳入内，
生育之魂纳入内，
寿命之魂纳入内。②

这个例子中的第二、三、四、五句，强调了要把良神纳入家里，后面强调的是把五谷与六畜及生育魂等好的事物纳入屋内，总体上强调的是驱邪纳福的内涵。

以上所举的例子，主要是词语在句子中的反复。反复的另外一种普遍的形式，

---

① 楚雄自治州人民政府，夜礼斌，李红民. 彝族毕摩经典译注·宁蒗彝族祭祖经（二）（第八十卷）[M]. 昆明：云南民族出版社，2010：200.

② 黄建明，巴莫阿依. 中国少数民族原始宗教经籍汇编·毕摩经卷[M]. 北京：中央民族大学出版社，2009：196.

就是句子在篇章中的重复。在北部方言彝族传统经籍的许多驱邪禳鬼类经籍中，都有以“一声叫朗朗”为开头句子和以“暂告一段落”“快快滚出去”的句子为结尾的；在《防癞经》各个篇章中，都有以“作法防癞邪”的句子开头，以“词语御词速生效”的句子结尾的情况；这种情况在彝族经籍中也是一种常用的反复手法。

十、摹状

摹状也叫描摹。把事物的声音、颜色、形状或情态如实地描写下来的修辞手法就叫作摹状。摹状能真实地表达事物的特点，渲染气氛，使人听了或读了感到有声有色，仿佛亲临其境似的，从而加强语言的表达效果。[①]摹状是彝族传统经籍经常使用的修辞手法。例如：

《献福禄》

武洛撮说到，
我要学他们，
也要变化去。
在雪山左面，
站水边想变。
头顶雀筑窝，
眼皮上蜂聚，
肩膀鹰站立，
脚背青蛙爬，
腿弯蛇缠绕。[②]

这个例子中描摹了武珠十二子中十一个已经过了“泰液”即“变河”变成了其他民族的人或者动物，最后一个武洛撮也想学习他们一起过河变物时想象的状态。又如：

《驱鬼经》

这位美貌女，

① 李民，马明. 凉山彝语修辞[M]. 成都：四川民族出版社，1992：153.

② 楚雄自治州人民政府，夜礼斌，杨红卫. 彝族毕摩经典译注 • 夷僰祈福经（第五十八卷）[M]. 昆明：云南民族出版社，2009：241.

瞧其辫子乌黑黑，
瞧其青丝细缕缕，
瞧其额顶艳灼灼，
瞧其鼻梁端正正，
瞧其丹唇玲珑珑，
瞧其脸面红艳艳，
瞧其明眸闪珠光，
瞧其睫毛舞翩翩，
瞧其手指纤细细，
瞧其手臂丰腴腴，
瞧其腿足肥美美，
瞧其裙尾齐整整。
五官脸面呢？
仿佛素月之皎洁。
发音出声呢？
仿佛云雀唱原野。①

这是北部方言区著名的长篇经籍《驱鬼经》中描摹美女姿姿尼乍的句子，重点描写了姿姿尼乍外貌的美丽，也摹写了姿姿尼乍如同云雀一般动听的声音。

十一、设问

在叙述某概念某事物时，作者的思想中早有了答案，而语言中故意设立疑问，然后由作者自己来回答；或者把答案隐藏在问话中，故意不说出来让读者去领会。这样的修辞手法叫作设问。②设问在彝族传统经籍中，是一种常用的修辞手法。例如：

《驱鬼经》
瘟猴你一群，
居住在何处？

① 黄建明，巴莫阿依. 中国少数民族原始宗教经籍汇编·毕摩经卷[M]. 北京：中央民族大学出版社，2009：94.
② 李民，马明. 凉山彝语修辞[M]. 成都：四川民族出版社，1992：191.

居于莫莫伙格处。
出自于何方？
出自精英硕诺山。
站立于何处？
立于伙罗悬崖上。
饮水在何处？
饮水在沼泽。
甚物为食物，
朽木碎石为其食。[①]

这是《驱鬼经》中叙述瘟猴的一段，用自问自答的手法，解释了瘟猴的来历、居处与饮食情况等。又如：

《丧葬作祭经》
等待啊等待，
他在等什么？
他为什么等？
他在等供牲，
他在等作祭。[②]

这是《武定彝族丧葬祭经》中的一段，采用的也是自问自答的修辞手法。

十二、呼告

呼告就是作者直呼话中的人或物。这种修辞手法能表达强烈的爱憎、深厚亲切的感情，增强感染力。[③]有时也是为了强调某种急迫的心情或者感受。彝族传统经籍中，呼告也时时用于经文之中，特别是念诵一类的经籍中经常会出现呼告的表现手法。例如，南部方言区丧葬类经籍，有专门的《唤毕摩魂书》，有的时候

① 黄建明，巴莫阿依．中国少数民族原始宗教经籍汇编•毕摩经卷[M]．北京：中央民族大学出版社，2009：99-101.

② 楚雄自治州人民政府，夜礼斌，杨红卫．彝族毕摩经典译注•武定彝族丧葬祭经（一）（第二十五卷）[M]．昆明：云南民族出版社，2008：401.

③ 李民，马明．凉山彝语修辞[M]．成都：四川民族出版社，1992：207.

毕摩会亲自呼喊自己的魂灵为自己招魂：

《唤毕摩魂书》
抽签打鸡卦，
去找哪个人？
毕摩魂回来；
祭祀祈祷时，
去找哪个人？
毕摩魂回来；
驱除祛禳时，
去找哪个人？
毕摩魂回来；
人死人婚时，
去找哪个人？
毕摩魂回来；
毕摩魂回来；
毕摩魂回来。[①]

这个例子就是毕摩在宰牺牲时，为了避免自己的灵魂随牺牲死亡，而进行自己召唤灵魂时的呼告。

又如，东部方言区的丧葬类经籍中，也有毕摩呼唤自己回去的“回师”一类的程序。例如，在念诵《指路经》把亡灵指引到地点之后，毕摩要把自己的灵魂和祖师们的灵魂召唤回去：“呗耄要回去了。呗耄和白发舅回去，和黄牙老回去。迎接实楚呗耄，乍木呗耄回去。迎接樾妥呗耄、洛洪呗耄、书歇呗耄、近歇呗耄，一起迎接回去。”[②]

这里的呗耄，是各种职能的毕摩身份混合在一起的，其实所指的就是作法事的毕摩，他身兼着多种职能，所以在呼唤自己的灵魂回去的时候，也要兼顾各种职能的毕摩灵魂一起召唤回去。这是一种比较特殊的呼告形式。

① 黄建明，巴莫阿依. 中国少数民族原始宗教经籍汇编·毕摩经卷[M]. 北京：中央民族大学出版社，2009：652.
② 马学良. 增订《爨文丛刻》[M]. 罗国义审订. 成都：四川民族出版社，1986：573.

招魂一类的经籍中，呼告手法的运用是相当普遍的，几乎每部经籍都使用。这在收入《中国少数民族原始宗教经籍汇编·毕摩经卷》东南部方言区的招魂类经籍，即《招村魂经》《招老人魂书》《招中年人魂书》《招离婚人魂书》《招谷魂书》《招畜魂经》《招牛魂书》《唤谷魂经》等八部经籍中都使用了呼告的修辞手法。例如，在《招谷魂书》中：

《招谷魂书》

呜——呜——呜——

谷魂啊！

回来！

……

回来啊！

飘香的谷魂！

……

回来啊！

喷香的谷魂！

……

回来啊！

喷香的谷魂！

……

回来啊！

喷香的谷魂！

……

回来啊！

喷香的谷魂！

……

勾勒嘎——勾勒嘎——勾勒嘎——①

① 黄建明，巴莫阿依. 中国少数民族原始宗教经籍汇编·毕摩经卷[M]. 北京：中央民族大学出版社，2009：817-818.

这篇经籍中，不但强烈呼唤谷魂回来，一连串的呼告十分感染人，并且使用了反复的修辞手法，“回来啊！喷香的谷魂！”两相结合，呼唤谷魂回家的急迫心情跃然眼前。

彝族传统经籍中的修辞手法，还有联珠、反语、回文、引用、点化、错综、避讳等手法。联珠修辞手法，有一些与前文介绍过的彝族诗歌格律中的“扣字”格律特别是顶针扣的方法很相似。其他手法，相比前边介绍过的手法，使用得不是很普遍，在此不再赘述。

第七章 彝族传统经籍的文学人类学阐释

通过对彝族传统经籍的考察，我们应该确立一个明确的观点——凡经皆文。也就是说，从人类学的角度来考察文学，或者从文学的角度来研究人类学，彝族传统经籍都可以作为文学作品来看待。在这一章，我们通过对彝族传统经籍使用所依托的仪轨表达程式，经籍唱诵主体的表达方式，经籍演述的场域，经籍演述氛围的渲染与效果传递等，对彝族传统经籍的产生及其功能作一个还原式的考察，从文学人类学的角度来考察和阐释彝族传统经籍。

特别是作为彝族传统经籍的创作与传承主体的毕摩，在很早的时候就引起了外部研究者的重视。从晋代常璩作《华阳国志》的时候所记录的“耆老”开始，对彝族毕摩记述一直在方志家和一些在彝族地区做过官僚的人士的作品中屡屡述及。外国的传教士和旅行者，也有对彝族地区宗教与毕摩的记述。抗日战争时期，俄国没落贵族后裔顾彼得到大凉山彝区旅行时，在他写下的《彝人首领》一书中，对彝族毕摩的职能有所记述，这是比较确切地述及彝族当年对疾病与医药的认识，对现代医药的接受和毕摩当时情况的记录。顾彼得记录道：“神灵统治着看得见和看不见的世界，季节的变化、元素和所有的生命都源于此。他们（即彝族人——引者）没有庙宇也没有神职人员，他们同样相信万物有灵和魔鬼的存在，后者是邪恶的人，由一个类似于我们观念里的撒旦之类的恶势力所控制。所有的疾病都因魔鬼附身或施法而起。无论如何，他们都不会因传统的束缚而对外面的世界所取得的进步视而不见。只要能够得到现代的医药，他们都会毫不迟疑地用来治病。毕摩解释道，他自己并不是一个牧师，而是彝人所谓的知识的守护者。彝族并不是没有文字的民族，他们有自己的书写文字、文学和家谱，毕摩职责之一就是当彝人首领孩子的教师。他经常出现在每年一度的感恩祭祀仪式中，但他并不是主祭人员，他的作用仅是规范家族长老们正确的程序举行仪式。

当然了，毕摩同样精通宗教礼仪和一些魔法，他常常被人请去诊病，照他看来，这是魔鬼附身所引起的，于是他就举行驱魔仪式。他擅长在控制收成好与坏、健康与瘟疫、家庭和睦与不和睦的神灵之间进行调解。他同时拥有草药和毒药的知识。据推测，他很可能知道彝族人神秘的‘黄药’配方，但这个问题我不好问他。它是彝族人用于战争的神秘装备。这种药可以倒进溪水或是井里，竹签的尖端被涂上这种药，然后埋在敌人必经之路上或是草地里，敌人脚上只要被扎到或是被擦伤，那就会一命呜呼。”[①]在这里，虽然顾彼得没有直接提及毕摩如何举行仪式，在仪式上如何念口头的祝颂辞或者咒语，如何使用有文字记录和书写的经籍，但是极为重要的是，他记述了彝族对疾病的认识和对现代医疗的渴望，特别是毕摩是如何看待彝人的疾病病源和治疗的方法。这些都隐含着彝族毕摩“进行调解”时如何运用语文在人与神灵之间沟通的问题，而这也是彝族传统经籍包括彝族文学发生的源头。

彝族传统的巫术活动对彝族传统经籍文学的发生及其功能有着直接的影响。巴莫阿依在详细考察了彝族的祖灵信仰之后，在其专著《彝族祖灵信仰研究》中，总结了彝族的巫术种类，包括：①定灵术；②送灵术，分为“指路送灵”“转场送灵”“舞乐送灵”“牺牲送灵”；③招魂术；④除疾术，分为“蒸汽除疾”“神草除疾”；⑤祓祟术，分为“洁净祓祟”“转嫁祓祟”“牲畜移祟”“野物移祟”“草偶鬼移祟”；⑥繁殖术，分为“治着”求育术，“博”交媾繁殖术；⑦占卜术，分为“牲卜”“灵物卜”。[②]这些巫术，有的要念诵口头祝辞或者咒语，有的要念诵书面经文，根据巫术活动仪式的具体情况而定，其中也包含了彝族经籍文学的发生与功能问题。

第一节 仪 轨 表 达
——经籍的慰灵功能

一、彝族传统信仰生活中的仪轨

这里所指的仪轨是彝族传统信仰生活中，通过使用一定的牺牲、器具、物品，制作所需要的器物或象征性的器物，通过赋予这些器物一定的意义，在一连串的

① [俄]顾彼得. 彝人首领[M]. 和锈宇译. 成都：四川出版集团，四川文艺出版社，2004：169-171.

② 巴莫阿依. 彝族祖灵信仰研究（下篇）[M]. 成都：四川民族出版社，1994：111-132.

程序进行中使用，借以表达特定的意义、功能和一整套程序的表现形式。彝族认为万物有灵，万物都有实在的实体形式和赋予这个实体以生命存在的灵魂，两者合一才是完整的生存体、生命体。特别是人类，人死后灵魂不会死亡，灵魂还要以不同的方式存在，洁净的、好的、善的灵魂对子孙后代有利，而被污染的、恶的或者已经变坏的灵魂，会对子孙后代或者其他人造成灾难、疾病、矛盾纠纷等。因此，诸事不顺的时候，一般都会联想到是否遭到了变坏的灵魂或者其他鬼魅的侵害，要举行相应的仪式进行禳解、祓除或驱逐，达到人类发展、五谷丰登、六畜兴旺、健康长寿的目的。

关于仪轨表达中的彝族传统经籍的使用情况，从人类学的视角进行田野作业而取得的成果，在目前发现的田野调查研究报告中，记录最为全面和翔实的，是朱崇先关于以云南省楚雄彝族自治州武定县发窝乡大西邑村为主的彝族普德氏祭祖大典为例，进行的一次为期七天的祭祀大典的实地考察所得的成果：《彝族祭祖大典仪式与经书研究——以大西邑普德氏族祭祖大典为例》。[①]这次祭祖大典对于彝族祭祖类型的传统经籍的使用，记录详细，程序明晰，所用经籍有专门的彝文复制件印制在书中，并且对其中的主要内容进行了翻译，是一部十分重要的彝族传统经籍文学研究所必需的调查研究专著。这些程序和经籍的作用，我们在前面对彝族传统经籍文学的内容进行分类研究的时候，已经简要地进行了介绍。

而作为对彝族传统经籍中专门的一种经籍进行系统、深入的比较研究取得的成果，是黄建明对彝族传统经籍《指路经》的研究。他在《彝文经籍〈指路经〉研究》中，对中国境内特别是滇、川、黔彝族地区所公开出版的若干部彝文《指路经》进行了系统的梳理、比较、研究，通过《指路经》所使用的彝族丧葬习俗的考察，以及《指路经》指引的各地彝族去世后回归祖先发祥地的路线的考证，以及各地彝文《指路经》中地名的考释等，深入、系统地对彝族传统经籍《指路经》进行全面的研究。他还从传统的文学理论的角度，对彝文《指路经》的文学性进行了分析和评鉴。[②]

上述两部专著，对彝族传统信仰生活中的仪轨，都结合所用的经籍，给予了

① 朱崇先. 彝族祭祖大典仪式与经书研究——以大西邑普德氏族祭祖大典为例[M]. 北京：民族出版社，2010.

② 黄建明. 彝文经籍《指路经》研究[M]. 北京：民族出版社，2012.

梳理和介绍。前部专著所研究的是系统的祭祖大典的仪轨，后一部专著则主要研究丧葬仪式中的指路程序、仪式的情况。

二、彝族“丕筛”活动的习俗、仪式、程序与经籍使用

为了更加深入地了解彝族祭祖类型经籍的使用，现在举贵州省威宁彝族回族苗族自治县一带，彝族举行三代一次的“丕筛”小型祭祖活动仪式中，彝族传统经籍所使用的情况，作为对照，比较滇、黔彝族祭祖类型经籍使用情况的异同。

（一）亡灵去世三代后为其举行“丕筛”

所谓“丕筛”，就是换下旧的祖篾箩连同在内的竹祖筒，安放新的祖篾箩连同在内的竹祖筒来进行供奉，木制祖牌也是把旧的换下，将新的换上，换是一个过程、形式，内涵是清点祖筒内或木牌上的祖灵的名字，使之接受祭奠、供奉，因而“丕筛”实际上就是“祭祖”，是小型的祭祖仪式活动。

老人去世后，往后顺延满三代时一般要举行一次更换祖筒的“丕筛”活动，但在实际生活中，有不满三代就要举行这祭祖活动的，也有过三代以上也不举行这种活动的。这取决于这个家庭的亲家支在六代以内两个方面的决定因素：一是要满足所有亡故者都已经为其举行了丧祭指路后，才能招其亡灵进祖祠；二是若辈分小者先亡故而辈分大者健在，要等辈分大者亡故后，经丧祭指路，便于排列长幼的位置辈分。①基于这种情况，“丕筛”的祭祖活动频繁举行的情况会经常出现，也有过了三代仍然没有举行“丕筛”仪式的情况。

（二）有关“丕筛”活动的习俗、仪式与程序

1. 盖祖灵房

祖灵房，又称祠堂，选址多在村寨后面临树林子的僻静处，一旦选址盖房后，禁止人畜随意进去，盖祠堂需经毕摩择找日期，奠基时奠酒和献以鸡牲即可，如果原来建有祖祠的，就不去进行这道程序仪式。祖灵房的修建，根据经济条件来定，盖得可大可小，一般以当地民居为蓝本建造，如果是柱子房，取3～5柱即可。盖好祖灵房即择找做“丕筛”的日期。

---

① 王继超，余海. 彝族传统信仰文献研究[M]. 贵阳：贵州民族出版社，2010：153. 有改写。

2. 制作新筒，更换旧筒

举行“丕筛”前的1～2天，由毕摩领仇摩（原专指看护、料理祖灵的人，后来请一人象征性地做毕摩的助手）去僻静处找专门草根，若是新亡故之灵，要往其墓地方向去找，也有写亡灵名字去其新墓上拔草根的情况，无论如何，标准的草根必须是专门的。找草根的同时，一并找作祖筒用的刺竹，这种刺竹多生于山谷间的溪水畔有大石板的地方。

准备草根、竹筒后，根据神座、神位、神门的设置数割砍五棓子木杈。再准备绵羊一只，猪一头，鸡若干只，酒茶若干。到做“丕筛”的那个早晨，毕摩即带领仇摩，查阅、添补谱牒，按长幼辈分进行修订。用刺竹削制新祖筒，编织如旧数目的新祖篾箩，祖篾箩形似牛嘴箩，但留的口有讲究，根据有夫妻几人而定，单身汉者仅一个口，一夫一妻者留两个口，一夫两妻者留三个口，并依此类推。制作宗祖篾箩、祖筒后，就设置神座。贵州省纳雍县新房彝族苗族乡河头村陈学明毕摩所设神座分为四部分。第一部分，六对五倍子木杈，每对杈间插一支青枝，右面为简单绾的茅草人，在第一对和第二对杈间，插一棵木棒，上套一个简陋人头草偶，代表恒阿德（兴起祭祖典章者），在第三对和第四对木杈间，立两棵五倍子木棒，顶上各套一个简陋人头草偶，代表皮武图、列哲舍两神。代表恒阿德的神枝不削白，代表皮武图的神枝全削白，代表列哲舍的神枝削成花的，即不全部削完；第二部分即第二道，为三棵弓形神位，第二至第三弓形神位间是搭成三柱一梁的五棓子木枝神位，在第一和第二弓形神位间放一方布，上面放两个碗，一个碗盛水；另一个碗盛米，上面放鸡蛋。第三部分为洁净门，两枝五棓子木杈上搭一棵五棓子木杆，代表梁的横木杆正下面放三块随时烧红的石头，以备浇洁净水，取洁净用。进出神座的毕摩与主人家，祭牲、祭品都需要经过此门（关）做洁净仪式。第四部分为一棵五棓子木斜插，上缚一条反手搓成的草绳，祭祖的人们从此通过，通过时须丢小钱，如今用面值1～2元的钱币即可。设置好神座，即举行洁净仪式，为神座神位、祭牲、祭品及进出活动的相关人员举行洁净。洁净仪式布，依次向神座神位献祭。献祭后，举行新旧祖筒更换仪式，或取下老祖筒，或将做过指路仪式后放于房上，或置放于祖灵房一旁的已故亡灵的草根集中到一个五棓子木架上，向这些亡灵致祭，念诵《更换祖筒经》的相关章节。由毕摩带领仇摩，按辈分依长幼，以一个亡灵一个草根，招灵进新祖筒，祖筒依然一个亡灵一个祖筒，又将夫妻的两个或三个四个祖筒串进一个篾箩。在草根上绾红绿丝线以区分男女，女性草根绾绿线，男性草根绾红线，一是红绿代表阴阳即男女，二是此标志当与尼能氏有关，彝人认为自己是尼能的后代。在竹筒内放三个小石头代表火，放羊毛以表示衣服，放五谷盐茶表示亡灵有吃的保障，放猪羊牲的心肝碎片，称“马气牛气”，表示有肉食食用，说明祭祖先时用牛马，后来改为猪羊，但名称依旧。毕摩与仇摩一边迎祖灵入新祖筒，边念诵经文，边作交代，直到把全部祖灵安置完毕。彝族认为，人死留下三个魂，三魂中叫“依”或称“诺色”的这位必须以此方式接受后辈的供奉。“诺色”即祖灵在祠堂住满六代，即享受六代人的供奉后才移到岩祠内住。

以草根作为亡灵的依附体，是因为人死了，躯体无用了，灵魂只得依附草根。据《益那悲歌·樊雅蒙溯源》记载，有位叫做樊雅蒙的君长，“他还在世时，他还健在时，作一番交代：‘我平生作为，显能有建树，我去世，我身死之后，灵魂化为草，化作一株草，毕德大臣子，请你为了我，到那措娄额（地方），把恒阿德请。洁净的地方，清净的地方，我化灵魂草，取株灵魂草，到祖祠旁边，用青（绿）红丝线，绾了当寿衣，羊毛与五谷，牛马牲之气，往竹筒里面，一并装进去，我去点苍芍嘎，同恒依阿卖，议事长相伴。’”当他去世之后，他的毕德大臣果然按他的吩咐去办，这就是后来的“丕筛”的来历传说，这个传说应该是这种习俗的典故的解释性说明。民间的传说则是，在古代乌蒙地方的某一家人，生子不见父，如是一直到第五代。到第五代时，见到别人有父亲，自己无父亲可叫，于是萌发了出门去花钱买父亲的想法。当晚梦见一白发老翁告诉他，说父亲是花钱买不来的，只要他去找毕摩，让毕摩帮他去用草根招他父亲的灵魂来，做丧祭指路，然后把草根装进竹筒供奉，这样做过后，生子可见父，且能四世同堂。他就照梦中的吩咐去做，果然不仅生子见父，而且从此以后都是四世同堂了。这两则文献记载与民间传说，反映了古代曾存在对竹与草等植物的崇拜，由植物崇拜而转化为对祖宗的崇拜。经籍《祭祖打牛献酒经》与古籍《物始纪略·殡葬始纪》有相同记载：“德施灵魂草，同则兹（一种吉祥物）结合，越烧越洁净；古侯灵魂草，同扣珐（一种吉祥物）结合，骨髓纷纷化；德布灵魂草，魂草如飞鸟，升上天庭去。”又：“古侯死了后，灵魂附草根，依附一株草。”

“丕筛”这种祭祖活动，通常普遍举行，它是祖宗受崇拜的初级阶段、初级形态，是举行六代、九代大典的基础，主持者通常是长房、长子。长房、长子自然成了小族长的角色。一般的情况下，一个小家庭建一所祠堂，即六代以内的亲家族拥有一个共同的祖祠，供共同祭祀。在特殊情况下，尤其到当代，共同祭祀一所祠堂，已远非六代人了。长房、长子之所以有主持祭祖和应酬客人的约定义务，是因为在分家分财产时就定下了的，长子分家得大房子，又比其他兄弟多分一份土地。在同一地方，即同一个居住环境中，安置祖灵的习俗也有差异，在祖祠内供奉祖筒，这个祖筒，贵州彝区称为“卯哉”，四川彝区称为“玛都”，应当是共同的。差异与区别在于，有的家庭不供养祖筒而供养木牌（应称祖宗神牌）。例如，在贵州的威宁县东部，阿景家族（汉姓王等）、侯大家族（汉姓唐或海）在祠堂内供奉的是祖宗神牌，神牌由五棓子木制成[①]，而别的家族则供奉祖篾箩祖筒。尽管祭祖，包括丧祭指路的仪式过程几乎一致。关于这两者差异，有格言说：“德布省布达，德施朵登俞。”“省布达”即木片木板，“朵登俞”义为放鞭炮，以竹祖筒形似鞭炮而形容之，说明习六祖一支的德布氏之俗者供奉神牌，习六祖另外一支德施氏之俗者供奉祖筒（其实也不尽然，六祖的另外一支古侯氏的供祖习俗也是供奉祖筒）。

将所有的祖筒招入祖灵并依次串进篾箩后，再次举行献祭活动，待到仪式结束，就可以毕恭毕敬地安放到祠堂上端供奉了，举行安放祖祠的仪式，毕摩退神撤除神位神座，全家族的人，乃至前来恭贺的亲友就可以集中在一起，美美地聚餐一顿了。在通常情况下，农历腊月的大年三十由族长率众族人前往祠堂祭一番，也就算结束了一年的祭祖活动。[②]

3. 对文献中关于“丕筛”仪式程序与经籍的使用

“丕筛”小型祭祖仪式活动，根据仪式的程序，有的要使用一定的经籍。以贵州省威宁彝族回族苗族自治县龙场镇龙丰村李荣林毕摩的经书为例，有19个程序仪式。这些仪式程序，有的不需要念诵经籍，有的则必须念诵经籍。李毕摩的这19个程序，除了请神和向谱书献祭两道程序外，其余17个程序都需要念诵经籍。具体情况如下：

（1）请神，请鍮瞿尼、诺武费等毕摩神，尤其要请恒阿德、额武图、索哲舍等毕摩神；

（2）念《献绵羊牲》一章；

（3）向谱书献祭；

① 安鸣凤，王继超，王明贵. 阿尼阿景家族发展史[M]. 北京：民族出版社，2013.

② 王继超，余海. 彝族传统信仰文献研究[M]. 贵阳：贵州民族出版社，2010：154.

（4）念《更换祖筒》一章；

（5）念《献牲》一章，用绵羊、猪、鸡、五谷、酒水献祭；

（6）念《安位置》一章；

（7）念《排名份》一章；

（8）念关于“排位”，即排列辈分大小与长幼一章；

（9）念《祝福》一章；

（10）念《追根溯源》一章；

（11）念《安放金钱》（即五倍子木屑作银，黄连木等木屑代表金）一章；

（12）念《献水神》一章；

（13）念《献火神》一章；

（14）念《向风神献祭》一章；

（15）念《解身》一章，即把污秽身子的邪祟隔开；

（16）念《退除过失》一章；

（17）念《向神位献酒》一章；

（18）念《退毕摩神》，即送毕摩神一章；

（19）念《解脱大经》一章。[①]

由此可见，经籍的使用与仪式与程序紧密结合，需要的地方就念诵经籍，不需要的地方就不念诵。这是经籍使用的仪式表达，也是经籍功用的文学人类学还原。

第二节　唱诵腔调

——毕摩唱腔与传统经籍的结合使用[②]

毕摩在举行仪式活动时，基本上都要结合一定的经籍使用，才能完成仪式活动，并且取得成功。从某种角度上讲，经籍的使用往往是毕摩举行仪式与活动的核心部分，许多需要表达的思想和所要达到的目的，就明明白白地在经籍中写着。而毕摩在念诵经籍的时候，往往都有师承自祖师或者师傅那里的一定的念诵腔调。这些腔调是一种特殊的彝族音乐艺术，因此有时也被称为“宗教音乐”或者“宗教仪式音乐”。现在以在贵州省毕节市大屯彝族乡三官寨彝族村寨的田野调查所

① 王继超，余海. 彝族传统信仰文献研究[M]. 贵阳：贵州民族出版社，2010：156.

② 这个案例中有关的田野调查研究是贾力娜博士与蒲亨强教授的成果，经过作者允许使用。

得的材料，介绍彝族丧葬仪式“毕摩歌”的毕摩唱腔音乐形式。

概观当代中国宗教仪式音乐，大致可分为三大类型：其一，正规教团的宗教仪式音乐类型。所谓正规教团宗教，其有固定的神灵崇拜、严密的组织形态和固定的宫观寺庙教堂活动场所，仪式音乐执行人具有职业性，音乐具有最纯正的宗教风格，如佛教、道教、伊斯兰教、基督教等。其二，正规宗教民俗化的仪式音乐类型。其也有固定的神灵崇拜，组织形态比较松散，多无固定的宗教活动场所，仪式主持和执行人具半职业性，音乐风格染有较多世俗民间色彩，如道教的火居道、佛教的应门等。其三，原始宗教的仪式音乐类型。原始宗教也称为自然宗教或民间宗教，其宗教观念具有原始性并持万物有灵的宗教观念，这种观念通过古人有组织、有领导进行控制和祭献以求福避祸的活动来体现，这种活动便是宗教仪式，而组织和领导氏族成员进行这种活动的人，便是宗教仪式的执行者，最初为氏族长，后分化出祭司和巫师。①这一类型的仪式音乐，组织形态较松散，仪式执行人多为当地农民，音乐染有浓厚的地域民间音乐色彩。例如，彝族原始宗教（即彝族传统宗教）。当前中国宗教音乐研究已有长足的进展，但少数民族特别是彝族的原始宗教仪式音乐的专门调研，尚为起步阶段，其详情和特点均无更多了解。相对于西南众多民族中仍有广泛运用和蓬勃生命力的原始宗教音乐来说，不能说不是一大空白或薄弱的研究领域。对这种特殊宗教仪式音乐的专门研究，将有助于扩大和加深我们对中国宗教音乐整体格局的认知，也有利于我们认识彝族宗教仪式音乐与传统宗教经籍如何结合使用。三官寨彝族毕摩歌，作为少数民族原始宗教仪式音乐的独特标本，将对于彝族丧葬仪式音乐的整体研究以至西南少数民族原始宗教仪式音乐的整体研究均具有一定的启发意义。其中，毕摩歌的歌词，有的是彝族传统经籍中的句子，有的是口头传承的民间文艺。

三官寨位于贵州省毕节市七星关区大屯彝族乡政府驻地以北 3 千米，为彝族聚居区，面积约 6.5 平方千米，2012 年年末，统计总人口 2986 人，共计 738 户，彝族占 73%。

三官寨彝族丧葬习俗兴起的具体时间无文献记载。据较早迁居三官寨居住的彝族的《范（陈）氏家谱》记载②，以及当地毕摩陈文均、陈大远和三官小学彝语教

① 马学良，于锦绣，范惠娟. 彝族原始宗教调查报告[M]. 北京：中国社会科学出版社，1993：14-15.

② 范（陈）氏家谱[Z]（第 6 页）：“吾祖孝良娶妻周氏，生三子……在今叙永县境内狮子山居数载后……于 1695 年举家欲回昭通……三年后，定居今三官寨法啰堵，取名协阔迪家。”

师陈大彬等介绍，自1698年范（陈）氏定居三官寨时，就有丧葬仪式存在，距今有300年以上历史。通过2012年3月至2013年9月的田野观察，发现此地丧仪活动频繁，只要有彝人去世，就必定举办仪式。仅2013年7月26日至8月16日20天便有4场丧仪活动，其程序均按照彝族传统丧俗进行，具有深厚的文化内涵和价值。

仪式施行时间共3天。第1天开孝，第2天正祭，第3天招灵、送灵，共含19个程序。毕摩歌穿插其中，成为不可或缺的内容和主要音乐形式。毕摩用腔调唱诵特定意义的经文，成为仪式表现的特殊手段，起着通神、制造气氛、表达意义和情感的多重作用，最终帮助仪式执行人完成超度亡者的目的，可以说没有毕摩歌，仪式就不能完成。目前"贵州彝族丧葬仪式"主要从宗教、文化视角进行研究，音乐的研究较薄弱。经过对近30年相关论题的检索，"贵州彝族毕摩歌"研究的直接相关编著有 2 本。书中有少量谱例和文字介绍，均为音乐形态的一般描述。例如，胡家勋《乌蒙古韵——贵州少数民族音乐文化集粹·彝族篇》[①]中认为："毕摩歌，多为吟唱型，以叙事性的曲调为主，也有不少舒展悠长的歌调。"《贵州少数民族音乐》[②]彝族音乐丧事歌曲中提到毕摩歌："这类歌曲，多为说唱，有的近乎吟诵。多为一或二个乐句的多次反复。"这些成果概括出贵州彝族毕摩歌曲调和曲式的部分特点，但没有将其放在仪式的背景中进行研究，也没有对音乐本质特色和构成规律进行深入分析，更没有上升到音乐风格的宏观角度来审视其地域风格特色。但是有少量结合彝族经文的介绍。

在此拟对仪式描述和阐释的基础上，对此歌种的音乐特点、风格及功用进行初步研究，并列出音乐的曲调与经文即歌词结合的情况。

一、丧葬仪式及毕摩歌运用、唱词释义

（一）仪式执行人员构成及分工

笔者通过在三官寨 6 次仪式的跟踪调查得知仪式具有一定组织性，均有执行人员和分工，具体情况如下：

1. pu^{33} thu^{33} 呗土（彝语），总管（汉语）

活动组织者。1 人以上，一般 3 人。负责整个仪式人员分工及所有事务的协

① 胡家勋. 乌蒙古韵——贵州少数民族音乐文化集粹·彝族篇[M]. 贵阳：贵州人民出版社，2010：182-184.

② 张中笑，罗廷华. 贵州少数民族音乐[M]. 贵阳：贵州民族出版社，1989：350.

调工作，具有相当声望和组织能力。一般分为总务总管、礼仪总管和后勤总管。

2. pu^{33} mu^{55} 毕摩（彝语），掌堂师（汉语）

仪式音乐主持人。一般 1 人。半职业性仪式音乐家，他是整个仪式中“吟唱经书”的主祭司。

3. $mɑ^{13}$ $çie^{21}$ 麻协（彝语），下堂先生（汉语）

仪式程序主持人。一般 2 人，1 正 1 副，主角和配角的关系。半职业性仪式专家、音乐家。与毕摩有密切关联，每个程序在他们的指导下进行，能够演唱丧事中的“肯合歌”和跳火把舞。

4. $lɑ^{13}$ $kʋ^{13}$ su^{33} 那共数（彝语），吹师与打击乐师的统称（汉语）

“莫亨”[①]吹奏者。最少 2 人，半职业性仪式音乐家。负责从亡人过世到仪式完成前的莫亨吹奏。

打鼓、击小钹者。各 1 名。两者没有固定人员，可随时更换。

5. $ndʋ^{21}lɑ^{13}zu^{33}$ 董那汝（彝语），孝子与孝女（汉语）

分正孝和家孝。正孝指亡者的子女、孙辈等直系亲属。家孝则指家族中年龄小于亡者的其他亲属。

6. $lɑ^{13}$ $pɑ^{55}$ su^{33} 拉巴数（彝语），其他帮忙弟兄（汉语）

部分亲戚和寨邻。负责杂事。

（二）仪式预备活动

在三官寨，彝人去世后并不马上举行仪式，而是有一系列预备活动，具体日期由毕摩确定，以三官寨大房组陈章庆老人去世为实例，其具体过程如下：

2013 年 7 月 24 日下午 16 点陈章庆去世，寨邻亲友送其至主人厅堂，平放在门板上，抬至屋中右上角，为其换上丧服，鸣三声炮告知寨邻。在总管指挥下派出三路人，一路请陈文均毕摩选择办事日期，定为 7 月 27 开孝，28 日正祭；一路请莫亨吹师；一路通知需下祭的亲戚。2 小时后，莫亨吹师到位，吹奏莫亨曲至 7 月 27 日开孝前。

以上活动结束后，仪式才正式开始。参加此次仪式的主要执事者共 27 人。

---

① 当地称“撒拉”，即“唢呐”的方言说法。

总管：陈大恒、陈章志、陈智

毕摩：陈文均

麻协：陈大华（正）、陈宗贵（副）

吹师：陈章学、陈大松、陈雷、陈大举、龙跃、范启

正孝：长子陈大琰，长媳陈秀

开孝：陈大奎、陈大敏

香灯师：陈大书（亡者的侄子）

礼宾：陈大彬（读写祭文）

内总管：陈明才（管理物品的进出，孝帕的保管）、杨勇昌（看管屋内物品）

收礼：陈大宣、陈大政、陈祖祥、杨昌华、范涛

接礼：陈章建；接牲：陈明进

其他负责杂务人员若干

（三）仪式程序及意义

正式丧仪程序复杂严格，具有特定意义。

1. ɕi^{33} ʂei^{13} 喜圣（落笔）

灵柩前。孝家及各执事人员列队告知亡人为其举行的解冤（类似道教传统仪式程序，称为解冤结）、指路、殡葬、招灵等后事祭祀活动即将开始，要亡人积极配合接纳后裔及亲朋的祭礼，使活动顺利完成。

2. tʂhʅ^{21}zɑ^{13} 尺让（迎宾）

在灵堂外路口。孝家派人迎接前来下祭的亲戚们。其中，以迎接老后即舅家最为隆重，因为彝族以舅家为大，舅家就是娘家，故称老后家，此体现了母系社会的遗存观念。

3. tʂhʅ^{21} tʂu^{33} 赤主（献飨）

分别在灵柩、灵堂、云梯前举行。孝家打死一头猪作为大礼，由毕摩念诵《晚祭经》给亡人献晚饭，类似道教施食仪中的黄录斋宴。

4. tʂhe^{55}tʂhʊ^{21}mbɑ^{33} 车重把（致悼词）

在灵柩前，也称家奠。追述亡人生平、表达家人对亡人的哀思。

5. ɕi^{33} dʑ ɑ^{33}khɯ^{55} 喜贾科（摆孝饭）

在灵堂内。主客两方孝家陪同亡灵共进最后一次晚餐，分男孝、女孝两轮。

6. to^{13}ʂʅ^{55}tɕhy^{21} 舵施瞿（闪火光驱邪）

在房屋周围。意为圈祭场，即用火光界定祭祀场地，将所有邪祟驱出祭场，不让其干扰祭祀活动，使仪式顺利进行。类似道教的驱魔。

7. pu^{33}tɕhe^{55}ʑi^{33}ndɤ^{33}d ɑ^{33} 布车以陡打（请毕摩上云梯）

在屋后云梯前。给亡人解冤指路是一件庄严、肃穆的事，要专搭云梯（祭台），有两层意思：一是请当事毕摩上云梯，通过唱解冤、指路经歌解除亡人生前冤结，指给亡人祖先所在地方，使亡者洁净地到达目的地，被祖先接受；二是毕摩通过在神位前向师祖师爷奠酒、化纸、唱请神调，保护自己爬上云梯，使祭祀顺利进行。

8. tɕhi^{33}tɕhi^{33}ʑi^{3} xɯ^{55} 启启以喝（递洗脚水）

在灵柩前。孝女孝媳抬水给亡者洗脚。

9. thʊ^{55}tɕhi^{33}ʑi^{33}xɯ^{55} 通启以喝（递洗脸水）

在灵柩前。孝女孝媳抬水给亡者洗脸。

10. ɳdʑi^{21}tʂhe^{55} 直车（递酒）

在灵柩前、云梯前、老后家火塘。彝俗“死者为大”，凡敬人必先敬灵，故首先递酒给亡者告知将牺牲、牲口交给其领受。然后递酒给毕摩、老后家，感谢他们对祭祀活动的辛勤付出。

11. ɳo^{21}tsei^{33} 罗怎（牺牲）

在灵柩前。亡人即将上路去“翁米”（老祖宗发祥地），途中道路艰险，需以牛开路，以羊皮铺道，牲血引虫，牲肉贿兽，故祭献牲口供其使用。

12. ŋʊ^{33}dʑʊ^{33}mu^{55} 翁局摩（指路）

在云梯前。孝家列队与亡灵辞行，毕摩指路送亡灵去“翁米”。

13. ʑi^{33}ndɤ^{33}zɑ^{13} 以陡让（下云梯）

在云梯前。解冤指路仪程结束，毕摩下云梯。

14. tshu^{33}thɤ^{33}hei^{13} 楚投恨（站桥头）

在灵柩前。毕摩站在象征大地之桥头，将猪牛羊三牲交于亡灵，招回一切生灵，祝福主家万事吉祥。

15. ɕi^{33} f ɑ^{13} 喜发（出殡）

在灵堂内、院门口、山上。把亡人送上山埋葬。

16. ȵei^{13}ŋ ɡ o^{21} 蔺阁（招灵）

在孝家房屋正对面空地中。当地彝人认为人有三魂七魄，七魄随体已入棺木，三魂中，一魂送去翁米与老祖宗汇合，一魂留守墓地，最后一魂招入灵筒送进祠堂享受后裔供奉。

17. tɕhi^{33}to^{21} 启夺（献药）

招灵神座前。孝男、孝女给亡灵献药，使其百病不染，永远健康，保佑后裔万事如意，百福具臻。

18. ȵei^{13}xʋ^{21}ȵei^{13}tʂhe^{55} 蔺洪蔺车（送灵献灵）

送灵筒去祠堂，在祠堂内给亡灵安置灵位，以便接受后裔供奉。

将以上程序和毕摩歌运用情况简化成表 7-1：

表 7-1 三官寨陈章庆丧葬仪式程序及毕摩歌运用情况

时间	程序	内容	毕摩歌	曲式结构及情绪
7 月 27 日 21：22～22：30	ɕi^{33}ʂei^{13} 喜圣（落笔）	开孝	无	—
		献酒经	献酒歌 1 首，12 分钟，咏唱型引子+吟唱	单句变奏体 肃穆、单一
7 月 28 日 上午、下午	tʂhʅ^{21}z ɑ^{13} 尺让（迎宾）	迎宾	无，但伴随莫亨曲	—
7 月 28 日 17：00～18：50	tʂhʅ^{21} tʂu^{33} 赤主（献飨）	禳灵堂	无，但行进中伴随莫亨曲	—
		给亡人献飨（一头猪）献酒经	献酒歌 1 首，11 分钟，咏唱型引子+吟唱	单句变奏体 肃穆、单一
		给亡人献飨晚宴献牲经	献晚牲歌 1 首，64 分 20 秒，吟唱	单句变奏体 肃穆、单一
		晚宴献牲经结束段	献晚牲结束歌 1 首，2 分钟，吟唱	单句变奏体 忧伤、单一
7 月 28 日 21：45～22：30	tʂhe^{55}tʂhʋ^{21}mb ɑ^{33} 车重把（致悼词）	念祭文	无	—

续表

时间	程序	内容	毕摩歌	曲式结构及情绪
7 月 28 日 22：35～23：00	ɕi^{33} dʑ ɑ ^{33}khɯ^{55} 喜贾科（摆孝饭）	主客孝家陪亡人进最后一次晚餐	无	—
7 月 28 日 23：02～23：59	to^{13}ʂʅ^{55}tɕhy^{21} 舵施瞿 （闪火光驱邪）	驱邪、唱挽歌、跳火把舞	无，但唱挽歌	—
7 月 28 日 23：24～7 月 29 日 3：30	pu^{33}tɕ'e^{55}ʑi^{33}ndɤ^{33}dɑ ^{33} 布切以陡打 （请布上云梯）	毕摩上云梯敬神解禁经	上云梯歌 1 首，6 分 30 秒，咏唱+吟唱	单句变奏体 激情
		献酒经	献酒歌 1 首，11 分 30 秒，咏唱型引子+吟唱	单句变奏体 肃穆、单一
		实勺以陡数经	解冤歌 1 首，206 分钟，咏唱	单句变奏体 忧伤、单一
7 月 29 日 1：02～2：20	tɕhi^{33}tɕ'i^{33}ʑi^{3}ɯ^{55} 启启以喝（递洗脚水）	孝女孝媳给亡者洗脚	无	—
7 月 29 日 2：30～3：30	thʊ^{55}tɕhi^{33}ʑi^{33}xɯ^{55} 通启以喝（递洗脸水）	孝女孝媳给亡者洗脸	无	—
7 月 29 日 3：35～4：00	ȵdʑi^{21}tʂhe^{55} 直车 （递酒）	给亡人递酒感谢毕摩、后家、族老	无	—
7 月 29 日 4：04～4：20	ɳo^{21} tsei^{33} 罗怎（牺牲）	杀牛、羊、猪	无	—
7 月 29 日 4：30～5：40	ŋʊ^{33}dzʊ^{33}mu^{55} 翁局摩 （指路）	指路经	指路歌 1 首，70 分钟，咏唱	单句变奏体 忧伤、单一
7 月 29 日 5：42～5：49	ʑi^{33}ndɤ^{33}zɑ^{13} 以陡让 （下云梯）	下云梯经	下云梯歌 1 首，3 分钟，咏唱+吟唱	单句变奏体 激情
7 月 29 日 5：50～7：00	tshu^{33}thɤ^{33}hei^{13} 楚投根（站桥头）	毕摩进桥头祭楚抖	进桥头歌 1 首，3 分钟，咏唱+吟唱	单句变奏体 忧伤、单一
		楚抖根数经	献早牲歌 1 首，87 分钟，吟唱	单句变奏体 肃穆、单一
7 月 29 日 7：22～11：00	ɕi^{33}fɑ^{13} 喜发（出殡）	安葬亡者	无	—
7 月 29 日 14：10～14：49	ȵei^{13}ŋ ɡ o^{21} 蔺阁 （招灵）	招灵经	献酒歌 1 首，8 分钟，咏唱型引子+吟唱	单句变奏体 肃穆、单一
			招灵歌 1 首，5 分钟，吟唱	单句变奏体 肃穆、单一

续表

时间	程序	内容	毕摩歌	曲式结构及情绪
7月29日 15：06～17：24	$tɕhi^{33}to^{21}$ 启夺（献药）	献药给亡灵	念	—
7月29日 17：24～17：32	$ȵei^{13}xʋ^{21}$ 蔺洪（送灵）	将灵筒交出	念	—
7月29日 17：33～18：05	$ȵei^{13}tʂhe^{55}$ 蔺车（献灵）	安置灵位	无	—

注：念唱即念白似唱法，音高不明确，吟唱指吟诗腔唱法，初步形成一些短长不一的腔型，咏唱是抒咏性唱段

（四）毕摩歌词（经文）释义

毕摩歌歌词为毕摩收藏的手抄本彝文古籍经文多为五言句。[①]本书中的歌词原文出自三官寨毕摩陈文均（图7-1）之收藏的经籍，由贵州省毕节市彝文文献翻译研究中心（原毕节地区彝文翻译组）陈大进副译审、陈宗玉翻译帮助翻译，其中“解冤、指路经”的内容介绍引自陈大进副译审已出版的译著《实勺以陡数》[②]，这些经文内容丰富，意义深刻。

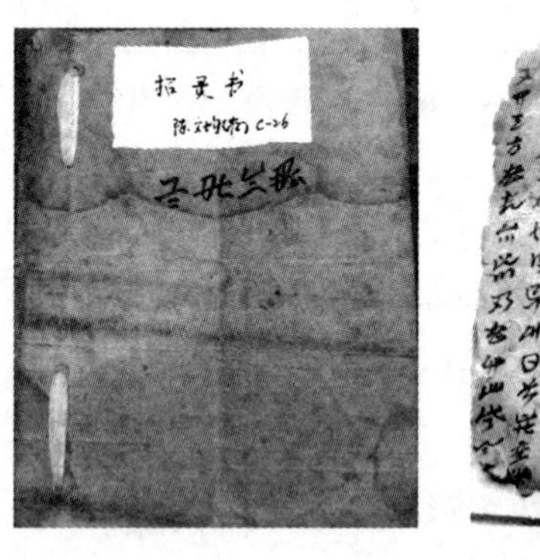

a

b

图7-1　毕摩陈文均收藏经书图片（贾力娜摄）

1. 献酒经

献酒经分为“觉炯几何”和“尼炯几何”两种。前者讲解献酒来历、酿酒过

① 如献酒啊献酒，大尼能要的，是青花红仁，尼能形成的。节选自三官寨布摩陈文均收藏手抄本彝文经书《觉炯几何》，毕节市彝文翻译组陈大进翻译。

② 陈大进. 实勺以陡数[M]. 贵阳：贵州民族出版社，2009.

程，亡者生平经历、取药救治的过程等。[①]后者叙述制茶酒、献茶酒来历等。[②]

2. 献牲经

献牲经共 80 章。叙述祭祀的起源、取名扬名、奠酒、人类的繁衍、辉煌的人生、配制药物、吃药治病、做斋、设祭场。[③]

3. 解冤、指路经

解冤、指路经共 81 章，包括五方面内容：一是人类冤冤相报由来；二是丧葬习俗由来；三是毕摩解冤；四是毕摩指路；五是毕摩祝福自己和主人家健康长寿，百事顺利。[④]

4. 招灵经

招灵经讲竹筒来历并告知亡者为其招灵。[⑤]

以上经籍内容反映出如下意义：

（1）所有经籍先讲历史：仪式兴起原因、亡者经历、迁徙路线、人生道理。告诉世人，即使经过各种努力，死亡仍不可逆转、无法避免，故求助神和其他超自然力量，以丧祭仪式的形式，将亡人引到祖先所在地，使灵魂得到超度。这反映了三官寨彝族人对历史的重视及祖先崇拜的思想。

（2）献酒时献祭山、水等自然事物，反映了三官寨人对自然的崇拜，认为万物有灵，人的灵魂不死。

以上仪式程序意义、歌词即经文的释义表明，仪式建立在对祖先崇拜和人有灵魂、灵魂不灭的原始宗教即彝族传统信仰的基础上，最终超度亡者灵魂去祖先所在地。仪式中一系列活动均围绕此宗教信仰的目的进行，必须严格执行，不能随意改变，对保存当地传统丧葬文化的稳定性具有重要作用。

表 7-1 的 19 个程序[⑥]中有 7 个主要程序[⑦]（落笔、献殞、上云梯、指路、下云梯、站桥头、招灵），要唱 13 首毕摩歌，毕摩歌持续时间较长，特别是在仪式的

① 概括自陈文均收藏《觉炯几何》，陈大进翻译，未出版。

② 由毕节市彝文翻译组陈宗玉翻译，未出版。

③ 由毕节市彝文翻译组陈宗玉翻译，未出版。

④ 陈大进. 实勺以陡数[M]. 贵阳：贵州民族出版社，2009：1-2.

⑤ 概括自陈文均收藏的《招灵书》，陈大进口译。

⑥ 实为 19 个程序，前文将 18、19 程序合并解释。

⑦ 多属正祭程序，当地人最为重视，是亡灵顺利回到祖先所在地的关键。

关键程序（正祭晚上），如解冤、指路中贯穿始终。毕摩歌以不同的音乐情绪，固定配合仪式进行：献酒歌配合献酒，其情绪单一、肃穆，节奏感强，告知亡灵要为其做仪式；献牲歌配合献殓、站桥头，情绪哀伤，用于叙述人生、历史等沉重内容；上、下云梯歌配合毕摩上、下云梯，情绪激昂，旋律动听，取悦于神，以保佑仪式顺利进行；招灵歌配合招灵，情绪单一、肃穆，使亡灵顺利进入灵筒。由于毕摩歌的以上作用，它们不能被省略或简化，否则，不能实现仪式的最终目的，毕摩歌在仪式中占据核心地位。

二、毕摩歌的音乐结构体制

上述整场仪式中共运用 13 首歌调，其中 4 首献酒歌曲调相同；上、下云梯歌 2 首相同；解冤歌、指路歌、献晚牲歌 3 首相同；献晚牲结束歌与献早牲歌 2 首相同；除此之外，进桥头歌和招灵歌各 1 首不相同，将完全相同曲调简化后，还有 6 首不同，这 6 首曲调篇幅虽较长，但却围绕各自一个腔句演唱，故下例中只列举其完整腔句或变化腔句：

（一）献酒歌（陈文均唱，贾力娜记谱）

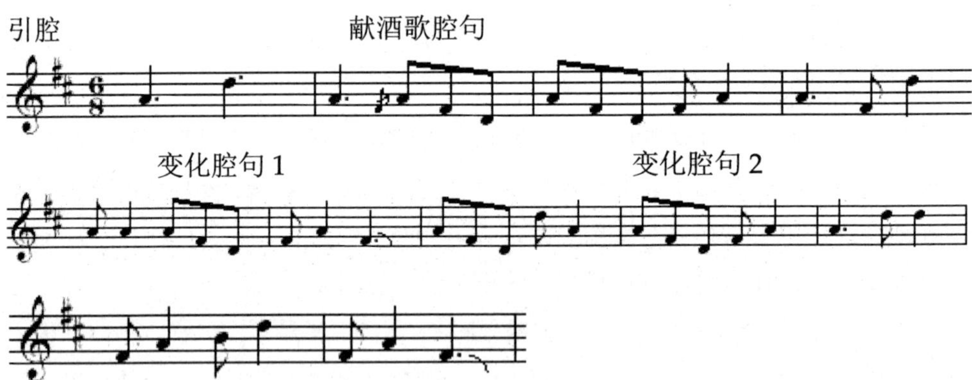

引腔过后，全曲围绕腔句演唱，之后的腔句是在此腔基础上旋法有所变化的变体。

（二）上、下云梯歌腔句（陈文均唱，贾力娜记谱）

（三）进桥头歌腔句（陈文均唱，贾力娜记谱）

上、下云梯歌和进桥头歌全曲围绕各自腔句演唱。

（四）解冤歌腔句（陈文均唱，贾力娜记谱）

变化腔句：

解冤歌围绕其腔句演唱，之后的腔句是在此腔的基础上减花的变体。

（五）献早牲歌（陈文均唱，贾力娜记谱）

（六）招灵歌（陈文均唱，贾力娜记谱）

献早牲歌和招灵歌全曲围绕各自腔句演唱。

以上列举的毕摩歌从单个歌曲式看为单句变奏体。经过主题材料中同型主腔的类聚分析，将不同的主腔抽出，得出以下两种常用的主腔形态（为便于比较，均统一用 C 调记谱）：

1. 一号主腔及变体

2. 二号主腔及变体

两种主腔在仪式中的运用：

献酒歌类/4 首，上下云梯调/2 首，招灵歌、献牲结束语/3 首均使用 1 号主腔及变体；

而献牲经类/2 首和解冤、指路歌/2 首使用 2 号主腔及变体。

仪式中有两种旋律主题（用 A 和 B 来表示），其运用顺序是：A—A—B—A—A—A—B—B—A—B—A—A—A，整个仪式歌曲结构为循环变奏体。

通过简化还原法，将两种主腔进行类聚简化，最后抽取其核腔为 Do Mi Sol 和 Sol Do Re。下面以 Do Mi Sol 为例，将核腔发展为主腔再到成品的过程展示如下：

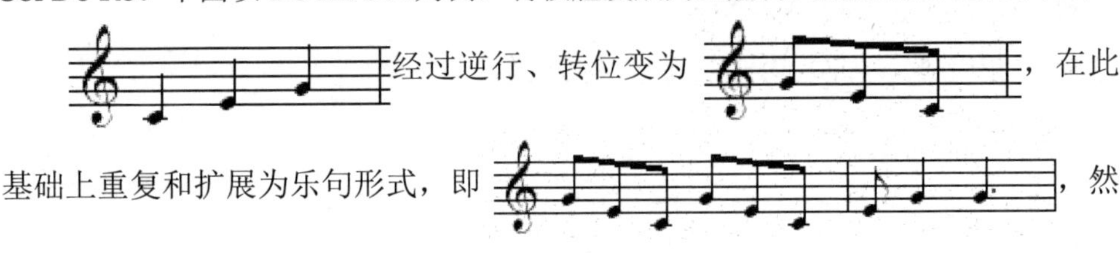

后加引腔和加花或变奏后的乐句成为完整的乐曲：

三、典型曲目简析

（一）核腔为 Do Mi Sol 的典型曲目

1. 献酒歌

仪式中重复使用较高，作为毕摩正式诵唱经籍前的开场曲。有两小节引腔，徵音味道浓郁。旋法以小三和大三交替为主，旋线多为下降形和小波浪形。徵、角、宫三音组合为主，间或出现羽音，在乐句结尾处惯用下滑音，呈现出下行中止的特点，曲调连绵不断，句读不明显，吟唱性较强。终止式较随意，中止感不强。节奏律动性强，词曲配合一字一音或多字一音，大致为五言句，请参下例：

《觉炯几何献酒歌》片段（陈文均唱，贾力娜记谱，陈大进翻译）

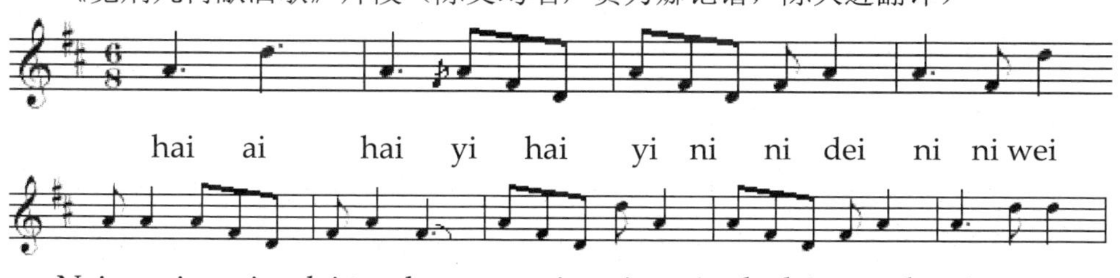

wo dou bei bao le tao e

歌词大意：献酒啊献酒，大尼能要的，是青花红仁，是尼能形成的，柏枝花桦树仁，是实勺形成的，是布波形成的。

2. 上、下云梯歌

用于毕摩上、下云梯时，引腔为散板，徵味较浓，咏唱性较强，引腔后的唱腔旋法以纯四与小三交替为主，间或出现大六度，旋线多为下降形和波浪形，主要围绕宫、徵、角进行，间或出现羽音，乐句结尾处惯用下滑音，咏唱性较强，终止在下滑音上，节奏长短不一，律动性不强，大致三句一段，后面的变奏部分在第一段基础上有所省略或扩充。词曲配合有一字一音，也有多字一音，大致为五言句。此类与上曲主腔在结构、旋法上类似。请参下例。

上、下云梯歌片段（陈文均唱，贾力娜记谱，陈大进翻译）。

引子：

hai ai hai ai hai ai hai ai hai

唱腔：

yi dou yi da naoai ai hai yi da yi yi da yi na a na

歌词大意：引腔是衬词，无实际意义，正式唱的部分表示，冤愆产生了，解冤啊解冤。

献牲结束语、招灵经均属此类。他们的共同特点是：以宫、角、徵音为核心音，旋法都有三度音，旋线以下降和波浪型为主，惯用下滑音，不重视终止式。

（二）核腔为 Sol Do Re 的典型曲目

1. 进桥头歌

正祭早上牺牲后的歌。没有引腔，直接唱正文，开始音商味较浓，咏唱性较强，旋法以纯四与二度级进交替为主，旋线多为下降型和波浪型，主要围绕宫、商、徵进行，间或出现角音，乐句结尾处惯用下滑音，上下乐句间节奏有对比，上句较慢，下句较快。律动性强，词曲配合大多一字一音，也有多字一音，多为五言句。

进桥头歌片段（陈文均唱，贾力娜记谱，陈宗玉翻译）。

上句：

Sollai na di ai gu e eng jie a de cu tai a di

Hegu iai duda ousai bu d da ousai bu du da heguaiai duda

歌词大意：要开始献三牲礼了，请示神灵，奠酒敬神灵，祈求祝福毕摩健康长寿（当地把祝福话称为“封赠话”）。

2. 解冤歌

正祭日的歌。篇幅较长，咏唱性较强，旋法以级进和纯四交替，间或有三度音，颤音等装饰音较多，主要围绕宫、商、角、徵进行，节奏律动性较强，前短后长。词曲配合一字一音，五言句。

解冤歌片段（陈文均唱，贾力娜记谱，陈大进翻译）。

douchouyihai qie ai douzhou ka di hai ai chilou di lou o

歌词大意：讲实勺以解冤的产生。

据以上分析，毕摩歌音乐篇幅虽长，旋律材料却较简单，其单曲曲式为主腔变奏的单段体，由于仪式共用了两个不同的主腔或核腔，整体体制上具有循环变奏体的性质。唱法上是咏唱与吟唱相结合，旋法多级进、三度，但出现较多四五度跳进，旋线以下降型、波浪型为主，乐句结尾多为滑音，也有倚音和颤音，多围绕宫、商、角、徵音进行，大部分节奏律动性较强，多用前短后长节奏型。音乐具有原始性、舞蹈性和强悍的特点。

四、毕摩歌的地域风格及文化渊源探讨

我国民歌音调系统（新疆除外）主要包含四类音调结构：大声韵，Do Mi Sol;

小声韵，LA DO MI；宽声韵，SOL DO RE（含 RE SOL LA 和 LA RE MI）及窄声韵，LA DO RE（含 SOL LA DO）。上述音调在我国地理分布上的宏观态势为：以长江、秦岭、伏牛山为中界，宽声韵分布于北方、西北和中原一带代表北音风格，特性音程是纯四度，音感思维偏爱宽音程；大声韵则主要分布在南音北限、北音南限的中界区（江汉荆楚一带）和华南山地民族苗、瑶、畲族。而窄声韵分布于南方各省区，特性音程是小三度，音感思维偏爱窄音程，此特点在巴楚一带体现最为明显。[①]

毕摩歌音调主要有两种核心腔 Do Mi Sol（9 首）和 sol Do Re（4 首），尤以前一种运用较多。据前文可判断，毕摩歌核心腔呈现出的 Do Mi Sol 大声韵属于中音并与北音有联系，sol Do Re 宽声韵属于北音的特点。

生活在西南地区的三官寨彝族毕摩歌为何会呈现中音兼具北音系统的特点呢？可从以下四方面进行探讨。

（一）音乐特点的呈现

从前文音乐分析看，毕摩歌旋法多级进、三度，如“献酒歌”中频繁出现的，即大声韵运用较多，此韵的形成是我国古代南北音乐在荆楚一带长期冲撞下的产物，它是北音宽声韵与南音小声韵通过音律渐变、渡过音程模糊区，分别将三音增、缩一个小二度后形成的新音调模式。[②]属中音兼具北音的特点。同时，除 4 首运用宽声韵，部分毕摩歌还较多四五度跳进，如“献酒歌”中：

上四度跳进，“云梯歌”中下五度跳进。节奏以前短后长型为主。

总体看，三官寨彝族毕摩歌以大声韵为主，兼有宽声韵，旋法多四五度跳进，节奏前短后长，具有中音偏北音系统的特点。

---

① 蒲亨强. Do Mi Sol 三音列新论[J]. 黄钟-武汉音乐学院学报[J]，1987.（3）：39-46.

② 蒲亨强. Do Mi Sol 三音列新论[J]. 黄钟-武汉音乐学院学报[J]，1987.（3）：39-46.

（二）民族迁徙

彝族的主源是土著民族，有一部分是北方氐羌集团在南迁过程中与西南土著民族结合而形成的。[①]先秦时期氐羌部落集团主要聚居于今西北甘肃、青海地区，公元前7世纪秦向西开拓用兵，众多氐羌被迫南迁[②]，西汉末年，南下的氐羌与东迁滇东北、黔西及凉山地区的滇西土著民族昆明族逐步融合，在唐代多称乌蛮，即近代的部分彝族先民。公元738年，滇西乌蛮首领皮罗阁统一洱海地区，建立南诏国，滇东北的乌蛮与南诏王族同属一个民族，关系密切。元明时期，彝族被称为“罗罗”，分布重心在滇东北。清代，由于改土归流和战乱，滇东北彝族大量迁往四川凉山彝族自治州，后因冤家械斗，四川凉山彝族自治州彝族又大批迁入云南小凉山等地。《实勺以陡数》记载，站在翁米俄古地，看见点苍苛嘎山（今云南大理点苍山一带）。[③]三官寨彝族祖先所在地为今云南大理。据三官寨《范陈氏谱书》记载，其改汉姓后第四世祖范敬发因战乱兵败从云南迁徙到四川[④]，后第六世祖范荣祥在改土归流前后又从四川叙永迁入贵州毕节的三官寨。可以推断，三官彝在南迁时与古代北方民族有着密切的族源关系，他们的音乐遗留有北方民族的特点，而南下后，长期受南方音乐的影响，故具有南北音乐结合的特点。

（三）原始宗教观念、丧葬习俗、毕摩传承方式的三重影响

三官寨彝族经过长期频繁迁徙后还能兼具北方民族音乐的特点，与他们的原始宗教观念和丧葬习俗有密切关系。据《实勺以陡数》《彝族原始宗教调查报告》和前文经文歌词的总结，彝族的原始信仰中，祖先崇拜是信仰的核心，亡灵必须通过丧葬仪式回到祖先所在地。仪式中毕摩歌不可缺少，这为毕摩歌从古至今顽强地流传下来提供了必备和先决条件。

毕摩传承方式是世袭家传式或严格的师徒式，毕摩经过拜师、认读、识字、抄经书、学唱毕摩歌、随师实践、颁职（出徒仪式）、谢师一系列严格的程序，

① 王天玺，张鑫昌. 中国彝族通史[M]. 昆明：云南出版集团公司，云南人民出版社，2012.

② 《后汉书·西羌传》：“秦献公初立，欲复穆公之迹，兵临渭首，灭狄貊戎，忍季父印畏秦之威，将其种人附落而南，出赐支河曲数千里，与众羌绝远，不复交通。”

③ 陈大进. 实勺以陡数[M]. 贵阳：贵州民族出版社，2009：395.

④ 《范（陈）氏家谱》[Z]（第1～2页）：“一世赫点尼范世华……即滇池洱海一带大祭师之裔。四世范敬发，青年涉足奢安事件……因绰戛拉叛变，兵败乌蒙，转四川隐居。”

才能成为合格的毕摩。经过如此严密的学习，毕摩歌能够顽强保留其祖先北方民族的特点具有合理性。

（四）地理人文环境的影响

高山民族音乐以自由粗犷的气质而展现出西南音乐个性色彩的另一极端，此乐风的形成也与其地理条件、生活状况及民风相关。三官寨彝族居住在贵州高山地带，地势险要，它是西南地区的高山民族，交通相对闭塞，远离正统主流文化，民风粗犷、强悍、直率，审美受楚文化影响，相对色彩斑斓，故反映在其音乐中也具有高山民族的特点，即典型样式为宽、大声韵的歌腔结构，起伏较大的波峰型和瀑布型旋线，终止多不稳定，富于动感，节奏自由无羁，由此体现出自由粗犷的原始风格特点。[①]

作为原始宗教仪式音乐核心的毕摩歌，其音乐结构、形态和情绪均受到仪式的制约，固定配合仪式的进行，其音乐具有浓厚的彝族地域民间性，篇幅较长的音乐结构采用循环变奏的体制，吟唱为主并结合咏唱，旋律比较单纯朴素，情绪偏于肃穆单一，较多保留偏北音的原生风格等，体现了彝族原始宗教仪式音乐的特点。本书对毕摩歌音乐形态风格及实施过程所作的较详细的研究，在学术界还属于首次。[②]特别是从毕摩歌的角度，对彝族传统经籍与彝族传统音乐结合的研究，从人类学的视角，拓展了一条研究彝族文艺的新途径，为加深对彝族传统经籍的文化阐释和理解提供了实证，同时丰富了文艺人类学理论的内涵。

第三节 演述场域
——经籍文学的使用

文学发生的研究，历来是文学人类学所关注的主要领域，也是文学研究的主要领域。在传统的文学发生理论中，劳动创造说、神造说、发泄说等，都曾经是对文学发生研究而产生出的理论。鲁迅先生也提出了人类在劳动中因为抬大木劳累时，有一人发出“杭育杭育”的呼声，他便是作家，创造出了文学作品，这一派就是“杭育杭育派”的理论。

---

① 蒲亨强. 长江音乐文化[M]. 武汉：湖北教育出版社，2006：144.

② 贾力娜，蒲亨强. 毕节三官寨丧葬仪式“布摩歌”调研报告[J]. 中央音乐学院学报，2014，（3）：60-64.

对彝族经籍文学发生的考察、溯源，只能到彝族经籍产生的具体场景中去探寻，才能得到切实的结论。这就需要田野作业的成果。

一、丧事祭祀中传统经籍使用的田野考察

下面是王继超译审 2005 年 12 月 25 日～28 日，到贵州省威宁彝族回族苗族自治县猴场镇妥洛冲，在当地彝族干部田某某之父举行丧事祭祀时，所作的田野调查记录（有删节）。

这场丧事，主持仪式的是贵州省六盘水市水城县双嘎乡乌洛冲杨家毕摩两弟兄。这两弟兄的父亲，即杨家的上一代毕摩名叫杨文光，彝语称他作“嘎娄毕摩”，在贵州的威宁、赫章、水城三县的结合部一带享有一定的名气，以至于传到方圆的 30 千米开外。这次为田某某家主持丧祭仪式的杨家毕摩两弟兄，带着两个徒弟做助手，两弟兄各带一个儿子当徒弟兼助手，为的是将来把毕摩这一职业传承给他们，让他们的后代既从书本上学，又从实际操作过程中领会。传帮带的程序都有了，这也就是传统的毕摩授学的方法。

田家这次的丧祭对象有两位，第一位是田某某刚去世的父亲，另一位是田某某过世了多年的妻子陈氏。按照汉语的习惯表述：为刚去世的人作丧祭称为“热丧”；为去世多年甚至十数年、数十年的人招灵来进行丧祭谓“冷丧”。田家这一次的丧祭是热丧冷丧一起举行。

在丧祭仪式举行之前，田家已搭建了称“恳恒”（或“额车”“细贝”“翁车”），即灵房或丧房。“恳恒”搭建得很气派，很传统的样式，基本的架子用木料，但使用了以布代纸的新材料。“恳恒”的屋面也不像传统的那样，用竹条与稻草铺盖后再蒙上加厚的构皮纸，然后绘出瓦的路数。田家的“恳恒”是蒙上白布后画出瓦的样子。“恳恒”的搭建，从效果上看，有庙宇或宫殿的感觉，这也是人们为了丧祭活动的举行所刻意追求的效果。“恳恒”的屋脊和四沿插缀着多簇的彩枝，有些像藏式建筑上插的“风马”。彝藏在语言上同属一个语族，藏族先时信奉一种属原始宗教的名称叫“苯教”（或音作“本波”），而彝族主持祭祀仪式的毕摩，其始祖称“布僰”或“毕博”，是“布始楚”和“僰乍姆”合称的缩称，毕摩的经书有称“毕博特依”者（如在凉山地区）。“布僰”与“本波”的音很相近，可以假设两者之间可能有古老的渊源关系。

田家搭建的两幢“恳恒”，前一幢是放的热丧，置死者的棺木于其中，后一

幢放的是冷丧，放的是袖珍的棺材，棺材里面放的应是草根一类，即草根一类作载体，将先死者的灵魂招了附在它的上面，作祭时，有着与热丧同等的意义与祭祀效果。招灵的仪式在举行丧祭活动之前就已经进行妥当。

2005 年 12 月 25 日的晚上，笔者到了田家的丧祭现场，毕摩和田家都是只做一些准备工作，抑或接待一些前来送礼的人。隆重的活动放在次日的 12 月 26 日举行。

到 2005 年 12 月 26 日一早，毕摩就忙碌开来了。他们先举行的是称“细抽主”的仪式，意思是为被祭祀的死者献早饭，这种仪式有人也称为早献祭或朝祭等。毕摩的声音是铿锵的，有基本的器具，阵容也显眼，但衣服不太规范。

毕摩在举行“细抽主”的仪式后，田家的家人为死者举行了“转秋”的仪式，

主人家组织“转秋”仪式，毕摩走在前面，其中一人持有系着葫芦的尖刀走在后面。在毕摩的带领下，依次为“恳洪呗”舞队、扛纸牛纸马纸羊者，牵三牲礼者，行进中宛若出征打仗，一路上呐喊声、枪炮声交织。来到丧场边，转若“输必孜”（太极图形）、“阿捏雅”（蜘蛛织网）、“捏脱旧”（甑子底状）等多种名称的圈子，依八卦者转八个方位（各转三圈），依五行方位，在五个方位各转三圈，在转圈中，“恳洪呗”丧礼舞队着象征盔甲的各三片红布于腰间，作武士状，象征兵丁的“秋挠”队伍亦呐喊放枪炮。转完丧场后，队伍再围着“恳桓”灵柩绕三转，丧礼舞队跳一遍丧礼舞，举行祭奠死者的仪式后，作好迎接亲戚家前来奔丧的准备。整个过程，如《大定府志》所载的“会者千人，披甲胄驰马若战状”。

主人家的“转秋”仪式完毕，毕摩即举行“宇陡”的仪式，目的是为死者解除人生中一般所犯的过失，抑或特殊的过错、罪过；先天即与生俱来的冤过，为上辈人担当的冤过等。做了宇陡，解了冤，又经过一些仪式后就可以为死者举行指路了，解冤这一步是关键的，因为不通过这一仪式是不能指路的。解冤仪式的经书篇幅很长，所以，毕摩在下午的大半天，一直到进晚餐之前，都在念诵这一仪式必须用的经书。毕摩在进行“布仇宇陡”的解冤仪式后，其他仪式就逐项进行。

也正是在毕摩念解冤经的这段时间，田家的亲戚陆续到场来奔丧。其亲戚的“转秋”仪式一应如同主人家先前的做法，所不同的是亲戚家进场时，主人家要组织迎接仪式。主人家组织大队人马迎接亲戚家的每一波奔丧队伍，都相互以三六

九正面拜、背面叩举行奠酒礼仪。迎接仪式毕，亲戚的奔丧队伍即进行如同一辙的“转秋”仪式。奔丧“转秋”的亲戚，有死者的女儿、外甥等，也有按死者同辈的名义来的。从前很传统，亲戚家“转秋”献于死者的礼物有猪、牛、羊三牲（外甥家外加驮马），数目多使用竹木和纸做的猪、牛、羊、马、象等；眼前，在田家“转秋”的亲戚的队伍里，有献用纸做的别墅、电视机等的，充分打上了现代生活与市场经济的烙印。田家“转秋”的亲戚从凌晨 4 点到夜间 11 点左右都有人到来。各亲戚家虽有先来后到，但都是一个模式，转完丧场后，其奔丧的队伍再围着“恳桓”灵柩绕三转，丧礼舞队跳一遍丧礼舞，奔丧的亲戚和主人家一并进行悲痛地祭奠死者后，奔丧的亲戚在主人家的“布妥”引导下进入属于自己的火堂或“洛车”。火堂或“洛车”是按辈分来分从大到小的，死者的父亲的舅舅家最大，死者的母亲的舅舅家次之，死者的舅舅家居第三，然后是死者的姐妹家、女儿家、外甥家。

晚饭后，毕摩在“布车”和“肯恒”内举行“细仇主”，为死者进晚餐的晚献祭仪式，又依次举行安慰死者与诸神灵的“口车”，倾诉生离死别、规劝后人尽孝等的“细沓把”，宣示丧祭典章与净化灵魂的“纪透”，宴请天地神灵与死界诸神的“卓让”，再一次进行早献祭的“抽主”等，共计五个（道）仪式。在这段时间里，由主人家的“转秋”队根据辈分大小，到每家亲戚坐的火塘边跳一遍“恳洪”（铃铛舞）；亲戚家更是从大到小而分，让他们的“转秋”队逐一到“恳恒”（灵房）的死者棺材前献一段“恳洪”（铃铛舞），献一段“甩香舞”，意为给死者敬香、献香火。舞者照常是跳“恳洪”（铃铛舞）的四人，道具是将手里的铃铛换成每人两大把香火，所跳的舞和“恳洪”一样精彩，甚至还有更难的动作。

到了第二天凌晨约五点左右，“转秋”（含“恳洪”“献香舞”）仪式基本结束，毕摩举行“买叉”仪式。这时候，人们将“恳恒”撤下，将献给死者的“恳恒”、花圈与草木纸质的猪、牛、马、羊及象征现代物品的东西收拢，同“恳恒”一道，准备焚烧。“买叉”仪式是大型的丧祭活动才举行的，一般念《打铜织绸》类的经书，意思是要用丝绸来包裹好死者的遗体，以免焚烧时炭火接触到死者的肉体。这道仪式应该是火葬习俗的遗存，原先，彝族人中遵从始楚毕摩习俗的群体实行土葬；遵从乍姆毕摩习俗的群体实行火葬。中途，在遵从乍姆毕摩习俗的水西、乌撒地方政权统治者的影响下，其辖区的彝族人都从火葬习俗。后来，到清雍正年间以来，彝族人又一律被迫实行土葬。“买叉”仪式还是火葬习俗的那一套，只不过是将献给死者的“恳恒”、花圈与草木纸质的猪、牛、马、羊及象征现代物品的东西一律焚烧。

到了27日的凌晨五点半至六点，毕摩即为死者举行“翁爵摩”的指路仪式，彝族《指路经》认为：“人死留三魂，禹额守墓地，洪斗归翁靡，诺色在祠堂。”“洪斗”又称“觉”，“禹额”又称“偬”，“诺色”又称“依”。指路仪式主要是为三魂中叫作“洪斗”又称“觉”的那一位去归祖服务的，如《指路经》（贵州省大方县一带旧抄本），内容为把死者的三个灵魂之一从其住地指经贵州大方化阁、纳雍、水城嘎娄（南开）、威宁百草坪、草海、西凉山，跨过牛栏江，进入云南省境内后，经会泽、东川、沾益、曲靖、昆明、安宁、富民、禄丰、祥云，弥渡后进入苍山山麓，《指路经》记录彝族先民迁徙路线的同时，叙述迁徙的艰难，路途的险恶，尤其记述彝族尚白者土葬、尚黑者火葬的葬俗。贵州省各地的《指路经》的内容几乎大同小异，基本上都是将死者的灵魂指到云南省大理的点苍山。

指路仪式完毕，大约到27日的上午9时左右，人们将死者抬去山上安葬。但丧祭仪式并未结束。死者下葬，墓堆垒得差不多时，毕摩又举行为死者招魂入祠堂的仪式，杨毕摩称这为“史果纠赠”。这个仪式是为三魂中叫作“诺色”又称“依”的那位服务的，经过这一仪式，他就可以名正言顺地居住在祠堂，享受其子孙随时的拜祭和定时的供奉了。这道仪式是，毕摩的助手先挖一条约丈把长，尺半宽、尺把深的壕沟，上面搭三道神关，含义或为神座、神位，由石头与草饼砌成的拱状。毕摩在念相关的经的同时，由其助手将装满粮食的升子里取出插放着的草根，此草根表明是招了死者灵魂依附在它上面的。毕摩的助手迅速砍下准备好的一只小公鸡的头，并把草根很快插在小公鸡头的下面放好。在壕沟内放进烧红的石头，用水浇淋，使气冒出以示洁净，然后将两只公鸡放在前，套有草根的鸡头在后，从壕沟里由下而上连过三遍。仪式完毕，将招有亡魂的草根放入祠堂或找僻静的地方藏好，田家显然是采用了后一种做法。

作完“史果纠赠”仪式，27日约下午4时左右，毕摩举行名叫“桥透桥车”的仪式，意思大概是作丧祭仪式的清场，交代与打发相关的一些神灵，让它们回到自己的住处。看来，“桥透桥车”的仪式是与接着展开的“迂诸”，别称“埋诺”的仪式连着做的。“迂诸”意为解除灾难；而“埋诺”则为解除因丧事而产生的灾难。一种说法很直接，另一种说法带有递进的意味。

毕摩先设下相应的神座，再到田家的屋内，由毕摩边念经，边打粉火，其助手则手持藤鞭跟随毕摩一阵地四处抽打，含有为将灾神与死者的死星从其家中清扫、驱赶出去之义。毕摩和助手与一行人将灾神死星驱赶到原来举办丧事活动的场地，用白公鸡祭神座后，人们在毕摩的带领下，扛着尖刀，手执鞭子，边念经边围着所有的神座木杈一圈又一圈地转，进行了约半个小时，然后将所有的神座木杈拆卸，收拢后送往结果子的树下，毕摩在那里念完送神的经书后，整场仪式全部宣告结束。

毕摩堂的神杈名：①杰达，主持者的神位；②葛夺吐，保护神的神位。

棺木处的神杈名：①茅草人；②神弓；③神狗；④神鸡；⑤替灾棍；⑥铜木杈。

二、仪式活动程序与经籍使用

（一）第一天

（1）细抽主仪式——给死者吃早饭，使用的经籍为《细抽主》，即《早饭祭献经》；

（2）宇陡仪式——解冤仪式，使用的经籍为《解冤经》；

（3）细仇主仪式——给死者吃晚饭，使用的经籍为《细仇主》，即《晚饭祭献经》；

（4）门车仪式，包括，一是生离死别、劝人尽孝，使用的经籍为《细沓把》；二是纪透仪式，宣示典章、净化灵魂，使用经籍为《纪透署》，包括挂在丧场内的《那史纪透》画传一类的作品，三是宴请天地神灵与死界诸神的“卓让”。

在以上仪式进行的同时，参加吊唁的亲戚要举行“转秋”，到死者灵房前献一段“恳洪”，一段“甩香舞”。

（二）第二天

（1）细抽主仪式——给死者吃早饭，使用的经籍为《细抽主》，即《早饭祭献经》；

（2）买叉仪式——绸祭献火，使用的经籍为《打铜织绸》。

（三）第三天

（1）翁菊摩仪式——指引亡灵归祖地，使用的经籍为《指路经》；

（2）史果纠赠仪式——招魂入祠堂，使用的经籍为《招灵经》；

（3）桥透桥车仪式、宇诸仪式、埋诺仪式——丧事结束后清场、解除相关灾难，有口头言说辞。

第四节　神 圣 治 疗
——经籍文学的发生及其功能

彝族传统经籍的治疗功能，是从仪式与经籍产生的时候就赋予的重要品质。一些传统经籍的名称，本身就以治病、禳解、驱邪等来命名，这是彝族传统经籍的重要特征。

巴莫阿依在其《彝人的信仰世界——凉山彝族宗教生活田野报告》中，详细地记载了一则治病仪式的田野调查情况“尔伙的治病仪式”。这一记录对研究彝族经籍文学的发生，彝族经籍及其功用等，有十分重要的价值。现将这次治病仪式的田野调查记录摘录如下。

一、治病仪式及经籍的发生与功能

巴莫阿依在其《彝人的信仰世界——凉山彝族宗教生活田野报告》中记录：在田野中，计划没有变化快。对涅杜的访谈刚开始，平川二组十一村来人“毕博”即延请毕摩，称名叫阿纽尔伙的男子因腹痛，已数日卧床不起，请涅杜毕摩去做治病仪式。涅杜为难地看着我们。沈军坚决反对，说我们等了几天才把你等来，得谢绝约请，待在区上接受采访。阿嘎则说，救人如救火，毕摩没有拒绝主人约请的规矩。的确，毕约是不能回绝的。我赶紧解围，表示我想跟涅杜一起去，可以观察涅杜的仪式。等仪式完后，我们一直回到区公所，继续访谈。

一算日子，当天晚上做“涅此日”咒鬼仪式最好。一经决定，说走就走。下午太阳开始偏西，涅杜毕摩高高地骑在他的枣红马上，我和沈军，还有阿纽家的使者尾随其后，一队人马，向仪式地点进发。3 月的盐源已有一丝春意。沿路偶遇的绿色中，点缀着红的、粉的、白的和黄色的各种不知名的野花。

太阳落山了，涅杜毕摩赶毕的队伍走进这个坐落在向阳山腰上的小村。一眼看去，前面土屋顶上的瓦板缝间漏泄出缕缕炊烟，顺着和风轻轻飘散着。在此起彼伏的吠鸣声中，队伍沿土路延伸的方向，来到村子尽头那栋农家院落。

“毕摩来啦！”还在院墙外，阿纽家的使者就高声地报信。一位中年妇女打开木门，把我们迎进了仪式地点——病人阿纽尔伙的家。火塘上方，一位中年男子试图站起来，以示礼节。沈军赶紧制止说，不用起身啦。他，就是病人尔伙，这家的男主人。

与医生看病一样，涅杜一进家门便“纳扎果扎”，即诊卜疾病。尔伙告诉涅杜，他属狗，今年岁位在“克的伙”西北方。涅杜判断，西北方有祖先的亡魂挡道。尔伙说，已腹痛多日，先父生前就患有同样病症。自己共有四子二女，三个儿子也已夭折。涅杜毕摩说，一定有“纽纳惹纳”，汉译为猴病痨病鬼纠缠。这个鬼就是你父亲的亡魂。尔伙有气无力地连连称是。他说，涅杜的结论与前些天村里的“木尼色措”即占算家得出的判断完全一样。涅杜毕摩拟出治病方案：先“涅此日”咒鬼，然后“得尼毕”送痨病鬼。咒鬼的目的是排除各种次要的鬼怪，清除外围障碍；关门打狗仪式则对付引起疯牛病的主要病鬼，为病人治疗疾病。

疾病是人类共有的、永恒的经验。它不仅是个体生命无法摆脱的组成部分，还关系着群体的兴衰与存亡。彝族人对疾病的认知与实践跟他们的灵魂信仰、祖灵信仰和神鬼信仰杂糅在一起。灵魂走失会得病，鬼灵作祟会得病，有时祖灵也会给人们疾病。在祖灵带来的疾病中，最严重的就是祖先生前患有的麻风病和痨病。祖先死前受其折磨，死后亡魂如不能得到健康与洁净，将成为恶灵纠缠子孙，把同样的疾病带给后代。在极端的情况下，人们无奈，只好采取无情的方法，将祖灵驱逐，断绝与后代的关系。

天色已晚，事不宜迟，涅杜毕摩发号施令，吩咐主人家立即做仪式准备，布置仪式场，咒鬼。“潘喔，咦……”涅杜毕摩拉开了嗓门念起《捉鬼魂》口诵经，同时手里开始扎草鬼，彝语为“尼此育”，意为捉鬼魂，把鬼魂捉到草上来。鬼是无形的，用有形的草扎把鬼显形出来，使仪式祛病鬼不仅有视觉上的效果，更重要的是有巨大的心理慰藉作用。这是彝族毕摩们的绝妙发明。

“潘喔，咦……捉天上的独脚男鬼到草上来，捉地下的无头女鬼到草上来，捉林中的丝尔鬼到草上来，捉坝上的猴病鬼到草上来……”

我曾跟巫达毕摩学过扎草鬼。此时，我斗胆地举起一束草，向涅杜示意，我要扎草鬼。一般来讲，只有毕摩毕徒才能扎草鬼，也才会扎草鬼。涅杜毕摩明白我的意思。我再次举着草，用另一手指指草鬼，又示意。涅杜露出将信将疑的表情，迟疑了片刻后，他把手里扎草的麻线分了一半递给我。嗨，涅杜同意了！我迅速整理齐茅草，在根部扎上麻线，然后往上绕圈，虽不是很熟练，但还算麻利。此时，涅杜嘴里念着，手里扎着，眼睛却看着我的手。不一会儿，我就扎出一只无头女鬼，嘿，不错，我自以为可以与涅杜扎的草鬼比美。我往涅杜的方向挪了挪，举起草鬼，"怎么样？"我问涅杜。这下，涅杜放下手中的草，拿起我"捉的鬼"看了看，然后对我说："很好，很好！"我索性又往火塘上方挪了半尺，离涅杜毕摩近些。屋里，大人、孩子、牺牲都围在火塘的周围，声音嘈杂，听不清说话。一看，不好！我已坐在了涅杜毕摩的下方——毕徒的位置上。涅杜毕摩对我坐在他旁边没有反应。人们张罗着添柴加火，牵拉牺牲，准备仪式烟火，热火朝天，自然没人留意我。"我不是想当毕徒，只是想跟涅杜毕摩近些，好观察他做法，听他念经。"我心里嘟囔着，自己为自己开脱。

门敞开着，向外望去，院中升腾起浓浓青烟，青烟升起来，不一会儿便向四方散去，各路神灵们得到青烟传来的信息后，"骑着灰白公獐，乘着花红锦鸡"浩浩荡荡地降至毕摩上方的神枝位上，享用祭牲，帮助毕摩做仪式。

为了保卫病人和病人家属，一场由神灵、毕摩、主人及参与仪式的客人通力合作，共同与鬼祟邪怪进行的激烈战斗开始了。涅杜毕摩是这场战斗的指挥官，群神是战斗员，仪式帮手是后勤保障人员，客人是摇旗呐喊的助战者。而我呢，不敢妄称毕徒，就算是"毕确"毕伴吧。

"泼喔，一声叫朗朗……"在气宇轩昂的《咒鬼经》声中，毕摩依靠语言的力量，声音的魔力，声讨鬼邪之罪状，斥责鬼邪之不义，叙述鬼邪之来源，描绘鬼邪之状貌，声明驱鬼之正义，呼请众神出力，"折鬼角、撕鬼嘴、割鬼根、辱鬼威、垒鬼威、断鬼嗣、吸鬼血、食鬼肉、敲鬼骨、吮鬼髓"。涅杜激昂的念咒，释放着人们对疾病的恐惧，发泄出人们对鬼魂邪怪的憎恨。

"叫呢毕徒叫，吼呢主人吼"，在场的人们在毕摩的授意下不时爆发出诅咒驱鬼的震天怒吼。众神应毕摩的呼请，搜寻、驱赶、包围鬼怪，人们因同情患者与家属，关心自己的命运，愤怒地诅咒鬼怪。最后在毕摩招寻、诓哄、诱祭、咒骂、镇压下，用野草扎的鬼偶，用咒牲血画的鬼板把无形的鬼显形了出来。男鬼、女鬼、无头鬼、独脚鬼、猴病鬼"哭号"着，被捉入用神枝插成的东南西北四路都已锁住的"卓波"监狱中。毕摩用黑公山羊引走病鬼：念着咒语，向患者洒滚烫的开水；让患者饮用自配的药粉。主人家的所有成员用折断树枝的方式，彻底摆脱了鬼祟邪怪的缠绕。最后草鬼像和木鬼板在刺具击具鬼耙等武器的押制下，骑着草马，被遣往“德布洛莫”鬼方。

“去啊，浩浩然。”毕摩用咒语驱赶着鬼祟邪怪去了远方。

病人尔伙十分虚弱，呼吸急促，勉强斜靠着坐在火塘右上方主人的位置上。在整个仪式中他都默默地按照毕摩的摆布，接受着每一个“挑战”。一会儿用羊转头除鬼祟，一会儿用羊蹭身体祛病鬼，一会儿让他赤膊裸身，接受毕摩洒来滚烫的开水，一会儿服用毕摩配置的药酒。做这样的仪式对他来讲，也真是不容易。每起一次身，挪动一次，都可以看到他的脸颊上冒着汗珠。山里的彝人讲究座次的主客、男女、长幼，无论作为客人或是作为女性，我都不能接近尔伙的座位，再说，他自己已被疾病折磨得筋疲力尽了，没有精神多说一句话。

按涅杜的安排，明天的仪式主要“收拾”的对象就是尔伙父亲的亡魂。可是，尔伙母亲还健在，就坐在火塘下方。火塘里跳跃的火光，映照着她布满愁容的脸。我猜想，她心里不知有多难过。在仪式中间，我挪到阿妈的旁边，与她攀谈起来。老人已年过七旬，十分憔悴。她告诉我，因为丈夫患猴病（痨病）去世，为了斩断病根，不要遗传给儿孙，她自愿要求孩子们给她和丈夫做了“纽尼木”的送灵仪式，把自己活魂与丈夫的亡魂送到“莫木普古”祖地去。她说：“我为后代做好事，而他却做坏事。毕摩把他当成鬼来送，我没有意见，该送该撵就由毕摩吧。我不能让儿子死在我前面。那样的话，我宁愿替儿子死。”老人揪起衣襟揩着满脸的老泪。我禁不住也鼻酸眼花起来。

这次仪式给我留下印象最深、感触最深的，除了尔伙妈妈的满脸愁容和我对彝族疾病认知的思考，还有涅杜毕摩的“毕呋毕哈”即毕摩歌调。涅杜毕摩根据仪式的进程及不同的经词经文，特别讲究调子的变化与运用，时而激越雄浑高歌，时而婉转低回地细语，给人一种非常美妙的感受。在人们忙着解剖牺牲时，我由衷地向涅杜毕摩表达我对其唱诵的赞许，而涅杜则给我上了一堂极为精彩的毕调课。

涅杜毕摩说，不同的仪式和不同的仪式环节有不同的对象，有的是祖先，有的是神灵，有的是鬼怪，因此采取的毕调也不同。要不，念诵就没有效果，对方不听不受。涅杜的毕调多取自动物和自然界的声音，比如在吉性仪式时，模仿蝉鸣和一种叫“霍霍”的鸟叫；在送灵仪式时，模仿蜂鸣和绵羊的叫声；咒人仪式或送麻风病鬼仪式时，模仿牛的叫声和林涛声；而一般的平安类仪式上，则模仿潺潺的流水声。涅杜毕摩说，学毕很重要的一个内容就是学毕调，别看他的大儿子约加惹油嘴滑舌，但极不会“毕呋起”，即定毕调。听他做仪式是一种受罪。

仪式进行到半夜才结束，我和涅杜毕摩、沈军在火塘边的篾席上合衣而眠。天还没有亮，涅杜毕摩吧嗒吧嗒的咂烟声吵醒了我。睡不着，索性跟老人聊聊天。涅杜毕摩认为目前凉山彝族自治州最厉害的毕摩只有他和昭觉县古里拉达的毕摩约嘎尔莫。他认为约嘎尔莫的知识比他丰富，但他的“毕尔哈萨”护法神灵比约嘎尔莫的厉害。涅杜毕摩说，这种治疗痨病的仪式对他来说不算什么。他是以治疗麻风病出名的。他一生治愈的麻风病人有200多人，最得意的仪式是为云南宁蒗县瓦格勒拖的阿育家所做的治疗麻风病仪式。阿育家有麻风病根，家里连鸡狗都是癞的。涅杜在阿育家做毕时，把麻风病鬼从病人的口中毕出来，现身为马蜂、青蛙和蛇。仪式后，阿育家麻风病断了根。一场仪式下来，涅杜先后得到的“卡巴”毕酬多达100锭银子。他最漂亮的妻子阿迪莫尔果也是阿育家作为毕酬送给他的……

渐渐地，光线从屋顶瓦板的缝隙里挤了进来。天亮了。屋里又热闹起来，另一个仪式“得尼毕”将要开始了。

“得尼毕”送痨病鬼的第一个程序是到阿纽家的火葬地“依果”，即招亡魂附于竹根上。然后，回到主人家的院子里，做“马都叠”，即用竹根做灵牌。接着“玛都玛”教导亡灵，要亡灵明事理，不要纠缠儿孙，要做善灵。“稀沙”直译为捆脚，即用象征脚链的丝线捆绑亡灵，不让亡灵来祸害后代。“火”即用草药和鸡蛋蒸治亡灵和疾病。“且尔觉”即转磨子，把灵牌放在石磨上，推磨转五转，使其头昏，将来找不到回家的路。“冲觉”即向置灵牌处鸣枪，恐吓亡魂，让其不敢返回。最后，“马都刹”即把灵牌送向“依姆”的方向，即南方。彝语“依姆”直译为水尾，送至南方，象征着顺水而下，不得返回。

仪式上见到尔伙，或许是因为来到露天的缘故，觉得他的脸色更加苍白了，人更虚弱了。到底采用仪式的办法有无效果？有多大效果？我开始忧心起来，该不会因仪式延误了治病，丢掉性命。整个仪式我都在不安中度过。我悄悄地跟沈军谈起我的担心，沈军说，尔伙早就到卫生院去看过病，还住过院。汉族的办法不行，来彝族的办法，没准还奏效。什么都试试，病人家属都没有遗憾。但愿涅杜毕摩的仪式能够奏效，我仍然替尔伙担着心。①

① 巴莫阿依. 彝人的信仰世界——凉山彝族宗教生活田野报告[M]. 南宁：广西人民出版社，2004：68-74.

二、咒鬼治病仪式与程序所产生和使用的经籍

在咒鬼治病的仪式上，程序的先后显然是最重要的次序，其中的程序弄错了，可能就无法达到预计的目的，甚至会起到相反的作用，延误病情，严重者会导致病人死亡。因此，在哪一道程序插什么神枝、用什么法具，用什么牺牲、用什么酒食等，都是不能出现差错的。特别是配合仪式的程序念诵的经籍，有口头言说的，还有书写于经籍中的。口诵的经籍，有的时间长了会被在有心的毕摩那里转写成经籍，而长期的口传也可能产生一些小的变异。但是有一点，这些口传言说的内容，一般是不会有变化的，否则难以达到效果。这些口传经籍，体现了彝族经籍产生，也是彝族文学发生的原初状态。

尔伙的咒鬼治病仪式，也有一套严格的程序和相应的口头诵经和书面经籍与之相配合，根据巴莫阿依的记录，情况如下。

“木古茨”点烟火，标志着咒鬼仪式开始。整个仪式从夜幕降临到夜里11时许。

根据当时的记录列出以下涅杜毕摩治病咒鬼的主要仪式程序：

（1）“尔擦苏”即做清洁。放烫石在清水中，用升腾的蒸汽做清洁。

（2）“毕补”念诵毕摩谱系。从第一个毕摩祖先开始叙述到涅杜毕摩。

（3）口诵“波潘”即起源经。叙述各种仪式用品、仪式牺牲等的起源。

（4）“洛依若莫色木”触手纳魂，用树枝触手以示神灵保护主人家所有成员。

（5）“木色毕”即呼请各种自然神灵享祭护法，如山神、水神等。

（6）“石黑几”即用羊转头，先外转以示除鬼祛病，后内转以示纳福。

（7）“果博司”即用羊扫、蹭病人的身体、头部以示除病。

（8）“阿尔勒依”即拧羊脖杀牲，表示拧鬼的脖子，除鬼。

（9）“尼此依果”即用黑公鸡、三根竹根和招魂草招母、父、子三个魂。

（10）“古丝瓦丝多”即用羊血祭神枝，实则祭神枝位上的毕摩护法神。

（11）“莫诺莫刹”即送鬼，将死羊的头朝向门外，念诵送鬼经。

（12）“社木夫哈育”即解牲，取头、皮、蹄献神枝护法神，仪式后归毕摩所得。

（13）“尼此依育撒批滴”即用羊血在木板上画男鬼女鬼像，并在周边与背面书写咒语。

（14）口诵《尼此波潘》即鬼的来源经。用羊肺、碎肉祭献鬼像。

（15）“兹柒”即折苦蒿秆以示与鬼怪断绝联系。将蒿秆与鬼放入“监狱”中。

（16）“补此哚”即给病人服涅杜毕摩自配的中草药。服用前，念咒于药中。

（17）《尼此日特依》即念诵咒鬼经。

（18）“杂则”即吃饭，先祭神灵，接着由病人、毕摩、主人家享用，其他人最后吃。

（19）“依格热”即用一把竹签沾沸腾的开水洒向露胸背的病人，念咒。

（20）“依枯”即招病人魂，在招魂簸中放鸡蛋碎银，置魂归路线，念招魂经。

（21）“补此哚”即再次给病人服涅杜毕摩自配的中草药。服用前，念咒于药中。

（23）“尼此刹”即送鬼，将鬼像鬼板集中骑在草马上，带荞花，用“武器”押送。

（24）“此古面呐”即将羊油放在烫石板上，发出油香，以诓哄、打发鬼怪。

（25）“史毕且”即毕摩手持竹签打鬼送鬼，仪式帮手开枪打中置院中鬼像。

（26）“尼此日补刹”即将所有鬼像、鬼板送到野外，挂在树梢上。

仪式结束[①]

第五节　神话与毕画

——经籍与图像的文学还原

彝族传统经籍作为人类学的文学文本来解读，自然是重视口头的传统和文字的文本。然而，一个值得重视的情况是，配合着口头传统和文字文本的，不仅仅是语言和文字，还有一些在仪式中必需使用的物品、牺牲、演述形式，特别是在文字的经籍中还有一些必要的图画、表格、卦像等的配合解释与说明，这些东西，从人类学的角度来阐释，也是经籍的组成部分，虽然并不是核心的部分，但是也不能忽略不论。毕摩绘画如何配合彝族传统经籍的内容，借以增强经籍的功力或作用，巴莫曲布嫫的田野调查研究，提供了很好的实证。下面是她关于神话与毕画的研究成果，对于彝族传统经籍与图像的文学还原，以及祝咒类经籍的文学魅力，都作了很好的阐释。

一、名毕的咒经

索莫阿普的父亲是马普镇峨普乡达戈村人，母亲的祖籍在雷波县山棱岗，他

① 巴莫阿依. 彝人的信仰世界——凉山彝族宗教生活田野报告[M]. 南宁：广西人民出版社，2004：74-75.

母亲家在那里大概住了两代人。索莫的全名为曲比史古索莫（史古才是老人的本名，索莫是爱称）。父亲曲比嘎苏是著名毕摩，先后娶了 4 位妻子，生有 9 个女儿、2 个儿了。索莫阿普与弟弟曲比史觉是父亲第四位妻子施特史玛所出，兄弟俩都从父亲那里继承了毕摩的职业，但弟弟史觉已于 1982 年去世。

索莫阿普从《毕补》（毕摩源流史）一直讲到自己的毕摩家传，他们家的“毕茨”（毕摩传承谱系）已有 132 代了，从祖上名毕阿苏拉则一口气数到孙子约布，总共 27 代。而阿苏拉则之前的谱牒往往与同宗毕摩“依勒三子”的相同，人人皆知，通常可以不说的。这 27 代毕摩谱牒是：毕阿苏拉则—拉则格初—格初格也—格也格果—格果别祖—别祖则史—则史阿则—阿则伊勒—伊勒扯子—扯子黑也—黑也尔子—尔子毕克—毕克杰也—杰也补日—补日石比—石比吉呵—吉呵俄普—俄普别沙—别沙尔子—尔子拉几—拉几黑日—黑日吉拉—吉拉伍几—伍几帕涅—帕涅嘎初—嘎初史古（索莫）—史古甘玛—甘玛约布。约布就是阿普的孙子，他刚满 9 岁，他 7 岁时从峨普村来到县城，一方面照顾爷爷的日常起居，另一方面也是为了跟爷爷学习毕摩知识与经书。

索莫阿普五六岁时开始向父亲曲比嘎苏学毕，8 岁时父亲去世，他与叔伯兄弟一道以四位毕摩为师：第一位是黑彝毕摩金曲铁达，他早年也是索莫父亲的学生；第二位是叔伯兄弟曲比尔哈尔；第三位是外姓毕摩吉木布呵，第四位是同姓毕摩曲比略尔，这是阿普心目中最好的一位老师。阿普 11 岁就出师了，22 岁时开始招收毕摩生徒，共有 50 多位学生，他们一般来自同宗近支，但家支内外、黑彝白彝都有，按老人的话讲，“上有黑彝，下有锅庄娃子”。1956 年该地区民主改革时他 39 岁，毕摩们被禁止从事宗教活动，阿普也从此停止了作毕。“文化大革命”以后，他先后与活果吴奇果果一同被请到西南民族学院、凉山彝族自治州奴隶社会博物馆参加彝文古籍的整理工作，以其渊博的学识深受学界的敬重。

索莫阿普大概讲了 20 多种毕摩仪式，从送灵大典“尼姆措毕”到咒鬼仪式“略茨毕”，从季节仪式“晓补”“吉觉”“伊茨纳巴”到防雨防雹术“玛哈希”和“则玛拖”。老人对每种仪式都作了提纲挈领的说明，并归纳在“嘎基”（路下方）和“嘎哈”（路上方）两个范畴之中。所谓“路下方”与“路上方”的区分，大概是将各种仪式划分为两个不同的层次，“路上方”主要指送灵大典“尼姆措毕”，对毕摩要求很高，能否主持或具体操作这种仪式，也是考验一个毕摩水平和能力的一项主要指标；而其余仪式皆可归为“路下方”，大体又分为占卜、祈祝、驱遣、禳解、治病、除秽、赔偿、防卫、招魂、调和、祭祀、祈愿、盟誓神判等十多类。对祭司毕摩和巫师苏尼之间的区别怎么看？老人一言以蔽之："苏尼是生而知之的，毕摩是学而知之的。"这一概括深中肯綮，比我们这些学人繁复的分析和阐述都要明晰得多。因为毕摩是家承世学的，有系统的经书知识；而苏尼往往都是一场大病之后，神灵"苏尼峨萨"附体，仿佛命中注定要成为巫师。

阿普继续就送灵大典"尼姆措毕"进行了详细的解释，之后阿普谈到了他家所藏的各种毕摩经籍。在凉山彝族文献的传统分类法中，往往将毕摩的宗教经籍分为尼术类（斋祭经类）、库色类（占卜经类）和斯吉类（驱咒禳祓经类），祝咒经诗大多流存于斯吉类经籍中。彝区各地的彝文祝咒经都十分丰富，分类不尽相同。一般都从诅咒对象上划分为两个大类，即咒人经和咒鬼经。索莫阿普个人的家传经书在"文化大革命"劫难中没收焚毁之后，现尚存 100 余卷，老人将之分为措毕（送灵）、晓补（反咒）、措日措茨（咒人咒鬼）、乌哦丕（治病）、库色特伊（命书）、哟丕基（占卜）等几个大类，其中祝咒经诗占了相当的一部分。据老人讲，过去凉山毕摩的祝咒经诗十分丰富，他们这个家支世传的祝咒经典就有以下 13 类册：①《措日哈木列》，系咒人经，以人血写成的祝咒经；②《尼阿洛立则》，速死经，起咒后两天内必死经；③《阿居苏木涅》，用狐狸血写成的祝咒经；④《甲谷车达则》，用鹿血写成的祝咒经；⑤《武狄伟沙则》，以豺狼血写成的祝咒经诗；⑥《纳里尔格约则》，以活狮血写成的祝咒经；⑦《索塔瓦来则》，以岩鹰等三类飞禽的血写成的祝咒经；⑧《德尔苏俄则》，狐狸叫一声对方绝九代经；⑨《吉斯丕之则》，以无尾黄蜂的刺蘸血写成的祝咒经；⑩《曲布卡哈则》，大毕摩曲布的圣语神言祝咒经；⑪《别尔瓦木几》，以神兽的血写成的祝咒经；⑫《协黑特伊》，反箭防咒经；⑬《惹克特伊》，反咒经。以上 13 类册祝咒经诗中的前两类效力最强，平日不能放于家中，只能藏于山岩上，在用其他祝咒经无效时方可使用。从这些咒经的名目上看，它们大多来源于交感巫术，其中或以飞禽猛兽之血书咒语，或以黄蜂利刺写咒文，或以利箭狐鸣为咒兆，或以大毕摩的神言为灵语，我们即使不深究其具体内容和咒仪，也能窥见其中的巫术心理及对语言文字灵力的崇拜。这种思想构成了祝咒之术的心理土壤，也促成了经籍文献中祝咒经诗的发展与仪式活动中宗教绘画的动态传承。[①]

---

① 巴莫曲布嫫. 神图与鬼板[M]. 南宁：广西人民出版社，2004：28-32.

二、祝咒经籍的文学魅力

祝咒经籍可归为驱邪禳鬼一类。祝咒之术是人类最原始的巫术之一，中外古代各民族也普遍存在着对祝咒的信仰。汉文典籍中的古老民歌《伊耆氏蜡辞》即是一种原始的祝咒之词："土反其宅，水归其壑，昆虫毋作，草木归其泽。"以咒的形式，命令水土草虫以人的意志为转移。《尚书·无逸》中的"厥口诅祝"，按孔颖达《正义》的释义，也就是"告神明令加殃咎"。《山海经·大荒北经》记载的黄帝让田祖叔均追赶天女魃，以求雨解旱。其令曰："神北行！先除水道！决通沟渎！"此即一种咒语，句式精悍，语气铿锵。《诗经·大雅·荡》有"侯作侯祝，靡届靡究"，毛传注有"作祝，诅也"。祝咒同出一源。陈子展先生曾指出《诗经》中的颂诗乃是"史巫尸祝之词"，这就是点明了《诗经》中产生年代最早的这一部分作品与祝咒之术相关。印度上古吠陀文学中的《阿达婆吠陀本集》（*Atharva Veda Samhita*）即咒语诗歌的结集，由当时的拜火祭司撰著。其最古老的名称是《阿达婆安吉罗》（*Atharvangirasah*），"阿达婆"即祝福咒语；"安吉罗"即驱邪咒语。正如季羡林先生所说，这些咒语诗歌"表达了吠陀时代印度人民征服自然和社会的强烈愿望，富有主观色彩。而这种强烈的主观感情正是诗歌的要素之一，配上形象的比喻和铿锵的诗律，形成了某些巫术诗歌的艺术魅力"。

随着历史的发展和社会的进步，许多民族中的这一古老的文学现象大都日渐消失，在现实生活中或很难觅见其踪影，或只是表现为一种遗风尚有流传的余响。在田野调查中，在今天的大小凉山彝区腹心地带，依然能见到较为原始的祝咒仪式活动和系统的彝文咒经。彝文经籍文献中的咒经大多以彝族传统诗歌形式——五言体为存在形式，包容在毕摩的宗教经籍之中，其独具特色的内容表现和祝诵形式，在彝文经籍文献中自成一体，因而成为研究祝咒文学的渊薮。[①]

在彝族祝咒经诗《紫孜妮楂》的巫化叙事风格中，紫孜妮楂的悲剧命运中，她的重情重义与至死不渝受让人喟叹，潸然泪下。"紫孜妮楂"是凉山彝族的祝咒文学研究的一个重要母题。《紫孜妮楂》的神话叙事确乎也让人直觉地感受到了祝咒文学的独特魅力，尤其是偶然间发现的鬼板，让人深信这一古老的文学传

① 巴莫曲布嫫. 神图与鬼板[M]. 南宁：广西人民出版社，2004：21-22.

承有着极其深厚的文化底蕴，当能反映出人类文化共同走过的一段史路历程。因为在今天的大小凉山彝族地区，依然延传着祝咒仪式活动和系统的彝文咒经，与古籍中的咒经如出一辙，大多以彝族传统诗歌形式——五言体为诗歌句式，以独具特色的叙事程式和祝诵形式，在山地彝族社会的民俗文化传统中自成一体，因而成为研究祝咒文学的渊薮。田野经历也告诉我们，研究彝族经籍文学，始终不能离开对祭司毕摩及其文化传承的全面把握，尤其是毕摩的宗教造型艺术与神话、诗歌、仪式与象征紧密地胶合为一体。[①]

祝咒经籍不仅仅有文学艺术的魅力，它另外的重要功能中还带有重大的魔力，是祈求福祉与驱禳鬼邪的重要法宝。

无论是语言还是文字，对于人类来说都具有非凡的历史意义，是推动人类向文明进步，并且战胜异类的重要工具，这在中国、西方的一些传说中都得到了印证。西方有一个传说，说上帝在制造给人类语言的时候，全世界的人所说的语言都是一样的，人类在使用语言以后形成了巨大的合力，这种力量构成了对神、对上帝的巨大威胁，于是上帝又把人类所说的语言划分为若干种，让不同地方的人类说不同的语言。中国汉族民间有谚语说："仓颉造字是一石，孔子读了九斗六。"这个谚语的意思虽然是说孔子学养深厚，知识广博。但是仓颉造字的历史意义，要远远大于孔子的识字意义。据说仓颉造字的时候，发生了非常特异的事件："天雨粟，鬼夜哭"，究其深层的旨意，"天雨粟"是大好事，人们不用劳动就可以获得粮食；"鬼夜哭"则表明危害人的鬼都害怕了，对人来说也是大好事，表明文字对鬼怪有制约、降服、除害的功能。彝族的《反击咒语经》中有这样的诗句："咒语要真诚，苍天莫拦路，如拦咒语路，苍天会掉落；大地莫拦路，如拦咒语路，大地会塌陷；山脉莫拦路，如拦咒语路，山脉会倒塌；深谷莫拦路，如拦咒语路，深谷会填平；大树莫拦路，如拦咒语路，大树会枯萎。"[②]体现了咒语的强大魔力。因此，语言、文字对于人类不仅仅是一种工具而已，它复杂的功能并没有被人类所穷尽。施之于祝与咒，就是说在使用语言文字的两项重要的功能，这在古代人是实实在在的事情，在中国在西方都还有源远流长的传说印证。这些不能用科学

① 巴莫曲布嫫. 神图与鬼板[M]. 南宁：广西人民出版社，2004：24.

② 黄建明，巴莫阿依. 中国少数民族原始宗教经籍汇编·毕摩经卷[M]. 北京：中央民族大学出版社，2009：802-803.

来解释的事物，它的存在却是不能否定的。人类学的文化阐释，包括对文学发生及其功能的解析，正是大大地有了其用武之地，对彝族传统经籍的透析也是这样。

三、神图与神话

从拙朴的神图中我们可以看到日月二像、神人飞马、孔雀蟒神、蛇形初鬼之像。对谙熟史诗和神话的彝人来说，神图上的每一个图纹都有其神话的原型，每一个彝文字都讲述着远古射日英雄“支格阿鲁”的种种神迹，都透发着神人祖先的强大神力。

毕摩绘画往往有题诗，堪称诗画合璧。索莫阿普的支格阿鲁神图也是如此，老人对画上的每一个细节、每一个诗句都一一作了阐释。以下我们结合索莫阿普的释义与相关文献，将神图进行局部分解，以便分述每一图纹的神话原型。

龙鹰之子。这幅神图的中心构图是射日英雄支格阿鲁，这里首先隐喻着一个悠远、古老的关于部落发生史的神话：“蒲莫列依嫫感孕鹰血而生支格阿鲁。”龙鹰之子——支格阿鲁，是彝族人妇孺皆知的氏族祖先起源神话，仪式上毕摩尽管不着一字，却将这个古老部落的孕育与诞生十分美妙地凝固在毕摩的宗教绘画中而成为充满神意的图画。而经有关学者考证，彝族神话中的英雄先祖支格阿鲁也绝非只是神话中的人物，而是彝族上古以鹰为图腾的先民部落“古滇国”的部落君长，其母亲即发明织机的蒲莫列依嫫的所属部落则以龙为图腾，这也是支格阿鲁乃是龙鹰之子的历史新证。这则神话不仅说明古代彝人的龙鹰崇拜已经有了始祖崇拜的含义，而且神话中这一经置换而推导出来的仪式关联也是十分彰显的：蒲莫列依嫫感鹰血而孕生支格阿鲁，而鹰则被凉山彝人视为神鸟，有着通达天庭和神域的灵力，故被祭司毕摩视为自己的护法神，因此也同样视有神奇身世的龙鹰之子支格阿鲁为护法神。由此，生于龙年龙月龙日龙时的支格阿鲁成为神图的中心，由他的神力来延伸并构架了神图的全部，并使神图上的所有图纹与文字都与神话和史诗发生着内应，并与仪式功能相联结。

日月二象。“六日七月”并出，支格阿鲁射日月、请日月的壮举是勾连神图中日月二象的神话原型。神图中还有这样的颂词：“支格阿鲁惹，左眼映红日，映日生光辉；支格阿鲁惹，右眼照明月，照月亮堂堂。”日月沉浮，沧海桑田，支格阿鲁敢于征服威力无边之日月的精神和勇气，也正是彝族先民于溽暑酷旱的自然劣势中得以再生和繁衍的亘古之歌。彝族先民正是以神话的叙事和想象，颂扬了该民族的英雄在与大自然无畏斗争的茫茫史路上，于灾难中求生存的壮举，于逆境中寻发展的豪情。故日月二象所凝固的射日月神话，自然也联结着毕摩咒仪的功能与威胁彝人生存和发展的疾病和灾难相抗衡。

铜器诸象。铜器是支格阿鲁与雷神斗争的主要工具。在神话中雷神蒙直阿普不许人们推磨，否则就会打人，因为推磨声惊扰了天神。支格阿鲁得知铜可避雷，便身着铜蓑衣，头顶铜帽，手持铜网、铜绳、铜叉与雷神较量，降服了骄横跋扈的雷神。在彝族人的观念中，鬼也惧怕铜器，又认为凡遇雷击必有不祥之事发生，尤其是雷电通过树木等会给人们带来麻风等传染病之患，因为“初”鬼在云、雨、雷、电中产生，故必须延请毕摩举行仪式，并以神图来驱逐病鬼。所以神话中支格阿鲁头戴铜盔，手持铜矛、铜箭、铜网的形象进而成为仪式中降魔伏鬼的象征。

飞马。经书中神图的题诗中写道：“支格阿鲁惹，脚下骑长翅神马，栖于太空之云端。”飞马有其神话原型：支格阿鲁在寻找母亲的遥途上，看见人间出没着毒蛇和妖魔鬼怪，牧人送给他一匹赤色神马、尾巴剪云的飞马，一边为人们除妖降魔、消灾灭祸，一边寻找被吃人女魔掳走的母亲。

孔雀与神蟒。神图中的神孔雀“苏里吾勒子”与神蟒“叭哈阿友子”皆为支格阿鲁的助手，这正是从神话中支格阿鲁呼请独日独月时曾得到各种动物帮助的情节中延伸而出的；而在毕摩经本的《勒俄特伊》中还记载有支格阿鲁变形为龙潜入大海与凶猛的“叭哈阿友子”搏斗，最后征服了“叭哈阿友子”。由此记载可看出今人所认为的“叭哈阿友子”是大蟒，曾经生活在水中，此据美姑毕摩文化研究中心的摩瑟磁火先生推考，其原型当为鳄鱼类动物。正是因为支格阿鲁降服了“叭哈阿友子”，后来“叭哈阿友子”便成为支格阿鲁的助神。神图上各配有诗句和咒词用以施咒：“孔雀吾勒子，栖于子子额乍地，立于依莫湖之边，飞于合姆底车山，过于合石之上方；食黄茅埂之毒草，饮阿莫合诺之水，闻其声者耳聋，食其胆者死，吃其肉者绝。招至主家防癞吞邪乎！……”“神蟒阿友子，栖于迭波索莫海，立于高高巍峰巅，饮阿莫合尼水，至于主之家；毕惹招尔引尔至主家，来寻癞吞癞，来寻癞吞邪，猴痨各顽疾，大刀来劈之，传染之病驱除乎！”

蛇。神图中的蛇“斯戈阿之”，有闪电之状，被视为“初”鬼来犯的最初表征，认为雷电大作时，蛇即随之来到地上，变成各种各样的“初”鬼，神话中的毒蛇便是“初”鬼的原型：“日月被射后，沉沉大地上，毒蛇大如石坎，蛤蟆大如竹米囤……支格阿鲁啊，一天去打蛇，打成手指一样粗，打入地坎下。一天打哈蟆，打成手掌一样大，打到土埂下。”

四极。按勒格子坡毕摩的解释，支格阿鲁的身体呈方形喻示着撑起天宇的四根铜柱，也象征着大地四方，体现着支格阿鲁脚踏大地、头顶天空的气宇轩昂之势。这与《勒俄特伊》中开辟神话所叙述的天神恩体谷兹、四方之神、仙子司惹、天匠阿尔师傅、九个仙姑娘和九个仙小伙怎样开辟天地四方、打柱撑天的宏伟场景也呼应着。

英雄不死。画面中颇为突出的男性阳性之物喻示着支格阿鲁的子孙后代繁衍昌盛。在神话中支格阿鲁娶了两姊妹为妻后，一直忙于制服人间妖马牛怪，妹妹出于猜忌和嫉妒，剪去了飞马的三层翅膀，致使支格阿鲁葬身大海。尽管神话中支格阿鲁英年早逝，没有生育，但其英雄的业绩与降妖伏魔的精神并没有死。这一带有永存意义的信念，既通过神话中所叙述的水边上与蛇继续作战而体现，也借助了仪式中唱叙后世许多著名毕摩神祖降妖伏魔的传说去连接，更以神图的方式复活了支格阿鲁不死的神力。故而，毕摩也认为自己的咒鬼驱鬼的宗教司职是在继续着支格阿鲁的未竟事业。所以凉山彝人都以自己是支格阿鲁的后裔为荣耀，毕摩更尊鹫鹰和支格阿鲁为自己的护法神。故而神图中的这一阳物之象除了有生殖崇拜的观念之外，还有着更为深长的生命信念与宗教寓意。

可见，神图以神话原型为隐喻和象征，以神话英雄支格阿鲁降鬼除魔的神绩、神力为整个神图构形的内在链环，并由此串联了每一个局部的图纹，使之成为相互统一、相辅相成的和谐画面，从而使这幅图画成为古老神话的形象阐释，与仪式的宗教功能发生着同步的呼应与映射。①

图像叙事和物的叙事，是人类学也是文学人类学发现的一种重要的研究方法，它能够把文字、语言中没有表达出来或者无法传达出来的信息，直接地传达给受众，让其他不是人类学家的人也能够直接感受到这些图像的制造者、这些物的制造者，它们的拥有者，它们的使用者，它们使用的仪式与场合，它们使用的过程和被当时的人们理解和接受的情景。这些东西直白而具体，也许其中就有许多信息是人类学家所不能认识的，或者被人类学家解释错误的。文学人类学对于图像的叙事和物的叙事的方法也十分重视，把其作为在语言、文字考据之外的另外一

① 巴莫曲布嫫. 神图与鬼板[M]. 南宁：广西人民出版社，2004：42-47.

种考证的方法，是在以书为证、以考古发掘之物为证等的基础上发展起来的一种重要的方法。因此，对彝族传统经籍中的图像中反映的神话，进行更进一步的研究，透视其中蕴涵的内涵，也是十分必要的。毕摩绘画的一个重要的题材领域，正是传达传统经籍中的古代神话、传说与故事，甚至其中还含有彝族古代真实的历史内涵。例如，关于支格阿鲁的毕摩画所反映的内容即支嘎阿鲁的存在和业绩，至今仍然被许多彝族认为就是一段真实的历史存在，至今在彝族中还有以阿鲁为姓氏的彝族氏族，他们确凿不疑地承认自己就是支格阿鲁的后裔。而经籍中的支格阿鲁，早已走出了书本和民间口头的言说，在许多地方都以雕塑的形象存在了，比如，贵州省毕节市七星关的小河彝族寨风景区，就有一尊支格阿鲁的雕像，这样的雕像在云南省、四川省的彝族地区都能够发现。经籍中的神话走出经籍，来到世俗社会成为了另外一种形式的存在，它们之间相互发明、相互阐释，都成为文学人类学关照的对象。

第八章　彝族传统经籍对彝族文学的影响

彝族文学的源头，是彝语口语文学，它产生于彝文发明之前，流传在彝族人民的口头之上，传播于彝族人民的口耳之间。经过若干年的传承之后，彝族至少在汉代之前发明了自己的文字，并且开始用文字创作作品，许多作品又是从彝族人民的口头传承变成了笔之于书的文献传承。其中最为重要的一部分，就是在彝族传统宗教生活中，长期被使用和传播着的经书，这些经书一旦以文字的形式固定在竹、木、皮、纸张等载体之上，就是彝族传统经籍文献，其中的大部分也是彝族传统经籍文学。除了口头传承的民间文学外，彝族传统经籍是彝族文学中形成最早的文学形式之一，也是彝族文学中分量最重的文学形式之一，因此，彝族传统经籍对后世彝族文学的影响也是很大的，而且这种影响是多方面的。在此将从三个主要的方面作一些简要的论述。

第一节　语文和结构程式

一、语文

语文在这里包括彝语和彝文两个方面。彝文，又包括彝语北部方言区即凉山彝族自治州现在通用的经过规范的现代彝文，以及除了北部方言区的其他省还在使用的传统彝文（也称为古彝文）。彝族传统经籍文学，对彝族文学的影响在语文方面主要是形式的影响。也就是说，彝族传统经籍的语文形式在诗歌形式和散文形式两个方面，对后来的彝族文学形式的学习、借鉴、使用与传承。

彝族传统经籍对彝族文学的影响，在古代就已经有了，一直绵绵不绝地传承到当代。

大约是南北朝时期的著名彝族毕摩布笃布举，是古代白彝君长阿着仇家的大毕摩，是笃米之后的41代，曾经创作有《天事》等作品。他在其文艺理论著作《纸笔与写作》中，谈到魏晋时期的彝族著名大毕摩举奢哲对他的影响时说："谈的这些诗，举奢哲所创，举奢哲所写，布独布举我，也是这样写。可告智者们，这样写才美……奢哲诗与文，智慧无法比。奢哲所写诗，一百八十七，人间读到的，一切他写起。布笃布举我，奉之若规矩。"[①]这里"奉之若规矩"的"规矩"，显然包括了形式的要义。作为著名的大毕摩，举奢哲对后世的毕摩和作家的影响是很大的，他的影响不只是在彝族内部，就是与彝族杂居在一起的其他民族（部族），也深受其影响。佚名在《彝诗史话》中谈到举奢哲的影响时指出："在成都城里，那些陀宜人，看了很羡慕，他们用花纸，用黄纸抄下。只塔部族中，也有人羡慕，他们也抄去。本德孟布摩，也来借去抄。天师举奢哲，恒也阿买妮，他俩写的书，经古额布摩，他也借去抄，又抄又修订。在那时候的，五位大布摩，都来借去抄。"[②]这里的学习就有了新的创新，"修订"就是一种表现，既反映出对前人的继承，也体现了学习者的创造。晋代人常璩在《华阳国志·南中志》里有记载，南中的夷人"论议好譬喻物。今南人言论，虽学者亦半引夷经"。这里所称的"夷经"肯定是指彝族经籍。这些"南人"肯定是各民族都有的，而且，他们应该是当时的知识阶层，是社会的精英。能够对社会精英产生这么大的影响，可见，当时"夷经"包括彝族经籍文学已经是非常优秀的作品，是社会公认的力作、代表作的类型。

传统经籍的形式，在语言方面，主要是对民间口头传承的影响大，而这方面的影响又主要是以神话、传说、故事、寓言、童话等散文形式和有一定韵律的格言、谚语形式为主。总体上看，散文形式的经籍比韵文形式的经籍多。许多彝族老人都会举行一些简单的卜筮、预测、占算，掐着指关节的中部推演十天干、十二地支与十二属相的配合，懂得一些属相的相生相克的知识，并且还有一些口诀，如"白马犯青牛，鸡猴不到头……""甲子乙丑海中金，丙寅丁卯炉中火……"等，他们都或多或少地懂得一些彝族传统经籍《扎数》《直吼署》等的内容，而且在生活中加以运用。

---

① 举奢哲，阿买妮，等. 彝族诗文论[M]. 康健，王子尧，王冶新，何积全翻译整理. 贵阳：贵州人民出版社，1987：91-92.

② 漏侯布哲，等. 论彝族诗歌[M]. 王子尧译. 康健，王冶新，何积全整理. 贵阳：贵州民族出版社，1990：12-13.

从作家创作的情况来看，使用彝文创作是当代彝族作家中的一个重要形式，虽然数量没有使用汉字创作的作品多。就彝族文学的继承方面来看，彝文创作当然应该是最有传统文化根脉的创作形式。彝文创作的情况，北部方言区早在 20 世纪 80 年代就已经对彝文进行了规范，把彝文规范为 819 个表音文字，推广使用起来比较方便，所以北部方言区的彝文创作成就，比其他方言区的成就更大，发表和出版的作品更多，质量也更好。代表性的作家有阿库乌雾、贾瓦盘加、时长日黑等，这些以彝文创作为主的作家，有以诗歌作品为主的，也有以小说作品为主的。彝文作者数量多，基础好，体现在凉山彝族自治州创办了全国、全世界至今为止唯一的一份彝语文刊物《凉山文学》，而这份杂志又培养了更多的彝文作家。其他方言区的彝文作者，使用的是传统彝文或称为古彝文，陈英、王明贵等曾经用传统彝文创作或翻译诗歌在《贵州民族报》上发表，陈世军等用传统彝文创作出版了《追太阳》长诗。相比较而言，传统彝文的创作成就要小得多，但也是对传统经籍文学形式的一种继承。他们的作品中，或多或少都有一些彝族古代经籍影响的余脉。

在彝语文的句式上，彝族传统经籍五言多而长短句少。到了当代作品中，彝族文学对传统经籍文学在句式的学习和继承方面，有了明显的变化，五言句式明显少了，长短句式多了。即使是彝族传统的诗歌体裁也是这样。这无论是用彝语文创作的诗歌，还是用汉字创作的彝族文学作品，都是五言少而长短句多。例如，《当代彝族母语文学作品选》中所选择的诗歌中，基本上都是长短句，完整的一首都是五言的诗歌是没有的。[①]当然，以五言诗句为主要形式的诗歌创作，也时而见到一些作品，如贾司拉核的《唱火把》，就是一首以五言彝文诗句为主体句式的长诗。[②]

从文学体裁上看，当代彝族文学对传统经籍文学体裁的继承，或者说传统经籍文学对当代文学的影响，主要的体裁还是诗歌。传统经籍的诗歌的语文形式，对作家文学的影响是最明显的。其中最重要的诗歌形式，被彝族当代作家所学习和继承，特别是在彝语北部方言区。由于北部方言区保存了彝族传统生活习惯比较完整，风俗比较古老，信仰的保存也完好，因此在民间各种活动与仪式中，都

① 木乃热哈，叶康杰. 当代彝族母语文学作品选[C]. 北京：民族出版社，2013.

② 贾司拉核. 唱火把[J]. 凉山彝学，2007（1）：104-119.

要使用到传统经籍。这些传统经籍对彝族作家的童年、青年的影响是巨大的，作家们在创作的时候，也就在潜移默化中受到熏陶，创作出来的作品在表现形式方面自然地继承了传统经籍文学的形式。这样，在北部方言中，诗歌作为最为发达的文学形式，在优秀诗人的继承和发展中，走向全国，走向世界。其中优秀的代表人物，以吉狄马加最为著名。其次还有倮伍拉且、阿库乌雾等。[①]就是在彝族传统经籍保存得最好的贵州，当代文学中的诗歌创作也占据了明显的优势，其中以阿卓玛伟（禄琴）的诗作最有代表性。在彝族当代文学中，最为强势的和最有成就的体裁当数诗歌。这或多或少与彝族传统经籍85%以上是诗歌体裁的情况是有关系的。

除了诗歌体裁之外，其他的以散文句式为表现手段的体裁主要有两种，即小说和散文。其中又以小说成就较高，散文成就略小。以彝语文创作长篇小说出版，创作中短篇小说发表，在彝语的北部方言区并不少见，如贾瓦盘加的长篇小说《火魂》[②]，阿克鸠射的长篇小说《雾中情缘》[③]，等。但是在其他方言区比较少见，然而并不是没有。例如，云南省的彝族作家柏叶就出版了两部彝汉文对照的长篇小说《魂归沉寂》《疯狂的野兔》。[④]也就是说，目前能够用彝文创作发表小说的，所使用的语文还是现代规范彝文，使用传统彝文的极少。

二、结构与程式

彝族传统经籍的篇章结构并没有一个固定的模式。但是在长期的抄写、使用过程中，也出现了一些比较固定的结构与程式，这种情况我们在彝族传统经籍的艺术表达一章中已经作了分析。从现在发现的作家作品中来看，彝族传统经籍的结构和程式，对现代作家作品的影响还不明显，但是也能发现一些。

在彝族传统经籍如《献酒经》等之中，三句式或者三段式的结构，往往就是彝族传统诗歌“三段诗”的一种结构，这种结构形式在古代经籍很普遍，它也在彝族文学的发展过程中被继承下来。例如，流传于凉山地区的彝族民间抒情长诗《妈妈的女儿》，这种三句式和三段式的结构全诗各章随处可见。流传

① 发星工作室. 当代大凉山彝族现代诗选[C]. 北京：中国文联出版社，2002.

② 贾瓦盘加. 火魂[M]. 成都：四川民族出版社，2004.

③ 阿克鸠射. 雾中情缘[M]. 成都：四川民族出版社，2011.

④ 柏叶. 魂归沉寂[M]. 昆明：云南民族出版社，2002；柏叶. 疯狂的野兔[M]. 昆明：云南民族出版社，2007.

于凉山地区的专门在火把节上演唱的“嘟载哆啰哄”即《过节调》也有三段诗影响的痕迹。[①]

在彝族民歌向作家文学转型的过程中，这种三段诗歌结构的影响也是可以发现的。例如，20世纪50年代末60年代初我国曾经开展过一次民歌运动，期间一些杂志也大量刊登了彝族“民歌”，如“千缕纱，万根线，才能织成绫罗绸缎；千块砖，万块瓦，才能建成高楼大厦；千双手，万把劲，才能搭好过渡到共产主义的金桥”[②]。这是一首介于民歌与创作作品之间的过渡形式的诗歌，它的结构是三段，与彝族传统经籍经常出现的三段式结构很相似。彝族作家奥吉戈卡，曾经系统学习过彝文经籍，他直接以“三段诗”之名创作、发表过作品[③]，这其中对彝族传统经籍的三段式结构的学习是明显的。

在作品的内部结构上，彝族传统经籍中有许多铺排的句子。这种铺排的句子对彝族作家的影响也是明显的。这种铺排句在彝族民间文学中也是非常普遍的，例如，在彝族民间抒情长诗《我的幺表妹》中[④]，主体部分基本都是由大量铺排的句子构成。彝族民间文艺家、作家阿鲁斯基，深受彝族传统文艺的影响，其中可能也有彝族传统经籍影响的方面。他的许多作品中，大量的铺排结构是主要特点。彝族著名诗人吴琪拉达，在他的代表作《奴隶解放之歌》中，对彝族古代文学包括经籍文学、民间文学的学习和继承十分明显，其中大量的铺排句式是这首诗歌的突出特点。在吴琪拉达的其他诗歌作品，铺排的运用也相当普遍。[⑤]

彝族传统经籍文学的程式，是与经籍使用的仪式、活动程序结合在一起的。这就限制了经籍的文本虽然可以模仿和学习，但是仪式和程序却不能照搬到作品中来。然而在民间文学作品特别是民间歌谣中，还可以寻绎到一些脉象，例如，《云南彝族歌谣集成》中的许多仪式歌，并不是毕摩创作、抄写或使用的经籍，但是受到毕摩经籍影响的特点是比较明显的。[⑥]而要到当代作家的作品中去寻找彝族传统经籍的程式的影响却比较困难。

---

① 王明贵. 彝族三段诗研究（理论篇）[M]. 北京：民族出版社，2001：255-256.

② 原载山花，1960，（7）.

③ 彝族文学报，1998，（8）.

④ 且萨乌牛译. 我的幺表妹[M]. 北京：民族出版社，2003.

⑤ 吴琪拉达. 吴琪拉达诗集[M]. 中西昌：凉山日报印刷厂，2005.

⑥ 左玉堂. 云南彝族歌谣集成[M]. 昆明：云南民族出版社，1986.

第二节 内 容

彝族传统经籍文学对后来文学的影响，最为广泛的是在内容方面，包括后来的作家们在选择题材、叙述历史、抒写内容、谈论人物等各个方面。也就是说，彝族传统经籍文学中内容方面的影响，大于形式方面的影响，它们在作家作品中得到的体现更多。

一、题材

在彝族作家作品中，以与彝族传统经籍有关的方面作为题材的在小说创作和诗歌作品中比较多，其他文体中也能见到。

戈隆阿弘就以“扎黑毕摩”为题目，叙述了一个毕摩与彝族传统文化传承的故事。[①]苏晓星的长篇小说《末代土司》《金银山》之中[②]，都有关于彝族毕摩和经籍的内容。阿蕾的小说《嫂子》[③]浸透了深厚的彝族文化内涵，该小说中也可以探寻到传统经籍浸染的内涵。与彝族题材相关的长篇小说中，多数都把对彝族毕摩在彝族传统社会生活中的主要角色进行描写，有的着墨多些，有的着墨少些。牵涉到毕摩话题，一般都与经籍相联系，这些也反映出了彝族传统经籍对彝族作家的间接影响。

在诗歌中，毕摩和经籍也是经常出现的题材。吉狄马加的诗歌中，饱含着彝族传统文化的汁液，因为它鲜明的彝族文化特色而誉满世界，成为有象征意义的中国少数民族诗人。他的诗歌中不乏用彝族传统经籍作为题材的诗歌，如《听〈送魂经〉》[④]等。彝族母语诗人阿库乌雾，就有以“毕摩”标题创作的诗歌。[⑤]他的彝文诗歌中，对彝族传统经籍文学的学习和继承，是彝族作家和诗人中最为充分的一个。倮伍拉且有以“经书”为标题的诗歌。[⑥]牧莎•斯加的组诗《神话与历史》之五，标题是《毕摩子额莫的命运》。[⑦]发星的组诗《对大凉山黑色情人的永远沉

---

① 戈隆阿弘. 扎黑毕摩[J]. 民族文学，1997，（11）.

② 苏晓星. 末代土司[M]. 成都：四川民族出版社，1996；苏晓星. 金银山[M]. 贵阳：贵州人民出版社，2000.

③ 阿蕾. 嫂子[J]. 凉山文学，1990，（2）.

④ 吉狄马加. 遗忘的词[C]. 贵阳：贵州人民出版社，1998：72.

⑤ 中国作家协会，吉狄马加. 新时期中国少数民族文学作品选集[C]. 北京：作家出版社，2013：692-693.

⑥ 发星工作室. 当代大凉山彝族现代诗选[C]. 北京：中国文联出版社，2002：52.

⑦ 发星工作室. 当代大凉山彝族现代诗选[C]. 北京：中国文联出版社，2002：144.

醉》中，专门以“黑经之一”和“黑经之二”为题目写了彝族的传统经籍。[①]以彝族传统经籍或者经籍的传承人毕摩为题材创作诗歌的情况，在彝族诗人中比较普遍。

支嘎阿鲁是彝族传统经籍中经常提到的神灵与毕摩祖师，它还是彝族民间传说中的英雄人物。以支嘎阿鲁为题材的作品，在彝族诗歌是最多的。支嘎阿鲁在毕摩经籍中的出现，基本上是以毕摩祖师的身份，还有毕摩所借助他的神力的要求。因此，支嘎阿鲁从经籍中走出来，对彝族文学的影响是相当大的。

目前已经公开出版的关于支嘎阿鲁历史勋业和有关传说的书籍，有的是史书，有的是史诗，有的是传说故事，有的是以支嘎阿鲁之名写当代彝族人民的英雄业绩的。没有公开出版的部分，绝大部分是彝文古籍。在大部分毕摩经籍中，都或多或少地都有一些内容。《勒俄特依》是广泛流传在彝族地区的一部创世史诗，特别是四川省境内的彝族聚居区大凉山，年过半百的彝人几乎人人耳熟能详。1981年，四川民族出版社出版了第一个《勒俄特依》的公开版本[②]，这个版本全部是彝文，读者对象主要是大凉山地区的彝族干部群众。这个版本的搜集整理者是四川省省委原副书记、中国民间文艺家协会原主席冯元蔚同志。这个版本受到了彝族读者的欢迎。后来应许多读者的要求，冯元蔚同志又将这个彝文本翻译成为汉文译本，由四川民族出版社于1986年以“彝族古典长诗《勒俄特依》”的名义公开出版，扩大了该书的影响。[③]这部长诗一共有14个部分，其中的《支格阿龙》（即支嘎阿鲁）、《射日射月》、《喊独日独月出》等部分，主要的内容就是讲述支嘎阿鲁的英雄故事。四川省凉山彝族自治州文学艺术联合会的玛查·马德清和俄尼·牧莎斯加已经将关于支嘎阿鲁的故事编成31集电视连续剧，取名为《支格阿尔》（即支嘎阿鲁），该剧本已经由中国文史出版社于2005年出版。[④]四川省还出版了一本歌颂当代彝族的英雄业绩的报告文学集，取名为《支嘎阿鲁的子孙们》。[⑤]中央编译局彝文编译室的王昌富，以“支格阿鲁”为名写作的电影剧本，已经拍摄完毕并于2014年投入播映。《西南彝志》是影响很大的一部彝文古籍，其中也

---

① 发星工作室. 当代大凉山彝族现代诗选[C]. 北京：中国文联出版社，2002：325，327.

② 勒俄特衣（彝文版）[M]. 成都：四川民族出版社，1981.

③ 冯元蔚. 勒俄特依[M]. 成都：四川民族出版社，1986.

④ 玛查·马德清，俄尼·牧莎斯加. 支格阿尔[Z]. 北京：中国文史出版社，2005.

⑤ 周纲. 支格阿鲁的子孙们[M]. 成都：四川民族出版社，1990.

有不少的篇章介绍了支嘎阿鲁的事迹。《西南彝志》公开出版的最早的版本是贵州民族出版社出版的《西南彝志选》，但是在这个版本中，没有选取关于支嘎阿鲁的内容，以至于 20 世纪 80 年代的一些研究家们误认为彝族没有成型的英雄史诗。后来由毕节地区彝文翻译组重新组织力量进行翻译后以彝汉文对照本的形式出版的《西南彝志》第十二卷，专门讲述的就是《支嘎阿鲁查天地》《支嘎阿鲁收祸根》《古笃阿武》等有关支嘎阿鲁的事迹。其中，《支嘎阿鲁查天地》长达 1000 多行彝文五言诗，可以成为一部单列的英雄史诗。在彝文史籍中影响巨大的《彝族源流》中，也有关于支嘎阿鲁的记载。在该书第十卷中，专门有《支嘎阿鲁源流》《阿鲁的后裔》等章节记载了支嘎阿鲁的谱系和源流及其一部分后代的分布情况。《彝族源流》有四个公开出版的版本，一个是王继超和王子国翻译的《彝族源流》彝汉文对照本；一个是张和平和王正贤的《彝史精编》彝文本，以上两本都由贵州民族出版社出版；一个是王子尧和山口八郎的《中国彝史文献通考》第一集的彝文本，由四川民族出版社出版；一个是王明贵和王显翻译的汉译散文版《彝族源流》，由民族出版社出版。各个版本中都有关于支嘎阿鲁的事迹的记载。讲述支嘎阿鲁故事较为精彩的是由阿洛兴德（王继超）整理翻译的“彝族史诗”《支嘎阿鲁王》，该书一并收录了另一部彝族英雄史诗《俄索折怒王》，将两部英雄史诗合为一集于 1994 年由贵州民族出版社公开出版，其中关于支嘎阿鲁王的内容长达 3600 多行，是散体的汉译诗歌。[①]这部英雄史诗中第一次把彝文史籍中已经记载但是汉译文本中还没有的支嘎阿鲁的王者的地位向世人予以介绍，使其英雄神王的勋业第一次较为完整地为外人所知晓。而目前关于支嘎阿鲁的最长的史诗是由田明才主编、王光亮翻译，贵州出版集团和贵州民族出版社于 2006 年联合出版的彝汉文对对照本《支嘎阿鲁传》[②]，这个版本分别有彝文五言诗和汉译诗句各 16 000 行，光是彝文诗行的长度就与荷马史诗的《奥德赛》长度相当。这部英雄史一诗经出版问世，就引起了史诗研究界的极大反响，有的称它为“彝族的荷马史诗”，有的称它为“彝族的《格萨尔王传》”，有的认为是“西南少数民族史诗的重大发现”，等等。总之，媒体和史诗研究界都给予了极大的关注和很高的评价。这也是目前公开出版的最新的关于支嘎阿鲁的成果。云南省关于

① 阿洛兴德. 支嘎阿鲁王[M]. 贵阳：贵州民族出版社，1994.

② 田明才. 支嘎阿鲁传[M]. 贵阳：贵州民族出版社，2006.

支嘎阿鲁的故事最为完整的版本，是1979年最早刊载于《楚雄民族民间文学资料》第一辑的《阿鲁举热》，由肖开亮唱述，黑朝亮翻译，祁树森、李世忠、毛中祥记录整理。这个文本后来于1981年9月在民族文学季刊《山茶》上正式发表。1986年出版的《楚雄彝族文学简史》设专章对这个文本的支嘎阿鲁史诗进行了研究介绍。另外，还有一个变异的支嘎阿鲁传说故事的异文，收集在由梁红译注，编入“云南民族古籍丛书——彝族文库”中以《万物的起源》为书名，于1998年由云南民族出版社出版，其中的《大英雄阿龙》一章长达1000多行，讲述的就是已经在传承中变异了的支嘎阿鲁的故事。贵州省公开出版的彝文古籍中，还有《物始纪略》《彝族创世志》《夜郎史籍译稿》《摩史苏》等关于支嘎阿鲁的记载。在内部出版的书籍中，《中国民间文学三套集成——贵州省毕节地区地直卷——故事、歌谣》中有关于支嘎阿鲁的故事。没有出版的彝文古籍如《阿买妮谱》《阿鲁哼岔勺》《宇陡》《诺沤署》《鲁补鲁旺》等，以及民间口碑文献《曲谷》《走谷》等诗歌文献和大量的民间故事传说如《支嘎阿鲁撵山》等之中，都有丰富的支嘎阿鲁故事。[①]

众多的关于支嘎阿鲁的神话、传说、故事、史诗等的翻译、出版，加上民间口头传承的关于支嘎阿鲁的传说，尤其是从传统经籍中传承下来、介绍而来的支嘎阿鲁的功业与神力，这些对整个彝族民间文学和作家文学的影响是深远的。作家的书面文学即毕摩经籍、民间文艺的传承、作家文学的继承等方面，无论是题材还是内容，都全面渗透在整个彝族当代文学之中，无法回避，无可逃避。

二、主要内涵

彝族传统经籍各个方面对后世彝族文学的影响，在内容上体现最多，也最持久和深远。几乎每一个主动学习或者受到过彝族传统经籍影响的人，他们的作品中都会或多或少地受到影响。

巴莫曲布嫫的诗歌对彝族传统文化包括毕摩文化的关注最多。由于她学者的身份，特别是她民族学、人类学和文学学者的特殊身份，她的诗歌写作对彝族文化的融会与表达，普遍地存在于词句之间。特别是她的组诗《图案的原始》，是一种人类学的文学写作，或者说是用文学的形式表达人类学的意义。这组诗歌虽

---

① 奥吉戈卡（王明贵）. 支嘎阿鲁历史勋业与传说的有关书籍[EB/OL]. http: //222.210.17.136/mzwz/news/8/z_8_44722. html[2010-11-13].

然没有说明直接写传统经籍，写的是毕摩法器或者一些经书上的一些纹饰及其文化含义与意象表达，但是这些纹饰在彝族毕摩经籍中，可以找到它们的原型。例如，《玄通大书》《扎署》《哪史纪透》等都是图文并茂的经书，特别是《扎署》一类的经籍，常常以图解经，以画说文，互相发明，以利表达。巴莫曲布嫫选择了几种纹饰进行了叙写和表达。《日纹》："纹义：①太阳及其光束；②十二角：《十二兽历》；③十角：《十月太阳历》；④八角：八个方位；⑤四角：东南西北四向。"《武士上的鸡冠纹》："纹义：彝人视鸡为最灵验的卜物。"《蕨子纹》："纹义：生殖繁盛的象征。"这首诗还专门引用了彝文经籍《作斋经》中的经文："祭仪序层层，祖嗣如绵羊，妣裔如蕨子，祖裔大昌旺，同祖共一斋。"《水纹》："纹义：孕育生命的母体。"除了专门的解析之外，还有诗歌艺术的表达。[①]这组诗受彝族毕摩文化的影响是十分明显的，采取的是一种人类学的文学写作方式，是人类学"写文化"的另外一种特殊的有益表达，在彝族文学中有比较特殊的意义。

禄琴的一些诗歌，也浸透着传统文化包括传统经籍影响的印记。这在她抒写关于彝族古代女毕摩、女诗人和文艺理论家阿买妮的诗作中有充分的体现，在她关于母语和彝文的诗歌中也无法遮蔽地透射出来。贵州是多民族聚居区，彝族是贵州省的世居民族，彝族曾在黔西北地区建立过世界历史上持续时间最长的地方政权，对贵州省经济、社会和文化发展做出了重要的贡献。在禄琴的第一本诗集《面向阳光》中包含了五辑，其中第一辑就是"彝人的梦歌"。作为一位少数族裔，禄琴对自己的民族充满真挚的感情，这种情感构成了诗歌厚实的文化基础，并在诗歌的叙事中转变成一系列独特而优美的文化意象。在这些文化意象中，有彝族历史上著名的大毕摩、大学者举奢哲，"在遥远的地方/举奢哲　艰苦创作之后/惬意地伸着懒腰/很遗憾　我不能成为你的故事和背景/但我能独自编排更美的意境"（《举奢哲》），有彝族历史上著名的女诗人、大毕摩、诗学家阿买妮，"既然喋血一千次/才能铸成一首精美的诗/既然寻不到注释/孤独的文字/那就让我读你的诗"（《致阿买妮》），"哦　阿买妮/美丽的智慧女神/大地的灵气润泽你的心灵/日月光辉照耀你的思绪"（《智慧女神阿买妮》）；有舞蹈，"踏着马铃的节拍/狂风哼唱着生命的歌/卷起一片迷茫的情感/山　默默地期待/水　静静地

① 巴莫曲布嫫. 图案的原始[C]. 成都：四川民族出版社，1992：71-84.

流淌”（《铃铛舞》）；有歌谣，“阿——西里西/是四季燃烧的愉悦/是一种希冀和渴盼/是这片土地的梦幻和写实/是狂风无顾忌的灿然大笑”（《阿西里西》）；有彝族古老的戏剧，“远古 伴着荒凉刮来/一阵灰色的沉默/轻轻颤动的野草偷偷睡去”（《观“撮泰吉”》）；还有“转转酒”，“围着大土碗满盛的包谷酒坐正/裹着沉甸甸的羊毛毡坐圆/长者你先喝——/一口又一口/一圈又一圈”（《转转酒》），以及彝家人所有美好的祝福和期待。从诗人的第二本诗集《三色梦境》开始，诗人的族群视角得到了更为深刻和全面的体现。诗集分为三辑，分别是第一辑《黑色土地》，第二辑《红色披毡》，第三辑《黄色口弦》。黑、红、黄被称为彝族的三原色，彝语将披毡称为“查尔瓦”或“瓦拉”。披毡是彝族人服饰的重要组成部分，口弦是彝族人十分喜爱的乐器，它们共同构成彝民族重要的文化象征。族群叙事是美好的，更是深刻的，族群叙事需要 种骄傲但不自满的情怀，因此从诗集《三色梦境》开始，诗人的叙事风格逐渐走向一种内敛和沉稳，诗人向读者讲述了更多“我们这个民族”即彝族的故事，娓娓道来，满含真诚和期待。诗人告诉读者“我们从哪里来”，从历史，“一个热爱火的民族/曾经在金沙江两岸/举步维艰穿越高山密林/历程中遗留下/许多黑色的梦想和希望/在黑色的土地上/播种、耕耘并收获”（《黑色土地》），到现实，“阳光下的父亲/如雄鹰一样飞翔/翅膀上掠过黑土地/高贵的灵魂/他伫立山头挥动手指/点石成金”（《黑色土地》）。在诗中，诗人巧妙地对“我们从哪里来”作了回答，即我们从“黑色土地”来，“黑色”是包容的颜色，“黑色的土地”是肥沃的土地。“黑色土地”是一段民族迁徙的厚重历史，迁徙是一个艰辛的过程，但同时也是一个播撒希望和梦想的过程，历史一路的行程最终铸就了一个坚韧、执著和善良的民族；“黑色土地”还是生养我们的父辈。诗人及“我们”是从“黑色土地”上生长起来的鲜艳的“索玛花”，“索玛花/朴素的愿望/在四月如期开放/并能宽容接纳/荒芜的草丛和鸟的忧郁/她亲切的微笑/使日子在季节里明亮”（《索玛花》），“鹰”，“沿着怎样的高度/才能跨越彩虹/才能在红黄黑三种颜色里/自由自在”（《鹰》），“向日葵”，“秋日的画面/飞进一只鸟/金黄的羽毛/如一团燃烧的火焰”（《向日葵》）。“苦荞”和“洋芋”养活了彝族人的身体，关于荞子，在彝文古籍《物始纪略·荞的由来》里有清楚的记载，“五谷未出现，荞子先出现，在代吐山里，什腮则、勺洪额两人，要到深山中，要采珍宝果，要摘珍宝叶。还未到深山，来到途中时，见一种植物，生长在路旁，结籽黑沉沉，杆子绿油油。什腮则采摘，放在口中尝，取名叫荞子。荞子当粮食，五谷从此生”。荞麦是彝族人对中国饮食文化的重要贡献，彝族人首先培育了荞麦。荞麦生长期短，可以在贫瘠的酸性土壤中生长，不需要过多的养分和氮素，下种晚，在比较凉爽的气候下开花，它们在鸿蒙之初养活了彝族先民，同时也养活了彝族人坚韧不拔的民族精神，诗人说，“埋下一个微小的信念/我将萌发万千的给予”（《苦荞》）。诗人对从美洲漂洋过海而来的洋芋也心存感激，“我要感谢洋芋/感谢一切不动声色的关怀/感谢一切默默无闻的奉献”（《感谢洋芋》）。在彝族人的历史发展过程中，玉米（贵州人称包谷）和马铃薯（贵州人称洋芋）具有重要的意义，因其与黔西北地区自然环境的高度适应养活了更多的人。包谷和洋芋传入黔西北地区的准确时间已无法考证，多数人认为与明朝时期的移民运动有关，在包谷和洋芋传入黔西北以前，荞麦一直是彝族及其他民族的主要食物。“彝文”和“彝语”养活了彝族人的精神。“我在神圣的文字里遨游/抵达灵魂与爱的家园/并在一些温馨的字体里居住/我用双手/轻轻的抚摸/这来自天籁的召唤/我用心灵/静静的倾听/这来自远古的声音。”（《来自天籁的彝文》）彝族是有自己成熟文字的民族，彝文与汉文一样古老，据有关专家研究，“彝文是一个具有悠久历史的文字，其产生时期可能是在古夷人时代，其产生年代至少不晚于六祖分支时期，即春秋战国时期”[①]。彝族先民用彝文记录了浩如烟海的彝文古籍，其中主要的部分就是彝族传统经籍，这些彝文古籍成为现在人们了解彝族历史和文化的重要资料。诗人对此满怀敬爱，用一种灵动的文字将这跨越千百年的古老文字诠释成一幅水墨的风景。“彝语”是一种思维方式，它是彝族人最初的情感皈依，“我们可以在任何环境随意歌唱/却无法走出村口/伸向远方的小路/无法走出结满果实/红红的树林/无法走出在异乡听到问候时/那种幸福的感觉/那种心灵的颤动”（《母语》）。[②]作为一名女性诗人，细腻的情感表达和深刻的文化反思是其诗歌创作的重要艺术特色。这在诗人的第三本诗集《水之梅花》中得到了重要的体现。[③]彝语和彝文，民间文艺和传统经籍都承载着巨大的彝族历史文化信息，这些通过禄琴的诗歌以艺术的形式不断地透射出来，让读者通过诗歌，去理解、品鉴彝族文化的魅力。

---

① 马锦卫. 彝文起源及发展考论[D]. 重庆：西南大学博士学位论文，2010：148.

② 自禄琴. 面向阳光[C]. 贵阳：贵州民族出版社，1996.

③ 参见王俊的《族群视角下禄琴诗歌的内容与艺术特色》（未刊稿）。

马德清的诗歌中也经常出现传统经籍影响的迹象，如他的诗歌《深山岩石》[①]《介绍自己》《彝人的葬礼》《黑色的法帽》《牛皮碗》[②]等。

彝族传统文化与经籍对彝族诗人创作的影响，在内容上是主要的。这在其他彝族诗人那里，还有诸多表现，运用部分还要讨论。

第三节 运 用

一、写作时罗列经书名称

当代彝族文学特别是诗歌和小说，在受彝族传统文化包括彝族传统经籍的影响上，反映在作家对所受到的传统知识的运用方面，最为直观的就是在写作时罗列经书的名称，有的干脆就直接把经书的名称放到标题上去。

由于作家们对经书的熟悉程度有所不同，或者说传统的经籍对作家的影响程度不同，包括作家对经书的名称的熟悉程度或者是经文对作家感情的渗透、打动和震撼的程度不同，作家往往会选择那些他最为熟悉或者最受震撼的经书之名，作为自己写作的题目或者在作品中提到。例如，吉狄马加有诗歌名称就叫作《听〈送魂经〉》，体现了这部经籍对诗人的影响较大，也体现了诗人对灵魂的关注是一种深层次的思想。又如，巴莫曲布嫫在《图案的原始》中对《作斋经》的引用等都是类似的情况。

从作家们的各种作品中来看，《送魂经》《指路经》《作斋经》是经常被提到的经籍。另外，洁净类经籍、献药供牲类经籍、祭祀类经籍、驱邪禳解类经籍，也常常会出现在作品中。这些经籍或者被提到经书名称，或者被提及其中的内容。

二、典故的化用及意象的创造

彝族历史文化中有许多典故，古代彝族毕摩们也曾经把这些典故编辑起来，或取名为“哪史纪透”，或取名为“通邛释名”等。在传统经籍中本身也有许多神话、故事、传说，特别是毕摩祖师们如何创造文字、如何撰写经籍、如何抄写和传承经书，还有毕摩如何举行仪式、取得了哪些效果，毕摩之间的竞争，毕摩

---

① 中国作家协会，吉狄马加. 新时期中国少数民族文学作品选集[C]. 北京：作家出版社，2013：741-742.

② 马德清. 三色鹰魂[C]. 北京：中国文联出版社，1999：14-15，106-107，118，129.

流派的起源等。这些都会或多或少地在经籍中记录和传播。后世的彝族作家们，如果受到过彝族传统文化、传统经籍的影响，在自己的创作时就会不知不觉地渗透在作品之中。

这一类情况在吉狄马加的诗歌中表现得十分明显。吉狄马加的诗歌中，遍布着彝族文化的血脉和内涵，虽然在字与词中，明确地提到经文的情况很少，但是内涵上处处都饱含着彝族文化的精髓。例如，关于彝族祖先、彝族人的“三魂七魄”“神灵观念”“万物有灵”灵魂观构成的灵魂世界，都是彝族《唤魂经》《招魂经》《送魂经》等经籍所关注和述写的对象，他的诗歌中对这些都有充分的挖掘和表达。①从彝族人自画像、彝族人对母亲的崇敬、彝族人的斗牛、彝族人的节日、彝族人与动物相处的法则等彝族文化的抒写之中，许多彝族神话传说和民间传统，包括口传的与经籍上记载的都成为吉狄马加诗歌的内容，并且能够让熟悉彝族文化传统的人从阅读中得以构建自己记忆中的神话母题与神话原型。②他的诗歌中还体现了彝族文化传承的日常状态，彝族人向大自然索取与所尊崇的道德与禁忌。他选择的吟咏对象中，虽然有许多是其他民族的诗人也经常吟咏的事物，但是吉狄马加所写出来的东西却具有鲜明的彝族特色，明显地区别于其他民族的诗人与歌者。③深厚的彝族传统文化的涵养与濡化，加上熟练的写作技巧，成功地让吉狄马加在艺术化的创造之中，创造了“一个彝人的诗国”。④吉狄马加的诗歌中，虽然直接提及或称呼的经籍的名称很少，但是他对传统经籍文化的表现和传承，所创造的彝族文化的意象和精神，却是十分透彻和可感的。

这样的情况在鲁弘阿立的诗歌中也有体现。他是诗歌中有对彝族传统文化的继承，也通过对彝族传统文化的吸收和消化，创造出有彝族特色的新意象。彝族文化以历史遗迹、民间歌谣、民族服饰、彝文经籍、历史传说及民族宗教等形式融聚于黔西北，与其他文化一起共同构成独具特色的黔西北文化。作为一个生长于黔西北的彝族诗人，鲁弘阿立一方面具有强烈的民族自豪感，另一方面也具有强烈的民族危机感。这种民族情感的集中体现便是“彝沙”意象的创立。“彝沙”

① 罗小凤. 来自灵魂最本质的声音——吉狄马加诗歌中灵魂话语的构建[J]. 民族文学研究，2011，(6)：105.

② 耿占春. 一个族群的诗歌记忆——论吉狄马加的诗[J]. 文学评论，2008，（1）：87；蒋登科. 民族精神：作为母题与参照——论吉狄马加的诗歌创作[J]. 当代文坛，1995，（4）：43.

③ 秦健. 论吉狄马加诗歌中自然风物意象的民族性[J]. 重庆第二师范学院学报，2013，（5）：105.

④ 吴思敬. 吉狄马加：创建一个彝人的诗国[J]. 民族文学研究，2012，（5）：103-110.

象征了一位诗人，一个民族和一段历史，《彝沙》[①]一诗便是一位诗人、一个民族和一段历史的文化表白。对于诗人鲁弘阿立而言，“彝沙”是自传、自白，是宣言：“我是被火焰过滤过的灵魂/我是被苍天与黑土驱赶 吸纳和拥抱的人/其实我是雷电中不死的鹰/我是沙 风暴里的沙 激流里的沙/我四散奔走 在月光下发出沉默的光芒/我在春天的河谷 夏天的山顶 冬天的海面上/我在秋天的星空下。”短短的七句诗，却隐喻了彝民族两个重要的图腾意象，一个是“火”，另一个是“鹰”。“火”是彝民族重要的精神特质和文化载体，人们形容彝族是一个像“火”一样热情的民族，对“火”的崇拜产生了彝族最为重要的节日“火把节”。彝族人认为“火”是最洁净和神圣的，彝族人在举行除秽仪式时的一个重要步骤便是将石头置于炭火中烧红，然后再将其迅速投入水中，急溅升腾的水蒸气被赋予神圣的气息，它能将包括鬼邪在内的一切污秽带走。这正是彝族毕摩在念诵经籍举办法事活动前经常举行的“打醋坛”的洁净仪式。因此，被“火焰过滤过的灵魂”是何等的纯净和高贵，诗人这种极致的隐喻是彝诗表达中一次精妙的意象创造，其所承载的文化讯息需要诗人用另一种文化符号“鹰”来对其进行注解。彝族创世史诗《勒俄特依》记载：“龙鹰滴下三滴血，滴在蒲莫列衣的身上。……早晨起白雾，午后生阿龙。”作为彝族人的英雄共祖，支格阿鲁是鹰的后代。“雷电中不死的鹰”是诗人的真实写照，更是彝民族的真实写照。对于彝民族而言，“彝沙”是具体的空间。“我在青藏高原的一侧 在四川盆地的南面/我在金沙江两岸 在大渡河 雅砻江 怒江/在牛栏江 乌江 我在云贵高原的泥土和石头之间/放牧我的历史 我的血液 我的骨头 我的祖宗/喂养我的孩子/喂养我的潮水般的爱/喂养我的沙沙作响的恨。”作为一个诞生于“兹兹浦乌（彝语，即今云南省昭通市）”，具有迁徙人文情结的民族，彝族在历史上经历过漫长的迁徙过程，这是一个以“兹兹浦乌”为开始传播地点的彝文化传播过程，这种迁徙过程的汉文献参照便是彝族称谓从“叟、蛮、夷”到“彝”，进而形成如今彝族的分布格局，那就是“青藏高原的一侧，四川盆地的南面，金沙江两岸，大渡河，雅砻江，怒江，牛栏江，乌江和云贵高原”，这时的“彝沙”从抽象转到“具象”，完成了从一个意象概念向具体“生境”的完美演绎。作为曾经以游牧为主的民族，诗人对“放牧”一词的使用精准而生动，“放牧”之后的“喂养”

① 鲁弘阿立. 月琴上的火焰[M]. 贵阳：贵州民族出版社，2007：12-13.

自然就成了一个艰辛而浪漫的过程。对于彝民族而言，“彝沙”还是具体的时间。“我的身体堆积着笃慕与南诏的烟尘/从科乐罗姆　能沽罗姆　罗尼之山　到巴底厚土/一直到巴久兄弟说的石姆恩哈/我与苍松翠柏般的岁月相握/与失散的心肺共存　与蓝天下所有的村庄和原野相处/但我不是斜靠枝头故意咳嗽的桃花/我是沙/用一滴血照亮落叶一样弥漫的苍茫/用一枝雪花引爆纷纷扬扬的诗篇/用两行热泪搓洗八千年欢愉与伤悲的旅程”。彝族“六祖文化”为代表的祖先崇拜是彝族文化的核心，“‘六祖’文化指的是以彝族再生的人文始祖阿普笃慕及其六个儿子慕雅切、慕雅考、慕雅热、慕雅卧、慕克克、慕齐齐为历史文化源点，具有历史、地理（年代——区域）和文化统一性内涵的动态的文化类型”①。“笃慕”是彝族在发展演化过程中公认的人文共祖，被彝族人尊称为“阿普笃慕”，“阿普”是彝语，翻译成汉语就是“爷爷”。“南诏”是唐朝时期彝族人以云南为中心在西南地区建立起来的奴隶制国家，版图囊括了云南全境、贵州、四川、西藏及越南、缅甸的部分地区。南诏王朝历 13 王，从开国国王细奴逻开始，经逻盛、盛逻皮、皮逻阁、阁逻凤、（凤伽异）、异牟寻、寻阁劝、劝龙晟、劝利晟、晟丰佑、佑世隆、隆舜、至舜化贞止，统治历时 250 余年。“笃慕”是彝族文明的起点，“南诏”是彝族文明的全盛时期。作为一位具有深厚彝汉文化功底的诗人，祖先的荣耀和艰辛一样，已经内化成诗人最本能的情感依托，这种依托执著地呼唤诗人诚挚的文化回归，于是，诗人“与苍松翠柏般的岁月相握”，并“用两行热泪搓洗八千年欢愉与伤悲”。可以这样说，“彝沙”意象的创立是鲁弘阿立对于彝族诗歌文化意象的重要贡献。在彝族文化中，人去世后要举行“送祖灵”仪式，彝族人认为人有三魂，分别叫“曲糯”“祖糯”“亦糯”，三魂各司其职，人死后，“曲糯”按家族的《指路经》去祖先之地，“祖糯”负责看守坟墓，而“亦糯”则进入祠堂。鲁弘阿立的《彝沙》是优秀的民族志诗学创作，是诗人自我回归的灵魂苦旅。以“彝沙”的意象，诗人让一系列彝族文化符号灵动起来，“鹰”是彝民族的图腾，“索玛”是诗人温柔的思念，而“燕麦、洋芋、瓦板屋”则是彝族人高寒深处温暖的家园。“罗姆”是彝语，意思是“大城”，在彝文文献中，“可乐罗姆”就是“可乐大城”，是彝族先民建立的古夜郎国的都城，据说地址就

① 王俊. 浅谈彝族“六祖”文化[A]//云南民族学会彝学专业委员会，昭通市民族宗教事务局. 云南彝学研究（第八辑）[C]. 昆明：云南民族出版社，2011：255.

在今赫章县的可乐镇；“能沽罗姆”就是指现在的成都市，彝人先祖笃慕（汉语称杜宇）曾以此为首都建立过古蜀国。在彝族人的心目中，“罗尼山”是神山、圣山。彝文献记载，“阿普笃慕（杜宇）”失国后，于“罗尼山”进行宗族分支，大的两个儿子慕雅切、慕雅考向“楚吐以南”迁徙，发展成武、乍两个支系，分布于滇西、滇中、滇南，是当地彝族及其他彝语支民族的祖先；慕雅热、慕雅卧，向“洛博以北”迁徙，在云南昭通和川西、川南一带发展成糯、恒两个支系，是如今昭通、凉山彝族自治州和四川盐源、古蔺等县的彝族祖先；慕克克、慕齐齐向“实液中部”迁徙，发展成布、默两个支系，是如今云南会泽、宣威、曲靖和贵州毕节，六盘水、兴义、安顺等地区及广西隆林等地彝族的祖先。“巴底厚土”指的则是现在威宁彝族苗族回族自治县的草海。笃慕（杜宇）在罗尼山分宗后，六子（即彝族的“六祖”）先在“马纳液池”（即今昭通市昭阳区的葡萄井）同饮井水泪别后，第三、四、五、六子同行至今威宁县的草海，并在此屠牲祭祀，跪拜揖别，三子慕雅热和四子慕雅卧同领民众向川西、川南进发。而按照彝族的宗法文化，作为幼子的慕齐齐则留在了祖先故地的滇东北与黔西北。因此，对于彝民族而言，“科乐罗姆，能沽罗姆，罗尼山，巴底厚土”等既是历史地理坐标，更是历史文化坐标。《彝沙》是诗人具有创造性的灵魂苦旅。没有《指路经》的指引，没有伟大毕摩的法器和咒语，也没有苏尼眼花缭乱的舞蹈和摄人心魄的羊皮鼓，鲁弘阿立就这样默默地把“曲诺”打发上路，沿祖先的足迹“长征”了一回，这需要多大的勇气和执著啊。排除一路鬼邪的骚扰和蛊魅，诗人的“曲糯”去了又回来了。诗人的“曲糯”去了还能回来，就其根本，是因为“我是沙　其实我是大地肌体的一粒/我是一粒黄　一粒黑　一粒红红的沙/”，作为“大地肌体的一粒”，作为那粒被彝族三元色“黄、黑、红”浸染的“彝沙”，有理由相信，彝沙会成为一个坚硬的诗学意象。①

总之，彝族传统经籍对彝族文学的影响，是多方面、多层次、长期性的。在古代彝族文学中，“夷经”的影响力十分强大，不但在该民族内部产生巨大的吸引力，也在其他民族、部族中有影响。进入当代，吉狄马加的诗歌在充分表达了彝族的传统历史文化之后，在世界上也享有很高的荣誉，对当代中国诗歌特别是

① 王俊. 论鲁弘阿立诗歌的文化意象[J]. 山花，2013，（1）：121-122；王俊. 历史记忆的诗不叙事——彝族诗人鲁弘阿立《月琴上的火焰》人类学分析[J]. 山花，2013，（2）：123-124.

彝族文学的影响是很大的，这其中包括了对彝族传统文化的继承和表现这方面，以及对彝族诗人的影响方面。同时，由于吉狄马加的示范带动作用，当代的许多彝族诗人，也程度不同地从彝族传统文化中吸取营养，对作为彝族古代文学作品形式的彝族传统经籍有所学习、有所传承，体现了彝族传统经籍对彝族当代诗歌的影响力。

第九章　彝族传统宗教的生态与经籍文学的传承

彝族传统经籍是彝族传统宗教的一个重要组成部分，是依托着彝族传统宗教才能实现它的功用和价值的。因此，彝族传统宗教具有什么样的生态，彝族传统经籍就会具有什么样的状态，由传统经籍而产生的具有文学特征、具有文学价值和文学人类学功能的经籍文学，也与经籍的状态紧紧相关，它们如何传承，是命运相关的一个统一体。充分认识彝族传统宗教的变迁，对于了解传统经籍文学的传承、思考相关的问题具有重要的意义。

彝族传统宗教，在这里指的是在彝族历史上产生，并且在相当长的历史时期内在彝族传统社会中发挥作用，在当今社会仍然发挥着一定作用的所有信仰体系，主要是彝族的自然崇拜、图腾崇拜、祖先崇拜、神灵崇拜。虽然有的地方会涉及彝族的其他信仰，如土主崇拜、道教，以及其他外来宗教如基督教、佛教等，但这些不占主流，因此不是讨论的主要对象。

第一节　历史的回想

一、彝族传统信仰的起源、鼎盛与转衰

彝族传统宗教起源很早，在人类出现自然崇拜、巫术的时候就有了。这些在彝族神话、传说中有出现，许多开天辟地、日月星辰、山水石崖神话中都体现了彝族的原始思维和信仰的内容。从古代到当今，凡是生活在彝族聚居的传统社会中的年长的彝人，对自己所遇到的各种灾难、祸患、污染、挫折等，都会念诵一些自己在老一辈人那里学习得来的驱邪禳灾的咒语之类，自己解决所遭遇的问题。例如，遭遇惊吓时，唯恐灵魂失落，可以自己念诵一些招魂辞，及时把自己的灵魂招引回来。在自己的孩子遭遇惊吓，出现失魂落魄的症状时，可以拿一枚鸡蛋

在孩子身上上下滚一遍，念诵这个孩子名字，大声给孩子招魂后，把鸡蛋煮给孩子吃，表示灵魂已经被招引附身。[①]这样的传统信仰在今天的彝族社会中仍然传承着。其中的招魂辞，许多人都还会念诵。这些招魂辞就是传统的口头经籍了。

据比较可靠的研究成果，彝文的起源，大致在殷商至战国时期。陕西西安半坡的陶刻符号，与贵州威宁中水的陶刻符号，都是殷商时期的遗存，都可以用传统彝文进行识读。而发现于贵州省赫章县铁匠乡的战国至西汉时期彝文擂钵，已经是成熟的彝文。彝文的发明促进了彝族文化的进步，也改进了彝族传统宗教经籍的传承方式。用彝文把流传于口头的各种祝祷辞、咒辞、招魂辞、祭祀辞、驱鬼辞、禳灾辞等记录下来，传播出去，彝文经籍便产生了。彝文经籍的产生，是彝族文化中的重大事件，也是彝族文学中的重大事件。在没有规范的称为“文学作品”的东西之前，彝文经籍在很长的历史时期就是彝族文学作品，其中的许多神话、传说、故事，特别是虽然口语特征明显但是作为传统宗教经文来传播的作品，就是彝族文学。尤其需要指出的是，彝文经籍绝大多数以五言诗歌形式表达的特点，使其无论是作为传统意义的文学还是人类学意义上的文学，都可以得到广泛的认可。

彝族传统宗教发展有没有一个鼎盛时期，目前尚无切实的考证。但是从彝文经籍的角度进行一下考察，也可以了解到一些信息。

《物始纪略》是讲述事物起源的典籍，虽然不是经籍，但是其中记录了彝族古代祭祀特别是大型丧礼祭祀时，有“打牛遍坡红，打羊遍山白，打猪遍坝黑，打鸡遍地花”的记载，可见当时消耗之大，从一个侧面反映了彝族祖先崇拜祭祀之隆重。据说大型的“尼目”祭祖活动，彝族的君长之家要举行49天的祭祀，普通人家都要举行7天，把历代的远祖和近祖都要祭祀一遍。这期间所用的经籍，一般都是几十部，还不包括一些主祭毕摩和参祭毕摩口头念诵的经文，这也是其他所有仪式都不能相比的。

彝族传统宗教的鼎盛时期，应该是在魏晋时期。根据晋代人常璩在《华阳国志·南中志》里的记载，南中的夷人“论议好譬喻物。今南人言论，虽学者亦半引夷经”。这里所称的“夷经”，肯定是指彝族经籍，也就是说，其中的绝大部分应该就是宗教经籍。这个观点在彝族经籍中也得到了印证。魏晋时期著名的彝

① 这是1988年7月作者在贵州省纳雍县新房彝族苗族乡河头村调查所得材料。

族大毕摩举奢哲和阿买妮都写作过不少经书，影响很大。佚名在《彝诗史话》中指出："在成都城里，那些陀宜人，看了很羡慕，他们用花纸，用黄纸抄下。只塔部族中，也有人羡慕，他们也抄去。本德孟毕摩，也来借去抄。天师举奢哲，恒也阿买妮，他俩写的书，经古额毕摩，他也借去抄，又抄又修订。在那时候的，五位大毕摩，都来借去抄。"[①]可见，在彝族传统宗教的鼎盛时期，"夷经"具有强大的影响力，在彝族内部，毕摩之间对那些好的经籍都纷纷借去抄写传承，学养深厚的毕摩还可以对这些经书进行必要的修订。这些经籍的影响力还超越了彝族的范围，被外民族也借去抄录、传承。就是做学问的南方学者，至少有一半人，在自己的著作中也经常引用"夷经"。也许有学者会提出疑问，这个"夷经"未必就是彝族的经籍。要知道，在中国，自源性文字只有汉字、彝文和纳西文，学界简称为中国的"两个半"文字，即纳西文因为没有发展为成熟的体系只算半个。可以推想，能够形成强大影响力的，只能是用成熟彝文写作的彝文经籍。从彝文经籍影响力的强大可以知道，那个时候，也正是彝族传统宗教生态最好的时期，经籍质量之高和广泛的传播，正是宗教生态良好的写照。

这种传统宗教生态较为良好的状态，持续了一个相当长的历史时期，它与彝族地方政权的存在时间的长短有较大的关联。直到清朝初期彝族地区全部完成了"改土归流"，彝族失去地方政权，失去了地方统治地位之后，依附于彝族地方统治政权、作为彝族兹（君）、摩（臣）、毕（毕摩）三位一体的政权结构中重要组成人员的毕摩也同时失去统治地位，加上儒家思想由政治力量强力推进，其他宗教如佛教、道教等的强力浸透，各种社会、政治生态系统的改变，彝族的传统宗教也相应地受到了削弱。在"改土归流"的过程中，雍正年间发生在昭通的"米贴事件"大量屠杀彝族人的情况，在滇东北一带时有发生；在黔西北地区的"吴三桂剿水西"事件等，除了打击、消灭彝族地方政权，剿杀彝族统治人物和军事力量之外，其中对彝族社会结构的摧毁，对彝族宗教形式的改变，对彝族传统经籍的焚毁也同时进行。外部政治力量的强大压迫，比如强行在滇黔彝族地区推行土葬，改变彝族传统的火葬形式等，使经籍传承人失去较高的地位，经籍的传承也失去了大的动力。但是，因为彝族信仰的需要，彝族传统宗教并没有完全失去

---

① 漏侯布哲，等. 论彝族诗歌[M]. 王子尧翻译. 康健，王治新，何积全整理. 贵阳：贵州民族出版社，1990：12-13.

根基，强大的需求量，让彝族传统宗教保留了下来，以民间的形式在彝族社会中传承到现在。

二、各种信仰与崇拜在当下的共存

虽然经历了政治更替、政权更迭、社会转型等强大的外部力量的冲击，彝族传统宗教的生态遭到了极大的破坏，但是并没有全部消失，而是惯性强大的社会需求中保存了基本的形式和内容。直到当今，彝族传统宗教的各种形式仍然存活于民间，作为传统宗教的一个重要组成部分的经籍，虽然日渐减少，但是也仍然在民间有传承。

（1）自然崇拜及其经籍。自然崇拜是彝族传统信仰形式中比较古老的形式，其中包括山神崇拜、水神崇拜、太阳崇拜、星辰崇拜、树木崇拜、石头崇拜、火崇拜，还有粮食崇拜、五谷崇拜等。在滇黔彝族地区，现在还有农历三月初三祭祀山神活动仪式，反映到传统经籍中，就是在仪式上，要念诵《米色把》《献山神》《省色多》等经书。火崇拜也体现在传统的仪式和经籍中，这主要是在农历每年六月二十四日的火把节上，祭祀火神的时候，有的地方要念诵《火把节祭经》。同样，近年来彝族地区祭祀水神的情况也时有报道，而多数地区则以祭龙的形式表现出来，特别是在滇南地区，一些村寨农历每年的正月间都要举行祭龙祈雨活动，在仪式上要念诵《祭龙经》①，这实际上是祭祀水神的一种普遍的转换形式。自然崇拜类的粮食崇拜的经籍，还有《招谷魂书》《唤谷魂经》等。②

（2）图腾崇拜及其经籍。上面说到的祭龙仪式中的龙，既是转换了对雨水的自然之物的崇拜的形式，也是彝族的一种图腾崇拜形式。彝族有倮罗支系，外民族也经常用倮罗指称彝族，这源于彝族的龙虎图腾崇拜，倮罗中的倮为龙，罗为虎，都是彝族崇拜的图腾。根据杨和森《图腾层次论》中的研究，虎为彝族的原生图腾，其他图腾则是从虎图腾而来的演生图腾。③云南省双柏县的彝族，至今仍然有祭祀虎的活动，活动中还要吹奏老虎笙。因此，传统经籍中，不但有《祭龙

---

① 马立三，普学旺. 云南民族古籍丛书·祭龙经[M]. 普学旺，杨六金，梁红，普璋开，罗希吾戈译注. 昆明：云南民族出版社，1999.

② 黄建明，巴莫阿依. 中国少数民族原始宗教经籍汇编·毕摩经卷[M]. 北京：中央民族大学出版社，2009：818，821.

③ 杨和森. 图腾层次论[M]. 昆明：云南人民出版社，1987.

经》，还有《母虎神祭辞》。[①]在彝族的图腾崇拜类经籍中，以龙崇拜类经籍和虎崇拜类经籍最有代表性。

（3）祖先崇拜及其经籍。祖先崇拜是彝族最为普遍的信仰形式与崇拜形式。彝族的家支制度形成了各个家支共同崇拜一个祖先的形式，这种情况从古到今在彝族地区都非常流行。近年来各地组织了彝族谱牒的收集、整理、编纂、出版，其中体现的各个彝族支系的源头，就是这个支系的共祖。这方面的研究，系统的有巴莫阿依的专著《彝族祖灵信仰研究》，王丽珠的专著《彝族祖先崇拜研究》[②]，朱崇先的专著《彝族祭祖大典仪式与经书研究》[③]等。这三个研究成果，不但对彝族传统的祖先崇拜进行比较全面、系统的研究，还对当代存在的彝族祖先崇拜情况进行了考察。其中，当然也涉及大量经籍使用的情况。

（4）神灵崇拜及其经籍。彝族的神灵崇拜体现在多个方面。例如，每逢年节对逝世祖先的祭祀，对一个家支的共同祖先的祭祀，对历史较为久远的共同祖先神的拜祭等。这些都有一些口头的祭祀经文代代传颂。而对于鬼怪妖魔的恐惧和祭祀、驱逐，也是神灵信仰中的一个重要方面，体现在人受到病魔侵害后，在医药都无法治愈的时候，要请毕摩驱鬼逐魔，根据不同的鬼怪侵害情况，念诵不同的驱鬼经书。即使到了当代，驱魔送鬼的仪式也还存在。例如，《彝族祖灵信仰研究》的附录中，就专门记录了一个《凉山彝族送风湿病鬼仪式》[④]，在仪式上专门念诵了《丝尔寄经》。彝族认为，有的自然神灵也会侵害人类，因此在狩猎等活动中要祭祀山神等。彝族传统宗教中的神灵，包括人祖上升为神灵的系统、鬼魔妖怪的系统、自然崇拜升格的神灵系统等。这类经籍是彝族传统经籍中最多的一类。从收集在《中国少数民族原始宗教经籍汇编·毕摩经卷》中的情况看，彝语北部方言区中的经籍中，驱邪禳鬼类的经籍就占了很大一部分数量。[⑤]

此外，由于其他宗教传入彝族地区，彝族在当代还有其他的信仰形式和相应的经籍。由于这些已经不是彝族的传统宗教信仰，在此不作赘述。

---

① 楚雄自治州人民政府，夜礼斌，杨红卫. 彝族毕摩经典译注·第五十二卷《母虎神祭辞》[M]. 昆明：云南民族出版社，2009.

② 王丽珠. 彝族祖先崇拜研究[M]. 昆明：云南民族出版社，1995.

③ 朱崇先. 彝族祭祖大典仪式与经书研究——以大西邑普德氏族祭祖大典为例[M]. 北京：民族出版社，2010.

④ 巴莫阿依. 彝族祖灵信仰研究[M]. 成都：四川民族出版社，1994：191-203.

⑤ 黄建明，巴莫阿依. 中国少数民族原始宗教经籍汇编·毕摩经卷[M]. 北京：中央民族大学出版社，2009：目录.

三、未发展转化为现代宗教

彝族传统宗教虽然有漫长的历史发展过程，但是由于各种条件的限制，没有转型成为现代宗教，主要体现在以下几个方面。

一是没有全民族共同祭祀或者崇拜的神灵。在彝族社会中，有许多人认为自己是支嘎阿鲁的子孙；有许多人认为自己是彝族“六祖”之父笃慕的子孙，各地彝族都是彝族“六祖”的后代，等等。但是，至今都没有发现所有的彝族共同祭祀一个共同的神灵，也就是说，彝族还没有一个“共神”，没有一个共同的崇拜对象。

二是没有统一型制的寺庙。也就是说，还没有形成规格、规模、标准统一的寺庙。虽然许多彝族支系都有自己的祠堂、家庙，但是这些祠堂、家庙只是供奉一个家支的祖先、神灵，包括已经逝世的近年的祖先，有少数还供奉本家支最早的祖先，这些祠堂和家庙代表不了彝族共用的寺庙。较为大家所认同的云南省昭通市昭阳区的六祖广场和云南省巍山县建立的“南诏彝王大殿”等寺庙性质的建筑，也不能全部代表彝族共同的寺庙型制。

三是没有统一的祭祀、礼拜时间。时至今日，彝族除了在十月彝族年、六月火把节等彝族的传统节日期间或者春节等中国全民都过的节日期间，举行一些祭祀祖先、神灵的活动之外，并没有一个统一礼拜或者祭祀神灵的固定日期，而固定的礼拜、祭祀日期是现代宗教的一个重要标志。

四是没有统一使用的经籍元典。彝族虽然有一些普遍使用的经籍，但是至今没有形成像基督教的《圣经》、伊斯兰教的《古兰经》、佛教的“佛经”、道教的“道藏”等统一的经籍、元典，这也是现代宗教的一个重要的标志。①

这些重要组成要素的缺乏是彝族传统宗教没有发展转型为现代宗教的主要原因。

第二节　全球化形势下彝族传统宗教的生态

一、全球化、文明冲突与秩序重建

世界发展到当代，各种信仰、各种文化与文明共存的情况，是一个被广泛接受的事实，也得到了学术界特别是人类学界的共识。在 19 世纪大规模殖民，20

---

① 王明贵. 试论彝族宗教信仰变迁与重建[J]. 青海民族大学学报，2014（3）.

世纪几乎全部摆脱殖民的形势下，由于统治殖民地的需要而催生的人类学学科，让人们认识到西方中心主义的局限及科学一元宰制的不足，从而发现了西方之外的东方，特别是许多殖民地人民，有自己独特的文化与文明，有与科学不同的认识世界和改造世界的方式、方法。各种文明共生、共存于一个地球之上，人类同处于一个世界之中，人们的价值观各不相同的情形，在经济全球化、科技一体化和信息大交流的过程中，必然要产生许多交集。于是各种文明之间相互影响、相互学习、相互交融，同时相互涵化、相互冲突、相互对抗，最为激烈的时候甚至发生战争，强者屠杀弱者，乃至发生种族灭绝的事件。

从信仰特别是宗教的层面上来看，自从美国政治学家塞缪尔·亨廷顿（Samuel Huntington）出版了《文明的冲突与世界秩序的重建》①，对人类文明进行一个新的划分和评价，强调了世界上各种文明特别是以基督教为代表的西方文明，以中国的儒家文化（有的时候被西方学者称为儒教）和印度的佛教为代表的东方文明，以及以伊斯兰教为代表的中东文明，以及其他覆盖面较大、覆盖人口较多的非洲文明等，各大文明之间的特点、交融与冲突给世界带来的巨大影响，从中寻求重建世界秩序的对策。文明的交汇与冲突，最强大的力量之一就是宗教信仰，不同的宗教由于教规、教义不同，价值观念差异巨大，观念与行为方式冲突明显，对世界和平与发展的影响是不可忽视的巨大力量。因此，认识各种宗教信仰的本质特征，理解各种文明的发生与发展，无论在过去和现在，理解传承各种文明的人类之间的生存方式、行为准则与价值追求，是全球化大潮中不可不重视的问题。不能对这些文明的本质认识清楚，全球化进程中的冲突就无法避免，代价会更加沉重，甚至会带来惨重的代价。

除了文明的冲突之外，政治价值的追求也是世界各种冲突的一个主要因素。西方中心主义，西方民主价值观，大国之间发展与超越的较量、争夺世界主导权的竞争，东方以和为核心的价值观，这些价值追求之间的差异，都为世界带来不安定因素。中国作为东方文明的代表之一，在各种文明发展的进程中占据着重要的地位，既是世界和谐发展的重要力量，也是世界冲突中重要的平衡力量，对世界秩序的重建起着不可忽视的重大作用。

---

① [美]塞缪尔·亨廷顿. 文明的冲突与世界秩序的重建（修订版）[M]. 周琪，张立平，等译. 北京：新华出版社，2010.

但是，彝族作为中华民族大家庭中的重要一员，由于历史传统与地理位置决定的发展历程，在世界发展的大潮中，并不具有优势的地位。彝族传统文化作为中国文化的一个重要组成部分，其优势并不明显。彝族的传统宗教信仰形式，与中国主流的儒家文化（儒教）、佛教文化及近代以来传入中国的基督教、天主教等相比较，是属于弱势的传统信仰形式。即使从彝族内部来看，由于汉族文化、西方文化的影响，信仰彝族传统宗教的人数也在逐渐减少，一些彝族群众已经改变信仰，有的信仰佛教，有的信仰基督教，有的信仰天主教。彝族人口不到1000万，除了有一点祖先崇拜之外什么宗教都不信仰的那部分群众之外，真正信仰宗教的人群是不多的。也就是说，彝族的传统宗教信仰，从某种意义上说，无论是在世界各种文明的和谐时期与冲突时期，都只是一种弱势，所占据的人群数量少，影响小，范围逼仄，没有扩张的空间。然而，在人类学发现东方文明，在各种文化在新的形势下获得较好的恢复和发展态势的今天，彝族的传统宗教信仰也出现了复苏的迹象，这也给传统经籍的传承带来了一些转机，为学者从人类学的角度研究经籍、发现经籍的多重价值包括文学人类学的价值等提供了机遇。发掘和研究彝文传统经籍，也是要展示中国文化的多样性、丰富性，展示东方文明的形式多样和丰富内涵及其在世界文明体系中的价值与意义。总体上看，在世界各种文明此消彼长的状态中，在世界各种文化的交流与涵化的过程中，彝族传统文化体现的文明形式，没有太大的空间可供生存和发展。体现到彝族传统宗教信仰的生态形势中来，也是相同的情况。

二、总体上的凋敝与融合

整个彝族地区彝族群众的传统信仰，在近代以来，总体上呈凋敝状况。特别是经历了当代的民主改革和社会主义运动之后，动摇了彝族传统信仰的根基，多数人在大的政治形势和历史发展的潮流中，走上了信奉唯物主义的道路。这种情况，在彝汉杂居区，在彝族与其他民族杂居的地区体现得尤其明显。

在中国的整个近代时期，包括从康熙、雍正年间对彝族地区实行“改土归流”之后，彝族的传统宗教受到了很大的挤压。主要表现在一些地方如云南省楚雄彝族自治州、大理白族自治州等的彝族群众，逐步改信土主，或者改信佛教、道教。而贵州省境内的彝族，多数都改信了汉族群众普遍信奉的地方道教、佛教等。但是在彝族聚居的乡村保持着传统的祖先崇拜信仰的情况，仍然以比较顽强的生命力保存、传承下来，特别是四川省凉山彝族自治州的绝大多数人，对彝族传统宗教信仰的保存比较完整，没有因为“改土归流”等的强大外力而改变，特别是在葬式方面，仍然保持了传统的火葬形式。

进入现代社会，西方文明的传入，西方文化的影响，特别是马克思主义和唯物主义思想传入中国之后，中国的传统文化与西方文化，同时对中国人产生了影响。接受西方文化较早的城市地区，唯物主义取得了一席之地，社会主义思想随着俄国十月革命的成功在中国的影响越来越大，这些不但对整个中国以唯心主义为主基调的传统信仰有巨大影响，对以唯心主义为主基调的彝族传统信仰也产生了很大的影响。凉山彝族自治州地区有影响的土司后裔岭光电等开始开办现代意义的小学，传授以传播现代科学知识为主要课程的现代教育思想。[①]贵州省纳雍县在 20 世纪 40 年代，也开办了类似的“以角国民小学”，除了教育彝族孩子，还有汉族、苗族等其他民族的孩子也一起接受教育。小学毕业的各民族学生中，一部分人还被当地的彝族土目、区长安庆吾推荐、带领到重庆边民学校去学习。[②]这些对传统的家支观念带来很大的冲击，对祖先崇拜为核心的彝族传统信仰也有较大的影响。

20 世纪 50 年代，西南彝族地区整体进入了社会主义社会，以唯物主义为思想、理论基础的科学与民主观念，全面进入彝族地区。凉山地区在 1954 年开始了民主改革，实现了一步跃千年——从奴隶社会制度跨越进入社会主义社会制度。[③]紧接着，全国实行的“破四旧，立四新”运动，对彝族地区长期以传统信仰活动为职业的毕摩造成了很大的冲击，一些毕摩和毕摩经籍被作为牛鬼蛇神对待，对毕摩进行批判、改造，对彝文经籍进行焚毁，许多经书在这一时期被销毁了。接着到来的“文化大革命”，进一步把彝族毕摩和毕摩经籍作为革命对象，绝大多数毕摩在这一时期都被批斗、被游街示众，有的进入国家单位工作的人也被清理回家；大量毕摩经书被收集起来，全部销毁。一些经书是在毕摩们千方百计的保护下才得以保存下来。例如，贵州省赫章县的著名毕摩王兴友老先生，就有舍命保护彝族传统经籍和彝文典籍《彝族源流》的惊险经历。[④]据抽查，贵州省威宁彝

① 岭光电. 忆往昔[M]. 昆明：云南人民出版社，1988.

② 作者 2006 年清明节在贵州省纳雍县新房彝族苗族乡以角村的调查。

③ 王明贵. 彝族（中国少数民族人口丛书）[M]. 北京：中国人口出版社，2013：22.

④ 沙玛·加甲. 彝族人物录[B]. 呼和浩特：内蒙古教育出版社，1997：293.

族回族苗族自治县，称为“八大先生”的八家大毕摩的经书有约近千册，在这一时期也几乎被销毁殆尽，所剩无几。[①]彝族传统信仰的基础，主要还不是唯物主义，因此在“破四旧”和“文化大革命”两场文化浩劫中，毕摩人数锐减，经书数量锐减，根基已经被深深地动摇，愿意学习毕摩和从事传统经籍传承的人更少了。在体现彝族传统信仰最为坚固的丧葬仪式活动中，除了凉山彝族自治州等之外，大部分彝族地区逐渐采用了汉族的丧葬祭奠方式，不再延请彝族毕摩和使用彝族传统经籍。就是连彝族十月年，彝族火把节等传统的年节，都已经很少见到，绝大多数地方的彝族都与汉族一样主要过春节、端午节、中秋节等年节，也过元旦节等西方传入中国的节日了。彝族传统宗教信仰形式已经不可挽回地走向凋敝、衰落，逐渐融合到以汉族的信仰形式为主的其他信仰之中。

三、小部分地区的复苏

彝族传统宗教信仰有一定的复苏，一些地区开始恢复正常的传统信仰活动。这是在中国实行改革开放政策以后，党的民族政策和宗教政策在对“文化大革命”的拨乱反正中，不断地恢复到法治的轨道上，不断地在科学决策中得到贯彻落实。这些表现在彝族年节活动和彝族传统文化生活的逐渐恢复上，表现在允许彝族地区的自治地方开始落实年节放假等之中，表现在一些地方通过依托旅游发展等植入了彝族传统文化的元素，等等。

改革开放之后，在彝族自治地方如凉山彝族自治州等一些彝族自治地方，年节放假基本得到落实。在此同时，年节期间的祭祀活动也逐步得到了认可与恢复，比如凉山彝族自治州过彝族年时比照汉族春节放假三天，火把节也放假。

除了在彝族自治地方，彝族传统节日得到节日放假的待遇之外，一系列的民族政策的优惠，也使彝族群众认识到党和政府对待传统文化的传承越来越重视。在 20 世纪 80 年代到 90 年代时期，三个影响较大的事件把人们引向了对彝族传统文化的重视。一个是以刘尧汉先生为旗手的“中华彝族文化学派”的诞生。他们出版了一套“彝族文化研究丛书”，计划出版 50 本书（最后出版了 42 本），采用“寻找山野妙龄女郎”的人类学的田野调查方法，对彝族传统文化进行一次系统的发掘、整理、研究，对彝族的十月太阳历、彝族医药、彝族天文学、彝族宇

① 陈乐基，王继超. 中国少数民族古籍总目提要——贵州彝族卷（毕节地区）[M]. 贵阳：贵州民族出版社，2010：前言.

宙观、中国文明的源头等进行了破天荒的挖掘、介绍，有的观点打破了长期以来被学术界认为已经是定案的历史观。例如，把金沙江作为中国文明的一大源头，等等，引起了学术界的重视。这个学派的影响力主要在学术界和彝族精英人物中，它对彝族群众的影响是一个慢慢渗透的过程。另外一个是各省、地市州和县区市彝学会的成立。彝学会的成立，在群众中的影响却十分直接，因为每一年的彝族十月年、彝族火把节，不同层级的彝学会都会组织一些活动，包括学术活动、文艺活动与竞赛、年节祭祀活动、娱乐活动、联谊活动等，参加的人员既有彝族领导干部、专家学者、文艺界人士、企业家等，还有大量的群众参加，其影响力几乎遍及彝族聚居区和彝族人口较多的杂居区。这些活动对推动彝族传统文化的苏醒、复兴起着十分重要的作用。三是大量彝文古籍的搜集、整理、翻译、出版。特别是贵州省毕节地区彝文翻译组组织翻译并公开出版了《西南彝志》《彝族源流》《彝文金石图录》《彝族指路丛书（贵州卷一）》等，中央民族大学组织编译了《宇宙人文论》《增订〈爨文丛刻〉》《彝族〈指路经〉译集》等，云南省少数民族古籍办公室组织翻译出版了《云南少数民族古籍丛书》（其中有彝文古籍《祭龙经》等若干部经籍）。彝族传统文化的影响逐渐扩大开来。

由于年节祭祀的需要，彝族传统文化传承的代表人物毕摩，开始受到人们的重视，毕摩经籍也随之引起人们的关注。在凉山彝族自治州美姑县成立了中国毕摩文化研究中心，召开了多次毕摩文化研讨会，收集了上千卷彝族毕摩经籍，毕摩人数恢复发展到近千人。贵州省毕节地区彝文翻译组，在“文化大革命”结束后得以恢复，重新聘请了多名彝族老毕摩加入彝文古籍翻译队伍；毕节地区的大方县、威宁彝族回族苗族自治县、赫章县、纳雍县等恢复或新成立了民族古籍办公室；六盘水市民族宗教事务局、盘县、六枝特区等也恢复或新成立了民族古籍办公室。在楚雄彝族自治州，成立了云南社会科学院楚雄彝族文化研究所，聘请了一批毕摩加入该所工作，参加经籍的收集、整理与翻译。大量的毕摩经籍得以收集进入相关机构，毕摩又重新受到政府的重视，得到彝族民间的尊敬，逐步恢复了一些祭祀和传承经籍的活动。

在上层的带动之下，在各种机构、组织的示范效应的鼓舞下，彝族民间也开始恢复了传统的信仰仪式与年节活动。例如，最早以省一级为主组织的彝族火把节活动、彝族年活动，重心逐渐下移，逐步向以市、地、州为主并且向县、乡下移，进入21世纪，有的乡村都能够自己组织火把节活动了。[①]彝族传统的丧祭活动逐步恢复，毕摩有了赖以生存的基础，有了一定的经济收入，可以公开地进行各种仪式与活动了。近年来，椎牲祭祀的风气在少部分彝族地区得到恢复，在凉山彝族自治州的少数地方，老人去世后，打杀牺牲动辄数十头的情况，时常见于媒体的报道。特别是个别彝族企业家，有了雄厚的经济基础，也把财力用于传统祭祀方面，贵州省盘县就有企业家延请十多个毕摩举行仪式、念诵经籍，打杀数十头牛举行"尼目"祭祖大典的情况。

这些情况主要发生在大大小小的彝族聚居区，没有占据彝族居住区域的大部分，也不是彝族发展的主流，它体现的是彝族传统文化在一定区域内的回潮或者说是复苏，影响面还是很有限的。但是，这些情况说明党和政府的政策转好之后，彝族传统文化的生态环境得到了改善，在经济发展解决了温饱之后，彝族人民开始注重自己的传统文化的发扬与传承，通过举行一些传统的仪式活动，争取在社会上有较高地位、有好的名誉。特别是知识与文化水平的提高，让许多人了解到并不是每一个民族都有自己创造的文字，也不是每一个民族都有用各自民族文字来写作的经籍和历史，加上对彝族在西南地区历史上曾经建立过方国、土司政权并且统治了很长的历史时期的了解，使彝族人民增强民族认同和社会认同，增强了民族自信心和自豪感，从而对彝文经籍的认识提高到了一个新的高度。

四、外来宗教信仰的回潮与侵蚀

对于中国来说，真正的本土宗教是道教，还有被一些外国学者称为"儒教"的儒家文化。对于彝族来说，一些原始信仰包括自然崇拜、图腾崇拜、祖先崇拜、神灵崇拜等就是该民族的传统宗教，特别突出的核心信仰又是祖先崇拜。除此之外的其他宗教，都可以称为外来宗教，只是它们传入中国的历史有早有晚，本土化的时间有长有短而已。例如，佛教传入中国的时间较早，魏晋时期就已经本土化，成为中国的主要宗教信仰形式之一。伊斯兰教传入中国的时间要晚于佛教，它是随着信仰该教人群迁徙到中国境内，把这个宗教带入中国，并且很快在西北地区和其他一些从外国迁入的民族的地区落地生根。而基督教则是近代以后才传入中国，不过其本土化的过程很快，到了民国时期已经被蒋介石、宋美龄等中国

① 根据《毕节日报》的报道，贵州省纳雍县新房彝族苗族乡河头村2013年和2014年举行了两次火把节活动。

领袖人物所接受，在民间也有一定的基础。天主教的传入与基督教传入的时间大致相当，在中国有一些信众。

中国西南地区的彝族，除了信仰自己的传统宗教外，近代以来，有一部分人改信基督教。例如，法国传教士保禄•维亚尔（Puol Vial）从近代到民国时期，在云南省路南县（今为石林彝族自治县）传教多年，学习了彝文之后，编纂了《法罗字典》，并且用彝文翻译《圣经》教义问答录，编辑成《纳多库瑟》供信教的彝族群众使用。[①]英国传教士柏格理（塞缪尔•波拉德，Samuel Pollard）主要在滇东北的昭通和黔西北的威宁传教，建立了石门坎教会，他也在川南一带的彝族地区游历，写下了《在未知的中国》，该书记述了他在贵州省的威宁和四川省的凉山一带游历的际遇，其中专门谈到了彝文经籍问题。[②]他建立的石门坎教会影响很大，一度成为民国时期西南地区少数民族科学文化知识传播最好的地区。为便于传教，柏格里还在这里创制了拼音苗文和拼音彝文，称为“格柜文字”，也称为“波拉德文字”。英国传教士党居仁，民国时期也在黔西北地区的赫章县结构乡建立结构教会，在这个彝族聚居区进行传教活动。但是，在这些地区传教也有一定的风险，例如，接续柏格理继续在石门坎教会传教的一个传教士，在民国时期就被当地土匪抢劫、杀害了。

这些外来宗教传入彝族地区之后，虽然还不是彝族宗教信仰的主流，但是他们的教规、教义和活动形式，对一部分彝族群众有强大的吸引力，符合一些彝族群众的信仰需求，解决了一些彝族群众的精神需求，同时解决了一些彝族群众的困难和问题，因此在一些地区扎下了根基。

新中国成立以后，中国建立了社会主义制度，西南地区的外国传教人员全部回到了各自国家，而国内信仰基督教、天主教的信众，有的不再信教，少数信徒加入了中国的“三自爱国运动委员会”。外来宗教信仰失去了制度环境的支持，逐渐萎缩，有的渐渐湮没无闻了。特别是经历了“文化大革命”后，许多接受外来宗教的群众都已经停止活动，有的即使有一些信徒，也没有公开活动，而转入“地下活动”形式。

---

① 黄建明，燕汉生. 保禄•维亚尔文集——百年前的云南彝族[C]. 昆明：云南教育出版社，2003：233-456.

② [英]柏格理，[英]邰慕廉，[英]王树德，[英]甘铎理，[英]张绍乔，[英]张继乔. 在未知的中国[M]. 东人达，东旻翻译注释. 昆明：云南民族出版社，2002：339-348.

中共十一届三中全会以后，中国迎来了改革开放的大好时期。这一时期，中国农村的土地制度改革实行了家庭联产承包责任制，进一步解放和发展了农村的生产力。广大农民在解决了温饱问题之后，文化生活和精神需求问题进一步凸显出来。在广大彝族地区，彝族群众的信仰需求也随之强烈起来。这种信仰需求，表现为对各自民族传统文化的关注、重视和重新学习，也表现为对曾经信仰过的外来宗教的回溯与追忆。

在一些曾经经历过外来宗教信仰影响的地区，一些彝族群众重新捡拾起已经多年没有信仰过的外来宗教信仰，重新走进因为落实政策而得到恢复的教会、教堂，重新依法登记成为教徒。这些情况在前述的石门坎教会等地都有发生。在贵州省赫章县的兴发乡新营村，这个曾经受到过基督教影响的彝族地区，许多彝族群众放弃了传统的祖先崇拜信仰，转而信仰了基督教，修建了新教堂，定期参加礼拜活动。[①]在赫章县的结构乡，在老的结构教堂还可以使用的情况下，由于信仰基督教的群众人数增多，2014 年夏季，在老结构教堂的旁边，又新修了一个比原来教堂更大的礼拜堂。[②]2012 年 5 月 1 日，笔者到赫章县的雉街彝族乡、珠市彝族乡、威宁彝族回族苗族自治县的板底乡等彝族聚居区进行田野调查，遇到赫章县妈姑镇九股水村彝族老人阿维毕摩，他的全家都信仰基督教，希望他放弃传统彝族宗教信仰也改信基督教，他十分苦恼。他向笔者展示了他随身携带的一本经籍《哪史纪透》。后来，他把自己从事毕摩职业所使用的经籍，包括《直吼数》《翁菊摩数》《以陡署》《赠署》《哪史纪透》《扎数》等，都转让给了毕节学院彝族文化博物馆，等于放弃了传统的彝族宗教信仰。[③]这从一个侧面反映出了外来宗教重新在彝族地区得到承认之后的发展，反映出了外来宗教对彝族传统信仰的侵蚀正在逐步扩张，连专业的传统信仰的传承人毕摩也难以抵御这股强大的力量。

即使是受过现代教育的当代彝族教师、干部，由于所生活的环境中，曾经有过基督教的传播，有教堂，有教会，这些在党和政府的政策好转之后，通过落实政策等形式恢复了教会活动，依法进行重新登记，有序开展礼拜仪式，个别彝族

① 陈兴才，杨姣. 彝族基督教信仰的变迁——以赫章县兴发乡新营村为例[J]. 毕节学院学报，2013(6)：33-34.

② 笔者于 2013 年 7 月开展的实地调查。

③ 源于 2012 年 5 月笔者的实地调查。

教师也加入了基督教会，在去世后，不再以传统的彝族丧祭仪式举办丧礼，而是以基督教的仪式举行丧礼仪式。[①]在彝族聚居区的威宁彝族回族苗族自治县板底乡，这个曾经以收录进中国第一批非物质文化遗产名录的彝族古戏《撮泰吉》而闻名于世的彝族地区，现在大部分彝族群众都信仰了基督教。在举行人生最后最重要的丧礼仪式的时候，绝大多数都以基督教的形式举行吊唁了。2012 年 5 月笔者到该乡调查的时候，乡里边为保护彝族传统文化，实行了彝族群众如果以传统的形式举办彝族婚礼、丧礼，乡里给予一千到数千不等的人民币现金奖励。2013 年，笔者在这个乡的乡政府所在的村，参加了一个彝族老从的葬礼，是用基督教的仪式举行的葬礼。

五、重建的渴望

新中国成立之后，彝族人民享受到了较好的教育，知识文化水平有了很大的提高。特别是改革开放以来，国家实施义务教育，对少数民族进行了一定的扶持、资助，彝族人民的教育文化水平正在稳步提高，一批彝族子弟上了大学，少数学生考上硕士研究生。同时，中国共产党对少数民族干部的培养和使用，让彝族干部在干部群体中的数量得以增加。这些变化所带来的一个新情况，就是以大学生、干部为主要群体的彝族精英人士，对彝族传统文化传承的关注、重视。清朝以来的“改土归流”，当代的“破四旧”和“文化大革命”，对彝族传统文化的破坏是很大的。彝族精英人士对此有切肤痛感。同时，随着人们收入的增加，中国的旅游热潮扑面而来，除了对风景、名胜的观光之外，对自己之外的异民族的风俗、风情、饮食、歌舞、服饰等的猎奇心理，使民族文化旅游成为一种时尚的消费，也催生了对作为西南地区世居民族的彝族了解的欲望。彝族内部对民族文化传承的强烈关注，与外部旅游对彝族文化了解的巨大需求，两相结合，使社会对彝族传统文化的重视排到了日程上来。这其中，对重建彝族传统信仰的渴望，是一个重要的方面。这在以下的一些案例中体现出来。

云南省楚雄彝族自治州在 20 世纪 80 年代，在刘尧汉教授带领下创建了“中华彝族文化学派”之后，把学术成果运用到文化建设和旅游发展中来。20 世纪 90 年代，他们在楚雄市选择了一块地盘，修建了彝族十月太阳历广场。其中的

① 源于 2012 年笔者在毕节市殡仪馆参加了一个彝族教师的以基督教仪式举办的丧礼吊唁活动。

一些浮雕上刻画上了彝族传统信仰中的神话故事，中心的观测坛上所立的图腾柱，刻画上了彝族的图腾崇拜物。进入 21 世纪，楚雄彝族自治州开始规划、建设“彝人古镇”，数十亿元投资中，也把彝族文化建设纳入其中，在古镇的一个小广场上，雕刻摆放了彝族十兽，这是彝族古代的一种纪历方式，其中也有不少是彝族图腾崇拜物。①

云南省昭通市，也很重视彝族历史文化的挖掘，特别是对彝族传统信仰中祖先崇拜这一核心问题进行深入的思考，于 2010 年在昭阳区郊区建设了彝族六祖广场，把经常被视为彝族共同祖先的“笃慕”雕像塑造在一座小山上，小山前面的一个平顶圆山被削平后，塑造了笃慕的六个儿子即“彝族六祖”雕像。2011 年，六祖广场建成，在昭通市还召开了“滇川黔桂彝文古籍协作第十四次会议”和“全国彝学学术第九次研讨会”，这两个学术会议以研讨彝族古代的迁徙为主题，讨论了彝族“六祖分支”的地点、彝族的族源地和彝族祖先崇拜等问题，出版了相关的论文集。论文集中收录了《盘县彝文指路经内容浅析》等与彝族传统经籍相关的文章。②通过学术会议的形式，增大对彝族祖先崇拜信仰形式的共同认识，以期加强彝族的民族认同和文化认同。③

云南省玉溪市峨山彝族自治县也建设了一个“阿普笃慕文化园”。④阿普笃慕是对笃慕的尊称，他就是彝族六祖之父，常常被认为是彝族的共祖。

除了前述的四川省凉山州美姑县成立了中国毕摩文化研究中心，时常举行一些毕摩文化研讨会之外，2012 年 8 月和 2014 年 11 月，贵州省彝学研究会会同毕节市彝学研究会，分别在毕节市的百里杜鹃风景名胜管理区召开了两次毕摩文化研讨会，前一次研讨会后还出版了专门论文集。⑤

上述各种情况后面的一个重要的信息就是，彝族精英人物对彝族传统信仰的重建，有一种急迫的渴望，这也符合彝族人民在生活有了保障之后，要寻找自己文化传统的潮流。而这些需求又是彝族地区的党委、政府需要通过发掘彝族传统

---

① 根据新楚雄网(www.xincx.com)和楚雄网（新版楚雄信息港）(www.chuxiong.ccoo.cn)资料整理。

② 云南民族学会彝学专业委员会，昭通市民族宗教事务局. 云南彝学研究（第八辑）——滇川黔桂彝文古籍协作第十四次会议暨全国彝学学术第九次研讨会（昭通）论文专辑[C]. 昆明：云南民族出版社，2011：497-511.

③ 根据昭通在线(www.0870.ccoo.cn)资料整理。

④ 峨山网（http://www.yxes.gov.cn[2010-5-20]）.

⑤ 毕节市彝学研究会，百里杜鹃管理委员会，禄绍康. 毕摩文化论文集[C]. 昆明：云南民族出版社，2013.

文化来提高旅游的品质，吸引游客消费，从而发展地方经济、增加人民福祉，这就是各地以彝族历史人物、传统文化为内容的设施得以重新建设的原因。

第三节　彝族传统经籍文学的传承

一、经籍传统传承方式的式微

彝族传统经籍文学的传承，首先是依赖于彝族传统经籍的存在，同时依赖于掌握和使用彝族传统经籍的毕摩的存在。而这两个前提条件，又与其外部的政治形势、历史发展、生产生活水平，以及内部的彝族人民对自己传统文化特别是传统宗教信仰的需要、对毕摩和经籍的需求等，内外生态系统相统一，才能谈得上如何传承的问题。缺少外部环境的支持不行，缺少内部的需求也不行。从前文的介绍和分析中，已经看到了彝族传统信仰形式的变迁，也看到了彝族毕摩的大致生活状态，同时也对彝族的传统经籍传承情况有所了解。在此，再具体地对彝族传统经籍文学的传承情况作一些描述与分析，进一步认识它的传承生态，以期找到相应的对策。

从总体上看，彝族传统经籍包括彝族经籍文学的传承，以传统方式传承的形式逐渐式微，主要体现在几个方面。一是在全球化和现代化的过程中，使用彝语的人群迅速减少。以贵州省毕节市纳雍县新房彝族苗族乡为例，这里 2010 年达到 50 岁的彝族人基本上都会一些彝语，而 30 岁以下的彝族，基本上不会说彝话了。同样的情况在威宁彝族回族苗族自治县的板底乡也已经发生，这里的年轻一代人，读完初中之后外出学习、工作，就已经不再说彝语了。这种母语逐渐消失的情况在整个西南彝族地区是普遍发生的。熟悉彝语的人少了，需要通过彝语来学习和使用的彝族经籍，自然人数也就少了。二是原有毕摩数量的锐减。毕摩是一个非常专业、传统的职业，需要通过学习才能习得技能。随着现代生活方式进入彝族地区，特别是彝族孩子们接受了当代的科学文化知识教育之后，对于彝族传统的信仰形式有了新的认识，对其中的一些非唯物主义的东西主动给予扬弃。这些孩子长大之后，自然融入了现代生活之中。日常病患等过去在医疗之外要经常请毕摩驱鬼禳邪的情况，都交给医生来医治而不再驱鬼念经。他们也不再传承彝族传统信仰，当然不再延请毕摩举行一些仪式和活动。毕摩失去了信众基础，数量锐减。如前述凉山彝族自治州的美姑县，毕摩人数出现增加的情况，只是个别的案例，已经不具有普遍意义。在前述的新房彝族苗族乡河头村这样的彝族村寨，甚至有些乡镇，已经找不到一个毕摩。三是毕摩已经很难招收到徒弟。笔者在贵州省毕节市的威宁县、纳雍县、赫章县、七星关区、大方县等县区进行田野调查的时候，拜访了为数不多的一些毕摩，他们都在为自己招不到徒弟而烦恼。根据彝族毕摩的禁忌，毕摩职业和经书如果不能传承下去，是要受到神灵的惩罚的，严重的还会殃及后代（如后代生怪病）。他们都愿意无偿地、无私地传授毕摩知识与技能，但是很少有人招收到徒弟。四是传统的手抄经籍的方式受到严重挑战。现代复印技术、照相技术的发达，影响到了彝族经籍传统的手抄方式。根据传统，毕摩带徒弟毕汝学习经籍，徒弟每学习一部经籍，其都要亲手抄写两本，一本交给毕摩老师，一本归自己学习和使用。但是这种情况也已经难以为继。2009 年毕节地区彝学研究会与毕节学院联合举办过一期为期一年的毕摩学习班，所用的教材即毕摩经籍全部是复印的，要求学员每学习一部经籍都要抄写两本。笔者参加了这次学习，所有 20 个学员中，只有少数几个学员完成了任务。纳雍县新房乡阿龙科村的张氏毕摩，为了把经籍传承下去，曾经花钱请其他民族的青年到自己家里来抄写家传的毕摩经籍。

另外，传统的经籍传承，往往与毕摩举行的仪式活动相结合，不是孤立地进行的。在举行仪式的过程中，要使用牺牲、器物、神枝、纸火等，其中还有毕摩的许多手势、口传经文、动作、姿态等，甚至一些经籍念诵到某个章节的时候，要根据仪式服务对象的情况临时加进一些人名、亡者名字或者其他词语，这些都不是写在经籍中的，需要学徒直接跟毕摩一起实践做法事时才能学习到。现代社会的生活节奏越来越快，在徒弟跟师傅学习的过程中，有时很难遇到有人请毕摩去做彝族传统的仪式，致使毕徒没有学习这些经籍之外却与经籍密切相关的仪式，因而造成只会念诵书本上有字的经籍，而不会在相应的地方加入应该加的名字和口头经文。特别是现代摄像、摄影技术比较发达，大家在学习时可以使用别的毕摩举行仪式活动所拍摄的录像做教材，认为暂时学习不到的东西，可以从别的地方用别的形式弥补，跟自己的师傅学习的时候也会不太认真和专心，背诵经籍或记住仪式的功夫下得不深。

总之，这些实际情况，对传统的经籍传承方式带来诸多不利的影响，让经籍的传统传承方式经受着很大的考验，经籍的传统传承甚至不可避免地日渐式微了。

二、信仰传承与经籍传承的分离

在过去，彝族的传统宗教信仰与经籍的使用是分不开的，举行仪式与活动必须结合相应的经书和相关的器物，才是完整的一套。随着历史的发展彝族的信仰传承与经籍传承，出现了分离的情况，而且这种趋势越来越明显。这可以从外部形势的改变和内部需求的转变两个方面得到说明。

彝族传统经籍，属于祖先崇拜类和驱邪禳鬼类的经籍远远多于其他类别的经籍，在祖先崇拜类经籍中，用于丧祭仪式经籍又是这类经籍中数量最多、使用频率最多的经籍。祖先崇拜是彝族传统信仰的核心，因此，对丧祭信仰的研究和对丧祭类经籍使用情况的考察，对于传统信仰传承中经籍的使用情况，具有比较强的代表性。

贵州省的毕节市是全国四大彝族聚居区之一，人口 80 多万。居住在市区的彝族，主要是国家干部和事业、企业单位职工。根据毕节市的殡葬改革管理规定，人去世后一般在三天内必须处理丧事。这个规定是针对所有人的，包括城区的彝族也不例外。近年，各县区也实行类似的规定，凡是干部职工都要执行。这个规定还正在向农村推进。可以预见，在不久的将来，毕节市包括广大彝族地区的干部群众，都在同一规定下处理丧事。同时，除了当地的政府规定之外，居住于城市的毕摩非常之少，在许多县城基本上没有，要想在三天以内及时请到毕摩，请毕摩到达殡仪馆，到达祭祀的现场，也是相当困难。这样，彝族传统的丧事的处理，一般要根据逝者的生辰、死期、命运值星、相生相克情况确定的丧祭仪式，将会无法落实，虽然还可以根据彝族的风俗习惯，省简掉一些程序，举行简单的象征性的仪式。这样，彝族传统的祖先崇拜的信仰，仍然可以在举行丧礼等仪式时继续传承，但是，许多程序和用物，都会不可避免地缩减、省并、放弃，一些经籍的使用也会因为没有程序和仪式而失去依附，自然没有了用武之地。皮之不存，毛将焉附？而那些不得不念诵的经书，如果能够请到毕摩（多数只能根据老人生病的情况预约了），可能只需要象征性念诵开头的一节、几节，中间的一节、几节，结尾的一节、几节。这种形式，在传统的彝族丧礼仪式活动中，根据事主的要求，或者毕摩的主张，有时候也是允许的，但还不是普遍的情况而只是特殊的个案。由于形势发生变化，这种情形可以在调和政策的硬性规定和彝族的信仰需求之间，成为能够找到的一条折中的道路，用以解决信仰需求与政策规定之间的矛盾问题。

外部形势改变造成传统信仰与经籍相分离的另外一种情况，是民俗与旅游的结合。这是较为广泛存在的情况。在云南省滇南的一些彝族地区，传统的祭龙仪式，既有过去祈雨求福等的功能，也具有了表演的形式，作为对旅客开放的节目之一。在这些仪式与活动中，要把大部头的《祭龙经》全部念诵完毕，需要耗费相当长的时间，无论是彝族群众，还是远来的游客，都没有等待很长时间的耐性。因此所念诵的《祭龙经》，往往只是选择其中的一部分。

从内部需求改变的情况来看，主要是现代生活的影响比较大。现代社会交通发达，信息传播迅速，工作节奏快，人们对变化和发展的要求急迫，对一些需要耗费大量时间、人力、物力、财力的活动，往往缺乏耐心。彝族的丧葬礼俗，是彝族人生礼俗中最为重要的活动。一般一个人去世，丧礼时间不会少于三天。在过去，则要根据去世者的具体情况测算日期，少则三天，多的有长达十天以上的情况。所耗费的物力、财力也是最多的，彝族谚语“死人不吃饭，家产去一半”描写的就是这种情况。这些与现代社会生活的节奏与方式，是有相当大的冲突的。因此，即使是拥有雄厚财力、时间比较充裕的事主，在举行丧礼时也要考虑社会发展变化的形势，考虑亲戚、朋友的承受力，也不能任性地举行耗时过长的丧礼仪式了。2012 年 1 月，贵州省威宁彝族回族苗族自治县猴场镇藤桥村彝族企业家陈某的父亲去世，本来有雄厚的财力举行丧礼，但是也没有耗费过长的时间。在延请毕摩举行祭祀的时候，也只请了一位主祭毕摩，所念诵的经籍也只限于彝族称呼为“塔雨斗，塔仇煮”，即念诵一部《解冤经》，念诵一部《晚祭献酒经》，这种丧礼殡葬仪式，俗称为“半堂法事”。[①]这种“塔雨斗，塔仇煮”，是贵州省境内彝族普遍举行的丧礼仪式，已经被广大彝族群众所接受。也就是说，就是有条件举行很完整的祭祀活动，社会环境的限制和历史发展的潮流，已经不允许充分的展示传统信仰仪式的全部过程。要完成全部“一堂法事”，所念诵的经籍自然要比“半堂法事”的经籍要多，所延请的毕摩不止一个。因此，从形式上看，传统信仰的形式虽然被传承下来了，但是许多经籍在这样的丧礼仪式中并没有使用上，即没有在具体的仪式、活动里传承。

内部需求的变化与外部形势的变化，都是造成彝族传统信仰仪式的传承与彝

---

① 笔者参与了这场丧礼，并且作了田野调查作业。

族传统经籍的传承渐次分离的主要原因。随着时代的发展，这些因素都出现了不可逆转的局势。因此，信仰的传承与经籍的传承分离的形势，也是一个不可逆转的过程。

三、传统信仰传承弱化与改变对经籍传承产生影响的情状

信仰的传承逐渐弱化，信仰的改变，对彝族传统经籍传承的影响是很大的。这两种情况，都是当代彝族传统文化逐渐式微的表现，也是彝族传统经籍难以继续按过去传统的方式再传承的表现。

信仰逐渐弱化的情况，在彝族地区十分普遍。这种情况的主要表现，就是新一代人，有的虽然还能够讲彝语，自己也生活在彝族聚居区，但是现代科学知识的普及和信息化的覆盖，许多新知识都是通过汉语、外语传播，特别是民生工程实施的推进，电视、广播"村村通""户户通"工程，都是用汉语进行信息传播，传统的彝语文，就是在升学、考试、就业等方面，面对全国、全世界的时候没有什么优势，只是在少数彝族自治地方有用武之地。这样，彝族传统的信仰如最为隆重的丧祭活动仪式等，其中打牛、念经等，与外面的世界相比较，明显已经格格不入。

这样，有的地方，老一代毕摩去世之后，再也没有人继承毕摩职业，显然也就没有再使用经籍。但是毕摩后代出于某种传统的禁忌或者其他考虑，并没有立即把经书封存起来，不再光顾，而是采取其他办法，勉强让经籍流传下去。这种情况较为传奇的例子，就是前面举出的贵州省纳雍县阿龙科村张氏毕摩的后裔，请其他民族的青年帮助抄写经籍的事情。这个例子说明这些地区的毕摩或者一些彝族群众，并没有完全放弃自己的传统信仰，但是也没有再进行传统的信仰仪式活动，只是用自己认为可以接受的方式，勉强把自己的祖先传承下来的经籍，通过一种新方式保存下去。还有一个比较传奇的例子，是纳雍县水东乡的高氏毕摩家族，其后代已经不能从事毕摩职业，在彝族内部也没有人继承他家的毕摩职业，老毕摩只好把他的职业传授给一个汉族人张氏。但是，张氏继承了毕摩职业，举行法事、各种仪式、活动却被认为不灵验，后来采取了一个办法，张氏从事毕摩活动的时候，请了老毕摩的一个男性后代参与，法事就灵验了，这种状况至今还继续进行着。[①]实际上，张氏毕摩所从事的已经不是传统仪式的祭祀等活动，而是

① 1999年8月笔者在该县水东乡从事彝文古籍搜集、登记时调查到的情况。

混合了一些彝族传统信仰仪式形式和一些汉族信仰仪式形式和内容的活动。但是无论举行的彝族传统信仰仪式活动还是汉族信仰仪式活动，只有高氏老毕摩的这个后代参与了，所做的法事被事主和群众接受，才能被认为是成功的。高氏老毕摩的后代参与，并不从事任何工作，只要把老毕摩的彝文经籍背着去参加就可以了。这样的经籍传承方式，不知能够沿传多久，连他们从事这个事情的人，心中也没有底。但是明显的一条，就是这两个人合起来当作一个老毕摩用的人在世的时候，经籍的保存大概是不会有问题的。

一种情况是在专门的职业学校传承。过去成立的彝文学校，如四川省彝文学校等并不从事经籍的传授和学习（近年虽然有所改变）。一些大专院校如中央民族大学等，举办过彝文古籍专业大专班，虽然也学习和研究彝文经籍，但主要是从事翻译和研究，而不以传承经籍为业，虽然客观上也起到一点传承的作用。而贵州省威宁彝族回族苗族自治县，在 2012 年经贵州省教育厅批准成立了贵州省毕节彝文双语职业学校，是中专层级的学校。该校的一个重要职能，就是培养彝族职业毕摩，当然，学习和传承毕摩经籍，是其中的一个主要任务。①这种情况，只此一家，在其他省区是没有的。但是就后来的情况看，由于第一届学生毕业后就业有一定困难，生源成了新的问题。

还有一种是培训班的传承模式。20 世纪 80 年代，毕节地区民族和宗教事务委员会就举办过这样的培训班，不过参加学习培训的是在职毕摩。1999～2000 年，贵阳市春风私立学校，举办过一期贵州省的毕摩学习班，这个学习班的生源，主要是在职的毕摩，在对他们进行必要的彝族历史、文化、经籍知识的教育之后，他们仍然回到自己的村寨去从事毕摩工作。严格说来，这不算是新的经籍传承方式。2009 年毕节学院与毕节地区彝学研究会共同举行的为期一年的毕摩培训班，其中有一部分学员，也是从事过毕摩职业的人，这部分人从事经籍传承也不是新方式，其中的另外一部分没有从事过毕摩职业的人，却学习到了如何做毕摩并取得了毕业证书，他们对经籍的传承也起到了一定作用。但是据事后的跟踪调查，这部分人只有少数几个从事毕摩职业。这种模式较为成功的一人例子，是丽江市彝学会举办的一个老毕摩带一个新毕摩，一对一进行传授，包括各种经籍的学习、

① 吴雪瑞．毕节彝文双语职业学校开正式开学[N]．彝学网．2012-3-4.

仪式、活动、用牲、插枝等，学成一个毕业一个，毕业之后即能从事毕摩工作。[①]

以上这些是信仰弱化之后，彝族传统文化在毕摩逐渐减少和部分消逝的情况下，采取的一些信仰传承与经籍传承的形式。在已经没有毕摩或者毕摩也改信其他信仰的地方，出现的又是另外一番景象。

一种情况是遭遇灾害之后，经籍损失。20 世纪 80 年代，贵州省纳雍县阳长区黄家屯彝族苗族乡阿龙科村安氏毕摩的木房遭遇了一次火灾，挂在楼上的毕摩经书同时被焚毁。由于没有人承继毕摩的职业，安毕摩也没有再去借其他毕摩的经书来抄写和使用，他的经书从此也归于无形。在该县董地苗族彝族乡的尖山村嘎吉寨，陈氏曾经是世袭的毕摩，后来没有人再从事毕摩职业，他家的经书就被搁置起来。1998 年笔者到该村从事彝文古籍搜集、登记的时候，陈某良所保存的 17 部经籍已经十分腐朽，用手一提起来，朽烂的书页如同落叶纷纷掉下。但是，陈某良却不愿意将这些经籍转让给该县民族和宗教事务委员会收藏。时间过了十多年，这批经籍可能早就腐烂完了。

还有另外的情况，就是毕摩因为形势所迫，改信了别的宗教信仰，或者不再从事毕摩职业，自己亲手封禁了毕摩经书，或者自己亲手销毁自己的经籍。贵州省威宁彝族回族苗族自治县的龙场镇，就有一个毕摩因为改信了其他宗教，把自己的经书封装捆扎，送到了一个无人知晓的岩洞中去，举行一个仪式表示永不再开启和使用，也不允许别人开启和使用。这捆经书只能慢慢地在岩洞中朽烂了。在贵州省赫章县的结构乡，出于前述同样的原因，有一个毕摩就把自己多年来一直使用的经籍，亲自点火烧毁了。改变信仰后还能把经籍传承下去的较好的一种情况，就是前面说到的赫章县妈姑镇九股水村的阿维老毕摩，他把自己的经书转让给了大学的彝族文化博物馆，让这批经书能够以适当的方式得以保存。

第四节　构建和谐社会语境下的政策

用发展着的马克思主义指导中国社会主义建设，用科学的发展观指导中国发展，构建和谐发展的社会，这是中国当下的主流，也是指导彝族社会发展的思想。彝族的传统信仰，虽然没有发展成为现代宗教，但是也按照宗教发展的固有规律，

---

① 2014 年 11 月 19 日，全国彝学研讨会第十次会议在四川省西昌市邛海宾馆举行期间，丽江市彝学会会长杨文彬先生在学术交流时的介绍。

形成了自己的体系和特色。如何在构建和谐社会的语境下，采取适当的政策，规范和引导彝族群众的信仰需求，让彝族传统经籍也能够通过适当的方式传承下去，需要结合彝族发展的历史和当代的形势认真思考，提出对策。

一、分类引导彝族传统信仰与社会主义社会相适应

中共的十六大确定的新时期宗教工作的基本方针是，全面贯彻党的宗教信仰自由政策，依法管理宗教事务，积极引导宗教与社会主义社会相适应，坚持独立自主自办原则。这四句话是中国共产党在执政多年的实践中进行不断探索，对马克思主义宗教观的继承和发展，是中国特色社会主义理论体系的重要内容，也是正确认识和处理社会主义初级阶段中国宗教问题的指南。这四句话反映了中国共产党对群众的宗教信仰需求的重视，反映了中国共产党对宗教工作的重视，也反映出中国共产党在复杂的宗教信仰意识形态理论上不断总结、探索而走向成熟，保持了处理宗教等复杂问题的清醒。这也是思考构建和谐社会语境下彝族传统信仰政策所依据的基本方针。

彝族由于居住在广阔的西南大地上，所处的地区不同，发展的情况不一样。特别是在新中国成立之前，云南的一部分彝族地区如滇东北、滇南已经产生了资本主义生产关系的萌芽，而云南的其他地区绝大部分已经进入封建地主经济形态；贵州省则还处在封建社会，小部分地区甚至还处在封建农奴制社会；四川省的大凉山地区基本上还是奴隶社会或农奴制社会；各地的彝族社会发展非常不平衡。经济基础的不同，也影响着传统信仰、传统文化发展的水平。大小凉山地区基本上还完整地保留了原始宗教的各种形态，而云南、贵州省的多部分地区已经受到了汉文化的影响，传统的信仰已经动摇，有的甚至已经改信汉族的信仰。新中国成立以后，无论处在什么发展状态的彝族地区，都一起进入了社会主义社会，享受到国家统一的教育、文化、医疗、卫生等的支持，科学文化知识有了很大提高，社会发展也比较快。但是，传统的力量是很大的，在有的彝族地区，还保留着深厚的彝族风俗习惯的惯性，对传统的依赖还很大。因此，彝族的传统宗教信仰问题，也要根据不同的情况，按照中国共产党的宗教工作“四句话”的基本方针，进行分类引导，让群众在能够接受改革的同时，把有价值的信仰特别是作为古籍的经籍传承下去，为世界文化宝库保留一份遗产。

例如，凉山彝族自治州至今仍然保持着独特的火葬习俗，这在过去一个时期

被看成不太好的习惯，在当下看来，却是非常符合科学的，是值得保持和发扬的。通过适当的丧祭仪式，念诵一些经书表达消除冤愆、洁净灵魂的观念，不但科学地处理了彝人的后事，也能够让经籍得以传承，是值得积极引导的。在贵州省的黔西北彝族地区，2014 年毕节市已经普遍推行火葬制度，该制度必将逐步推广到农村去。这些地区的彝族，虽然已经在清代“改土归流”以后，与汉族和其他民族一起实行了土葬制度，然则火葬毕竟是彝族古代的一种主要葬式，当下在彝族地区推行火葬的阻力必定很小。规范和引导这些地方的彝族群众，举行适当的仪式，念诵一些经书给亡灵指路、送别，也会取得事半功倍的效果。云南彝族地区的旅游很发达，无论是昆明的石林，还是滇南的红河，滇西的大理等，通过电影《阿诗玛》和其他一些彝族文艺形式的宣传、广告，彝族文化与旅游的结合十分紧密，起到了文化与经济融合发展的作用。在这些彝族地区，在保留核心特质不变的前提下，对彝族传统文化包括传统宗教信仰进行适当的改造，使其既符合彝族人民发展的需要，也符合地方经济发展的需要，是完全可以做到的，而且部分已经做到了。

因此，在社会主义社会，彝族的传统文化不是一成不变的，它也还处在改革、发展、变化、转型之中。只要了解彝族地区发展的历史，彝族文化发展的轨迹，彝族人民心理的需求，通过分类引导，可以让彝族的传统宗教信仰逐步走到与社会主义社会相适应的道路上来，避免许多不必要的麻烦。

二、把彝族传统文化纳入国家文化建设发展中考量

经济建设、政治建设、文化建设、社会建设、生态建设都是中国当下重大的建设工程，是中国共产党执政为民的重大工程。彝族文化是中国文化的重要组成部分，是推动社会主义文化大发展大繁荣的有生力量，取其精华，弃其糟粕，把它纳入社会主义文化建设的大格局中考量，引领其向先进文化方向发展，是一项重要的工程。

例如，在小康社会建设中，在美丽乡村建设中，彝族聚居区、杂居区的村寨建设中，可以发掘优秀的彝族传统文化元素，吸收其中的精华部分，加入到房屋建筑、村寨牌坊、文化墙、文化走廊等的修建之中。彝族传统经籍中的支嘎阿鲁神话故事，龙图腾、鹤图腾、杜鹃图腾、蕨草图腾等，太阳崇拜、星辰崇拜、月亮崇拜，笃米躲避洪水泛滥的故事等，都有优美、丰富的内涵。这些神话与传说，

在彝族经籍中都能找到，在彝族民间口头传说中还在流传。把它纳入乡村建设的总体规划，作为重要的文化元素融会贯通，与群众的精神需求紧密结合，会得到群众的欢迎和积极参与。当前，在凉山彝族自治州的乡村建设中，就有成功地融会了彝族传统文化包括信仰文化的内涵，在房屋山墙上绘制彝族神话传说、民间故事的成功事例。

在彝族地区的旅游文化建设中，也可以大量挖掘彝族传统文化的内涵，融入旅游设施的建设中。云南省楚雄彝族自治州建筑的彝族十月太阳历广场，昭通市建设的彝族六祖广场，峨山彝族自治县建设的阿普笃慕文化园，丘北县普者黑彝村建设中的虎形象寨门，等等，都是在彝族地区旅游中充分挖掘彝族传统信仰中的丰富内容并加以合理利用的成功典型。这其中都体现有彝族祖先崇拜信仰、图腾崇拜信仰的内涵，体现了彝族历史上的发展轨迹和在当今的文化传承。有的园区建设中，还把彝文经籍的内容写在了建筑物上。例如，贵州省赫章县的夜郎文化广场，就把彝族祖先一支的情况，写在了当地发掘出来的文物铜鼓的模型之上。

特别是在国家文化部、财政部颁布了《藏羌彝文化产业走廊总体规划》之后，对除了滇南等部分彝族地区之外，滇、川、黔的大部彝族地区，都纳入了规划之中，凉山彝族自治州、楚雄彝族自治州、毕节市等彝族聚居区都纳入了核心区域。各地要积极行动起来，结合各自地区的实际情况，认真分析和仔细研究彝族文化与产业发展如何形成走廊，充分搜集、整理、挖掘彝族古籍、彝文经籍的历史文化价值、科学传播价值、旅游开发价值、产业发展价值，通过适当的载体、平台，在文化得到一定的展示的同时，促进文化产业和文化经济的发展。这样寓保护与传承于开发和利用之中，把文化建设与经济建设有机结合起来，所起到的作用将是其他保护与传承的途径无法比拟的。这样，文学故事的欣赏，经籍文化的传承，经济社会的发展，都能够步入一个良性互动的生态之中。

三、适当照顾部分彝族群众的信仰需求

生存环境的压迫、人类历史发展的局限，往往是人们在人间之外寻求非人间的力量解决自己所遇到的困难的一种普遍的方式，也是神话、宗教、巫术等产生的基础。因此，在生产力发展还处在不能解决一切生存问题，科学的发展还不能解释出现的一切疑难的时候，宗教信仰仍然有它存在的基础，仍然不能完全被科学所取代。同时，在漫长的历史长河中形成的传统文化，具有特别强大的惯性，

不可能通过一些人为的力量就马上得到改变。彝族传统文化包括宗教信仰，是彝族历史发展的过程中长期的文化积淀形成的。在当代，生活在西南万山丛中的彝族人民，生产、生活条件得到了一定的改善，与全国人民一道行进在全面建设小康社会的大路上。但是地理区位十分恶劣，生产条件十分落后，所能接受到的科学科学知识教育很不充分，传统风俗习惯的势力仍然主宰着部分群众的思想意识，这就形成了彝族群众中，有一部分人仍然坚持着自己千百年来形成的传统宗教信仰。根据中国共产党的政策和国家的法律，适当照顾这部分群众的信仰需求，是当前各项工作中的一项重要工作。

充分尊重与积极引导相结合。这是中国共产党的政策要求与群众信仰需求两方面都要辩证把握好的工作方针。顺应人民群众的呼声，满足人民群众的需求，体现在充分尊重彝族部分群众对传统信仰的依赖上，体现在充分尊重彝族群众的保持或者改变自己的风俗习惯的权利上。同时，时代的发展，人类的进步，不以少部分人的意志为转移，要积极引导这些群众多多放眼关注物质世界，多多关注身边变化，逐渐转变传统生活方式和思想观念，与时代一起进步，与大众一起前进。

关照现实与注重未来相结合。现实的困境虽然限制了人们的生产、生活特别是思想方法和处理问题的方式，困扰着人类发展的各种困难虽然一时难以克服，对现实需求的关照也必须尊重现实，遵循逐步发展的规律。考虑问题，解决困难，都站在现实的立场上。部分彝族传统的信仰与对毕摩和经籍的需求，是现实生活中暂时无法取代的惯性依赖，这些在当下还需要得到应有的关照。同时，随着全面建设小康社会的步伐的推进，彝族地区将逐渐得到中国共产党和政府的大力扶持，教育、文化、医疗、卫生、住房、交通、电力等各个方面都处在改善的进程中，对未来发展的信心是支持彝族群众发展的重要精神力量，也是改变传统信仰和依赖过去生活方式的重要动力。要给这部分彝族指明发展的道路和前进的方向，不能听之任之，放开不管，要引领他们和全体人民一起走向共同富裕、共同发展的明天。

立足中国与坚持“三自”相结合。一些彝族地区曾经在近代接受过外来的宗教。改革开放和中国共产党的民族、宗教政策渐渐好转之后，被取缔的教堂、被撤销的教会得到了恢复重建，过去转入“地下活动”的一些信徒和教牧人员，重新依法登记开展活动。这对这些地区的彝族群众必定带来新的影响。有的群众放弃了自己的传统民族宗教信仰的同时，转入这些外来宗教教会，改信了这些宗教。根据党的十六大确定的宗教工作的“四句话”方针，要依法加强对这些信教群众的引导管理工作，坚持独立自主自办教会，坚持自治、自养、自传的“三自”原则，不得接受外来干涉，听命于外。

文化传承与科学发展相结合。文化传承是民族地区和少数民族的一个重大使命，要坚持“取其精华，弃其糟粕”的原则，对传统文化进行必要的选择、扬弃，保护和弘扬优秀传统文化，扬弃那些落后于时代阻碍着发展的落后文化。彝族传统信仰文化良莠不齐，精粗互见，要认真作好甄别、遴选，符合先进文化发展方向的、符合科学精神的，加以保护和发展；那些大量屠杀耕牛、大量消耗物资和钱财以表示财力物力雄厚而实际只是为了争面子的不良消费方式，那些祖先崇拜中暗含着家支比拼、家支林立、山头主义、冤家械斗的做法和意识，一些不符合当代科学和卫生知识的生活方式，都要毫不犹豫地给予扬弃。大力推广凉山彝族自治州曾经做过的为没有窗户的房屋开窗户的“开窗户行动”，从席地而坐到坐上凳子的“小板凳行动”等做法，促进文明的生活方式。在保护传承经籍的时候，可以继续过去手工誊抄经籍的方式，也要利用当代的信息技术、电脑工具等，开发计算机传统彝文信息处理技术，把彝文经籍录入电脑，用科学的方法保护传统经籍，使其推广和利用得更加方便、快捷科学、合理，范围更加宽广。让对经籍有需求的群众得以学习和掌握，让对经籍文学感兴趣的读者得以鉴赏和研究。

四、人类学视野下的经籍传承政策思考

人类学视野下的彝族传统经籍，与一些其他学科的视角比较接近，如文化学、社会学、民族学；与另外一些学科的视野又有很大不同，特别是政治学、军事学等。当前，从人类学的视角认识人类发展的历史，认识人类发展的未来，是一个十分重要的取向。它可以检视中国过去一些政策在制定和执行中出现的问题，校正将来对待少数民族古籍、传统信仰方面正在执行的政策，调整未来政策的制定和执行，很好地推进少数民族和民族地区的发展，为全面建设小康社会，实现中华民族伟大复兴的中国梦，有着重要的意义。

做好政策制定的前期调查研究。这项工作十分重要，它可以校验一项政策有无必要制定，制定政策的前提条件是什么，需要解决哪些问题。如果是老政策的调整、中止，是因为什么问题、什么原因。我国的文化政策中，涉及少数民族和

民族地区特别是与彝族有关的较大的一项政策，就是2014年颁布的《藏羌彝文化产业走廊总体规划》。这一重大政策的制定，四川大学研究藏彝走廊的学术团队，作出了前后长达十年左右的调查研究的努力，为此项政策的制定打下了雄厚的调查研究基础。彝族传统信仰与经籍文学传承方面的政策，要好好地借鉴这个做法，为政策制定提供有力的基础研究和前期调查。

上下结合做好政策制定。经籍传承政策的制定，一定要坚持上下结合。既有顶层设计的开阔视野和前瞻性眼光，又要有扎实的基层调查研究的功夫，在政策制定的过程中遵循“上下来去”的原则，反复征求各个方面的意见和建议。特别是经籍传承政策牵涉到传统宗教信仰的问题，牵涉到人的问题和物的问题，牵涉到政府层面的问题和民间大众的问题等，面宽而事杂，而不仅仅是古籍的抢救、搜集、保护、开发利用和传承，需要了解和掌握彝族群众和其他民族的群众，干部和毕摩等，许多细致的工作都需要听取大家的意见。因此，一个政策文本在制定的初期，就要对上面负责，对下面负责，对牵涉到的方方面面负责。不能仅仅靠前期的调查研究就做出政策决策，政策制定过程中也有许多工作要做。进入21世纪，一些老的古籍政策虽然仍然行之有效，但是事易时移，人世变迁，政策的效力正在递减，有的已经过时，需要制定新的少数民族古籍包括经籍的抢救、保护和传承政策，充分调动民间的积极性、政府及其部门的积极性、企业家和社会力量的积极性充分参与，使一些渐渐弱化和淡化的古籍抢救与保护、传承与利用的工作，得以在新政策的制定和实行中重新开展起来。

踏石留印久久为功，做好政策执行。经籍传承往往与传统的信仰紧密联系，对待信仰的态度如何，直接影响到经籍传承政策的执行。任期制和干部的更替也往往直接影响到经籍传承政策的执行。过去那种换一任领导干部就要彻底兜底翻一次政策的做法，使一些行之有效的政策、制度、办法等时常地折腾，政策执行者往往无所适从，久而久之便形成等待观望、看看再说的心理，不积极执行政策而是积极向领导的思想看齐。许多领导干部因为政绩观的扭曲，缺乏一任接着一任干、功成不必在我的坚守精神。特别是经济工作中心的导向，使许多干部没有把文化建设放在应有的位置，提到工作的日程上来，往往重视抓经济建设，轻视或者忽视文化建设。特别是许多干部对少数民族古籍缺乏了解，对民族工作有畏难情绪，对经籍的文化价值、文学价值、科学价值等没有认识，就更谈不上执行好有关古籍、经籍保护与传承的政策了。因此，要提倡踏石留印抓铁有痕的精神，执行好已经制定的政策，贯彻落实党和政府对民族古籍工作的有关政策，从人类学认识事物的角度，充分认识少数民族古籍、经籍是人类非物质文化的宝藏，是人类文明记忆遗产，其中有许多优质神话传说等文学价值极高的经籍，值得一代又一代人去保护与传承。

适时做好政策检查与调整更新。任何一项政策都有其生命周期，对少数民族古籍、经籍的保护与传承的政策也是这样的。有的政策生命周期较长，有的则较短。例如，20 世纪 80 年代国务院就下发过关于抢救和保护少数民族古籍的相关政策，其中，“救书、救人、救学科”的政策，至今仍然是行之有效的政策。进入 21 世纪，国务院办公厅于 2007 年又下发了《关于进一步加强古籍保护工作的意见》，接着国家民族事务委员会和文化部于 2008 年下发了《关于进一步加强少数民族古籍保护工作的实施意见》，这些都是国家层面上的顶层设计和政策。各级政府和有关部门，都应该及时清理、检查过去与此相关的政策，能够适应群众需求和形势发展的可以坚持下去；不能与时俱进、已经落伍的，应该及时调整更新，保持政策的连续性和生命力。

结语　彝族传统经籍研究对文学人类学的贡献

彝族传统经籍文学研究，主要是从人类学特别是文化人类学的视角对彝族传统经籍进行文学研究，也就是说，主要是以文化人类学的文学研究为主，也兼顾文学的人类学研究。彝族传统经籍是世界文化宝库中的重要宝藏，也是世界艺术宝库中的璀璨明珠，无论是从文艺鉴赏的角度，还是从文化研究的角度，甚至从医学、科学研究的角度，都具有多方面的开发利用价值。从人类学的角度对彝族传统经籍进行文学研究，只是其中的一种研究方式，也只能发明其中的一些内涵。然而，从我们的研究中也可以发现，彝族传统经籍对文学人类学有重要的贡献。

一、为文学发生提供还原的新证

文学发生是文学人类学重要的研究领域，是从人类学的视域研究文学产生的起点问题。在对彝族传统经籍的研究中可以发现，传统经籍的产生，最早源于彝族古代对自然的认识，对人生的想象，以及一些特殊的人如传统宗教职业人士苏尼的迷狂。

彝族传统经籍中的《献山经》《祭祀土地神经》《祭水经》《治星经》等，都有古代彝族对自然界的山岳、土地、水、星辰等的认识，这些认识未必符合现代科学原理，也未必与同一地域的其他人群的认识完全合拍，但是它是彝族特殊的认识自然、认识世界的方式，在古代乃至当今，许多彝人的思想观念和思维方式，仍然还在这种传统的惯性之中运行，还在这种文化的濡化之中传承。

彝族经籍的《义妈扎》（解梦经）、《吉禄弄》、《扎数》、《息察数》特别是《玄通大书》，对解释人类的梦，解释人类应该享受的福禄寿缘、灾难与幸福的指数等，都有具体的推演和数据说明，这其中有一些是有比较严密的数学运算，而大多数则是对灾难与福禄的到来与推动的想象的演绎，是对人生祸福的还原与预测，有的得到了现实结果的验证，有的则会成为永远的谜团。

在彝族传统宗教执业人员中，毕摩是使用经籍的，而苏尼却没有经籍，也不使用经籍。苏尼在为人们解释病患之源，解除病痛苦难的时候，凭借一定的形式进入迷狂的状态，呈现出一种非人的形式，口中念念有词，解释各种罹患病症的原因，施行各种奇怪的治疗。这些口头词语，既不传承给他人，也没有文字的记录。每举行一次仪式、活动就根据苏尼进入迷狂状态的情况随机发出，仪式、活动结束，苏尼苏醒，一切都归为乌有，再难寻觅踪迹，也没有人去追寻已经使用完毕的苏尼的话语。但是，苏尼在巫术中的语词，却是一种曾经发生过的存在，从文学发生学的角度来看，也是一种发生了的文学形式，是一种没有传承下来的形式，是一种自生自灭、即生即灭的文学形式。它还原了彝族经籍文学产生的另外一种方式，也为文学发生提供了一种新的实证。

因此，从人类学的角度看，彝族不同于其他民族的思维方式和文化存在，为人类学的文学发生提供了此前还没有被研究到的新证。

二、为文学形式发展从口碑到文字转型提供新证

“三代以上，人人皆知天文。”说的是远古时期的人类，为了生存和发展，必须而且已经掌握了观察天象、掌握历法的知识，借以指导农牧业生产。这种情况，在近代的彝族社会中还存在着，在当代一些彝族聚居区如四川省凉山彝族自治州的美姑县等地，也还存在着；在一些彝族与其他民族杂居的地区，50 岁以上从小就说母语的彝族，也还存在类似的情况：他们能够推算结亲、嫁女的良辰吉日，能够从事简单的祭祀活动，能够做一些简单的驱邪与禳解仪式，还有治疗一些疾病的方法，等等。

彝族传统文化的保留，就是说彝族还能像三代以上的人类自己从事一些文化学习与传承，表现在彝族传统经籍的学习和传承中，即使不懂彝文的人只要熟悉彝语，也有一些口头的经文可以学习和传承。这就是说，对于彝族传统经籍，在这些地区还保留着一些古老的口传形式，这些口传形式是彝族经籍从口传到文字记录过程的活化石。

在黔西北彝族地区，当下还会说彝语的彝族，每当到彝族十月年、彝族火把节，或者过春节等年节时，一般都要举行一些祭祀活动。公众、大型的活动一般

请毕摩主持、举行，家庭中的祭祀特别是每家每户祭祀自己的祖先时，则在家中进行，由主人准备和陈列出一些祭品之后，自己念诵敬献酒馔的口头经文《献酒经》和一些祭祀祖先的经文内容。这些地方60岁以上的彝族老人，无论男女，在孩子受到惊吓表现出失魂落魄迹象的时候，问明孩子跌跤或受惊吓的地点与情状后，准备一个鸡蛋就可以为孩子举行招魂仪式，他们都会念诵一些口头经文《招魂辞》。这种情况，在彝族聚居的凉山、红河等地区也比较普遍。这些《献酒经》《招魂辞》，有的绝大部分与被毕摩们记录在经籍中的内容是相同的，有的则有一些差异。

口传经文、口碑经籍在彝族社会中还有大量的留存，也还在社会生活中传承、使用着。从已经出版的《彝族毕摩经典译注》106卷中，可以看到还有18卷口碑毕摩经典，占了总数的18%。而这些还是毕摩们经常使用的口传经籍，不包括整个彝族社会中普通民众传承和使用的具有传统宗教性质的口头经文。这18卷毕摩经籍，只是用语音记录的方式记录和出版，还没有转变成文字文本，不是彝文经籍形式。但是，如果用彝文把这些经籍译写下来，它就变成了彝文毕摩经典。2015年2月1日，《彝族毕摩经典译注》的主编朱琚元先生在中国彝族古代文明记忆遗产学术研讨会期间对笔者说，根据有关领导的新要求，这18卷口碑毕摩经典，还是要用彝文译写下来，成为彝文经典。这一个事例，说明彝族传统经籍的文本形式，口碑文献的部分正在从口传的形式发展到文字记录、描写的形式，正在形成书面的文献、文学文本。从文学人类学的角度看，这些例证为文学形式发展从口碑向文字转型提供了新证。

三、对文学新材料的发现与新种类的丰富

在人类学的研究或者文学人类学研究之中，很少有牵涉到关于彝族或者彝族传统经籍的内容。从文化人类学的视野看待、思考和研究彝族传统经籍文学，也没有专门的著作。发掘彝族传统文化中经籍所占的位置，发现彝族传统经籍的文学价值，跳出传统文学研究的框架从一个全新的视角来研究经籍与文学的关联，彝族传统经籍必然是一种新的材料，是一个前人没有涉足过的领地。

从前对彝族经籍的文学研究，也有从传统的文学视角进行的思考与分析，这主要集中在对《指路经》等比较常见的经籍。从另外一个方面，例如，宗教的角度研究彝族传统经籍的，也因为宗教与经籍不可分离的特点，要经常描述和分析

彝族传统经籍。这些宗教视角的经籍研究，当然也免不了涉及传统经籍的文学价值，但是所选择的角度是宗教的视角，所采用的方法也是传统的文学分析方法。例如，对经籍语句的诗歌特征的描述，对一般修辞手法特别是比喻等运用的揭示等。从文化人类学的文学研究角度来看待彝族传统经籍，借鉴所谓“六经皆史”的文化与历史分析方法，特别是建立“凡经皆文”的新思路来看待和研究彝族传统经籍，无疑会发现新的、丰富的材料。

在中国，文字学家常常说中国只有“两个半”自源性文字，一个文字是汉字，一个文字是彝文，半个文字是没有完全形成体系的纳西东巴文。彝族传统经籍，主要是以彝文为记录、描写符号书写出来的彝族古代宗教经典。单是从文字经籍的角度上来看，它都有新品种的特殊意义与价值。近年来，大量彝族传统经籍的翻译与出版，其中绝大部分都把彝文原文放在了书籍中，这些彝文原文，可以提供给研究家以新的研究品类，这是以前的文化人类学家、以前的文学研究家、以前的文学人类学者没有办法接触到的新文献。可以说，这为文学人类学研究提供了新的研究对象，继而发现新的文学种类。

四、对文艺美学具体形式的丰富

彝族传统经籍，无论是口头传承的形式，还是文字的书写文本，绝大多数都是以彝语特有的五言体诗歌句式为表达形式。五言体诗歌在其他民族的古籍与文学形式中也有，但是在历史发展的长河中，不断发展和更新。例如，汉语诗歌，五言诗在汉魏时期最为盛行，而且是汉魏时期汉语诗歌的代表性句式，唐代时期则发展成以七言诗句为代表形式了。但是像彝族这样几千年来，无论是在口头传承中还是在文字书写中，都一直坚持五言句式的情况，在世界上是少见的。这与彝族古代文学一直是经籍占据主流，起着主导作用的情况是分不开的。同样，民间传统的宗教生活，要使用一些有经文性质的口头传统的时候，也是以诗歌特别是五言诗句为其主流，这也许也是与宗教生活的神圣性质和神秘性质分不开的，进而使民间传统信仰也都具有的宗教的发生，使其所使用的口头传统也具有的经籍诗歌的性质，从而为保留诗句的五言形式提供了信仰的基础。

彝族传统经籍格律形式中，除了与其他民族文学形式相同的谐声（汉语中有的只涉及双声）、押韵、押调等之外，彝族诗歌中所独有的“扣”的韵律形式，是其他民族的宗教经籍中所没有的。

彝族传统经籍文本整体的结构形式，例如，起头与结尾的方式，结尾与收掩的方法，中间叙事与铺排的程序，与传统仪式结合使用的具体仪式规程等，也为彝族所独有而其他民族所没有。特别是彝族传统经籍的诗歌文本中，有许多地方都采用了彝族独特的“三段诗”的结构形式，这是独具一格的诗歌结构和格律形式，有其独特的韵律要求与程式结构。这些都丰富和发展了文艺美学的具体形式，使文化人类学视域的文学美学形式更加丰富多彩、形态各异而个性突出，而文学也在人类学的领域中发现了新的表达形式。

五、送祖慰灵文学功能的新发明

在文化人类学的视野中，文学有禳灾的功能，也有治疗的功能，这两大项功能的研究，也一直是文学人类学所重视的领域。对彝族传统经籍文学的研究，使文学的功能有了新发明，这就是送祖、慰灵的功能。

彝族的传统信仰形式虽然多种多样，有自然崇拜、图腾崇拜、祖先崇拜、神灵崇拜等，现代社会又融入了其他宗教信仰。但是纵观几千年的彝族传统宗教发展史，最为盛行、至今不衰的却是祖先崇拜。祖先崇拜的盛行，产生了大量的仪式活动和大量的传统经籍，从老人去世的时候起，一直到把祖灵送入特殊的岩洞，到若干代后举行“尼目”大典时重新把祖灵请出来清洁和祭祀，等等，所有的仪式都有经籍伴随其中。

无论是传统的研究重点或是当下的文学人类学研究重点，对文学功能的开掘和发明，都重在文学对人的作用方面。从文化人类学的视角来研究彝族传统经籍的文学功能却不是这样，它有其特殊的功能和作用。例如，过去的文学研究对其传统功能发明，主要集中在文学的教育功能、认识功能和审判功能三个方面；而文学人类学的研究对文学功能的发明，也主要集中在文学的治疗功能和禳灾功能两个方面。但是占据了彝族传统经籍主体的大量的经籍文学作品，却是用于安慰祖灵（包括刚刚去世的老人）、敬送祖灵、祭祀祖灵，如大量的《献酒经》《献茶经》《献水经》《献药经》《献牲经》《供牲经》《更换祖灵筒经》《招灵经》《合灵经》《送灵经》《送魂经》《送祖灵经》等。从另外一个角度看，安慰和敬送神灵，首先是活着的子孙们的要求，而不是祖人的要求。然而文化传统的惯性，风俗习惯的约束，道德规范的要求，都必须从对祖先的礼敬与送别中得以体现。逝者不得安顿，生者也不能安生。这样，送祖与慰灵，成了彝族传统社会生活的重大任务，即使是已经逝世许多年的祖人，如果没有举行慰灵活动和送灵仪式，子孙的任务也始终是没有完成的，这就是近年来由于生产、生活条件的改善之后，一些彝族地区又重新兴盛起祭祖送灵活动的文化人类学的解释。从这些新情况中，可以发现这是文学人类学视角从彝族传统经籍中得到的文学功能的新发明，这样的功能，它所针对的不是具体的活着的人类，它所针对的是已经成为祖先的另外一个世界的人类。

从以上所举数端可以看到，彝族传统经籍文学的研究，为人类学的文学发生提供了新证，为文学形式发展从口碑到文字文本的转型提供了新证，发现了文学的新材料和文学的新品类，丰富了文学的美学形式，发明了文学的新功能，从多个方面拓展了文学人类学的新领域，是对文学人类学的新贡献。

参 考 文 献

一、著作（按在书中出现的先后顺序排列）

1. 黄建明，巴莫阿依. 中国少数民族原始宗教经籍汇编 • 毕摩经卷[M]. 北京：中央民族大学出版社，2009.

2. 李达三. 比较文学研究的新方向[M]. 台北：台北联经出版公司，1978.

3. Frazer J. G. *Folklore in the Old Testament*[M]. London：The Macmillan Company，1923.

4. [美]勒内 • 韦勒克，奥斯汀 • 沃伦. 文学理论[M]. 刘象愚，邢培明，陈圣生，李哲明译. 南京：江苏教育出版社，凤凰出版传媒集团，2005.

5. 叶舒宪. 文学人类学教程[M]. 北京：中国社会科学出版社，2010.

6. 费孝通，等. 中华民族多元一体格局[C]. 北京：中央民族大学出版社，1989.

7. Rothenberg，J. & Rothenberg，D. *Symposium of the Whole*：*A Range of Discourse Toward an Ethnopoetics*[M]. Berkeley：University of California Press，1983.

8. [美]古斯塔夫 • 缪勒. 文学的哲学[M]. 孙宜学，等译. 南宁：广西师范大学出版社，2001.

9. [美]波德瑞. 苏格拉底也是大禅师[M]. 王雷泉译. 台北：台北考古文化公司，1998.

10. [法]格里马尔迪. 巫师苏格拉底[M]. 邓刚译. 上海：华东师范大学出版社，2007.

11. [古希腊]柏拉图. 柏拉图文艺对话集[M]. 朱光潜译. 北京：人民文学出版社，1963.

12. Lewis，I. M. *Ecstatic Religion*：*A Study of Shamanism and Spirit Possession*[M]. 3rd edn，London：Routledge.

13. [法]福柯. 古典时代的疯狂史[M]. 林志明译. 北京：生活 • 读书 • 新知三联书店，2005.

14. 赵秉理. 格萨尔学集成 • 第三卷[C]. 兰州：甘肃民族出版社，1990.

15. 杨洪恩. 民间诗神——格萨尔艺人研究[M]. 北京：中国藏学出版社，1995.

16. 刘亚虎. 南方史诗论[M]. 呼和浩特：内蒙古大学出版社，1999.

17. [德]康德. 通灵者之梦[M]. 李明辉译. 台北：台北联经出版公司，1989.

18. 王明贵. 奥吉戈卡彝学研究[C]. 北京：中国文史出版社，2013.

19. 李平凡，颜勇. 贵州六山六水民族调查 • 彝族卷[C]. 贵阳：贵州民族出版社，2008.

20. 陆刚. 撮泰吉调查研究文集[C]. 贵阳：贵州大学出版社，2012.

21. 母进炎. 黔西北文学史[M]. 贵阳：贵州大学出版社，2011.

22. 格萨尔(藏文精选本)[M]. 北京：民族出版社，2000.
23. 江格尔(汉文全译本)[M]. 乌鲁木齐：新疆人民出版社，2004.
24. 玛纳斯[M]. 乌鲁木齐：新疆人民出版社，1991.
25. [日]藤野岩友. 巫系文学论[M]. 韩基国译. 重庆：重庆出版社，2005.
26. 楚雄自治州人民政府，夜礼斌，杨洪卫，李红民. 彝族毕摩经典译注·一百零六卷[M]. 昆明：云南民族出版社，2007—2012.
27. 黄中祥. 哈萨克英雄史诗与草原文化[M]. 北京：中央编译出版社，2007.
28. 王明贵. 彝族(中国少数民族人口丛书)[M]. 北京：中国人口出版社，2013.
29. 印度古诗选[C]. 金克木译. 长沙：湖南人民出版社，1984.
30. [秘鲁]维洛多. 印加能量疗法——一位人类学家的巫士学习之旅[M]. 许桂绵译. 台北：生命潜能文化公司，2002.
31. [美]杰米森. 躁郁之心[M]. 李欣荣译. 台北：天下远见出版公司，1998.
32. [美]杰米森. 疯狂天才[M]. 王雅茵译. 台北：心灵工坊公司，2002.
33. [美]杰米森. 天才向左 疯子向右[M]. 刘莉花译. 北京：中国人民大学出版社，2008.
34. [美]罗伯特·蓝迪. 戏剧治疗——概念理论与实务[M]. 李百麟，等译. 台北：心理出版社，1998.
35. [西非]梭梅. 非洲马里多玛——原住民的治疗智慧[M]. 江丽美译. 台北：台北智库文化公司，2000.
36. [美]约翰·内哈特. 黑麋鹿如是说[M]. 宾静荪译. 台北：立绪文化事业有限公司，2003.
37. [美]欧文·亚隆. 诊疗椅上的谎言[M]. 鲁宓译. 台北：张老师文化公司，2000.
38. 叶舒宪. 文学与治疗[C]. 北京：社会科学文献出版社，1999.
39. 陈明. 殊方异药——出土文书与西域医学[M]. 北京：北京大学出版社，2006.
40. 叶舒宪. 现代性危机与文化寻根[M]. 济南：山东教育出版社，2009.
41. 刘小幸. 彝族医疗保健——一个观察巫术与科学的窗口[M]. 昆明：云南出版集团公司，云南人民出版社，2007
42. [美]汤普森. 世界民间故事分类学[M]. 郑海，等译. 上海：上海文艺出版社，1991.
43. [美]苏珊·桑塔格. 疾病的隐喻[M]. 程巍译. 上海：上海译文出版社，2003.
44. Goux，J. J. *Oedipus，Philosopher，Translated by Catherine Porter*[M]. Stanford：Stanford University Press，1933.
45. 武汉大学简帛研究中心. 简帛·第一辑[C]. 上海：上海古籍出版社，2006.
46. 田仲一成. 中国戏剧史[M]. 云贵彬，等译. 北京：北京广播学院出版社，2002.
47. 马立三，普学旺. 云南民族古籍丛书·祭龙经[M]. 普学旺，杨六金，梁红，普璋开，罗希吾戈译注. 昆明：云南民族出版社，1999.
48. 彭兆荣. 文学与仪式：文学人类学的一个文化视野[M]. 北京：北京大学出版社，2004.

49. 庄孔韶. 人类学概论[M]. 北京：中国人民大学出版社，2006.
50. 黄淑娉，龚佩华. 文化人类学理论与方法[M]. 4 版. 广州：广东高等教育出版社，2013.
51. 夏建中. 文化人类学理论学派——文化研究的历史[M]. 北京：中国人民大学出版社，1997.
52. 杨向奎. 宗周社会与礼乐文明(修订本)[M]. 北京：人民出版社，1997.
53. 饶宗颐. 饶宗颐二十世纪学术文集 • 卷一[C]. 台北：台北新文丰出版公司，2003.
54. 刘胜康，熊宗仁，王子尧. 中国西南夜郎文化研究文集 • 卷一[M]. 贵阳：贵州民族出版社，2005.
55. 陈长友. 彝文金石图录 • 第一辑[M]. 成都：四川民族出版社，1989.
56. 陈长友. 彝文金石图录 • 第二辑[M]. 成都：四川民族出版社，1994.
57. 王继超，王世忠，龙正清. 彝文金石图录 • 第三辑[M]. 成都：四川出版集团，四川民族出版社，2005.
58. 田明才. 支嘎阿鲁传[M]. 贵阳：贵州民族出版社，2006.
59. 勒俄特衣[M]. 成都：四川民族出版社，1981.
60. 禄智忠，禄炳忠. 哪哩传奇[M]. 罗光华，王光亮译. 贵阳：贵州出版集团，贵州民族出版社，2011.
61. 巴莫曲布嫫. 鹰灵与诗魂[M]. 北京：社会科学文献出版社，2002.
62. 赵德光. 阿诗玛国际学术研讨会论文集[C]. 昆明：云南民族出版社，2006.
63. 赵德光. 阿诗玛研究论文集[C]. 昆明：云南民族出版社，2002.
64. 李力. 彝族文学史[M]. 成都：四川民族出版社，1994.
65. 左玉堂. 彝族文学史(上、下册)[M]. 昆明：云南民族出版社，2006.
66. 杨继中，芮增瑞，左玉堂. 楚雄彝族文学史[M]. 昆明：中国民间文艺出版社，1986.
67. 芮增瑞. 彝族当代文学[M]. 昆明：云南民族出版社，2002.
68. 沙马拉毅. 彝族文学概论[M]. 太原：山西教育出版社，2001.
69. 罗曲，李文华. 彝族民间文艺概论[M]. 成都：巴蜀书社，2001.
70. 罗曲，曾明，杨甫旺. 彝族文献长诗研究[M]. 北京：中国社会科学出版社，2009.
71. 李平凡，王明贵. 彝族传统诗歌研究[M]. 贵阳：贵州民族出版社，2008.
72. 王子尧，刘金才. 夜郎史传[M]. 成都：四川民族出版社，1998.
73. 角巴东主. 格萨尔王传(汉译本)[M]. 北京：高等教育出版社，2011.
74. 辛丹内讧(格萨尔王传英译本系列丛书之二)[M]. 北京：高等教育出版社，2011.
75. 康健，王子尧，王冶新，何积全. 彝族古代文论[M]. 贵阳：贵州人民出版社，1997.
76. 王明贵. 彝族三段诗研究(诗选篇)[M]. 北京：民族出版社，2001.
77. 普学旺. 中国彝族谱牒选编 • 云南卷(上、下册)[M]. 昆明：云南民族出版社，2009.
78. 大理白族自治州彝学会. 中国彝族谱牒选编 • 大理卷 [M]. 昆明：云南民族出版社，2008.
79. 张纯德. 云南彝族氏族谱牒译注[M]. 昆明：云南民族出版社，1999.

80. 曲木车和. 中国彝族谱牒选编·四川卷(1～4 册)[M]. 成都：四川民族出版社，2007.
81. 安鸣凤，王继超，王明贵. 阿尼阿景家族发展史[M]. 北京：民族出版社，2013.
82. 王继超，余海. 彝族传统信仰文献研究[M]. 贵阳：贵州民族出版社，2010.
83. 中国社会科学院语言研究所词典编辑室. 现代汉语词典[M]. 北京：商务印书馆，1981.
84. 圣经[M]. 上海：中国基督教协会，1998.
85. 马金鹏. 古兰经译注[M]. 银川：宁夏人民出版社，2005.
86. 欧阳哲生. 丁文江文集·第五卷[M]. 长沙：湖南教育出版社，2008.
87. 陈乐基，王继超. 中国少数民族古籍总目提要——贵州彝族卷(毕节地区)[M]. 贵阳：贵州民族出版社，2010.
88. 王继超，王子国译. 物始纪略·第二集[M]. 成都：四川民族出版社，1991.
89. 王继超，王子国译. 彝族源流·九卷～十二卷[M]. 贵阳：贵州民族出版社，1992.
90. 王继超，王子国译. 彝族源流·五卷～八卷[M]. 贵阳：贵州民族出版社，1991.
91. 王继超，王子国译. 物始纪略·第一集[M]. 成都：四川民族出版社，1990.
92. 冯元蔚译. 勒俄特依[M]. 成都：四川民族出版社，1986.
93. 梅葛[M]. 昆明：云南人民出版社，1978.
94. 贵州省毕节地区地方志编纂委员会点校. 大定府志[M]. 北京：中华书局，2000.
95. 范成大. 桂海虞衡志辑佚校注[M]. 胡启望，覃光广校注. 成都：四川民族出版社，1986.
96. 王继超. 布默战史[M]. 贵阳：贵州民族出版社，2007.
97. 王继超. 彝文文献翻译与彝族文化研究[C]. 贵阳：贵州民族出版社，2008.
98. 杨和森. 图腾层次论[M]. 昆明：云南人民出版社，1987.
99. 孟慧英. 彝族毕摩文化研究[M]. 北京：民族出版社，2003.
100. 朱琚元. 中华万年文明的曙光[M]. 昆明：云南人民出版社，2003.
101. 阿牛史日，吉郎伍野. 凉山毕摩[M]. 杭州：浙江人民出版社，2007.
102. 王明贵. 鹰翎撷羽[C]. 香港：香港天马出版有限公司，2005.
103. 朱崇先. 彝族典籍文化[M]. 北京：中央民族大学出版社，1994.
104. 徐丽华. 北京地区彝文古籍总目[M]. 北京：民族出版社，2011.
105. 陈长友，王继超，禄智义，陈开荣，陈朝贤. 彝文典籍目录[M]. 成都：四川民族出版社，1994.
106. 王继超，王子国. 物始纪略·第三集[M]. 成都：四川民族出版社，1993.
107. 黄建明. 彝文文字学[M]. 北京：民族出版社，2003.
108. 王继超. 摩史苏[M]. 贵阳：贵州民族出版社，2001.
109. 沙玛拉毅. 计算机彝文信息处理[M]. 成都：四川民族出版社，2000.
110. 漏侯布哲，等. 论彝族诗歌[M]. 王子尧译. 康健，王治新，何积全整理. 贵阳：贵州民族出版社，1990.

111. 楚雄民族文化论坛·第三辑[C]. 昆明：云南大学出版社，2008.
112. 张纯德. 彝学研究文集[M]. 昆明：云南民族出版社，1994.
113. 张公瑾. 民族古文献概览[M]. 北京：民族出版社，1997.
114. 马学良. 增订爨文丛刻[M]. 罗国义审订. 成都：四川民族出版社，1986.
115. 黄建明，燕汉生. 保禄·维亚尔文集[C]. 昆明：云南教育出版社，2003.
116. 丁文江. 爨文丛刻甲编[M]. 上海：上海商务印书馆，1936.
117. 马学良. 云南彝族礼俗研究文集[C]. 成都：四川民族出版社，1983.
118. 师有福. 阿哲毕摩经选译[M]. 昆明：云南民族出版社，2006.
119. 龙倮贵，钱红. 滇南彝族原始宗教祭辞[M]. 昆明：云南民族出版社，2004.
120. 钱红，龙倮贵. 滇南彝族尼苏颇殡葬祭辞[M]. 昆明：云南民族出版社，2004.
121. [日]藤川信夫，[中]樊秀丽，[中]普学旺. 滇南彝族指路经[M]. 昆明：云南民族出版社，2009.
122. 石连顺. 指路经(彝族阿细人祭祀词)[M]. 昆明：云南民族出版社，2005.
123. 文成端. 乌蒙彝族指路书[M]. 昆明：云南民族出版社，2002.
124. 苏学文，卢志发，沙马史富. 彝族颂毕祖经通释[M]. 昆明：云南民族出版社，2006.
125. 昂自明. 彝族撒尼祭祀词译疏[M]. 昆明：云南民族出版社，1999.
126. 昂自明. 彝族撒尼丧葬经译疏丧家经[M]. 昆明：云南民族出版社，2009.
127. 昂自明. 彝族撒尼丧葬经译疏舅家经[M]. 昆明：云南民族出版社，2009.
128. 黄建民，昂自明，普卫华. 普帕米[M]. 昆明：云南民族出版社，1988.
129. 达久木甲. 中国彝文典籍译丛·第1辑[M]. 成都：四川出版集团，四川民族出版社，2006.
130. 达久木甲. 中国彝文典籍译丛·第2辑[M]. 成都：四川出版集团，四川民族出版社，2006.
131. 达久木甲. 中国彝文典籍译丛·第3辑[M]. 成都：四川出版集团，四川民族出版社，2009.
132. 吉尔体日，吉合阿华，吉尔拉格. 彝族毕摩百解经[M]. 成都：四川出版集团，巴蜀书社，2010.
133. 沙玛拉毅. 彝族古歌精译[M]. 北京：民族出版社，2013.
134. 果吉·宁哈，岭福祥. 彝文《指路经》译集[M]. 北京：中央民族大学出版社，1993.
135. 陈长友. 彝族指路丛书上·贵州卷(一)[M]. 成都：四川民族出版社，1997.
136. 举奢哲，阿买妮，等. 彝族诗文论[M]. 康健，王子尧，王冶新，何积全翻译整理. 贵阳：贵州人民出版社，1987.
137. 布麦阿钮. 论彝诗体例[M]. 康健，王子尧，王冶新，何积全翻译整理. 贵阳：贵州民族出版社，1988.
138. 王明贵. 彝族三段诗研究(理论篇)[M]. 北京：民族出版社，2001.
139. 陈长友. 黔西北彝族美术 那史·彝文古籍插图[M]. 贵阳：贵州人民出版社，1993.
140. 陈世鹏. 黔彝古籍举要[M]. 贵阳：贵州民族出版社，2004.
141. 巴莫阿依. 彝族祖灵信仰研究[M]. 成都：四川民族出版社，1994.

142. 朱崇先. 彝族祭祖大典仪式与经书研究[M]. 北京：民族出版社，2010.
143. 张纯德，龙倮贵，朱琚元. 彝族原始宗教研究[M]. 昆明：云南民族出版社，2008.
144. [法]杜尔干. 宗教生活的初级形式[M]. 林宗锦，彭守义译. 北京：中央民族大学出版社，1999.
145. 贵州省民族事务委员会民族语文办公室，李生福，张和平. 西行取经记[M]. 贵阳：贵州民族出版社，1998.
146. 陈光明，李平凡. 贵州彝文古籍整理翻译研究[M]. 贵阳：贵州民族出版社，2008.
147. 杨甫旺，普有华. 彝族土主文化研究[M]. 昆明：云南民族出版社，2013.
148. 龙倮贵. 彝族图腾文化研究[M]. 昆明：云南民族出版社，2013.
149. 李忠祥，张庆芬，方贵生. 洪水泛滥[M]. 昆明：云南民族出版社，1987.
150. 普珍. 中华创世葫芦[M]. 昆明：云南人民出版社，1993 .
151. 贵州少数民族民间文学作品选讲[C]. 贵阳：贵州民族出版社，1987.
152. 吉克·尔达·则伙. 我在神鬼之间——一个彝族祭司的自述[M]. 昆明：云南人民出版社，1990.
153. 左玉堂. 云南彝族歌谣集成[M]. 昆明：云南民族出版社，1986.
154. [英]柏格理，[英]邰慕廉，[英]王树德，[英]甘铎理，[英]张绍乔，[英]张继乔. 在未知的中国[M]. 东人达，东旻翻译注释. 昆明：云南民族出版社，2002.
155. 贾银忠. 凉山彝语修辞学基础[M]. 贵阳：贵州民族出版社，1991.
156. 安文新. 贵州彝族回族白话歌谣选[G]. 成都：西南交通大学出版社，1993.
157. 彝族古歌[G]. 王子尧译. 康健，王治新，何积全，王子尧整理. 贵阳：贵州人民出版社，1989.
158. 黄建明. 彝文经籍《指路经》研究[M]. 北京：民族出版社，2012.
159. 王明贵，王显. 彝族源流[M]. 北京：民族出版社，2005.
160. 王天玺，张鑫昌. 中国彝族通史[M]. 昆明：云南出版集团公司，云南人民出版社，2012.
161. 马学良. 彝文经籍文化辞典[M]. 北京：京华出版社，1998.
162. 国家图书馆古籍馆，杨怀珍. 国家图书馆藏彝文典籍目录[M]. 北京：中华书局，2010.
163. 王子国，王秀旭，王秀旺. 载苏[M]. 贵阳：贵州民族出版社，2006.
164. 陈大进. 实勺以陡数[M]. 贵阳：贵州民族出版社，2009.
165. 陈大进. 赫大以陡数[M]. 贵阳：贵州民族出版社，2013.
166. 吉尔体日，吉合阿华，吉尔拉格. 彝族毕摩百解经[M]. 成都：四川出版集团，巴蜀书社，2010.
167. 爱·摩·福斯特. 小说面面观[M]. 苏炳文译. 广州：花城出版社，1984.
168. 沙玛拉毅. 彝族古代文论精译[M]. 王子尧，等整理翻译. 北京：民族出版社，2010.
169. 王继超，阿鲁舍峨. 曲谷精选[M]. 贵阳：贵州民族出版社，1996.

170. 彝语文基础知识[M]. 成都：四川民族出版社，1987.
171. 李民，马明. 凉山彝语修辞[M]. 成都：四川民族出版社，1992.
172. [俄]顾彼得. 彝人首领[M]. 和镑宇译. 成都：四川出版集团，四川文艺出版社，2004.
173. 马学良，于锦绣，范惠娟. 彝族原始宗教调查报告[M]. 北京：中国社会科学出版社，1993.
174. 胡家勋. 乌蒙古韵——贵州少数民族音乐文化集粹·彝族篇 [M]. 贵阳：贵州人民出版社，2010.
175. 张中笑，罗廷华. 贵州少数民族音乐[M]. 贵阳：贵州民族出版社，1989.
176. 蒲亨强. 长江音乐文化[M]. 武汉:湖北教育出版社，2006.
177. 巴莫阿依. 彝人的信仰世界[M]. 南宁：广西人民出版社，2004.
178. 巴莫曲布嫫. 神图与鬼板[M]. 南宁：广西人民出版社，2004.
179. 木乃热哈，叶康杰. 当代彝族母语文学作品选[C]. 北京：民族出版社，2013.
180. 发星工作室. 当代大凉山彝族现代诗选[C]. 北京：中国文联出版社，2002.
181. 贾瓦盘加. 火魂[M]. 成都：四川民族出版社，2004.
182. 阿克鸠射. 雾中情缘[M]. 成都：四川民族出版社，2011.
183. 柏叶. 魂归沉寂[M]. 昆明：云南民族出版社，2002.
184. 柏叶. 疯狂的野兔[M]. 昆明：云南民族出版社，2007.
185. 且萨乌牛. 我的幺表妹[M]. 北京：民族出版社，2003.
186. 苏晓星. 末代土司[M]. 成都：四川民族出版社，1996.
187. 苏晓星. 金银山[M]. 贵阳：贵州人民出版社，2000.
188. 吉狄马加. 遗忘的词[C]. 贵阳：贵州人民出版社，1998.
189. 中国作家协会，吉狄马加. 新时期中国少数民族文学作品选集[C]. 北京：作家出版社，2013.
190. 勒俄特衣(彝文版)[M]. 成都：四川民族出版社，1981.
191. 玛查·马德清，俄尼·牧莎斯加. 支格阿尔[Z]. 北京：中国文史出版社，2005.
192. 周纲. 支格阿鲁的子孙们[M]. 成都：四川民族出版社，1990.
193. 支嘎阿鲁王[M]. 阿洛兴德整理翻译. 贵阳：贵州民族出版社，1994.
194. 巴莫曲布嫫. 图案的原始[C]. 成都：四川民族出版社，1992.
195. 禄琴. 面向阳光[C]. 贵阳：贵州民族出版社，1996.
196. 马德清. 三色鹰魂[C]. 北京：中国文联出版社，1999.
197. 鲁弘阿立. 月琴上的火焰[M]. 贵阳：贵州民族出版社，2007.
198. 云南民族学会彝学专业委员会，昭通市民族宗教事务局. 云南彝学研究·第八辑[C]昆明：云南民族出版社，2011.
199. 王丽珠. 彝族祖先崇拜研究[M]. 昆明：云南民族出版社，1995.
200. [美]塞缪尔·亨廷顿. 文明的冲突与世界秩序的重建[M]. 修订版. 周琪，张立平，等译. 北京：新华出版社，2010.

201. 岭光电. 忆往昔[M]. 昆明：云南人民出版社，1988.
202. 沙玛·加甲. 彝族人物录[M]. 呼和浩特：内蒙古教育出版社，1997.
203. 毕节市彝学研究会，百里杜鹃管理委员会，禄绍康. 毕摩文化论文集[C]. 昆明：云南民族出版社，2013.

二、文章（按在书中出现的先后顺序排列）

1. [英]弗雷泽. 造人神话[J]. 叶舒宪译. 杭州师范学院学报，2005，(3)：74.
2. Medina，F. S. Story language：A sacred healing space[J]. *Literature and Medicine*，2000，19(1).
3. 徐新建. “多民族文学史观”简论[J]. 民族文学研究，2007，(2)：12.
4. 徐国琼. 再论《格萨尔》艺人的“神授说”[A]//赵秉理. 格萨尔学集成·第三卷[C]. 兰州：甘肃民族出版社，1990.
5. 王明贵. 撮泰吉是戏剧还是仪式[A]//奥吉戈卡彝学研究[C]. 北京：中国文史出版社，2013：332-334.
6. 杨光勋，段洪翔. 彝族古戏“撮衬姐”[J]. 贵州文史丛刊，1987，(1)：44-48.
7. 李平凡. 彝族古老文化“曹腾紧”调查[A]//李平凡，颜勇. 贵州六山六水民族调查·彝族卷[C]. 贵阳：贵州民族出版社，2008：193-200.
8. 罗德显，杨全忠. 撮泰吉[J]. 贵州民族学院学报，1987，(4)：26-34.
9. 李幺宁，安天荣. 撮泰吉根源[A]//陆刚. 撮泰吉调查研究文集[C]. 贵阳：贵州大学出版社，2012：3-25.
10. 郎樱. 玛纳斯与萨满文化[J]. 民间文学论坛，1987，(1).
11. 巴莫曲布嫫. 彝族祝咒经诗《紫孜妮楂》的巫化叙事风格[J]. 民间文学论坛，1996，(3)：18-27.
12. 杨淑媛. 人观、治疗仪式与社会变迁：以布农人为例的研究[J]. 台湾人类学刊，2006，(2).
13. 周凤五. 上博四《柬大王泊旱》重探[A]//武汉大学简帛研究中心·简帛·第一辑，上海：上海古籍出版社，2006.
14. 王馗. 《窦娥冤》的民间品格与祭祀功能[J]. 文化遗产，2008，(1)：18-21.
15. 祭龙神调[J]. 怒江，1984，(3).
16. 王明贵. 《撮泰吉》与彝族寻根哲学观[J]. 民族文学研究，2004，(3)：99-100.
17. 赵必俊. 姚鼐“义理、考据、辞章”的现代阐释[D]. 四川师范大学硕士学位论文，2009.
18. 饶宗颐. 谈三重证据法[A]//饶宗颐. 二十世纪学术文集·卷一[C]. 台北：台北新文丰出版公司，2003.
19. 叶舒宪. 第四重证据：比较图像学的视觉说服力——以猫头鹰象征的跨文化解读为例[J]. 文学评论，2006，(5)：173-174.

20. 冯时. 龙山时代陶文与古彝文[N]. 光明日报，1993-6-6，5.
21. 王子尧. 夜郎考古与古代民族葬俗区域文化研究[A]//刘胜康，熊宗仁，王子尧. 中国西南夜郎文化研究文集 • 卷一[M]. 贵阳：贵州民族出版社，2005：88-107.
22. 王明贵，王小丰，龙正清. 夜郎族属新证[J]. 毕节学院学报，2014，(10)：1.
23. 王明贵. 彝文古籍文献述要[J]. 贵州文史丛刊，2002，(2)：84-85.
24. 巴莫曲布嫫. 彝族经籍诗学中的诗体论说[J]. 贵州社会科学，1997，(1)：74-75.
25. 曲木伍各，吉郎伍野. 彝族咒诗简说[J]. 西昌学院学报(哲学社会科学版)，2006，(4)：29.
26. 黄龙光. 彝族民间经唱歌诗传统及诗教诗论解读[J]. 玉溪师范学院学报，2009，(11)：23.
27. 杨永贵. 六盘水彝族毕摩经籍文学概观[J]. 六盘水师范高等专科学校学报，2011，(4)：7.
28. 李列. 彝族《指路经》的文化学阐释[J]. 民族文学研究，2004，(4)：64-69.
29. 周德才. 彝族《指路经》的文学研究[J]. 中央民族大学学报，1999，(1)：69-72.
30. 罗德显. 撮泰吉——古代彝语民间戏剧演出记录本重译[J]. 重庆师范高等专科学校学报，1999，(4)：35-43.
31. 王仕举. 毕节地区彝文传统知识分子(布摩)调查[A]//李平凡，颜勇. 贵州六山六水民族调查资料选编 • 彝族卷[C]. 贵阳：贵州民族出版社，2008：254-259.
32. 麦地娜 • 萨丽芭. 故事语言：一种神圣的治疗空间[J]. 叶舒宪，黄悦译. 广西民族学院学报，2003，(9)：30-35.
33. 王明贵. 夜郎故国——彝族英雄史诗的圣地[J]. 毕节学院学报，2008，(1)：39-45.
34. 王明贵，王小丰. 增订《爨文丛刻》中的《献酒经》研究[J]. 毕节学院学报，2014，(2).
35. 张纯德. 树枝文字——彝文起源新探[A]//张纯德. 彝学研究文集[M]. 昆明：云南民族出版社，1994：111-123.
36. 王明贵. 彝族古代文学总观[J]. 民族文学研究，1999，(3)：84.
37. 余宏模. 彝族布慕刍议[J]. 贵州文史丛刊，1981，(3)：113.
38. 马学良. 倮族的巫师“呗耄”和“天书”[A]//马学良. 云南彝族礼俗研究文集[M]. 成都：四川民族出版社，1983：15-34.
39. 王明贵. 彝族知识崇拜论[J]. 楚雄民族文化论坛，2008，(3).
40. 张纯德. 一个内涵丰富的彝文专用书箱[A]//张纯德. 彝学研究文集[M]. 昆明：云南民族出版社，1994：162-165.
41. 吉木罗诗惹演唱. 基默热阔，吉霍旺甲，张家兴翻译记录. 叫牛魂歌[A] //左玉堂. 云南彝族歌谣集成[M]. 昆明：云南民族出版社，1986：134-139.
42. 李平凡. 彝族女性文学杂议[J]. 贵州民族研究，1995，(2)：104.
43. 余舒，等. 从《指路经》探索彝族文化内涵[J]. 节学院学报，2010，(2).
44. 李金发. 浅议彝族宗教经籍《指路经》的文化内涵[J]. 毕节学院学报，2010，(2)：24-28.
45. 张一龙. 禄劝彝族《指路经》的文学元素[J]. 今日民族，2010，(7)：20-21.

46. 普学旺. 社祭与中国文化论略[J]. 世界宗教研究，1995，(2)：133. 转载自马立三，普学旺.
47. 祭龙经[M]. 昆明：云南民族出版社，1999：617.
48. 张小梅，潘雪娜. 大方县举行支嘎阿鲁湖祭水仪式[N]. 乌蒙新报，2012-5-17.
49. 张纯德，普璋开. 滇南石屏县彝族祭大龙活动仪式述略[A]//马立三，普学旺. 云南民族古籍丛书·祭龙经[M]. 普学旺，杨六金，梁红，普璋开，罗希吾戈译注. 昆明：云南民族出版社，1999：605-608.
50. 龙倮贵. 滇南红河县彝族“咪嘎豪”祭龙活动仪式述略[A]//马立三，普学旺. 云南民族古籍丛书·祭龙经[M]. 普学旺，杨六金，梁红，普璋开，罗希吾戈译注. 昆明：云南民族出版社，1999：609-616.
51. 潘定智. 神话的科学基石——马克思神话理论的意义[J]. 贵州民族学院学报(哲学社会科学版)，1983(年刊)：18.
52. 朱文旭. 彝族招魂习俗初探[J]. 民俗研究，1990，(4).
53. 陈世鹏. 《玄通大书》预测理论研究[J]. 毕节学院学报(综合版)，2006，(3)：24.
54. 蒲亨强. Do Mi Sol 三音列新论[J]. 黄钟：武汉音乐学院学报[J]. 1987，(3)：39-46.
55. 贾力娜，蒲亨强. 毕节三官寨丧葬仪式“布摩歌”调研报告[J]. 中央音乐学院学报，2014，(3)：60-64.
56. 戈隆阿弘. 扎黑毕摩[J]. 民族文学，1997，(11).
57. 阿蕾. 嫂子[J]. 凉山文学，1990，(2).
58. 马锦卫. 彝文起源及发展考论[D]. 重庆：西南大学博士学位论文，2010：148.
59. 罗小凤. 来自灵魂最本质的声音——吉狄马加诗歌中灵魂话语的构建[J]. 民族文学研究，2011，(6)：105.
60. 耿占春. 一个族群的诗歌记忆——论吉狄马加的诗[J]. 文学评论，2008，(1)：87.
61. 蒋登科. 民族精神：作为母题与参照——论吉狄马加的诗歌创作[J]. 当代文坛，1995，(4)：43.
62. 秦健. 论吉狄马加诗歌中自然风物意象的民族性[J]. 重庆第二师范学院学报，2013，(5)：105.
63. 吴思敬. 吉狄马加：创建一个彝人的诗国[J]. 民族文学研究[J]. 2012，(5)：103-106.
64. 王俊. 浅谈彝族“六祖”文化[A]//云南彝学研究·第八辑[C]. 昆明：云南民族出版社，2011：255.
65. 王俊. 论鲁弘阿立诗歌的文化意象[J]. 山花，2013，(1)：121-122.
66. 王俊. 历史记忆的诗不叙事——彝族诗人鲁弘阿立《月琴上的火焰》人类学分析[J]. 山花，2013，(2)：123-124.
67. 王明贵. 试论彝族宗教信仰变迁与重建[J]. 青海民族大学学报，2014，(3)：66-71.
68. 陈兴才，杨姣. 彝族基督教信仰的变迁——以赫章县兴发乡新营村为例[J]. 毕节学院学报，2013，(6)：33-34.

后　记

“彝族传统经籍文学研究”是完成“彝族诗歌格律研究”（项目编号：10BZW121）之后，2012年申报获批立项的又一个国家社科基金课题（项目编号：12BZW139）。现在交付出版的书稿，正是这个课题的研究成果。

在开展课题研究之前，民族出版社罗焰编审，贵州省社科规划办蔡中孚主任，贵州省社会科学院史昭乐研究员、何积全研究员，云南省社会科学院李永祥研究员，对“彝族传统经籍文学研究”项目的依据的理论、经籍的选择、研究内容的安排、重点与难点、创新与突破、研究路径和具体方法、实施的计划与步骤等，给予精心指导。课题组对这些意见和建议，进行了专门讨论，充分吸收、运用于调查、研究工作之中，尽量避免项目开展时走弯路。

研究工作的任务分工如下：王继超译审撰写“彝族传统宗教信仰与经籍”一章；贾力娜博士撰写“彝族传统经籍的文学人类学阐释”一章的“唱诵腔调”一节；王明贵研究员完成除上述两个部分之外的其他内容的撰写；全部书稿完成后，由王明贵进行统稿。

课题研究工作历时三年多，2015年7月提前顺利结项。项目结项后，贵州省社科规划办钟西辉老师把5位匿名评审专家的评审意见返回给我。专家们对研究成果给予了高度评价，充分肯定了成果对研究领域的拓展和创新意义，肯定了成果的理论价值和实用价值，对个别容易引起争议的地方、文学人类学的学科归属与学术规范问题也提出了意见和建议。在成果修改、完善的时候，课题组对这些意见、建议给予了充分的吸纳，参考有关的新兴理论和学术前沿，对书稿进行必要的增删、修改、完善和规范，修改后的新成果，质量有了明显的提升。但是，由于作者的学识和能力所限，书中肯定还会有一些问题和不足，敬请专家、读者不吝批评指正。

著名法学家、贵州省社会科学院院长吴大华教授，在百忙中拨冗为本书作序，对取得的成绩、作出的贡献给予了充分的总结和肯定，指出了存在的问题和今后的努力方向。这对我们是极大的鼓舞和鞭策，激励我们不断向前迈进，攀登新的高峰！

在项目申报、实施、结项和成果出版过程中，贵州省社科规划办蔡中孚主任、专家史昭乐研究员和钟西辉老师，给予了申报方面的具体指导；贵州工程应用技术学院（原毕节学院）党委书记陈永祥教授，原毕节学院院长张学立教授给予了亲切的关怀和指导；彝学研究院禄玉萍副研究员、王俊博士、吴勰副研究员、罗茜老师、沈小玲助理研究员，科研处李黔柱处长、张萍副科长、王芳副科长，计财处原处长王丽霞、涂红川处长、张婷科长、卢兰老师等，以及贵州省毕节市彝文文献翻译研究中心王继超主任、熊梅副译审、黄承敏翻译，都提供了优质的管理、服务；贵州省社会科学院罗剑研究员，西南民族大学罗曲教授、孙国英教授，提供了相关支持；科学出版社王洪秀老师为书籍的编辑出版加班加点工作，付出了许多辛勤的汗水！贵州省人才基地毕节试验区重点产业重点学科人才团队“彝文古籍保护与研究团队”为本书的出版提供了资助！

值此《彝族传统经籍文学研究》出版之际，我们对有关领导、专家、老师和团队各种各样的支持和帮助、鼓励与鞭策表示崇高的敬意和衷心的感谢，崇敬你们无私的奉献，感谢你们一贯的关怀！谢谢！

《彝族传统经籍文学研究》的出版宣告了这个课题全面完成！之后，我们将全力投入“珍本彝文史籍《西南彝志》全 26 卷整理今译与研究”（项目编号：16XMZ005）这一新项目的工作之中，盼望得到大家一如既往的支持！非常感谢！

王明贵

2017 年 3 月 23 日

于毕节邱家花园